日本古典文學大系 47

西鶴集 上

麻生磯次
板坂元
堤精二 校注

岩波書店刊行

監修者

高木市之助
西尾實
久松潜一
麻生磯次
時枝誠記

題字　柳田泰雲

西鶴畫像　　久保 貢氏所藏

目次

好色五人女

好色一代女

解説

西鶴の伝記を考える場合に、問題になるのは、藤村作博士によって紹介された伊藤梅宇の「見聞談叢」巻六の記事である。

貞享元禄ノ頃、摂ノ大坂津ニ、平山藤五ト云フ町人アリ。有徳ナルモノナレルガ、妻モハヤク死シ、一女アレドモ盲目、ソレモ死セリ。名跡ヲ手代ニユヅリテ、僧ニモナラズ世間ヲ自由ニクラシ、行脚同事ニテ頭陀ヲカケ、半年程諸方ヲ巡リテハ宿へ帰リ、甚誹諧ヲコノミテ一晶ヲシタヒ、後ニハ流義モ自己ノ流義ニナリ、名ヲ西鶴ト改メ、永代蔵、又ハ西ノ海、又ハ世上四民雛形ナド云フ書ヲ作レルモノナリ。

この記事によると、井原西鶴は本名を平山藤五といい、大坂の裕福な町人であったということになる。井原・平山の両姓を名のるのはおかしいようであるが、当時にあってはさほど珍らしいことでもなかった。西鶴は武士出であると、一時は真面目に考えられたこともあったが、それが誤であることは、この記事によって明らかである。

西鶴がいつどこで生まれたかは明記されていないが、元禄六年八月十日、享年五十二歳で没しているので、それから逆算すれば、寛永十九年（一六四二）に生まれたことになる。他所で生まれて大坂に足を留めたという説がないわけではないが、西鶴の「団袋」の序や、団水の「こゝろ葉」の序によって、難波の産と確認してよいであろう。もっともその生家が大坂の何町であったかは明らかではない。水雲子撰の「懐中難波すゞめ」（延宝七年刊）に「鎗屋町　井原西鶴」とあって、その頃鑓屋町に住んでいたことは明瞭であるが、そこは屋敷町に接した淋しいところであったというから、生家は別にあって、そこで商売を営み、西鶴は鑓屋町に庵を結んで、閑居していたのかも知れない。

「妻モハヤク死シ」とあるのは、延宝三年四月三日に、二十五の若さで妻の死んだことをいう。西鶴は三十四歳であったが、妻の死をいたく悲しみ、郭公独吟千句を手向け、「誹諧独吟一日千句」と題して上梓した。その序文や句によって、西鶴の妻はその年の初め頃からかりそめの風邪の心地で病臥し、四月三日に死没したこと、享年二十五歳であったこと、あとにはまだ幼少な三人の子が残されたこと、菩提寺誓願寺に葬ったことなどがわかる。

　　脉のあがる手を合してよ無常鳥
　　　次第に息はみじか夜十念
　　沐浴を四月の三日坊主にて

などの句を見ても、死に瀕した妻の病床を見守る西鶴の悲痛な姿が想像されるのである。

「一女アレドモ盲目、ソレモ死セリ」とあるのは、三人の遺児の一人で、それは元禄五年三月二十四日に没した光含心照信女のことであろうと野間光辰氏は「西鶴年譜考證」で述べておられる。なお明和七年刊行の「絵本舞台扇」には、「摂陽西鶴孫東鶴」という署名がある。東鶴は松村氏、赤松堂と号し、祇空の門人として俳名の知られていた人である。西鶴に東鶴という孫のあったことは、早くすでに宮武外骨氏や尾崎久弥氏によって紹介されたが、野間氏もそれは必ずしも疑うべきではなく、元禄五年に没した盲目の女子以外に、二人の子供があり、そのいずれかが松村姓に養子もしくは婚姻して出生したのが東鶴であったと考えることも可能であるといっておられる。

西鶴は三十四歳で妻に先立たれ、後妻をめとらずに、それからはむしろ自由な生活をしていたようである。「見聞談叢」に「名跡ヲ手代ニユヅリテ、僧ニモナラズ世間ヲ自由ニクラシ云々」とあるのは、その間の消息を伝えたものである。愛妻に死別して、家業にいそしむ意欲もなくなってしまったのであろう。商売の跡目は手代に譲り、半僧半俗の姿で諸国を遊歴していた。「行脚同事ニテ頭陀ヲカケ」、半年も歩き廻って宿へ帰るという有様であった。延宝五年三十六歳の冬には既に法体になっていたが、もとより僧籍にはいって悟り澄ましたわけではなく、気軽な身になって粋坊主の名をほしいままにしていたのである。そうした遊歴の間に諸国の遊里の実情をさぐり、怪談異聞の蒐集にもつとめ、後年浮世草子制作の材料を積んで行った。元禄二年刊行の「一目玉鉾」は序文にも見えるように、奥州日の出の浜より遠く西国に至る名所案内記であるが、それは西鶴自身の足跡を示すものであった。

団水撰「西鶴忌歌仙こゝろ葉」は西鶴の十三回忌に手向けた句集であるが、その中に、

　井原入道西鶴は風流の翁にて、机に蘭麝を這し、釣舟に四季のものを咲せ、哥行引曲をさとりて俳諧の通達なる事、浦山の賤の子も乳房を離してこれを訪ふ。下戸なれば飲酒の苦をのがれて、美食を貯て人に喰せて楽む。おもへば一代男

幾秋を生《イキ》て居やらば下手であろ　　湖梅

とあるが、西鶴の平生の生活がほぼ想察されるような気がする。妻に死なれてからは、諸所の遊里にも出入りしたであろうが、下戸であった彼は前後不覚に泥酔するようなことはなく、どういう場合でも冷静な目がひらいていた。草庵にある日は机に名香を炷き、釣舟に四季の花を咲かせるというような風流な生活を送り、訪客を喜び、御馳走をして楽しむという風であった。「おもへば一代男」であって、妻の死後は終生めとらず、気ままな生活を送っていたのである。

西鶴の風貌については、幾枚かの肖像が残っているので、大体見当をつけることができる。最も若い像は延宝元年三

十二歳の時に上梓された「哥仙大坂俳諧師」所載のものである。「長持に春ぞくれ行更衣」の句を題し、「鶴永」と署名してあって、像は黒羽織を着し、紐は当時の流行に従って胸高に結んでいる。眉は尻上りに秀で、目は理知的で神経質なところが見える。もちろん髷はまだ落していない。新進気鋭の風貌がよく写されている。次は天和二年四十一歳の正月上梓された「俳諧百人一句難波色紙」所載の肖像で、これには髷はなく、白羽織に黒小袖を着した大入道が、大脇差を横たえて坐っており、上には「烏賊の甲や我が色滴す雪の鷺　難波西鶴」としるされている。四十歳前後の西鶴の面影がよく写されているようである。

元禄六年西鶴の没後間もなく出版された「西鶴置土産」の巻頭にも肖像と辞世の句がのせられている。その像は浜床に坐し、脇息によりかかり、前には硯と短冊を置き、筆を手にして句案しているさまである。老来圭角のとれた円満な風貌ではあるが、眉や目つきなどには若い頃の鋭さが残っている。上部には、

難波俳林
松寿軒　西鶴

辞世　人間五十年の究りそれさへ
我にはあまりたるにましてや
浮世の月見過しにけり末二年
元禄六年八月十日五十二才

とあって、信徳・言水・才麿・団水等の追善の発句が収録されている。翌年元禄七年には置土置の改題本「西鶴彼岸桜」が江戸で刊行された。これにも西鶴の肖像がのっているが、この像は全くこしらえものであって、品位や風格において

置士産所載のものに比べて遙かに劣っている。

これらの諸書に載せられた肖像以外に、芳賀一晶描くところの絹本着彩の像がある。久保貢氏の所蔵であるが、既に「日本古典全書」の「井原西鶴集」その他に紹介されている。一晶は京都に生まれ、後江戸に居住した医者であり、また俳人でもあり画家でもあったが、西鶴とは相識の間柄であったらしく、この像も空想の作ではなく、実際に面謁した印象によったものであろう。花色無地の小袖に、花菱紋のついた羽織を着し、両手を左膝に重ね、扇子を前において、多少前屈みに坐っている。頭は丸く、首筋は肥え、目は大きく一点を凝視し、口は無造作に開いている。精彩人に迫るものがあり、負け嫌いで覇気に富んだ性格がありありと描き出されている。其磧が粋法師といっているように、世の甘酸をかみしめた、物分りのよいくだけた人物であったことは事実であろうが、同時に力で押して行くような油っこいところも多分にもっていたに違いない。その異常な精力が、俳諧や小説に超人的な偉業を成しとげさせたのである。

「見聞談叢」に「甚誹諧ヲコノミテ一晶ヲシタヒ、後ニハ流義モ自己ノ流義ニナリ、名ヲ西鶴ト改メ」とあって、「一晶ヲシタヒ」というのは、どういう意味であるか明らかではないが、一晶は信徳や令徳に学んだ俳人であり、西鶴の像を描いたほどであるから、西鶴もその人柄を慕い、その俳風にも興味をもっていたのかも知れない。後には流義も自己の流義になったというのは、古風の俳諧から脱け出して、阿蘭陀流の俳諧をはじめたことをいうのである。

「名ヲ西鶴ト改メ」というのは、初号の鶴永を改めた意味である。寛文六年二十五歳の時に刊行された長愛子撰「遠近集」にその発句が入集し、鶴永と号したことがはじめて見えている。西鶴号の使用は延宝三年十一月刊行の「糸屑集」をもって最初と考えられていたが、野間氏は延宝二年の歳旦吟「俳言で申や慮外御代の春」に西鶴と署名してあることを根拠にして、その改号はその前年の延宝元年（西鶴三十二歳）の冬にすでに行われたものであると断定している。

鶴永を西鶴と改めたのは、師宗因の別号西翁の一字を取ったものと思われるが、この西鶴の号も元禄元年になって西鵬と改めることになった。それは将軍綱吉の息女を鶴姫といい、将軍はこれを鍾愛するあまりに、市井において鶴屋の家名及び鶴紋の使用を禁じたからである。そのお触は元禄元年二月と同三年二月と二回にわたって出た。西鶴もこれに遠慮して、元禄元年十一月刊行の「新可笑記」には西鵬の号を用い、元禄四年三月刊行の江水撰「元禄百人一句」に至るまで、これを使用したのである。

以上、「見聞談叢」の記事を拠り所にし、これを敷衍して、西鶴の伝記のあらましを考えて見たのであるが、次に俳諧師及び浮世草子作者としての業績を略述することにする。

いうまでもなく西鶴は小説を書く前に俳諧師として活躍した。彼が俳諧に志したのは、明暦二年十五歳頃であったと推定されている。というのは、延宝九年に刊行された「大矢数」巻四の自跋に、「予俳諧正風初道に入て二十五年」とあることから逆算すると、ちょうど十五歳頃にはじめて俳諧に志したことがわかるからである。入門の師が誰であるか明らかではないが、恐らくはじめは貞門系の俳人についたものと想像される。

俳諧の点者となったのは、寛文二年二十一歳頃であった。そのことは元禄四年刊行の「俳諧石車」に、「西鵬誹道に入て三十余年の執行」とあり、また「西鵬詞に、俳諧程の事なれども、我三十年点をいたせしに」とあることによって推定されるのである。明暦二年に俳諧を志してから、元禄四年は三十七年目に当り、「三十年点をいたせしに」という言葉を信用すれば、寛文二年頃から点者として立ったことがわかるのである。

その句は諸集にぼつぼつ入集していたが、西鶴がその一派の俳風を世間に向って大いに宣伝したのは、延宝元年（三十二歳）六月に、生玉南坊で万句俳諧を興行し、それを出版してからである。西鶴の自序によると、これより前に大坂で万句俳諧の興行があったが、西鶴一派は阿蘭陀流であるといって、その仲間に加えられなかったということである。その頃すでに西鶴一派の軽妙な句作が、阿蘭陀流として世人の注目を引いていたことがわかるのである。生玉の興行は十二日間続いたが、出席した俳人は百五十六人に及び、その中には由平・松意・遠舟・浄久などの知名の俳諧師もおり、宗因も万句成就の追加第三に名を連ねている。

延宝三年四月、宗因が点を加えた「大坂独吟集」が刊行された。由平・未学・悦春・重安などの宗因一派の錚々たる俳人の百韻を十巻集めたもので、「軽口にまかせてなけよほとゝぎす」を発句とする鶴永の郭公独吟百韻も入集している。所々に宗因の評言をはさみ、引点六十句、長点十九句、総評にして、

ほとゝぎすひとつも声の落句なし

とや申べからん、是こそ誹諧の正風とおぼゆるは、ひがこゝろへにやあらん、しらずかし。

と褒めあげている。

延宝四年（三十五歳）十月には「古今誹諧師手鑑」を編纂し刊行した。これは諸名家の真蹟短冊二百四十六枚を摸刻したものであって、巻頭には守武・宗鑑、次に貞徳、巻軸には宗因をすえ、西鶴自身の筆蹟は「只の時もよしのは夢の桜哉」の句が摸刻されている。俳人の真蹟をあつめた最初の集ともいうべきものであって、まことに意義の深い企てであった。

かように西鶴はその俊敏な才能にまかせて、縦横の活躍をしたのであるが、俳壇にその名を不朽ならしめたのは、矢数俳諧の興行であった。矢数俳諧というのは、一定の時間内にできるだけ沢山の句を作って、その記録を誇ることをいうのであるが、本来は京都方広寺三十三間堂の通し矢にならったものである。尾州藩士星野勘左衛門が寛文九年に通し

矢八千本の記録を出し、天下一の名誉を博したが、西鶴はこれをまねて、延宝五年(三十六歳)五月二十五日、大坂生玉本覚寺で一日一夜に千六百句独吟を興行し、「西鶴俳諧大句数」と題して上梓した。

西鶴が千六百句独吟に成功したと聞いて、忽ち競争者が現われた。延宝五年九月二十四日には多武峰の僧月松軒紀子が千八百句独吟を成就し、翌六年には「俳諧大矢数千八百韵」と題して上梓した。延宝七年三月には仙台の大淀三千風が三千句独吟を成就し、「仙台大矢数」と題して刊行した。西鶴はこれに跋文を書き、紀子の大矢数の虚構を暴露し、三千風の興行は、これを確認した。

西鶴の記録は三千風の三千句独吟によって完全に打倒されたので、延宝八年(三十九歳)五月七日八日にかけ、生玉社別当南坊において再度の矢数俳諧を興行し、聴衆数千人を前にして、一日一夜に四千句独吟という偉業をなしとげた。これは翌九年四月「大矢数」と題して上梓されたが、巻之一巻頭の発句は、

天下矢数二度の大願四千句也

となっている。大矢数役人として、遠舟・由平・豊流・来山・惟中など五十五人の名が掲げられているが、仙台の三千風、江戸の松意・信章(素堂)・不卜、大垣の木因などもわざわざ参会したということである。とにかく甚だ大がかりな、人の耳をそばたたせる興行であった。

西鶴は四千句独吟では満足せず、貞享元年(四十三歳)六月五日には、摂津住吉の神前で、さらに大がかりな興行を計画し、終に一日一夜に二万三千五百句独吟という超人的な記録を樹立した。二十四時間にこれだけの句を吐くためには、一分間に十六句の速さで吟詠しなければならない。これは殆んど人間の能力を絶した曲芸である。それにこの独吟は今日伝わっていないので、虚構の宣伝であったと疑われもした。しかし西鶴十三回忌追善集「こゝろ葉」をはじめとして、

二万三千五百句独吟を証明する句集は少なくない。由平・惟中・来山・万海・旨恕・友雪など、その日に列座した俳人の名も伝えられている。江戸の其角も来合わせて、親しく当日の模様を見、「五元集」に、

住吉にて西鶴が矢数俳諧せし時に、

後見たのみければ、

驥の歩み二万句の蝿あふぎけり

の句を収めている。その独吟が残らなかったのは、記載する暇がなかったからであって、ただ紙上に棒を引いて数をかぞえただけであった。

二万三千五百句独吟というのは恐らく事実であって、西鶴はそれより二万翁・二万堂などの別号を用いた。まことに驚くべき神業であるが、軽口狂句を本体とする西鶴の俳諧からすれば、それは必然的な発展であった。こういう遊戯的な興行から、芸術的なものを要求することはできないが、競争相手である貞門の俳人を沈黙せしめ、談林派の拡張に役立ったことは事実である。古風の俳諧に対して自由無碍な新風を宣伝するという意図が、こういう試みに含まれていたことは否定ができないのである。

西鶴一派の俳諧は、世間から阿蘭陀流であるといって邪道視された。そのことは延宝元年(三十二歳)生玉南坊で催された万句俳諧の西鶴の序にも見えている。世人が阿蘭陀流などと軽蔑して、今まで自分達を仲間に入れてくれなかったといっているのである。貞門の人たちは談林の俳人は無学であって、指合や去嫌をゆるがせにし、本歌や古事をほしいままに卑俗化すると思っていた。そしてそういう邪俳の急先鋒は西鶴であるといわれていた。西鶴は古人の糟粕をなめることをいさぎよしとせず、自分の思うこと、感じたことを気軽に調子よく表現するのが俳諧であると信じていた。即

興即吟こそ俳諧の生命であると考え、従って大矢数のような離れ業もできたのである。そしてしまいには世間の悪罵を逆用して、わざと自分の俳諧に阿蘭陀流の名を冠し、延宝六年刊の「三鉄輪」の序などでは、

　阿蘭陀流といへる俳諧は、其姿すぐれてけだかく、心ふかく詞新しく、

などといって、その一派の俳諧の特質を積極的に主張しているのである。

　かように談林が勃興し、俳壇を風靡するようになると、貞門の俳人もだまっているわけにはいかない。論難攻撃の書が次々に出て、俳壇は奇観を呈したのであるが、延宝七年十二月、京の中嶋随流は「誹諧破邪顕正」を出して、宗因を「紅毛《オランダ》流の張本」と罵り、「当時宗因流をまなぶ弟子、数多ある中に、殊更すぐれて相見えしは、江戸は不知大坂にて、阿蘭陀西鶴」であるといっている。宗因の門人の中でも西鶴が殊に光っていたことは、この一文からも察せられるのであって、彼はそれを名誉なことに思って、俳壇をあばれまわっていたのである。

　西鶴の俳諧は宗因よりも一そう放埒であると、随流から罵られたのであるが、実際彼はかなり大胆な表現をしている。

　　なんと亭主替った恋はござらぬか
　　きのふもたはけが死んだと申（大句数）
　　分別どころ袖のとめ伽羅
　　今晩の床はふらうかふるまいか（大矢数）
　　贔屓があってあんな男を
　　縁組も銀が敵のうき世也（大矢数）

というように、市井の情事や放蕩的な気分が自由に取り込まれており、また町人生活の悲喜さまざまな姿がよみこまれ

ている。大矢数の跋文でも、百韻一巻に年月を費すようでは駄目であるといっているのであって、何事も即興的に口速にいってのけるのを理想とした。彼は貞門によって開拓されなかった新しい分野をきり開こうとし、古典趣味に囚われずに、生き生きと動いている巷の生活に材を求め、人生の表裏に触れようとした。そこで遊里の生活や歌舞伎の世界が盛んに俳諧に取り込まれた。その俳諧を通して雑然とした世相の動きが看取され、人間生活の種々相が露骨に解剖されているのに気付くのである。時には猥雑俗悪な句もあるが、中には人生の機微をうがったものも見られる。こういう俳諧の中から、好色本作家の西鶴がだんだん生長して行ったのも偶然ではなかったのである。

西鶴は天和二年(四十一歳)十月、「好色一代男」を述作した。これは西鶴の小説における処女作であるが、西吟の跋文などから考えて見ても、初めから作家として世に立とうというような野心的な意図で書かれたものではなさそうである。ところが結果から見れば意外な成功であった。好色とか当世風という意識は仮名草子にもなかったわけではない。しかしそれは教訓性や実用性によってしばしば濁らされていた。西鶴は仮名草子に含まれているさまざまな夾雑物をふりおとして、現代の世相をするどく描写しようとした。構想の上では、源氏物語や浮世物語などの影響が認められるであろうが、内容はどこまでも当時の享楽生活を具体的に浮き彫りにしたものである。こういう描写の態度が在来の作品に対して、明らかに一線を劃したのである。

好色一代男が作者も予想しなかった程の好評を得たので、西鶴はつづいて「諸艶大鑑」(好色二代男)を発表した。一代男は俳諧師の余技に過ぎなかったが、二代男になると、奥付に「世に慰草を何がなと尋ねて」とあることからも察せられるように、作家的な意識が一歩前進していた。続いて「好色五人女」「好色一代女」「好色盛衰記」(元禄元年刊)などを発表した。いずれも官能の匂の高い作品であって、その時代の理想的な遊女や、典型的な放蕩児や、熱情的な巷の女が大胆な筆致で描き出されている。

もっとも西鶴は単純な性慾を描くだけで満足していたわけではなく、もう少し複雑な情生活に触れようとした。世之介の後半生を見ても、それは情と張をもった遊女を相手に、遊廓特有の情趣を味わおうとする生活であり、五人女の中にも感傷的な場面が見られるのである。しかし大体からいって、西鶴の好色物に現われた情生活には、かなり積極的なものがある。そこにはやはり時代精神の反映が見られるのである。町人が勃興したといっても、階級制度の拘束から免れるのは困難な時代である。そこで町人は金力を利用して情痴の巷に走ったのであるが、その享楽生活には、かなり徹底的なものがあった。世相の表裏に徹した西鶴が、町人生活の実相に触れ、その意欲を代弁しようとしたのは、むしろ当然であったといえよう。

好色物において性生活の種々相を眺めた西鶴は、「本朝二十不孝」(貞享三年刊)と「男色大鑑」(同四年刊)によって、作品の方向に一転化を試みた。中国の二十四孝の話は室町時代に和訳されてから、広く流布し、仮名草子にもこれを主題にした作が見られる。本朝二十不孝はその伝説の裏をかこうとしたものである。この作品には不倫な人間の生態がまざまざと描かれている。むしろ病的ともいうべき西鶴の強靱な性格は、この作品において人間の悪と醜とをまたたきもせず直視しようとしている。好色物では材料にやや囚われた傾きがあったが、この作になると、彼の特長ともいうべき客観的態度が、かなり冷静に保たれているのであって、その点では一段の進境を示しているといえるであろう。男色大鑑は、前半は武士の念友関係を取り扱い、後半は若衆野郎に絡る情事を描いている。義理・嫉妬・執着・怨恨に彩られた同性間の愛情が、極めて複雑に取り扱われており、心理描写もかなり鮮やかである。若衆野郎の色恋には優艶なところがあって、好色物の名残をとどめ、武士の念友関係には殺伐な気がただよい、武家物への発展を示している。

男色大鑑において武士生活の一面に触れた西鶴は、さらに武士気質そのものを題材にした作品を書いた。「武道伝来記」(貞享四年刊)や「武家義理物語」(元禄元年刊)がそれであって、好色物に対して武家物といわれている。武道伝来記は諸国に起った敵討を取り扱った作である。敵討という野蛮な習俗は、当時にあっては武士道と結びついて正当視されていた。西鶴が武家生活を主題にして、復讐の美事を描こうとしたことに不思議はない。曾我物語以来、敵討を主題にした作品はすでに行われていたが、この作品のように、諸国の敵討を網羅的に集成した作品は見当らない。そういう点では劃期的な作品であるといえるかも知れない。

武道伝来記は当時の武士の剛情な一面を描こうとしたもので、単純な些細な事から、理非曲直もわきまえずに闘争に及ぶ武士がしばしば描かれている。それに比べると武家義理物語は義理という理想に従って行動する武士に重点が置かれている。序文の口吻からも察せられるように、西鶴は必ずしも当時の武士に対して全幅の敬意を表していたわけではなかった。武士としてあるべき姿を考えていたのである。武道伝来記を書き終えた西鶴は、その肚裏にあるさらに理想的な武士を描き出そうとしたに違いない。その場合筆者の理想によって事件が潤色されるのは当然であって、その事がかえって人間の真実に触れる結果にもなったといえるのである。

しかしいずれにしても武家物は西鶴の得意の壇場ではなかった。町人である彼にして見れば、武士の生活は他人行儀の観察に終らざるを得なかった。

そこで西鶴は武家物から転じて、再び町人生活を描写の対象にした。町人の成功致富と失敗没落にからむ深刻な悲喜劇を筆にのぼせた。「日本永代蔵」(元禄元年刊)「世間胸算用」(元禄五年刊)「西鶴織留」(元禄七年刊)は町人物の代表作である。

日本永代蔵には町人の勤勉・節倹・才覚によって産をなした話が少なくない。「世に銭程面白き物はなし」（巻四）といっているが、本書はそういう金銭万能の角度から世相を描いたものである。人間が真剣に金銭に取り組む姿を、具体的に描いた文芸作品である。本書の出る前には金を主題にした作品はなかった。本書を契機として次々にいわゆる町人物が現われたのである。町人物の源流をなしているという点からいっても、特筆さるべき作品であるといえよう。

世間胸算用は旁題に「大晦日は一日千金」とあるように、時間を大晦日の一日に限定して、二十の話を書いたものである。「大晦日定めなき世のさだめ哉」というのは、西鶴の有名な句であるが、彼は一年の総決算日であるこの一日を通して、町人生活のさまざまな悲喜劇を取り扱い、緊張したのっぴきならぬ姿を書こうとした。永代蔵は致富の道を説いたものであって、その色調は明るいが、胸算用には生きるために手段をえらばぬ人々の苦悶が描かれており、金銭に翻弄される町人大衆のゆがんだ姿が深刻に取り扱われている。

しかし胸算用を全体的に眺めて見ると、何ということなしにほのかに明るいものが感ぜられる。永代蔵の場合には、はじめて町人物に手をつけたということもあって、かなり開き直ったところがあり、緊張した筆づかいが見られる。ところが胸算用の場合には、作者の気もちにもゆとりがあった。内容は悲惨な人生の暗黒面であり、醜悪な人間の苦悩ではあるが、その人間のみじめさが感傷を交えずに傍観的に描かれている。作者の心境にゆとりがあったためであろう。不必要に興奮したり、誇張したりしないで、淡々とした調子で筆が進められている。この傍観的な態度が全体の色調を明るくしているのである。

武士生活とは違って、町人の生活は西鶴にとっては親しみ深いものであった。すでに多くの創作を試みた彼の筆は円熟し、その心境も漸く落着きを見せていた。町人物に一貫した主題は金であるが、西鶴は金が人間の心に食い込むさまざまな陰翳をするどく洞察し、金の魅力と、その不思議な働きを、心ゆくまで味得しようとした。好色物が色を通して見た元禄世相の一面であるとすれば、これは金に即して、その時代の姿を鮮かに描き出したものであるといえるであろう。

以上述べた好色物・武家物・町人物以外に、西鶴にはなお雑話物ともいうべき作品が数々ある。諸国の怪談異聞を集めた「西鶴諸国はなし」(貞享二年刊)をはじめとして、その系統に属する「懐硯」(貞享四年刊)「新可笑記」(元禄元年刊)「西鶴俗つれ〴〵」(元禄八年刊)などがそれである。また「棠陰比事」にならって本朝の疑獄説話を集成した「本朝桜陰比事」(元禄二年刊)や、書翰体小説の白眉ともいうべき「万の文反古」(元禄九年刊)などは特色のある作品である。「西鶴置土産」は西鶴が元禄六年八月に没して間もなく、その追善のために、門人北条団水の手によって出版されたものであって、栄耀栄華を尽くした大尽の悲惨な末路や、貧にやつれながらも、昔の心意気を失わぬ人々の心情を描いた作である。浮世の盛衰の姿が観照の眼をもって、しみじみと眺められているのであって、すでに生々しい現実をふみこえた枯淡な境地から産み出されたものである。そこには心にくいほど落着いた心境が託されているのであって、西鶴の最後をかざるにふさわしい作品であったといえるであろう。

西鶴が浮世草子に成功してから、その追随者が続出した。しかしそれらの人々の作品は、脚色を複雑にするとか、筋書を整えるとか、形の上では発展が見られたのであるが、内容的にはそれほどの進展を見なかった。世相描写を眼目とすべき浮世草子が、西鶴以後、するどい観察眼も筆力ももたぬ作家の手に移された結果　忽ち行き詰ってしまったのに、むしろ当然のことといわなければならない。

好色一代男

「好色一代男」には大別して上方板と江戸板の二種がある。上方板は「大坂思案橋荒砥屋　孫兵衛可心板」の奥付のあるものを初板、「大坂安堂寺町五丁目心斎筋南横町　秋田屋市兵衛板行」のものを再板、「大坂住　大野木市兵衛板」を三板としている。なお、大野木氏は秋田屋の本姓であるから、再板・三板は同一書肆より板行されたものである。秋田屋が本書の板木を荒砥屋から譲り受けた年代に関しては、野間光辰氏は貞享末年以後元禄九年までの間と推定されている。

江戸板には、貞享元年三月上旬の刊記をもつ「日本橋南弐町目川瀬石町　川崎七郎兵衛板行」のもの、貞享四年九月上旬の「日本橋青物町　大津屋四郎兵衛板行」のもの、板行年次不明の「日本橋南詰　万屋清兵衛板行」のものの三種があり、川崎板を初板、大津屋板を再板、万屋板を三板とする。江戸板は、上方板の大本八巻八冊であるに対して、半紙本八冊で、題簽に「世之介」の三字を角書きし、本文の漢字を仮名に改めあるいは仮名に漢字をあて、また文章の加削を行っている。挿絵は上方板の構図に従いながら新たに菱川師宣が描いている。なお、柳亭種彦によれば、師宣の絵を大本に書き、文章を簡略にして頭書きにした「絵本一代男」があったというが、いまは英国博物館に端本十五丁が残るのみで、完本は伝わらない。

好色一代男は、西鶴の小説における処女作であり、浮世草子の濫觴となった作である。西鶴の署名も序文もないが、落月庵西吟の跋文に、「或時、鶴翁の許に行て、䆮の夜の楽寐、月にはきかしても余所には漏ぬむかしの文枕と、かいやり捨られし中に、転合書のあるを取集て」とあることによって、作者が西鶴であることは疑う余地がない。西吟は水田氏、宗因・西鶴に師事した俳人である。跋文によれば、或る時、西吟が西鶴の庵をおとずれて、本書の草稿を示され、一読して大いに共鳴し、早速板下の筆耕に取りかかったということである。本書には数板あって、出版書肆が変っているが、その初板本と認められる荒砥屋孫兵衛板の奥付には、「天和二壬戌年陽月中旬」とある。そこで一般に天和二年十月中旬に刊行されたものと考えられているが、十月中旬に稿が成り、翌天和三年正月に売り出されたものであろうという説もある。

好色一代男は、世之介という異常な好色人物を中心として、その愛慾生活を描いたものである。替名を夢介と呼ばれた富豪と、その頃名の高かった遊女との間に生れた世之介は、七歳にして早くも恋情を解し、長ずるに従って、異常な性慾の成熟を見せている。十一歳から遊里に出入し、湯女・私娼・未亡人などと次々に交渉を続け、十九歳の時に、江戸における乱行が父親の耳に入って、勘当の身となり、それから長い放浪生活がはじまる。十五年にも及ぶ流浪の間に、各地の遊里に出入し、さまざまの女性に関係し、また生きるためにいろいろの経験を積んで、人生の表裏に精通するとともに、色道の達人にもなった。

三十四歳の時に、父親が死んで、生家に呼び戻され、莫大な遺産を譲り受ける。そして名実ともに時代の寵児として、江戸・京都・大坂の遊里をはじめとして、諸国の遊里に出入し、一流の名妓を相手に、好色生活の限りを尽くすのである。六十歳の時、遊女町を残らず見尽くした世之介は、狭隘な日本に住み侘びて、心友七人とともに、伊豆の国から、好色丸という船を仕立てて、天和二年神無月の末つ方、女護島を目ざして出帆し、行方知れずになってしまうのである。

好色一代男は、形の上では世之介の七歳から六十歳に至る五十四年間の好色の体験を、一年を一章に配して書いたものであって、一応長篇小説の体裁を取っている。事実世之介を中心にして考えて見れば、不十分ながらも筋の発展があるし、伏線も照応もあって、とにかく一部の長篇作を形成しようとした意図は認められるのである。そこで西鶴がこれを執筆するに際し、光源氏を主人公とする源氏物語が、その念頭にあったであろうということは容易に想像される。それは五十四歳五十四章の年立によっても明らかであり、部分的にも源氏の構想や措辞を取った箇所が少なくないのであって、その関係については、すでに山口剛氏や島津久基氏によって、詳細に考証されている。

しかし一代男は源氏物語の翻案を目的にした作ではない。少なくとも馬琴の美少年録や俠客伝などが、中国文学を粉本にしたと同様な関係をこれに認めることはできない。光源氏が平安貴族の理想的人物として描かれているのに対して、世之介が町人社会の典型児として取り扱われている点からは、着想をこれに学んだといえるかも知れないし、部分的にはその影響がないとはいえない。しかし部分的な関係という点からいえば、西鶴の初期の作品には、源氏以外の伊勢物語や徒然草や謡曲などがしばしば投影しているのであって、こういう古典の利用は、その小説に限らず俳諧においてもすでに試みられたことである。着想という点でも、手近に寛文初年に出版された浅井了意の浮世物語などに、好箇の原型を求めることができたのである。源氏物語の影響があるにしても、ただその枠を借りただけであって、筋書の発展の上では、殆んどこれに学んではいない。これを翻案であるというのは、その意味を誤解しているからである。

好色一代男は源氏物語や浮世物語にならって、世之介という人物を中心にして、一応長篇の構成をとったのであるが、しかし世之介は、全篇を一貫した主人公として、個性のある人物としては描かれていない。中心人物の性格の変化とか、運命の発展とかいうことは、この作ではそれほど重要でなく、その人物の取り扱いが往々にして明瞭を欠いており、各章の連関や全体的な統一についてはあまり考慮されていない。五十四の各章はそれぞれ独立したものとも見られるのであって、各地の遊里におけるさまざまな好色生活を描くことに、重点が置かれているのである。そして各篇のそれぞれの主題を強調するために、主人公の運命などは犠牲にされている場合がある。例えば、遊女の真情を描こうとして、すでに莫大な遺産を相続した世之介を、わざと惨めな貧乏人につきおとしている「喰ひさして袖の橘」の章などは適当な例である。

好色一代男の文学的価値は、これを長篇小説として考えるよりも、精緻な短篇的構成をもつ各篇の描写の上にあると見るべきであろう。殊に巻五以下には名妓の特殊な性格が簡潔な筆致で生き生きと写されている。当時すでに遊女や野郎の評判記、花柳風俗関係書が多く刊行されておったし、西鶴自身も役者評判記「難波の㒵は伊勢の白粉」を書いている。役者の評判に引き続いて、遊女評判を書こうとするのは当然のことであって、彼は好色一代男において、これを具体化したのである。それも従来の断片的な評判記の形式では満足できなかったし、遊里の百科全書ともいうべき箕山の「色道大鏡」のような公式的な記述でも満足できなかった。そこで一応長篇小説の形態を借りて、遊里の生活を具体的に生き生きと叙述しようと試みたのである。実際好色一代男の強みは、当時実在の人物をモデルにし、現実の出来事を忠実に写そうとした点にあるといえる。

とにかく西鶴の好色一代男は仮名草子から浮世草子に移る劃期的な作品であった。それは素よりこの作家の天分に俟つところが多いのであるが、この作の素地は仮名草子時代に徐々に育まれていた。「好色」の二字を冠したのも西鶴の独創ではなく、天和二年二月刊行の「好色袖鑑」に先例が見られる。主人公の世之介は浮世之介であって、「浮世物語」の浮世房と関係がないとはいえないし、「たきつけ」「もえくひ」「けしずみ」「難波鉦」「名女情比」のような遊女評判記や、花柳風俗関係書などの影響を受けている点も少なくないと思う。好色とか当世風とかいう意識は、すでに仮名草子にも見られないことはない。従って好色ということだけで仮名草子から一線を引くことはできない。ただ西鶴の場合は仮名草子作家とは描写の意気込みが違うのである。

仮名草子の中にも遊女の逸話や享楽的な風俗を取り上げて書いた作はあるが、その書き方は叙述的であり説明的であって、しかも仮名草子の特質ともいうべき教訓性や実用性によってしばしば濁らされている。西鶴の場合は同じ遊女を描くにしても、中世以来の観念的な叙述をふみこえて、具体的にありありとその風貌姿態を描写している。西鶴は伝統や因襲を離れ、現実をはっきり認識していた。それは彼が大坂の地にあって、終生町人と生活を共にし、従来の作家が経験しなかった現実の生活を生きぬいたためであった。この透徹性がその作品を在来の仮名草子から分離させる結果になったのである。

かようにして西鶴は生活の表裏にわたって、遊里や遊女の生活の実態を捕捉し、そこに出入する一般庶民の感動と意欲を率直大胆に描いて見せたのである。しかもその文体は古語を新鮮な俗語によって色どり、長年俳諧によって鍛えられたリズミカルな独特な美しさをもっている。

好色五人女

「好色五人女」は貞享三年春刊行されたもので、無署名ではあるが、西鶴の作であることは明らかである。版元は「摂州書肆北御堂前森田庄太郎」である。これが初板であって、この他に「武州書林青物町清兵衛店」と合刻したものがある。これは再板であろう。大本五巻五冊で、巻一はお夏清十郎の物語、巻二は樽屋おせんの物語、巻三はおさん茂右衛門の物語、巻四は八百屋お七の物語、巻五は薩摩源五兵衛の物語になっている。なお、後になって気質物流行の際に「当世女容気」と改題刊行された。これには毛利田庄兵衛板行のものと、毛利田板を譲り受けて板行した田原平兵衛板とがある。

この五つの物語はいずれも事実に拠ったものである。まずお夏清十郎についていうと、近松はこれを主題にして「五十年忌歌念仏」を書いているが、五十年忌ということから逆算すると、清十郎の死刑は万治三年ということになる。ところが「伝奇作書」後集には寛文元年のことと伝えている。寛文元年は万治三年の翌年である。恐らくこれが正しいであろう。五人女に「哀や廿五の四月十八日に其身を失ひける」とある言葉を信用すれば、死刑は寛文元年四月十八日ということになる。なお五人女には「其比は上方の狂言になし、遠国村〻里〻迄ふたりが名を流しける」とあり、また「清十郎ころさばおなつもころせ」「むかひ通るは清十郎でないか、笠がよく似たすげ笠が」などのはやり唄が引用されている所を見ると、西鶴が五人女を書く前に、すでにこの事件は狂言に仕組まれ、歌祭文などにも唄われたものであろう。

しかしこの事件の真相は殆んど伝えられていない。ただ西沢一風の「乱脛三本鑓」(享保三年刊)にお夏のことが書かれている。それによると、播州姫路の但馬屋の手代清十郎が、そこの娘お夏を連れ出して大坂に逃げたが、二人ともに連れ戻されて、清十郎は死刑になり、お夏はいたずら者という評判が立って、嫁入の口もなかった。家も零落してお夏は片上に移り、茶店を出して暮しをたてていた。初めはお夏の茶屋といって繁昌したが、だんだん年を取るにつれて、その店もさびれ、今は見る影もない姿になったということである。

これは小説の一部であるが、恐らく事実に拠ったものであろう。五人女には「十六の夏衣けふより墨染にして」とあるが、これは西鶴の創作であろう。備前の片上に七十余歳まで生きながらえ、あわれな末路をとどめたものであろう。寛文元年に十六とすると、享保三年には七十四になるわけで、作者の一風は老後のお夏を実際に目撃したのかも知れない。とにかく西鶴は事実に囚われずに、その事件を美しく描き出したのである。そこに西鶴の創作的手腕が認められる。

樽屋おせんの物語は、五人女の本文に「貞享二とせ正月廿二日の夜」とある。これが事実であろう。なお五人女巻二の末尾に「其名さまざまのつくり哥に、遠国迄もつたへける」とある。五人女より少し前に刊行された「好色三代男」(貞享三年正月刊)巻三にも「当世の流行歌、今宵天満のはし〳〵きけば、なみだ樽やのなじみのと、小比丘尼の鼻たれ尼」とあるので、五人女執筆の際に、すでに歌祭文や流行歌で、広く喧伝されていたことがわかる。

樽屋おせんの原事実は明らかではない。「樽屋おせん歌祭文」の内容は五人女とは大分違っている。それによると、天満の樽屋忠兵衛と妻のおせんは、主人の世話で一緒になり、松の介という子供まであった。ある夜忠兵衛が念仏講に出かけて留守の間に、椛屋長右衛門が来て、おせんを口説いたが応じない。そこで椛屋は松の介に匕首をつきつけて迫ったので、おせんはやむを得ず、その意に従おうとするところへ、忠兵衛が帰った。おせんは今はこれ迄と覚悟して自害してしまう。年は二十三であったということである。歌祭文にも多少の潤色はあるだろうが、五人女よりも原事実に近いと思われる。

おさん茂右衛門の実説については、水谷不倒氏の「近松傑作全集」の解題に詳しい。それによると、京都烏丸通リ四条下ル所に住んでいた大経師意俊の妻おさんが、手代の茂兵衛と密通した。そしてそれを媒介した下女の玉とともに、丹波国氷上郡山田村に潜伏していたのを召捕られて、天和三年九月二十二日三人とも洛中引廻しの上、粟田口で処刑された。おさん茂兵衛は磔、玉は獄門にかかった。これは京都所司代で、密通者処刑の判例に供した書留の大要であるということである。五人女にも「九月廿二日の曙のゆめさら〳〵最後いやしからず」とあるし、「松の落葉」巻五、歌おんど「おさん茂兵衛」の文句の中に、貞享元年の盂蘭盆に、おさんの新聖霊のはじめて来ることが見えているから、処刑が天和三年九月二十二日であったことは事実であろう。

「大経師おさん歌祭文」はこういう話になっている。下女の玉は茂兵衛からおさんへの恋文を頼まれる。茂兵衛はこの恋が叶わなければ死んでしまうという。そこでおさんも心を動かされて一夜の契を結ぶ。茂兵衛は日頃の思いが晴れたので、この上は髪をおろして姦通の罪をのがれたいという。おさんはそれを許さないで、そのまま関係を続ける。そのうちにおさんは妊娠してしまう。そこで茂兵衛と玉を伴って丹波にのがれたが、評判が広まって、江戸に滞在していた夫のいしゅんの耳に入り、三人はさがし出されて粟田口で処刑された。この歌祭文は五人女より後にできたものであるが、恐らく真相に近いものであろう。

八百屋お七の事件は、「天和笑委集」「江都著聞集」（馬場文耕）などに真相が伝えられている。前者によると、森川宿の八百屋市左衛門の娘お七は、年は十六で頗る美人であったが、十二月二十八日家が類焼したので、一家は正仙院に避難した。この寺に生田庄之介という十七になる美少年がいて、二人は恋に陥る。翌年正月二十五日に新宅ができて、お七は帰ったが、二人の思いはつのるばかりで、家が焼けたらまた逢う機会もあろうと考え、お七は自分の家に放火する。それが発覚してお七は奉行所に引かれ、三月十八日に火刑に処せられ、庄之介は高野山で出家を遂げるのである。

江都著聞集では、お七の父は八百屋太郎兵衛、避難した寺は小石川の円乗寺、恋人は山田左兵衛となっている。吉三郎というのは吉祥寺門前にいた無頼漢で、お七をそそのかして放火をさせた犯人である。奉行はお七の心情に同情して、十五歳未満ということにして減刑しようとしたが、吉三郎の申立てによって、やむを得ず死刑にしたということになっている。

この両書の間にはかなり相違があるが、三田村氏の「芝居と史実」によると、お七の死刑は天和三年三月二十九日で、恋が芽ぐみはじめてから三年目、十八歳であったということである。

五人女の出版はこの事件があってから三年後であって、この可憐な物語は江戸から上方に伝わり、西鶴はいち早くこの事件を取り上げたのである。その後「八百屋お七歌祭文」が現われた。大体西鶴を踏襲したものであるが、最後の場面で、両親が面会を許されて大いに嘆く話や、吉三郎が刑場にかけつける話などが添えられている。紀海音の「八百屋お七」は五人女と歌祭文によって趣向をたてた作である。ただ武兵衛という敵役を設け、義理と人情をからませて、事件を複雑にしている。

おまん源五兵衛の事実は明らかでない。「伝奇作書」後集下の中興世話早見年代記には「寛文三年さつま源五兵衛お万心中」とあり、近松の「源五兵衛おまん薩摩歌」の発端にも、「はやり小唄も時につれ、時の昔とどこへいく、寛文年のころかとよ」とあるところから見ると、大体寛文初年の出来事であったと思われる。

ここに「はやり小唄」とあり、「どこへいく」とあるのは、寛文の頃流行した「源五兵衛どこへゆく、薩摩の山へ云々」という小唄を指すのであって、五人女にも「源五兵衛どこへ行、さつまの山へ、鞘が三文、下緒が二文云々」とある。この歌が当時流行したことは、「貝おほひ」（寛文十二年刊）の芭蕉の判詞に「源五兵衛おとゝの長脇差の、さやは三文、下緒は二文云々」とあることによってもわかる。また、五人女の本文に「おまんはさらし布の狂言奇語に身をなし」とあるのは、やはり人口に膾炙した「高い山から谷底見れば、おまん可愛や布晒す」の唄によったことは明らかである。「松の落葉」巻四には源五兵衛踊として、「高い山から谷底見れば、薩摩源五兵衛は目に立つ男」という歌がある。これらの歌によって、その頃おまん源五兵衛の艶名はかなり世間に拡がっていたものと想像される。

以上述べたように、五人女の実説は必ずしも明らかではないが、西鶴は実際に起った出来事によって趣向を立て、しかも事実に囚われないで、自由な構想をほしいままにしたのである。この中で樽屋おせんの事件は、五人女出版の前年に起った最もなまなましい事件であり、しかも大坂の出来事であった。作者はその内容を知悉していたに相違ない。ところが五人女は歌祭文の伝えとは大分違っている。どちらが真相に近いかは俄かに断定できないが、五人女では、麴屋長左衛門の妻が、夫とおせんとの関係を邪推し嫉妬をした。その女に対する反撥から、おせんは長左衛門と密会してしまう。麴屋の妻に思い知らせようという反抗心が二人を接近させたのである。これはいかにも西鶴らしい好みであって、恐らく西鶴の創作であろう。

また、おまん源五兵衛の話も、本来は心中事件であったと思われるが、五人女ではこれを円満な夫婦生活に終らせている。これは前の四話がいずれも悲劇に終っているので、最後の巻を芽出度くする必要から、わざと原事実を変えたものであろう。とにかく五人女には多分に虚構が含まれている。それを明らかにすることによって、西鶴の脚色の態度や創作の意図を考えることができよう。

好色五人女は西鶴の作品の中でも特殊な立場をもっている。彼の作品は断片的な説話を集成したものが多い。好色一代男にしても世之介という人物で一貫されてはいるが、説話としては一章毎に独立したものとも考えられる。緊密な筋の計画の下に、全体が構成されているのではない。ところが五人女の五つの物語は、それぞれ首尾まとまりのある短篇小説の形態を取っている。また従来西鶴が取り扱った世界は、世間的道徳の埒外に置かれた遊里の生活であったし、その登場人物も多くは遊女と蕩児であった。ところが五人女では普通の家庭生活が題材に選ばれている。当時の苛酷な刑法では、放火や姦通は火刑や磔に処せられたが、この作品ではそういう危険を冒してまでも、恋愛に生きようとする男女が取り扱われている。これはかなり大胆な行き方であったといわなければならない。西鶴はお夏・おせん・おさん・お七・おまんの五人女のそれぞれ違った愛慾生活を描いて、その当時の掟や道徳にするどく対立しようとしたのであって、そういう点からいっても、これはかなり飛躍的な作品であったといえるであろう。

好色一代女

「好色一代女」は好色一代男が、男性の一代記であるのに対して、一女性の好色の生涯を書いたものである。この作品にも署名はないが、明らかに西鶴の作である。美濃判形六冊の大本で、貞享三年六月の刊行である。版元は「大坂真斎橋筋呉服町角書林岡田三郎右衛門」であった。

恋にやつれた二人の青年が、洛北の好色庵を訪ね、庵主の老女が青年のすすめる酒に心を取り乱し、一代の身のいたずらを夢のように語るという趣向を取った作である。その構想の上に張文成の「遊仙窟」や蘇東坡の「九相詩」などの影響が見られ、さらに仮名草子の「二人比丘尼」などを念頭に置いて書いたものであろう。もっとも懺悔物語の形態は「二人比丘尼」や「七人比丘尼」以前に「三人法師」があり、近くは延宝五年刊の「たきつけ」「もえくひ」「けしずみ」の三部作がある。この中の「けしずみ」は、遊女あがりの尼が遊里の種々相を懺悔する形態を取っており、一代女の直接の粉本になったものと思われる。

好色一代男と同様に一代記的様式を取った作であるが、一代男が男性を中心にして、始があって終がないような積極的な恋を描いたのに対して、これは終点から話がはじまって、どちらかといえば思うにまかせぬ女性の恋を取り扱ったものである。一代男の世之介は徹頭徹尾積極的に恋を追求しているのであるが、一代女は生活苦と性慾に責められながら、一歩一歩と淪落の底に沈んで行くのである。太夫から天神・囲に落され、寺小姓となり大黒となって、さらに蓮葉女・暗女・旅籠女と、だんだん暗い生活に落ちこみ、顔の皺を白粉で塗りかくし、夜発となって道行く人の袖を引くというような、悲惨な女の生涯がまざまざと描かれている。六十にもなってなお女護島へ船出をするという世之介の明朗な意欲はこの作には見られない。一代女はむしろ絶望と悔恨に包まれながら、生きるために、またもって生れた異常な性慾のために、女性に与えられたあらゆる職業を経験するのである。一代男には愛欲の限界はなかったが、一代女はあらゆる性生活に責めぬかれた後に、寺に詣でて五百羅漢像を拝み、無常を観じて菩提を願う身になるのである。

　好色五人女にも性慾的に大胆な、気性のはげしい女性が取り扱われている。おさんやおせんはその典型的なものである。しかし五人女は性慾以外に恋にも生きようとしている。ところが一代女にとっては、性生活が彼女の全生活であった。この作品は一人の女性の肉体の歴史ともいうべきものであって、愛情らしいものは殆んど描かれておらず、ただ欲望のままに顚落の一途を辿る性慾の狂態が述べられている。女性のこういう生活を取り扱って、その心理の隅々まで微妙に描き出した作品は稀であるといえよう。性生活を対象にしながら、しかも審美的な価値を失わないという点に、この作品の長所が見られるのであって、それはこの作者の女性観照の確かさによるものであり、古今変らぬ人生の真実を的確につかんでいるからであろう。

参考書目

角田柳作　井原西鶴　民友社　明治三
鈴木敏也　西鶴の新研究　天佑社　大正九
水谷不倒　西鶴本（上・下）　水谷文庫　大正九
木崎愛吉　西鶴研究金の巻　だるまや書店　大正一二
片岡良一　井原西鶴　至文堂　大正一五
山口剛　西鶴・成美・一茶　武蔵野書院　昭和六
小宮豊隆他　西鶴俳句研究　改造社　昭和一〇
片岡良一・山口剛　西鶴研究　新潮社　昭和一一

滝田貞治 西鶴襍俎 巌松堂 昭和一二
近藤忠義 西鶴 日本評論社 昭和一四
片岡良一 西鶴論考 万里閣 昭和一五
滝田貞治 西鶴襍藁 野田書房 昭和一六
滝田貞治 西鶴の書誌学的研究 野田書房 昭和一六
織田作之助 西鶴新論 天地書房 昭和二二

好色一代男

三田村鳶魚他 西鶴輪講 好色一代男 春陽堂 昭和二
阿部次郎「好色一代男」おぼえがき（「徳川時代の芸術と社会」所収） 改造社 昭和六

好色五人女

島村抱月他 西鶴作「おせん長左」 読売新聞 明治三四・八・五
水谷不倒他 西鶴の「五人女」を評す 早稲田文学 明治三九・三
三田村鳶魚他 好色五人女輪講 竜王堂 昭和五
藤井乙男 西鶴五人女詳解 木鐸社 昭和六

好色一代女

森鷗外他 好色一代女合評 めざまし草 明治三〇・七
三田村鳶魚他 西鶴輪講 好色一代女 春陽堂 昭和三

その他

藤井乙男 西鶴名作集（評釈江戸文芸叢書）
中央公論社 定本西鶴全集
朝日新聞社 井原西鶴集（日本古典全書）
藤村作 訳註西鶴全集

暉峻康隆 西鶴 評論と研究（上・下・ノート） 中央公論社 昭和二三－二六
野間光辰 西鶴新攷 筑摩書房 昭和二三
野間光辰 西鶴年譜考証 中央公論社 昭和二七
真山青果 西鶴随筆・西鶴語彙考証 講談社 昭和二七
森銑三 西鶴と西鶴本 元々社 昭和三〇
山口剛 好色一代男の成立（「江戸文学研究」所収） 東京堂 昭和八
神谷鶴伴 好色一代男註釈 改造社 昭和九
鈴木敏也 西鶴五人女評釈 日本文学社 昭和一〇
尾形美宣 西鶴好色五人女詳解 大同館書店 昭和二三
暉峻康隆 好色五人女評釈 明治書院 昭和二八
岡一男 全註絵入好色一代女 白鳳出版社 昭和二一
春秋社 現代語 西鶴全集
石割松太郎 暉峻康隆 現代語訳 西鶴名作集
吉井勇 現代語訳西鶴好色全集
麻生磯次 現代語訳西鶴全集

凡例

本文　本文作成にあたっては、插絵のすべてを網羅するなど、原本の面影を残すことにつとめたが、行移り・丁移りについて原本の形式によらなかったことをはじめ、各章に適宜段落を施すなど、通読しやすくすることに留意した。

句読点　原本には・。を用いて独特な句読を施してあるが、各作品を通じてかならずしも統一がみられず、また現行の句読法といちじるしく相異しているので、原文の句読点によらず、あらたに校注者によって施した。

仮名遣　西鶴の文には、かならずしも歴史的仮名遣に一致しない用例は非常に多いが、これらのほとんどは当時の慣用であったものであるから、原文のままとして、改めることをしなかった。例——「すへ」(末《すゑ》)、「しやわせ」(仕合《しあはせ》)、「わかひ」(若い)、「なを」(猶《なほ》)。

清濁　原文の濁音表記には誤脱が多いので、校注者により削補をおこなった。すなわち、「戸棚《どたな》」「いへとも」「立こぞ」などはそれぞれ「戸棚《とだな》」「いへども」「立こそ」などと正し、「只《たゝ》」「状箱《しやうばこ》」「うごきかとられぬ」などはそれぞれ「只《たゞ》」「状箱《じやうばこ》」「うごきがとられぬ」などと補った。

半濁点　「さつはり」「三八《さんは》」「干瓢《かんへう》」のように半濁点表記を欠くものにはこれを施し、「ぼんと町」「重箱に一ばいと」のように半濁音表記をすべき個所に濁点のつけられているものはこれを半濁点に改めた。

振仮名　原文のままとすることを原則とするが、明らかな誤の場合あるいは衍字の場合は正しく改めた。例えば、「内《たい》談《だん》」「十五《かこか》」は「内談《ないだん》」「十五《かこひ》」とし、「捨難《すてがた》く」「焼野《やけの》の」「暮惜《くれおし》む」は「捨難《すてがた》く」「焼野《やけの》の」「暮惜《くれおし》む」とした。

また、本来は本文中にあるべき活用語尾・助詞が振仮名中に含まれている場合は、原文のままとした。例――広《ひろい》京、せい高《たかく》、聞《きく》に、走出《はしりいで》、明日《あすは》京都へ。

なお、a)通読のために振仮名が必要と思われる個所、およびb)振仮名の一部が欠けている場合は、原文の振仮名と区別して、(　)で囲んで補った。活用語尾を補う必要のある場合も同様にした。例――a)塩《しほ》入《(いれ)》て飲《のむ》、参《(まゐら)》ば、此《(この)》男外《(ほか)》を詠《ながめ》もやらず、b)灸《やひ(と)》、三輪組《(み)つはくむ》。

字体・用字　翻字にあたっては、主として現行活字体を用いたが、特殊なものについては左の要領によった。

1 略字体　原文に略字体が用いられている場合、それが現行の字体と一致するものは、略字体のままとし、正字体に統一することをしなかった。例――仏(佛)、声(聲)、万(萬)。

2 異体字　現行活字体に見られない特殊な文字は、邉は辺、亰は京、睍は覗のように、通行の文字に改めた場合もあるが、該当する文字のない場合(例――皀、娌、桞、涓)はこれを残した。

3 宛　字　当時の慣用のものも多いのでなるべくそのまま残したが、現行の用字に改めたものもある。例――親立↓親達、東破↓東坡、織人↓職人。

4 誤字・誤刻　明らかに誤字・誤刻と思われるものは改めた。例――右《いにしへ》↓古、析《おり》↓折、炭《はい》↓灰、細《つむぎ》↓紬、妹末《しまつ》↓始末、銀季《いてう》↓銀杏、管笠《すげがさ》↓菅笠。

5 漢字につけられた濁点は、例示のように表記した。例――たばね朮↓たばね木《(ぎ)》、隠れ家↓隠れ家《(が)》。

6 反覆記号　「〱」「ゝ」は原則として原文のままとしたが、漢字一字または二字よりなる語の反覆記号「〱」

は、「〻」または「〻〻」に統一した。例——国〱→国〻、所望〱→所望〻〻。

頭注　簡略で飛躍が多く、難解な西鶴の文を通読しやすくすることを主眼として施した。また、彼の修辞の背景となっている出典や地名・人名などの固有名詞の説明もできるだけ詳しく行った。その際、評釈江戸文芸叢書「西鶴名作集」、「定本西鶴全集」をはじめ、先学諸賢の研究書・注釈書に啓発されるところが多く、また前田金五郎氏には直接間接に御教示をいただいた。横山重氏（好色一代男）・上野図書館（好色五人女）・天理図書館（好色一代女）は、底本として貴重な御蔵書の使用を許諾された。ここに付記して深謝する次第である。

なお、好色一代女には別に補注を付した。

好色一代男

板坂　元　校注

繪入

好色一代男

一

好色[一]一代男　　巻一目録

一その人一代きりで後嗣のない男。一代女の場合の一代も同意。一代女六ノ四(四五四頁注二〇)参照。

二色気づくこと。

三恋慕の情をもつこと。

四行水の縁語。恋慕・交歓すること。

五男色関係にある男の年長者を兄分とし、これを念者または念友とよぶ。

六伏見の遊廓。

七「煩悩の垢」(絶ちがたい欲望)という諺と、垢かきをかけた表現。

八風呂屋の湯女(ゆな)。

九現金払。

一〇 茶屋の茶汲女。垢かきと同じく私娼の一。

一一 桜や月を賞でる遊興のはかなく限度があるをいい、以下に色欲の遊びの無限を説く序となる。一二 但馬の歌枕。所在不明。「いる」は掛詞。一三 同国の生野(いくの)銀山か。他に朝日・中瀬の金山があった。一四 渡世の家業をおろそかにして。一五 女色と衆道(男色)の両方に。一六 夢中になって遊興する男の通称。一七 替名。あだ名。

けした所《ところ》が戀《こひ》のはじまり

[一一]桜《さくら》もちるに歎《なげ》き、月はかぎりありて[一二]入佐山《いるさやま》。爰《(こゝ)》に但馬《たじま》の國《くに》[一三]かねほる里の邊《ほとり》に、[一四]浮世《うきよ》の事《こと》を外《(ほか)》になして、[一五]色道《しきだう》ふたつに寐《ね》ても覺《さめ》ても[一六]夢介《ゆめすけ》と[一七]かえ名《な》よばれて、[一八]名《な》古《こ》や三左《(さんざ)》・[一九]加賀《かゞ》の八《(やつ)》などゝ、[二〇]七つ紋《もん》のひし[二一]にくみして身《み》は酒《さけ》にひたし、一条通《でうとを》り夜更《よふけ》て[二二]戻《もど》り橋《はし》。或時《あるとき》は[二三]若衆出立《わかしゆでたち》、姿《すがた》をかえて[二四]墨染《すみぞめ》の長袖《ながそで》、又は[二五]たて髪《かみ》かつら、[二六]化物《ばけもの》が通《とを》るとは誠《まこと》に是《これ》ぞかし。それも[二七]彦七《ひこしち》が良《かほ》して、願《ねがは》くは咀《かみ》[二八]ころされてもと通《かよ》へば、なを[二九]見《(み)》捨難《すてがた》くて、[三〇]其比《そのころ》名高《なたか》き中にもかづらき・かほる・三夕《せき》思ひ〱に身請《みうけ》して、[三一]嵯峨《さが》に引込《ひつこみ》或《あるい》は東山《ひがしやま》の片陰《かたかげ》又は[三二]藤《ふぢ》の森《もり》ひそかにすみなして、契《ちぎ》りかさなりて、[三三]此《(この)》うちの腹《はら》よりむまれて世之介と名によぶ。[三四]あらはに書《かき》しるす迄もなし、しる人はしるぞかし。

[三五]ふたりの寵愛《てうあい》[三六]てうち〱、髪振《かぶり》のあたまも[三七]定《さだま》り、四つの年の霜《しも》月は[三八]髪置《かみをき》、[三九]はかま着《ぎ》の春も過《(すぎ)》て、[四〇]疱瘡《はうさう》の神《かみ》いのれば跡《あと》なく、六の年へて明《あく》れば七歳《さい》の夏《なつ》の夜《よ》の寝覺《ねさめ》の枕《まくら》をのけ、[四一]かけがねの響《ひゞき》あくびの音《をと》のみ。[四二]おつぎの間《ま》に宿直《とのゐ》せし女さし心得《こゝろえ》て、[四三]手燭《てしよく》ともして遙《はるか》なる廊下《らうか》を轟《とゞろ》かし、ひがし北の家陰《やかげ》に[四四]南天《なんてん》の下葉《は》し

一八 名古屋三左衛門。美貌で有名。初め蒲生氏郷、後に森忠政に仕え、慶長九年五月、同輩井戸宇右衛門と闘諍して死す。 一九 未詳。八は八左衛門・八兵衛等の替名。三左・八の名につづけて七つ紋という数が出る。 二〇 ひょう紋の一種。菱型紋を七つ組合せその一つ一つを色変りとしたもの。 二一 七つ紋の菱を印とする仲間を組んで。 二二 京の一条堀川にかけた橋。深夜島原から遊んで戻ると橋の名とを掛ける。 二三 前髪を伸ばした若衆姿。 二四 僧侶の服装。 二五 立髪。月代(さかやき)を伸ばした髪型。遊客が好んだ。 二六 戻り橋は渡辺綱が鬼女の腕を斬った所といわれ、その縁で化物が通るという表現を出した。 二七 物事に動ぜぬ様をいう諺。彦七は大森彦七のことで化物の縁語。 二八 女を溺愛するの意の慣用語。 二九 遊女の方も彼等を見捨て難くなり。 三〇 島原遊廓が六条三筋町にあった頃。以下の三人は太夫名。 三一 京の北郊。金持の別荘が多かった。 三二 伏見の御香(ごこう)の宮の北六七丁にある。 三三 三人の遊女の中の一人の。 三四 家名を明記するまでもない。 三五 夢介夫婦。 三六 てうち(手打)てうちとあやして乳児に手を打ち合させる遊び。髪振はかぶりかぶりといって乳児に頭を左右に振らせる。いずれも寵愛の様。 三七 頭の骨がかたまる。 三八 男子四歳の年、髪を生やし十一月十五日に祝う行事。元禄頃より三歳に決る。 三九 男子五歳の年、正月吉日に袴の着初めをして祝う行事。 四〇 疱瘡の神は住吉大神とも松尾東南月読の神ともいう。 四一 閨(ねや)の障子の懸け金。 四二 主人の部屋の次の間で奉公人が夜詰をしている所。 四三 四〇頁挿絵参照。 四四 東北の隅、鬼門の方角に火災予防のため植える南天(難転の語呂)。

げりて、[一]敷松葉《しきまつば》に御[二]しともれ行《ゆき》て、お[三]手水《てうず》のぬれ縁《えん》[四]ひしぎ竹の[五]あらけなきに、[六]かな釘《くぎ》のかしらも御こゝろもとなく、[七]ひかりなを見せまいらすれば、「其《その》火けして近《ちか》くへ」と仰《おほせ》られける。「御あしもと大事がりて[八]かく奉《たてまつ》るを、いかにして闇《くら》がりなしては」と、[九]御言葉《ことば》をかへし申せば、うちうなづかせ給ひ、「[一〇]戀《こひ》は闇《やみ》といふ事をしらずや」と仰《おほせ》られける程《ほど》に、御まもりわきざし持《もち》たる女息《いき》ふき懸《かけ》て、御のぞみになしたてまつれば、左《ひだり》のふり袖を引《ひき》たまひて、「[一一]乳母《うば》はいぬか」と仰《おほせ》らるゝこそおかし。是《これ》をたとへて、[一二]あまの浮橋《うきはし》のもと、まだ[一三]本《ほん》の事《こと》もさだ

まらずして、はや御こゝろざしは通《かよ》ひ侍ると、つゝまず奥《おく》さまに申《まうし》て御よろこびのはじめ成《なる》べし。

次第に事つのり、日を追《お》つて假《かり》にも[一四]姿繪《すがたゑ》のおかしきをあつめ、[一五]おほくは文車《ふぐるま》もみぐるしう、「[一六]此《この》菊《きく》の間《ま》へは我《われ》よばざるも

一 公家風の邸宅の便所の小用の壺に、音のせぬように敷いた松葉。元禄六年刊の「浮世栄花一代男」にも、「座敷に入さまに、敷松葉の壺に立より用事かなへけるを」(三の三)とある。二 小便。三 手水をつかうための濡れ縁。四 竹を割って平たく板状に並べてあるもの。五 粗雑である上に。六 ひしぎ竹を打ちつけてある鉄釘。七 濡れ縁などに使う釘は頭が角になっている。七 足許が危いので燭を近づけ一層明るくしてさしあげると。八 このようにしてあげるのに。九 御返事を申し上げると。一〇 恋は人を盲目にするという意の諺。西鶴はこれを恋をするには暗がりが好都合だの意に用いている。一一 乳母は見ていないか。一二 イザナギ・イザナミ両神が鶺鴒の様を見て男女交合の道を知った故事。これより性交のはじまりにたとえる。一三 実際に大人のような行いはできないが、すでに気持だけは性に目ざめている。一四 美人画。一五 徒然草七二の「多くて見苦しからぬは文車のふみ」をもじって、いくら何でもこんなに多くては文車も見苦しいものだの意とする。一六 自分の居間。一七 出入を厳重に取締る。一八 折据。折紙細工。一九 雌雄一体となり、翼・足・目が一組しかない想像上の鳥。男女の関係の深いのに譬える。二〇 侍女たちに。二一 連理之枝。一本の木に生じた雌雄の幹の枝の脈理がくっついてしまったもの。夫婦和合の譬にいう。二二 お前。汝。二三 男女関係に関すること。二四 ふんどし。男子七歳の年に褌のかき初めをする。母の実家などから贈られた桃色の褌を使う。二五 兵部卿。数種の香(こう)を調合して絹袋に入れ懐中するもの。二六 衣服に香をたきしめる。二七 気どった。二八 余情。風情(ふぜい)。様子。二九 同年輩の友人

のまいるな」などゝ、かたく[一七]関《せき》すえらるゝこそこゝろにくし。或時《あるとき》はおり[一八]居《すえ》をあそばし、「[一九]比翼《ひよく》の鳥《とり》のかたちは是《(これ)》ぞ」と[二〇]給《たま》はりける。花つくりて梢《こずへ》にとりつけ、「[二一]連理《れんり》は是《(これ)》[二二]我《(われ)》にとらする」と、よろづにつけて[二三]此《(この)》事をのみ忘《わす》れず、[二四]ふどしも人を頼《たの》まず、帯《おび》も手づから前《まへ》にむすびてうしろにまはし、身《み》に[二五]へうぶきやう[二六]袖《そで》に焼《たき》かけ、[二七]いたづらなる[二八]よせい、おとなもはづかしく、女のこゝろをうごかさせ、[二九]同じ友《とも》どちとまじはる事も[三〇]烏賊《いか》のぼせし空《そら》をも見ず、「[三一]雲《くも》に懸《かけ》はしとはむかし[三二]天《てん》へも流星人《よばいど》ありや。[三三]一年に一夜のほし[三四]雨《あめ》ふりてあはぬ時《とき》のこゝろは」と、遠《とを》き所《ところ》までを悲《かな》しみ、[三五]こゝろと戀《こひ》に責《せめ》られ、[三六]五十四歳までたはぶれし[三七]女三千七百四十二人、[三八]少人のもてあそび七百二十五人、[三九]手日記《てにつき》にしる。[四〇]井筒《ゐづゝ》によりてうないこより已來《このかた》、[四一]腎水《ぢんすい》をかえほして、[四二]さても命《いのち》はある物か。

はづかしながら文言葉《ふみことば》

[四三]文月七日の日、一とせの埃《ほこり》に埋《うづもれ》し[四四]かなあんどん・油《あぶら》さし・机《つくへ》・硯石《すゞりいし》を洗ひ流《なが》し、[四五]すみわたりたる瀬《せ》ゞも[四六]芥川《あくた(がは)》となしぬ。北は[四七]金竜寺《こんりうじ》の入相《いりあひ》のかね、[四八]八才の宮《みや》の御歌《うた》もおもひ出《(いだ)》され、世之介もはや[四九]小學《せうがく》に入《(いる)》べき年なればとて、折ふし[五〇]山崎《やまざき》

と遊ぶことも。西鶴は「たる」とすべきところを「し」とすることがしばしばある。三〇 いかのぼりをあげた空。三一 及ばぬ恋のたとえ。「雲に懸橋霞に千鳥とは及ばぬ恋との御掟かや」(絵巻、上瑠璃)。三二 夜這い人。前の空・雲から流星(よばいぼし)の宛字を用いた。三三 牽牛・織女の二星。三四 七夕の宵に数滴でも雨が降れば天の河が氾濫して二星は会えぬという(山之井)。三五 我と我が心から。三六 六十歳とあるべきところ。三七 在原業平が戯れた女の数が三千三百七十三人(三十三人とも)という俗説による。お伽草子などに見える。三八 美少年。若衆。三九 手控え。手帖。四〇 謡曲、井筒の「井筒によりてうなゐ子の、友だち語らひて互に影を水鏡」による。原典は伊勢物語。うなゐ子は垂れ髪の幼児。四一 精液。四二「歎きながらも月日を送るさても命はあるものか」(新町当世なげぶし)による。四三 七夕の朝、衣類・器物特に文房具を洗い清める。四四 紙を張る部分を金網で作った行灯。四五 澄みと墨を掛けている。四六 摂津三島郡所在の淀川の支流。それを塵芥の流れる川に掛けている。四七 三島郡磐手村にある。能因法師が「山寺の春の夕暮来て見れば入相の鐘に花ぞ散りける」(新古今)とここで詠んだ。当時名物入相の鐘をこの寺が蔵していた。四八 後醍醐天皇の皇子の恒良親王。八歳の年に「つくづくと思ひ暮して入相の鐘を聞くにも君ぞ恋しき」の詠があったという(太平記)。四九「古者八歳入ニ小学一、則有ニ事レ師事レ長之道一」(小学高註)による。芥川から入相の鐘、八歳の宮の歌、小学と連想でつづいている。五〇 山城乙訓郡にある。京都の南方に当り、油の名産地。

の姨《おば》[一]のもとに遣《つかは》し置《をき》けるこそ幸《さいはい》、むかし宗鑑法師《そうかんほうし》[二]の一夜庵《(いち)やあん》の跡《あ(と)》とて、住《すみ》つゞけたる人の滝本流《たきもとりう》[三]をよくあそばしける程《ほど》に、師弟《してい》のけいやくさせて遣《つかは》しけるに、手本紙《てほんがみ》[四]さゝげて、「はゞかりながら[五]文章《ぶんしやう》をこのまん[六]」と申せば、指南坊《しなんぼう》[七]おどろきて、「さはいへ、いかゞ[八]書《かく》べし」とあれば、「今更馴《いまさらなれ》[九]ゝしく御入候《(おんいりさふら)》[一〇]へ共《(ども)》、たへかねて申まいらせ候《(さふらふ)》。大形《かた》目つきにても御合点有《がつてん(ある)》[一一]べし。二三日跡《あと》に姨様《おばさま》の昼寝《ひるね》をなされた時、こなた[一二]の糸《いと》まきをあるともしらず踏《ふみ》わりました。「すこしもくる[一三]しう御《(こ)》ざらぬ」と、御はらの立《(たち)》さうなる事を腹《はら》御立《たて》候はぬは、定而《さだめて》おれにしの[一四]ふでいゝたい事が御座るか。御座るならば聞《きゝ》まいらせ候《(さふらふ)》べし」と永《なが》ゝと申《(まうす)》程《ほど》に師匠《しせう》もあきれはてゝ、是迄《これまで》はわざと書《かき》つゞけて「もはや鳥《とり》[一五]の子もない」と申されければ、「然《しか》らばなを〱[一六]書《がき》を」とのぞみける。「又重而《かさねて》たよりも有《(ある)》べし。先是《まづこれ》にてやりやれ[一七]」と大形《(おほ)かた》[一八]の事《こと》ならねばわらはれもせず。外《(ほか)》にいろはを書《(かき)》て是《(これ)》をならはせける。

夕陽《せきやう》端山《はやま》に影《かげ》くらく、むかひ[一九]の人來《きた》りて里《さと》にかへれば、穐《あき》の初風《はつかぜ》はげしく、しめ木《ぎ》[二〇]にあらそひ、衣《ころも》うつ槌《つち》の音物《をともの》かしましう、はした[二一]の女《おんな》まじりに絹《きぬ》[二二]ばりしいしを放《はつ》して、「戀《こひ》[二三]の染《そめ》ぎぬ、是《(これ)》は御《(こ)》[二四]りやうにん様の不断着《ふだんぎ》、此《この》[二五]なでしこの腰《こし》[二六]形《かた》[二七]くちなし色《いろ》のぬし[二八]や誰《たれ》」とたづねけるに、「それは世之介のお寝巻《ねまき》」と答《こた》ふ。

一 母の姉妹。 二 俳諧師宗鑑は山崎に住んだが晩年讃岐豊田郡坂本村に移り、庵を一夜庵と名づけた。ただし西鶴は、山崎の庵を一夜庵といっている。この庵には当時、貞門俳人梵益が住んでいた(俳家大系図)。 三 男山八幡宮の別当であった滝本坊松花堂昭乗の始めた書道の一流派。 四 手本を書いてもらう料紙。 五 ぶしつけですが。 六 好むは、所望する、注文するの意。「このむ」を「たのむ」の誤刻と推定する説もあるが、例えば巻五ノ二に「何にても道中望にまかせてまいらすべし、おもひ〱にこのめ」との用例もあり、誤刻とするには及ばない。 七 師匠の坊さん。日葡辞書などにもこの意味が見える。なお前記梵益は僧侶で承応年間の人。 八 「いかゞ書くべき」となるのが正しいが、当時すでに係り結びは乱れている。 九 突然。 一〇 ございますけれども。当時の手紙の慣用語の一つ。 一一 御気付のことと存じます。 一二 あなた。二人称。 一三 かまわない。さしつかえない。 一四 「忍びて」の音便形「しのうで」の「う」を「ふ」と表記している。 一五 鳥の子紙。卵黄色で卵の表面のように滑かな和紙。 一六 手紙の本文に書きもらしたことを宛名の後に一字半さげて書き、さらに本文の行間にも書く、その初めに「なを〱」とか「追而」とか書くのでこの称がある。おって書きともいう。 一七 やりなさい。 一八 普通のことではないので。手本でなくて恋文であるから。 一九 迎え人。当時はすべて「迎ひ」で「迎へ」とは言っていない。 二〇 灯油をしぼるしめ木のくさびを叩く槌の音にまじって、砧の音がやかましく聞え。 二一 下働きの女もまじって。「はした」は下女よりも下級の雇女。二二 洗った絹物を張って皺をのばす細いしんし。 二三 色

一季《ひとき》[二九]おりの女[三〇]そこ〳〵にたゝみ懸《かけ》、「[三一]さもあらば京《きやう》の水《みづ》ではあらはいで」とのゝしるを聞《(きゝ)》て、「[三二]あか馴《なれ》しを手に懸《かけ》さすも、[三三]たびは人の情《なさけ》といふ事あり」と[三四]申されければ、[三五]下《げ》女《じよ》面目《めんぼく》なくかへすべき言《こと》葉《ば》もなく、只《たゞ》「御ゆるし」と申《(まうし)》捨《すて》迯入袖《にげいるそで》を[三六]ひかえて、「此文《このふみ》ひそかに[三七]おさか殿《どの》かたへ」と頼《たの》まれけるほどに、[三八]何心《なにごゝろ》もなふたてまつれば、娘更《むすめさら》に覺《おぼえ》もなく赤面《せきめん》して、「いかなる御方よりとりてつかはしける」と言葉《ことば》あらけなきをしづめて後《のち》、母親《はゝおや》かの玉章《たまづさ》を見れば、[三九]隠《かく》れもなくかの御《(ご)》出家《しゆつけ》の[四〇]筆《ふで》とはしれて、「[四一]しどもなく、[四二]さはありながら」と、[四三]罪《つみ》なき事に疑《うたが》はれて、[四四]その事こまかに云《いゝ》わけもなをおかしく、[四五]よしなき事に人の口とて[四六]あらざらむ沙汰《さた》し侍る。

世之介姨《おば》にむかつてこゝろの程《ほど》を申せば、[四七]何《なに》ともなく今まではおもひしに、

柄の派手な着物。　二四 御寮人。良家の子女。　二五 「なでしこ」は世之介の紋。　二六 腰模様。　二七 梔子《(くちなし)》の実と紅花とで染めた濃い赤味のある黄色。　二八 「山吹の花色衣主やたれ問へど答へず口なしにして　素性法師」(古今)による。
二九 一季(一年)奉公の女。一年を一季、半年を半季と定めて雇傭の契約をした。一季の場合は三月十日より起算。　三〇 無造作に。さっさと。　三一 それならば京の水で洗わなくちゃあ。京の水は清潔で染色洗濯に好適とされていた。　三二 あかじみた衣。　三三 諺。旅先でうける人情は嬉しいの意。　三四 世之介が。　三五 下女が顔まけして。この下女ははした女と一緒に洗い張りの取り入れをしていたもの。　三六 ひきとめて。　三七 世之介の従姉の名。　三八 何の気もなくおさか殿にさしあげたところ。　三九 あきらかに。　四〇 筆蹟と判明したので。　四一 (手紙の内容が)たどたどしく子供じみていて。　四二 しかしながら。子供っぽい手紙で師匠のしわざとは考えられないが、筆蹟がそうだからもしかするとあの師匠の手紙かも知れない。　四三 無実の罪を疑われて。　四四 師匠がその事を詳しく言い訳するのも、なおいっそう滑稽に見える。「こまかに」は「云わけ」を修飾。西鶴の文には連用修飾語に修飾される語が体言(動詞的な意味をもつ体言)となっている場合が多い。　四五 根も葉もないことに対して。
四六 (師匠が付文をしたという)とんでもない評判を立てた。　四七 今まではまだ何でもない(ほんの子供だと)思っていたが。

あすは[一]妹《いもと》のもとへ申遣《(まうしつかは)》し、京でも大笑ひせさせんと、[二]おもふ外《(ほか)》へはあらはせず、「我《わ》が娘《むすめ》ながら貌《かたち》ぬ[三]世《よ》の人並《ひとなみ》とて、去方《さるかた》に申合《(まうし)あはせ》てつかはし侍る。年だに[四]大《(おほ)》形《かた》ならば世之介に[五]とらすべきものを」と、[六]心とこゝろに何事もすまして、其後《そのゝち》は氣付《きつけ》て[七]みるほど[八]黠《こざか》しき事《こと》にぞありける。「惣《そう》じて[九]物毎《ものごと》に[一〇]外《(ほか)》なる事は頼《たの》まれてもかく事なかれ」と、めいわくせられたる法師《ほうし》の申されける。

人には見せぬ所

[一一]皷《つゞみ》もすぐれて興《けう》なれども、「[一二]跡《あと》より戀《こひ》の責《せめ》くれば」と、そこ計《ばかり》を明《あけ》くれうつ程《ほど》に、後《のち》には親《おや》の耳《みゝ》にもかしかましく俄《にはか》にやめさて(ママ)、世《よ》をわたる[一三]男藝《おとこげい》とて、[一四]兩替《りやうがへ》町《まち》に[一五]春日屋《かすがや》とて母《はゝ》かたの所縁《ゆかり》あり、此《(この)》もとへ[一六]銀《かね》見習《なろ》ふためとてつかはし置けるに、はやしに[一七]一ばい[一八]三百目の借《か》り手形《てがた》、いかに[一九]欲《よく》の世中《よのなか》なれば迚《とて》かす人もおとなげなし。

其比《そのころ》九才の[二〇]五月四日の事ぞかし。あやめ葺《ふき》かさぬる軒《のき》のつま見[二一]越《こし》の柳《やなぎ》しげりて、[二二]木下闇《このしたやみ》の夕間暮《(ゆふま)ぐれ》、[二三]みぎりに[二四]しのべ竹の[二五]人除《よけ》に、[二六]笹屋嶋《さゝやじま》の帷子《かたびら》・[二七]女の隠《かく》し道《だう》具《ぐ》をかけ捨《すて》ながら[二八]菖蒲湯《しやうぶゆ》[二九]をかゝるよしして、[三〇]中居《なかゐ》ぐらいの[三一]女房《にようばう》、「[三二]我《われ》より外《ほか》には

一 世之介の母にあたる。二 思っただけで口には出して言わず。三 世間並なので、某家へ縁談がまとまって、嫁にやることになっている。四 おおよそ似つかわしいならば。五 縁組させる。六 我と我が心に。すべて自分の心にたたみこんで。七 見れば見るほど。八 こまっしゃくれていること。九 万事。一〇 道理に外れたこと。

一一 鼓も大変興味をひかれる芸であるが。一二 謡曲、松風の「起臥わかで枕よりあとより恋の責めくればせん方涙に伏し沈む事ぞ悲しき」による。この個所の鼓の拍ち方は難しく、明け暮れ稽古する様を西鶴は実見したものであろう。それを洒落て世之介の行為としたもの。一三 町人の一人前の男として体得しておかねばならぬ算勘・遊芸の道。一四 京の両替町通り二条三条の間に金座・銀座があった。一五 未詳。後に伊勢物語初段が出るが、それの縁で作った名称か。この前後に伊勢物語の口調をとりいれているので春日の名称を虚構したものか。一六 金銀の真贋・軽目等を見分ける習練するため。一七 親が死んで遺産が入れば元金を二倍にして返す条件で、一年分の利子を天引にして貸す金。一八 銀三百匁。金五両にあたる。一九 諺。「欲の世の中利の世界」とも。二〇 端午の節句の前日に菖蒲を軒に葺く(日次記事・日本歳時記等)。二一 塀越に外から見える柳。二二 木の下が暗がりになっている夕暮。二三 雨滴をうける軒下の石畳。二四 篠竹。二五 人目をよける被い。挿絵参照。二六 当時、笹屋という織元或は呉服屋から売出された縞柄の名称か。二七 女の隠し所を被う具、即ち腰巻。二八 端午の節句に菖蒲を入れた湯に入る。邪気を払うという。二九 伊勢物語初段の

「奈良の京春日の里にしるよしして狩にいにけり」をもじった表現。 三〇 奥女中(腰元)と下女との中間に位するの意から来た名称。小間使の女。 三一 西鶴本には「にうぼう」「にょぼう」「にょうぼう」の振り仮名があるがニョウボウと発音した。 三二 謡曲、道成寺の「花の外には松ばかり」による。 三三 諺。かくして置くことの外に洩れやすいの意だが、ここでは音は聞えるかも知れないがの意として、下の見る人はあるまいに対していう。 三四 蓮根は小児の瘡の一種で、そのあとが流れたようになったもの。 三五 それより下の部分、即ち下腹部。 三六 入浴に使う糠を入れた袋。女性の自慰の具ともした(南方熊楠説)。 三七 身体一面にかき廻した。 三八 湯の泡。 三九 庭園に設ける簡素な建物。多くは方形で、四方葺き下し。 四〇 よりかかって身体をのり出し。 四一 四阿屋に同じ。 四二 小説の中で、望遠鏡でのぞき見をする趣向はこれが最古といわれる。 四三 はっきりと、あらわに。かくれた所もなくの意。 四四 (女が)夢中にやっていること。 四五 風与とも書く。中世以来の用字法。 四六 早卒に切り上げて。 四七 塗下駄は当時多くは女用であった。 四八 建物の脇に突出した低く短い垣。 四九 午後八時頃から九時頃まで。初更とも。 五〇 くぐり戸。 五一 吹聴(ふいちょう)しょう。 五二 糠袋を南方説(→注三六)にしたがい自慰の具と解すれば、わざと少しとぼけた言い方をしておかしみを出したことになる。

松《まつ》の声《こゑ》。若《もし》きかば[三三]壁《かべ》に耳《みゝ》、[三四]なみる人はあらじ」と、ながれはすねのあとをもはぢぬ臍《へそ》のあたりの垢《あか》かき流《なが》し、なを[三五]それよりそこらも[三六]糠袋《ぬかぶくろ》にみだれて、[三七]かきわたる[三八]湯玉《ゆだま》油《あぶら》ぎりてなん。世乃介[三九]四阿屋《あづまや》の棟《むね》に[四〇]さし懸《かゝ》り、[四一]亭《ちん》の[四二]遠眼鏡《とをめがね》を取持《とりもち》て、かの女を[四三]偸間《あからさま》に見やりて、[四四]わけなき事どもを見とがめゐるこそおかし。[四五]与風《(ふと)》女の目にかゝればいとはづかしく、声《こゑ》をもたてず手を合《(あはせ)》て拝《おが》めども、なを皃《かほ》しかめ指《ゆび》さして笑《わら》へば、たまりかねて[四六]そこ〳〵にして[四七]塗下駄《ぬりげた》をはきもあへずあがれば、[四八]袖垣《そでがき》のまばらなるかたより女をよび懸《(かけ)》、「[四九]初夜《しよや》のかねなりて人しづまつて後《のち》、これなる[五〇]きり戸《と》をあけて、我《(わ)》がおもふ事をきけ」とあれば、「おもひよらず」と答《こた》ふ。「それならば今の事をおほくの女共《ども》に[五一]沙汰《さた》せん」といはれける。[五二]何《なに》をか見付《(みつけ)》られけるおかし。

女めいわくながら「ともかくも」と云捨《いひすて》て、只《たゞ》何ごゝろもなく「みだれし烏《う》羽《ば》玉《たま》の夜《よ》るの髪《かみ》はたれか見るべく」と、はしたなくつかみさがしてつねの姿《すがた》なりしに、かの足音《あしをと》してしのぶ。女是非《おんなぜひ》なく御こゝろにかなふやうにもてなし、其後《(そののち)》小箱《ばこ》をさがし、芥人形《けしにんぎやう》・おきあがり・雲雀笛《ひばりぶへ》を取《(とり)》そろえ、「これ〳〵大事の物ながらさまになに惜《お》しかるべし。御なぐさみにたてまつる」と是《(これ)》にてたらせども、うれしさうなるけしきもなく、「頓而《やがて》子をもつたらば、それになきやます物にもなるぞかし。此《この》をきあがりがそなたにほれたかしてこけ懸《かゝ》る」といひざま、膝枕《ひざまくら》してなをおとなしきところあり。おんな赤面《せきめん》して、よもやたゞ事とは人とも見まじ。とくと心をしづめ、御脇《わき》ばらなどをはゞかりながらなでさすり、「すぎし年二月《きさらぎ》の二日に天柱《ちりけ》すえさせたまふおりふし、黒《くろ》ぶたに塩《しほ》をそゝぎまいらせけるが、其《(その)》御時とは御尤愛《いとを》しさも今なり。是《これ》へ御入《(いり)》候へ」と帯《おび》仕《(し)》ながら懐へ入《(いれ)》てじつと抱《だき》しめ、それよりかけ出《(いだ)》して、おもての隔子《かうし》をあらくたゝきて、「世の介様の御乳母《うば》どの」とよび出《(いだ)》し、「御無心《むしん》ながらちゝをすこしもらひましよ」とはじめをかたれば、「まだ今やなどかやうの事は」と腹《はら》かゝえて笑《わら》ひける。

一　とにかくおっしゃる通りにしましょう。　二　心をかきたてることもなく。相手が子供なので色恋の関心も持たずにの意。　三「たらちめはかかれとてしも烏羽玉のわが黒髪をなでずやありけむ　僧正遍昭」(後撰)によるか。夜のくらがりでは髪の乱れたのも誰にも見えないだろうと、夜の所業は世間に知れないだろうをかけて言っている。　四　つかみちらして。　五　普段着の恰好でいたら。　六　世之介の足音がして忍びこんで来た。　七　世之介の望み通りに部屋へ通してもてなし。　八　芥子人形。小さな衣裳人形。　九　起き上り小法師。小さな達磨。　一〇　雲雀の鳴声に似た音を出す竹笛。　一一　方(かた)様・貴様などの略。あなたさま。　一二　だましすかす。　一三　赤ん坊をあやして泣き止ませるもの。　一四「京に流行る起上がり小法師、やよ殿だに見ればつい転ぶ、つい転ぶ、合点か合点々々々ぢや」(狂言小歌、二人大名)による表現。　一五　大人っぽい、ませた。　一六　普通の事とは人々も見ないだろう。即ち色恋沙汰と見なすだろう。　一七　二月と八月の二日に灸をすえる習慣があった。二日灸といってこの日にすえると効能が万倍するといわれていた。　一八　灸点の一。脊椎骨の第三椎の下。　一九　灸をすえたあとの黒くこげた所に塩をつけて痛みをとめる。　一九　今一層である。　二〇　ふところを小児語でほほ或はぽっぽという。　二一　大人っぽい世之介を子供あつかいにする様。　二二　初めから終りまで。一部始終。　二三　まだ今くらいの年頃では、こんなこと(情事に関すること)は無理だ。

二三　世之介のことを洒落て言った表現。　二四　ませていること。　二五　諺「十歳の翁、百歳の童」。聡明穎敏な幼童の意。　二六　若衆としての身嗜み。

袖の時雨は懸るがさいはい

[二三]浮世《うきよ》の介[二四]黠《こざか》しき事[二五]十歳《さい》の翁《おきな》と申《(まうす)》べきか。もと生《むま》れつきうるはしく、[二六]若道《じやくだう》のたしなみ、[二七]其比《そのころ》下坂小八がゝりとて[二八]鬢切《びんぎり》して、[二九]たて懸《(かけ)》に結《ゆふ》事時花《はやり》けるに、[三〇]其面《(その)おも》影情《かげなさけ》らしく、よきとほむる人のあらば[三一]只《たゞ》は通《とを》らじと常《つね》[三二]こゝろをみがきつれども、[三三]まだ差別《しやべつ》有《(ある)》べきとも思はず。世の人[三四]雪《ゆき》の梅《むめ》をまつがごとし。

或《ある》日[三五]暗部《くらぶ》山の邊《ほとり》にしるべの人ありて、梢《こずへ》の小鳥をさはがし[三六]天の網《あみ》小笹《ざゝ》に[三七]もちなどをなびかせ、茅《かや》が軒端《のきば》の物淋《ものさび》しくも、[三八]赤頭巾《あかづきん》をきせたる[三九]梟《ふくろう》松桂《せうけい》草がくれ、なぐさみも過《(すぎ)》がてにして帰《かへ》る[四〇]山本近《やまもとちか》く、雲《くも》しきりに立《(たち)》かさなりいたくはふらず、露《つゆ》をくだきて玉ちる風情《ふぜい》、一木《(ひとき)》も舎《やど》りのたよりならねば、[四一]いつそにぬれた袖笠《そでがさ》、於戯《あゝ》まゝよさて僕《でつち》が[四二]作り髭《ひげ》の落《おち》ん事《こと》を悲《かな》しまるゝ折ふし、其《(その)》里に影隠《かげかく》して住《すみ》ける男《おとこ》あり。御跡《あと》をしたひてからかさをさし[四三]懸《かけ》ゆくに、空晴《そらはれ》わたるこゝちして[四四]見帰《かへり》、「是《(これ)》はかたじけなき御心底《しんてい》、かさねてのよすがにも[四五]御名《な》ゆかしき」と申せど、それには[四六]曾而《かつて》取《とり》あへず御替草履《かえざうり》をまいらせ、ふところより[四七]櫛道具《くしだうぐ》えもいはれぬきよらなるをとり出《(いだ)》し、[四八]つき〴〵のものにわたして、「そゝけたる御[四九]おくれをあ

二七 未詳。「がかり」は流・風の意。「春駒くどき木やり」(淋敷座之慰)に「しもさか小六」が見えるが小八と関連があるか。 二八 鬢を切って耳の後へたらすこと。 二九 髻を大きくとって髷を後頭部に立てかけるようにした型。 三〇 立懸髪に結った容姿が色めかしく。 三一 見すごさず恋をしかけて物にしようと。 三二 若道の心掛をたしなんだが。 三三 まだ色恋の分別がついているとは思わない。 三四 雪中に春となって梅花の開くのを待ち望むようだの意で、世之介の成熟が期待される意のたとえ。 三五 貴布禰山とも鞍馬の峰つづきともいう。「梅の花にほふ春べは暗部山闇に越ゆれどしるくぞありける 貫之」(古今)により梅と縁語。梅は花の兄というので、これより若道の事件を展開させる。 三六 かすみ網。 三七 とりもち。小枝・竹・蘆などに塗り(これをハゴという)、おとりを傍に置き鳥を捕える。この文の前後は知人をおとずれて鳥猟に興ずる情景。「小笹に」は「もち」を修飾する。 三八 おとりの梟に赤頭巾をかぶせ眼の見えぬようにしておき、鳥を寄せかすみやハゴで捕える。「きせたる」までは構文上梟の序詞となっている。 三九 謡曲、殺生石の「物冷まじき秋風の梟松桂の枝に鳴きつれ」による。原詩は白氏文集。「茅が軒端…」とともに知人宅の淋しい風情をあらわす。 四〇 ふもと。 四一 「いっそになる杯いふは打ふてたる貌也」(色道大鏡)。どうせ濡れるなら袖を笠にして雨中を行く。 四二 奴が鍋墨などで頬に描いた髭。 四三 世之介に。 四四 後をふり向き。 四五 謡由、忠度の「いかさまこれは公達の御中にこそあるらめと御名ゆかしき所に」による。 四六 少しもとり合わず。 四七 携帯用の櫛など一式。 四八 附添の下男。 四九 おくれ毛。

らため給へ」と申《(まうし)》侍りき。時しも此《この》うれしさ一いか計《ばかり》あるべし。「まことに時雨《しぐれ》二もはれて夕虹《にじ》三きえ懸《かゝ》るばかりの御言葉数《ことばかず》ゝにして、今まで我《(われ)》おもふ人もなく徒《いたづら》にすぎつるも、あいきやうなき身の程《ほど》うらみ侍る。不思議《ふしぎ》のゐんにひかるゝ。此後《このゝち》四うらなく思はれたき」とくどけば、男《おとこ》五何ともなく「途中《とちう》の御難義《なんぎ》をこそたすけたてまつれ、全《まつたく》衆道《しゆだう》のわかち六おもひよらず」と取《とり》あげて沙汰《さた》七すべきやうなく、すこしは興覚《けうさめ》て後、少人《せうじん》八氣毒《きのどく》九こゝにきはまり、年はふりても戀《こひ》しらずの男松、一〇おのれと朽《くち》てすたりゆく木陰《こかげ》に腰《こし》を懸《かけ》ながら「つれなき思一一はれ人かな。

一二袖ゆく水のしかも又同じ泪《なみだ》にもあらず。鴨《かも》の長明《ちやうめい》が孔子《こうし》一三くさき身《み》一四のとり置《をき》も、門前《もんぜん》一五の童部《わらんべ》にいつとなくたはれて、方丈《はうじやう》の油火《あぶらび》けされてこゝろ一六は闇《やみ》になれる事もありしとなむ。一七月まためづらしき不破《ふは》の万作、勢田《せた》一八の道橋《みちはし》の詰《つめ》に

一「いか計あるべき」とあるべき所。当時、係り結びは乱れている。二「時雨れつつ虹たつ空や岩橋をわたしはてたるかづらきの山　寂蓮」(夫木抄)による表現か。三虹の消えかかると、心も消え入るほど有難いの意をかけている。四わけへだてなく。五何の反応もなく。六分別。考え。ここでは世之介との衆道に対する顧慮の意。七話し合うこともならず。とりつく島もなく。八若衆。世之介をさす。九自分の気心の毒になるの意。困却。当惑。一〇雄松。相手の男を松にたとえ、さらにその場に実在する松として文章が展開。一一恋人。一二「行く川の流は絶えずしてしかももとの水にあらず」(方丈記)による。袖ゆく水は涙のこと。今悲しみに袖をひたして泣く涙は、先刻喜んで流した涙ではありません。なお、この表現からの連想で以下に鴨長明が出る。一三道学者めいて固苦しい。しかつめらしい。一四身持。生活態度。一五方丈記の日野閑居の項に「麓に一つの柴の庵あり。すなはちこの山守が居る所なり。かしこに小童あり、時々来りて相とぶらふ。もしつれづれなる時はこれを友として遊びありく。彼は十六歳我は六十路、その齢ことの外なれども心を慰むることは同じ」とある。これを男色関係に俳諧化したもの。一六恋に夢中になってしまった。一七「月まためづらしき」は不破の縁語で、万作の美貌を形容。万作は豊臣秀次の小姓、美貌で有名。一八万作がある時勢田の橋下で一人の武士と契ったが、秀次下賜の名香蘭奢待(らんじやたい)を袖にたきしめていたので危うく発見されそうになったという逸話(新著聞集)。一九室町時代の稚児物語の題名。ここではこの書名を、二人が秋の夜長の物語をしたの意に用

して、蘭麝《らんじや》のかほり人の袖にうつせし事も是《(これ)》みなかうした事であるまいか」と申《(まうす)》をも更《さら》に聞《きゝ》も入れぬ秋[一九]の夜《よ》の長物語《ながものがたり》、少人《せうじん》のこ[二〇]なたよりとやかく歎《なげ》[二一]かれしは、[二二]寺から里《さと》へのお児《ちご》[二三]しら糸の昔《むか》しいふにたらず。「さあいやならばいやにして」とせめても、此男《(この)おとこ》まだ合点《がてん》せぬを後《のち》には小づらも憎《にく》し。屡《しば》しあつて「[二四]かさねての日中沢《なかざは》[二五]といふ里の拝殿《はいでん》にて出合《(であひ)》ての上に」と、しか〳〵の事どもう[二六]すやくそくして帰《かへ》[二七]れば、なをしたひて、笹竹《さゝだけ》[二八]の葉分衣《はわけごろも》にすがり、「[二九]東坡《とうば》をじせつすいが風吹土《ふうすいど》にてさき立《(だち)》て待《まち》しが、[三〇]それ程《ほど》にこそは我《(われ)》も又」と、かぎりある夕[三一]ざれ、見やれば見おくる。へだゝりて、かの男年比命《おとことしごろいのち》[三二]はそれにと、おもふ若衆《わかしゆ》にかたれば、「[三三]又あるべき事にもあらず。[三四]我との道路《みちぢ》を忘《わす》れずとや。さりとはむごき御こゝろ入、いかにして捨置《すてをく》べきや」と、[三五]おもひの中の中川の橋《はし》かけそめて身[三六]は外《(ほか)》になしけるとなり。

尋《たづね》てきく程《ほど》ちぎり

[三七]新枕《にいまくら》とよみし伏見《ふしみ》の里へ、[三八]菊《きく》月十日の夕暮き[三九]のふ酌《くみ》し酔《ゑい》のまぎれに、[四〇]唐物屋《からものや》の瀬平といふ者をさそひ行《ゆく》に、[四一]東福寺《とうふくじ》の入相程《いりあひほど》なくしも[四二]く町《(てう)》、こゝろざす所は

いる。二〇 こちらから。二一「歎く」は「切望する」の意をもっていた(日葡辞書)。西鶴作品中この意に解されるものが少なくない。二二 諺。本末顚倒の意。二三 未詳。寺院の稚児が、世俗の人に懸想した逸話があったものであろう。二四 他日。二五 本章の後日譚である巻四「夢の太刀風」(一一三頁)には和州中沢としてあるが未詳。あるいは河内の誤か。二六 薄約束。口約束。二七 男が帰ろうとすると。二八 笹竹の葉を踏み分けて行く、その衣に世之介がすがりつき。二九 富陽新城に赴く蘇東坡を美少年李節推が風水洞で待ち受けて愛をささやいたという故事。東坡集に両者の唱和した詩が見える。「じせつすい」「風吹土」はいずれも訛。三〇 李節推が待っていたほどに私も心をこめて待っています。三一 夕暮。三二 命をかけて。「それ」は「その人」の意。三三 その若衆の言葉。三四 自分との衆道関係を忘れることができないとおっしゃるのか。三五 世之介等二人の間の恋の間柄をとりもって。中川の橋は、前出の道路の縁語。三六 身を引いて、恋を諦めてしまった。

三七「まことにや三年も待たで山城の伏見の里に新枕する　中院右大臣」(千載)による。今鏡七参照。三八 陰暦九月。三九 九月九日の重陽の節句に、菊酒を飲んで不老長寿を祝う。四〇 長崎に輸入される舶来品を売買する商人。太鼓持となって遊里に出入した。四一 京都五山の一で、伏見街道稲荷山の北にあった。聖一国師開山。四二 撞木町。伏見の遊廓で町のなりが撞木形になっていたのでこう呼ばれた。入相(の鐘)から撞木と縁語になっている。

一未詳。後出の墨染寺の西の通を南鑓屋町というからこの町にある茶屋の亭主の意か。二伏見墨染寺前の路傍にあった名水。当時京街道の辻井戸となっていた。三撞木町の京都側の東口ははやく塞がれていて南の一方口であった(都風俗鑑など)。四撞木町の有様。五色白で公家風の髪の結い方をして。当時公家が伏見に微行し遊興、幕府の有司が取締りに苦心した記録が伝えられている。六宇治には公儀御用の茶師が十二軒あった。なお「手代めきて」は中止形であるが、助詞「て」で終って終止形とほとんど同意の文型が西鶴の文には非常に多い。七伏見の東方、醍醐・宇治へ行く道の分岐点。ここの浄土宗大善寺に小野篁作の六体の地蔵を安置、地名これより起る。八伏見から大坂への下り船。京橋或は阿波橋から大坂八軒屋へ下る淀川の乗合船。九当時は入浴具の一。衣服を包むにも用いた。一〇樒と笹粽は愛宕参りの土産。一一貫緡。銭一貫文(実数は九百六十文)を通したぜにさし。二と三で割り切れ百にいちばん近い九十六文を百文として通用させ、その十倍を一貫文にする。一二持銭の高をたしかめる。一三伏見の遊廓柳町の俗称。撞木町より一段格の下ったところ。一四横の貫(ぬき)が一本ある張出した格子。局女郎の目じるし。一五紅葉が水に流れる襖紙の模様。一六紅葉が散ると襖紙がちりぢりに破れるとをかける。一七局女郎が客待ちの間、暇つぶしに煙草を吸う。一八貧弱な部屋。一九口数が少なく。(下品に客に呼びかける局女郎に対して)無口な。二〇体裁をつくろわず。二一十日の菊。「六日の菖蒲十日の菊」とおとろえを喩えるが、この前後伏見の女郎に見かけぬ物静かな女性を描き、落莫たる風情を示すために

爰《(こゝ)》也。一鑓屋《やりや》の孫右衛門の邊《ほとり》に駕籠《かご》乗捨《のりすて》て、息《いき》もきるゝ程《ほど》の道はやく、二墨染《すみぞめ》の水のみもあへず、三南の門口よりさし懸《かゝ》り、「東《ひがし》の入口はいかにしてふさぎけるぞ。すこしはまはり遠《とを》き戀《こひ》ぞ」と四ありさまひそかに見わたせば、都《みやこ》の人《ひと》さうなが色五しろく冠《かんぶり》着《き》さうなるあたまつきしてしのぶもあり。六宇治《うぢ》の茶師《ちやし》の手代《てだい》めきて、かゝる見る目は違《ちが》はじ。其外《(そのほか)》七六地藏《ろくぢざう》の馬《むま》かた、八下り舟《ふね》まつ旅《たび》人、九風呂敷包《ふろしきづゝみ》にし一〇きみ粽《ちまき》をかたげながら一一貫《くわん》さし一二のもとするゐを見合《(みあはせ)》、「若氣《もしき》に入《(いり)》たるもあらば」と見つくして、又泥町《どろまち》一三に行《(ゆく)》もおかし。

人のすき待《まち》て、一四西の方の中程《ほど》、ちいさき釣隔子《つりかうし》、唐紙《からかみ》の一五竜田川《たつたかは》も紅葉《もみぢ》一六ちり〱にやぶれて、一七煙《けぶり》もいぶせきすいがらの捨《すて》所もなく、一八かすかなるうちにやさしき女、一九こと葉に数《かず》なく、二〇見られたき風情《ふぜい》にもあらず。「袖の香《か》ぞけ二一

ふの菊《きく》」と、筆もちながら[二二]五文字[二三]をきまどいてあり良《がは》也。ふかくし[二四]のばれて、「此君《(この)》は何として懸《かゝ》るしなくだりたる宿《やど》に置《(おき)》けるぞ」。瀬平《せへい》が物語せしは、「この人かゝえの親方《おやかた》、[二五]此《(この)》里一人の貧者《ひんじや》かくれなくていたはし。[二六]さもなき人ももちなしがら也。嶋原《しまばら》の[二七]着《き》おろし・[二八]あやめ八丈《じやう》・[二九]から織のふる着《ぎ》も、此《(この)》里におくりて[三〇]よき事に似《に》せける」と申《(まうし)》侍る。[三一]かる〴〵なぐさみ所成《(なる)》べし。断《ことは》りなしに腰《こし》をかけて、わきざし紙入《かみいれ》[三二]そこ〳〵に置《をき》ながら、みるによき事おほき女なり。「いかなるしるべにて此所《(この)》にはましますぞ。殊更うき勤《つとめ》さぞ」と申《(まうし)》侍れば、「人さまに[三三]こゝろをあらはに見らるゝも、自《おのづから》物毎《ものごと》はしたなくなりて、萬《(よろづ)》不自由《ふじゆ》なれば思はぬよくもいできて、人をむさぶりて[三四]我《(わ)》が身《み》の外《(ほか)》のこし張《ばり》をたのみ、あらしふせぎ候。[三五]小野《をの》のたき炭《ずみ》、[三六]よし野紙《がみ》、[三七]非田院《ひでんゐん》の上ばき迄も[三八]みづからして、[三九]それのみ雨《あめ》の日のさびしさ、風の夜《よ》はなをまつ人も見えず。[四〇]御幸《ごかう》のまつり、又は[四一]五月の五日六日、それ〳〵の[四二]賣日《うりび》迚《とて》、[四三]誰《たれ》さまをさして其日《(その)》はといふほどのたよりもなきに、[四四]あらくせがまれてやう〳〵日数程《かずほど》ふりて、二《ふた》とせ計《ばかり》は暮《くら》し候へど、行《ゆく》末《すへ》の事おそろしく、[四五]里はなれにまします親達《おやたち》はいかに世をおくらるゝぞ、其後《(その)のち》はたよりもなく、まして爰《(こゝ)》に尋《たづ》ねたまはねば」とそゞろに泪《なみだ》を流《なが》す。其《(その)》親里《おやさと》はときけば、「[四六]山科《やましな》の里にて源《げん》八」とかたる。「[四七]かくあらぬさきこそ。ちか〴〵尋《たづね》

この句を出したものか。二二 発句の上の五文字。二三 前出の菊から連想して「心あてに折らばや折らむ初霜の置きまどはせる白菊の花　躬恒」(古今)による。二四 心がひきつけられて。二五 この里で一番資力のない者。二六 それほどでもないものでも身の持ち様で美人に見えるものだ。二七 着古し。古着。当時伏見の女郎は島原の太夫の着古しの衣服夜着を買い受けて用いていた。二八 未詳。菖蒲染の八丈縞か。二九 舶来の織物を総称していうが、ここは当時京都の西陣で唐織を模倣して織出した唐織錦のことか。三〇 立派に見せかける。三一 手軽に。安直に。「かる〴〵」は「なぐさみ」を修飾。三二 ぞんざいに。三三 心の内をはっきりと見すかされるのも、こんな勤めをしているとひとりでに万事がはしたなくなってしまうからです。「はしたなくなりて」の連用形は、意味はほとんど終止形に近い。三四 自分自身の身の廻りはもちろんそれ以外の壁の腰張までも客に無心し。三五 洛北大原村小野山より産する木炭。磨る墨に対して焚き炭という。三六 大和の吉野に産する延べ紙。三七 京都悲田院村の村人が作る草履。三八 自費で調え。抱え主の支給がないの意。三九「それのみか」の略。のみならず。四〇 伏見御香の宮の祭(九月九日)は伏見祭といい撞木町の紋日。四一 五日は端午の節句(また藤の森神社の祭)、六日は節句の後宴で、いずれも紋日。四二 紋日・物日といい女郎が必ず客に売らねばならない日。四三 その日をたのんで揚げてくれる特定の馴染もないのにの意。四四 抱え主に強く催促されて。四五 へんぴな所に住んでいる両親。四六 山城宇治郡山科村。茜(あかね)染の産地。四七 契らぬ以前ならばともかく、こんなに馴染になったからには。

て無事《ぶじ》のあらまし[一]をもきかせ申《まうす》べし」といへど、うれしきやうすもなく、「[二]かならず〳〵御尋《たづね》は御もつたいなし。はじめの程《ほど》は[三]赤根《あかね》などほりてありしが、今は[四]おとろいて往來《ゆきゝ》の人に[五]袖乞《そでごひ》して、[六]然《しか》も因果《いんぐは》は[七]人のきらひ候《さふらふ》煩《わづら》ひありて」と申《まうし》侍る。

起別《おきわか》れて是《これ》を聞《きゝ》ながら、なをたづねゆかんと里に行《ゆき》てみれば、柴《しば》のあみ戸に朝顔《あさがほ》いとやさしく作りなし、鑓《やり》一すぢ鞍《くら》のほこりをはらひ、[八]朱鞘《しゆざや》の一こしをはなさず、[九]さつぱりとあいさつ過《すぎ》て、かくと申せば、「いかに女なればとて、[一〇]其身《そのみ》になりて[一一]我《われ》を人にしらせ侍る事口惜《くちお》し」と泪《なみだ》を流《なが》す。いろ〳〵申《まうし》つくし、かの[一二]女むかしを隠《かく》したるこゝろ入《いれ》をかんじて、程《ほど》なく娘を[一三]山科《やましな》にかへして見捨《すて》ず通ひける。其《その》年は十一歳の冬《ふゆ》のはじめの事也。

[一四]煩惱《ぼんなう》の垢《あか》かき

[一五]十三夜の月・[一六]待宵《まつよひ》・[一七]めい月、[一八]いづくはあれど須磨《すま》は殊更と、[一九]浪爰元《なみこゝもと》に[二〇]借《か》りきりの小舟《こふね》、[二一]和田《わだ》の御崎《みさき》をめぐれば、[二二]角《つの》の松原《まつばら》・[二三]塩屋《しほや》といふ所は[二四]敦盛《あつもり》をとつておさえて[二五]熊谷《くまがへ》が[二六]付《つけ》ざしせしとなり。「[二七]源氏酒《げんじざけ》とたはぶれしも」と笑《わら》ひて[二八]海《うみ》すこし

一 部始終。二 かならずして下さるな、となるべき文が呼応が不整合になっている。三 茜草の根をとって赤色の染料にする。四「おとろへて」の訛。五 乞食。六 不幸なことには。七 人のきらう病気。業病、すなわち癩病であろう。八 朱塗の鞘。当時朱塗の鞘は流行遅れのものであった。九 さらりと。一通り。型通りの挨拶をすますこと。一〇 いやしい遊女の身の上になっておりながら。一一 親の自分を。一二 素姓をかくした心根。親の境遇をかくして乞食をしているとか癩病を病んでいるとか嘘を言って訪れないようにした心根。一三 身請をしたこと。

一四 煩悩の垢と垢掻(湯女)をかけて言ったもの。→三八頁注七。一五 八月十三夜の月。一六 十四日の月。一七 十五夜の月。一八 どこでも同じだけれど。謡曲、融の「陸奥はいづくはあれど塩竈のうらみて渡る老が身の…今宵ぞ秋の最中なる」による。一九 謡曲の知章・松風などの「波爰元や須磨の浦」による。原典は源氏物語須磨の巻。二〇 借り切りの小舟でこぎよせ。二一「車舟和田の御崎をかいめぐり牛窓かけて汐や引らん」(歌林名所考)によるか。神戸港西南部塩岬にあたる。二二 西宮より二町東の松原。ただし一目玉鉾によれば、西鶴はこれより一町西の和田の小松のことをこう呼んでいる。二三 須磨の西の部落。附近に敦盛の石塔がある。二四 謡曲、敦盛の「熊谷大剛の者なればそのまま取つて抑へ首をかかんとして」による。「おさえる」は一度飲んだ盃に重ねて酒をついで飲ませること。二五 熊谷次郎直実と、底深く形の大き

見わたす濱庇《はまびさし》[二九]に舎《やど》りて、京よりもたせたる舞鶴《まいづる》[三〇]・花橘《はなたちばな》の樽《たる》の口をきりて、宵《よひ》の程《ほど》はなぐさむ業《わざ》も次《し》第《だい》に月さへ物すごく[三一]、「一羽の声《こゑ》はつまなし鳥《どり》[三二]か」となを淋《さび》しく、「一夜も[三三]只はくらし難《がた》し。若ひ蜑《あま》人はないか」と有《(ある)》ものにまねかせてみるに、髪《かみ》に指櫛《さしぐし》[三四]もなく㒵《かほ》に何塗《なにぬる》事もしらず、袖《そで》[三五]ちいさく裾《すそ》みぢかく、わけもなふ[三六]磯《いそ》くさく、こゝちよからざりしを、延齢丹《えんれいたん》[三七]などにて胸《むね》おさえ、「昔《むか》し行平《ゆきひら》[三八]何《なに》ものにか足《あし》さすらせ、しんき[三九]をとらせ給ひ、あまつさへ別《わかれ》に香《かう》[四〇]包《つゝみ》・衛士籠《ゑじかご》[四一]・しやくし・摺鉢《すりばち》、三とせ[四二]の世帯道具《せたいだうぐ》までとらされけるよ」と。

又[四三]の日は兵庫《ひやうご》[四四]迄《まで》來《き》て、遊女《ゆうぢよ》の有様昼夜《ちうや》のわかちありて、半夜《はんや》[四五]とせはしくかぎり定めるは、今にも此津《このつ》は風[四六]にまかする身《み》とて、舟子《ふなこ》のよびたつる声《こゑ》に小歌《こうた》を聞《きゝ》[四七]さし、或《あるい》は戴《いたゞひ》[四八]てさし捨《すて》にして行《(ゆく)》は、こゝろのこす人はのこるべし。何とやら

い茶碗形の熊谷盃をかけている。二六 一度盃に口をつけて飲みさしを人にさすこと。二七 酒戯の一。源平両氏の間だから源氏酒をやらかしたんだろう、もっともなことだ。源氏酒は源平二組に分れてするもので、源氏物語の巻名・人名を以て応酬するものと二法あった。二八 謡曲の松風・知章・絃上等にある「海は少し遠けれど」による。原典は源氏物語須磨の巻。
二九 海浜の小家。三〇 京の銘酒。舞鶴は新町通一条上ル町重衡屋製で、小石(さざれいし)ともいい、妙法院御門跡の命名。花橘は堀川通丸太町上ル町坂田屋製、東福門院の命名。三一 興がうすれて。三二 妻無鳥。三三 女気なしでは。三四 飾りにさす櫛。三五 田舎くさい野暮な服装の様。三六 むやみに。むしょうに。三七 気附薬。延寿院玄朔創製。「北向(島原で最下等の局女郎)…延齢丹でむしをおさへねば御えんはむすばれず」(好色訓蒙図彙)とあり、胸おさえにも用いられたもの。三八 在原行平。仁和三年須磨に流され三ヵ年の流寓中に松風・村雨の姉妹を寵愛したと謡曲の松風に脚色されている。三九 憂さ晴らしをする。四〇 香木・薫香を包んだ包紙。四一 香を焼く籠。四二 この前後は謡曲、松風の「行平の中納言三年はここに須磨の浦、都へ上り給ひしが、此程の形見とて御立烏帽子狩衣を残し置き給へども」をもじったもの。四三 翌日。四四 今の神戸市の西部。遊廓は磯の町といい、寛文四年三月の大火以後停止。四五 囲職の遊女で昼夜に分けて売る。値九匁。四六 風の吹き次第で港に出入する船客なので。四七 (船頭の出船の呼び声をきき)小歌の途中で客が帰ったり。四八 客が遊女から盃を受けて、それを返盃したまま座敷から立ち去る。

[一]忩〻《そうぐ》しく是《これ》[二]によごるゝもと、すぐに風呂《ふろ》[三]に入《(いり)》て、「名《な》[四]のたゝば水《みづ》[五]さします」などゝ、口[六]びるそつて中高《なかだか》[七]なる皃《かほ》にて秀句《しうく》[八]よくいへる女あり。とらえて「御名《な》[九]ゆかしき」と問《と》へば、「忠度《たゞのり》」と申《(まうす)》。「いか様《(さま)》是《(これ)》を只《たゞ》は置《をか》れじ」と、うす約束《やくそく》[一〇]するより、はや[一一]あがり湯《ゆ》のくれやう、ちらし[一二]をのませ、浴衣《ゆかた》の取《とり》さばき、火入《ひいれ》[一三]に氣《き》をつけ、鬢水《びんみづ》[一四]を運《はこ》び、鏡《かゞみ》かすやら、其《その》もてなし何国《いづく》も替《かは》る事《こと》なし。風義《ふうぎ》[一五]はひとつきる物、[一六]つまだかに白帯《しろおび》[一七]こゝろま[一八]ゝ引《(ひき)》しめ、「[一九]やれたらば親《おや》かたのそん、久三[二〇]提灯《てうちん》ともしや」といふかた手《て》に草履《ざうり》取出《(とりいだ)》しくゞり戸《と》出《(いづ)》[二一]るより、調子高《てうしだか》にはうばいを誹《そし》り、朝夕《(てうせき)》の汁《しる》がうすひの、「はさみをくれる筈《はづ》じやがたるゝ[二二]かしらぬ」とひとつと[二三]して聞《きく》べき事にもあらず。座敷《ざしき》に入《(いり)》ざまに置《(おき)》[二四]わたを壁《かべ》につけ、立《(たち)》[二五]ながらあんどんまはして、すこし小闇《こぐら》き中程《ほど》にざして鴈首火《がんくびひ》[二六]になる程《ほど》はなさず、おり〱あくびして用捨《ようしや》[二七]もなく小便《せうべん》に立《(たち)》、障子《しやうじ》引《(ひき)》たつるさまも物《もの》あらく、からだを横《よこ》[二八]に置《をき》ながら屛風《べうぶ》へだてたるかたへ咄《はな》しを仕懸《しかけ》、身《み》もだへして蚤《のみ》をさがし、夜半《よなか》[二九]八つの鐘《かね》のせんさく、我《(わ)》がこゝろにそまぬ事は返事《へんじ》もせず、そこ〱にあしらひ、鼻紙《はながみ》も人[三〇]のつかひ、其後《そのゝち》鼾《いびき》のみ。どこやらひえたるすねを人にもたせ、「たくよ[三一]。くむよ」と寝言《ねごと》まじりに、いかに事欠《ことかけ》なればとていつ[三二]の程《ほど》よりかく物毎《ものごと》をさもしくなしぬ。

一 忩は怱の俗字。あわただしくごたごたしている。二 こんな遊女に契っては身が汚れると。三 兵庫には湯屋・風呂屋があった。四 浮き名が立ったら。五「水をさす」と湯をうめるにかけた言い方。六 唇のそっている女はおしゃべりという。七 鼻筋の通った顔。中びく、ぐるり高の醜婦に対して、美人の貌をいう。八 洒落。西鶴は「いふ」を「いへる」とすること多し。九 御名前を聞きたい。謡曲、忠度の「いかさまこれは公達の御中にこそあるらめと御名ゆかしき所に」による。その返事が忠度であるとし、また只はおかれぬと洒落た表現となっている。一〇 口約束。一一 あがり湯のくれようから待遇がよくなり。一二 香煎、こがしとも。糯米・陳皮・山椒・茴香の細末を湯に浮かべたもの。一三 煙草盆の火入。一四 鬢のほつれを撫でつけるのに用いる伽羅の油またはサネカズラの液。一五 下着・中着をつけず上着だけ一枚着ること。一六 褄を高くからげて着る様。一七 未詳。一代女六ノ三に、惣稼が白木綿の帯をしめているが、これか。一八 気ままに。一九 破れたら親方の損になるだけだ。二〇 下男の通称。二一 出るやいなや。二二「たる」は剃るの意、転じて刃物の切れるの意。切れるか知らん。二三 一つとして聞きいいことはない。二四 綿帽子。二五 立ったまま行灯を廻して。下品な所作。二六 熱くなるまで。二七 遠慮なく。二八 横たえながら。二九 午前二時頃の時の鐘。客の迷惑も考えずに今のは何刻の鐘だなどと騒ぎ立てる。三〇 人のを使い。三一 湯女であるから「焚く」「汲む」の寝言をいう。三二「いつ」に対する結びが終止形になっている。西鶴にけ呼応の乱れが多い。三三 江戸神田四軒町雉

抑《そも〱》丹前風《たんぜんふう》と申《(まうす)》は、江戸《えど》にて[三三]丹後殿前《たんごどのまへ》に風呂《ふろ》ありし時、[三四]勝山《かつやま》といへるおんなすぐれて情《なさけ》もふかく、髪《かみ》かたち[三五]とりなり[三六]袖口廣《そでぐちひろ》くつま高《たか》く、万《よろづ》に付《(つけ)》て世《よ》の人に替《かは》りて、一流《りう》是《(これ)》よりはじめて後《のち》はもてはやして[三七]吉原《よしはら》にしゆつせして、[三八]不思議《ふしぎ》の御かたにまでそひぶし、ためしなき女の侍り。

別れは當座はらひ

[三九]茶宇嶋《ちやうしま》のきれにて[四〇]お物師《ものし》がぬうてくれし[四一]前巾着《まへきんちやく》に、こまかなる[四二]露《つゆ》を盗《ぬす》みためて、或《ある》夕暮[四三]小者《こもの》あがりの若《わか》き者をまねき、同じ心の[四四]水のみなかみ清水八坂《やさか》にさし懸《かゝ》り、「此《(この)》あたりの事ではないか、日外《いつぞや》物がたりせし歌《うた》よくうたふて酒飲《のん》で、然も憎《にく》からぬ女は[四五]菊《きく》屋か参河《みかは》屋蔦《つた》屋か」と捜《さが》して、細道《ほそみち》の[四六]萩垣《はぎがき》を奥《おく》に入れば、梅《むめ》に鶯《うぐひす》の屏風《びやうぶ》、床《とこ》には誰《た》が引捨《(ひきすて)》し[四七]かしの木のさほに一筋《すぢ》切れてむすぶともなく、[四八]うるみ朱《しゆ》の煙草盆《たばこぼん》に炭團《たどん》の埋火《うづみ(び)》絶《たへ》ず、疊《たゝみ》はなにとなくうちしめりて、心知《こゝち》よからずおもひながら、れいの[四九]とさん出《(いで)》て、[五〇]祇薗細工《ぎをんさいく》の[五一]あしつきに、[五二]杉板《すぎいた》につけて焼《やき》たるとゝ、[五三]お定《さだま》りの蛸《たこ》・[五四]漬梅《つけむめ》・色付《(つけ)》の薑《はじかみ》に塗竹箸《ぬりたけはし》を[五五]取《(とり)》そえ、おりふし春《はる》ふかく[五六]藤色《ふぢいろ》の[五七]りきん嶋《じま》に、[五八]わけしりだてなる茶《ちや》じゆすの[五九]幅廣《はゞびろ》[六〇]はさみ結《むす》びにして、[六一]朝《てう》

子町つづきにあった堀丹後守屋敷。 三四 同所紀伊国風呂市兵衛抱の湯女。明暦三年湯女禁制の際に吉原新町山本芳潤抱の太夫となった。勝山綰・勝山歩・勝山鼻緒などをはじめ、また三味線小歌をよくした。伊達寛闊の風がこの女より起り流行した。 三五 身の取廻し。 三六 袖口の広いのは寛闊な好み。 三七 私娼より公娼になったことをいうか。 三八 仙台藩主伊達綱宗に身請されたという。また江戸町奉行甲斐庄飛騨守とも。

三九 印度チャウル産の縦縞小模様の絹織物。当時京都でも織り出した。 四〇 裁縫専門の女奉公人。 四一 前腰に提げる巾着。小銭などを入れる。 四二 豆板銀のもっとも小さなものを露銀という。 四三 でっち上りの手代。 四四 「水の水上清くして流れの末も久方の空も長閑に廻る日の影清水の寺とし改めて」(田村の草子)。この清水寺の縁起により、つぎの清水が出る。 四五 いずれも色茶屋であろう。 四六 萩の生垣。 四七 三味線の棹は花櫚・鉄刀木(タガヤサン)・紫檀を上等とし、桑これにつぎ、樫を下品とする。 四八 朱漆の褪色して黒ずんだもの。 四九 台盞。盃の下において余滴を棄てるもの。 五〇 四条通御旅町で茶の湯の餝道具を製したが、これを祇園御旅町製の意でこう称したか。 五一 足つきの曲物の盆。 五二 杉のへぎ板に魚鳥の肉を並べて焼き、杉の移香を賞する。これをへぎ焼という。 五三 蛸・漬梅・紅生薑が祇園の色茶屋のお定りの肴。 五四 梅干。 五五 「取りそえ」で文はほとんど終止。 五六 晩春から藤色の語が出る。 五七 未詳。 五八 わけしりは通人・粋人。通人ぶった。 五九 幅の広い帯。 六〇 帯の端を結ばずに帯の間にはさみこむこと。 六一 朝鮮産の下等な紋無し紗綾。

一 腰巻。 二 ちらちらさせるさま。 三 小杉原紙。常に懐中して鼻紙に用いる。 四 粗末な楊枝。粗製の数をそろえるだけの品物を数物といい、その品の上に「数」という語を添える。 五 未詳。束ねて。 六 だらしなく髷先を四つに折って結ぶ髪風か。 七「左の御手にて六弥太を取って投げのけ」(謡曲、忠度)のもじり。 八 朱塗の蓋のついた燗鍋のつる。 九「いづれか淋しからずと云ふことなき」(謡曲、忠度)のもじり。 一〇 酒。 一一 お飲みになって。酒を飲むことを「食べる」という。 一二 榧の実を殻のまま焙焼にして中の実を菓子代りとする。酒の肴であった。「盆に入たるはみのなひ榧・南蛮菓子なり…ぬり竹ばしそえたり」(好色訓蒙図彙)。 一三 まったく盃を断るわけにも行かず。 一四 盃をうけると。 一五 鯛の塩焼。 一六 不恰好に。行儀悪く。 一七 指された盃を受けずに重ねてその盃の主に酒を飲ませる時の挨拶言葉。ここでは客の前でむしゃむしゃ肴を喰って盃を断るはしたない女の様子を示す。 一八 場所をかえて遊びなおそうと思ううちに。 一九 何とも言えない色気があって。 二〇 未詳。二瀬(ふたせ)と同じく酌婦兼娼婦の茶屋女か。一説に京都の遊里にかぎり存する遊女の床の諸分け・遣り繰りを教える指導職の女をかくいう由。似木の遣り繰りを承知しているのか。 二一 二つ折にした絵莚。寝道具である。 二二 木で箱のように作った枕。 二三 薄い藍色。 二四 前に比して一層よい。 二五 大人も顔まけするほどませていて、恥かしがらずに。 二六 こんなわずかな時間の契りも。 二七 夫婦は二世という。夫婦気取りの言葉。 二八 観音様の洒落た言い方。ここは清水の観音をさしている。 二九 妊娠したならば。

鮮《せん》さやの[一]二《ふた》の物をほのかに、[二]のべ紙《かみ》に[三]数歯枝《かずやうじ》[四]をみせ懸《かけ》、髪《かみ》は[五]四つ折《おり》に[六]しどけなくつかねて、[七]左《ひだり》の御手に[八]朱蓋《しゆぶた》のつるを引提《ひつさげ》、たち出《いづ》るより、「[九]淋《さび》しさうなる事かな。少《すこし》[一〇]さゝなど是《これ》より給《たべ》[一一]まして」といふもいやらしく、屢《しば》しは實《み》のなき[一二]栢《かや》をあらしてありしが、[一三]無下《むげ》に捨難《すてがた》く[一四]いたゞけば、[一五]濱焼《はまやき》の中程《ほど》を[一六]ふつゝかにはさみて、「[一七]おさえまする」といふ。はじめの程はたまり兼《かね》、さらに[一八]又所《ところ》を替《かえ》てとおもふ内に、せはしく銚子《てうし》かえる事あり。與風《ふと》腰《こし》つきに[一九]えもいはれぬ所ありて、[二〇]似ト《にぼく》がやりくり合点《がてん》か、[二一]二つ折《おり》の繪《ゑ》むしろに[二二]木枕《まくら》の音も又おかしく、冣前《さいぜん》のりきん嶋《じま》うそよごれたる[二三]淺黄《あさぎ》のに替りて、鼻歌《はなうた》などにて人まつけしき[二四]今也。

世之介十二より聲《こゑ》も替《かゝ》りて、[二五]おとなはづかしくはづるとはなくに、「[二六]かくしばらくの事も[二七]一世ならず[二八]くはんさまのお引合《ひきあはせ》、末ゝ馴染《なじみ》て、若《もし》又[二九]お中に

やうすが出來《でき》たらば、近所《きんじょ》にさいはい子安《こやす》[三〇]のお地藏《ちざう》は御《ご》ざり、大義《たいぎ》[三一]なれど百[三二]の餅舟《もちふね》は阿爺《とゝ》[三三]がするぞ、機遣《きづかい》[三四]なしに帯《おび》とけ」と、ひとつ[三五]も口をあかせず、わるご[三六]う有程《あるほど》つくして物[三七]しける。うちとけて後、此《(この)》女さしうつむいて物をもいはず泪《なみだ》ぐみてありしを、こゝろもとなく尋《たづね》ければ、二三度はいはざりしがしめやか[三八]なる物ごしして、「われ今[三九]こそあれ、此跡《(この)あと》[四〇]の出替《でかは》[四一]りまではさる宮様《みやさま》がたにありしが、不慮《ふりよ》[四二]におこゝろ[四三]をかけさせられ、すへがすへのわがすむもとにしのび入《(いら)》せ給ひ、むつ[四四]ましう語りし、其《(その)》夜は忘《わす》れもやらず、雪《ゆき》のあさ〳〵と降《ふり》そめし十一月三日、かたじけなくも御手づから一かたまりを「わがはだへは[四五]是《(これ)》じや」とほ[四六]ゝに投入《なげ(いれ)》させ給ふ時の御すがた、今[四七]かたさまにおもひ合《(あはせ)》、昔《むか》しが思はるゝ」と語《かた》る。「さては其宮様《(その)みやさま》に似《に》たとはどこが似《に》た」と戯《たはぶ》るゝ。「いづれを申《(まうす)》べきや、[四八]ひとつとしていきうつし。殊更《ことさら》風のはげしき朝、「いかゞ暮《(くら)》[四九]する」とて白ぬめ[五〇]の[五一]着物《きるもの》給《(たまは)》り、又西陣《にしぢん》に母を一人持《(いちにん)もち》[五二]候を、不便《ふびん》とて米《こめ》・味噌《みそ》・薪《たきゞ》・家賃《やちん》までを十一歳にしてかしこくもあそばしける。貴様[五三]もよろづに氣《き》のつきさうなるおかたさまと見えて、一《(ひと)》しほお尤《い》愛《と》しうおもふ」などゝ、はや其《その》[五四]年に思ふまゝの事共《とも》、其相手《(その)あいて》を見て。是ぞ都の人たらしぞかし。

三〇 清水寺の楼門の前にあった泰産寺の子安観音が、当時俗に子安の地蔵と誤称されていた。 三一 金のかかることだが。 三二 出産後、安産の御礼に神仏に供えた餅。その数は百きっかり供えた。 三三 父または夫の称。 三四 気遣なしに。 三五 まったく口を開かせず。返答のいとまもあたえず べらべらとしゃべりまくって。 三六 悪功。悪ふざけ。 三七 関係した。 三八 しんみりした態度で。以下この女の巧妙なだまし言葉になる。 三九 今でこそこんなになっているけれども。「今こそあれ我も昔は男山さかゆく時もありこしものを 読人不知」(古今)による。 四〇 この前の。 四一 半季又は一季の奉公人の解雇・雇入れの時。はじめ二月五日と八月二日であったが、寛文九年に改定されて三月五日と九月五日となった。 四二 思いがけず。 四三 宮様が私に。 四四 当時ムツマシウと清音の方が多かった。 四五 お前の肌はこれだ。すなわち雪の肌だの意。 四六 ふところ。 四七 方様。女が男に対していう二人称敬語。 四八 ひとつとして生き写しでない所がない。「ひとつとして」に対して述語に否定の意味の語句が呼応していない。 四九 サ行四段活用動詞の連体形をサ変動詞の連体形のようにした混同の例は当時の文献に多い。 五〇 光沢のある絹布。 五一 当時はキルモノと呼んでいる。 五二 父がなく母が一人暮しをしているの意。 五三 あなたさま。方様・様に同じ。ただし、この語は男も使う。 五四 世之介の年齢に合せて、それにふさわしいでたらめな事をいう。相手を見て勝手な嘘をならべたてる、これこそ都の人たらしである。

繪入

好色一代男

二

好色一代男　巻二目録

十四歳　一はにふの寐《ね》道《だう》具《ぐ》
二仁《に》王《わう》堂《だう》三飛《とび》子《こ》宿《やど》の事

十五歳　髪《かみ》きりても捨《すて》られぬ世
後《ご》家《け》なびける事

十六歳　女はおもはくの外《ほか》
京四川《かは》原《ら》町《まち》の事

十七歳　誓《せい》紙《し》の五うるし判《はん》
奈《な》良《ら》六木《き》辻《つぢ》町《まち》の事

十八歳　旅《たび》のできごゝろ
道《だう》中《ちう》七人どめ女の事

十九歳　出《しゆつ》家《け》にならねばならず
江《あ》戸《ど》八香《かう》具《ぐ》賣《うり》の事

二十歳　うら屋《や》もすみ所《どころ》
大坂九上《うへ》町《まち》者《もの》の事

一埴生の小屋の意。粗末な田舎家。

二大和宇智郡桜井の西、安倍の文珠との中間にある。多武峰その他の出家を相手とする蔭間宿があった。

三地方を廻って男色を売り歩く蔭間の中宿をいう。

四賀茂川の西を南北に走る大通。

五奈良ざらしの吟味所で生平（きびら）におした漆の改印。布の織はじめに極の角印をおした。

六奈良の遊廓。

七宿屋の出女。おじゃれ。

八香具行商のかたわら男色を売った若衆。

九大坂東部上町附近の手かけ者・出合女をいう。

一〇四月朔日、綿入を袷に着かえる。衣更。一一元服する前、十三四歳の頃振袖の八つ口をふさいで詰袖とする。一二元服すれば若衆の美しさ

はにふの寝《ね》道具《だうぐ》

其《その》年十四の春も過《すぎ》、[一〇]ころもあらためて着更《きかえ》る朔日より、[一一]袖などをふさぎて、[一二]世の人に惜《お》しまるゝも[一三]後《うしろ》つきぞかし。聊《いさゝか》おもふ事ありて[一四]初瀬《はつせ》にこゝろざしける。[一五]一人ふたり召仕《めしつかひ》を伴《ともな》ひ、[一六]雲井の舎《やど》りといふ坂を上りて、[一七]人はいさ心もしらずと貫之《つらゆき》が讀《よみ》し梅も、青葉なる山ふかく、「[一八]起誓《きせい》かけまくもかたじけなき返事をとる事いつ迄か」と[一九]つぶやきけるを聞《きゝ》て、[二〇]「又此《この》度も[二一]かなふまでの戀をいのらるゝ」とおもふ事ぞかし。帰るさは[二二]過にし花の思はるゝ[二三]桜井の里をすぎ、[二四]十市《とうち》・[二五]布留《ふる》の神やしろを北に詠《ながめ》こして、暮《くれ》におよべば[二六]椋橋《くらはし》山の麓《ふもと》に[二七]かすかなる草の屋に、折しも[二八]麦も穐《あき》のなかば、[二九]から竿の音のみ。里の童部《わらんべ》[三〇]ねぢ籠《かご》・[三一]あまがへるの家《いゑ》などして、[三二]塵塚《ちりつか》よりなた豆といふ物いと笑《をか》しく生《なり》さがりたる垣根《かきね》を見れば、[三三]今こそ今とおもはるゝ[三四]脇あけの[三五]下人に[三六]風情《ふぜい》をつくらるゝもあり。髪結《かみゆ》ふけしき常《つね》ならず、[三七]紙ひぼの編笠《あみがさ》の様子、懸《かゝ》る所にはと尋ねられけるに、「此《この》里は仁王堂と申《まうし》て、京大坂《おほざか》の[三八]飛子《とびこ》しのび宿なる」とよろづに付《つけ》て[三九]我《われ》しり良《かほ》に語《かた》りけるに、「今宵《こよい》一夜とおもひながら、[四〇]色なきかたに舎《やど》りはと、いと口惜《くちお》しかりけるに、

はなくなってしまうから。一三 後姿。一四 大和磯城郡初瀬。長谷寺観音の所在地。一五「供とする人ひとりふたりしてゆきけり」(伊勢物語八段)による。一六 長谷寺山内、蔵王堂より本堂に上る坂。雲井坊の前の坂ゆゑ雲井坂というか(吉見幸和、温泉紀行)。一七「人はいさ心もしらずふ故郷は花ぞ昔の香ににほひける 貫之」(古今)によまれた梅は、長谷寺廻廊の中程に貫之軒端の梅として存する。一八 起誓を申し上げるのももったいないですが、その起誓に対する霊験あらたかな御返事を頂けるのはいつのことやら。一九 世之介が。二〇 召使どもが。二一 恋が成就するまでの願かけをしておられる。二二「花散て春は暮にし桜井の名にさへあかでむかふ比哉 知家」(松葉集)のごとき歌によるか。二三 桜井市。二四 橿原市十市。桜井の西北方の地。二五 天理市布留の石上布留社。二六 桜井市倉橋にある。多武峰の東嶺。二七 貧相な。みすぼらしい。以下「草の屋に」までで文はほとんど終止。二八 陰暦四月末より五月初めまでを麦秋という。麦の収穫時。二九 稲・麦の穂を打って籾を落す竿。三〇 麦稈で編んだねじれた方錐形の籠。小児の遊戯の麦藁細工の一。三一 ねじ籠に雨蛙を入れて蛙の葬式をする遊び。「家などして」で文はほとんど終止。三二 塵溜。三三 今が以下源氏物語夕顔の巻の連想による。三四 脇をあけた振袖姿。全盛期だと見える。三五 召使に。三六 化粧・髪結・着附などしてもらっているのも見える。六二頁挿絵参照。三七 紙捻の紐をつけた編笠。遊女・野郎・伊達好みの人が用いた。三八 前頁注三参照。三九 自分はよく知っていると得意げに。四〇 色遊の相手のない家。

一 工面して。算段して。 二 出居。客との応対に使われる座敷。古辞書には「亭」の字があててある。 三 飛子の名。以下三人とも未詳。 四 若衆野郎の供をした草履取。草履を産地の名をとって金剛といい、それから来た語。 五 祝儀の金銭。 六 酔眼朦朧となった様。 七 潮時を見はからって。 八 栴檀の丸木を引切って作った木枕。 九 生残りの蚊。 一〇 当時、蚊遣火に摺り糠をたいた。 一一 世之介の方からいつとなく近よって行くと。 一二 疥癬。 一三 嬉しいような悲しいような当惑した状態。 一四「さて何故斯様に諸国を御廻り候ふぞ…扨も我筑紫彦山に登り、七つの年天狗にとられて行きし山々を思ひやるこそ悲しけれ」(謡曲、花月)による。 一五 こんなに馴染んだからには、かくしておくのもどうかと思います。すっかり申し上げましょう。 一六 最初は。 一七 正保・慶安ごろの京都の女方の名優。一説に糸縷権之助の子ともいう。在所女の糸をよる所作を得意として、一世を風靡した。その子か血縁者の権三郎は寛文九年一月十一日京都七櫓の名代を許され、宝永ごろまでつづいた。 一八 安芸厳島では六月七日から七月まで大市が立ち、諸国からの旅芝居が興行された。芝居好きはその芝居を見物する人で、それらを相手に色を売りの意。 一九 備中の国の一の宮たる吉備津(きびつ)神社の門前町。岡山藩はここに遊廓を置き、芝居を興行させ、岡山の市中には立ち入らせなかった。 二〇 三月十日と十月十日に祭があり、その前後五日間市が立ち、芝居も興行された。 二一 摂津住吉神社の南、紀州街道に面する町。 二二 河内南河内郡柏原。附近に上の太子・道明寺・藤井寺などがあり、柏原船の発着場。 二三 多武峰西北の今井谷。妙薬寺・音石寺、

爰《(こゝ)》こそ假寢《かりね》の夢計《(ばかり)》よ」と密《ひそか》に[一]才覚して、かすかなる[二]亭《てい》に入れば、あるじそれ〱の名をふれける。[三]思日川染之介様・花沢浪之丞様・袖嶋三太郎様いづれもおもしろ笑《おか》しきさま。兎角《とかく》酒にして[四]こんがうの角内・九兵衛を呼出《よび(いだ)》し、[五]よろこぶ物をとらして、後は亂《みだ》れて盃にすこしは無理《むり》など云懸《(いひかゝ)》り、更行《ふけゆく》まで[六]月がゆがふたの花がねぢれたのと、我《(わ)》がまゝつもれば[七]見合《(みあはせ)》て寢道具取《ねだうぐ(とり)》さばきぬ。

よこ嶋のもめん蒲團《ぶとん》に[八]せんだんの丸木引切枕《(ひききりまくら)》、[九]夏をのがれたる蚊《か》もあればとて、摺鉢《すりばち》にすり[一〇]糠《ぬか》を煙《(けぶ)》らせける。烟《けぶり》と思へば是《(これ)》も伽羅《きゃら》のこゝちして、[一一]おのづか

ら近よる程に、[一二]ひぜんなをりていまだ間もなき手をうち懸《(かけ)》らるゝも[一三]嬉し悲《(がな)》しく有《(あり)》ける。「さて勤《つとめ》なれば尤愛《いとを》しく思はるゝ。すぎにし程は、[一四]いかなる里いかなる国ゝを廻《まは》りけるぞ」[一五]「懸《かゝ》るうへにつゝむべき事も何ならん。我

[16]そも〳〵は糸[17]より權三郎殿にありしが、笛《ふゑ》ふきの喜八かたにわたり、宮嶋《[18]みやじま》の芝居ずきにさまよい、備中《[19]びつちう》の宮内《みやうち》、讃岐《さぬき》の金毘羅《[20]こんぴら》にゆく事もあり。いづく定《(さだめ)》ず[21]すみよし安立町《あんりう》に隠《かく》れ家《(が)》、又は河内の[22]柏原《かしはら》此里《(この)》にきて、今井[23]多武峯《たふのみね》の出家衆《しゆつけ》をたらし侍る。中にも更[24]になさけなきは、八幡《[25]わた》の學仁坊《がくにんぼう》・まめ山[26]の四郎右衛門とて無類《むるい》の此《[27](この)》道好《ずき》、是《(これ)》は飛子のうき[28]灘《なだ》を越《(こゆ)》るがごとし。此《(この)》両人に揉《もま》[29]れて後、此《(この)》勤《つとめ》[30]ならざるといふ事なし。或時《あるとき》は片山陰《[31]かたやまかげ》の柴《しば》かりて、適《たま》と手にふれし銀子をして[32]やり、浦人《[33]うら(びと)》の塩馴衣《[34]しほなれころも》をはだかにして假《[35]かり》にも取る分別計《ふんべつばかり》。情なきは衆道《[36]しゆだう》ご丶ろは外《[37](ほか)》になりまして」と語《かた》る。皆《みな[38]》うそにしても僞《いつはり》とも思はれず、「さて、心にそまぬ人にあふ夜は」と尋《(たづ)》ね侍れば、「譬《たとへ》ば胝足《あかぎれあし》、一[39]代に歯枝《やうじ》つかはざる人にもいやとはいはじ。[40]それのみ、宵《[41]よい》より龝《あき》の夜の明《(あく)》るまで、とやかくおもふ儘《まゝ》に成《(なる)》こそ無念《むねん》、いくたびか、人しらぬ泪にして、かく年月やう〳〵程《ほど》ふりて、くる年の四月には身自由《[42]みじゆう》なると思ふをたのしみ、心[43]いはゐに、然《(しか)》も明後日が金性《[44]かねしやう》の者は有卦《うけ》に入《(いり)》まする。年の七年《(なゝとせ)》は仕合《(しあはせ)》」と申《(まうし)》侍る。「金性《かねしやう》ならば廿四の金《かね》か、我[45]とは十違《ちが》ひぞかし」。假初《かりそめ》にもか丶る一座《ざ》にて年《[46]とし》せんさくは用捨《[47]ようしや》あるべし。

多武峰の僧坊があった。　二四 まったく情容赦もないのは。　二五・二六 ともに未詳。　二七 衆道ずき。　二八 難関を突破するの意。　二九 きたえられて後は。　三〇 不可能ということがなくなる。　三一 山里住いの柴かりが柴を刈ってたまに手に入れた金銭。　三二 まきあげる。　三三 漁夫。　三四 潮じみた衣。　三五 どんな時にも、金品をまきあげる工夫ばかりをして来た。　三六 若衆の意気と義理を立てる精神。　三七 そっちのけになってしまいまして。　三八 作り話であるとしても、世之介をだまそうとして言ったとは思われない。その言葉の中に心情がこもっているの意。　三九 一生。　四〇 それのみならず。　四一 秋の夜長を夜もすがら。　四二 勤めの年期が明けて自由の身になる。普通、遊女・野郎は十年の年期で奉公の契約をする。　四三 別段準備もせず心の中だけで祝っています。　四四 金性の者は卯の年の卯の月卯の刻より有卦(けう)に入って七年間つづくという。卯の年は慶安四年辛卯にあたる。陰陽道で十二運のうち、胎・養・長・沐・冠・臨・帝にあたる人を有卦とし、衰・病・死・墓・絶にあたる人を無卦とし人間の運勢の吉凶を判ずる方便とした。有卦に入れば七年間吉事多く、無卦に入れば五年間凶事多しという。　四五 十歳ちがいの金であるから世之介のは寛永十八年辛巳の生れとなる。世之介の年齢と西鶴の年齢とは一二年の差があるがほとんど一致している。　四六 年増の多い野郎にとって年をせんさくするのは禁物。　四七 遠慮すべきである。

一後家になっても。後家になると髪を短くする。再縁せぬしるしである。二男女間の道にそむいた情事。三長年連れ添った夫。四(先夫に対して)再婚の夫。五遺産。六つらい思いをしながら。七跡目をつぐ。遺産を相続する。八自分自身の将来を考えるからである。九気をとられ、蔵を厳重に管理するの意。一〇両方から引き合せて閉める戸。一一枢。戸締りのために落す桟。一二毎年十月から翌年二月晦日まで火の用心のために、町内で自身番を組織し、町人は順番に割当てられたが、町役人・女子・老人・子供等は代人を認められた。一三代人をたのんでどうやら間に合せていたけれども。一四四段活用。一五屋根のふきかえ時を忘れ。板葺の屋根は適時ふきかえねば腐ってふきかえがきかなくなる。一六夫の傍に近寄って、夫の懐に頭をうずめたこと。一七夫を。一八夫の生きていた頃を今思い出すにつけ独身は心細いことだと。一九模様のついた着物。紋は模様のこと。後家は地味な紋なしを着るのが通例。二〇殊更に大切にもてなし。二一十露盤で商売の利害得失を考え。二二金銀貨の良否を鑑定する才能。二三我がままになって。つけ上って。二四主人の後家に様をつけて呼ばなくなり。尻声は言葉尻のこと。二五主人である後家が手代の機嫌をとって。二六無益しき。ここでは口惜しいの意に転じて用いられている。二七気の浮き浮きする。下がかった。刺戟的な。二八召し使う手代。二九浮名を流す。三〇くどき落す。三一葬礼の行列について歩いている者。附き添いの者。三二亭主。三三それまで知り合いでなくても。三四肩衣は裃の社に似て襞(ひだ)のないもの。袴肩衣は町人の最上の礼装。三五兄弟同様であ

一髪《かみ》きりても捨《すて》られぬ世

「二いたづらはやめられぬ世の中に、後家《ごけ》程《ほど》心にしたがふものはなき」と或人《ある》の語《かた》りぬ。三馴染《なじみ》に別《わか》れての當座《たうざ》は自害《じがい》、出家《しゆつけ》にも成《なる》べき事やすかり。程經《ほどふ》りて四後夫《ごふ》を求《もとむ》るもなきならひにはあらず。忘《わす》れ念記《がたみ》・五たくはえに欲《よく》といふ物《もの》ありて、六うきながら七跡立《あとたつ》る八身《み》をおもふ故《ゆへ》ぞかし。藏《くら》の鑰《かぎ》に九性根《しやうね》をうつし、一〇めしあはせの戸《と》に一一くろゝをおとし、一二用心《ようじん》時の自身番《じしんばん》にも一三人頼《たの》みするこそあれ、いつとなく

前栽《せんざい》は落葉《おちば》に一四埋《うづ》み、軒《のき》も一五葺時《ふき(どき)》を忘れ、雨の洩《もる》夜《よ》神《かみ》鳴《なり》のなる時は一六ちかよりてあたままで隠《かく》せし事、こはき夢《ゆめ》見ては申《(まうし)》ゝと一七起《おこ》せしなど、一八今《いま》おもへば獨身《ひとりみ》はと悲《かな》しく、佛《ほとけ》の道《みち》にこゝろざし、一九紋所《もんどころ》の着物《きるもの》もうとみはてゝ、世をわた

る種《たね》とて、元來《もとより》商《あきない》のとくい[二〇]殊更《ことさら》にあしらい、手づから[二一]十露盤《そろばん》をかんがえ、[二二]銀《かね》みる利發《りはつ》も女は埒《らち》のあき難《がた》き事もありて、万《よろづ》、手代《てだい》にまかすれば、いつとなく[二三]我《(が)》になつて[二四]様《(さま)》といふ尻声《しりこゑ》もなく、大形《(おほ)かた》は[二五]機嫌《きげん》とりて[二六]むやくしき事も程《ほど》すぎて、[二七]こゝちよき下主共《げす(ども)》の咄《はな》しより與風《ふと》こゝろ取亂《(とり)みだ》して、[二八]若《わか》きものなどゝ[二九]名の立こそおかし。

「我後家《われごけ》を[三〇]引靡《(ひき)なびけ》る事度《たび》ゝなり。葬禮《さうれい》の[三一]つき〴〵に様子尋《たづね》て、「[三二]男《おとこ》のはてられて跡《あと》はかやう」と申せば、[三三]しるべなくても[三四]はかま肩衣着《かたぎぬき》て、「我《われ》とは[三五]兄弟一《きやうだい(いち)》ぶんに申《(まうし)》かはせしに」としみ〴〵と吊《とふら》ひ、其後《そのゝち》子共の[三六]なりさまを尋《たづ》ね、火事《くはじ》などゝいふ時も[三七]かけ合、物毎《ものごと》たのもしくおもはせ、したしみてから[三八]杉原《すぎはら》にたより書《(かき)》つゞけ、[三九]いくたりが心のまゝに」と申《(まうす)》程に、[四〇]小耳《みゝ》にもおもしろき時は、十五才にして其《(その)》三月六日より[四一]角《かど》をも入《(いれ)》て、[四二]ぬれのきく折《おり》にふれて、螢《ほたる》みるなど催《もよふ》して[四三]石山に詣《まふ》でけるに、然《しか》も其《(その)》日は[四四]四月十七日、[四五]湖水《こすい》も一際涼《きはすゞ》しく、[四六]水色のきぬ帷《かた》子《びら》にとも[四七]糸《いと》に[四八]さいはい菱《びし》をかすかに縫《ぬは》せ、[四九]あつち織《おり》の[五〇]中幅《ちうはゞ》前にむすび、今はやる[五一]ふき懸手拭《かけてぬぐひ》、塗笠《ぬりかさ》のうち只人ともみえず、[五二]するゑ〴〵の女までも水くみ石臼《いしうす》を引《(ひき)》たる[五三]つまはづれにはあらず。きざは[五四]しゆたかにあがり、腰《こし》もとなどに[五五]爰《こゝ》にてつくりし物語《ものがたり》をあらましきかせ、[五六]組戸《くみど》に[五七]立添《たちそい》何おもふもしらず、鬮《くじ》をとつて「[五八]三

ると言いかわしていたのに（残念なことをした）と。なお、下の吊は弔の俗字。三六 成長して行く様子。三七 かけつけて見舞い。三八 杉原紙。三九（そういう方法で）幾人か後家を自由にした。ここまでは他の男の話。四〇 聞くともなしに聞いても面白がる血気盛んな十五歳の時での意。四一 半元服に前髪の生え際の隅を剃り込むこと。四二 男振りよく女に対し性的魅力のある。四三 近江石山寺の観音。四四 四月二十日前後は石山・瀬田の螢見の盛り。また四月十六日は三井寺千団子社参、十七日は東坂本の東照宮は正当忌日で祭礼あり、十八日は平生百ヵ日の参詣に当るので観音詣が盛んであった。四五 琵琶湖。四六 普通帷子は麻布・葛布製の夏衣服をいうが、絹帷子とは絹縮帷子であろう。水色は当時慣用の帷子の染色。なお、この部分からあとは、世之介の風采ではなく、世之介の目をつけた女性の様子を描いてある。四七 共色の糸。四八 花菱を四つに組合せた模様。四九 外国製の織物。五〇 中幅帯。五一 笠の下に手拭を被って風に吹きなびかすようにすること。五二 この女性に附添っている下々の女たちまで。五三 手足のさきの意から転じて、とりなり・所作の意。下っ端に至るまで、水を汲んだり石臼を引いたりの労働をしたようには見えないの意。五四 ゆったりと。落ちついて。五五 源氏物語は俗に紫式部が石山寺で中秋の名月を見つつ須磨・明石の巻を書きはじめたという。五六 結界の格子戸。五七 どういう願意かしらないが。五八 お神籤（じみく）は観世音百籤で、その第三は凶。

度《ど》まで三はうらみに存じまする」といふを[一]脇良《わきがほ》より見れば、惜《おしむ》べき黒髪《くろかみ》をきりてありける。さてこそうるはしき後家《ごけ》、[二]かりに此世《このよ》にあらはるゝかと、[三]おもへば思はるゝ目つきして袖すり合《（あひ）》て通《とを》り侍る。かの女[四]人《ひと》迄もなく自《みづから》よびかへして、「[五]今の事とよ。お腰《こし》の物《もの》の柄《つか》に懸《かけ》られ、我《わが》[六]うすぎぬのあらく裂《さき》たまふこそ、さりとはにくき御しかた、[七]まなくもとのごとくに」と申《（まうす）》程《ほど》に、いろ〳〵わびても聞《きゝ》いれず、「是非《ぜひ》とゝ[八]むかしの絹《きぬ》を」とさいそく、めいわくして、「都《みやこ》へとゝのえに遣《つかは》し申《（まうす）》べし。こなたへ」と申《（まうし）》ふくめ、[九]松本といふ里にきて、ひそかなるかり家《いゑ》に入れば、かの女「はづかしながら、[一〇]たよるべきたよりに[一一]我《（われ）》と袖《そで》を裂《さき》まいらせ候」とふかく[一二]たはれて、なを[一三]戀《こひ》しくばとわが宿《やど》を語《かた》り、[一四]つのればお中《なか》おかしく成《なり》、程《ほど》なく生《むま》れけるを、せんかたなく、「[一五]夜半《よは》に捨子《すてご》の声《こゑ》するは、母に添《そい》寝《ね》の夢《ゆめ》の浮世《うきよ》」と小町《こまち》が讀《よみ》し言《こと》の葉《は》もおもひ出《（いだ）》されて、いとゞあはれは爰《こゝ》[一六]六角《かく》堂《だう》の[一七]其《（その）》そこに置《をき》てぞかへりける。

女はおもはくの外《（ほか）》

[一八]小塩《おしほ》山の名木《めいぼく》も[一九]落花狼籍《らつくはらうぜき》、今一《（ひと）》しほと惜《おし》まるゝ。[二〇]けんぼうといふ[二一]男達《おとこだて》、其比《（そのころ）》

一 横顔。 二「紫式部と申すはかの石山の観世音仮に此世にあらはれてかかる源氏の物語」(謡曲、源氏供養)。 三 ふれば落ちなんの媚をふくんだ目つきで。 四 人を介するまでもなく、直接に。 五 たった今の出来事です。 六「薄衣の」の「の」は「を」を上の語に連ねた表現。 七 間なく。すぐさま。即座に。 八 以前の。 九 近江大津の東南端の地。 一〇 近づきになる手段に。 一一 自分で。 一二 情交を結んで。 一三「恋しくば来ても見よかしちはやふる神のいさむる道ならなくに」(伊勢物語)或は「わが宿は三輪の山本恋しくば訪らひ来ませ杉たてる門」(古今六帖)などによる。 一四 二人の恋が深まって来て妊娠し。 一五「あはれなり夜半に捨子の鳴き止むは親に添寝の夢や見るらん　飛鳥井雅親」(続撰吟和歌集類題)による。この歌はもちろん室町時代のものであったが、俗に小野小町・赤染衛門・霊元天皇の詠歌と伝えられていた。 一六 京都六角通烏丸東入ル、天台宗頂法寺。本堂は杉材の六角造り。毎年二・八月の出替り時分に奉公人がこの堂に集まる習慣があったので、平生も乳母・子守の遊び場所となっていた。この捨てられた子が後に好色二代男の主人公世伝となる。二代男ではこの時を「慶安四年のうき秋」としている。 一七 そこらあたり。そのへん。
一八 京都大原野村小塩にある大原山の別称。麓の勝持寺に西行桜の名木がある。 一九 すっかり花が散りはてること。この句で世之介が元服したのを暗示している。 二〇 憲法。京綾小路下ル憲法町の染物屋。黒茶染を案出し、これを吉岡染又は憲法染ともいう。又吉岡流の剣法の祖。 二一 俠客。 二二 柔術の一種。人を捕縛する術。

は捕手《とりで》[二二]・居合《ゐあひ》[二三]はやりて、世《よ》の風俗《ふうぞく》も糸鬢《いとびん》[二四]にしてくりさげ、二《(ふた)》[二五]すぢ懸《かけ》の髻《もとゆい》、上髭《うはひげ》[二六]のこして、袖下《そでした》[二七]九寸にたらず、染分《そめわけ》[二八]の組帯《くみおび》、せかいらげ[二九]の長脇差《ながわきざし》[三〇]、爰《こゝ》[三一]ぞとおもふ人大形《(おほ)かた》は是《(これ)》、王城《わうじやう》に住《すむ》人の有様いま[三二]にみくらべてむかしを捨《すつ》るぞかし。北野《きたの》[三三]に詣《まふ》でゝ、梅《むめ》をちらし、大谷《たに》[三四]に行《(ゆき)》て藤《ふぢ》をへし折《おり》、鳥部《とりべ》[三五]山の煙《けぶり》とは五[三六]ふくつぎの吸啜筒《きせるづゝ》、小者《こもの》にへうたん[三七]・毛巾着《けぎんちやく》[三八]、ひなびたる[三九]事にぞありける。[四〇]山つゞき岡崎《おかざき》といふ所に妙壽《めうじゆ》といへる比丘尼《びくに》、草庵《さうあん》を結《むす》び、東南[四一]の明《あか》りをうけず、襖障子《ふすましやうじ》も假名文《かなふみ》[四二]の反故張《ほうぐばり》、上書《うはがき》[四三]悉《ことごとく》やぶりしはわけらしく[四四]見えて、一間《ひとま》小闇《こぐら》くこしらえけるこそくせもの[四五]なれ。「爰《こゝ》は」と友《とも》どちにきけば、「洛中《らくちう》のくら[四六]宿《やど》なり。小川[四七]の糸屋者《いとやもの》、室町《むろまち》[四八]のすはひ、其外《(そのほか)》[四九]して殿、爰《(こゝ)》[五〇]にたよらぬといふ事なし」といひもはてぬに、小づくりなる女、年《とし》の比《ころ》は片手《かたて》[五一]を四度計《よたびばかり》かぞふること

小具足とも腰廻りともいう。二三 居合抜。坐っていて刀を抜く剣法。二四 鬢を剃りさげて細くした髪風。伊達な奴めいた風。二五 髻を二筋で結ぶこと。二六 口髭。二七 袖丈が一尺九寸に足らず。袖の短いのは当時の伊達風俗。二八 種々の色で染め分けた糸編みの帯。二九 背梅花鮫。背筋に大きな粒が頭から尾まで通っている鮫の皮。鞘を巻くのに使う。三〇 大脇差の意。一尺八寸より一尺九寸九分までともいうが(剣甲新論)、幕令では一尺八寸までを大脇差と称し、それ以上を禁止している。三一 ちょっと男振りのよいと思われる人。三二 今の伊達な風俗に見較べた上で昔の地味な質素な風俗を捨ててしまう。三三 京都北野天神。梅の名所。三四 鳥部山の南、西本願寺別院があり、藤の名所。三五 清水寺の南の墓地。峰を阿弥陀峰といい、麓を鳥部野という。古来葬地として、その煙はよく文献に見える。三六 五服継。五服分盛れる大きさの火皿がついた煙管。三七 瓢簞。薬を入れて巾着と共に腰につける。三八 毛皮製の煙草入。三九 田舎びたことである。以上に伊達寛濶の風俗を描写し本人達はいい気なものだが、野暮ったいものだと言ったもの。四〇 東山の峰つづき、黒谷の東南に岡崎がある。四一 東南に家が向いていない、すなわち北向きになっている。四二 仮名書の手紙。男女贈答の恋文。四三 手紙を巻いた端に書きつける宛名。四四 何かわけがありそうで。四五 怪しむべきことである。四六 暗宿。淫売宿。四七 京小川通の組糸屋の見世女。客の自由になった。四八 京都室町通の呉服屋の牙儈。呉服の取次や行商の傍ら売色した。四九 仕手殿。鹿子結の女子。これも売色をした。五〇 ここを利用しないことはない。五一 二十歳位の年輩。

ろをひ、目[一]のうちすゞしく、おもくさしげく[二]見えて、どこともなふこのもし。氷昆弱《こゞりこんにやく》[三]に海棠《かいだう》の花を折添妙壽《おりそえめうじゆ》におくりて、人ゝ[四]をはぢらい、「けふは今熊野《いまくまの》[五]のあたりに目藥《めぐすり》[六]あるをとゝのえとのお使《つかひ》にまいる」のよし、事閙《いそが》しく立出《(たちいづ)》るを、「あれは」と妙壽《めうじゆ》に尋《たづね》ければ、「あれは烏丸通《からすまるどをり》申せばおの〳〵御存《ぞんじ》、去御隱居《さるごゐんきよ》のめしつかひなりしが、同じおも屋の內さばく人[七]と申《(まうし)》かはして[八]、外の方へは思ひもよらず」と申程《(まうす)ほど》に、「是《(これ)》はならず[九]の森《もり》の柿《かき》の木《き》、口へはいる物こそ[一〇]」と藥《や》鑵《くはん》たぎれば茶碗《ちやわん》[一一]みがきて、「何がな[一二]、御馳走《ごちさう》もがな」と申侍《(まうし)》る。

昼《ひる》も半時《はんじ》[一三]にかたぶき、羽織《はおり》も苦《く》になり重着《かさねぎ》もうたてかりしに、世之介頭巾《づきん》はなさず身《み》[一四]をかためありけるこそ氣詰《きづま》りに見えて、ぬげといへどもぬがず。「其《(その)》方《(はう)》は十六なれば、初冠《うひかぶり》[一五]して出來業平《できなりひら》[一六]」と申《(まうし)》侍る。「ちと似合《にあひ》[一七]たるお良《かほ》を見む」とわるき者ありて頭巾《づきん》とれば、左《ひだり》の鬢先《びんさき》かけて四寸あまり血《ち》ばしりて、正《まさ》しくうたれたる疵《きず》あり。一座《ざ》おどろき、「いかなる者にか、かくはいたされけるぞ。男中間《おとこなかま》[一八]にひけとらして[一九]は何れも堪忍成難《かんにんなりがた》し。天狗《てんぐ》[二〇]の金《きん》兵衞・中六天《ちうろくてん》の清八・花《はな》火屋《ひや》の万吉にてもあれ、我《われ》ゝ有《あり》ながら其仕返《そのしかへ》しなくては」と申せば、「各別《かくべつ》[二一]の義也。すぐならぬ[二二]戀《こい》より此《この》仕合」。「かたれ」と申《(まうす)》。いはねばならぬ義理《ぎり》になつて、「さりとは各《おの》〳〵おもはるゝとは抜群《ばつくん》[二三]の違《ちが》ひ。我等が下屋敷《(しもやしき)》[二四]川原町に、小間物《こまもの》やの

一 瞳がすっきりとして澄んでいるさま。二 そばかすが沢山見えて。三 蒟蒻をよく煮て寒中凍らせたもの。精進料理の材料で、坊主や尼の食物。四 人前を恥じて。五 京都泉涌寺の北にある今熊野の十一面観音。六 目薬が売ってあるのを買って来い。七 一家の家計の方を切り廻す手代に対して内証手代という。店の経営を切り廻す手代。八 夫婦の約束をして。九 どうにもならぬという意の比喩。一〇 (口に入らぬものは仕方がないから)口に入るものはないか。自分たちの金で自由になる女がほしいの意を洒落て言ったもの。一一 老婆に。一二 何なりと御馳走いたしましょう。一三 半時は今の一時間。一時頃になって。一四 服装を崩さず行儀よくしている。一五 「むかし男初冠して奈良の京春日の里にしるよしして狩にいにけり」(伊勢物語初段)をふまえ、かつ、この物語古註にある承和七年業平十六歳で元服したとの説による。一六 出来たての業平。俄業平。一七 月代《(さかやき)》の似合う顔。一八 男達の仲間の一人に。一九 負けさせては。二〇 以下いずれも当時の男達の名であろう。二一 全く別なこと。全然違っていること。二二 道ならぬ恋。邪恋。二三 バックンと読む。雲泥の相違。二四 別宅。二五 丹後与謝郡宮津町。京より二十八里。諸国の船がこの港に回漕し商業の中心地であった。二六 指図する。二七 椹木町。堀川丸太町と下立売との間の東西の町。その北側は禁中の同心屋敷、南側は町家であった。二八 御屋敷に奉公していたということで。二九 上品な。三〇 千束の文。沢山の手紙。三一 直接に。面と向って。三二 「さらぬだに重きが上のさよ衣わがつまならぬつまな重ねそ　寂然法師」(新古今)。太平記・尤の草子等には初句を「さなきだに」とする。あな

源介と申《(まうし)》て、丹後宮津《たんごみやづ》[二五]へ通《かよ》ひ商《あきなひ》するものあり。留守《るす》など頼むと申《(まうし)》かはしける程に、折《をり》ふしは見舞《まい》て火の用心申付《(まうしつけ)》[二六]しに、此《(この)》女[二七]さはらき町の去《さる》御方[二八]にありしよしにて、いとやさしき[二九]有様を堪兼《たへかね》て、いろ〳〵道《みち》ならぬ事を書《(かき)》くどきて千束《ちづか》[三〇]おくりけるに、返《かへ》しもなくて。或時《あるとき》[三一]さしわたして、「さなきだに[三二]思ひもよらざるに、二人《ふたり》の子も有《(ある)》事を、さもしき[三三]御こゝろざし」と恥《はぢ》しむるをも顧《かへりみ》ず申《(まうし)》かゝるこそ因果《ゐんぐは》なれ。「したがひ給はずば、劔《つるぎ》[三四]の山を目《(ま)》の前《まへ》」とくどけば、何とおもひけん、「さ程におぼし召《めし》とは聊《いさゝか》存ぜず。さもあらば、今宵《こよひ》廿七日、月もなき夜《よ》こそ人もしらまじ[三五]。しのばせられよ」と申《(まうし)》のこして、世上《(せじやう)》[三六]もしづまりて門《(かど)》に立《(たち)》よれば、内よりくぐり[三七]をあけ懸《かけ》、「是《(これ)》へ御入《(おんいり)》候へ」と申《(まうし)》もあへず、手ごろの割木《わりき》[三八]にて此《(この)》ごとく眉間《みけん》を討《うち》て、「私《わたくし》兩夫《りやうふ》にま見え候《(さふらふ)》べきか」と戸《と》をさしかため[三九]て入《(いり)》ける」。世に又かゝる女[四〇]もあるぞかし。

誓紙《せいし》のうるし判《ばん》

奈良坂《ならざか》[四一]やこのたび[四二]はさらし[四三]布調《ぬのとゝの》へて、越中越前《ゑつちうゑちぜん》の雪國《ゆきぐに》に夏《なつ》[四四]をしらすべし。商賣《しやうばい》[四五]の道《みち》をしらではと、春日《かすが》[四六]の里に秤目《はかりめ》[四七]しるよしして、三条通[四八]の問丸《といまる》に着《つき》て、け[四九]

たから懸想されるとは思いもよらないことだ。三三 見下げはてたお考え。三四 地獄にあるという剣の林立した山。剣の山もこの世に現出して見せますの意。眼の前は眼前(がんぜん)と同じで、「あの世」に対するこの世の意に用い、また、即座に、たちどころにの意として用いる。三五 知るまい。西鶴の時代には「まじ」が動詞の未然形に接続する例が多い。三六 世間。町中。三七 潜り戸。三八 薪木。三九 錠をおろして。四〇 こんな貞操堅固な女。

四一 奈良の北端。京より奈良への入口で、般若寺の北方。「奈良坂やこの手柏の二面」(謡曲、百万又は雲雀山)により「この」にかかる枕詞として使われる。四二「このたびはぬさもとりあへず手向山紅葉の錦神のまにまに　菅原道真」(古今)による。四三 奈良名産の奈良曝(さらし)。四四 奈良曝の販売は毎年四月から盆時分までで、雪国の人にとって曝売りの到来は夏のさきがけに思われた。四五 この前後は世之介の両親の命じた言葉。四六「むかし男初冠して奈良の京春日の里にしるよしして狩にいにけり」(伊勢物語初段)による表現。→前頁注一五。四七 伊勢物語のもじり。取引相手の商人があって。四八 上三条町の称で、大坂街道に沿い奈良の中心地。曝問屋木津屋庄兵衛がこの街にあった(奈良曝)。四九「春日野はけふはな焼きそ若草の妻もこもれり我もこもれり　読人不知」(古今)をふまえる。

ふは若草《わかくさ》山のしげりを詠《ながめ》、暮《くれ》ては[一]ひかりあるむしの[二]飛火野《とぶひの》、[三]いま幾日《いくか》過て京にかへるも惜《お》しまれ、其比《そのころ》は卯月[四]十二日、[五]十三鐘《かね》のむかしをきくに、哀《あは》れ今も鹿《しゝ》ころせし人は其《その》科《とが》を赦《ゆる》さず[六]大がきをまはすとかや。人のおそるゝをわきまえて、山は山、野は又さらに町にかけりて、おのがさま〳〵[七]妻《つま》なるゝも笑《おか》しくて、なを[八]穐《あき》の半《なかば》おもひやられ侍る。さぞ是《これ》なる[九]萩《はぎ》も薄《すゝき》も其《その》時は、[一〇]花園《はなぞの》といふ町すぢを[一一]西にいれば、[一二]一つわきざし指《さし》て[一三]鬢《びん》つき厚《あつ》く、[一四]いづれ笛太鞁《ふえたいこ》の一曲《きよく》なりさうにみえし人、[一五]罷出《まかりいで》たるは此《この》あたりに、八百八祢宜《ねぎ》の子共《ども》、諸方《しよほう》の浪人《らうにん》[一六]友噪《ともさは》ぎにして、[一七]かざえ扇《あふぎ》は、何しのぶぞかし。[一八]あない知人所自慢《しるひとところじまん》して、「爰《こゝ》こそ名にふれし木辻《きつぢ》町、北は鳴川《なるかは》と申《まうし》て、おそらく[一九]よねの風俗都《ふうぞくみやこ》にはぢぬ撥《ばち》をと、[二〇]竹隔子《たけかうし》の内に面《おも》影《かげ》見ずにはか[二一]へらまじ」と、[二二]七左衛門といふ揚屋《あげや》に入《いり》て[二三]借《か》るもこゝろやすく、折節《おりふし》[二四]志賀《しが》・千《ち》とせ・きさなど盃《さかづき》計《ばかり》のさし捨《すて》、其後《そのゝち》近江《あふみ》といへる女、[二五]是《これ》からみればたしか大坂にて玉《たま》の井と申せしが、[二六]水の流《なが》れも爰《こゝ》にすむ事笑《おか》しく、其夜《そのよ》は客《きやく》なき事をさいはい、口鼻《かゝ》に約束《やくそく》させて更行迄《ふけゆくまで》[二七]さしわたし、[二八]かしらから物毎[二九]しらけてかたりぬ。

所ならいとて[三〇]禿《かぶろ》もなく女郎の手づから[三一]燗鍋《かんなべ》の[三二]取《とり》まはし、[三三]見付《みつけ》ぬうちは笑《おか》しく、床《とこ》にいれなどゝ申《まうし》て、[三四]あしらひ男先立《さきだち》て小座敷《こざしき》にゆけば、六畳《ろくでう》敷に幾間《いくま》もしき

一 螢。二 東大寺の前、北向明神の附近。三 「春日野の飛火の野守出でて見よ今いくかありて若菜つみてむ　読人不知」(古今)による。四 十二の数からすぐ下に十三鐘という語が出て来る。五 法相宗菩提院にある鐘。毎夜明け七つと六つの間に両方の時の数をとり十三つくのでかくいう。但し俗伝には十三歳の子供が鹿を殺した科で、この寺中で石子詰の刑に処せられたので、菩提のため鐘を鋳てこのように名づけたという。なお本文は「その比は卯月十二日十三鐘の昔」のあたりは歌祭文の文句をとったか。六 竹矢来を張りめぐらす。即ち処刑するの意。七 雌雄相馴れている。八 鹿の交尾期。九 一名を鹿の妻という、古来鹿の夫婦に見立てられる。一〇 萩も薄も花を咲かせるであろう、という表現を花園として下の文の内容がつづく。花園は奈良の南端にある。一一 西に入れば木辻。一二 下級神職は脇差だけをさしていた。一三 厚鬢は上品で地味であるが野暮な感じ、神官などに多い。一四 春日神社の禰宜役者。太夫・脇・狂言・小鼓・太鼓・地謡などが揃っていた。また春日の禰宜は数百人あって南郷・北郷・若宮の三座に分れ、俗に八百八禰宜という。一五 能狂言の出端の台詞をきかせている。一六 大勢一緒になってさわぐこと。一七 かざし扇。一八 案内知る人。一九 遊女の異名。二〇 京・江戸の格子は木造。竹格子はそれより下賤なもの。二一 「まじ」が未然形に接続した例。西鶴の時代にはしばしば用いられている。↓前頁注三五。二二 木辻町北側の越前屋七左衛門。二三 木辻の女郎は揚屋の定附で食事以外にはくつわに帰らないので借るのも心やすい。「借る」は遊女を見立てるために呼び寄せること。二四 遊

り、三五みなと紙《がみ》の腰張《こしばり》にあしからぬ手にて、「君命《(きみいのち)》われは思へど」などゝらく書《がき》のこし侍る。いかなる人か爰《(こゝ)》に寝《ね》てとつ三六い居て、まだ夢もむすばずありしに、寂前《さいぜん》の男きり戸《ど》三七をならして、「若御茶《もしおちゃ》をまいらば」とゆと三八に天目《てんもく》三九置《をき》て帰《かへ》る。此《(この)》四〇かるさ下《(くだ)》四一り舟《ふね》にのる心知《こゝち》して、「一夜《(いち)や》四二の事なれば足《あし》のさはるも互《たがい》に御免《ごめん》」と枕《まくら》も定《さだ》めずあひ床《どこ》四三をきけば、伊賀《いが》の上野《うへの》の米屋《こめや》、大崎《さき》四四といへるを四五度馴《どなれ》たるあいさつ四五にて、あすは國本《くにもと》に帰《かへ》るよしの名殘《なごり》とて、二月堂《だう》四六の牛王《ごわう》・四七西大寺《さいだいじ》こゝろ四八を付《(つけ)》て遣《つかは》し侍る。てき四九も笑《おか》しき奴《やつ》にて「古里《ふるさと》の山五〇の神見《かみみ》て瘧《おこり》五一ふるうたらば是《(これ)》にて落《おと》すべし」と笑《わろ》ふて、立《(たち)》ざまに亭主《ていしゅ》をよび出《(いだ)》し、「惣《そう》じて此中《このぢう》の五二しなし、物五三をもつかはず。おそらく今といふ今すい五四になつたと存《(ぞんず)》る」と申せば、五五宿屋《やどや》笑《おか》しき者《もの》にて、「まだたらぬ所があり。五六まことのすいは爰《(こゝ)》へまいらず、内に

女名。未詳。きさは好色二代男四ノ五に見える。二五 今から思えば。「これから見れば近江が見ゆるな、笠買てたもれ近江笠、やれ近江笠」(糸竹初心集、近江踊)による。二六 流れの身の遊女がここに落着いたのだな。木辻鳴川の遊女は他郭から来た者が多かった。玉の井と水の流れは縁語。二七 向い合って。二八 はじめから。二九 隠さず打ち明けて。三〇 木辻鳴川の女郎は十五匁の安女郎で、禿・遣手がつかぬ。三一 酒を燗する鍋。三二 取扱い。三三 見馴れぬうち。三四 客の世話などする揚屋の奉公人。客の取り持ち、床の上げおろしなどをする。三五 和泉堺の湊村原産の下品な鳥の子紙。京都高辻西洞院西入でもすいた。三六 そのまま坐っていて、三七 潜り戸を音を立てて開けて入って来て。三八 湯桶。食後に飲む茶を入れる漆器。三九 天目茶碗。浅く開いた摺鉢形の茶碗。四〇 気軽さ。四一 伏見から大坂へ下る舟。四二 下り船でする挨拶言葉。四三 相床。隣合せの床にいる人。相床は誰であろうと聞き耳を立てると。四四 馴染の遊女の名。四五 応対のしかた。口のききかた。四六 奈良東大寺二月堂から出す牛王宝印。二月朔日から十四日まで法会を行い、若狭の水で牛王の印をおし頒布。この霊符を水に映し、その水を飲めば悪疫が平癒するといわれた。四七 奈良西大寺で製した気附薬豊心丹。四八 心附けとして与える。四九 相方。客・遊女ともにその相方を敵という。五〇 結婚後年経て横暴となった女房。五一 マラリア。五二 しかた。ここでは遊び方。五三 金銭。五四 粋。五五 揚屋の亭主。五六 類似した話が咄本に多い。

て小判《こばん》を[一]よふで居《ゐ》まする」と申せば、一座《ざ》「是《これ》は㝡《もつとも》」といふを余所《よそ》ながら聞《(きく)》に、か丶る所《ところ》に[二]もすれものありやと、夜《よ》も明《あく》れば互《たがい》に別《わか》れ、[三]戀《こひ》にのこる所ありて、重而宿《かさねてやど》によびよせ、近江《あふみ》にさらしの[四]縫《ぬい》しるしなどさせてかはいがられ、[五]にくからず、[六]かための誓紙《せいし》[七]うるし判《ばん》のくちぬまでとぞいのりける。

旅《たび》のでき心

江戸[八]大轉馬町《てんまてう》三丁目に絹綿《きぬわた》の[九]店有《たなあり》ける。[一〇]万勘定聞《よろづかんじやうきく》べしとて、十八歳《さい》の十二月九日に京都《きやうと》を出《(いで)》て、[一一]雲《くも》のあは立山《たつ》を越《こえ》・[一二]椙《すぎ》の葉《は》しろき関路雫《せきぢのしづく》、はき初《(そむ)》るよりぬれ草鞋《わらんず》に、物《もの》すごき[一三]岩角《いはかど》を[一四]智恵《ちゑ》つけなればとて踏《ふみ》ならはして、けふ二日目の泊《とま》りは鈴鹿《すゞか》の[一五]坂《さか》の下、大竹屋とて所《ところ》にならびなき大座敷《ざしき》につきしが、草臥《くたびれ》をたすくる[一六]水風呂《すいふろ》に[一七]入《(いり)》もあへず、「さて此宿《このしゆく》に[一八]口きくやさ者《もの》は」と品定《しなさだめ》ける。[一九]鹿《しか》・山《やま》吹《ぶき》・みつとて此《この》三人、其比[二〇]柴人《そのころしばびと》の[二一]すさみにもうたふ程《ほど》の女とて、かれらを集《あつ》め、夜《よ》のあくるまで[二二]山水の絶《たえ》ず飲《のみ》かはして、[二三]さらばの鳥《とり》に別《わか》れて日数程《ひかずほど》ふり、[二四]御《ご》油《ゆ》・赤坂《あかさか》の戯女《たはれめ》になをかり枕《まくら》、泊《とま》り〱に有程《あるほど》の色よき袖《そで》を重《かさね》て、やう〱駿《する》河《が》の[二五]國江尻《くに(え)じり》といふ所《ところ》につきて、[二六]先《まづ》けふまでの浮世《うきよ》、[二七]あすは親《おや》しらずの荒磯《あらいそ》を行《(ゆけ)》

一 読んで。計算して。二 世間にもまれて酸いも甘いもよくかみ分けた人。三 遊女に未練が残って。四 商標を糸で縫入れることか。五 近江を世之介が憎からず思い。六 男女の愛情の約束を堅める起請文。七 →六〇頁注五。

八 江戸日本橋通大伝馬町。呉服・真綿・太物等の問屋が多かった。三丁目は正保頃通旅籠町と改称し、俗称として後まで行われた。九 京都の本店の出店。一〇 一年間の決算報告を聞くことか。一一 粟田山。「憂き目をばよそめとのみぞ遁れ行く雲の泡立つ山の麓に　あやもち」(古今)。一二「鶯のなけども未だ降る雪に杉の葉白き逢坂の関　太上天皇」(新古今)による。一三「逢坂の関の岩角踏ならし山たちいづるきりはらの駒　藤原高遠」(拾遺)の歌による。一四 人情風俗を会得させるためだから。「可愛い子には旅をさせよ」の意。一五 当時、坂の下の本陣は大原孫九郎・大竹屋伝右衛門・若林加兵衛の三軒があった(吾妻道之記)。一六 蒸風呂に対して湯風呂をいう。一七 入ってすぐに。一八「口きく」は、幅をきかせている、すぐれたの意。全盛の遊女。一九 山吹・光は関の地蔵の遊女。流行歌に「光はでてゆく、山吹ゃしょげる、夜の寝覚にゃ鹿の声」(舞曲扇林)とあり、この歌によって鹿の名を仮構したか。二〇 柴刈。柴売。二一 前掲の舞曲扇林所収の歌。二二「此山陰の一宿にさらりと円居《(まどゐ)》して、処も山路の菊の酒を飲まうよ、…これなる山水の落ちて巌に響くこそ、鳴るは滝の水…鳴るは滝の水日は照るとも絶えずとうたり絶えずとうたり」(謡曲、安宅)。坂の下の宿は「町の中に橋ふたつ有、山水音高し、是より次第あがりにして岩の陰道おそろしき高

ば、[二八]自然《しぜん》水屑《みくづ》と成《なり》なむも定難《さだめがた》し。南《みなみ》は[二九]三穂《みほ》の入海《いりうみ》我が物《もの》になりて、松も手に取《とる》やうに詠《なが》め侍《はんべ》る。然《しか》もあるじは[三〇]舟《ふな》木屋《ぎや》の甚介とて[三一]氣《き》さくなる[三二]翫《もてな》し、是《これ》なる[三三]岸《きし》にあるてふ海鹿藻《ひじきも》・[三四]みるくいを取揃《とりそろへ》、酒《さけ》も大形《かた》に過《すぎ》て[三五]所《ところ》の仕置咄《しをきばな》し、[三六]銭《ぜに》は一歩《ぶ》に何程賣《なにほどうる》ぞ、[三七]あらまし申付《まうしつけ》て雨戸《あまど》に[三八]尻《しり》さしをして、寝《ね》る計《ばかり》に身《み》ごしらえせし處へ、誰《たれ》とはしらずに良隠《かほかく》して、[三九]連《つれ》ぶしに[四〇]歌説經《うたぜつきやう》あはれに聞《きこ》えて、今までは手枕さだかならず目覺《めさめ》て、[四一]出立《でたち》焼女《たく》に「あれはいかなる人のうたひけるぞや」「されば、此宿《このしゆく》に[四二]わかさ・若松《わかまつ》とて兄弟《きやうだい》の女ありける。其貌《そのかたち》昼《ひる》みせましたい」。其《その》女郎の口まねをして「あれは」と語《かた》る。

「さて其《その》人にあふ事もがな」と尋《たづね》ければ、「今いふて今おもひもよらず。いかなる旅《たび》人も[四三]日高《ひだか》に泊《とま》り曙《あけぼの》を急《いそ》がず、或《あるい》は五日七日の逗留《とうりう》。又は[四四]作病《さくびやう》して[四五]此君《このきみ》ま

山也」(一目玉鉾)と西鶴自ら記すごとき地形であった。この地形に安宅の文句を連想して書かれたものか。 三三 別れの時を告げる鳥。 三四 御油・赤坂ともに三河宝飯郡にあった東海道宿駅。両宿の遊女は有名。 三五 駿河庵原郡にあった東海道五十三次の一。 三六 今日までは生きながらえて来たが。 三七 興津より由比に至る薩埵山の海岸の難所。明暦元年九月朝鮮使節来朝に際して山道を切りくずして新道を造った。 三八 万一。ひょっとして。 三九 三穂松原を抱え込んだ形の折戸湾。 三〇 未詳。 三一 淡白な。さっぱりとした。 三二 待遇。 三三「暇あらば拾ひて行かむ住吉の岸にありてふ恋忘れ貝 人麿」(古今六帖)。 三四 海老喰。 三五 明暦四年清水町と江尻宿との間に、伝馬出役につき訴訟が起り、駿河町奉行の裁決により江尻宿の敗訴に終った。当時の話題としてこれを出したか。仕置咄とは為政者の仕置ぶりに関する話。 三六 銭相場をたずねること。銭の相場は宿駅ごとにまちまちで、金一両で銭いくら、金一歩で銭いくらという風に計算した。 三七 翌日出発の時刻その他の用事を言いつけて。 三八 つっかい棒をして。 三九 二人以上で声を合せて歌うこと。 四〇 説経節。はじめ拍板、後には三味線を伴奏として仏教説法を語り、哀切な曲節であった。 四一 旅客が出発の際にする食事。 四二「町の方に若狭とかや、いにしへの湯谷・とら御ぜんほどにこそはなくとも、ちかきころの遊君の出来物ぢや。一夜のはたごせんが金子一分ぢや」(東海道名所記)とある。若松は若狭の妹。 四三 日のあるうちに。まだ明るいうちに。 四四 仮病。 四五 この君にの意。すなわち若狭・若松に。

みえ給ふ事ぞ」と聞《(きく)》より吾妻《あづま》の空物《そらもの》すごく、はやいかぬ氣《き》に成《なり》、「[一]霞《かすみ》が関《せき》のないこそさいはい。爰《こゝ》ぞ住《すむ》べき所《ところ》よ」と、彼《(かの)》はらからの女に馴《なれ》て、其夜《(その)よ》の枕物語《ものがたり》、[二]左《ひだり》のかたにわかさ、右《みぎ》のかたにわか松と召《めさ》れさむらうぞや。[三]今中納言平《いまちうなごんひら》さまと名に立《(たち)》て、「[四]都《みやこ》へのぼらばつれてゆかいでは」と[五]抱《かゝえ》の人に[六]隙《ひま》とりて、[七]今切《いまぎれ》の女手《て》形《がた》も人の情《なさけ》にて立《(たち)》こし、其暮《そのくれ》は[八]ふた川といふ所《ところ》に旅寝《たびね》して、[九]過《(すぎ)》にし比《(ころ)》往來《わうらい》を留《とめ》てありつる物語《ものがたり》もおかし。「水無月《みなつき》の程《ほど》は蚊《か》の声《こゑ》も悲《かな》しき夜《よ》は、萌黄《もゑぎ》の[一〇]二疊《でう》つり次《つぎ》の間《ま》に釣懸《つりかけ》、「はだへみる人もなき物、[一一]いつそはだかよ」と獨事《ひとりごと》に申せば、其声《そのこゑ》に[一二]つきて「お伽《とぎ》にまいろうか」とそれより事[一三]調《とゝのひ》ぬ。又、[一四]冬《ふゆ》の夜《よ》は寝道具《ねだうぐ》をかすやうにしてかさず、[一五]庭鳥《にはとり》のとまり竹に湯を仕懸《しかけ》て夜深《よふか》になかせて、夢覚《ゆめさま》させて追出《おひ(いだ)》し、色ゝつらくあたりぬる。其報《(その)むく》ひいかばかり、[一六]今のがれての有難《ありがた》さよ」といやましによろこび侍るに、ひとつの難義《なんぎ》あり。いつ[一七]音羽《をとは》の山を見るまで[一八]道《みち》すがらの遣《つか》ひかねともなくて、ふたりの女の[一九]うは氣《き》などを[二〇]しろなし、[二一]芋川《いもかは》といふ里に若松《わかまつ》むかしの馴染《なじみ(あり)》有て、人の住《すみ》あらしたる[二二]笹葺《さゝぶき》をつゞりて、所の名物《めいぶつ》とて[二三]ひら饂飩《うどん》を手馴《てなれ》て、往來《ゆきゝ》の[二四]駒《こま》とめて、袖《そで》うちはらふ[二五]雪《ゆき》かと見ればなどゝうたひ懸《かけ》て、火を焼片手《たくかたて》にも[二六]音《ね》じめの糸《いと》をはなさず、[二七]うか〳〵とおとろひ、後《のち》はふたりの女も[二八]花薗山《はなそのやま》のしも里に、[二九]まことの髪《かみ》そりて世にすてられ、[三〇]たのし

一 歌枕。江戸城桜田門前松平安芸守邸と黒田右衛門太夫屋敷との間の坂。ここは吾妻の縁で出しただけで、単に関所がないのが幸いの意。二「あら嬉しや、あれに行平の御立ちあるが、松風と召されさむらふぞや」(謡曲、松風)による。三 今行平様の意。行平は中納言であった。四 謡曲、松風の「都へ上り給ひしが」の連想による。五 若狭・若松の抱え主。六 身請をして身をひかせて。七 遠江浜名郡新居宿の浜名湖の切口にある関所。入り鉄砲・出女を取締り、手形を所持せねば通行を禁止した。特に女の通行に対して取締りをした。八 三河渥美郡二川の宿。五十三次の一。九 以前、評判の遊女となって客の足をこの宿にとめた経験談。一〇 二畳づりの蚊帳を、目ざす客の次の間に釣って。一一 ひと思いに裸で寝よう。一二 客がつられて。一三 話がまとまった。一四 当時の旅宿は寝具が十分でなく女郎が寝具を持参した。ここでは若狭・若松の客に寝具を提供したが、夜の明けぬうちに追い出し一〈蒲団をろくに使わせなかった。一五 留り木の節をとりその中へ湯を通すと、いつでもときを作る。この方法で客を未明に追い出した。一六 その苦しみの生活からのがれ。一七 洛東清水山にある。音羽の滝の源。このあたり謡曲、盛久の文句どり。一八 途中の路銀もなく。一九 上着の誤か。二〇 金にかえ。二一 三河碧海郡にある。建場茶屋のうどんは道中第一の美味とされた。二二 ささ板葺で、板葺屋根。ささ屋根。二三 平打のうどん。芋川が訛って「ひもかは」という。二四「駒とめて袖うち払ふ影もなし佐野のわたりの雪の夕暮　定家」(新古今)。二五「吉野の山を雪かと見れば雪ではあらで」(糸竹初心集)。二六 三味線の調子を合せる手をはなさず。二七

みし人に捨《すて》られ道心《だうしん》とぞなれる。

出家《しゆつけ》にならねばならず

[三一]あかねさす[三二]日のうつりを見て、夜《よ》があけたと思ひ、燭臺《しよくだい》の光《ひかり》にけふも暮《くれ》たとしりぬ。[三三]昼夜《ちうや》のわかちも戀《こひ》に其身《(その)み》をやつし、淺間敷姿《あさましきすがた》と成《(なり)》て江戸《えど》に行《(ゆけ)》ば、おのくよろこび、「[三四]御行《ゆき》がたのしれざりしを、[三五]御ふくろ様よりの御歎《なげ》き、いかばかり」と[三六]しのびていたはりしに、なをやむ事なく、[三七]深川《ふかがは》の八幡《はちまん》・[三八]筑地《つきぢ》・[三九]本庄《ほんぜう》の三つ目橋筋《めのはしすじ》・[四〇]目黑《めぐろ》の茶屋《ちや》を捜《さが》し、[四一]品川《しな(がは)》の連飛《れんとび》・[四二]白山《はくさん》・[四三]さん崎《ざき》の[四四]得《ゑ》しれぬもの、[四五]淺《あさ》草橋《くさばし》の内にて[四六]うなづく事迄を合点《がつてん》して、後《のち》は物縫《ものぬい》の[四七]小宿《こやど》、[四八]板橋《いたばし》のたはれ女《(め)》も見のこさず、次第《しだい》に[四九]はしばの道《みち》すぢをとはるゝこそ[五〇]おそろし。

此事京《このこときやう》に[五一]隠《かく》れもなく、勘當《かんだう》のよしあらけなふ申來《まうしきた》れり。「[五二]うきながら此《(この)》まゝ置《をき》まいらせては御命《いのち》の程《ほど》も」と[五三]店《たな》さばきせし小分別《こふんべつ》ある者《もの》の才覺《さいかく》にて、[五四]或長《あるちやう》老《らう》をたのみ、[五五]十九才の四月七日に出家《しゆつけ》になして、谷中《やなか》の[五六]東七面《ひがしなゝおもて》の明神《めうじん》の邊《ほとり》、心もすむべき武藏野《むさしの》の[五七]月より外に友《とも》もなき呉竹《くれたけ》の奥《おく》ふかく、[五八]すいかづら・昼顔《ひるがほ》の花踏《はなふみ》そめて道《みち》を付《(つけ)》、草葺《くさぶき》の假屋《かりや》やうく身《み》の置所《をきどころ》も爰《こゝ》に、水さへ希《まれ》にはるかな

うかうかと日を過して。二八 一目玉鉾によれば三河額田郡二村山中の宮地山のこと。二九 まことの発心をして髪を剃り。心中立の髪きりに対していう。三〇 一緒に楽しんで来た人。或は「たのみし人」の衍か。世之介をさす。三一 茜さす。日の枕詞。三二 日影。三三 昼夜の区別もなく恋に熱中し。三四 あなたの行方が知れなかったので。三五 お袋様から寄せられたお嘆きはどんなに強かったことか。三六 母親の心痛を推量して、世之介を。三七 深川富岡八幡。門前に茶屋があった。以下の私娼吉原あくた川参照。三八 築地。明暦の大火後埋め立てられて出来た木挽町海岸の一帯。茶屋町があった。三九 本所柳原一丁目三つ目橋の附近。私娼があった。四〇 目黒不動の門前に茶屋があった。四一 連飛は本来は曲芸軽業の一種だが、ここは品川の茶屋女の異称。四二 小石川東北部の高台。白山明神の門前に茶屋があった。四三 三崎。谷中天王寺門前の西方一帯の地域。茶屋があった。四四 何ともしれない連中。私娼のこと。四五 日本橋横山町矢の御蔵附近。歌比丘尼の巣窟。四六 目くばせで合図することをおぼえ。四七 連れ込み宿。四八 中仙道最初の宿場。飯盛女郎がいた。四九 橋場。羽芝とも。今戸より隅田川上に沿う地帯。西へ行けば吉原。真山氏は小塚原の茶屋女をさすとする。五〇 小塚原に至る道筋は物騒なところだった。五一 露顕して。五二 つらい事でしょうが。五三 江戸の出店を預かって監督している番頭。五四 寺の住職。五五 釈迦十九歳の出家と、四月八日の誕生をもじった表現。五六 谷中日暮里の延命院にある。住持日長上人霊夢により万治三年勧請。五七 「里離れなる通ひ路の月より外は友もなし」(謡曲、松風)による。五八 忍冬。

る岡野邊《おかのべ》より筧《かけひ》の雫《しづく》手して結《むす》び、おのづから世を見かぎりて、一ひとい二日は二阿《あ》彌《み》陀經《だきやう》などいと殊勝《しゆせう》に見えしが、おもへばつら〱道心《だうしん》もおもしろからず、三後《のち》の世《よ》は見ぬ事、四鬼《おにも》ちかづきにならず佛《ほとけ》にもあはぬ昔《むかし》がましとおもひ切《(きり)》、珠数《じゆず》に五かず讀《よみ》し珊瑚珠《さんごじゆ》を賣《うり》て六何がなとおもふ折《をり》ふし、十五六なる七少人《しやうじん》の八との茶小紋《ちやこもん》の九引かへし、一〇かの子繻子《しゆす》の一一うしろ帯《おび》、一二中《ちう》わきざし、印籠巾着《ゐんらうきんちやく》もしほらしく、一三高崎足《たかさきた》袋《び》つゝ短《みぢ》かに、一四かず雪踏《せつた》をはき、髪《かみ》は一五つとずくなに、まげを大きに高《たか》くゆはせて、一六つゞきて桐《きり》の一七挾箱《はさみばこ》の上に一八小帳《こちやう》十露盤《そろばん》をかさね、利口《りこう》さう成《(なる)》男《おとこの》行《(ゆく)》は、人の目に立《(たゝ)》ぬやうにこしらえて、一九みるほどうつくしき風情《ふぜい》也。是《(これ)》なん香《かう》具賣《ぐうり》と申《(まうす)》。二〇こゝろうつりてよび返し、二一沈香《ぢんかう》など入《(いる)》のよし申《(まうし)》て二二調《とゝのえ》て、二三とやかく隙《ひま》の入《(いる)》こそ笑《おか》し。「御用《ごよう》もあらば重《(かさね)》而《て》」と立《(たち)》かへる程《ほど》に宿《やど》

一　一日をこう発音した。二　浄土三部経の一。三「後世の事など誰も見た者がいない。四「あはぬ昔」は慣用句。仏にも鬼にも逢わないうち(この世に生きているうち)が貴い。五　念仏を誦えた回数を数えるため数珠の玉を一回に一つずつ繰る、その数取にしていた数珠の珊瑚珠を。六　何か楽しみになるものはないかと思案しているちょうどその時。七　美少年。八　砥茶小紋。赤黒味を帯びた茶色に染めた小紋。九　袖口・裾廻しを表と同じ切でしたもの。一〇　鹿子繻子。一一　帯の結び目を後ろにした恰好。一二　一尺二寸から一尺七寸八九分迄の長さの脇差。一三　上州高崎で製した木綿足袋。足首の部分の高さが低い。一四　数は数物の意。安雪駄。一五　髱少な。若衆の髪の結い方。一六　その後ろについて。一七　衣服金子などを入れて棒を通して担ぐ箱。挿絵参照。一八　小さな帳面。一九　見れば見るほど。上の「こしらえて」は逆接。二〇　気をひかれて。二一　伽羅・真南加など、インドシナに産する香木。二二　買い入れて。二三(なるべく長くいるように)何やかやぐずぐずと時間をかける。二四　芝神明門前町に花の露屋林喜左衛門・同法喜の店があった。花の露に化粧水。二五　世之介も(この連中とどんな交渉をしたらよいかなどの)事情がわからず、とんちんかんなのも滑稽である。二六　上方製の安盃。上方産の商品を江戸では下りといい、多くは粗製の安物であった。二七　薫香。二八　買いとって。二九　金一歩。形が長方形なのでこう称した。もちろん盃・焼物の代金よりは余計な金額である。三〇　客が自分に(香具売)に気があると悟ったら。三一　初めからいきなり値段の事など言い出すことはない。三二　蔭郎。蔭間野郎の略。舞台に出ない少年俳

もとをきけば、[二四]芝神明《しばしんめい》の前《まへ》花の露屋《つゆや》の五郎吉、親《おや》かた十左衛門とぞ申《(まうす)》。[二五]何事も勝手《かつて》しらぬこそ笑《おか》し。其後去人《そのゝちさるひと》に尋《たづね》ければ、「譬《たとへ》ばくだり[二六]盃《さかづき》一つ、[二七]焼物《たき》一貝《かい》[二八]とりて、[二九]一角計《かくばかり》とらせて酒などすゝめければ、供《とも》の者空寝入《そらね(いり)》するぞかし。[三〇]執心《(しうしん)》と思はゞ万《(よろづ)》に[三一]はじめより賤《いや》しく直段《ねだん》する事なし。かれらも品《しな》こそかはれ、[三二]かげろうと同じ。或《あるい》は[三三]小草履取《こざうりとり》の鼻《はな》すぢけたかきをかやうに仕立《したて》、東國西國《とうごくさいごく》の[三四]屋敷方《やしきがた》[三五]一年かはり長屋住居《ながやずまゐ》の人をだます物ぞかし。[三六]御門《ごもん》の不自由成《ふじゆなる》にては門番《もんばん》にとり入《(いり)》、[三七]横目《よこめ》にしなだれ、[三八]さし合《(あひ)》有《(ある)》時は[三九]ゐんぎんに仕懸《しかけ》、[四〇]たしか成《(なる)》咄《はな》し計《ばかり》して其座《そのざ》をくずさず」といふ。

「さて[四一]其《(その)》草履取《ざうりとり》は」と尋《たづね》ければ、「是《(これ)》にはそれ〳〵に[四二]念者《ねんじや》ありて、[四三]とりなり・外《(ほか)》着物《きるもの》をも[四四]合力《かうりよく》してたのもしき事あり。つとめも[四五]旦那計《だんなばかり》には[四六]其事《そのこと》もゆるして、はかたく[四七]政道《せいたう》して、[四八]其屋形《そのやかた》にも出入《(でいり)》して月に四五度は[四九]我がものにつれて帰《かへ》る事《こと》ぞかし。[五〇]近年《きんねん》おほくはすたりて已來《このかた》は[五一]寺方に抱侍《かゝえ》る」この沙汰《さた》も捨難《すてがた》く、庵《いほり》には[五二]葛西《かさい》の長八といへる小者を[五三]不便《ふびん》がり、[五四]香具《かうぐ》には[五五]池の端《はた》の万吉、[五六]黒門《くろもん》の清藏《せいざう》、此《(この)》三人に日夜亂《みだ》れて、いつとなく[五七]ざん切《(ぎり)》になでつけ、衣《ころも》は雑巾《ざうきん》となり、臺所《だいどころ》には[五八]白鴈《はくがん》の胴《どう》がら　鰏汁《ふぐしる》の跡《あと》　[五九]燃杭《もえくい》に火とは[六〇]この人の昔《むか》しにかへる。

優で売色をした。隠し売女も蔭間というので、それと区別して蔭郎と言ったか(足薪翁百囍)。三三 年少の草履取。三四 大名屋敷。屋敷内の長屋で江戸在勤の家臣がやもめ暮しをしていた。三五 参勤交替は、外様は四月、譜代は六月に交替、各一年在府。三六 大名屋敷で門の出入の取締りが厳重なところでは。三七 横目役。諸侯の家臣の監督取締りをする役人。目付ともいう。三八 工合の悪い時は。さしさわりのある時は。三九 礼儀正しく応対して。四〇 商売上の、つまり香具売の堅い話ばかりをして、その座の雰囲気を淫靡なものにしない。四一 前の話中に出た小草履取をさす。四二 念友とも。衆道で兄分になる人。四三 身の廻りいっさい。四四 コウリョクと清音に読む。援助する。供与する。四五 得意の客。四六 男色のこと。四七 禁制すること。四八 草履取の勤め先の屋敷。四九 (兄分の念者が)我が物として。五〇 寛文十年十二月、香具売の屋敷廻りを禁止した(御触書寛保集成)。五一 寺院方面で召し抱えている。後に上野寛永寺方面の香具売の名が出て来る。五二 武蔵南葛飾郡葛西村。五三 寵愛し。小者とは召使の少年のこと。五四 香具売では。五五 下谷池の端。不忍池の南西一帯の地。五六 上野黒門町。五七 散切。髪の伸ばしはじめの様で結髪にはしていない。髪を伸ばして(僧侶姿をやめて)。五八 雁の一種。胴殻は肉をとり去った鳥の骨。つぎの「ふぐ汁云々」とともに精進をやめたさまをいう。五九 諺。燃杭は火がつきやすいから、一旦馴染んだことは、やめても戻りやすいの意。六〇 世之介が昔の生活に逆もどりするのをいうのだろう。

[一]うら屋も住所《すみ》

「配所《はいしょ》[二]の月久離《きうり》[三]きられずして二人みる物かは」[四]とうつくしき女の書《(かき)》つるも此《この》[五]身《み》になりて、「それはそうよ」と思はるゝ。夕[六]の嵐軒《あらしのき》やかましき荻《おぎ》[七]のともずれ、あしたの豆腐賣《たうふうり》さへ希《まれ》に、なを精進腹《しやうじんばら》[八]のどこやら物淋《ものさび》しく、人[九]には戀《こい》しらずのやうに思はれ、無分別《むふんべつ》[一〇]の常香《じやうかう》[一一]をもり、終《つい》にはきゆる命《いのち》、爰《こゝ》[一二]はと庵《いほり》を捨《すて》、まだ足《あし》[一三]もとのあかひ内に入日《(いるひ)》も向《むかい》[一四]の岡《おか》を出《(いで)》て行《(ゆく)》に、冣上《もがみ》[一五]の山伏大樂院《やまぶしだいらくゐん》といふ人先達《せんだつ》[一六]して、峯入《みね(いり)》[一七]とて由《ゆ》[一八]ゝ敷通《しくとを》られけるに、衣《ころも》にすがりて吉野《よしの》までの供頼《ともたの》み侍るに、是《(これ)》を見て、「あはれと思へ[一九]山櫻《ざくら》、花より外に穐《あき》は友とする人もあらずや」と師弟《してい》の約束《やくそく》、こゝろ[二〇]の馬《むま》を急がせ、岡崎《おかざき》[二一]の長橋わたりて、すぎし[二二]年若狹《わかさ》・わか松と住《すみ》ける昔《むか》しをおもひ出《(いで)》、檜笠《ひのきがさ》[二三]をかたぶけ[二四]、旅《たび》[二五]の日数の今は後鬼前鬼《ごきぜんき》[二六]の峯《みね》おそろしく、今まで[二七]の懺悔物語《さんげものかたり》、[二八]こゝろと心はづかしく、後世《ごせ》[二九]こそまことなれ、菩提《ぼだい》[三〇]の道、岩《いは》のあらけなく踏分《ふみ(わけ)》[三一]て、下向《げかう》[三二]に爰娌《こゝよめ》[三三]が茶屋《ちやや》とかや、又もとの水にかへり[三四]て、迚《とて》[三五]も泥川《どろかは》すむべき心にあらねば道《みち》かえて難波《なには》の東南藤《ひがしみなみふぢ》[三六]の棚《たな》かりて、鯨細《くじらさい》[三七]工《く》、耳搔《みゝかき》など[三八]して一[三九]日暮《くら》しもはかなし。

一 裏通りの借屋。貧民が住んだ。 二 「配所の月罪なくて見んこと…」(徒然草五)のもじり。 三 不身持のため失踪した子弟に対し、尊属親が連帯責任を免かれるため親族関係を断絶する手続をすることを久離を切るというが、一般には勘当と同意に用いられた(勘当は親・師匠などが子弟を懲戒のため放逐すること)。 四 「がな」の意で用いたか。 五 こんな身の上。 六 「夕の嵐朝の雲いづれ思ひのつまならぬ」(謡曲、班女)、又は「夕の嵐夜の月のみぞ言問ふよすがなりける」(徒然草三〇)によるか。 七 「吹すぐる葉風はさても荻原やなほともずりの音の寂しさ　信実」(夫木抄)。 八 精進料理ばかり食べている腹。豆腐は僧家の日用の食物。九 「法師ばかり羨しからぬものはあらじ。人には木の端のやうに思はるゝよと…」(徒然草初段)。 一〇 精進の念などなく、ただ事務的にの意。 一一 仏前の常香盤に香を絶やさぬこと。 一二 ここが思案のしどころだ。 一三 手後れにならないうちに処決する意と、日の暮れきらないうちにの意とかける。 一四 本郷高台。忍ヶ岡に対している。 一五 羽黒山の山伏か。 一六 或は米沢城下の当山派に属した大善院か。 一七 山伏が吉野の大峰山に登って修行すること。 一八 威厳のある様子で。 一九 「大峰にて、もろともにあはれと思へ山桜花より外に知る人もなし　行尊」(金葉)。 二〇 押えがたい情意を譬えた諺と海道を馬で急ぎ上るのとかける。 二一 岡崎の宿外れの矢矧川にかかる百五十間の長橋。 二二 巻二ノ五の話をさす。 二三 檜のへぎ板で作った笠。 二四 その時の所業を恥じて笠で顔をかくして。 二五 日数を重ねた今日このごろは。 二六 後鬼前鬼という山の名さえおそろしく。前鬼は前鬼山、前牛山と

それとても色《いろ》にはこりず、[四〇]小谷《こだに》・[四一]札《ふだ》の辻《つぢ》の[四二]くら者、[四三]月懸《がゝ》りの手かけ者、[四四]出《で》合《あひ》女のこらずさがしてしらぬといふ事もなく、是《(これ)》に[四五]身《み》をそめて名《な》の立《(たつ)》は合点《(がつてん)》、名代《なだい》男になりぬ。[四六]と申《(まうす)》はいか成《(なる)》事ぞ、[四七]小家ぎんみをおそれ、ひとりは[四八]男分に世間をたて、其身《そのみ》は[四九]いたづらを立《(たて)》[五〇]中寺町・[五一]小橋《おばし》の[五二]坊主《ばうず》ころし、[五三]色《いろ》町を覗《のぞ》き兼《かね》つる隠居《ゐんきよ》の親仁《おやじ》[五四]のとつて置銀《をきがね》を[五五]みなになす事[五六]是《(これ)》ぞかし。[五七]煩悩《ぼんのう》の垢落《あかおと》し難《がた》し、簾《すだれ》ほのかに洗濯《せんだく》屋と書《(かき)》しるして、あかり障子《しやうじ》たてこめ、あたらしき疊《たゝみ》しくこそ[五八]様子ありぬべし。手懸《てかけ》者といふも[五九]うへつかたの[六〇]世つぎのなきをなげき、あるいは内義《ないぎ》長煩《ながわづら》ひのうちなぐさむ業《わざ》にはあらず。其《(その)》さもしさ、この[六一]わけしる程《ほど》うるさし。女一人してけふは[六二]北濱《きたはま》のわかき人、あすは[六三]かせ買《かい》の誰《たれ》、夜《よ》るは去《(さ)》る侍《さぶらい》方《がた》と様《さま》ゝ[六四]替男《かへおとこ》、しらぬがこゝろにくし。

も。後鬼は未詳。二七 峰入の際、今迄の罪障を懺悔してしまわぬと罰を蒙るという。二八 我ながら恥かしいけれども。二九 後世の冥福を祈念して(後世の冥福こそが真実の世だと)悟道への修行に精進し。三〇 菩提の道と山路の険路とをかけ下につづく。三一 この中止形は終止に近い。三二 (峰入の)帰途で。三三 大和吉野郡天川村。嫁が茶屋とかいう所に至って。三四 信仰心がなくなり浮気心になって。嫁が茶屋や洞川は峰入の帰途に精進落しと称して遊興する所。三五 吉野郡天川村洞川。どうせ泥川の名のごとく、悟りすまして世を過す気ではないので。三六 谷町玉木町の観音堂(小谷観音)にある藤の名所。地名と店借る(借家する)とをかける。三七 鯨の鬚を加工して竿・耳かきなどを作る。三八 作って。三九 その日暮し。四〇 南谷町の東西の通り。四一 上本町五丁目の四辻。高札場があった。四二 暗者。私娼。四三 月極め契約の妾。四四 中宿で誰とでも日時を定めて密会して色を売る女。多くは奉公女。四五 熱中して浮名の立つのは承知の上で、名義だけ亭主の役をする男になった。四六 というのはどんな事かというと。四七 不審な者の取締に名主・五人組・大屋の立会で借屋人の吟味をすること。四八 誰か男を一人、夫の名義にして世間体を繕い。四九 売淫を行い。五〇・五一 大坂東部の寺の密集している所。五二 坊主相手の売春婦。五三 遊里の出入をはばかる。五四 大切な貯金。五五 皆無。五六 (名代男の相手とは)こんな者だ。五七 →五二頁注一四。五八 いわくがありそうだ。五九 上流階級。六〇 あとつぎ。六一 内情を知れば知るほどあさましいものだ。六二 北浜の問屋街の手代。六三 抹糸を買い集めて歩く商人。六四 相手をかえて色の切り売りをし。

此道《このみち》にもたづさはりて[一]尋行《たづねゆく》に、[二]椙立《すぎたて》[三]請酒屋《うけさかや》あつて細路次《ほそろじ》長屋《ながや》作りの入口をならべ、[四]何《(いづ)》れも北《きた》あかりの[五]きり窓《まど》よりのぞけば、[六]とをしの底入《そこいれ》、[七]引臼《ひきうす》の目きり、おも其隣《そのとなり》は[八]はちひらき、其次《(その)つぎ》は[九]放下師《ほうかし》、[一〇]世わたる品《しな》ぐ、[一一]煙《けぶり》たえがちなる風情《ふぜい》、おもしろさもすこしはやみぬべし。大溝《みぞ》あつて日影《ひかげ》うつろうに[一二]掉竹《さほたけ》のわたし、[一三]とびざやの[一四]肺布《きやふ》・糠《ぬか》ぶくろ懸《かけ》て有《あり》しは[一五]くせものなり。兼好《けんこう》が見たらば[一六]命盗人《いのちぬすびと》と申《(まうす)》べき婆《ばゞ》とあり。[一七]それが娘《むすめ》にはおとなしく物もかくとみえて硯箱《すゞりばこ》、[一八]釣《つり》おまへの下に[一九]くゝり枕《まくらだい》第一目にかゝる物ぞかし。[二〇]宿《やど》に似合《にあは》ぬ大俎板《まないた》、つぶれ懸《かゝ》りても[二一]かな色あり。[二二]昔《むか》しはかくはあらざらぬ者の[二三]はて成《(なる)》べしと、[二四]いな所に氣《き》を付《(つけ)》て、世之介[二五]是非《ぜひ》に入聟《いりむこ》、[二六]小栗《おぐり》も[二七]いにしへにあらず。

一「我が庵は三輪の山本恋しくはとは詠みたれども、何しに我をば訪ひ給ふべき、なほも不審に思し召さば訪ひ来ませ杉立てる門をしるしに尋ね給へ」(謡曲、三輪)による。二酒屋の看板に杉を丸く束ねて吊す。杉林ともいう。三造り酒屋から酒をうけて小売する酒屋。四ならんでいて。五壁・はめ板などに切りあけた窓。六味噌漉・ふるいを作る職人。七石臼の目を立てる職人。八鉢開き。乞食坊主。鉢坊主とも。九手品曲芸師。一〇様々の職業(の人々が見られるが)、それもその日その日の食にも窮するような貧乏暮しだ。一一(これを見れば)色遊びに浮かれた心もすこしはさめるだろう。一二棹竹をかけ渡し。一三飛紗綾。厚地の布に花の飛模様のある紗綾に似た絹布。一四腰巻。一五常人ではない。私娼だ。一六「命長ければ恥多し。長くとも四十に足らぬ程にて死なんこそめやすかるべけれ」(徒然草七)による。一七その老婆の娘にしては。一八掛軸仕立てになっている絵像の持仏。一九両端をくくって作った枕。二〇(そんな貧相な)家。二一真鍮又は錫製の銚子・提子。二二昔はこんな賤しい素姓の者ではなかったろうと思われる者。「ぬ」は「む」の誤記か。二三なれのはて。二四変った所に目をつけて。二五是非にと望んで無理に入り聟になった。二六常陸小栗城主の小栗判官、相模横山の郡司の娘照手姫を恋して無理に聟入し、その夜毒酒を飲まされた話。二七昔のこととは限らぬ、今でもあるものだ。

繪入

好色一代男

三

好色一代男　巻三目録

一屆入・身請の際、支度金として前渡しする金。 二未詳。門司から博多までの海とも、洞海湾ともいう。 三大坂高麗橋と今橋筋の間の細い小路。 四狂言、枕物狂による。ただし狂言では、老人が若い女を恋して笹の枝に枕をつけて狂うという筋。本章は若い男と老女の恋に転じている。 五節分の夜、山城愛宕郡大原の江文神社の拝殿で村民すべて集まり雑魚寝する風習があった。一説には正月十四日の夜ともいう。 六遊里の諸勘定。 七越後出雲崎から東北三里半の地。遊女町を新町という。 八酒田。 九遊女。惣右衛門ともいう。 一〇常陸鹿島明神の一年の豊凶に関する神託を毎春諸国にふれ歩く下級神職。しかし後にはいい加減なことを言って金銭を乞い歩く一種の乞食を鹿島の事触れと言った。 一一大原大明神から出て諸国を勧進して歩く竈祓の巫子(みこ)。 一二浮世に住んで世間と交渉があると。 一三町人の礼装。 一四(附合で袴肩衣をつけねばならぬこともあって)面倒だ。 一五一人前の身だしなみとして。 一六町抱えの髪結は毎朝町内を廻って髪を結って歩いた。 一七気にかかる。うるさい。 一八直綴。法服の一種。 一九「今こそあれ我も昔は男山さかゆく時もありこしものを　読人不知」(古今)による。昔は戸主として所帯をはったが今は。 二〇楽坊主。楽隠居。 二一山城綴

戀《こひ》のすて銀《がね》

[一二]世にすめば[一三]袴肩衣《はかまかたぎぬ》も[一四]むつかし。[一五]人の風情《ふぜい》とて[一六]朝毎《あしたごと》に髪《かみ》ゆはするも[一七]こゝろに懸《かゝ》れば、[一八]十徳《とく》にさま替《かへ》て[一九]昔《むか》しは男山、今こそ[二〇]樂阿弥《らくあみ》と[二一]八幡《やわた》の柴《しば》の座《ざ》といふ所に[二二]たのしみを極《きは》め、[二三]東《ひがし》に三十万兩《りやう》の小判《ばん》の[二四]内藏を造《つく》らせ、西《にし》に[二五]銀《ぎん》の間《ま》[二六]枕繪《まくらゑ》の襖障子《ふすましやうじ》、都《みやこ》より[二七]うつくしきをあまた取《とり》よせ、誰《たれ》おそるゝもなく、或時《あるとき》ははだか相撲《すまふ》、[二八]すゞしの[二九]腰絹《こしぎぬ》をさせて、しろきはだへ[三〇]黒《くろ》き所までも見すかして、[三一]不禮講《ぶれいこう》のありさま是成《(これなる)》べし。此《(この)》人もとは若狹《わかさ》の[三二]小濱《はま》の人也。[三三]北國《ほつこく》すぢの舟《ふな》つきのたはれ女、敦《つる》賀《が》の遊女《ゆうじよ》[三四]のこらず見捨《みすて》て、今上《(かみ)》がたにすみぬ。

世之介勘當《かんだう》の身《み》と成《(なり)》て、[三五]よるべもなき浪《なみ》の声《こゑ》、[三六]諷《うたい》うたひと成《なつ》て、[三七]交野《かたの》・[三八]牧方《ひらかた》・[三九]葛葉《くずは》にさし懸《かゝ》り、[四〇]橋本《はしもと》に泊《とま》れば、大和《やまと》の[四一]猿引《さる(ひき)》・西のみやの[四二]戎《ゑびす》まはし・[四三]日ぐらしの歌念佛《うたねぶつ》かやうの類《たぐい》の宿《やど》とて[四四]同じ穴《あな》の狐《きつね》川、身《み》は様《さま》ゝに化《ばかす》るぞかし。此所《(この)ところ》も[四五]賣《うり》子《こ》・[四六]浮世比丘尼《うきよびくに》のあつまり、朝《あした》にもらひためて夕にみなに[四七]なし、[四八]のこる物とて[四九]古扇《ふるあふぎ》、[五〇]あみ笠引《がさ(ひき)》かぶり[五一]放生川《はうじやう》をわたりて[五二]常盤《ときは》といふ町に入《(いり)》て、竹《たけ》一村の奥《おく》にちらりとお[五三]寺扈從《てらこしやう》のみえける。「爰《こゝ》は」と里人にたづねければ、「[五四]歴《れき》ゝのあそび所《どころ》」

喜郡八幡町字天野町の横という。二二「夜昼となき楽みの栄花にも栄耀にもげに此上やあるべき」(謡曲、 鄲)の意をとり、次に文句取りをする。二三「東に三十余丈に白銀の山を築かせては黄金の日輪を出されけり。西に…」(謡曲、邯鄲)のもじり。二四 母屋に接して建てられた蔵。二五 銀ずくめの装飾をした部屋。二六 春画。二七 美女。二八 生絹。練らぬ生糸織物。二九 腰巻。三〇 隠し所。局部。三一「年十七八なる女の眇形優にはだへ殊に清らかなるを二十余人、生絹の単衣計を著せて酌をとらせたれば雪のはだへすき通て…」(太平記、無礼講の事の日野資朝の故事)による。三二 日本海の要港。三三 北国沿海の小浜・高浜・三国等の港。三四 残らず遍歴して飽き足らず。三五「須磨の海士の浦こぐ舟の梶をたえよるべなき身ぞ悲しかりける 小野小町」(続古今)によるか。三六 謡をうたって門附をして歩く芸人。三七・三八・三九 ともに淀川左岸の京街道の宿場。牧方は二四七頁注三六参照。四〇 男山の麓で淀川に臨む町。四一 猿廻し。四二 摂津西宮から出る傀儡子。首にかけた箱の中の人形を操って見せた。昔えびすの鯛釣を見せたのでこの称ありと。四三 鳧鐘を首にかけ念仏踊・浄瑠璃・説経などの詞章を謡って門附をする乞食僧。四四 同類の意の諺に狐川(橋本の対岸山崎の東を流れる川の名)をかける。四五 売若衆。四六 売色をする勧進比丘尼。四七 (色遊びに)使い果し。四八「今朝みれば松風ばかり残るらん」(謡曲、松風)による。四九・五〇 諷うたいの商売道具。五一 男山山麓より淀川にそそぐ川。五二 放生川の東一丁柴の座にある。五三 寺の小姓に扮して僧侶相手に売色する若衆。五四 親代々の分限者。成上りの金持に対していう。

とかたる。さて[一]うたひはかたし、「[二]我ふり捨《すて》て」と[三]らうさい一拍子《ひやうし》あげて、[四]忠兵衛がゝりにしおり戸より声もおしまずうたへば、[五]耳かしこき人「たゞならぬうたなり。それを」とやうすを見るに、公家《くげ》のおとし子かとおもはれて、賤《いや》しきかたちにあらず。「[六]つかひ崩《くず》して親《おや》にうとまれ、こらしめのためにかゝる[七]なりさまぞ」と[八]京近《ぢか》くにすめる人の目もはづかし。おりふし[九]楊弓《やうきう》はじまりて、おの〳〵やう〳〵[一〇]朱書《しゆがき》くらいにあらそはれしに、或《ある》御かたの道具《だうぐ》を借《かり》て、[一一]取弓取《とりゆみとり》矢《や》にして四本はづれず、一筋《すぢ》は[一二]切穴《きりあな》に通れば、座中《ざちう》[一三]目を覚《さま》してなを所望《しよもう》するに、[一四]数《かず》あり。去《さる》御方は琴《こと》を[一五]なをして爪《つめ》のなきをほいなくおぼしめしけるに、[一六]かすかなるふところよりうすむらさきの服紗物《ふくさもの》より[一七]瞿麦《なでしこ》の紋所《もんどころ》ありし爪《つめ》出して、「若御指《もしゆび》にあひ申《まうす》べきや」とたてまつりける。是《これ》ぞ[一八]泥中《でいちう》より玉《たま》の光《ひかり》かと

一 謡曲では堅苦しい。二「我振捨て一声ばかりいづくへ行くぞ山郭公」(松の葉、雲井弄斎ちらし歌)。三 寛永頃から流行した遊里歌。弄斎という坊主がはじめたという。四 万治・寛文頃の江戸筑後掾座の小歌の名人。丹前・弄斎・片撥等を得意とした。その忠兵衛風のうたい方。五 耳の肥えた人。六 放蕩に金を遣い果して。七 有様。風態。八「都は目恥かし田舎は口恥かし」の諺による。さすがに京近くに住む人は目が高いの意。九 小弓で七間半の距離の的を射る遊び。一〇 楊弓で二百本中の五十ないし百命中させた者を塗板に朱書した。百本以上は泥書、百五十本以上を金貝、百八十本以上を大金貝という。一一 矢四本を一度に握ってつづけて射ることか。矢四本を一度という。一二 的の中央にあけてある穴。一三 舌を巻いて驚嘆して。一四 何度もくり返した。一五 弾くべき場所にきちんと置いて、指にはめて弾く爪がないのを残念に思っておられると。一六 見すぼらしい。一七 世之介の紋章。「ある」と書く所を西鶴は「あり」とすることが多い。一八 出典未詳。一九 世之介に対する言葉遣いも改めて丁寧にし。二〇 同道しよう。二一 京の。二二 水清くの意。二三 湯気。二四 指を細くするためにはめる金環。二五 足袋。足を小さく上品にするために、はかせたまま寝せる。二六 五味子。その茎を水に浸して粘液をとり頭髪の癖直しに使う。二七 入浴・化粧に使う粉。麦のふすま・米糠等を使うが、赤小豆・緑豆の粉が上等とされた。二八 当時は一日朝夕の二度の食事だった。ここは美容のために夜食・間食をさせないの意。二九 躾け方。三〇 妾になるための女。三一 生れたままの手入れのしてない女とはちがう。三二 立派な妾になる

おもはれて、[一九]其後言葉《そのゝちことば》も替《かえ》て、しばらく此里《このさと》にとゞめ、「明日《あすは》京都《きやうと》へ女をかゝえにのぼり侍る。いざ[二〇]同じ道に」と誘《さそ》へば、「有増《あらまし》[二一]やうすも覺《をぼえ》侍る。そも／＼京はきよく[二二]少女《せうぢよ》の時よりうるはしきを、[二三]良《かほ》はゆげにむしたて、手に[二四]指《ゆび》かねをさゝせ、足《あし》には[二五]革踏《たび》はかせながら寢《ね》させて、髪《かみ》は[二六]さねかづらの雫《しづく》にすきなし、身《み》は[二七]あらひ粉《こ》絶《たへ》さず、[二八]二度の喰物《しよくもつ》、女の[二九]しつけ方を教《をし》え、はだに木綿物《きわたもの》を着《き》せず、[三〇]是《これ》にしたつる事ぞかし。[三一]おのづからの女にはあらず、[三二]これにそなはりし女は希《まれ》也。[三三]當《たう》世《せい》女は[三四]丸顔桜色《まるかほさくらいろ》、[三五]万事目ずきに」と[三六]御幸町の[三七]甚七がかたに行《ゆき》て、[三八]「西國の御用」と申《まうし》なし、「年《とし》の比《ころ》ははたちより二十四五まで、[三九]勝《すぐ》れて姿繪《すがたゑ》にあはす」と申《まうし》わたせば、[四〇]此《この》ばゞ觸《ふれ》なして其《その》日七十三人、或《あるい》は[四一]乘物《のりもの》にては[四二]した腰《こし》もと召連《めしつれ》、おもひ／＼の着《き》[四三]ながし、[四四]もろこしの花いくさも是《これ》成《なる》べし。中にも[四五]柳《やなぎ》の場《ば》ゝの[四六]縫箔《ぬいはく》屋のおさつといへるを[四七]捨金《すてかね》百五十両、世之介にも七条の笠《かさ》屋のお吉おとらず抱《かゝえ》させて、宿《やど》にも[四八]十分一の外《ほか》満足《まんぞく》させて、けふ吉日の都《みやこ》がへり。万《よろづ》の自由《じゆう》[四九]みやこなれや都。

袖《そで》の海の肴賈《さかなうり》

[五〇]火の當《とう》見に[五一]小倉《こくら》の人のぼられしに、[五二]此里《このさと》の花もおもしろからず[五三]誘《さそ》ふ水にまか

条件の具っている女は稀である。三三 当世向きの美人の条件はの意。三四 色白く血色のよいのをいう。桜の花の色に似て紅の極めて淡い色。三五 見て気に入ったのを選びなさい。三六 寺町と麩屋町の間、南北の町筋。三七 遊女・妾・奉公人等の周旋屋か。三八 西国方面の大名の御注文である。三九 (注文の)美人画に合せて、よく似ている美人。姿絵は美人画。四〇 甚七の嬶。四一 駕籠の上等なもの。武家・僧侶・医者・女の外は一般に男子は使用を許されない。四二 下女。四三 衣裳つき。いでたち。四四 唐の玄宗皇帝が宮女を両陣に分って、花の枝で闘わせたという俗伝。四五 万里(で)小路通の古名。四六 刺繡・際箔・摺箔等をする箔置の職人。四七 →八二頁注一。四八 妾・奉公人・縁組等の媒介・周旋料は十分の一が定額。それ以上に褒賞をはずみ満足させて。四九 「都なれや東山これもまた東のはてしなの人の心や、…」(謡曲、小塩)によるか。

五〇 日の頭。日の使とも。男山八幡の神事。毎年四月三日離宮八幡から神輿還幸の際、山崎の神人が頭人を勤め、練り物が出て船渡御がある。その神事を見物に小倉の人が上京したが。五一 豊前小倉。小笠原遠江守十五万石の城下町。五二 柴の座の生活にもあきたのでの意。五三 「わびぬれば身を浮草の根を絶て誘ふ水あらばいなむとぞ思ふ　小野小町」(古今)による。

せて[一]鵜殿野《うどの》の芦《あし》もまだ[二]筆《ふで》に見なして、[三]旅《たび》のこゝろを書《かき》つゞけて行《(ゆく)》に、左《ひだり》に[四]天野《あまの》川、[五]磯嶋《いそしま》といへるにも舟子《ふなこ》の[六]瀬枕《せまくら》、しのび女有所《あるところ》ぞかし。右《みぎ》の方《かた》は[七]西行《さいぎやう》「假《かり》の舎《やど》り」と讀《よま》れし[八]君《きみ》の跡《あと》とて、榎《ゑ》の木柳《きやなぎ》かくれにわびしき[九]一つ庵《いほ》のこせり。同じ汀《みぎは》つゞきに[一〇]三嶋江《みしまえ》といふ里《さと》も、昔《むか》しはうかれ女《め》のすみしとなり。なを行末《ゆくすへ》に[一一]神崎《ざき》中町に[一二]しろど・白目などいへる遊女《ゆうぢよ》の[一三]出《(いで)》し所《ところ》也と、みぬ昔日《そのかみ》もなつかしく、浪《なみ》は次第にあらく、[一四]しほざかいより[一五]小早《こはや》に乗《のり》うつりて風うれしく、備後《びんご》の國《くに》[一六]靹《とも》といふ所にあがり、名にきゝし花鳥《くはてう》・八嶋《やしま》・花川といへる[一七]髪長《かみなが》を[一八]定《さだめ》もあへずそこ〳〵寝《ね》て、何《なに》かたるべき[一九]戀《こい》のもと末《すへ》もなく、夢《ゆめ》もむすばずありしに、[二〇]日和見《ひよりみ》に起《おこ》され、帆《は》をまく音酒《をとさけ》うる[二一]声《こゑ》さも閙《いそ》がはしきちぎり、其夜《そのよ》あふて其曉《(その)あかつき》の名《な》殘《ごり》、しかと顔《かほ》さへ見しらず、「御ゐんがあらば」と[二二]あゆみの板《いた》をあげて、[二三]取《とり》かぢになをしてはや二三里も出《(いで)》て、世之介[二四]鼻紙《はながみ》入取《(とり)》のこしてふかく惜《お》しむをきけば、「花川といへる女に[二五]起請《きしやう》を書《かゝ》せ、指《ゆび》しぼらせて[二六]名書《ながき》の下を染《(そめ)》させけるに」と申せば、「[二七]油斷《ゆだん》もなき所にめいよの女郎たらし」と[二八]舟《ふな》ばりたゝきて大笑《わら》ひ、行に程《ほど》なく小倉《こくら》に着《つき》て、朝《あさ》げしきをみるに、木綿《もめん》かのこの[二九]ちらしがたに[三〇]茜裏《あかねうら》をふきかへさせ、[三一]どしの帯《おび》[三二]前結《まへむす》びに、[三三]平髻《ひらもとゆひ》ふとく[三四]すべらかしに結びさげ、[三五]盤切《はんぎり》のあさきを[三六]いたゞきつれて、[三七]我《われ》からぬらす袂《たもと》まくり手にして、浮藻《うきも》まじりの櫻貝《さくらがひ》・

一 摂津三島郡五領村鵜殿堤の蘆。ひちりきの舌に用いるので有名。二 蘆の茎を筆の鞘にするので、その縁でこういう。三 旅日記をつけて旅をつづけると。四 生駒山中に発し、枚方(ひらかた)を経て淀川に合する川。五 現在、北河内郡、淀川左岸にある。当時摂津島上郡に属す。六 速瀬の枕をうち返すようなのをいうが、西鶴は、枕を交す(契を結ぶ)意に用いる。舟の夜伽をする私娼がある の意。七・八「さてこれなるは江口の君の旧跡かや…西行法師此処にて…世の中を厭ふまでこそ難からめ仮の宿りを惜む君かなと詠じけんも此処にての事なるべし」(謡曲「江口」)による。九 西成郡江口村普賢院に君堂がある。一〇 高槻市三島江。淀川右岸。平安鎌倉時代遊女がいて賑わった。一一 川辺郡小田村、淀川の要津。「神崎の里に遊君を集め、中町の長者といへるは高倉院の御時斎藤滝口に相馴し横笛が母なり」(新可笑記四ノ一)。一二「しろど」は白古か、未詳。白目は白女のことで江口の遊女、大江玉淵の女で古今・後撰・新古今に入集。一三 出身地。一四 川水と海水の境。一五 四十挺以下で矢倉なく半垣作り又は欄干作りの早船。一六 福山市鞆町。この地の遊女は古来有名。一七 斎宮の忌詞で僧侶をいうが、後には女をさしていう。一八 相手を決めるや否や、早々と寝て。一九 恋のささやきも順序次第なく。二〇 天候雲行を観測する水夫。二一 いかにもあわただしい情交で。二二 船から岸に架けた橋板。二三 取舵。舵を左にとること。二四 鼻紙袋とも。丸薬・耳かき・石筆・鼻紙などを入れる。二五 誓約のための熊野または二月堂の札に誓文を書いて血判をおさせる。二六 署名。二七 少しの暇もない間に。(そんなことまでさせるとは)不思議な女たらしだ。二八 舟べり。二九 散らし模様。三〇 着物の茜裏を表に折り出して裾取りにすること。三一 京誓願寺前及び摂津堺且過小路から出る帯地で、琥珀織・薩摩織・七子織に類似した生地。三二 販婦の帯は前結びが普通。三三 大長紙を平たくたたんで作った元結。三四 髪を後に長く垂らす結び方。三五 半切桶。底の浅い盥形の桶。插絵参照。三六 頭にのせて連れ立って。「あの山見さいこの山見さいいたゞきつれた小原木」(狂言小歌)による。三七「海士のかる藻に住む虫にあらねどもわれから濡らす袂かな」(謡曲、海士)による。三八 小倉城外紫川に架かった橋。三九 豊前企救郡大里。柳ヶ浦ともいう。四〇 未詳。彦島のことか。四一 生魚行商の女。愛媛県などに「おたたさん」といい、現在でもある。四二 ごく軽い敬称。「さん」。四三「草の名も所によりてかはるなり難波の蘆は伊勢の浜荻」(菟玖波集)による。四四 売色もするの意。四五 棚板のない小舟。棚なし小舟。四六 舟を漕ぐことを押すという。四七 下の関の遊里。四八「傾城の風儀よき事西国第一なり。或人の云、下関の傾城は大坂よりまさるべきといへり」(色道大鏡)。「しなし」は「しこなし」に同じく所作振舞の意。四九 下げ髪に結って。五〇 裲襠。帯を締めた上に羽織る長小袖。婦人の礼服。五一 以下三名寛文年間の遊女名か。五二 あげて遊ぶならこの三人にかぎる。五三 揚代をきけと言ってやると。或は「聞けば」の「ば」の字脱落したものか。五四 三十八匁。或は二十四匁のことか。色道大鏡には天職二十六匁、諸国色里案内には大天神二十八匁とする。五五 揚屋のある町。五六 日頃遊びに来る金持客。五七「捌く」は、さっぱりと派手に振舞うこと。

鯑《さはら》・いとより・馬刀《まて》・石《いし》王餘魚《かれい》取重《とりかさね》て[三八]大橋《はし》をわたりて、おもひ〳〵に道《みち》いそぐをきけば、「是《(これ)》なん此所《このところ》の[三九]肴賣内裏《さかなうりだいり》・[四〇]小《こ》嶋《じま》より出る[四一]たゝ[四二]じやう」と申《(まうす)》。伊勢《いせ》こと葉にやゝといへり。[四三]所によりて替りたる事笑《おか》しくてなを尋《たづね》ければ、いづれにても肴《さかな》をかへば草履《ざうり》をぬぎて[四四]奥座敷《おくざしき》にもあがるとかや。浦風《うらかぜ》のかよひて汐《しほ》ふくみし脚布《きやふ》も折節《おりふし》は興《けう》あり。

或日《あるひ》伴《ともな》ひし人と[四五]棚《たな》もなき舟飛《ふねとぶ》がごとく磯《いそ》を[四六]おさせて、下《しも》の関《せき》[四七]いなり町に行《ゆき》て詠《ながめ》やるに、女郎は[四八]上方《かみがた》のしなしあつて取亂《(とり)みだ》さず、[四九]髪《かみ》さげながら大形《かた》は[五〇]うち懸《かけ》、物いふにすこしなまる所なをよし。今のはやり[五一]物長崎屋《ものながさきや》のにな川・茶屋《ちやや》の越中《ちう》・たばこ屋の藤浪《ふぢなみ》、[五二]かゝらば此《(この)》三人、太夫の中にも外はなくて尋常《ぢんじやう》なり。「[五三]内證《ないしやう》きけ」、「[五四]三八《さんぱ》」と申《(まうし)》侍る。[五五]揚屋《あげや》町に行ば、[五六]日來《ひごろ》の大臣《だいじん》よろしく[五七]さばき置《(おか)》るゝとみえて、[一]大座敷《ざしき》わたし、亭主内義《ていしゆないぎ》が入替《(いりかは)》り[二]けいはく数《かず》を尽《つく》し、「上方のお客《きやく》さまに[三]何をか。ひなびたる事をも咄《はな》しの種《たね》に」などゝ申《(まうす)》。とやかくの内に一所に[四]おてき御《(ご)》ざつて、銚子《てうし》もうごき出《(いで)》ける。いまだ古風《こふう》やめず、一度ゝゝに[五]おさえて[六]酒《さか》ぶりかたし。膳《ぜん》をすゆる事たび〱にして[七]やかまし。[八]是《(これ)》を馳走《ちさう》とおもへば也。[九]無理《むり》まじりに歌《うた》の三味線《さみせん》の只《たゞ》やかましくなつて[一〇]取《(とり)》じめなく、おのづからかうした[一一]座配閙《ざはいいそが》し。女郎寝《ね》[一二]まはせば、男《おとこ》は酔《ゑい》て前後《ぜんご》をしらず。何かたるとおもへば、[一三]友《とも》どちにあふ事のせんさく、其《(その)》[一四]いひ分《わけ》・[一五]仕懸《しかけ》どの床《とこ》も替《かは》る事なし。[一六]人とは物《もの》をもいはせず[一七]せはしく、氣《き》のつまる事にぞ。[一八]五七日[一九]噪《さは》ぎの内にのこらず[二〇]密夫《まぶ》となれる。さすがおろか成《(なる)》やりくりにて、後は[二一]あらはれてむごく見かぎられて爰《こゝ》をも暇乞《いとまごひ》なしに上《のぼ》りぬ。

是非《ぜひ》もらひ着物《きるもの》

[二二]かり衣しらぬ道すぢを尋《たづね》て、[二三]中津《なかつ》といふ所を過《(すぎ)》ていかなる方に舎《やど》るべきたよりなく、其《(その)》夜は辻堂《つぢだう》にあかして明日《あす》の[二四]日並《ひなみ》を待《まち》しに、遙《はるか》なる里はなれに[二五]矢倉太《やぐらだい》鞁《こ》の聞《きこ》え侍る。是《(これ)》は[二六]藤村《ふぢむら》一角《かく》が旅芝居《たびしばゐ》と声《こゑ》立《(たて)》てよびぬ。看板《かんばん》をみわたせば都《みやこ》に

一 大座敷に通して。二 軽薄。追従。お世辞。三 何をおもてなしすることがありましょうか。せめて田舎びた風俗をでもお目にかけて。四 相方の女郎。五 さされた盃を抑えて相手に盃を重ねさせること。六 酒席での応酬のしぶり。七 うるさい。八 膳をたびたび新しく出すのを。九 酒に酔って無理を言い出し。一〇 しまりがなく乱れて。一一 座の取りもち。一二「まはす」とは女郎が男の気に背かぬように随うこと。ここでは寝て客の機嫌をとるの意。一三 女郎が自分の友達に逢いはしないかと詮義すること。一四 弁解。一五 女郎が客をうまくあしらうこと。一六 他の客には自分の逢う女郎と話をさせず。一七 こせこせしていて窮屈で。一八 五六日。一九 遊興しているうちに。二〇 女郎の情夫。二一 露顕して。ばれて。

二二 仮衣。旅衣の意。二三 豊前中津。二四 日柄。日々の吉凶。明日は日が良いので待つの意。二五 芝居の櫓太鼓。二六 狂言作者福岡弥五四郎の初名。若衆方・立役・親仁方を経、藤村宇左衛門と改名、元禄十三年十一月福岡弥五四郎と改め作者を兼ねた。延宝二年十月右近源左衛門と長崎に下り、同三年興行しているから、九州各地を興行したものであろう。二七 贔屓にして。二八 囃子を演奏する役者。二九 役附の者すべてを役者という。三〇 一部始終。三一「定めなき世の習ひ…今は何と御歎き候ひてもかひなき事」(謡曲、隅田川)による。三二 歌に一応の素養がおありだから。三三 生活のための

て目を懸《(かけ)》て羽織《はおり》などくれしはやしかたの庄七といへる役者《やくしや》、是《(これ)》にたよりてあらましを語《かた》れば、「定《さだめ》なき世のならひ、今歎《なげ》き給ふ事なかれ」とたのもしく、「一ふしあそばしたれば口すぎとおもはれて舞臺勤《ぶたいつとめ》たまへ」と。着《き》おろしの長袴足《ながばかまあし》もとも定兼《さだめかね》、品之丞《しなのぜう》が出《で》はのうたに人なみに頭をふつて間《ま》をあはすこそおかし。

色ふかくて身のほどをしらず、若女方《わかおんながた》をそゝのかし外《(ほか)》の勤《つとめ》の邪魔《じやま》なして、又そこをも追《おい》出されて、不思議《ふしぎ》の日数《ひかず》へてけふ大坂《(ざか)》のうき世少路《せうぢ》に我が事忘《わす》れぬ人ありと尋行《たづねゆく》に、花屋《はな(や)》・たばこきり・駕籠舁《かごかき》の西隣《にしどなり》に何《なに》して世をわたるともなく、柿《かき》ぞめの暖簾《のんれん》かけて女の一人暮《ひとりくら》せり。是《(これ)》は乳《ち》をのませしうばが妹《いもうと》なり。此《(この)》乳母《うば》も二三年跡《あと》に、はかなくさりぬ。されども、むかしの御恩《おん》とてあしからずもてなし奉《たてまつ》りける。其暮方《(その)くれかた》に色つくりたる女、はだには紅うこんのきぬ物、上にかちん染《ぞめ》の布子《ぬのこ》、嶋繻子《しましゆす》の二つわり左《ひだり》の方《かた》に結《むす》び、赤前《あかまへ》だれして桐《きり》の引下駄《ひきげた》をはきて、たばね牛房《ごばう》に花柚《はなゆ》などさげて、かの小家《こいゑ》にはしりよりて、「日外《いつぞや》の立《たつ》嶋《じま》のきる物の質《しち》の札《ふだ》を、手もとに御《(ご)》ざるか」と口鼻《かゝ》にさゝやきける。こゝろながら笑《おか》しく、「あれはいかなる女」と尋《たづ》ねける。「人の召《めし》つかひ、竈《かまど》近きもの」と申《(まうす)》。「それにはよろしき身《み》のまはり、はた織《おる》女さへ給分《きうぶん》のつもりあり。爰《(こゝ)》は半《はん》季《き》居《ゐ》のまれなる所か」と申せば、「昔《むか》しと替り、こまか成《(なる)》事まで御こゝろのつく

仕事。 三四 着古し。 三五 裾の長い袴。 三六 不馴れのためよろよろとして危なっかしく。 三七 未詳。 三八 出端踊の歌。主役登場の時花道で舞踊する際に奏する音楽。 三九 頭を左右に振って歌の拍子を合せる。 四〇 色欲旺盛なため。 四一 下っ端の役者のくせにの意。 四二 他の役者の勤めに迷惑をかけたので。 四三 色々の商店があって浮世の有様を眼前に見るようなのでつけられた名という。→八二頁注三。 四四 「立花や、浮世小路」(難波雀)。 四五 葉たばこを刻んで売る店。「きざみたばこ道具揃、浮世小路」(難波雀)。 四六 「か籠かき、浮世小路」(難波雀)。 四七 遊廓で端局の目印に柿染又は紺染の暖簾をかける風習があったが、ここも、出合宿のしるしに掛けてあるものか。暖簾はノウレン・ノンレンと発音した。 四八 世之介に。 四九 おめかしをした。 五〇 赤味多き欝金色。欝金色はさえた濃黄色。 五一 藍を搗いて染めた濃い藍色。 五二 木綿の綿入。 五三 一幅の半分を更に二つ折にした女帯。 五四 帯の左結びと赤前垂は蓮葉女の特色。 五五 桐の木を挽いて作った下駄。蓮葉女は多くこれを用い、残飯を貰う乞食が年中その下駄を調えてやった。 五六 小柚。花・蕾・皮の切片を酒や汁に入れその芳香を珍重した。 五七 縦縞。タツジマと発音した。 五八 内心。 五九 台所働きの者。 六〇 それにしては。 六一 機屋の糸繰女は一季・半季・二季などの短期契約の奉公人であったが、原料糸を窃取・売却して金廻りがよかった。 六二 「積り」は額・高の意。機織女でも給金に限度があって、あんな派手には出来ない。 六三 半年契約の奉公人。 六四 長期契約の者(給金のたまっている連中)が多いのかの意。 六五 お坊ちゃん育ちだった昔とちがって。

事ぞ笑《おか》し。あれは問屋方《といやかた》にはすは[一]と申《まうし》て、眉目《みめ》[二]大形《かた》なるを東國西国《とうごくさいごく》の客《きやく》の寝所《ねどころ》[三]さすため抱《かゝえ》て、おのがこゝろまかせの男《おとこ》ぐるひ、小宿《こやど》[四]を替《かへ》てあふ事、いたづらの[五]昼夜《ちうや》にかぎらず出《で》ありく事も、[六]おや方の手前をはぢず、妊《はら》めば苦《く》もなふおろ[七]す。衣類《いるい》は[八]人にもらひ、はした銀《がね》もあるに[九]まかせて手にもたず、正月着物《きるもの》は夏《なつ》[一〇]秋《あき》をしらず賣《うり》て、蕎《そば》きり・酒《さけ》に替《かへ》て、[一一]三人よれば大笑《わら》ひして高麗橋《かうらいばし》をわたる事忘れ、佛神《ぶつじん》に詣《まふ》でけるにも[一二]置綿《をきわた》・[一三]ばら緒《を》の雪踏《せつた》音高《をとたか》く、道《みち》すがらの[一四]一口咄《ばな》しにも[一五]人の耳《みゝ》をこすりて、「[一六]夕は夜更《よふけ》て起《をこ》されたもしらず、[一七]状かきながら寝入《ね(いつ)》た」、「鼈甲《べつかう》のさし櫛《ぐし》が[一八]本蒔繪《ほんまきゑ》にて三匁五分《(ふん)》で出來《でき》る」などゝはしたなく申せし。は聞《きい》て戀《こひ》も覺《さめ》ぬべし。下[一九]向もすぐには歸《かへ》らず、中[二〇]宿《やど》に[二一]あかして[二二]物つかふ男《おとこ》をまねき、[二三]いやといはぬ程《ほど》の御無心《ごむしん》を申《(まうし)》、世をうかく〻と暮《くら》し、其果《そのはて》は中《なか》[二四]

一 問屋に抱えられて客の給仕・接待・夜伽を勤める女。物の粗末なのを蓮葉というのでこの名がついた。 二 十人並。 三 寝所の夜伽をさせるために雇って。「抱て」で意味は終止に近い。 四 出合宿。 五 夜昼おかまいなしに。 六 問屋の主人。 七 堕胎する。 八 客に作ってもらい。 九 あるに任せて使って少しも貯金しない。 一〇 夏・秋になるまでも持つことをせず春の内に売ってしまい、(その金で)蕎麦や酒を買い。 一一 虎渓の三笑の故事。晋の高僧恵遠が廬山で三十年禁足の行をなし、ある日陶淵明・陸修静と酒を酌み、二人を送って思わず山下の橋を渡って、大笑をしたという。これをもじり浮世小路に近い高麗橋を渡る事を忘れとしたもの。なお、大笑いには猥談の意がある。 一二 綿帽子。 一三 細緒を数本合せて作った鼻緒。当時の流行。 一四 ちょっとしゃれた話。 一五 人の気をひくような話しぶりをして。 一六 情交のために起されたとも解せそうな思わせぶりな言い出し方。 一七 手紙。 一八 幸阿弥家は土佐・狩野派の下絵を用いて蒔絵を作り、世に本蒔絵と称した。これに対し五十嵐・田村・山本等民間のを町蒔絵という。 一九 神仏参詣の帰途。 二〇 男女密会の媒介をする宿。出合宿。 二一 明かして。 二二 金を遣う。 二三 男の方で断れない程度の金額の。 二四 仲仕。川口に着いた船荷を茶船・上荷船等に移して大川を北浜附近の問屋まで運ぶ人夫。 二五 船の上荷を運搬する人夫。 二六 下品になり。 二七 子供を。以下子沢山の形容。 二八 量目の不足のないようにやかましく改める。 二九 私(即ち世之介の乳母の妹)も。 三〇 今話しました蓮葉女の。 三一 隠しておいてもどうせわかってしまうことだから。 三二 蓮葉女に気がうつって。 三三 こんな調子では将来ど

衆《しゆ》・[二五]上荷《うはに》さしなど夫婦《ふうふ》となりて、貌《かたち》たちまち[二六]賤《いや》しく、[二七]前《まへ》に抱《だき》うしろにおひ、惣《そう》領《りやう》の手を引《ひき》、小米屋《こごめや》にゆきて[二八]計吟味《はかりぎんみ》するもあさまし。[二九]自《みづから》も[三〇]其女《そのおんな》の出合宿《であいやど》、[三一]隠《かく》してもしるゝ事ぞ」とのこらずはなせば、又それに[三二]うつりてたはけを尽《つく》し侍る。[三三]此行末何《このゆくすへなに》にかなるべし。廿三の年《とし》も[三四]かい暮《くれ》になりぬ。

一夜の枕物ぐるひ

[三五]内證《ないしやう》は[三六]挑灯程《てうちんほど》な火《ひ》がふつて、大晦日の[三七]空《そら》おそろしく、[三八]万《(よろづ)》懸帳《かけちやう》[三九]埒明《らちあけ》ず屋の世之介としかられながら、[四〇]留守《るす》つかはせて二階《にかい》にしのび、くゞり戸のなるたび胸《むね》をおさえ耳《みゝ》をふさぎ、今の悲《かな》しさ[四一]命《いのち》ながらへたらば末の世がたりにもなりなん。[四二]「扇《あふぎ》は〳〵」[四三]「おゑびす、若《わか》ゑびす〳〵」と賣声《うるこゑ》に、すこし春《はる》のこゝちして、[四四]日のはじめ静《しづか》にゆたかに、[四五]世に有人《あるひと》の門《(かど)》は[四六]松《まつ》みどりなして[四七]「物もふ〳〵」、[四八]手鞠《てまり》つけば[四九]羽子板《はごいた》の繪《ゑ》も夫婦《ふうふ》子あるをうらやみ、[五〇]化想文《けさうぶみ》よむ女、男めづらかに思はるゝ、暦《こよみ》のよみ初・[五一]姫《ひめ》はじめおかし。[五二]人のこゝろもうき立《(たち)》きのふの事を忘《わす》れけふも暮《くれ》ぬ。[五三]二日は越年にて、或人鞍馬《あるひとくらま》山に誘《さそ》はれて[五四]一《(いち)》はらといふ野《の》を行《ゆけ》ば、[五五]厄《やく》ばらひの声《こゑ》、[五六]夢違《ゆめちが》ひの獏《ばく》の札《ふだ》、[五七]寶舟賣《たからふねうり》など、[五八]鰯《いはし》柊《ひいらぎ》をさして[五九]鬼打豆《おにうちまめ》、宵《よい》より[六〇]扉《とぼそ》を

うなることやら。三四「かいくれ」は一向・全くの意。それと年が暮れるとをかける。三五 家計。三六 家計の困難を火が降ると譬える。それも提灯ほども大きな火だの意。 三七 空が恐しいと何となく恐ろしいの両意にかける。三八 一切の掛け売りを書きつけた帳面。三九 買掛りの代金の支払いの悪い男。債権者の罵言。四〇 居留守をつかって。四一 長生きしたら、老後の思い出話になるであろう。四二 年玉の扇を売り歩く呼び声。四三 元旦の早暁、福神の夷や毘沙門天の摺り物を売り歩く。これを門口又は年徳(としとく)の棚に貼り、元朝に礼拝して一年の福を祈る。その売り声。四四 元日の異称。四五 富み栄えている人。四六 門松。四七 年始客の案内を乞う声。四八 新年の童女の遊び。手鞠歌を歌いながらつく。四九 京羽子板に内裏様を金銀で彩色して描いてあり、殿様・奥様・宰相様に子供を添えてある。五〇 元日より十五日まで早朝清水の弦召(つるめそ)が売り歩いた御符。艶書に擬して縁起を祝った文章が摺ってある。五一 暦の中段に記された記事。諸説まちまちであるが俗に年頭に初めて男女の情交する日という。西鶴はこの説によっている。五二「今一きは心も浮き立つものは…」(徒然草一九)。五三 年越。立春の前夜、すなわち節分の夜。二日の越年は正保四年と寛文六年とあった。五四 市原。山城愛宕郡市野村。五五 節分の夜、目出度い言葉を唱えて厄を払い金銭を乞い歩く者。五六 夢違いの守り札。獏は夢を食うといい、悪夢を見ぬようにこれを買い求める風習があった。五七 節分の夜、宝船の摺り物を売り歩く者。五八 節分に、柊に鰯の頭をさして門口に插す。魔除けの呪。五九 豆まき。六〇 扉を閉めて鬼の入来を防ぐ。

一 鞍馬寺奥の院への山路にある雁金坂の訛称か。二 寺社の堂前につるしてある太い緒に鰐の口形の鉦をつけてある。三「世の中に恋てふ色はなけれども深く身にしむ物にぞありける　和泉式部」(後拾遺)による。恋の芽生えとなって。四 御伽草子の貴船の本地に、寛平法皇の扇合せに法皇から賜わった扇の女房絵を見て鞍馬の毘沙門天に参籠して逢瀬を祈った一条中将貞平の説話がある。五 和泉式部が夫道貞に捨てられて、貴船に参籠して螢の飛びかうのを見て、「物思へば沢の螢も我が身よりあこがれ出る玉かとぞ思ふ」の歌を得たという説話による。「思ひあれば」は「思ひあれば袖に螢を包みてもいはばや物をとふ人もなし」(新古今)の歌によって「物思へば」を言いかえたものか。六 心も上の空になってしまったが。「思ひやる心も空になりにけりひとり有明の月をながめて　高遠」(新勅撰)によるか。七 節分の夜、社寺に参籠して神楽を奉納し、仮に鶏鳴を真似て下向する。これを歳取りといい、こうすれば翌年どの方角に向っても何事をなしても障害がないと信じられた。八 その土地の風習。九 乱雑に寝てその一晩は男女間の関係の乱脈も許すとかいうことである。一〇 朧の清水。大原寂光院の西二丁ばかりにある名水。一一「山高みいづれを分きて越え行かむ数多跡ある岩のかげ道　延政門院新大納言」(風雅)によるか。一二 真暗闇の意の諺に「暗がりに牛をつかむ」という。一三 進んで。積極的に。一四 とり合って口論する。一五 目を覚まさせ。一六 目茶々々に入り乱れ。一七 いっせいに。一八 真綿で作った被り物。多く老女がかぶる。

しめて懸《かけ》[一]がねといへる坂《さか》をすぎて、鰐口《わにぐち》[二]の緒《お》にすがれば、物やはらか成《(なる)》手のさはりけるも、はや戀[三]てふ種《たね》と成《(なり)》て、昔《むか》[四]し扇《あふぎ》見て爰《こゝ》に籠《こも》り、「おもひ[五]あればわが身より」と讀《よみ》し女の事迄もおもひ出《(いだ)》されて、心[六]も空《そら》に成《(なり)》しに、庭鳥《にはとり》[七]の眞似《まね》さす事有《(あり)》。是《これ》に目覺《めざめ》おの〳〵かへる折《おり》ふし、友《とも》とする人にさゝやきて「まことに今宵《こよい》は大原《はら》の里のざこ寝《ね》とて、庄屋の内義娘《ないぎむすめ》、又下女下人にかぎらず老若《らうにやく》のわかちもなく、神前《しんぜん》の拝殿《はいでん》に所[八]ならひとてみ[九]だりがはしくうちふして、一夜《や》は何事をもゆるすとかや。いざ是《(これ)》より」と、朧《おぼろ》[一〇]なる清水《しみづ》・岩《いは》[一一]の陰道《かげみち》・小松をわけて其《(その)》里に行《(ゆき)》て、牛《うし》[一二]つかむ計《ばかり》の闇《くら》がりまぎれにきけば、まだいはけなき姿《すがた》にて迯《にげ》まはるもあり、手を捕《とら》えられて斷《ことはり》をいふ女もあり、わ[一三]ざとたはれ懸《(かゝ)》るもあり、しみ〴〵と語《かた》る風情《ふぜい》、ひとりを二人《ふたり》して論《ろん》[一四]ずる有様《ありさま》もなを笑《おか》し。七十におよぶ婆《ばゝ》を[一五]おどろかせ、或《あるい》は姨《おば》をのりこえ、主《しう》の女房《にうばう》をいやがらせ、後《のち》にはわ[一六]けもなく入《(いり)》組《くみ》、なくやら笑《わろ》ふやらよろこぶやら、きゝ傳《つた》えしよりおもしろき事にぞ。曉《あかつき》近《ちか》く一度《ど》[一七]に帰《かへ》るけしきさま〴〵也。竹杖《たけつえ》をつきて腰《こし》をかゞめ、かしらわ[一八]たぼうしにつゝみまはし、人の中をよけてわき道《みち》をゆく老女《らうによ》ありけり。すこし隔《へだ》たりてから足ばやになり、腰《こし》のかゞみもおのづからのびて跡《あと》見かへる面影《おもかげ》、石灯籠《いしどうろ》の光《ひかり》にうつりぬ。

世之介不思議《ふしぎ》におもひ、つけみるに案《あん》のごとく廿一二の女。色《いろ》しろく髪《かみ》うるはしく、[一九]ものごしやさしく、[二〇]京《きやう》にもはづかしからず。これはとくどき、[二一]様子《やうす》をきけば、「都《みやこ》の人ならば、なをゆるし給へ。我にこゝろを懸《かけ》し人かぎ

りなきを[二二]うるさく、[二三]姿《すがた》を替《かへ》てやう／＼のがれ侍るに」とかたるに、なをやめがたく[二四]一世の約束《やくそく》して、見すてな捨《すて》まい、末《すへ》は[二五]千とせの松陰《まつかげ》に木隠《こがく》れ、かゝる所へたくましき若《わか》きものゝ五人七人、又は三四人、爰《こゝ》のかしこのせんさく、「此里《(この)》の美人《びじん》がみえぬ」と[二六]声《こゑ》ゞにのゝしるは、此《(この)》女の事にぞありける。身《み》ちゞめてなをだまりぬ。此時《(この)とき》のこゝろは[二七]むさし野《の》にかくれし人もやと事しづまりて、かの女つれて[二八]下賀茂邊《かもほとり》にゆきて、或人《あるひと》を頼《たの》みてすみぬ。[二九]朝《あした》の煙《けぶり》かすかに、[三〇]いたゞきつれたる[三一]黒木賣《くろぎうり》に見付《(みつけ)》られてはと、しのぶ内こそ[三二]おもしろの花《はな》の[三三]都《みやこ》近くや。

一九　挙措動作。　二〇　京に出しても見劣りがしない。　二一　事情をきくと。　二二　西鶴の文には「を＋情意性形容詞連用形」という形がよく出て来る。普通の文では「…がうるさく」「…をうるさく思ひ」となるところ。　二三　変装して。

二四　二世の誤か。親子は一世、夫婦は二世、主従は三世の契という諺から二世といったか。或は一生添いとげる約束をするの意か。

二五　「松陰に千代をうつせる緑かな」(謡曲、養老)による。千歳は末長く千年もの意。これと、千年の松の意とかける。　二六　口々に。

二七　「昔男ありけり。人の女をぬすみて、武蔵野へゐて行くほどに、盗人なりければ国守にからめられにけり。女をば叢の中に隠しおきて逃げにけり。道くる人この野は盗人あなりとて火つけむとす。女わびて、武蔵野は今日はな焼きそ若草のつまもこもれりわれもこもれり、と詠みけるを聞きて、女をばとりて、ともにゐていにけり」(伊勢物語一二)による。　二八　京都の賀茂川と高野川との合流点の三角地帯。　二九　朝夕の煙ともいう。朝食を焚く煙もとぼしくの意で、貧乏がちな生活をしての意。　三〇　「あの山見さい、この山見さい。いたゞきつれた小原木」(狂言小歌、素襖落)。　三一　尺余の木を黒く蒸し焼きにした御竈木(黒木ともいう)。八瀬大原の里の女が頭に載せて京の街を売り歩いた。　三二　「面白の花の都や、筆に書くとも及ばじ」(謡曲、放下僧)による。　三三　京の近郊。

集礼《しゆらい》は五匁の外《ほか》

[一]年籠《としごもり》の夜《よ》、大原《はら》の里にて盗《ぬすみ》し女に馴初《なれそめ》、[二]二十五の[三]六月晦日切《つごもりぎり》に米櫃《こめびつ》は物淋《ものさび》しく、[四]紙帳《しちやう》もやぶれに近き[五]進退《しんだい》。[六]是《(これ)》も[七]置《をき》ざりにして佐渡《さど》の國《くに》[八]かな山に望《のぞみ》を懸行《かけゆく》に、[九]十八里こなた出雲崎《いづもさき》といふ所《ところ》に[一〇]渡《わた》り日和《ひより》を待《まつ》て、明暮只《あけくれたゞ》も居《ゐ》られず、[一一]舟宿《ふなやど》のあるじを招《まね》き、「此所《(この)ところ》のなぐさみ女は」と尋《たづね》ければ、「いかに北國《ほつこく》のはてなればとてあなどりたまふな。[一二]寺泊《とまり》といふ所《ところ》に傾城町《けいせいまち》あり、[一三]いざ見せ申さばや」と暮方《くれがた》よりそこに行《ゆき》て見るに、[一四]隔子局《かうしつぼね》といふ事もなく、[一五]軒《のき》まばらなる板屋《いた》に、或は五人三人[一六]居《ゐ》ながれて、其《(その)》さま笑《おか》し。おりふし八月十一日の夕風、はや此所《(この)ところ》は袷《あはせ》をきるぞかし。[一七]嶋《しま》をよきとおもへばこそ、いづれも[一八]紬《つむぎ》の品《しな》をかへ、[一九]金入《きんいり》の襟《ゑり》を[二〇]かけぬといふ事なし。帯《おび》は[二一]今織《いまおり》の短《みぢか》きを無理《むり》にうしろにむすび、[二二]二布《ふたの》は[二三]越後晒《ゑちごさらし》赤《あか》染《ぞめ》にして、[二四]其《(その)》まゝ美《うつ》しき皃《かほ》にも[二五]是非おしろひを[二六]塗《ぬり》くり、[二七]額《ひたい》は只丸《たゞまる》く[二八]きは墨《ずみ》こく、髪《かみ》は[二九]ぐるまげに高く、前髪《まへがみ》すくなくわけて[三〇]水引《みづひき》にて結添《ゆひそえ》、赤《あか》ひはな緒《を》の雪踏《せつた》をはき、懐《ふところ》のうちより手をさし入《(いれ)》裙《つま》を引《(ひき)》あげ、[三一]ちよこ〳〵とありくなりふり、いやながら外に何もなければ、其中《(そのなか)》でも見よきがとく也。[三二]よしあしのへだてもな

一 前章の出来事をさす。二 二十五歳の年の。三 半季節季にあたり、金銭貸借の決済をする。世之介は買掛りを払えないので米の買入れもできなくなったわけ。四 白紙製の安蚊帳。「破れ」は身代が破れる(破産)の意にかかる。五 身代とも。本来土地に対する私法的な処分権を有するの意だが、転じて財産の意となる。六 この女も。七 妻を家に残して夫が出て行く離婚のこと。家財道具の少ないような場合しばしば行われた簡単な離婚法。八 佐渡雑太郡相川の鉱山。銀を産出。なお西三川では砂金が出た。九 越後の出雲崎より佐渡へ海上十八里という。一〇 渡航に適した天候。一一 荷主船持と問屋との間に介在して荷物の世話や船用品等の供給をする業者。一二 出雲崎より三里半の地にある。ここの新町に遊女あり、集礼三匁。一三 あるじの言葉は謡曲の詞の調子をとっている。一四 格子女郎・局女郎の区別もなく。一五 まばらに建っている板ぶき屋根の家。一六 居連れて。並んですわって。一七 縞の織物。一八 色々の細縞の着物を着て。一九 五色の糸に間ゝ金糸を交えて織った錦織。二〇 みんなかけている。二一 京西陣より織り出した金襴。二二 腰巻。二三 越後松山産の晒布。赤染は茜染のこと。二四 素顔のままでも。二五 必ず。二六 こってりと塗り。二七 (額の作り様も顔の恰好に適したものを選ぶのだが)ここではみんな丸額にして個性がなく。二八 額の生え際を墨でふちどって額をつくるが、ほのかに薄くひくのが常識。濃く塗って野暮くさい様。二九 ぐる髷。三〇 進物に用いる水引を髻の代りに使って結び。三一 女郎は静かにゆったりと歩くをよしとする。三二 美醜の区別もなく揚代が五匁均一なのは正直な

く五匁宛《ずゝ》に定《さだ》め置《をく》こそ正直《(しやう)じき》なれ。爰《(こゝ)》での[三三]人ころし小金といふ約束《やくそく》して[三四]揚屋《あげや》といふ事もなく、[三五]親方《おやかた》七良太夫が内に新《あたら》しき[三六]薄縁《うすべり(しき)》敷し奥《おく》の間に、[三七]やさしくも屏風《べうぶ》引廻《ひきまは》して有《(あり)》ける。[三八]押繪《おしゑ》を見れば、[三九]花かたげて吉野參《よしのまいり》の人形《にんぎやう》、[四〇]板木押《はんぎおし》の弘法大師《こうばうだいし》、[四一]鼠《ねずみ》の娌入《よめり》、[四二]鎌倉團右衛門《かまくらだんゑもん》、[四三]多門《たもん》庄左衛門が[四四]連奴《つれやつこ》、これみな大津の[四五]追分《つおいわけ》にて書《かき》し物ぞかし。見るに都《みやこ》なつかしくおもふうちに亭主膳《ていしゆぜん》をすえける。いま日が暮《くれ》て間《ま》もなき[四六]夜食《やしよく》、先蓋《まつふた》をあけぬれば[四七]小豆食《あづきめし》、是《(これ)》はおもしろひ、[四八]鯖《さば》きざみて[四九]穂蓼置《ほたでをき》合《あはす》こそ心にくしと[五〇]思へば、湯《ゆ》を呑《のむ》まで終《つい》に[五一]香物《かうのもの》を出さずすます。[五二]女郎は箸《はし》をもとらず。上方《かみがた》の事誰《たれ》がいふて聞《きか》しけるぞ、しほらしきと思へば、[五三]油火指《あぶらびゆび》にてかゝげ、それをすぐに小鬢《こびん》につけしは笑《わら》はれもせず、腹《はら》おしなでゝ居《ゐ》るに、又あるじの出《(いで)》て「後《のち》に[五四]ひもじにならぬ程《ほど》まいれ」といふ。返事《へんじ》もせず[五五]友《とも》とせし人假寝《うたゝね》を引起《ひきをこ》し、酒事《さけごと》にして此《(この)》おかしさを忘《わす》るゝ。

壁一重《かべひとへ》あちらにも酒《さけ》のみ懸《かけ》、六七人声《こゑ》して、[五六]三國《ごく》一じや、拍子《ひやうし》があうのあはぬのと同じ事のみうたひける程《ほど》に、亭主《ていしゆ》に様子きけば、「此比上方《このごろかみがた》より[五七]さゝんざと申《(まうす)》小歌《うた》が時花《はやり》きたり、爰元《こゝもと》の若《わか》ひ衆いろ〳〵稽古致《けいこいた》せども声《こゑ》がそろはぬ」と申《(まうし)》侍《はべ》る。さても世は廣《ひろ》ひ事を今おもひ合《(あはせ)》、「[五八]柴垣踊《しばがきおどり》はしつてか」と尋《(たづね)》けるに、「夢《ゆめ》にもしらず」と申《(まうす)》。「何をいふても是《(これ)》じやもの、只寝《たゞね》ませう」と申《(まうす)》。[五九]耳組《みゝぐみ》の

ことだ。
三三 男を悩殺するの意で美人のことをいう。三四 抱え主。三五 しおらしくも。三六 縁どりのあるござ。三七 屏風にはりつけてある絵。三八 以下の大津絵の図柄今日残存せず。三九 木版刷り。四〇 鼠の嫁入行列の絵。四一 寛文・延宝年間の立役者。六方の上手で江戸でもてはやされた。四二 京都出身の名優。承応・明暦頃江戸へ下り丹前を創め名声をあげ、やつし方歌舞にもすぐれ、加賀節を創め流行させた。四三 上記二名が奴姿で六方を踏む様の絵。四四 大津絵・追分絵・大谷絵ともいい、その地方の土民が描き旅人に売った泥絵具の稚拙な絵。四五 当時は朝食・夕食の二食で、午後八時頃の食事を夜食と称した。四六 七八月頃収穫する新小豆を用いた赤飯。四七 秋鯖は美味。殊に能登・越中・佐渡は鯖の名産地。四八 秋に出る蓼の穂。鮓・膾などに用いる。四九 思っていると。五〇 食後、湯を呑む時必ず出すべき漬物を出さない。五一 上方では客の前で食物に手をつけないのが女郎のたしなみ。五二 油火の灯芯を指でかき上げて明るくし、その指についた油を髪になすりつける粗野な風儀。夜食の態度等にちょっと気のきいたところがあるがすぐ幻滅をおぼえる様。五三 ひだるし(空腹)の文字言葉。五四 同道した人。ここでは船宿の主人。五五 祝言の小歌。「三国一ぢや何々になりすまいた」と歌い納める。五六「ざゞんざ浜松の音はざゞんざ」(狂言小歌)。「ざざんざ」は風の音の形容。五七 北国辺の米搗歌より起り、胸をたたき身をよじらせて歌う。慶安の頃江戸より全国に大流行した。五八 ござの耳の組んであるもの。

御座《ござ》一枚《まい》、松竹鶴亀《まつたけつるかめ》をそめこみのもめん夜着《よぎ》、されども枕は二つ出して、「さあ、お寐《ね》やれ」と申《(まうす)》。「こゝろえた」と[一]南《みなみ》かしらにひつかぶり、[二]今や〱と待《(まつ)》ほどに、[三]君様《きみさま》のあし音《をと》して、床近《とこちか》く立《(たち)》[四]ながら帯《おび》とき捨《すて》、きる物もかしこへ[五]うち捨《すて》、はだかで[六]ぐす〱とはいりさまに「是《(これ)》もいらぬ物」と[七]脚布《きやふ》ときて、其《(その)》まゝしがみつきて、[八]いな所を捜《さぐり》て[九]ひた物《(もの)》身《み》もだへするこそまだ[一〇]宵《よい》ながら笑《おか》し。我《(われ)》江戸にて[一一]はじめの高雄《たかを》に[一二]三十五までふられ、其後《(そののち)》も[一三]首尾《しゆび》せず。今おもへば惜《おし》ひ事哉。この女が[一四]其《(その)》太夫にて、是《(これ)》程《ほど》自由《じゆう》にならば尤《もつとも》おもしろかる[一五]まし。

昔《むかし》をおもひ出《(いだ)》し、[一六]うそ腹《ばら》たつてむく[一七]起《をき》にして、「罷帰《まかりかへる》」と同道《どうだう》の人に「[一八]付《つけ》とゞけ[一九]能《よき》やうに」と頼《たの》めば、心得《こゝろへ》てあるじに[二〇]三百、口鼻《かゝ》に百、はたらく女共《(ども)》に貳百、合《(あはせ)》六百文蒔《まき》ちらせば、いづれもおどろき、「さても[二一]大《(たい)》氣《き》な大じん」

一 南枕に。「二条大宮を南頭に歩ませけり」(謡曲、羅生門)とある。 二 遊女が今来るか今来るかと待っていると。「すはやそれぞと心づくしに今や今やと松浦船」(謡曲、白楽天)による。 三 女郎を君という。 四 以下女郎の野鄙な様子を描く。 五 たたまないで放り出し。 六 ごそごそと。 七 腰巻。 八 変なところ。男の下腹部。 九 ひたすら。夢中になって。 一〇 夜もふけてないのに。 一一 江戸吉原京町三浦屋四郎左衛門抱の太夫。普通高尾と書く。十一代まであり、万治二年十二月五日没したいわゆる万治高尾を二代目と通常いっているが、西鶴はこれを初代の(はじめの)高尾と見なしているらしい。 一二 三十五度まで。 一三 肉体関係を結ばなかった。 一四 あの高尾で。 一五 当時は助動詞「まし」を連体形に接続させることがある。したがって、規範文法なら「おもしろからまし」となるところ。 一六 何となく腹立たしくなって。 一七 むっくり起き上ること。 一八 心附け。祝儀。 一九 適当に。 二〇 銭三百文。以下すべて文(もん)の単位。 二一 気の大きい。 二二 契りを結んだ。 二三 出雲崎からここまで船でやって来ているので、船ばたまでとなる。 二四 京で島原の大門口まで送られるような。 二五 あなた。 二六 日本中探しても居ない、の意にも、日本に長くは留らないの意にもとれる言葉。これは、最後に世之介が女護の島へ渡る伏線となっている。 二七 借りと仮とをかけていう。 二八 生鮭の臓腑

と[二二]近付《(ちかづき)》に成《(なり)》し女良袖をかざし、舟《ふな》[二三]ばたまでおくりて互《たがい》にみゆる内は小手招《こでまね》き、京《きやう》にて出口[二四]まで送《おく》らるゝ心知《こゝち》ぞかし。彼《(かの)》女郎舟《ふね》にのりさまに私語《さゝやき》しは「こなた[二五]は日[二六]本の地に居《ゐ》ぬ人じや」と申《まうし》ける。心にかゝれど今《いま》に合点《がてん》ゆかず。

木綿布子《もめんぬのこ》もかゝり[二七]の世

干鮭《からさけ》[二八]は霜先《しもさき》の薬喰《くすりぐひ》[二九]ぞかし。其冬《そのふゆ》は佐渡《さど》が嶋《しま》にも世[三〇]を渡る舟なく、出雲崎《いづもさき》のあるじをたのみ、魚賣《うをうり》となつて北國《ほつこく》の山[三一]ゝを過《(すぎ)》こし。今男盛《おとこざかり》二十六の春、坂田《さかた》[三二]といふ所《ところ》にはじめてつきぬ。此浦《(この)うら》のけしき、櫻《さくら》は浪《なみ》にうつり誠《まこと》に「花の上《うへ》[三三]漕《こ》ぐ蜑《あま》の釣舟《つりぶね》」と讀《よみ》しは此所ぞと、御寺《みてら》[三四]の門前《もんぜん》より詠《ながむ》れば、勸進比丘尼《くはんじんびくに》[三五]声《こゑ》を揃《そろえ》てうたひ來《きた》れり。是《(これ)》はと立《(たち)》よれば、かちん染《ぞめ》の布子《ぬのこ》に、黒綸子《くろりんず》の二つわり前結《まへむす》[三六]びにして、あ[三七]たまは何國にても同じ風俗《ふうぞく》也。元是《もとこれ》は嘉様《かやう》の事をする身にあらねど、いつ比《(ころ)》よりおり[三八]やう猥《みだり》になして、遊女《ゆうじよ》[三九]同前に相手《あひて》も定《さだめ》ず、百[四〇]に二人といふこそ笑《おか》し。「あれは正《(まさ)》しく江戸滅多町《めつた》[四一]にてしのび、ちぎりをこめし清林《せいりん》[四二]がつれし米《こめ》[四三]かみ。其《(その)》時は菅笠《すげがさ》[四四]がありくやうに見しが、はやくも其身《(その)み》[四五]にはなりぬ」とむかしを語《かた》る。「さて此《(この)》[四六]お姿《すがた》は」と尋《たづね》けるに世之介申せしは「遊《あそ》び尽《つく》して胸《むね》つかえて、虫《むし》[四七]

を除去し乾燥させたもの。北国の特産。 二九 霜の降る前に寒中の身養生のため滋養物をとる。普通は鹿・猪などの肉を喰うのを薬喰というが、ここでは干鮭を喰うのをさしている。 三〇 渡世の手段がなく。舟は佐渡が島の縁語。寛文三年以来佐渡で割間歩稼を停止、多数の人夫が渡世を失い餓死に瀕したので、同六年から七年にかけ他国への散出を許した。したがって佐渡へ渡っても渡世の手だてがあり得なかった。西鶴はこのことをさして言っている。 三一 山々を越えて行商して口過ぎをした。 三二 酒田。 三三 西行が象潟干満寺で詠んだと伝えられる「きさかたの桜は波に埋もれて花の上漕ぐ蜑の釣舟」の歌をさす。西鶴は酒田と象潟(酒田の北東十二里)を混同している。 三四 象潟の干満寺のこと。 三五 熊野の牛王の宝印を売り念仏歌をとなえ、地獄極楽の絵解きをして米銭を乞い歩いた比丘尼。かたわら売色もした。 三六 比丘尼は帯を前結びにしていた。黒綸子は、紗綾に似て厚地、模様は稲妻の間に一枝の花があるものとないものとあり、糸は滑黏で綾類の最上。 三七 勧進比丘尼は黒頭巾で頭をつつむのが常であった。 三八 御寮。比丘尼の功齢を経た者で、山伏を夫に持ち小比丘尼を抱えて勧進させる。 三九 同然。同様。 四〇 百文につき二人。つまり一人五十文。 四一 神田多町一丁目二丁目をいう。比丘尼宿が多かった。 四二 御寮の名。 四三 小比丘尼。勧進した米をつかみ喰う故この名称があったという。 四四 身体が小さくてまるで菅笠が歩くみたいだったが。勧進比丘尼は菅笠をかぶるのが常であった。 四五 一人前になったなあ。 四六 あなた(世之介)の今の姿はどうしたのですか。 四七 腹の虫ごなし。

こなしにすこしの商《あきな》ひする」と語り捨《すて》て、それより去《(さる)》問屋《といや》に知《しる》べありてつけば、此《(この)》津のはんじやう、一諸国《しよこく》のつき合《(あひ)》皆《みな》二十露盤《そろばん》にて年《とし》おくる人也。亭主《ていしゆ》のもてなし、三おかたのけいはく、四とかく金銀の光《ひかり》ぞ有難《ありがた》し。上方《かみがた》の五はすは女とおぼしき者《もの》十四五人も居間《ゐま》に見えわたりて、其《(その)》有様六笑《おか》しなげに七髪《かみ》ぐる〳〵巻《まい》て、口紅粉《くちべに》八むさきほど塗《ぬり》て、九鹿子紋《かのこもん》の一〇袖《そで》ちいさき着《きる》物に、一一しゆちんの帯《おび》して、いづれなりとも一二お目に入《(いれ)》ばと思はれ一三姿《すがた》して、客《きやく》一人に独《ひとり》づゝ、或《あるい》は十日・廿日・三十日も逗留《とうりう》のうちは、寝道具《ねどうぐ》のあげおろし、一四朝《あさ》夕の給仕《きうじ》、其外《(そのほか)》腰《こし》をうたせ、或時《あるとき》は髭《ひげ》をぬかせ、自由《じゆう》につかひて、一五立《(たち)》ざまに壹歩《いちぶ》とらせば、金《かね》めづらしくよろこぶ事也。是皆問屋《これみなといや》の召使《めしつかひ》の女にはあらず、銘《めい》ゝに宿《やど》を持《もち》て有《あり》ながら旅《たび》人を一六見懸《かけ》てあつまるよし。是《(これ)》をおもふに、此《(この)》一七徒《いたづら》津《つ》の一八國有《くにあり》馬《ま》の湯女《ゆな》に替《かは》る所なし。

一 諸国の商人とのつき合相手はみな商売で生活している人々である。なお酒田の問屋繁昌の様は日本永代蔵二ノ五に詳しい。二 十露盤勘定で世を渡る人である。三 御方。人妻のこと。ここは問屋の主婦。四 軽薄。お世辞。追従。五 蓮葉女。→九〇頁本文。六 奇妙で。七「ぐるまげ」に同じか。→九四頁注二九。八 汚らしいほど。見にくいほど。口紅はほんのりと薄く塗るのがよいとされた(女用訓蒙図彙)。下品で野暮な化粧の描写。九 鹿子染の模様。一〇 遊女のような客商売の女は大きな袖の着物が普通なのにここでは小さい。一一 七色以上の色糸で花紋を織り出したもの。一二 お目について気に入ったらば。一三 人の気を引く艶っぽい恰好をして。「姿して」でほとんど文は終止する。一四 朝夕の食事。一五 出立の際に。一六 目がけて。目ざして。一七 あそび女。一八 摂津有馬郡湯山に四十人の湯女がおり、湯治客の遊興の相手をもつとめた。一九 別名。別称。二〇 その土地の方言。二一「ひしやく」とも。流れを汲むの隠語(吉原失墜)。二二(「しやく」と呼ぶ)わけ。二三 ぞんざいに待遇されて。二四 浪を枕に寝て。二五 金銭を与えれば。二六 そのままで。二七 夕顔をつくるという(夕方になって化粧して出る)意の隠語。夜発の隠語。二八 びらびらとしてなまめいた様。触らば落ちなんの色っぽい風情。びらりしゃらりともいう。二九 振舞。行状。三〇 もらい手のなく婚期を逸した女。三一 再婚していない未亡人。三二 男女ともに年少の時の着物は脇下を明けて仕立てる。ここではそれを着て未婚の若い娘の恰好をするの意。三三「暗がりに牛をつかむ」の諺による。「つかむ」は欺される。男が、若い女だと思ってだまされるような恰好になる。住家

[一九]異名《いめう》を[二〇]所言葉《ところことば》にて「[二一]しやく」といへり。「人の心をくむといふ事か」とそこの人に問へ共《(ども)》、[二二]子細《しさい》はしらず。世之介はそこ[二三]〳〵に應答《あしら》はれて是非《ぜひ》もなく、やう〳〵下男《しもおとこ》をかたらひ、暮方《くれかた》より濱邊《はまべ》に出《(いで)》て、兼而聞及《かねてきゝおよび》し様子《やうす》みるに、人の娌《よめ》らしき者《もの》、わざと舟子《ふなこ》に捕《とら》えられて、[二四]浪《なみ》の枕をならべ、只《たゞ》しどけなく打とけて後《のち》、[二五]物《もの》をとらせばとる。やらねば[二六]其通《(その)とをり》にして帰《かへ》る。是此所《これ(このところ)》にて[二七]干瓢《かんぺう》と申《(まうし)》侍る。夕《ゆふ》皃《がは》を作《つく》りて[二八]びらしやら靡《なび》くといふ事ぞかし。京大坂にありし惣嫁《そうか》といふ者に違《ちが》はじ。「[二九]其所作《(その)しよさ》は」と尋《たづね》ける。「或《あるい》は[三〇]縁遠《ゑんとを》き女、又は四十におよび[三一]獨過《ひとりすぎ》の口鼻《かゝ》、昼《ひる》はふせりて暮《くれ》より身《み》ごしらえして古着《ふるぎ》をぬぎ捨《すて》、[三二]脇《わき》あけの鼠色《ねずみいろ》、黒《くろ》き帯《おび》にさまをかゆると、はや[三三]暗《くら》がりにてつかむ事ぞかし。住家《すみか》四五丁は[三四]帷子《かたびら》の上張《うはばり》、[三五]置手拭《をきてぬぐひ》して[三六]跡《あと》つけの男《おとこ》を待合《まちあはせ》、あそこの辻爰《つぢこゝ》の[三七]濱《はま》なみに立《(たち)》つくし、夜更《よふけ》ては「[三八]君が寐《ね》巻《まき》」とうたひ連《つれ》て、[三九]三藏仁介が夢《ゆめ》を覺《さま》させ、[四〇]夜番《やばん》に戯《たはぶ》れ、明方近《あけかたちか》く馬子《まご》に取《(とり)》つき、[四一]在郷舟《ざいがうふね》に声を懸《かけ》、[四二]つとめ数《かず》かさなりて髪《かみ》も[四三]笑《おか》しくなり、[四四]腰元《こしもと》ぶらつきて[四五]間《(ま)》なく大あくびして、[四六]跡《あと》より竹杖《たけつへ》を引《(ひき)》ずるは[四七]とがめる犬の爲《ため》ぞかし。[四八]見世門《みせかど》も明《あけ》はなれ、それより足《あし》はやに成《(なり)》て、露次《ろじ》に走入《はしり(いれ)》ば、人の目をしのぶこゝろもやさし。小娘《こむすめ》は親《おや》のため、又は[四九]我男《わがおとこ》を引連《ひきつれ》我《(わが)》子を母親《はゝおや》にだかせ、姉《あね》は妹《いもと》を先《さき》に立《たて》、伯父姪姨《おぢめいおば》のわかちもなく、[五〇]死《し》なれぬ命の難面《つれな》くて、[五一]さりとは悲《かな》しくあさましき

四五丁は、人家の立っている四五丁の間はの意。
三四 帷子をひっかけて着るの意。惣嫁の風俗。「かかは古帷子うはばりにして、少は近所をしのぶふりにてはしり行」(一代女六ノ三)。
三五 手拭をたたんで頭巾がわりに頭の上に置くこと。顔をかくすためにする。「我いづるには上ばりのやぶれかたびら、てのごひにてかほかくし」(好色訓蒙図彙)。
三六 後から護衛かたがた監督について歩く男。妓夫。
三七 浜通り。
三八 惣嫁の歌。「君が寝巻はよしなか染の」という歌詞。
三九 鍛冶屋・船頭・馬方など下賤の者の通称。
四〇 夜中に時刻を知らせ、または火災・盗難の用心のため町内を巡見する番人。
四一 近郷近在の船。諸国の廻船に対していう。
四二 売色の勤めの回数が一晩のうちに数多くなって。
四三 不恰好にくずれ。
四四 腰つきもふらふらになって。
四五 絶え間なく。ひっきりなしに。
四六 うしろから用心棒が竹杖を引きずってついて行くのは。
四七 見とがめて吠えつく。
四八 夜が明けると、町家の店の門口が明け放たれるとをかけていったもの。
四九 自分の夫。
五〇 貧困のためいっそ死んでしまいたいが、死のうにも死なれない命がせつなくて。
五一 それはもう。

事共《(ども)》、聞《きく》になを不便《ふびん》なる世や。[一]泪《なみだ》は雨《あめ》のふる夜は下駄《げた》からかさまでも[二]損料《そんりやう》出して、[三]思へばかりのうら店《だな》、[四]三十日も定《さだめ》なくあそこに隠《かく》れ爰《こゝ》に替《か》へて、[五]家請《いえうけ》の機《き》嫌《げん》を取《とり》、[六]小半酒《こなからざけ》に兩隣《りやうどなり》を[七]かたぶけ、[八]たばね木《(ぎ)》の[九]當座買《たうざかい》、頓而《やがて》[一〇]立きゆる煙《けぶり》なるべし。[一一]夜發《やほつ》の輩《ともがら》一日ぐらし、[一二]月雪《ゆき》のふる事も盆《ぼん》も正月もしらず。

口舌《くぜつ》の事ふれ

「[一三]あらおもしろの竈神《かまがみ》や、おかまの前《まへ》に松うえて」と、[一四]すゞしめの鈴《すゞ》をならして縣御子《あがたみこ》來《きた》れり。下《した》には[一五]ひはだ色の襟《えり》をかさね、薄衣《うすぎぬ》に[一六]月日の影《かげ》をうつし、[一七]千早《ちはや》や懸帯《かけおび》むすびさげ、うす化粧《けしやう》して黛《まゆずみ》こく、髪《かみ》はおのづからなでさげて、其《(その)》[一八]有様尋常《ぢんじやう》なるは中ゝお[一九]初尾《はつを》のぶんにて[二〇]成《(なる)》まじ。[二一]不思議《ふしぎ》と人に尋《(たづね)》ければ、「よき所へ[二二]こゝろのかよふ事ぞ、あれも品《しな》こそ替《かは》れのぞめば遊女《ゆうじよ》のごとくなれるもの也」。それ呼返《よび(かへ)》して[二三]男住居《すまゐ》の宿《やど》に入《(いり)》て、[二四]其神姿《(その)かみすがた》[二五]取《(とり)》おかして[二六]あらたに女躰《によたい》あらはれたり。勝手《かつて》より[二七]御三寸《おみき》出せば次第に醉《ゑい》心、かたじけなき[二八]御託宣《たくせん》、[二九]ありつる告《つげ》をまたんとて、其《(その)》まゝ抱《だい》て寢《ね》て[三〇]覺《さむ》るや名殘《なごり》の[三一]神樂錢《かぐらせん》、[三二]袖《そで》の下よりかよはせて、[三三]みる程《ほど》うつくしく、[三四]あは嶋《しま》殿の若《もし》[三五]も妹《いもと》かと思はれて、お年《とし》はと問《と》へばうそなし

一 涙は雨のごとく降ると雨の降るとをかけて言う。 二 借賃。惣嫁相手の衣装の損料については一代女六ノ三に詳しい。 三「花よ紅葉よ月雪のふる事も、あらよしなや、思へば仮の宿」(謡曲、江口)による。「かり」は仮と借り(借家している)にかけて言う。 四 (裏長屋では一日毎に家賃を取り立てるので、その裏店も)三十日とつづけて定住することもできず。 五 借家人の身許保証人。 六 二合半の酒。 七 買収籠絡する。 八 束木。一束ずつ束ねた薪木。 九 入用のたびに現金で買うこと。 一〇 ほそぼそとした煙もやがては消えてしまうことだろう。 一一 夜中街頭を徘徊する私娼。惣嫁・夜鷹に同じ。 一二 前出(注三)の謡曲、江口の文句取り。

一三 県巫子の歌う東歌の一節。竈神は奥津日子命・奥津比目命をいい、正・五・九月に竈祓いをする。 一四 神慮を鎮めるために巫子の鳴らす鈴。巫子が鈴を振り、伴の一荷のかますを担いだ男が太鼓を打つ。 一五 檜皮で染めた色。 一六 日月の紋を織出してあるものか。 一七 千早は袖のない羽織のようなもの。懸帯はその上に肩に結びかける赤い帯の如きもの。「女姿と三輪の神、千早懸帯ひきかへて、たゞ祝子の着すなる烏帽子狩衣裳」(謡曲、三輪)による。 一八 相当立派であるのは。 一九 御初穂。神仏に供える金品。普通十二灯(十二銅)といい、銭十二文であった。 二〇 出来そうに見えない。 二一 不思議な事だと。 二二 気がついた。 二三 男暮しの自分の家につれ込み。 二四 神に奉仕する人の姿。 二五 取り置かして。片づけさせて。ここでは着物を脱がせたところの意。 二六 「光も朱の玉垣かかやきて、あらたに御神体あらはれたり」(謡曲、竜田)によ

に今年《ことし》[三六]二十一社《しゃ》、茂《しげ》[三七]りたる森《もり》は[三八]おもひ葉《ば》となり、世之介二十七の十月「神《かみ》の[三九]お留《る》守《す》きく人もなきぞ」とさま〴〵くどきて、それより常陸《ひたち》の国《くに》[四〇]鹿嶋《かしま》に伴《ともな》ひ行《ゆき》て、其身《そのみ》も[四一]神職《しんしょく》となつて國ゝ所ゝに廻《まに》る。

水戸《みと》の本町[四二]に入《(いり)》て、「是[四三]やこなたへ御免《ごめん》なりましよ。過《(すぎ)》つる二十五日[四四]の口舌《くぜつ》[四五]、天神《てんじん》[四六]にまけさせられ、大[四七]じん御腹立《ふくりう》あつて、則《すなはち》戀風《こひかぜ》をふかせ、十七より二十《はたち》までの情《なさけ》[四八]しらずの娘《むすめ》、りんきつよき女房《にうばう》を取《(とり)》ころさんとの御事也。こはひ事哉。是《(これ)》[四九]おそろしおもはゞ、文《ふみ》[五〇]の返事《へんじ》もしたり、こゝろを懸《かく》る男《おとこ》によろこばせたがよい」と[五一]わけもきこえぬ事どもをふれて、「さて此所《(このところ)》の[五二]なぐさみ物は」と尋《たづね》ければ、御[五三]仕置《しをき》かたく、定《(さだめ)》[五四]ての遊女《ゆうじょ》といふ事もなくて、物の淋《さび》しきあしたは御[五五]藏《くら》の籾挽《もみひき》とてやとはるゝ女の有《(ある)》ぞかし。是《(これ)》は人のつ[五六]かひ下主《げす》、[五七]隙《ひま》の時はつかはしける。数《す》百人[五八]つれだふて屋《や》[五九]

る。二七 御神酒。県巫子に出す酒ゆえ洒落ていう。二八 神のおつげ。実は身体を許す承諾のこと。二九「神の御前に通夜をしてありつる告を待たんとて袖を片敷き臥にけり」(謡曲、竜田)による。三〇「かく有難き夢の告、覚むるや名残ならむ」(謡曲、三輪)による。三一 太神楽を奏した謝礼。ここは巫子の売色代。三二 こっそり渡して。三三 見れば見る程。三四 淡島殿。紀伊名草郡加太神社の祭神少彦名神。俗説に、住吉神の妃であったが帯下の病のためこの地に流されたので、婦人病を癒す霊験があるとする。三五 もしや。三六 二十一歳と二十一末社とかける。「麓に山王二十一社、茂りたる峰は八王寺」(謡曲、兼平)による。三七 恥毛のことをさすか。三八 葉と葉がふれ合い又は重なり合っているもの。男女相愛をたとえる。思い草・恋草に同じ。三九 十月は神無月、諸国の神は出雲に参集し留守になる。四〇 鹿島神宮。四一 鹿島の事触となった。寛文十二年鹿島の宮司よりの訴えにより事触は禁止され、以後事触と称するものは浮浪の徒であった。四二 水戸下町の大通り、十丁目まであり、旧称田町。四三 鹿島事触の常套文句。四四 月の二十五日は天神の縁日。四五 痴話喧嘩。四六 (遊里の)天神に喧嘩で負けて。四七 遊客。四八 男女の情愛を知らない。不粋な。四九 おそろしと思はば。五〇 恋文。艶書。五一 わけもわからぬ。五二 遊女。五三 処罰が厳重なので。五四 きまった。職業化した意。五五 城内の御米蔵の籾摺に雇われる女のことか。五六 召使の奉公人。五七 暇な時に籾摺のアルバイトに出す。五八 つれだって。五九 武家屋敷の集まっている町筋。

敷《しき》町を行《(ゆく)》。其中《(そのなか)》によきもの見立《(たて)》て、[一]袖をひけども合点《がてん》せず。[二]なるはいやかたぎ也。しほらしき女は大形《(おほかた)》[三]知音《ちいん》ありてそこにたよりぬ。[四]所〻にそれ〲の戀は有て、夕暮の帰姿《かへりすがた》は前だれ提《さげ》て、すその摺糠《すりぬか》をはらひ、[五]身《み》をもみ骨《ほね》おりて[六]かたちのあしきをうらむ。[七]しぶりかはのむけたる女は[八]心のまゝ昼寝《ひるね》して、手足もあれず。鼈甲《べつかう》のさし櫛《ぐし》、[九]花の露《つゆ》といふ物もしりて、すこし匂《には》ひをさす事、親方《おやかた》も[一〇]見ゆるすぞかし。[一一]一日三十六文の定め、[一二]是《(これ)》さへとりてもどれば也。

[一三]是《(これ)》にも馴染《なじみ》て「[一四]腹《はら》むつかしくなる」と申せば聞捨《きゝすて》て、なを奥《おく》すぢにさし懸《かゝ》り、[一五]八町の目、[一六]大宮《みや》のうかれ女を見尽《つく》し、仙臺《せんだい》につきてみれば、此所《(このところ)》の傾城《けいせい》町は[一七]いつの比《(ころ)》絶《たえ》て、其跡《(その)あと》なつかしく、[一八]松嶋《まつしま》や雄嶋《をしま》の人にも[一九]ぬれて見むと、身は[二〇]沖《おき》の石かはく間もなき下の帯《おび》、[二一]末の松山腰《こし》のかゞむまで色の道はやめじと、けふ[二二]塩竈《しほがま》の明神《めうじん》に來《き》て、[二三]御湯《ゆ》まいらせける人を[二四]みるからこひそめ、社人に近寄《ちかより》「我は鹿《か》嶋《しま》より當社《たうしや》に參《(まいり)》、七日の祈念《きねん》して歸《かへ》れとの靈夢《れいむ》にまかせ候」と申せば、いづれも有難《ありがた》き事かなと様ゝ[二五]いさめけるうちに、[二六]かの舞姫《まひひめ》男あるをそゝのかして色ゝおどせば、女ごゝろのはかなくをしこめられて声《こゑ》をも得《え》たてず。此《(この)》悲《かな》しさいか計《ばかり》、「道《みち》ならぬ道《みち》ぞ」と[二七]ひざをかため泪《なみだ》をながし、[二八]こゝろのまゝにはならじと、[二九]かさなればはね返《かへ》して、命《いのち》かぎりとかみつきし所へ、男《おとこ》は夜《よる》の[三〇]御番勤《ばんつとめ》しが夢心《ゆめごゝろ》

一 袖を引いて言い寄っても承諾しない。 二 言うことをきくのは厭な風俗気質の女である。「成るは否なり、思ふは成らず」の諺による。 三 知り合い。ここでは馴染みの相手の意。 四 方々でそれぞれ情交が行われて。「有て」で文はほとんど終止する。 五 籾摺の肉体労働をして。 六 スタイルの悪いのをうらめしく思っている。 七 しぶかわのむけた。垢ぬけのした。 八 思う存分昼寝をして。つまり籾摺には行かないで主人の家を出てから夕暮まで浮気をして遊ぶのである。 九 化粧水で、肌の艶を出すに用いる。 一〇 黙認する。 一一 籾摺をしてもらう一日三十六文の日当。 一二 これだけさえ持って帰れば(女のいたずらは見逃してやる)。 一三 こんな籾摺のはした女。 一四 妊娠した。 一五 岩代安達郡二本松の北約二里、奥州街道の宿場。「遊女ありて物をかしき所なり」(一目玉鉾)とある。 一六 二本松の南約三里にある宿場本宮の誤か。本宮は「旅人さだまつて泊所なり。遊女有ておもしろし」(一目玉鉾)とある。 一七 寛永十四年遊廓を若林染師町東裏から本御舟町に移し、万治三年秋遊女を禁止した。 一八 「松島や雄島の海士に尋ね見んぬれては袖の色やかはると 知家」(続千載)による。 一九 濡れるは情交を行うの意。 二〇 「我が袖は汐干に見えぬ沖の石の人こそ知らね乾く間もなし 二条院讃岐」(千載)の歌にある沖の石のごとく下帯の乾く間がないほど遊ぶ。 二一 「君をおきてあだし心を我が持たば末の松山浪も越えなむ」(古今、東歌)。末の松山を浪が越す遠い将来、腰がまがるまでは。 二二 陸前宮城郡塩竈の六所大明神。 二三 湯立をする巫女。笹葉を熱湯に浸し、我が身に振りかけ、神がかりの状態になって託宣を受けることを湯立という。

に胸《むな》さはぎ、三一宿《やど》に盗《ぬす》人の入《(いる)》と見て立帰《たちかへ》り、三二女は科《とが》なき有様《ありさま》、世之介を捕《とら》えしと三三かくは三四片小鬢剃《かたこびんそら》れて、其夜《そのよ》三五沙汰《さた》なしに行方《ゆきがた》しらずなりにき。

二四 見たとたんに。二五 はげます。二六 あの湯立をしていた巫女に夫があるのに、誘惑して。下の「をしこめられ」は「押込められ」で、家に侵入されての意。二七 ひざに力を入れて脚をかたくとじ。二八 世之介の意にしたがうまいと。二九 上に乗れば。三〇 巫女の夫は禰宜で宿直の当番であったが。三一 我が家に。三二 女は罪のない様子がわかったので。三三 とやかく言わずに。三有無を言わさず。三四 強姦罪の処刑に片鬢を剃る。鎌倉時代以来の遺風。三五 表沙汰にはしないで。

繪入

好色一代男

四

好色一代男　巻四目録

一信濃北佐久郡、木曾路と善光寺路との分岐点にある宿場。

二女郎が心中立に嫖客におくる指の爪の料に屍体の爪をはいで売る商売。

三男妾。

四釣狐。狂言、釣狐によった題名。密会の色々な手段を暴露している。

五出合宿。

因果《ゐんぐは》の関守《せきもり》

年《とし》[六]八卦《け》のあふ事かならず疑《うたが》ひたまふな。過《すぎ》し[七]極月《ごくげつ》の末《すへ》に[八]安部《あべ》の外記《げき》といへる世界《せかい》[九]見通《どを》しの[一〇]算置《さんをき》が申せしは、「二十八の年は出來心《できごゝろ》にて人の女をこひて、一命《めい》浮雲《あぶな》く、片輪《かたわ》にも成程《なるほど》の事有《(あり)》ぬべし。[一一]兼《(かね)》てつゝしめ」といへるを「何をか申《(まうす)》事ぞ。[一二]胡散《うさん》なるは[一三]とのかいめ」となんでもなふ聞捨《きゝすて》しに、少《すこし》もたがはず、此[一四]身《み》に成《(なる)》こそ不思議《ふしぎ》なれと、剃落《そりおと》されしあたまを隠《かく》し、[一五]遠近人《おちこち》にあふも愧《はづか》しく、信濃《しなの》路《ち》に入《(いり)》て、[一六]碓井峠《うすいたうげ》を過《(すぎ)》、[一七]追分《おいわけ》といふ所に遊女《ゆうぢよ》と名付《なづけ》て、色《いろ》のあさ黒《ぐろ》きを[一八]みがき、[一九]木賊《とくさ》かる山家者《やまがもの》を胼胝《ひゞあかぎれ》をなをさせ、[二〇]さき織《おり》の肌馴《はだなれ》しを[二一]木曾《きそ》の麻衣《あさぎぬ》に着替《きかへ》させ、女郎に仕立《(したて)》ぬるこそあれ。都忘《みやこわす》れて是《(これ)》も爰《こゝ》にては面白し。折ゝは[二二]媚《こび》たる者《もの》の泊《とま》り合《(あはせ)》てならはしけるか、[二三]盃《さかづき》のまはりも覚《おぼえ》、[二四]あいするといふ事もしるぞ。すこしは慰《なぐさみ》にもなりて[二五]まんざらの[二六]木男よりはまさるべし。旅寝《たびね》の一夜《や》をあかし、曙《あけぼの》はやく道いそぐに、宿《(しゆく)》はづれの山陰《かげ》に[二七]新関《しんせき》をすえられ[二八]手負《ておい》を稠《きびし》く改《あらた》め、往來《わうらい》の笠《かさ》はち巻《まき》をとらせけるに、世之介ありさまをとがめぬるこそ物うし。「此御ぎんみは何ゆへぞ」「されば此國《(この)くに》の西にあたつて[二九]かや原といふ里に[三〇]押入《をし》有《(あり)》て、物《もの》を取《とる》

六 年齢干支により一年中の吉凶を占ったもの。正月市中で売った。何歳の男女として、その年一年間の運勢が詳しく表示されていた。七 十二月。八 未詳。九 当時、八卦見は「見通し」と称して宣伝した。森羅万象を未然に見通すの意。一〇 算木を置いて占う占師。一一 平生から。一二 あやしい。疑わしい。一三 詐欺師。もと熊野の新宮本宮の事を語って鳩の飼料を勧進して歩いた巫祝(ふしゆく)の類。転じて人を欺き、金銭を詐取するの意となる。「め」は軽蔑の意をあらわす接尾語。一四 このような身の上。一五「信濃なる浅間の嶽に立つ煙遠近人の見やはとがめぬ」(伊勢物語)による。つぎに信濃の地が出て来る。一六 上野と信濃の境にある峠。一七 →前頁注一。旅宿が多く、人口の六割まで女で、その多くは飯盛女郎であった。一八「みがく」と木賊は縁語。一九 信濃小県郡園原の特産。木材・角をみがくに用いる。「木賊かる木曾の麻衣袖ふれて磨かぬ露の玉ぞ散る」(謡曲、木賊)。二〇 裂織。古着を引裂いたものを横糸に山苧の渋染を経糸にして織ったもの。木曾の人々の常服。二一 木曾地方では麻衣に綿を入れず何枚も重ね着する。これを木曾の麻衣という。二二 上品な、嗜みのある人。二三 酒盃献酬の順序。二四 酒盃献酬の間(あい)をして周旋すること。二五 まったくの。二六 無骨な男(を相手にするよりは)。二七 追分は小諸領。寛文十年北佐久郡蘆田村民が一揆を起した。その取締りに設けたことがあるか。二八 負傷者。関所では出入の者に笠・頭巾・鉢巻の類をとらせ、また手負は証文がなくては通さない。二九 未詳。三〇 強盗。

一 殺傷して。二 手傷。三 人相。四 要所要所。五 片小鬢。六 今すぐ言え。七 詮議。罪人の捜査・取調。八 あやしい者。九 獄舎。一〇 我が身に。一一 役所から支給される飯。平民の罪囚一日の給食は、徳川初期江戸の例によれば、玄米五合・汁・塩菜・豉(もみ)三十匁・雑費十五文で、自弁を原則とするが、無宿者・他国者等は公費による。一二 入った直後。一三 新入り。一四 牢内の特殊な慣習法。牢内には牢名主以下いろいろな役があって、新入りの者には作法を二番役が申し聞かせた。ここでは牢内のしきたりによっての意。一五 新入りの囚人を胴上げして地面に落すこと。一六 大勢かたまって前に立ち並んだ。一七 入浴もせず髪も伸び放題の形容。牢では入浴は月五回、髪は年一回髪結が結い、他は囚人同士で結い合った。一八 世界地図。当時の地図には、図上にその土地の住民を図示したものがあった。一九 未詳。二〇 手玉遊びのように軽々と何度も世之介をさし上げ投げおろして。二一 馴子舞。初めて近づきになる際、懇親のため芸尽しをすること。二二 責め立てる。いびる。二三 やむを得ず。二四「花の都を立ちいで」(謡曲、蟬丸)によるか。二五 遊里を素見するのを「ぬめる」という。その時歌う歌謡。二六「面白の浮世遊びや。夕べ夕べにぬめり町を…爰に買手のとんてき者、長い刀に長脇差をぼつこんで、日本堤をずんよいよいずんずとぬめり歩いてはたとあてた奴さなんたさ」(淋敷座之慰、吉原太夫浮世たゝき)。二七 囃子言葉。二八 思いがけぬ、意外なの意。転じて、全く知らぬ、少しも感じないという意。都会の流行歌を歌ってもきょとんとしているさま。二九 松原踊の唱歌、伊勢踊の唱歌に「松坂越え

のみならず、人を一あやめて迯《にげ》てゆく、主起合《あるじをきあはせ》あまた手を二負《おは》せぬ。夜《よる》の事なれば三おもてを見しらず。所〻《ところぐ》四つまり〱に番《ばん》をすえ、かゝる人改《あらため》なるぞ。其方《(そのはう)》が五片髪鬢《かたかうびん》いかにしても合点《がてん》のゆかぬ事ぞ。申《(まうし)》わけあらば今也。六さもなくば此僉義《(この)せんぎ》七の濟《すむ》までは爰《(こゝ)》を通《とを》さじ」と関守稠《せきもりきび》しく申《(まうし)》渡《わた》す。塩竈《しほがま》にての女の首尾残《しゆびのこら》ずかたれば、「なを胡散成《うさんなる》八者也。重而《かさねて》せんさくすべし」と、ひとやに九入《(いれ)》られ、思日《おもひ》の外《ほか》なる難義《なんぎ》にあふ事天罰《ばつ》たちまち身《み》一〇にあたりぬ。朝夕《あさゆふ》の暮《くら》しも公儀《こうぎ》一一のめしとは悲《かな》しく、はじめ一二の程《ほど》は目もくらみ泪《なみだ》にしづみ、

前後《ぜんご》もしらずありしに、奥《おく》より十人計《ばかり》の声《こゑ》して、「今入《(いまいり)》一三の小男、籠屋《らうや》一四の作法《さはう》にまかせ胴《どう》一五をうたす」と立《(たち)》一六かさなる。貌《かたち》は色一七くろく髪《かみ》ながく兩《りやう》眼《がん》にひかりあつて、そのまゝ世界《せかい》一八の圖《づ》に見し牛鬼嶋《うしおにじま》一九のごとし。左右

に取《とり》つき、二〇手玉につきて、あぐる時息《いき》はきれおろさるゝ時息《いき》つぎ、是《(これ)》でも死《し》なれぬ命と起《をき》あがるを、二一又なれこ舞《まい》、何《なに》にても藝《げい》をせよと二二いじる。二三是非《ぜひ》なく立《(たち)》て、二四花《はな》の都《みやこ》の二五ぬめりぶし、二六長《なが》ひ刀《かたな》に長脇指《ながわきざし》をぼつこんで、二七をせさよいさとうたへど、二八權輿《けんよ》もなひ顔《かほ》して居《ゐ》る。これはと様子替《やうすかえ》て、二九「松原越《まつばらこえ》て」と踊《おど》れば、三〇一度《ど》に手をうつてよろこぶ。後《のち》は三一地獄《ぢごく》にも近付《ちかづき》と枕《まくら》をならべ、薄端《うすべり》に肌《はだ》なれてかたる。

「我ゝは此度《(このたび)》の盗人《ぬすびと》にはあらず、三二ふせやの森《もり》に居《ゐ》て旅《たび》人をころし渡世《とせい》にして、三三今長範《いまちやうはん》といはれしが、其科《そのとが》のがれず終《つい》には捕《とらえ》られて此仕合《(この)しあはせ》三四」とかたる。暮《くれ》ての物うさ明《あけ》ての淋《さび》しさ、塵紙《ちりがみ》にて細工《さいく》に雙六《すごろく》の盤《ばん》をこしらへ、二六《(にろく)》・五三《(ぐさん)》と三五乞目《こひめ》をうつ内にも、「そこをきれ」三六といふ切《きる》の字《じ》こゝろに懸《かけ》るも笑《おか》し。「戸《と》口をしめて三七出さぬ」といふはなを嫌《きら》ふ事也。「三八唐土《もろこし》にも此慰《なぐさみ》を楊貴妃《やうきひ》・虞子君《ぐしきみ》の手にふれて」といひながら、明《あか》り取《とり》の三九狭間《さま》より隣《となり》をみれば、やさしき女有《(あり)》ける。「あれは」と尋《たづね》ければ、「連《つれ》そふ男四〇憎《にく》みして四一家出《いゑで》をせし。其首尾《(その)しゆび》あしき事あり」とて有《(あり)》のまゝを語《かた》る。是《これ》はおもしろき事かなと天井《てんじやう》の煤《すゝ》を歯枝《やうじ》にそめて、四二返《かへ》す〴〵も書《かき》くどき、「命《いのち》ながらえたらば」と互《たがい》に文取《とり》かはして、人の目をしのび、夜更《よふけ》て隔子《かうし》に取《とり》つき、蚤しらみにくはれながら四三迚《とて》もならぬ事《こと》を歎《なげ》きける。

て」とあるのを「松原越えて」と改めたものという。三〇 いっせいに。三一 諺。「地獄にも知る人」ともいう。苦難の境遇の中でも知合があると心強く助かるの意。三二 小諸の山の手にあった歌枕。三三 当世の熊坂長範。長範は義経に退治された美濃赤坂の強盗の親分。三四 運命。三五 双六で自分の欲する賽の目。三六 双六で相手の邪魔になるところへ石を進めること。三七 双六盤の端に石を並べて防ぐこと。三八 唐の玄宗皇帝の寵妃楊貴妃と虞子君が位争いをして、双六で勝敗を決したという。不自由な牢の中で双六から女のことを思い出す様。三九 小さな窓。四〇 男格子の隙間を狭間といったのであろう。獄舎は四方格子造り、二重格子になっていた。四〇 男憎みは夫を嫌うこと。四一 当時離婚の権利は夫にのみあって、夫が重罪を犯したとか失踪したとかの理由以外に妻からの離婚の請求は認められなかった。しかし妻が夫を嫌い、髪を切る決心で家出をした際は、比丘尼となして夫婦の縁を断たしめ、或は尼寺に逃げ込んで三年間尼としての修行を積めば夫婦の縁は切れた。その際も離縁状を取らず再縁した者は髪を削り親元へ帰される規定であった。この女はこれらの規定に反する行為があったのであろう。四二 繰り返し繰り返し手紙を書いてくどき。「返す〴〵」は手紙によく使う文句。四三 どうしたって出来ない事をやってみたいとあこがれた。「歎く」には、切望するの意があったが、ここではその意に解したい。

形見《かた》の[一]水櫛《みづぐし》

[二]御法事《ごはうじ》に付《(つき)》諸國《しよこく》の籠《らう》ばらひ。有難《ありがた》やあぶなき此身《(この)み》をのがれて、彼女《かの》を負《おい》て[三]筑《ちく》磨《ま》川《がは》わたりぬ。其夜《そのよ》は大雹《あられ》のふりける。[四]「くず屋の軒《のき》につらぬきしは[五]味噌玉《みそだま》か何《なに》ぞ」と人のひもじがる時《とき》、[六]麓引捨《ふもとひきすて》し柴積車《しばつみぐるま》の上におろし置《をき》て、其里《そのさと》にゆきて[七]椎《しい》の葉《は》に粟《あは》のめしを[八]手もりに、茄子香《なすびかう》の物《もの》をもらひて、[九]こゝろの急《いそ》ぐ道《みち》の程《ほど》、[一〇]今《いま》二丁《てう》ばかりに成《なつ》て女の声《こゑ》して「世之介様」となくにおどろき、近《ちか》く走着《はしりつき》てみるに、あらけなき男《おとこ》四五人、[一一]竹《たけ》のとがり鑓《やり》・[一二]鹿《しか》おどしの弓《ゆみ》・[一三]山拐《やまおうこ》ふり上《あげ》て「だいたんなる女め。命《いのち》たすかりなば宿《やど》にかへるべきを、親《おや》の方《かた》への道《みち》を替《かへ》て何國《いづく》へいかなるやつが連《つれ》ゆくぞ。[一四]兄弟《きやうだい》にもかゝる難義《なんぎ》、おもへば憎《にく》し。唯《たゞ》うちころせ」といふ。世之介取付《とりつき》、わびてもきかず。「さては此男《(この)おとこ》め」と[一五]立かさなりてうつほどに、荊《うばら》・[一六]梔《くちなし》のぐろのもとにふして、びりびりと身《み》ぶるひして出る息《いき》とまつて、入息次第《(いる)いきしだい》に[一七]とうとい所《ところ》へまいる計《ばかり》になりぬ。

梢《こずへ》の雫自然《しづくしぜん》の口に入《(いり)》て、[一八]誠《まこと》の氣《き》を取直《とりなを》し「其女《そのおんな》はやらぬ」と起《をき》あがれば、影《かげ》も貌《かたち》もなく、[一九]車《くるま》はありし人の寝《ね》すがた。是非今宵《ぜひこよひ》は[二〇]枕《まくら》をはじめ、[二一]天《てん》にあらばお月さま、地《ち》にあらば丸雪《あられ》を[二二]玉《たま》の床《とこ》と定《さだ》め、おれがきる物をうへにきせて、そう

一 水をつけて鬢を撫で整える櫛。二 日光山または三縁山・東叡山・池上本門寺などで将軍家の御法事が行われる時、諸国の軽罪囚の赦免が行われた。これを籠払いという。たとえば、寛文八・十二年の二月六日天樹院(千姫)の法要により、また寛文八・十二年の十二月二日宝樹院(家綱の生母)法要のため、籠払いが行われた。三 信濃川の分流。甲斐・上野の国境山脈に源を発し、小諸の西郊を流れている。ここは伊勢物語六の昔男が二条の后を負うて芥川を渡った条のもじり。四 葛屋。萱・藁で葺いた家。五「白玉か何ぞと人の問ひし時露と答へて消(け)なましものを」(伊勢物語六)のもじり。味噌玉は玉味噌といい、蚕豆を煮て麹と塩を混ぜて搗き団子にして藁苞に包んで縄に通して軒に吊し置き、入用の度に摺って使う。「ひもじ」は「ひだるし」の文字言葉。六 麓に。七「家にあれば笥(け)に盛る飯を草枕旅にしあれば椎の葉に盛る　有間皇子」(万葉)の歌による。八 自分で盛りつけること。九 心急ぎに帰りを急ぐ途上。一〇 もう二丁目ほどになって。一一 竹の柄に鉄の穂先をつけたものも、竹を斜に切ってとがらしたものも、共に竹鑓というが、ここは後者のこと。一二 田畑を荒らす鹿を追いはらうための弓。一三 山仕事に使う天秤棒。両端が尖り草や薪の束に突きさして肩にかつぐ。一四 人妻が駈落・密通した場合には親兄弟にも法律的連帯責任がかかる。一五 一団となって。一六 叢。一七 尊い所。あの世。死ぬばかりになったの意。一八 正気をとりもどし。一九 車はもとのままあったが、寝ていたさっきの女は影もかたちも見えない。二〇 はじめて枕を交わすこと。新枕に同じ。二一「在レ天願作ニ比翼鳥一、在レ地願為ニ連理枝ニ」(長恨

してからと思ひしに、悲《かな》しや互《たがい》に心ばかりは通《かよ》はし、肌《はだ》がよいやら悪《わる》ひやら、それをもしらず惜《おし》ひ事をしたと邊《あたり》を見れば黃楊《つげ》の[二三]水櫛《みづぐし》落《おち》てげり。「あぶら嗅《くさ》きは女の手馴《てなれ》し念記《かたみ》ぞ、是《これ》にて[二四]辻占《つぢうら》をきく事もがな」と岨《そば》づたひ岩《いは》の陰道《かげみち》をゆくに、鉄炮《てつぱう》に[二五]雉《きじ》のめん鳥懸《とりかけ》てひとりごとに「さてももろき命《いのち》かな。雄《おんどり》が歎《なげか》ふ」といふ。[二六]身《み》に引《(ひき)》あてゝ悲《かな》しく、其《(その)》六七日も[二七]野《の》を家《いゑ》となして尋《たづね》けるに、[二八]霜月《しもつき》廿九の夜《よ》おのづとこゝろの闇路《やみぢ》をたどり、人家《じんか》まれなる薄原《すゝきはら》にかゞり火《ひ》の影《かげ》ほのかに、卒都婆《そとば》の数《かず》を見《み》しは、[二九]いかなる人か世《よ》をさり、[三〇]惜《おし》まるゝ身《み》も有《あり》ぬべし。[三一]竹立《たけたて》ちいさき石塔《せきたう》なをあはれなり。さぞ此《(この)》したには疱瘡《はうさう》の歎《なげ》き或《あるい》は[三二]疳《かん》にてさきだち、[三三]母に思ひをさせしもと、せんだんの木陰《こかげ》よりみるに、此所《(このところ)》の百性《ひやくしやう》らしき者《もの》のふたりして埋《うづみ》し棺桶《くはんおけ》を堀返《ほりかへ》す。[三四]こゝろの程《ほど》のすごくなりぬ。

歌)をもじったもの。 二二 玉の床は金殿玉楼の意。「あられ」と玉は縁語。 二三「落てけり」の連濁。 二四 黄楊の櫛を持って辻に立ち、道祖神に祈って、最初に通りかかった人の言葉によって吉凶を判断する。これを「辻占を聞く」という。 二五「雉子のめん鳥ほろりと落いて、打ち着せて締めて、しよのしよのいとしよのそぞろいとしうて遣瀬なや」(狂言小歌、雉の女鳥)。 二六 身につまされて。 二七 野宿をして。 二八 二十九日の闇夜に自然と心も途方にくれて夜道をたどり行く。 二九 どんな人がなくなったのだろうか。「去り」で文意はほとんど終止。 三〇 その中には惜しまれて死んだ人もあるにちがいない。 三一 小児の新墓の上に十数本の竹を上方で束ね、下部をまるく拡げて置く。狼弾(はじ)き・犬弾き・猪弾き・弾き竹等という。挿絵参照。小児の墓はなおいっそうあわれ深く感じられる。 三二 肉食肥甘の物を食べ過ぎてなる小児の病。俗に疳の虫という。大人の虚労に同じ。 三三 母親に悲しい思いをさせた小児の遺骸もあるだろう。 三四 百姓のあさましい心情に心が物凄く感じられた。

人の足音《あしをと》を聞《きゝ》て隠《かく》るゝ事のあやしく、それはと懐《とが》めて近《ちか》よる。當惑《とうわく》して返事《へんじ》もせず。「ありのまゝに此《(この)》事かたらずは、[一]後とはいはじ」と[二]反《そり》を返《かへ》していかれば、「御ゆるし候《(さふら)》へ。[三]月日《つきひ》をおくりかね、[四]さまぐ〵のこゝろに成《(なり)》て、今《いま》こゝに美《うつく》しき女の土葬《どさう》を堀返《ほりかへ》し、黒髪爪《くろかみつめ》をはなつ」といふ。「何《なに》のために」ときけば、「上《かみ》方《がた》の傾城町《けいせいまち》へ毎年《まいねん》しのびて賣《うり》にまかる」とかたりぬ。「[五]求《もとめ》てこれを何《なに》にする」ときけば、「女郎の[六]心中《しんぢう》に、髪《かみ》を切爪《きりつめ》をはなち、[七]さきへやらせらるゝに、[八]本《ほん》のは[九]手《て》くだの男《おとこ》につかはし、外《ほか》の大臣《だいじん》へ五人も七人も「[一〇]きさまゆへにきる」と[一一]文《(ふみ)》などに包《つゝみ》こみて送《おく》れば、[一二]もとより人に隠《かく》す事なれば、守袋《まもりぶくろ》などに入《(いれ)》て、ふかくかたじけながる事の笑《おか》しや。兎角《とかく》、目のまへにてきらし給《たま》へ」と申《(まうす)》。「今までしらぬ事なり。さも有べし」と、死人《しびと》を見れば、我尋《わがたづ》ぬる女。これはとしがみ付《つき》、「かゝるうきめにあふ事《こと》、いかなる因果《ゐんぐは》のまはりけるぞ。其時《そのとき》、連《つれ》ての[一三]かずば、[一四]さもなきを、これ皆我《みな(わが)》なす業《わざ》」と、泪《なみだ》にくれて身《み》もだへする。不思議《ふしぎ》や、此《(この)》女兩《りやう》の眼《まなこ》を見ひらき、笑《わら》ひ顔《がほ》して間《ま》もなく又[一五]本《もと》のごとく成《(なり)》ぬ。「二十九までの[一六]一期、何《なに》おもひ殘さじ」と自害《じがい》をするを、二人の者《もの》色ゝ押《をし》とゞめて、歸《かへ》る。[一七]分別所《ふんべつどころ》也。

夢《ゆめ》の太刀《たち》風《かぜ》

一 この場でただちに斬り殺してやるの意。二 刀の鞘のそりを上向きにして抜く姿勢をとること。三 生活に窮して。四 いろいろと迷ったあげく。五 遊女たちは、そんなものを買い求めて何に使うのか。六 心中立。相手に対して自分の真心を具体的に示すことをいう。髪切り・爪はがし・指切り・血書・煙管焼きなどがある。七 先方。相手の客。八 (自分自身の)本物の髪・爪。九 情夫。間夫。一〇 あなた様ゆえに、私の髪(爪)を切りました。一一 手紙。一二 もともとこんな情事は他人に隠すことであるから。隠さないことならもらった人が何人もいることが発覚するのだが、の意をふくめる。一三 「のく」は退く。逃げる。一四 あんなことにならなかったのに、こうなってしまったのは皆自分(世之介)の責任である。一五 もとの死相に。一六 一生。人生。一七 ここが思案のしどころだ。

一八 宇宙は地・水・火・風・土の五つの原素から成り立ち、人間もこの五大を借りて形をなしたも

[一八]世《よ》は五つの借物《かりもの》、[一九]とりにきた時閻魔大王《あんまだいわう》へ返《かへ》さふまで。合《あはせ》て三十年の夢《ゆめ》、是《これ》からは何《なに》に成《なり》ともなれ、身《み》の置所《をきどころ》も定《さだ》まらず、最上《もがみ》の[二〇]寒河《さが》江といふ所《ところ》に[二一]我若年《われじやくねん》の時《とき》衆道《しゆだう》の念比《ねんごろ》せし人住家《すみか》もとめてありしを、[二二]今悲《いまかな》しさに尋《たづね》くだりてあひぬ。十九年[二三]跡《あと》に別《わか》れし面影《おもかげ》、さすが見忘《みわす》れず、互《たがい》に泪《なみだ》の隙《ひま》なく、昔《むかし》をかたるこそ[二四]外《ほか》の因《ちなみ》とはかはりて、替《かは》らぬしるしには[二五]和《わ》刕《しう》中沢《なかざは》の拝殿《はいでん》にて[二六]物《もの》せし時、[二七]慈覺大師《じかくだいし》の作《さく》の一寸八分《ぶ》の[二八]十一面守本尊《めんまもりほぞん》を送《おく》りけるが、身《み》をはなさず信心《しんじん》したまふこそうれし。

此《(この)》人も[二九]望《のぞみ》の奉公《ほうこう》はかどらず、小者《こもの》の一人《ひとり》も見えず、[三〇]ちんからりに[三一]羽釜《はがま》ひとつのたのしみ。明日《あす》の薪《たきゞ》には風《かぜ》を待《まつ》て落葉《おちば》かき集《あつめ》て、[三二]里芋《さといも》より外には味噌《みそ》こしもあらず。壁《かべ》に懸《かけ》たる物《もの》とては、[三三]かなめこよりにてくゝりし扇《あふぎ》、[三四]粘箆《そくいべら》・[三五]唐《たう》がらし・[三六]鼻《はな》ねぢ・取縄《とりなは》、「さりとてはあさましき世の暮《くら》し。何《なに》をか遊《あそば》してかく年月《としつき》か」ときけば、「今江戸《いまゑど》にはやるとて[三七]蠅取蜘《はいとりぐも》を仕入《しいれ》、或時《あるとき》は[三八]壱文賣《うり》の長刀《なぎなた》を削《けづり》、[三九]天道人《てんたうひと》をころしたまはず、けふまでは日をおくりぬ。はる〴〵爰《こゝ》にきて久しぶりなれば、せめて盃事《さかづきごと》を」と[四〇]一腰《ひとこし》の鍔《つば》をはづして、見《み》せぬやうに徳利《とくり》を提《さげ》てゆくを、色《いろ》ゝ留《とめ》て、「まづ此程《(この)ほど》の足休《あしやす》めに今宵《こよい》は寝《ね》て、[四一]殘《のこ》る事共《(ども)》明《あけ》てかたらん」と手もとに有《あり》し[四二]あはせ砥《ど》を枕《まくら》として臥《ふし》ける。夜更《よふけ》、ある

のであるという仏説による。一九（借りたものであるから）取り返しに来た時、すなわち寿命が来た時に閻魔大王へ返せばよい。二〇 羽前西村山郡最上川の左岸、山形の西北約四里にあたり、附近の物産の集散地。二一 巻一「袖の時雨は懸るがさいはひ」の話をさす。二二 今おちぶれてしまって。「悲しさ」は貧窮の意。二三 以前。二四 外の関係とはちがって。衆道はまことを第一とする故、男女の情よりも愛着が深い。「替りて」で文意は終止。二五 未詳。四九頁注二五参照。二六 契りを結んだ時。二七 伝教大師の弟子円仁。貞観六年正月十四日没、七十一歳。二八 十一面観世音菩薩を世之介がこの念者に贈ったが。二九 希望している仕官の口はうまく行かず、召使を一人も使わず。三〇 琉球渡来の焜炉。三一 周囲に輪のついた釜。輪を羽といい、茶の湯の釜に対して飯焚釜のことをいう。三二 主食として里芋を食べ、それ以外には味噌汁も作れない貧乏生活を描く。三三 要が破損して、そこを紙縒でくくってある古扇子。三四 飯粒をおしつぶすのに使う箆。三五 唐辛子の黒焼と飯粒とをねりまぜて足のまめにつけるが、その連想から粘箆に唐辛子をつづけて出したものか。三六 馬を制御するために用いた棒。護身用の武器にも用いた。取縄は捕縄(ほじょう)のこと。三七 蠅取蜘を飼って蠅を捕らせる遊びが延宝頃から正徳頃までつづいた(足薪翁記)。蜘は当時蜘蛛と書くことすくなく、ほとんど蜘または蛛を用いている。三八 玩具の長刀。一個一文。三九 諺。四〇 刀のこと。四一 まだ語り残していることを夜が明けるまで語り明そう。四二 研磨の最後の仕上げに用いる砥石。打曇砥(うちぐもりど)ともいう。

じは古《ふる》き葛籠《つゞら》を明《あけ》て、鳴子《なるこ》・[一]はり弓取出《ゆみとりいだ》し「[二]近《ちか》の山陰《やまかげ》に狸《たぬき》のかぎりもなくあれける。これを捕《とら》えてもてなしにせまほし」と出《いで》てゆく。

まだ[三]身《み》もぬくもらず目もあはぬ内に、二階《にかい》より[四]はしの子をつたひて、頭《かしら》は女、あし鳥《とり》のごとし。胴躰《どうたい》は魚《うを》に[五]まぎれず、浪《なみ》の磯《いそ》による声《こゑ》のして、「世之介様。我《われ》を忘れ給ふか。[六]石垣町《いしがきまち》の[七]鯉《こい》屋の小まんが[八]執心《しうしん》思ひしらせん」といふ。[九]枕わきざし[一〇]ぬきうちに、手《て》ごたへしてうせぬ。うしろの方より、女口《くち》ばしをならし、「我《われ》は[一一]木挽《こびき》の[一二]吉介が娘《むすめ》おはつが[一三]心魂《こゝろだま》也。ふたりが中は[一四]比翼《ひよく》といふて、[一五]おもひ死《じに》をさした。其《その》うらみに」と飛《とん》で懸《かゝ》るを、是《これ》もたちまちきりとめぬ。庭《には》の片《かた》すみより長《たけ》二丈斗《じやうばかり》の女、手足楓《てあしかいで》のやうに見えしが、[一六]風ふき懸《かゝ》る声《こゑ》して、「我《われ》は[一七]是高雄《これたかを》の紅葉《もみぢ》見にそゝのかされて、[一八]一期《いちご》の男《おとこ》に[一九]毒《どく》を飼《かい》

一 弓状に竹を張って仕掛けるわな。鳴子は獲物がかかった時に鳴るようにその竹にぶらさげる。二 近くの。形容詞語幹に「の」のついた形は、西鶴の文に若干見られる。三 床に入ったばかりで寝つかないうちに。四 階の子。階段。梯子段。五 そっくりで。六 京都川端通四条下ル宮川町附近をいう。寛文八年から十年にかけて行われた賀茂川の護岸工事以来この名称がついた。東石垣と西石垣があり、色茶屋が多かった。七 石垣町の水茶屋。「東側は鯉や鮑やとて、名もかくれなきはたごやあり」(京雀)。小まんは未詳。八 執念。怨み。九 枕許に置いてある護身用の脇差。一〇 刀を抜きながら斬りつけること。「ぬきうちに」で文は終止に近い。一一 林業に従事する者の中、伐木作業を「さきやま」、倒された木を切断する者を「たまぎり」、それを板にするのが「いたやま」というが、これらを総称して木挽という。一二 未詳。一三 霊魂。一四 比翼鳥と同じで、一心同体永遠に結びついて離れないの意。一一〇頁注二一参照。一五 思いこがれて死ぬこと。一六「潮を蹴立て悪風を吹きかけ眼もくらみ、心も乱れて前後を忘ずるばかりなり」(謡曲、船弁慶)による。一七 京都西郊嵯峨の紅葉の名所。一八 一期(一生)連れ添う男。夫のこと。一九 毒を盛りに同じ。毒殺すること。二〇 未詳。見しったかは、おぼえているかの意。二一 謡曲、船弁慶の文句をとっている(↓注一六)。二二 精力。元気。二三 この世の限り。末期。いよいよこれで死んでしまうかと思っていると。二四 山城宇治郡醍醐山の上をさす。三十三所観音の札所がある。二五 身に法衣をつけ、すなわち仏道に入って。二六 仏道の修行に専心しているのを。二七 還俗(げんぞく)させ、まもなく自分を見捨て

て、そなたに思ひ替《かえ》しに、はやくも見捨《すて》たまひぬ。[二〇]次郎吉が口鼻見《かゝ》しつたか」とかみつくを、くみ臥《ふせ》て討《うち》とめぬ。此時目《このときめ》[二一]もくらみ[二二]氣勢《きせい》もつきはて、[二三]浮世《うきよ》のかぎりとおもふに、又空《そら》より十四五間《けん》も續《つゞ》きし大綱《づな》のさきに女の首《くび》ありて、逆《さかさま》に舞《まい》さがり、「我《われ》こそ[二四]上《かみ》の醍醐《だいご》あたりに[二五]身《み》をころもになし、後《のち》の世《よ》を大事《だいじ》とおこな[二六]ひすましてあるを、[二七]二たび髪《かみ》をのばさせ、ほどなく迷《まよ》はし給ふ事、[二八]執着《しうじやく》[二九]そこをさらせじ」とはひまとひて息《いき》をとめ、[三〇]喉《のど》びに喰《くひ》つく所《ところ》を[三一]すかして指殺《さしころ》し、もはや是《これ》までと念佛《ねんぶつ》申《(まうし)》、[三二]心《こゝろ》の劔《つるぎ》を捨《すて》[三三]西《にし》の方《かた》を拜《おが》み、あやうかりしに、彼牢人立《かのらうにんたち》帰《かへり》て見れば、そこら血《ち》しほに染《そめ》て、世之介[三四]前後《ぜんご》をしらず。おどろき[三五]耳近《みゝちか》く呼返《よびかへ》して正氣《せうき》の時《とき》、やうすを問《とへ》ば[三六]はじめをかたる。[三七]不思議《ふしぎ》と二階《にかい》にあがれば、世之介四人の女に書《かゝ》せたる起請《きしやう》、さん〴〵に切《きり》やぶりて有《あり》ける。されども、[三八]神《かみ》おろしの所《ところ》ゝは殘《のこ》り侍る。これおもふに、假《かり》にも書《かゝ》すまい物《もの》は[三九]是《(これ)》ぞかし。

替《かは》つた物は男傾城《おとこげいせい》

[四〇]さても其後《そのゝち》、[四一]物《もの》のあはれをとゞめしは、去大名《さるだいめう》の[四二]北《きた》の御方《かた》に召《めし》つかはれて、[四三]日のめもついに見《み》給はぬ[四四]女郎達《ぢよらうたち》や[四五]おはした也。[四六]其《(その)》こゝろもなき時《とき》より、[四七]奥《おく》の間《ま》

苦しませた。二八 執念となっている恨み。二九 ここから逃がさない。この場ですぐ殺してやるの意。三〇 のどぶえ。三一 身をかわして。三二 身を害し他を害する心のこと。そのような心を捨てると持っていた剣を捨てるとをかけていう。三三 極楽浄土の方を向いて、まさに生命もあぶなかったが。三四 前後不覚になっている。気絶している。この語は謡曲、船弁慶の文句をとったか(→注一六)。三五 耳に口をあて名を呼んで意識をとりもどさせ、正気づいてから。三六 一部始終。三七 不思議な事だと。三八 起請文の八百万の神々を勧請して誓約した部分。「梵天帝釈四大天王総日本国中六十余州大小神祇、殊伊豆箱根両所権現三島大明神八幡大菩薩天満大自在天神部類眷属神罰冥罰各可ㇾ罷蒙ㇾ者也仍起請如件」と書くのが普通。三九 起請文。

四〇 古浄瑠璃・説経節の冒頭に用いる常套文句。四一 古浄瑠璃・説経節の愁嘆場に用いられる常套文句。四二 北の方。奥方。四三 終生御殿の奥深くにいるの意と(男に顔を合せることなく)人間並のことができないで終るの意とかけていう。四四 女﨟。諸侯の奥向に勤める女房・局等をいう。四五 同じく奥向の水仕その他の雑用をする女。お末ともいう。四六 春情のきざさぬうちから。色恋のことなどわからない年頃から。四七 大名の燕居《えんきよ》し、奥方の起居する間。

近《ちか》くありて、男《おとこ》といふ者《もの》見る事《こと》さへ希《まれ》なれば、[一]ましてそんな事《こと》をした事《こと》もなく、[二]あたら年月《としつき》二十四五迄も、[三]このもしき[四]枕繪《まくらゑ》・[五]一人笑《ひとりわら》ひを見て、「こりやどうもならぬ。あゝ〳〵[六]氣《き》がへる」と顔《かほ》は赤《あか》くなり、目《め》の玉《たま》すはり、鼻息《はないき》おのづとあらく、[七]歯《は》ぎりして細腰《ほそごし》もだえて、「扨《さて》も〳〵にくひ女がある物《もの》かな。かまはずに寝《ね》てゐたさうなる男《おとこ》の腹《はら》の上へ、もつたいなや美《うつく》しうなひ足《あし》で踏《ふみ》おつて、あのまなこを糸《いと》のやうにしをつて。人もみる物《もの》じやに、まる裸《はだか》になつて脇《わき》ばらから[八]尻《しり》つき大きなるからだ。下《した》なお人様《ひとさま》がおもたかろに。いかに繪《ゑ》なればとて、此《(この)》女房め」と[九]眞實《しんじつ》からつまはぢきして書物《しよもつ》やぶりぬ。[一〇]女郎がしら其一人《そのひとり》、[一一]つかひ番《ばん》の女を頼《たの》み、[一二]錦《にしき》のふくろをわたして、「御長《たけ》はこれよりすこしながく、ふとひぶんは何程《なにほど》にてもくるしからず。けふのうちに」と仰《おほ》せける。「[一三]お中間《ちうげん》に風呂敷《ふろしき》包《つゝみ》ひとつ此《(この)》女上下《(じやうげ)》弐人、御通《とを》しあるべし」と切手《きつて》を見せて、御裏門《うらもん》を出て[一四]常盤《ときは》橋《ばし》をわたり、[一五]堺町邊《さかいてうへん》に[一六]御用《ごよう》の物《もの》の細工人《さいくにん》の上手《じやうず》ありける、かれが許《もと》にゆけば、小座敷《こざしき》に通《とを》して[一七]七ツばかりの少女《せうぢよ》に彼道具《かのだうぐ》を持《もた》せて出し侍《はんべ》れ共《(ども)》、ひとつも氣《き》にいらずして、「くるしからず」とてあるじ呼出《よび(いだ)》して、[一八]望《のぞみ》の程《ほど》申付《(まうしつけ)》て帰《かへ》る。折節《をりふし》、芝居《しばゐ》はじまり時分《じぶん》、「[一九]丹後《たんご》が本《ほん》ぶしこれじや」とよばはる。其比《そのころ》世之介は、又江戸《ゑど》にきて[二〇]唐犬《たうけん》權兵衛がかくまえてありける。[二一]あたまつき人に替《かは》り、[二二]男《おとこ》

一 房事。情交。 二 あたら年月を無為に二十四五までも過してしまう。文意は「二十四五迄も」で終止。昔は二十を越すと年増である。 三 刺戟的な。 四・五 ともに春画。 六 催情してただならぬ気分になる。 七 歯ぎしり。 八 尻のかっこう。 九 本気になって。むきになって。 一〇 女臈頭のお局も実はそんな嫉妬をする仲間の一人であって。 一一 買物その他雑用の使いはしりをする奥女中附の召使。 一二 張形《(はりかた)》を入れた袋のこと。 一三 通行切手の文章。上下二人とは主従二人すなわち使番と中間をさす。 一四 日本橋本町の西、江戸城の外濠にかかった橋。 一五 日本橋蠣殻町の北、歌舞伎・操り・見世物等があり繁昌していた。 一六 象牙や水牛の角などで作った男根の形をしている女子自慰の具。張形・御姿ともいう。 一七 こんな商売ゆえ主人は遠慮して幼児を出して応対させるのだが、大人でも差支えないからと言って主人を呼び寄せた。 一八 希望の大きさ寸法などを言いつけて。 一九 丹後掾杉山七郎左衛門が語り伝えた滝山勾当直伝の浄瑠璃節。安口の判官・弓継・鐙がへ・戸井田・五輪砕きを五部の本節という。丹後掾は明暦末年から寛文初年にかけて活躍。寛文二年から天和二年頃までその子江戸肥前掾清政が跡をついで興行した。 二〇 江戸の町奴、幡随院長兵衛の子分で長兵衛没後の町奴の頭目。唐犬を土足で踏み殺したというので唐犬と綽名された。水野十郎左衛門を襲い、貞享三年九月二十七日入牢、間もなく鈴ヶ森で打首、獄門にかけられた。 二一 唐犬権兵衛とその配下唐犬組の者は額際を広く抜き上げていたのでこれを唐犬額と称していた。世之介の額も普通の人とちがって唐犬額をしていたの意であろう。 二二 男前もすぐれていて。美

男子で。[二三] ひそかに。[二四] ございます。あります。[二五] まったく心当りのないことだが。[二六] 突然に申し上げる無理なお願いですが。[二七] あなたの御人柄を見込んで。[二八] 奥方様。当時奥様とはそういう身分の高い人の呼称にのみ使われていた。[二九] (お側近くに仕えて)居る。西鶴の文には「ある」というところを「ありし」と書くことが非常に多い。[三〇] 事情を詳しく話すと長くなってしまいます、要するに。[三一] 力及び難しの意。かなわない。[三二] 助太刀をして下さって。[三三] 私の長年の思いが晴れるようにして下さい。[三四] 事情がよく呑み込めないけれども。[三五] どうしても後へひかれぬ(断りきれない)立場なので。[三六] まあまあお待ちなさい、ここは人中だから。[三七] ここにいらっしゃい。ここでお待ちになって下さい。[三八] 鎖帷子。鎖を間に入れて表裏に布をつけた帷子。斬り合いの際に着用する。「同じく鉢巻」とは、鉢巻にも鎖をはさんだことをさすか。[三九] 刀身を柄に固着させるために柄の目釘穴にさしてある竹。[四〇] 点検して。斬り合いの前には目釘竹を湿して刀身が柄から抜け落ちないようにする。[四一] 先刻の茶屋へ。[四二] 詳しい事情。詳しく訳を言いなさいの意。

も勝《すぐ》れて女のすくべき風《ふう》也。木戸口《きどぐち》に入懸《いりかゝ》る時、かの女連《つれ》たる小者《こもの》を遣《つかは》し、「さるかた卒《そつ》[二三]度《と》御目に懸りて申上《まうしあげ》度義《たきぎ》の御入候《おんいり》[二四]」と申《まうす》。「曾而《かつて》[二五]おもひよらね共《ども》、いかなる御事」と立寄《たちよる》。女小声《ごゑ》になつて、「近《ちか》[二六]比指《ごろさし》あたりたる御難義《ごなんぎ》に候《さふら》へども、まづは御人躰《ごじんたい》[二七]を見立《みたて》、是非《ぜひ》に頼《たのみ》たてまつり候。私《わたくし》は或《ある》御屋敷方《やしきがた》に勤《つとめ》て、奥《おく》[二八]さままぢかくありし[二九]身《み》にて候。かたれば[三〇]長《なが》し、親《おや》の敵程《かたきほど》に存《ぞん》じ候《さふらふ》人をけふといふけふ見付《みつけ》申《まうし》候。女の身《み》なれば及難《およびがた》[三一]し。御[三二]うしろ見あそばし、此《この》[三三]所存《しよぞん》はらし候やうに」。一向泪《ひたすらなみだ》をながす。世之介思案《しあん》[三四]に及《およ》ばねども、何[三五]ともひかれぬ所にて、「まづ、[三六]人中《ひとなか》なり。偸《ひそか》に様子《やうす》もきくべし」と、其邊《そのほとり》の茶屋《ちやや》に入《いり》て、「暫《しばら》く是《これ》[三七]に御入候《いりさふら》へ」と、宿《やど》に立帰《たちかへり》、くさり[三八]帷子《かたびら》を着《き》て、同じくはち巻《まき》、目釘竹《めくぎだけ》[三九]にこゝろ[四〇]を付《つけ》てさいぜん[四一]の方《かた》に走着《はしりつき》、「さあ子細《しさい》[四二]は」

と聞懸《きゝかゝ》る。[一]せく風情《ふぜい》もなく、[二]くだんの錦《にしき》の袋《ふくろ》を出《いだ》して、「是《これ》にて我《わが》こゝろの程《ほど》はしれます。[三]御らん」と、[四]申《まうし》もあへず[五]襟《あり》に顔《かほ》をさし入《いれ》てありける。世之介、紅《くれなゐ》の緒《を》をときて見れば、七寸弐三分あつて[六]もとぼそなる[七]形《かた》の、何年《なんねん》かつかひへらしてさきのちびたるなり。興《けう》さめ顔《がほ》になつて、「是《これ》は」といふ。「されば、[八]此形《このかた》さまをつかふ時《とき》には、[九]死入《しにいる》ばかりおもふにより、命《いのち》の敵《かたき》にあらずや。此敵《このかたき》をとりてたまはれ」と世之介に[一〇]取付《とりつく》。[一一]刀《かたな》ぬく間もなく、組《くみ》ふせて首《くび》すぢをしめて、疊《たゝみ》三でうらまで何やら[一二]通《とを》して、起別《をきわか》れさまに、[一三]鏡袋《かゞみぶくろ》より[一四]一包《つゝみ》取出《とりいだ》して[一五]袖《そで》の下よりおくりて、又[一六]七月の十六日にはかならずと申《まうし》のこせし。

昼《ひる》のつり狐《ぎつね》

[一七]十六番《ばん》の拍子歌《ひやうしうた》、[一八]加賀《かゞ》の[一九]大正寺《たいしやうじ》の時太鞁《ときだいこ》、[二〇]夜明《よあけ》をいそぐ日待《ひまち》の遊《あそ》び、此御客《このおきやく》のうちに夢山様《むさんさま》と申《まうし》、親《おや》もなく子も持《もた》ず、七代の大分限《ぶげん》、先祖《せんぞ》は[二一]無間《むけん》の鐘《かね》をつかれけるかや。毎日《まいにち》[二二]まきちらしても減事《へること》なし。遊山遊興《ゆさんゆうけう》に[二三]数《かず》を盡《つく》しぬ。いまだ[二四]躍子《おどりこ》・[二五]舞子《まいこ》といふ者《もの》を見《み》ず、世之介のぼらば[二六]いざ事問《とは》む都《みやこ》のやうす。[二七]万事をま

一(女は)急ぐ様子もなく。二例の。三御覧下さい。四言いも終らぬうちに。五恥かしそうな様子。六本細。先の方が太くて、根元の方が細くなっている恰好。なお、七寸二三分は誇張で普通は五寸位である。七かっこう。八張形様と方様(二人称)とをかけた洒落。九性感の絶頂の形容。一〇しがみつく。一一腰に差した刀をはずすと一物を出すとにかけていう。一二(液体を)しみ通らせて。一三鏡袋には金銭を入れた。「鏡袋にこんなものを大分いれて、御気にあい申者には給はると一歩一合あまり見せける」(好色二代男二ノ四)。一四金の包。一五こっそり。一六盆の藪入りの日。奉公人は宿下りして物見遊山などをして一日を楽しみ、出会宿で密会する者も多かった。

一七小舞十六番の踊歌。歌舞伎踊の手ほどきに用いる。小野お通が制定し、お郡が伝授したという(舞曲扇林)も仮託か。一八「…今朝うつた太鼓の音のよさよ、上の御寺か安国寺か、あの扨ては又加賀の大聖寺か、あの道場かの。せきりせりづでんどうとうちたる太鼓の音のよさ」(小舞十六番のうち第十二番「いつもより」の詞章)による。一九加賀江沼郡にある前田飛驒守利明の城下町。二〇前夜から潔斎し夜明を待って日出を拝し祈願する。当時は娯楽化して終夜酒宴歌舞に興じた。前の拍子歌の一節はこの宴席で歌っている情景で、時太鼓から夜明の語が連想で出て来る。二一遠江佐夜の中山の観音寺の鐘。これを撞くと来世で地獄に堕ちるがこの世では富豪になるという俗伝があった。明応の頃住職が古井戸に埋めたが、その後も土の上から榊の枝でつけば同様の効果があるとされ、愚

かせてゆく程《ほど》に、知恩院《ちおんゐん》のもと[二八]門前町《もんぜんてう》にかし座敷《ざしき》、[二九]十日限《ぎり》の手懸者《てかけもの》を置《をき》て夜《よる》のなぐさみ。昼《ひる》は十人の舞子《まひこ》集《あつめ》ける。一人金子《きんす》一歩《ぶ》也。顔《かほ》うるはしく生《むま》れつき艶《やさ》しきを、ちいさき時《とき》より是《これ》[三〇]に仕入《しいれ》て、[三一]とりなり男《おとこ》のごとし。十一・二・三・四・五までは女中方《ぢよちうがた》[三二]にもまねき寄《よせ》られ、[三三]一座《ざ》の酒友《さけとも》だちにもなりぬ。[三四]其程《そのほど》すぎては月代《さかやき》を剃《すら》せ、[三五]聲《こゑ》も男《おとこ》につかひなさせ、[三六]裏付《うらつ》け袴《ばかま》の[三七]股《もゝ》だちとつて、[三八]ぱつぱの大小[三九]おとしざし、[四〇]虚無僧《こもぞう》あみ笠《がさ》ふかく、[四一]太緒《ふとを》の雪踏《せつた》[四二]位勝《ゐかつ》げにはきなして、やつこ草履取《ざうりとり》をつけ、これを寺がたの[四三]通《かよ》ひ扈従《ごせう》と申《(まうし)》侍る。[四四]其跡《(その)あと》は[四五]あいの女とて、[四六]茶屋《ちや》にもあらず[四七]けいせいにでもなし。其後《そのゝち》は[四八]遊《あそ》び宿《やど》の口鼻《かゝ》となりながら[四九]自由《じゆう》になりぬ。それから婆ゝ《ばゞ》になりてすたりぬ。「何事《なにごと》も[五〇]世は若《わか》ひ時《とき》の物《もの》」とむかし藝《なつ》愛《か》しがる女に、其身《そのみ》一生《しやう》のうちのいたづらを語《かた》らせきくに、「四条《でう》の切貫雪隠《きりぬきせつゐん》といふは、[五一]ゆへある後室《こうしつ》など中居《なかゐ》・腰《こし》もと・[五二]つきぐ〵おほく、[五三]手目《てめ》のならぬ御かたは、彼雪隠《かのせつゐん》に入《(いり)》て、それより内へ[五四]通《かよ》ひありて[五五]事せはしき[五六]出逢《であひ》也。しのび戸《と》棚《だな》と申《(まうす)》は、是《これ》も[五七]内證《ないしやう》より通路《つうろ》仕掛《しかけ》て[五八]男《おとこ》を入置逢《(いれ)をきあは》する事也。[五九]あげ疊《だゝみ》といふ事は、簀子《すのこ》の下へ道《みち》を付《(つけ)》て、[六〇]不首尾《ぶしゆび》なればぬけさす也。空寝入《そらね(いり)》の戀衣《こひごろも》と申《(まうす)》は、次《つぎ》の間《ま》の[六一]洞床《どうこ》に[六二]後室模様《こうしつもやう》のきる物・大綿帽子《わたぼうし》・[六三]房付《ふさつき》の念数《じゆず》など入置《(いれ)をき》て[六四]符作《ふづく》り、女よりさきへ男を[六五]廻《まは》し、かの衣類《いるい》を着《き》せて寐《ね》させ置《(おき)》、[六六]去《さる》かみさまと申《(まうし)》なして下ゝ《(したぐ)》に油《ゆ》

民が榊の枝を打ち込んだという。二三 散財しても。二四 ありったけの遊興をした。二五 舞子に同じ。二六 舞曲で酒席のとりもちをする少女。清水下河原鷲尾等に住み茶屋女に比し上品であった。町芸者・舞芸者ともいった。一代女一ノ二参照。二七「名にしおはゞいざ言問はん都鳥わが思ふ人はありやなしやと」(伊勢物語九)による。二八 世之介に。二九 知恩院黒門前石橋より西三条の繩手へ出る間の古門前町。遊山宿・貸座敷があった。三〇 遊山客相手に十日契約で雇われる妾。三〇 舞子に仕込んで。三一 挙措進退。三二 御婦人客。三三 宴席の酒の相手にもなる。三四 その年頃をすぎると。三五 男のような声を使わせて。三六 袷袴。三七 袴の左右の股の側面の縫止めの処。そこをつまみ上げて帯又は袴の紐に挟むことを股立をとるという。三八 鮫皮に桜花のような斑点があるものを「ぱっぱ」という。それで鞘を作った大小。三九 鐺(こじ)を下げて刀を差すこと。四〇 顔を蔽うほどの深編笠。多く虚無僧が用いるのでこう呼ぶ。四一 太い鼻緒。四二 いかめしく。四三「通ひ」は給仕の意。住持の側近に仕えて男色を事とする者を寺扈従といったが、ここは女が寺扈従に扮している。一代女二ノ三にもこの例あり。四四 その年頃を過ぎると。四五 間の女。中途半端の女の意。四六 茶屋女。四七 傾城。遊女。四八 遊興をする宿。四九 金銭で自由になる。つまり売色もする。五〇 若い時が人生の花だ。五一 由緒ある家柄の未亡人。五二 附添の者。そばづかえの者。五三 双六賭博で都合のよい賽の目をいかさまを使って出すのを手目を使うという。ここでは自分の思うようにならぬの意。五四 通路。ぬけ道。五五 あわただしい。

断《だん》させて逢《あは》する手だてもあり。後世《ごせ》の引入《ひきいれ》といふは、美《うつく》しき尼《あま》をこしらえ、身《み》は墨衣《すみごろも》をきせ置《をき》、[一]なりさうなる[二]おかた達《たち》に付《(つけ)》てつかはし、「我宿《わがやど》は是《これ》。ちと御立《たち》寄《より》」と[三]取《とり》こむ事もあり。しるしの[四]立ぐらみといふは、[五]出合茶屋《であひぢやや》の暖簾《のんれん》に[六]赤手拭《あかてぬぐひ》結《むす》び置《をき》ぬ。かならず此《(この)》所にて[七]わづらひ出《(いだ)》して、「爰《こゝ》をかる」とてはいる事あり。氣《き》を付《(つけ)》て見《み》てそれとしりたまふべし。ちぎりの隔板《へだていた》といふ事あり。是《(これ)》は小座敷《こざしき》の片隅《かたすみ》に[八]ぬぐひ板敷合《いたしきあはせ》、女[九]らく寐《ね》をすれば、[一〇]ろてんの[一一]通《かよ》ふほど落《おと》し穴《あな》あり。男《おとこ》は板《いた》の下にあふぬきて[一二]寝《ね》やうに、一尺《しやく》あまりのすきを置《をき》て拵《こしらえ》をきぬ。湯殿《ゆどの》の[一三]たゝみばし子《(こ)》といふ物あり。是《(これ)》は外《そと》よりは[一四]手桶《ておけ》の[一五]通《かよ》ひもなく、たしかに見せ懸《かけ》、はだかになり入《いら》せられ、内より戸をしめたまふ時、天井《(てん)じやう》から細引《ほそびき》の階《はし》の子《こ》おろして上《うへ》へ[一六]運《はこ》ばせ、事すましておろしぬ。惣《そう》じて加様《かやう》の[一七]くら事《ごと》[一八]かれ是《これ》四

五六 密会。あいびき。五七 内部。五八 戸棚の中へ。五九 畳をあげると秘密の地下道がある仕掛。六〇 都合が悪くなると(畳をあげて)男を抜け出させる。六一 棚の一種。茶室の道具畳の横に設け、居ながら茶具の出し入れの出来るようになったもの。六二 模様を白あがりにして上絵を墨で仕上げたもの。六三 普通の数珠の意。六四 物を調えることを符作るという(色道大鏡)が、ここは手廻しよく準備しておくの意。六五 さし廻し。六六 良家の隠居の老婦人。

一 誘惑に乗りそうな。二 御方。人妻。三 手に入れる。籠絡する。四 立っていると目まいがすること。五 男女の密会に使う茶屋。六 目じるしの。七 気分が悪くなり。八 拭板。漆塗りの床板。九 楽寝。のびのびと楽に寝ること。一〇 露転。亀頭のこと。一一 出し入れの出来るほど。一二「寝るやうに」の「る」が脱落か。一三 畳梯子。折畳式になった梯子。一四 水汲み用の把手のついている小桶。一五 出し入れもきかないようにしっかりとした構造に見せかけ。一六 身体を運ばせられるの意。一七 暗事。密会の手段。一八 かれこれ合せての意。合計。一九 承知ならば。二〇 謡曲・お伽草子などによくある物語の最後につける常套文句。「…鐘は即ち湯になって終に山伏をとり畢んぬ。なんぼう恐ろしき物語にて候ぞ」(謡曲、道成寺のワキの語り)。二一 聞かせる話ではない。話してはいけないことだ。二二 内緒内緒。黙ってなさいよの意。二三「出で入る人跡かずかずの袖をつらね裳裾を染めて色めく有様はげに〳〵花の都なり」(謡曲、東北)による。花の都は都の華美を称していう。

十八ありける。女さへ[一九]合点《がてん》なればあはせぬといふ事なし。[二〇]なんぼうおそろしき物語《ものがたり》にて御座《ござ》候。人の内義《ないぎ》むすめに[二一]きかす事にあらず。[二二]沙汰《さた》なし〳〵」。

目に三月

[二三]げに〳〵花《(はな)》の都《みやこ》、[二四]四条《でう》五条の人通《ひとどを》り、むかし見し[二五]山の姿《すがた》もかはり、[二六]長明寺《ちやうめうじ》もこゝへひけ、[二七]川原《かはら》おもての石垣《いしがき》、慈鎮法師《じちんはうし》のよまれし[二八]眞葛《まくず》が原《はら》といふ所迄《ところまで》も建《たち》[二九]つゞきて、「[三〇]我戀《わがこひ》は唯《たゞ》[三一]御上家《おかみけ》の女中《ちよちう》」と[三二]浪屋《なみや》が腰懸《こしかけ》にしばらく居《ゐ》て、[三三]遠國《おんごく》とは違《ちが》ふて、[三四]是《(これ)》は〳〵それはと見るに、下には[三五]水鹿子《みづがのこ》の白《しろ》[三六]むく、上《うへ》にはむらさきしぼりに[三七]青海浪《せいがいなみ》、[三八]紋所《もんどころ》は銀《ぎん》にてほの字《じ》切《きり》ぬかせ[三九]五所《ところ》のひかり、帯《おび》はむらさきの[四〇]つれ左巻《ひだりまき》、結《むす》びめ後《うしろ》に[四一]絎目《くけめ》のすみに鉛《なまり》のしづを入《(いれ)》、髪《かみ》は水引懸《みづひきかけ》て、黒繻子《くろじゆす》の[四二]きどく頭巾《づきん》、まづは首《くび》すぢの白《しろ》き事、[四三]木地《きぢ》のつゞら笠《かさ》にしろき紐《ひぼ》を上にむすばず、足《た》踏《び》は白綸子《しろじゆす》に[四四]紅《もみ》を付《つけ》[四五]ぼたん懸《がけ》にして、ばら緒《を》の藁草履《わらざうり》[四六]はきつれて、二十四五人同じ年比《(としごろ)》同じ風俗《ふうぞく》、供《とも》の女も男もはるかにさがりてゆく。「是《(これ)》は何人《なに(びと)》ぞ」ときく。「さる[四七]御所方《ごしよがた》の御女郎様達《たち》。あのうちに[四八]上《かみ》ひとり様もまぎれて[四九]御入《(おんいり)》のよし。どれとも見分《わけ》がたし。[五〇]毎日の御遊山《ごゆさん》、かはりたる御物ずき」とかたる。「けつこう

二四「誰がいひし春の色、げにのどかなる東山、四条五条の橋の上、老若男女貴賤都鄙、色めく花衣袖をつらねて行く末の雪かと見えて八重一重咲く九重の花盛り名に負ふ春の景色かな」(謡曲、熊野)による。 二五 寛文初年の風水害により東山の山容が改まった由。 二六 日蓮宗頂妙寺。皇居に接近する故で、寛文十三年高倉中御門より二条東川原に移転。 二七 寛文八年から十年にかけ賀茂川の護岸工事として石垣を築いた。石垣町の名もこれによる。 二八 東山の麓、祇園の東、高台寺の北、知恩院の南一帯の地。俗に慈鎮和尚の「我が恋は松を時雨の染かねて真葛が原に風騒ぐなり」(新古今)の歌はこの地を詠んだという。 二九 知恩院山門桜の馬場の南北西の間、三条の縄手まで、近来の新屋敷なので知恩院新屋敷町と呼んだ(京羽二重)。これをさしている。 三〇 前掲の慈鎮の歌による。 三一 御所方(公卿)の女臈。 三二 石垣町の茶屋。 三三 田舎。地方。 三四 感嘆の言葉。 三五 水色の鹿子絞り。 三六 白小袖。 三七 青海勘七が波模様の描法に勝れていたので波模様のことをいう。 三八 銀の薄板で帆の字を切り抜き紋としてぬいつける。 三九 五ヵ所に銀の紋をつけの意。 四〇 紫しぼりの帯に上着ととも色で左巻の斜線を染めていたの意。 四一 帯の両端のくけ目の隅に鉛の鎮を入れ、結んだ端をたらす。 四二 黒い絹布で風除けに顔を包み眼ばかり出しておく頭巾。 四三 木地のままで漆を塗らぬ、つづら藤で編んだ笠。 四四 もみ裏をつけ。 四五 紐で結ばず、ぼたんを掛けるようにして。 四六 みんながはいて。 四七 公卿のことを御所方・御上家という。 四八 御主人様。 四九 いらっしゃるそうだ。 五〇 ああして毎日物見遊山に歩かれるのだが。

な事かな、[一]此《(この)》跡《あと》松本《まつもと》[二]名左衛門申せしもよい[三]夢《ゆめ》とや。[四]みる事もきく事もならぬ事をおもふより、[五]世之介が智恵自慢《ちゑじまん》、自由《じゆう》になるものこそ」と、[六]あふぎやの女にいまはやる地《ち》[七]などをもつてまいれのよし[八]宿《やど》に呼《よび》よせ、[九]「是《これ》は」といふ。「雨《あめ》のふる日の淋《さび》しさか、又は[一〇]高野山《かうやさん》で見たらば堪忍《かんにん》もならう。京《きやう》に來《き》てよい事を見た目で[一一]大形《かた》の事は」と[一二]けされて、是《(これ)》も[一三]かいやりて、「とかくは夢山《むさん》様の御望《のぞみ》、嶋原《しまばら》へをせ[一四]」とて[一五]隠《かく》れもなき善吉《ぜんきち》申《(まうす)》は、「世之介はじめての遊女狂《ゆうぢよぐる》ひ。[一六]兩人《りやうにん》共に此善吉[一七]仕懸《かけ》を見《み》ならへ」と、はさみ箱持《ばこもち》・小者と召《めし》つれ、[一八]よき風《ふう》の大男《おとこ》[一九]袴高《はかまたか》くすそとつて、大小[二〇]よしやがゝりに、編笠《あみがさ》ふかく着《き》て[二一]指《さし》かゝる。其比《そのころ》は正月十六日、此里《(この)さと》に[二二]人形見世《にんぎやうみせ》出して、揚屋《あげや》の門ゝ《かどぐ》[二三]をしわけがたし。いかなる太夫《たゆふ》も十兩《りやう》十五兩が[二四]もてあそびを[二五]調《とゝの》えなぐさむ事ぞかし。[二六]其《(その)》日の大臣《だいじん》めいわ

一 先日。過日。二 大坂道頓堀の座本。初代は承応二年名代の許可を得、二代目は名優で座本を兼ね、役者の一年抱えの制度を設け、役者入替の顔見世興行を創めた由。美貌と至芸は一世を風靡。天和末貞享頃没した。三 名左衛門の話では御所方の女性との契りは夢のようだとの意か。四 及ばぬ恋を夢見るよりの意。五 世之介(私)が智恵自慢の種となっている我々の自由になる女を紹介しましょう。六 扇屋の地紙折りの女。本職以外に売色もした。七 扇の地紙。八 我が家へ。九 これはどうだと世之介がいう。一〇 女人禁制の地だから高野山で見たらこんな女でも我慢できよう。一一 世間並の。平凡な。一二 軽蔑されて。一三 撤回して。一四 押せ。多人数で行進すること。兵学用語から来た流行語。一五 有名な。一六 前出の夢山様と世之介の二人。一七 やり方。遊び方。一八 立派な服装の大男。善吉のことをいう。一九 袴の脇を上に引き上げて腰に挾み歩きやすいようにして。二〇 万治・寛文の頃流行したよしや組の伊達風俗。首領三浦小次郎義也の名に因んでよしや風という。長い大小の柄糸・下げ緒いずれも白く、そりを反し鍔元をくつろげた差し方が、よしやがかりの差し方である。二一 島原の廓へ。二二 正月十四日から島原の廓内で人形見世を出し人形や翫び物を売った。二三 押し分け。混雑しているので。二四 (人形など)翫び物。二五 買って。二六 大臣が金を出して人形見世から買い求め、太夫その他の遊女・揚屋の女房・下女・遣手などに与えるので、この日金のない客が行くのは禁物であった。それをさしていう。二七 以下野呂間人形の名。いずれも道化人形。二八 善吉は今が男盛の絶頂である。二九 未詳。

く也。此《(この)》豊《ゆたか》なる賑《にぎは》ひ、こゝろなき[二七]藤六《とうろく》・見齋《けんさい》・粉德《ふんとく》・麦松《むぎま(つ)》もうき立《たつ》ばかり見えわたりておもしろし。

善吉《ぜんきち》[二八]男は今なり。江戸《ゑど》では[二九]小太夫にほれられ、[三〇]迚《とて》も名《な》の立次手《たつついで》に人[三一]のならぬ事をせんと、或時雪《あるときゆき》の[三二]かはいらしく降《ふる》日帰《かへ》るを、太夫まくり手になり、からかさをさし懸《かけ》、しかもはだしに成《(なり)》て門[三三]口まで善吉おくる事、[三四]前代《ぜんだい》にはためしもなし。[三五]是沙汰《これざた》になりて親方《おやかた》[三六]せけども、それもかまはず身《み》を捨《すて》、女の方《(かた)》よりふかく[三七]歎《なげ》く程《ほど》のおのこ、思日《おもひ》の外よき所《ところ》あれば也。色町《いろまち》に此《(この)》人しらぬ者なし。[三八]此里《(このさと)》にはしるべもなく、[三九]丸太《まるた》屋の見世《みせ》のさきにはさみ箱《ばこ》をおろさせ、腰懸《こしかけ》て内を見やれば、[四〇]色人計《いろひとばかり》あつまり酒《さけ》のみてありしが、[四一]石刕《せきしう》ひとつうけて、禿《かぶろ》に申付《(まうしつけ)》て門《かど》に居《ゐ》る善吉《ぜんきち》に「しらぬ御方《かた》さまへさします」といふ。「[四二]是《これ》は」とふたつ飲《のみ》てかへす。女郎[四三]戴《いたゞ》く時《とき》、善吉「[四四]御肴《さかな》」とてはさみ箱《ばこ》[四五]接竿《つぎざほ》の[四六]こくたん[四七]六《む》すぢ懸《かけ》を取出《とり(いだ)》し、「[四八]僕《でつち》うたへ」といへば、かしこまつて[四九]らうさい。其声《そのこゑ》の美《うつく》しさ、弾手《ひきて》は上手《じやうず》、[五〇]去迚《さりとて》は石刕《せきしう》が[五一]見立《みたて》おの〳〵感《かん》じて、[五二]彼《かの》男を内に入《(いれ)》て、[五三]其《(その)》日は是非《ぜひ》にあいたひと[五四]戀《こひ》を求《もと》めて、馴染《なじみ》の方《かた》へ斷《ことはり》の文遣《ふみつかは》し、善吉と語《かた》るに[五五]わけよし。世之介はた[五六]いこ女郎にさへふられて、此口惜《(この)くちおし》さ、「[五七]人に買《かふ》てもろうて遊《あそぶ》べき所にあらず。おれも[五八]一度《ど》は。中々[五九]是《(これ)》では[六〇]果《はて》じ」とぞおもふ。

三〇 どうせ浮名が立つのなら、そのついでに。 三一 人が出来ないこと。 三二 ちらちらと。 三三 大門口まで善吉を送る。 三四 前代未聞だ。 三五 大評判。もっぱらの噂。この話でもちきりになる。 三六「塞く」と書き、制止する、妨げるの意。遊女と客の間を邪魔して逢わせぬようにすること。 三七 思慕する。熱愛する。 三八 島原をさす。 三九 島原揚屋町東側南より二軒目の揚屋丸太屋新兵衛。 四〇 色道にたずさわる粋人。ここでは遊女をさす。 四一 未詳。源氏名石州で、太夫となったのは、下之町林与次兵衛抱の石州。ただしこれは早世。 四二 これはかたじけない。 四三 返盃を。 四四 御肴をさし上げましょう。 四五 三味線の棹の取り外し又は継合せのできるもの。携帯に便。はさみ箱は七六頁注一七参照。 四六 三味線の棹は黒檀・鉄刀木(タガヤサン)等の唐木が上等品。 四七 三味線の糸の太さをいう。 四八 小者。 四九 弄斎節を歌いはじめた。 五〇 さすがは。 五一 遊女が客の身分を見立ててそれに応じて座配挨拶するのは、もっとも必要な心得であった。 五二 善吉をさす。この個所、直接話法と間接話法が混同している。 五三 正月十六日をさす。 五四 石州が。 五五 万事よく心得ている。遊び方が堂に入っている。 五六 太鼓女郎。座持ちをする女郎で、囲(かこ)の半夜並で、揚代九匁。 五七 人に揚代を出してもらって。 五八 一度は自力で廓遊びをしたい。 五九 こんな調子では。あきらめずに、逆に発憤するようではの意。 六〇 こんな安女郎で満足して終りたくない。

一火《ひ》神鳴《がみなり》の雲《くも》がくれ

二奥《おく》ぶかなる家《いゑ》にて天秤《てんびん》三はり口《ぐち》の響《ひゞ》き四さもしくも耳《みゝ》に入《(いり)》て、「今《いま》おれに何程《なにほど》もたせたりとも五欲《よく》にはせまひ。物の見事《みごと》につかふて、六世界《せかい》の揚屋《あげや》に目を覺《さま》さして、「こいよ」とよべば一度《ど》に十人計《ばかり》返事《へんじ》をさす事じやに、親仁《おやじ》七一代は「八よせな」九とおもひきつてのこゝろ根《ね》、更《さら》にうらみとは思《おも》はれず、我《(われ)》よからぬ事ども身にこたえて覚《おぼえ》侍る。いかなる山にも引籠《(ひき)こも》り、一〇魚《うを》くはぬ世《よ》を送《おく》りて、やかましき一一眞《しん》如《によ》の浪《なみ》も一二音《をと》なし川の谷陰《たにかげ》に、一三ありがたき御僧《おそう》あり。是《(これ)》もとは女に一四身《み》をそめて、是《(これ)》より一五ひるがへし一六たうとき道《みち》に入《(いら)》せたまふ。此《(この)》人に尋《たづね》ん」と浦《うら》づたひに、泉刕《せんしう》の一七佐野《さの》・一八迦葉寺《かせうじ》・一九迦陀《かだ》といふ所は、皆獵師《みなりやうし》の住居《すまゐ》せし濱邊《はまべ》なり。人の娘子《むすめ》にかぎらず、二〇しれたいたづら、二一所そだちも物まぎれして、二二むらさきの綿帽子《わたぼうし》二三あまねく着《き》る事にぞありける。男は釣《つり》の暇《いとま》なく、其《(その)》留守《るす》には二四したひ事して、誰《たれ》とがむる事にもあらず。男《おとこ》の内に居《ゐ》るにはおもてに櫂《かい》立《(たて)》てしるゝ也。こゝろへて二五入《(いる)》事せず。夕暮《ゆふぐれ》は二六あは嶋の女神《めがみ》おもひやり、二七詠《ながめ》につゞく由良《ゆら》の戸《と》、「二八戀《こひ》の道《みち》かな」と我よりさきにあはれしる人ありてよめり。

二九磯枕《いそまくら》のちぎりもかさなり、「三〇爰《こゝ》もすみよかりけり」と日数経《かずふ》るうちに、尋《たづね》きて

一 雷は天地陰陽の相剋であるが、陽強く陰に勝って雷鳴し動震して万物を焼くを火神鳴といい、陰強くして陽に勝ち雷鳴動震しても万物を焼かず、ただ強雨を降らせるを水神鳴という。なお、寛文十一年七月大坂に大雷電があった(永貞卿記)。二 裕福な家。棟高き家とも形容する。
三 銀貨を秤量する際、天秤の中央支柱の上部にある針口を槌で叩いて平衡をとる。その叩く音。
四 歴々の商人は商売をやめ茶の湯・歌・連俳に遊ぶが、商売をして針口の音をさせるのはそれより格の下った金持である。したがって「さもしく」の語が用いられている。五 利欲のためには使うまい。六 この世の揚屋という揚屋に目を丸くさせて(びっくりさせて)。七 生きている間は。八 世之介を家に寄せつけるな。九 可愛い子を思いきって勘当した気持は、恨めしくはさらさら思われない。一〇 出家精進の生活を送って。
一一 随縁真如の波。永久不変の真理が縁によって万法に現れるのを波にたとえていう。その波も立たない川(波瀾のない静かな人生)を求めたい。一二 紀伊東牟婁郡本宮村附近を流れる川。「音なし川」までは世之介の一念発起の気持をあらわし、掛け詞となって文は下につづく。
一三 未詳。一四 熱中して。一五 心を入れ替えて。
一六 仏道。一七 和泉国日根郡。現泉佐野市。
一八 同郡嘉祥寺村。大阪府泉南郡田尻町。文意は、嘉祥寺村を通って。一九 紀伊名草郡加太村。文意は、加太に至ったが、この港は。加太は江戸大廻しの船が風待に入る港。二〇 加太では夫の出漁中、自由に舟がかりの旅人に売色することを黙認、夫在宅の際は門口に櫂を立てて目印とした(好色貝合)。「知れた」は公然化しているの意。「人の娘にかぎらず」は「娘にかぎらず、

うらみいふ女其《（その）》かぎりなし。[三一]いづれか顔《かほ》あげて言《こと》葉《ば》もかへされず。よい加《か》減《げん》にたらし[三二]て、[三三]おもひを胸《むね》にあまらせける。此《（この）》身《み》ひとりを[三四]大勢《ぜい》して取《（とり）》ころされてから何か詮《せん》なし。責而《せめて》はかた[三五]〴〵の鬱《うつ》氣《き》晴《ばら》しに酒《さけ》をすゝめ、むかしをかたりて慰《なぐさ》め、[三六]年月の難義《なんぎ》いま爰《こゝ》に小舟数《（こ）ぶねかず》ならべて沖《おき》はるかに出《（いだ）》せしに、折《おり》節《ふし》の空《そら》は水無月《みなづき》の末《すへ》、山とに[三七]丹波《たんば》太郎といふ村雲《むらくも》おそろしく、[三八]俄《にはか》に白雨《ゆふだち》して神《かみ》鳴臍《なりへそ》をこゝろ[三九]懸《がけ》、落《おち》かゝる事、[四〇]間《ま》なく時なく大風いなびかり。女の乗《のり》し舟《ふね》共《（とも）》いかなる浦《うら》にか吹《ふき》ちらして、其行方《そのゆきがた》しらず。

され共《（ども）》世之介は浪《なみ》によせられて、二時《ふたとき》あまりに[四一]吹飯《ふけい》の浦《うら》といふ所《ところ》にあがりぬ。屢《しば》しが程《ほど》は氣《き》を取《とり》うしなひ、そのまゝ眞砂《まさご》の[四二]埋《むも》れ貝《がい》、しづみはつるを、流《なが》れ木拾《ひら》ふ人に[四三]呼《よび》いけられ、かすかに[四四]田鶴《たづ》の声のみきゝ覚《おぼえ》て、浮雲《あぶな》き[四五]生死《しやうじ》の堺《さかい》まで來

人の妻までも」の意。二一 田舎育ちの女も都会の風俗を真似て。二二 紫色の真綿を帽子として頭にのせる。若い女が用いる。二三 誰でも彼でも。二四 女は。二五 他の男、すなわちいたずらの相手は。二六 淡島殿（→一〇一頁注三四）に同じ。二七 ずっと見渡すことのできる由良の戸（紀淡海峡）は。二八「由良の戸を渡る舟人楫を絶え行方も知らぬ恋の道かな　曾弥好忠」（新古今）。二九 磯辺での契りも度多く経験して。三〇「山里は物の淋しきことこそあれ世のうきよりは住みよかりけり　読人不知」（古今）による。三一 どの女にも不義理をしているので顔をあげて弁解のしようがない。「いづれか」に対する呼応が乱れている。三二 ごまかして。だましすかして。三三 どの女にもつらいうらめしい思いをさせるようになってしまった。三四 大勢の女たちから情交を強いられてとり殺されたところで何の甲斐もない。三五 女達の憂さばらしに。三六 年月の難儀を今ここで忘れてしまおうと。三七 大坂地方で陰暦六月に丹波の方向の山に出る夕立雲をいう。三八 原文の振り仮名はこうなっている。誤記か。三九 ねらって。四〇「しもと結ふ葛城山に降る雪の間なく時なく思ほゆるかな」（古今、大和舞）による。四一 和泉日根郡深日村。鶴の名所。四二「春風の吹飯の浦に散る花を桜貝とてひろふけふかな　上総」（夫木抄）によるか。そのまま砂の中に埋れ貝のごとく埋れていたが。四三 呼び生かされ。四四 吹飯の浦は鶴の名所。四五 死ぬか生きるかの境をやっと乗り越えての意と、堺の町にたどりついてを、かけていう。

て、一大道《だいだう》すぢ柳《やなぎ》の町に、むかし召使《めしつか》ひし若《わか》ひ者の親《おや》あり。此《(この)》もとにたよりゆくに、夫婦《ふうふ》よろこび、「唯今《たゞいま》も二御事《こと》のみに人ゝ手分《てわけ》して國ゝ《くにぐ》を尋《たづね》侍る。過《すぎ》つる六日の夜《よ》、御親父《しんぷ》様御はて遊《あそば》しける」とかたる内に、又京《きやう》より人來りて、「是《(これ)》は三不思《ふし》議《ぎ》にまいり候。お袋《ふくろ》さまの四御なげきいかばかり。兎角《とかく》いそいで御帰《かへり》あそばせ」とはや五乗物《のりもの》、程《ほど》なくむかしの住家《すみか》にかへれば、いづれもつもる泪《なみだ》にくれて、六煎《いり》豆《まめ》に花の咲心知《さくこゝち》して、「今は何をか惜《おし》むべし」と、もろ〳〵の藏《くら》の鑰《かぎ》わたして、年比《としごろ》あさましく日おくりしに替《かは》りぬ。「こゝろのまゝ此銀《(このかね)》つかへ」と七母親氣《はゝおやき》を通《とを》して、弐萬五千貫目たしかに渡《わた》しける八明白實正《めいはくじつしやう》也。九何時成《なんどき(なり)》とも御用《ごよう》次第に太夫さまへ進《しん》じ申《(まうす)》べし。「一〇日来《ひごろ》の願《ねが》ひ今《いま》也。おもふ者を一一請出《うけだ》し、又は名《な》だかき女郎のこらず一二此時買《このときかは》ひでは」と、一三弓矢八幡《ゆみやはちまん》一四百二十末社共《まつしや(ども)》を集《あつめ》て大大大じんとぞ申《(まうし)》ける。

一堺を南北に縦貫している大通りを大道筋という。町が二十四あり、柳町はその一つ。二あなた。対称の代名詞。三不思議にもよく出会いました。四お嘆きはどれ位か、形容のしようもないほど強い。五早乗物。早駕籠。六稀有なことを譬えていう諺。七気を利かせて。察しがよくて。八譲り状の常套句「我等跡式幷家屋敷家財銀子不レ残惣領誰ニ譲申所実正也…」とあるによったもの。九預り手形に用いる文言。親から譲られた金を、遊蕩のためにあずけられた金と見立てと、このように表現したもの。一〇かねてからの願いの成就するのは今だ。一一身請をする。遊女の身代金を払って買い取ること。一二買わずにおくものか。一三「神かけて」という誓約の言葉。本来は武士の誓言である。一四遊里で客を大臣(大神)というので、それに対して太鼓持を末社という。百二十の数は、伊勢神宮の内宮八十社、外宮四十社、計百二十末社あるのによる。もちろんここでは多数の末社どもの意。

繪入

好色一代男

五

好色一代男　　巻五目録

一　六条三筋町林与次兵衛抱の遊女。元和五年五月十四歳で太夫に出世、寛永八年退廓、後灰屋三郎兵衛重孝紹益の妻となり、寛永二十年八月二十五日没、三十八歳。
二　根本。遊女の模範(手本)の意。
三　大津の遊廓。三井寺の下にあり、本名馬場町という。
四　播磨国室津。瀬戸内海の要港で、遊女町を小野町といい、中世以来存した。
五　京都賀茂川の東、四条南どんぐりの辻子より南松原通まで二丁を宮川町といい、遊び座敷・野郎宿が多かった。
六　袋町。堺妙国寺南門前にあった遊女町。天和元年禁止されたという。
七　当世風の伊達男。
八　安芸の宮嶋。厳島。
九　大坂新町の夜間営業。延宝四年に三月朔日より十月晦日まで夜間営業が許された。

後《のち》は様《さま》つけて呼《よぶ》

「一〇都《みやこ》をば花《はな》なき里《さと》になしにけり吉野《よしの》は死出《しで》の山にうつして」と或人《あるひと》の讀《よめ》り。なき跡《あと》まで名を残《のこ》せし太夫、前代未聞《ぜんだいみもん》の遊女《ゆうじょ》也。一一いづれをひとつ、あしきと申《(まうす)》べき所なし。情第《なさけだい》一深《ふか》し。爰《こゝ》に七条通《でうどをり》に一二駿河守金綱《するがのかみきんつな》と申《(まうす)》一三小刀鍛冶《こがたなかぢ》の弟子《でし》、吉《よし》野《の》を見初《そめ》て、一四人しれぬ我戀《わがこひ》の関守《せきもり》は宵〻毎《ごと》の仕事《しごと》に打《うち》て、五十三日に五十三本、一五五三のあたいをためて、いつぞの時節《じせつ》を待《まて》ども、一六魯般《ろはん》が雲《くも》のよすがもなく、一七袖《そで》の時雨《しぐれ》は神《かみ》かけて是《(これ)》ばかりは一八僞《いつはり》なし。一九吹革祭《ふいごまつり》の夕暮《ぐれ》に立《(たち)》しのび、「二〇及事《およぶこと》のおよばざるは」と二一身《み》の程《ほど》いと口惜《くちおし》と歎《なげ》くを、或者《あるもの》太夫にしらせければ、「二二其《その》心入《(こゝろいれ)》不《ふ》便《びん》」と偸《ひそか》に呼入《よびいれ》、こゝろの程《ほど》を語《かた》らせけるに、身《み》をふるはして二三前後《ぜんご》を忘《わす》れ、二四うそよごれたる㒵《かほ》より泪《なみだ》をこぼし、「此《(この)》有難《ありがた》き御事二五いつの世にか。年比《としごろ》の願《ねが》ひも二六是迄《(これまで)》」と座《ざ》をたつて迯《にげ》てゆくを、袂《たもと》引《(ひき)》とゞめて、灯《ともしび》を吹《ふき》けし帯《おび》もとかずに抱《だき》あげ、「御望《のぞみ》に身《み》をまかす」と色〻下より身《み》をもだえても、波男《かのおとこ》氣《き》をせきて二七勝間《こつま》木綿《もめん》の下帯《したおび》とき懸《かけ》ながら、「誰《たれ》やらまいる」と起《をき》るを二八引《(ひき)》しめ、「二九此《(この)》事なくては夜《よ》が明《あけ》ても歸《かへ》さじ。三〇さりとは其方《そなた》も男《おとこ》ではないか。吉野《よしの》が腹《はら》の上に適《たま》〻あがりて

一〇 灰屋紹益の歌。紹益の随筆「にぎはひ草」に出る。一一 どれ一つとして。一二 未詳。一三 剃刀・小刀・はさみ等をつくる鍛冶。なお鍛冶は賤業であった。一四「人知れぬ我が通ひ路の関守は宵々ごとにうちも寝ななむ」(伊勢物語五)による。一五 島原の太夫の揚代は寛文頃まで五十三匁であった。故に太夫を五三とも呼ぶ。一六 楚王が宋を攻めた際、魯般に雲梯を作らせた故事が淮南子に見える。及ばぬ事の譬に「雲に梯、霞に千鳥」というが、この二つを組み合せて、「魯般の雲のごときよすがもなく」の意。一七 恋ゆえに袖をぬらす涙は神かけて誠心誠意のものであった。一八「偽のなき世なりけり神無月誰が誠よりしぐれそめけむ　定家」(続後拾遺)による。時雨・偽りの縁語で文を仕立て、神無月(十月)からつぎの吹革祭を出す。一九 十一月八日、稲荷神社御火焼の日、鍛冶・仏具師・箔置等の金具細工の職人は鞴に神供を調えて祝い、職人は一日休暇を与えられる。またこの日島原は紋日。二〇 普通は金さえあれば太夫を揚げて遊ぶことができるのに、揚代を持っていても賤しい職業の者であるからそれが出来ないのは残念だ。二一 自分の身分の低さを嘆いたが、それを。太夫が身分の低い職人・乞食などを客にとれば一分がすたるとされていた。二二 心根。心底。二三 茫然として。二四 薄汚い。二五 何時の世に忘れましょうか、永遠に忘れられません。二六 これですっかり果された、思い残すことはありません。二七 摂津勝間村で織出した木綿。糸綿を撰んで、絹のごとく、幅広く、丈長く、世人に好んで用いられた。二八 抱きしめ。二九 このこと(情交)をすまさなくては。三〇 いったい。

空《むな》しく歸《かへ》らるゝか」と、一脇《わき》の下をつめり股《もゝ》をさすり、首《くび》すぢをうごかし二弱腰《よはごし》をこそぐり、日暮《ひぐれ》より三枕《まくら》を定《さだめ》、やう〳〵四四ツの鐘《かね》のなる時、どうやらかうやら五への字《じ》なりに六埒明《らちあけ》させて其上《そのうへ》に七盃迄《さかづきまで》して歸《かへ》す。

八揚屋《あげや》よりとがめて、「是《(これ)》はあまりなる御しかた」と申《(まうす)》せば、「けふは九わけ知《しり》の世之介様なれば一〇何隠《なにかく》すべし。一一各《おのおの》の科《とが》には」と申《(まうす)》うちに夜更《よふけ》て、「一二介さまの御越《おこし》」と申《(まうす)》。太夫只今《たゞいま》の一三首尾《しゆび》を語《かた》れば、「それこそ女郎の一四本意《ほんい》なれ。我見捨《われみすて》じ」と、其《その》夜俄《よにはか》に一五揉立《もみたて》、吉野《よしの》を一六請出《うけだ》し、一七奥《おく》さまと成《(なる)》事、一八そなはつて賤《いや》しからず、一九世間《せけん》の事《こと》も見習《みなら》ひ、其《その》かしこさ、二〇後《のち》の世を願《ねが》ふ佛《ほとけ》の道《みち》も、旦那殿《だんなどの》と一所の法花《ほつけ》になり、煙草《たばこ》もおきらひなれば呑《のみ》どまり、万《(よろづ)》に付《(つけ)》て氣《き》に入《(いる)》事ぞかし。二一是《これ》を一門《もん》中《ちう》よりは道《みち》ならぬ事とて見《み》かぎりしを、吉野《よしの》が身《み》にしては悲《かな》しく、二二御異見《いけん》

一 以下男を興奮さすための前戯。二 腰の左右の細くくびれたところ。三 同衾して。四 午後十時頃の時鐘。五 への字が一の字を投げやりに書いたような形であることから、物をいい加減にしたり、どうにかこうにか間に合せたりするの意。ここでは後者の意。曲りなりに。六 結末をつけさせ。情交をとげさせ。七 盃事。客と遊女の約束の盃。八 かかる(賤民と契るような)所業は揚屋の責任になるから。九 粋人。色道の表裏をよく理解している人。一〇 何を隠すことがあろう、すっかり打ち明けます。一一 皆さんの落度にはしませんから御安心下さい。一二 世之介の遊里での呼び名。一三 一部始終。一四 理想。一五 急いで話をまとめての意。一六 吉野が退廓したのは飾客について訴論があったためで、旧里洛東の大仏に帰った、時に二十六歳。なお吉野の年代は世之介の誕生した頃にあたる。巻五以下にはこういう事実を無視した例が多い。一七 普通大名の正妻を奥様といい、町人の妻は内儀という。紹益が素封家であった故こういう表現がされたか。一八 生れつき気品が高く。一九 遊女は世俗の事に疎いのが普通。二〇 夫紹益の菩提寺は日蓮宗立本寺。吉野は洛北鷹ヶ峰常照寺の日乾上人に帰依、これも日蓮宗であった。法花は法華宗(日蓮宗)。二一 以下の事実は色道大鏡に見える。二二 世之介に意見を申し上げ、離婚してくれるように願い。二三 別宅。二四 別宅に囲っておいて、時折男の方から通って行く女の意。すなわち妾。二五 御承知。二六 それならば。二七 御関係。二八 神職。二九 仲裁。三〇 どうしてお前の手でやわらげることができるか。三一 離婚して実家へ帰します。三二 今迄通りの親類づきあいをして下さい。

申《(まうし)》お暇乞《いとまこひ》て、「責而《せめ(て)》は[二三]御下屋敷《しもやしき》に置《をか》せられ、[二四]折節《おりふし》の御通《かよ》ひ女に」と申せ共《(ども)》、中と[二五]御聞分《きゝわけ》もなし。「[二六]さもあらば御《ご》一門様《もんさま》の[二七]御中《(おんなか)》を私《わたくし》なをし申《(まうす)》べし」といふ。「出家《しゆつけ》・[二八]社人《しやにん》の[二九]あつかひをもきかざる者《もの》ども、[三〇]いかにして」と仰《おほせ》ける。「まづ〳〵明日《(みやうにち)》、「吉野《よしの》は[三一]暇《いとま》とらせて帰《かへ》し候。[三二]今迄の通《(とほり)》に」と[三三]御言葉《ことば》を下《さげ》られ、庭《には》の花桜《はなざくら》も盛《さかり》なれば、[三四]女中方《(がた)》[三五]申入度《(まうしいれ)たき》のよし[三六]觸状《ふれじやう》つかはされけるに、「[三七]何《なに》かにくみはふからず」と、其日《(その)》[三八]乗物《のりもの》ども入《(いれ)》て、久しく[三九]見捨《みすて》られし築山《つきやま》の[四〇]懸作《かけづくり》、[四一]大書院《じよゐん》に並居《なみゐ》て、[四二]酒《さけ》も半《なかば》を見合《あはせ》、吉野は[四三]淺黄《あさぎ》の布子《ぬのこ》に[四四]赤前《あかまへ》だれ、置手拭《をきてぬぐい》をして[四五]へぎに[四六]切熨斗《のし》の[四七]取肴《とりざかな》を持《(もち)》て、中でもお年《とし》を寄《よら》れた方《かた》へ手をつかえて、「私《わたくし》は[四八]三すぢ町にすみし吉野《よしの》と申《(まうす)》遊女《ゆうじよ》。かゝるお座敷《ざしき》に出《(いづ)》るはもつたいなく候へ共《(ども)》、今日[四九]御隙《ひま》を下され、[五〇]里へ帰《かへ》る御名残《なごり》に、[五一]昔《むか》しを今に一ふしをうたへば[五二]きえ入《(いる)》斗《(ばかり)》、琴弾歌《ことひきうた》をよみ、茶《ちや》は[五三]しほらしくたてなし、花《はな》を生替《いけかえ》[五四]土圭《とけい》を仕懸《しかけ》なをし、娘子達《むすめごたち》の髪《かみ》をなで付《(つけ)》、碁《ご》のお相手《あいて》になり、笙《しやう》を吹《(ふき)》、[五五]無常咄《むじやう(ばな)》し・[五六]内證事《ないしやう》、万《よろづ》人さまの氣《き》をとる事ぞかし。勝手《かつて》に入《(いれ)》ば呼出《よび(いだ)》し、吉野独《よしのひとり》のもてなしに座中立時《ざちうたちどき》を忘れ、夜《よ》の明方《あけがた》にめい〳〵[五七]宿《やど》に帰《かへり》て申されしは、「[五八]何《なに》とて、世之介殿の吉野はいなし給ふまじ。同じ女《おんな》の身《み》にさへ其《(その)》おもしろさ限《かぎり》なく、やさしくかしこく、いかなる人の娌子《よめご》にもはづかしからず。[五九]一門三十五六人の中にならべて、是《(これ)》はと[六〇]似《に》た女もなし。いづれも御

三三 へりくだった言葉つきで。辞を低うして。 三四 御婦人方。 三五 申入れるとは招待すること。なお、ここの個所から吉野の言葉と地の文が区別されないまま地の文になってしまう。 三六 廻状。 三七 何も深く憎んでいるわけではない。これは「何か」に応ずる結びのない文、呼応の乱れは当時一般の現象である。 三八 乗物をかつぎ入れての意。大勢乗物でやって来て。 三九 久しく見なかった。 四〇 崖上につき出して建てること、またその建物。 四一 客間。表座敷。 四二 酒も半分ほど廻って気分が和やかになった時分を見はからって。 四三 浅黄色の木綿の袷。庶民の子女の普段着。 四四 下女・端女の風俗。置手拭は手拭を頭にのせること。 四五 片木。薄くへいだ板の折敷。 四六 のし鮑を適当の寸法に切ったもの。酒の肴。 四七 盛って出して銘々が取るようにした酒の肴。 四八 島原が寛永十八年以前に六条柳町にあった頃の名。上之町・中之町・下之町の三筋があったのでこの名がある。 四九 離縁されて。 五〇 実家。なお「御名残に」の個所から吉野の言葉と地の文が混同する。 五一 「しづやしづしづのをだまきくりかへし昔を今になすよしもがな」(義経記六)による。静御前が鎌倉若宮八幡で歌った故事をふまえている。 五二 魂も消え入るばかり。深く感嘆するさま。 五三 上品に。 五四 当時昼夜の時間の長短があったので毎日分銅を調節する必要があった。この前後上流社会の婦人の素養を吉野が十二分に発揮する描写。 五五 いわゆる信心話のこと。 五六 家計のやりくり話。世帯向きの話。 五七 我が家。 五八 どうして。この語に応ずる文の結びはない。 五九 親類縁者全部。 六〇 吉野に。

堪忍《かんにん》あそばし、内義《ないぎ》に[一]そなえられ」とよろしく取《とり》なし申《(まうし)》て、ほどなく[二]祝義《しうぎ》を取《とり》急《いそ》ぎ、[三]樽杉折《たるすぎおり》の山をなし、[四]嶋臺《しまだい》の粧《よそを》ひ、[五]相生《あいおい》の松風、[六]吉野《よしの》は九十九まで。

ねがひの搔餅《かきもち》

[七]三井の古寺《ふるてら》、つかひ捨《すて》るかねはあれど隙《ひま》なくて、終《つい》に柴屋《しばや》町をみぬ事[八]新《(あたら)》し。[九]昔《むかし》長柄《ながら》の山の芋《いも》が鰻《うなぎ》になるとや。[一〇]もしも替《かは》つた事のあればなり。「いざゆかん」「心得《こゝろへ》た」と[一一]白川橋《しらかはばし》より大津《あふつ》へのもどり駕籠《かご》に[一二]のつたりや勘六、[一三]是《(これ)》は俄《にはか》にゆくも帰《かへ》るもはや[一四]八町に着《つけ》ば、[一五]「泊《とま》りじや御《(ご)》ざらぬか」。[一六]廣《ひろ》ふてきれいな宿《やど》をとりて、「なんと[一七]女郎衆、今爰《こゝ》ではやるは誰《たれ》じや」と問《と》へば、[一八]「石山《いしやま》の観音様《くはんをんさま》が時花《はやり》ます」といふ。「さても人を[一九]見立《み(たつ)》るやつかな」と其後《そのゝち》亭主《ていしゅ》にあふて、「傾城《けいせい》町の案《あん》内頼《ないたの》む」と申せば、「[二〇]是《これ》は無用《むよう》になされ。[二一]六匁や七匁ではたらぬ」といふ。勘六《かんろく》[二二]齒切《はぎり》をして腹《はら》を立《(たて)》、「[二三]忍《しの》べばこそ供《とも》をも連《つれ》ず、風俗《ふうぞく》も[二四]野躰《やてい》にて出《(いで)》しに」と[二五]滅多《めった》せきにせくを世之介笑《おか》しがり、「[二六]我に預《あづけ》た金子《きんす》出して見せひ」と笑《わろ》ふて居《ゐ》る。臺所《だいどころ》には大声《こゑ》をあげて、「[二七]今夜は傾城買《けいせいかい》様の御泊《おとま》りじや」抔《など》と勘六を見ては指《ゆび》ざしして笑《おか》しがる。世之介も今は堪忍《かんにん》ならず表《おもて》に出れば、「京より結構成《けつかうなる》いせ参《まいり》がある

一 (内儀の地位に)直されよ。二 祝いの儀式。祝言。三 婚礼の祝儀の贈物。酒樽と杉折に入れた魚。四 蓬萊島に摸した作り物。洲浜に松竹梅鶴亀尉姥等を飾りつけたもの。五 祝言の言葉「千秋楽は民を撫で万歳楽は命を延ぶ、相生の松風颯々の声ぞ楽しむ」(謡曲、高砂)による。六 長寿を祝う言葉。「こなた百までわしや九十九まで髪に白髪のはゆるまで」(山家鳥虫歌)。

七 「さゞなみや三井の古寺鐘はあれど昔にかへる音は聞えず」(謡曲、三井寺)による。鐘を銀《(かね)》にもじったもの。八 残念だ。「終に」は「ついぞ今まで」の意。九 長柄山と山の芋とは、俳諧の付合である。原拠は詳かでない。山の芋が鰻にかわるとは、物事の変化・変成の譬。ここでは長良山の近くの瀬田が鰻の名産地であるから、長いこと見ないうちに山の芋が鰻に変るように色々変ったこともあるという意。一〇 もしも変ったことがあったら面白い。一一 京三条通り白川にかけた橋。ここから粟田口を経て大津に至る。一二 勘六乗ったかの意。当時流行の口合。一三 「これやこの行くも帰るも別れては知るも知らぬも逢坂の関　蟬丸」(後撰)による。一四 大急に思い立って逢坂の関を通り過ぎて。一五 大津の入口にある宿屋街。一五 宿屋の出女の客引の言葉。一六 「広くてきれいな座敷も御座います」という客引の言葉を地の文につづけた。一七 宿屋の女中に呼びかけた言葉。一八 延宝四年三月石山寺の観音開帳して賑わった。この史実をかすったもの。一九 見くびる。馬鹿にする。二〇 それはおやめなさい。二一 延宝頃柴屋町の揚代は、天神二十六匁、小天神二十一匁、囲十六匁、青大豆十匁、半夜八匁。後に天神・小天

は」と門[二八]立さはぎ、踞《ねり》[二九]物《もの》をみるごとくぞかし。大坂の黒舟《くろふね》といふ乗《のり》[三〇]懸馬《かけむま》、伏見《ふしみ》の漣浪《さゝなみ》、淀《よど》のはんくはい、か[三一]れ是《(これ)》三疋揃《そろへ》[三二]て七つ蒲團《ふとん》を白[三三]縮緬《ちりめん》にしめかけ、馬[三四]の沓《くつ》にも唐糸《からいと》をはかせ、何《いづ》れも十二三成《(なる)》娘《むすめ》の子、[三五]四ツ替《がはり》の大ふり袖《そで》、菅笠《すげかさ》に紅裏《もみうら》[三六]うつてなひまぜ[三七]の紐《ひぼ》を付《(つけ)》、其《(その)》時は小室《こむろ》[三八]ぶしの寂《さい》中《ちう》、宿入《しゆくいり》[三九]にうたひて馬子《まご》も兩口《りやうくち》[四〇]をとるぞかし。世之介を見る[四一]より申《(まうし)》と抱《だき》おろされて、三人[四二]ながらしなだれて、「お伊勢《いせ》様へまいります。かたさま[四三]は何として爰《(こゝ)》には御《(ご)》ざります」「勘六が女郎狂《ちよろうぐる》ひの太鞁《たいこ》[四四]を持《もち》にきたが、あたまがいたひ。うて」とあれば独《ひとり》かしらひとりはあし、独《ひとり》は御腰《こし》をひねる。しばらく我宿へはゆかず「其柴屋町《そのしばやまち》を見せ[四五]さんせ。下向《げかう》[四六]してから太夫様に咄《はな》しのたねにもなります。見物《けんぶつ》したひ」といふ。「さらば連《つれ》てゆかん」とて三人さきに立《(たち)》て南《みなみ》[四七]の門に入《(いれ)》ば、

神・青大豆はなくなった。二二 歯ぎしりをして。口惜しがって。二三 (安女郎を買ったと噂されないよう)お忍びで来たればこそ。二四 田舎くさい。野暮ったい。二五 無性やたらに急きこむ。二六 お前に。二七 あんな奴が傾城買するんだってさ、といった意味の皮肉。二八 人々が門口に出てさわぎ立てている。二九 まるでお祭の行列を見るような騒ぎだ。三〇 四十貫の荷をつけた本馬に対し、荷物二十貫とその上に人を乗せて運ぶ馬のこと。黒船・漣波・樊噲は未詳。三一 あれこれ合せて。合計。三二 七枚がさねの乗懸蒲団。以下贅沢な装具の描写となっている。三三 白ちりめんの帯のようなもので乗懸蒲団をくくりつけ。三四 普通、馬の沓は藁で編んだものであるが、唐糸(絹糸のように細くとって光沢のある木綿糸)で編んだものか。三五 着物の両袖・上前・下前を各々色変りに染めたもの。三六 菅笠にもみ裏をつけるのは派手な贅沢。三七 紅白にないまぜた笠紐。三八 常陸小室の遊女町から起ったという馬子唄。万治・寛文の頃から歌われた。その頃ちょうど小室ぶしが流行の最中であったがの意。三九 宿場に入る時。宿駅にさしかかった時。なお馬子唄は宿入の際に歌うもの。四〇 馬子が二人ついて両方から手綱をとっている。もちろん普通は一人。四一 見るや否や。四二 三人もろともに。四三 方様。あなた様。四四 座興をとりもちに来たが。四五 見せて下さい。見物させて下さい。四六 神仏の参詣(ここでは伊勢参宮)を終えて帰ること。四七 柴屋町には四方に入口があって、南の門を石橋町という。

一都《みやこ》に近き女郎の風俗《ふうぞく》も潜《(かは)》りて、二はし・三局《つぼね》に物いふ声の高《たか》く、道《みち》ありくも四大足《あし》にせはしく、着物《きるもの》も自堕落《じだらく》に帯《おび》ゆるく、化粧《けしやう》も五目だつ程《ほど》して、六よしあし共に三《さ》味線《みせん》をにぎり、頭《づ》をふつてうたひける。立《(たち)》よる者《もの》は馬《むま》かた・七丸太舟《まるたぶね》の水主共《かこ(ども)》・浦邊《うらべ》の獵師《れうし》・八相撲取《すまふとり》・九鮨屋《すしや》のむすこ・一〇小問屋《こどいや》の若《わか》き者《もの》、戀《こひ》も遠慮《ゑんりよ》も一一むしやうやみに、一二見しりごしなる悪口《わるくち》、或《あるい》は一三小尻《こじり》とがめ、又は一四男《おとこ》だて、一五一町に九所の喧嘩《けんくは》、ふむの、たゝくの、一六頭巾《づきん》を取《とる》の、羽織《はおり》が見えぬのと只《たゞ》さはがしく、一七さばき髪《がみ》して片肌《かたはだ》ぬぎ、一八懐《ふところ》にはなねぢ、手に一九白刃取《しらはとり》、此所《このところ》の色町《いろまち》を闘《いさかひ》の場《ば》にするぞかし。命《いのち》しらずの寄合《よりあひ》、二〇身を持《もち》たる者《もの》の夜《よる》ゆく所にあらず。しるべある揚屋《あげや》に二一兵作《へうさく》・小太夫・虎之介《とらのすけ》などあつめて面白《おもしろ》う遊《あそ》びて、其《その》あけの日は禿共《かぶろ(ども)》が二二立酒《(たちさけ)》、さいはい二三関送《せきおく》りとて「二四隔子《かうし》の女郎ひとりも殘《のこ》さず二五一日買《がい》」とふれをなし、御三寸過《みきすご》し酔《あい》のまぎれに「三人の禿《かぶろ》が何にても道中望《だうちうのぞみ》にまかせてまいらすべし。おもひおもひに二六このめ」といふ。「太夫様から万《よろづ》に御こゝろ付《(つけ)》させられ、ひとつも此上《(このうへ)》に願《ねが》ひの事《こと》もなし。され共乗懸《(ども)のりかけ》あとさきに隔《へだゝ》り、こゝろのまゝ咄《はな》しのならぬ事二七氣《き》のどく也。三人一所に昼《ひる》も寝《ね》ながら手づから掻餅《かきもち》を焼《やい》て、それをなぐさみにしてゆく事《こと》ならば」と申す。「それこそ何よりやすき二八望《のぞみ》なれ」と、即座《そくざ》に乗物《のりもの》弐ちやうならべて、中のへだてを取《とり》はなち、釘鎹《くぎかすがい》にてとぢ合《(あはせ)》、中《なか》に火鉢《ひばち》を二九仕懸《しかけ》、

一都に近い遊廓であるが、風俗はずいぶん違っていて。二女郎屋の見世先。囲以下の下級女郎がいる。三遊女の部屋。下級遊女は揚屋へ行かないから各自部屋を持ちそこで接客する。四大またでせかせかと歩き。五化粧は目立たないようにうっすりとするのが宜しとされていた。六島原では見世格子の中で三味線をひくのは下級女郎にかぎられているが、ここではその区別もなくどの遊女も弾く。七細長くて深く、底から両側に板を剝げ上げて作った琵琶湖特有の舟。交通運送に用いられた。八近江の国は昔から力士が多かったが万治頃からすたって来たという。九鮒鮨は大津の特産。一〇大津には小さい問屋が多かった。一一無精闇に。むやみやたらに。一二互に見知っているので無遠慮に悪口を言い合うの意。一三こじりのふれ合ったのを咎めて喧嘩する。一四男たち同士の喧嘩。一五到る所で。間隔の疎なることをいう諺「一町三所」の逆。一六素見客は頭巾を被り羽織を頭にかぶって歩くが、喧嘩が起って逃げ出す時それらを捨てて行くのである。一七ばらばらに解き放した髪。一八鼻捻。→一一三頁注三六。一九真剣を防ぐ十手のようなものか。或は抜身を引っさげての意か。二〇身分・家柄のある者。一人前に世に立っている人。二一いずれも柴屋町の遊女。未詳。二二出発の際に飲む酒。二三伊勢参宮の者を京の人が逢坂山まで見送るのを関送りというが、ここでは単に見送りの意。二四格子見世を張っている女郎を局女郎に対してこう呼ぶ。二五昼夜買切りにすること。「ふれをなす」とは披露するの意。二六注文せよ。申し出せ。二七不自由で興がない。二八たやすい。二九装置する。

角《すみ》に棚《たな》をつらせ、枕屏風《まくらべうぶ》・手拭掛《てぬぐひかけ》まで入《いれ》て、[三〇]六尺十弐人[三一]すぐりて、ちいさき家《いゑ》のありくがごとし。何事もなればなる物ぞかし。

欲《よく》の世中《(よのなか)》に是《(これ)》は又

[三二]本朝遊女《ほんてうゆう》のはじまりは、江刕《がうしう》の[三三]朝妻《あさづま》・幡刕《ばんしう》の室津《むろつ》より事起《ことをこ》りて、今国〻《くにぐ》になりぬ。朝妻《あさづま》にはいつのころにか絶《たえ》て、賤《しづ》の屋《や》の淋《さび》しく[三四]嶋布《しまぬの》を織《おる》、男《おとこ》は[三五]大網《あみ》を引《(ひき)》て[三六]夜日《よひ》を送《おく》りぬ。室《むろ》は西國第一《さいこくだい》の湊《みなと》、遊《ゆう》女も昔《むかし》にまさりて[三七]風義《ふうぎ》もさのみ大坂にかはらずといふ。[三八]浮世《うきよ》の事はしまふた屋の金《きん》左衞門を誘引《さそひ》て、同じこゝろの[三九]瓢《へう》金玉《きんだま》、[四〇]ぬけ舟《ふね》を急《いそ》がせ、其夕暮《そのゆうぐれ》の[四一]空《そら》ほでりして[四二]戀《こひ》の湊《みなと》に押付《をしつけ》、まづは錠《いかり》をおろさせける。然《しか》も[四三]七月十四日の夜《よ》なり。此所《(このところ)》は十三日切に[四四]万世《よろづ》のやかましき事をも互《たがい》にすまして、[四五]盆《ぼん》の有様《ありさま》をみせて、男《おとこ》はちいさき編笠《あみがさ》をかづき、女は[四六]投頭巾《なげづきん》に、大小を指《さす》もありて、[四七]女郎まじりの[四八]大踊《おどり》、みるから此身《(この)み》は[四九]馬鹿《ばか》となつて[五〇]袖《そで》の香《にほ》ひに引《(ひか)》るゝ立花風呂《たちばなふろ》・丁子風呂《てうじぶろ》、すなはち爰《こゝ》の[五一]揚屋《あげや》也。廣嶋風呂《ひろしまぶろ》に行《ゆき》て亭主《ていしゆ》八兵衛にあないさせて、[五二]丸屋《まるや》・姫路《ひめぢ》屋・あかし屋此《(この)》[五三]三軒《げん》に八十余《よ》人の姿《すがた》を見盡《つく》し、其《その》中で[五四]天神《てんじん》かこひ七人[五五]抓《つかみ》て、誰《たれ》に[五六]思はくもなく酒《さけ》になして、あるじに私語《さゝやき》

三〇 かごかき。 三一 選りすぐって。

三二「遊女、室君よりはじまるといへり。遊女といふは室の泊・三島江などにありて船路の旅人に愛せられし故にしかいふ」(色道大鏡)。 三三 近江坂田郡米原の西にある琵琶湖の要港。慶長頃米原港が開けてから廃れた。 三四 縞織の布。この附近は高宮紬(麻に絹糸入りで縞模様を織出した夏羽織地)の産地。 三五 引き網。 三六 その日その日を過している。日々の暮しを立てている。 三七 風儀。風俗。身のこなし。 三八 商売はせずに金利で裕福に暮しているの意。 三九 剽軽者。気軽でおどけた人。 四〇 番々を定め役儀にかかっている舟を臨時に他の用に使うこと。 四一 夕焼。 四二 瓢金玉が抜けるにかけていう。 四三 遊女のある港。 四四 盆の前日。 四五 色々の貸借勘定を清算し合って。 四六 盆の風景が見られての意。 四六 先端を後ろへ折ってかぶる頭巾。 四七 それらの人々に女郎も入り混って。 四八 大勢で集って踊る盆踊。 四九「踊る阿呆に見る阿呆、同じ阿呆なら踊らにゃ損じゃ」の俗謡もあり、盆踊のことを一名馬鹿踊ともいう。 五〇「五月待つ花橘の香をかげば昔の人の袖の香ぞする　読人不知」(古今)による。踊りを見ているうちに浮き浮きして、女の袖の香に引かれて立花風呂の方へ行こうとする。 五一 この地は風呂屋が揚屋を兼ねていて、遊女をここに呼んで遊ぶ。 五二 室津小野町の女郎屋。 五三 色道大鏡の延宝二年の図には五軒、傾城色三味線(元禄一五)には三軒とする。 五四 揚代、天神は二十八匁、囲は十七匁であった。 五五 選び出して。 五六 相方を誰にしようと決めもせずに。

一 相方に決めよう。揚げて遊ぼう。
二 未詳。
三 分厚く切った伽羅。
四 香の匂により香の名を鑑別するのを「きく」という。
五 たしなみもなく。
六 ぞんざいに。
七 香炉を順に廻した。
八 それほどとりすました顔もせず。
九 ゆったりと。
一〇 上着を半ば脱いで肩のあたりまであらわした様。
一一 肌に直接着けている帷子。
一二 模様。
一三 静かに。しんみりと。
一四 少し考える様子をしてから。
一五 上品に。
一六 香の銘。
一七 すぐれた。立派な。
一八 おしとどめ。制止して。
一九 吉原京町三浦四郎左衛門抱の遊女。延宝初年格子より太夫となる(好色二代男五ノ三参照)。
二〇 いかにもそうだ。
二一 交会してその別れに。
二二 きっとそうでしょう。
二三 (こんなことを)突然。急に。

しは、「七人のうちにて何《いづ》れなりとも氣《き》に入《（いり）》たらば、それに[一]枕定《まくらさだ》めん」といふを聞《きゝ》て女郎おもひ〳〵の身嗜《みだしなみ》、みる程笑《ほどおか》し。酔覺《あいさま》しに[二]千年川《ちとせがは》といふ香炉《かうろ》に[三]厚割《あつわり》の一木《ひとき》を焼《たき》て[四]きかせけるに、[五]こゝろもなく[六]そこ〳〵に取《とり》あげて[七]まはしける、いとはしたなし。

末座《ばつざ》にまだ脇《わき》あけの女、[八]さのみかしこ顔《がほ》もせず、[九]ゆたかに[一〇]脱懸《ぬぎかけ》して[一一]肌帷子《はだかたびら》の[一二]紋所《もんどころ》に地藏《ちざう》をつけて居《ゐ》るこそ、いかさま子細《しさい》らしく見えける。手前《てまへ》に香炉《かうろ》の廻《まは》る時《とき》、[一三]しめやかに聞《きゝ》とめ、[一四]すこし頭《かしら》をかたぶけ二三度も香炉《かうろ》を見《み》かへし、「今

おもへば」といふて[一五]しほらしく下にをきぬ。世之介言葉《ことば》をとがめ、「此《（この）》木は何《なに》と御聞《きゝ》候」と申《（まうす）》。「正《まさ》しく[一六]もろかづら」といふ。「さても[一七]名誉《めいよ》の香《かう》きゝかな」と懐《ふところ》へ手《て》を入《（いれ）》、又取《とり》出《いだ》す所《ところ》を[一八]おさえ、「申《（まうし）》とわたくしなどが何としてか

聞《きゝ》候べし。其《(その)》木は江戸《ゑど》の吉原《よしはら》にて[一九]若山《わかやま》様の所縁《ゆかり》ではあらずや」といふ。「[二〇]いかにも〳〵、[二一]あふての名殘《なごり》にもらひまして」といふ。「[二二]さぞあるべし。私《わたくし》の[二三]與風《ふと》申《(まうし)》候は、備後《びんご》福山《ふくやま》の去《さる》御方《かた》、「江戸《ゑど》にて若山《わかやま》さまの香包《かうづゝみ》」と[二四]假初《かりそめ》の袖《そで》にとめさせられ、同《おな》じ枕《まくら》の夜《よ》[二五]いつよりはうれしさのまゝに忘《わす》れず。[二六]いまにおもひ出《(いだ)》し候」と申《(まうす)》。[二七]横手《よこで》をうつて「[二八]ゑんはしれぬ物《もの》かな。其《(その)》備後衆《びんごしゆ》の[二九]十がひとつかはいがられたひ」と[三〇]なづめば、亭主床《ていしゆとこ》とつて蚊屋釣懸《かやつりかけ》て、「是《これ》へ」と申程《(まうす)ほど》に、「[三一]夢見《ゆめみ》よか」とはいりて[三二]汗《あせ》を悲《かな》しむ所へ、穐《あき》までのこる螢《ほたる》を数包《かずつゝみ》て[三三]禿《かぶろ》に遣《つかは》し、蚊屋《かや》の内《うち》に飛《とば》して、水草《みづくさ》の花桶《はなおけ》入《(いれ)》て心の涼《すゞ》しきやうなして、「[三四]都《みやこ》の人の野とやみるらん」と[三五]いひざまに、[三六]寝懸姿《ねかけすがた》のうつくしく、「[三七]是《(これ)》はうごきがとられぬ」と[三八]首尾《しゆび》の時《とき》の手[三九]だれ、[四〇]わざとならぬすき也。[四一]假《かり》にもさもしき事はいはず。かはいさのまゝに、[四二]物数《ものかず》四十切ばかり包《つゝみ》て「人のほしがる物は是《(これ)》ぞ」と巾着《きんちやく》にあるほど打あけて、袖《そで》に投入《なげ(いる)》れば[四三]取敢《とりあへ》ず、夜《よ》もあけて[四四]別《わか》れざまに、旅《たび》の道心者《だうしんじや》の「[四五]こゝろざし請《うけ》度《たき》」といふ。彼《かの》女郎袖《そで》の包《つゝみ》がねを其まゝとらせける。修行者《しゆぎやうじや》[四六]何《なに》ごゝろもなくもらひて、四五丁も行《ゆき》て立帰《(たち)かへ》り、「是《(これ)》は存《ぞんじ》もよらぬ事。[四七]一錢《せん》二錢《せん》こそ申《(まうし)》請《うけ》しに、今の女郎にかへす」と投捨《なげすて》てゆく。[四八]昔《むかし》はいかなる者《もの》ぞとゆかし。世之介此《(この)》女の心入《いれ》をおどろき[四九]様子《やうす》をきけば、[五〇]隠《かく》れもなき人の御息女《そくぢよ》なり。請出《うけだ》して直《すぐ》に丹波《たんば》

二四 かりそめの契を結んだ時の着物の袖に。
二五 ふだんの床。
二六 今でも忘れられません。
二七 感嘆して思わず手を拍ち合せて。
二八 縁は知れぬ物。諺。
二九 十分の一でよいから。
三〇 思いを寄せると。「なづむ」は深く思い込むこと。
三一 床に入ろうの通言。
三二 汗を物憂く思っていると。
三三 禿に持たせてよこし。
三四 出典未詳。
三五 言いながら、入って来て。
三六 寝かかる時の姿。
三七 魅了されてしまって、どうにもたまらないと。
三八 交歓する時の。
三九 老練さ。巧妙さ。
四〇 わざとらしさのない色好み。
四一 ついぞさもしい事は口にせず。
四二 数でいうと。当時丁銀は切って秤量して使ったので、目方ははっきりわからないが、個数が四十ほどもあったの意。
四三 無関心である。
四四 別れ際に。
四五 喜捨。法施(ほっせ)。
四六 何の気もなしに。
四七 一文二文の喜捨をお願いしたのに。
四八 この道心者の精神を見るにつけ。
四九 事情。
五〇 著名な人。大坂方の武将や名ある浪人の娘が遊女となったことが当時多かったので、ここではそれを素材としたものであろう。

に送《おく》りぬ。一行方《ゆきがた》しらず。

命捨《いのちすて》ての光物《ひかりもの》

「二ひらに若衆狂《わかしゆぐる》ひも面白《おもしろ》ひ物じや」と、三世之介を様《さま》〻勧《すゝめ》て四靈山《れうぜん》に誘引《さそひ》、五稽古能《けいこのう》過《(すぎ)》て人の帰《かへり》しあとは、暮《くれ》の松風《まつかぜ》六あげ麩《ぶ》の音《をと》、七精進腹《しやうじんばら》では酒《さけ》も飲《のま》れず、八「さあ爰《こゝ》が分別所《ふんべつ(どころ)》、九何と仕《し》やるぞ。けふはかはつて一〇玉川《たまがは》・伊藤《いたう》其外《(そのほか)》四五人一一取《とり》よせよ」と宮川《みやがは》町に早駕籠《はやかご》。一二目《め》をふるうちに一三ござりました。一四是《(これ)》を見てはいやといはるゝ事か。一五或人《あるひと》譬《たとへ》て申せしは、「野郎翫《やらうもてあそ》びは、ちり懸《かゝ》る花《はな》のもとに狼《おゝかみ》が寝《ね》て居《ゐ》るごとし。けいせいに馴染《なじむ》は入《(いり)》懸《かゝ》る月の前《まへ》に挑灯《ちやうちん》のなひ心ぞかし」とは、いかなる人も此《(この)》道《みち》には迷《まよ》ふべし。

夜終《よもすがら》夢《ゆめ》もむすばず一六枕躍《まくらおどり》、よい年をして一七螺《ばい》まはし・一八扇引《あふぎ(ひき)》、一九なんこよびておのづと二〇子共《(ども)》ごゝろに成《(なり)》て立噪《たちさは》ぎ、二一身《み》は汗水《あせみづ》になして風待顔《かぜまちがほ》に南おもてに二二出《(いで)》て、おりふし五月《さつき》の空闇《そらくら》かりしに、高塀《たかへい》の二三見越《(み)こし》に榎木《ゑのき》の有《(あり)》しが、茂《しげり》の下葉《したば》より二四数《かず》ある玉の二五光《ひか》り物。おの〱驚《おどろ》き、二六庫裏《くり》二七方丈《はうぢやう》にかけこみ、二八氣《き》を取失《とりうしな》ひ或《あるい》は臥《ふし》まろびぬ。

中にも二九男《おとこ》ひとりといはれてすこし三〇力瘤《ちからこぶ》ある者、三一半弓《はんきう》に三二鳥のしたの矢《や》の根《ね》をつが

一 その後どうなったかわからない。
二 平に。ひとえに。まったく。 三 世之介を。 四 東山の一峰、霊鷲山にある時宗正法寺。眺望よく、寺中の宿坊を遊山宿としていた。 五 勧進能や上覧能に対して、能太夫の非公開の手能のこと。しかし諸人に見物を許した。 六 生麩を油で揚げたもの。精進料理に用いる。 七 あげ麩の音を聞くにつけ、今夜の精進料理を食った腹では酒もろくに飲めない。 八 さあ、ここがようく考えなくてはいけないところだ。 九 どうしようか。 一〇 京都の女方役者玉川千之丞、同伊藤小太夫をさすか。 一一 ここに呼び寄せよ。 一二「目を振る」は脇目をすること。極く短い時間を「目を振る間」という。 一三 御到着になりました。 一四 この連中を見ては、衆道がいやだとは言えない。 一五 西鶴の弟子で一代男の版下を書いた水田西吟をさすという説もある。なお、傾城仕送大臣六ノ三に「衆道は…諸事了簡の違たる色遊び、はづれ気味悪しく、狼の子と枕ならぶる心地」とある。 一六 木枕を手玉にとる遊び。 一七 螺の貝殻に鉛を溶かし込んで作った独楽をむしろの上で廻し、はじき出した方を勝とする児戯。現代のベーゴマは、「ばいごま」の訛った語。 一八 親指と人差指とで扇の端を持ち互に引き合う遊び。 一九 碁石などを手に握って人にその数をあてさせる遊び。 二〇 童心。 二一 身体中汗だくになって。 二二 この連用形で文意はほとんど終止。 二三 物越しに高くそびえて見えること。 二四 多数の。 二五 夜光を発して飛行するものの総称。流星・彗星などを見てこう称した。
二六 寺の台所。 二七 住職の居間。 二八 失神したり。
二九 男一匹。 三〇 腕っ節の強い男。 三一 大弓の

ひ、[三三]榑椽《くれゑん》より下に飛下《とびおり》るを、[三四]滝井《たき》山三《さん》郎と申《(まうす)》。少人《せうじん》つゞきて彼《(かの)》男《おとこ》を押《をし》止《とゞ》め、「[三五]譬《たとへ》ば何者《なにもの》にもせよ、[三六]さばかりの事《こと》もあるまじ。暫《しばら》く御待《まち》候へ。手捕《てどらへ》にも成《(なる)》べし」と遙《はるか》なる木陰《こかげ》に行《ゆき》て見あぐれば、なを[三七]星《ほし》の林《はやし》のごとく、又一かたまり眞黒《まつくろ》なる物うごきぬ。山三[三八]こゝろをしづめ、「あやしや、[三九]此《(この)》何者《なにもの》」と言葉《ことば》をかくれば、「さても〳〵御うらみあり。矢先《やさき》に懸《かゝ》つて果《はつ》れば、此うき目は見ず。[四〇]御情《なさけ》にて御とめあそばし、なを思ひは[四一]胸《むね》にせまりこゝろの鬼骨《おにほね》を砕《くだ》き、[四二]火宅《くはたく》のくるしみも今[四三]ぞ」と、こぼるゝ泪袖《なみだそで》に懸《かゝ》れば[四四]湯玉《ゆだま》のごとし。「さては誰《たれ》をか戀《こひ》たまふ」といふ。「[四五]問《とは》れてつらし。毎日芝居《まいにちしばゐ》にて御面影《おもかげ》おがみ、[四六]樂《がく》屋帰《やがへり》の御あとにしのび、御門口《かどぐち》に[四七]イ《たゝずみ》御声《こゑ》をきく時死入事《しにいること》いくたびか。けふは東山《ひがしやま》への御會《くはい》とこん[四八]がうども[四九]ひそめくを聞《きゝ》て、今一度《ど》[五〇]はいし首《くび》くゝりて[五一]浮世《うきよ》の

半分の長さのもの。三二 鳥の舌の形をした鐖。三三 梱に沿って横板を平行に張った縁。三四 寛文時代の若女形。京出身で江戸へ下り所作舞にすぐれて評判をとった(男色大鑑)。延宝初年没したらしいが、死因は、中村勘三郎を毒殺しようとして逆に毒害されたとも、衆道の思いから病床に臥し没したともいう。本章最後の「昔を今に愁歎して語りぬ」とあるのは、これをさしているか。三五 たとえ。三六 それほどのことをする必要はありますまい。三七「天の海に雲の浪立ち月の船星の林に漕ぎ隠る見ゆ　人麿」(万葉)。星の無数に光る様をたとえて星の林という。三八 気を落ち着けて。三九 こんなつらい目は見なかったのに。四〇 あなたの御情で弓で射殺そうとするのをおとめになりましたため。四一 愛着の思いはますますつのり、煩悩の鬼は身をさいなみ。四二 苦しみの多い人生をたとえていう語。四三 今絶頂に達した。四四 沸きかえった湯の泡。四五「武蔵鐙さすがにかけてたのむには問はぬもつらし問ふもうるさし」(伊勢物語一三)による。四六 役者が楽屋から自宅へ帰ること。四七 思いにたえず気絶しそうになることが何度となくありました。四八 歌舞伎役者の草履取。四九 ひそひそ話をする。五〇 拝し。もう一度顔を拝んで。五一 この世に最期を告げようと。

隙《ひま》を明《あけ》むと、是《これ》なる[一]梢《こずへ》にのぼり、[二]然《しか》も御こと葉《ば》をかはす事、思日《おもひ》は殘《のこ》さじ。不便《ふびん》におぼしめされば、[三]なき跡《あと》にて一ぺんの御廻向《ゑかう》」と水晶《すいしやう》の珠数《じゆず》を捨《すつ》る。「さてこそ[四]思ひ合《あはせ》候事。わたくしもこゝろに懸《かゝ》ればこそ、あやしめる人をとゞめて是《これ》まで尋《たづ》ね候。[五]一念通《ねんかよ》ふこそうれしけれ。争《いかで》其《その》まゝそのこゝろざしを捨置《すてをく》べきや。御望《のぞみ》にまかせ申《まうす》べし。今宵《こよい》の明《あく》るを待《まち》給ひて、明日《あす》はかならずわが宿《やど》に」と申《まうす》を、人ゝ[六]聞《きゝ》もあへず、松明《たいまつ》とぼし連《つれ》て[七]大勢取《ぜいとり》まはし、あらく引《ひき》おろす時《とき》、山三色《いろ》ゝ[八]断《ことはり》も聞《きゝ》いれず。様子《やうす》をみれば[九]悲《かな》しき寺《てら》の[一〇]同宿《どうじゆく》也。「[一一]此道《このみち》のしんてい殊勝《しゆせう》なる事ぞ」と世之介取《とり》もつて、こゝろまかせに[一二]逢《あは》する事、後《のち》はすこし[一三]壺煎自慢《つぼいりじまん》して、[一四]かため證文《しやうもん》まだ疑《うたが》ひ、左《ひだり》の腕《かいな》の下に[一五]「慶《けい》一大事《だいじ》」といれ入墨《ぼくろ》有《あり》しは、かの法師《はうし》を慶順《けいじゆん》と申《まうし》けるとや。此事《このこと》江戸にて[一六]此好人《このすき》[一七]役者《やくしや》まじりに[一八]懺悔咄《さんげばな》しせし時、「何隠《かく》すべし」と[一九]段《だん》ゝ山三郎身《み》の上の事を、昔《むかし》を今に愁歎《しうたん》してかたりぬ。[二〇]本《ほん》じや。

一日か[二一]して何程《なにほど》が物《もの》ぞ

[二二]堺《さかい》の浦《うら》の櫻鯛《さくらだい》、[二三]地引《ぢびき》をさせて[二四]生《いき》たはたらきを見せんと、京《きやう》にて明《あけ》くれ山計《ばかり》詠《ながめ》居《ゐ》る[二五]末社召連《まつしやめしつれ》、[二六]津守《つもり》の神《かみ》やしろ過《すぎ》て[二七]北《きた》のはしにいれば、[二八]高洲《たかす》の色町《いろまち》[二九]中の丁[三〇]袋《ふくろ》町

一「梢にのぼり」で文は終止に近い。**二**しかも御言葉をかわすことができて、もう心残りはない。**三**自分の死んだあとで一遍読経して菩提をとむらって下さい。**四**合点が行きます。**五**心が疏通する。**六**全部聞き終らないうちに。**七**取りまき。**八**申し訳をする。事情を話す。**九**貧しい。みすぼらしい。**一〇**同じ寺に寄宿する僧。**一一**この人の衆道の心意は立派なものだ。**一二**逢わせたことであった。**一三**野郎を茶屋へ呼ばないで、野郎の宿へ入り込んで遊ぶことを壺煎(壺入)といい、馴染にならないと出来ないことであった。客がこのことを他へ自慢するのを壺煎自慢という。**一四**愛情の約束を堅める証文。**一五**相手の名前の一字をとり(ここでは慶順の慶の字)、その下に一大事または命と入墨するのが相手に対する心中立の形式。**一六**世之介をさす。**一七**役者どもの混っている席で。**一八**サンゲと読む。**一九**一部始終。ことごとく。**二〇**これは本当の話だ。

二一先客に揚げられている女郎を、他の客に見立てさせるため、一時他の揚屋へ呼び立てることを借りるといい、先客や女郎の立場からは貸すという。**二二**「行く春の堺の浦の桜鯛あかぬ形見に今日や引くらん　為家」(夫木抄)。桜鯛とは三月桜花の時節に獲れるものをいい、賞美され、堺の名産。**二三**地引網。京から堺の地引

網を見物に行ったことは男色大鑑七ノ五にも見える。二四 鯛が生きているところを見せよう。二五 太鼓持。二六 津守明神または乳守明神という。二七 堺は南本郷・北本郷・南端郷・北端郷の四地区に分れていた。二八 堺の北の遊女町。本名を北高洲町という。南の遊女町は津守(本名南高洲町)。二九 堺大小路の南宿院町と寺地町との間にあった遊女町。袋町とともに天和元年禁止。三〇 妙国寺南門前町にあった遊女町。三一 全部。全部町々へ押しかけて行って見立てるには及ばない。三二 一行の人数だけ呼んでもいくらでもない。三三 堺の遊廓は揚代、天神二十八匁、小天神二十一匁、囲十六匁、端八匁。三四 二階座敷で女郎を見立てて相方を決めたの意か。三五 馴染の客の数が多いのだろうか。三六 浄瑠璃本は大衆の読み物であった。三七 座興をさます。座をしらけさせる。三八 見栄。おごり。三九 堅苦しい。窮屈なこと。四〇 大坂・淀・伏見間の運輸にあたった過書船の内、三十石以上の船方が寛文十年に建造した二十石船。翌年淀二十石船方の抗議で三十石に極印を打ちかえられ新三十石船と称した。船足は軽快だったが船体小さく客は窮屈であった。

に着《つき》て、「三一かれ是《(これ)》よせてみるまでもなし。三二あたま数《かず》よびていくらが物ぞ。三三天《てん》神小《じんこ》天神とせちがしこくきはめぬ。三四二階座敷《にかいざしき》に品《しな》を定《さだ》め、酒《さけ》もいまだ末《すへ》〻にはまはらぬ内に、「かづらき様ちよつと借《かり》ませう」といふ。はや立《(たち)》て行《ゆく》。又女出《(いで)》て「高崎様《たかさき》」と呼立《よび(たつ)》る。座《ざ》につけば入替《(いり)かは》り立替《かは》り、一時程《ときほど》のうちに七八度宛《とづゝ》かす程《ほど》に、「さてもはんじやうの所ぞ。三五馴染《なじみ》の客数《きやくかず》も有《ある》か」と下を覗《のぞ》けば、物《もの》をいふ男《おとこ》もみえず。手枕《まくら》して煎《せん》じ茶《ちや》がぶ〳〵呑盡《のみつく》し、あくびしてはあがり、おりては三六浄瑠璃本《じやうるりぼん》など讀《よみ》、何《なに》の用《よう》もなきに一座《ざ》を三七さましぬ。此里《(この)さと》の習《なら》ひにて、たび〳〵かしに立事《たつこと》を三八全盛《ぜんせい》に思はれけるとみえたり。

よろづ三九かぢくろしく、あたら夜終《よもすがら》四〇新《しん》三十石《こく》に乗合《のりあひ》のこゝ地《(ち)》するなり。足《あし》をのばせば寢道具《ねだうぐ》みぢかく、蒲團《ふとん》はひえわたる。「なんと世之介様、旅《たび》の悲《かな》しさをよく御合点《ごがてん》あそばして、京《きやう》の女郎様の御氣《き》に入《(いる)》やうにあそばせ」といふ。「いかにも此浦《(この)うら》の[一]しほを踏《ふん》で、[二]老《おい》ての咄《はな》しにもとおもふぞ。[三]寝覚《ねざめ》のきづかひさに人にはだをゆるさず、帯仕《おび(し)》ながら寝入《ねいる》」とあれば、同じ枕の友《とも》ども、一人は硯引《すゞりひき》よせ家《いゑ》の[四]差圖《さしづ》を書《かい》て居《ゐ》る。又一人は[五]只居《たゞゐ》よゟはと寝《ね》ながら編笠《あみがさ》の緒《を》こしらえける。独《ひとり》は象牙《ざうげ》の[六]掛羅《くはら》よりもぐさを取出《(とりいだ)》し、[七]三里《さんり》にすえて㒵《かほ》をしかむる。女郎は女郎でかたより、更《ふけ》ゆくまで糸取《いととり》・[八]手相撲《てずまふ》して、折《おり》ふしは眠《ねぶり》、[九]きのどくなる夜《よ》の明《あく》るを待《まつ》はそのまゝ[一〇]籠《こも》り堂《だう》のごとし。

[一一]面白《おもしろ》からずとて「此所《(この)》にても口きく[一二]程《ほど》の若《わか》き人、[一三]新町《しん(まち)》に[一四]手あひを拵《こしら》え、[一五]ためて置《をい》て一度《ど》に[一六]嶋原《しまばら》で遣《つか》ひ捨《すつ》る事尤《もつとも》也。傾城狂《けいせいぐる》ひの[一七]しまつと[一八]下手《へた》に月代剃《さかやきそら》すほど世にいやなる物はなし。[一九]きたなき[二〇]かこひするも、[二一]切賣《きれうり》の女によい着物《きるもの》をきせて見るも同じ事ぞと思ふ。[二二]一文惜《おし》みの四十六匁をしらず。唯《たゞ》一度《ど》にても太夫の寝姿《ねすがた》を見るべし。色《いろ》の替《(かは)》りたる紅裏《もみうら》、[二三]際《きは》づきし脚布《きやふ》をせず、よごれたる枕《まくら》に[二四]たよらず、[二五]さりとては大きに違《ちが》ひのあるものなり。されば田舎《いなか》の人適ゝ《たま〳〵》の遊興《ゆうけう》は[二六]是非《ぜひ》なし。[二七]定宿《でうやど》をきはめ、大臣《だいじん》といはるゝ程《ほど》の人、[二八]いかなる者か寝息《ねいき》とめし其《その》跡《あと》を肌馴《はだな》るゝ事、[二九]すこしのこゝろをつけず口惜《くちおし》き事也。去人《さるひと》京《きやう》にて[三〇]丸屋《まるや》の七左衛門方《かた》に、[三一]梨子地《なしぢ》の塗長持《ぬりながもち》に定紋《でうもん》を付《(つけ)》て、四季《き》の寝道具《ねだうぐ》とゝのえて、[三二]枕箱《まくらばこ》・煙《たば》

一 塩を踏む。苦労を経、経験を積む意。 二 老後の話の種にもしようかと思う。 三 風邪を引かない用心のための意か。 四 設計図。 五「只居ようよりは」の略。何もしないでぼんやりしているより。 六 掛絡。根付または根付をつけた印籠・巾着の類。 七 膝頭の外側の凹んだ所にある灸点。 八 腕相撲。 九 気詰りな。不愉快な。 一〇 神社仏閣で通夜する人の参籠する堂。静粛を旨とする。 一一 これでは面白くないというので、座中の一人が以下の話をした。 一二 幅をきかせている。世間つきあいの広い。 一三 大坂の遊廓。 一四 適当な相手。ここでは馴染の女。 一五 金をためておいて。 一六 京の遊廓。 一七 始末。倹約。金の出し惜しみをすること。 一八 下手な人に。 一九 しみったれた。 二〇 下級の囲女郎を買うこと。 二一 昼夜に分けて切売する下級女郎。 二二「一文惜しみの百知らず」のもじり。四十六匁は新町の太夫の揚代。けちな遊びをしていては結局本当の楽しみを味わえないの意。 二三 汚点(しみ)のできた。 二四 使用しないの意。 二五 以上のように太夫というものはそれはもう大したちがいがあるものだ。 二六 しかたない。安女郎でもやむを得ない。 二七 贔屓の揚屋を宿坊にきめること。専用の部屋をきめ豪奢な設備をするものもあった。二八誰が寝たかもわからない寝具に肌をふれること。 二九 少しも気づかず平気でいるのは。 三〇 島原の揚屋町西側南端の揚屋。 三一 蒔絵の一種。金銀の粉末を蒔いて梨子の皮のようにし、その上に梨子地漆をぬって研ぎ出したもの。 三二 枕を入れる箱で、手廻り品、金銭をも入れた。 三三 清潔にしておかれた。 三四 決して贅沢ではない。 三五 いまわしい。汚らしい。 三六 契りを結んだのに。 三七 つぎの日。 三八 公家をさす。

草盆《こぼん》・其外《そのほか》うつは物《もの》・水呑《のみ》まで[三三]きよらかにあそばしける。[三四]何《なに》か奢《おごり》にあらず。思へば大事《だいじ》の御身《み》なれば世之介様にも是程《これほど》の事は」とかたりぬ。「まことにさる[三五]太夫にわけもなき病人《びやうにん》の[三六]あひけるに、[三七]又の日は[三八]檜扇《ひあふぎ》をもたせらるゝ程《ほど》の御かたも[三九]それまではあらため給《たま》はず。我都《われみやこ》に帰《かへり》たらば分別《ふんべつ》がある」と[四〇]数長櫃《かずながびつ》をこしらえ、[四一]遊女参會《ゆうぢよさんくはい》、入《(いる)》程《ほど》の諸道具《しよだうぐ》をいれて、ゆくさき〳〵もたせ侍るとなり。

當流《たうりう》の男《おとこ》を見しらぬ

[四二]都《みやこ》より飛梅《とびむめ》、筑前《ちくぜん》の[四三]柳《やなぎ》町を見にまかりぬ。昔《むか》しは[四四]博多《はかた》小女郎と申《(まうし)》て[四五]冠氣者《かぶきもの》ありける。[四六]人の命《いのち》を取《とつ》て、袖《そで》の湊《みなと》の大噪《さは》ぎよりこのかたは、[四七]夜《よる》の道《みち》をとめられて、昼《ひる》さへ門《もん》を[四八]さして獨《ひとり》と[四九]くゞりよりの出入、然《しか》も[五〇]武士《ぶし》はとがめ侍る。[五一]いづれかおもしろからず。比《ころ》は水無月《みなつき》のはじめ、舟路《ふなぢ》もこゝろよく安藝《あき》のみや嶋《じま》に着《つき》ぬ。[五二]此所《(このところ)》の市《いち》とて五里七里の人こゝにあつまりぬ。[五三]神前《しんぜん》の千疊《せんでう》じきに假寝《かりね》をせし里の小娘《こむすめ》をそゝのかし、[五四]芝居《しばゐ》子に氣《き》をとられ、[五五]遊女《ゆうぢよ》の[五六]買論夜昼《かいろんよるひる》のわかちもなく、[五七]又類《たぐ》ひなき事どもなり。[五八]揚屋《あげや》といふも[五九]内《うち》あさく表《おもて》にみえすき、女郎は[六〇]浴衣染《ゆかたぞめ》の帷子《かたびら》に[六一]中紅《ちうもみ》の[六二]脚布《きやふ》をわざと見せかくる、[六三]其初心《そのしよしん》さ何程《なにほど》。やう〳〵此《(この)》ほど[六四]岡崎《おかざき》を

公家は檜扇を常に所持していた。 三九 女が前日どんな客と関係したかまでは吟味されなかった。 四〇 五棹・十棹と揃えて作った長持。この場合の数は安物の意ではない。 四一 遊女を揚げて遊ぶ。 四二 筑前大宰府天神にある菅公遺愛の梅は都から道真公を慕って飛んで来たというので飛梅の名がある。ここは都を飛び出しての意に洒落ている。 四三 博多の遊女町。 四四 海賊の首領を捕え功があったため遊女の頭となったと伝えられる女性。近松の博多小女郎波枕にも脚色された。 諸国色里案内には異説がある。四五 華美軽佻な好色者。 四六 未詳。この廓での大事件と思われるが今伝わらない。袖の湊は博多南の町の中央に東西に通ずる入海。 四七 柳町は泊り客を許さず、申の下刻に客を帰し酉の刻に大門を閉めた(色道大鏡)。 四八 とざして。 四九 潜り戸。 五〇 入口の番所で腰の物を改めて預り丸腰の客以外は入れなかった(色道大鏡)。 五一 いずれにしても面白くない。 五二 六月七日より七月七日までを夏市といい、六月十六日の厳島の祭礼を中心に大市が立つ。 五三 厳島神社の大経堂。 五四 歌舞伎若衆。市時に大宮の東の舞台に旅興行の芝居がかかった。 五五 一人の遊女を買うについて客同士が争うこと。 五六 のべつに行われ。 五七 こういった賑やかさは他に見られないことだ。 五八 遊女町は阿弥陀堂の北裏、新町にあり、揚屋十軒、傾城屋三軒、市時には大坂の女郎などが出張して来て八軒になる。 五九 奥行浅く表から見通され。 六〇 浴衣模様。中形・紋形など派手である。 六一 本紅より鮮紅度がうすい。 六二 腰巻。 六三 幼稚さ。野暮ったさ。 六四 寛永以来流行の歌。

覚《おぼえ》たる手[一]つきして、只《たゞ》やかましき撥《ばち》をと、「[二]しんきしの竹かけてはすだれ」と所のはやり歌《うた》きくに笑《おか》しく、様子《やうす》見合《(みあはせ)》て宿《やど》をかりて、「どれでもかまはぬ。此所で[三]なる程《ほど》[四]いき過《(すぎ)》て、男《おとこ》ふるほどの女郎よべ」と、太鞁《たいこ》は貳人已上[五]三人双《ならべ》て、世之介も金《きん》左衛門・勘《かん》六一所《(いつしよ)》に[六]あらひがきの[七]袷帷子《あはせかたびら》に、[八]ふと布《ぬの》の[九]花色羽織《はないろはおり》に、[一〇]さし渡《わた》し四寸五分計《(ばかり)》の紋《もん》に[一一]鎌《かま》と輪《わ》とぬの字《じ》を付《つけ》て、[一二]蚊虻《もんもう》なる出立《いでたち》、わが身ながら是《(これ)》は〳〵醜《みにく》ひ物といふ。女郎も笑《おか》しがつて盃《さかづき》も指《さゝ》ず、中間《なかま》[一三]であいもんの言葉《ことば》をつかひ、[一四]大形《かた》ならずなぶる。折《おり》ふし山がつの[一五]手《て》籠《かご》に入《(いれ)》檎榔《りんご》の盛《さかり》を見せける。

「それかへ」とて腰《こし》に付《(つけ)》たるはした銭《ぜに》を投《なぐ》れば、[一六]君達声《きみたちこゑ》をあげて「ゆふべの事は」と[一七]余《よ》の事《こと》にして笑《わら》ひぬ。世之介中にも[一八]子《し》細《さい》らしき女に、「さて、われ〳〵は何者《なにもの》と[一九]みえます」といふ。「人間《にんげん》と見ゆる」と申《(まうす)》。「[二〇]それはふ

一 昔からの歌をやっとこの頃覚えたような手つきで。二 有馬節の唄歌。
三 なるべく。
四 意気、張りがありすぎて。五 合計。
六 洗柿。薄い柿色。
七 裏をつけた帷子。
八 まだ晒してない布。粗末な下級品。
九 はなだ色。薄い藍色。一〇 直径。
一一 かま・わ・ぬ(構わぬ)という判じ物。寛永・明暦・万治の頃から流行。
一二 文盲の意。無粋な。野暮な。
一三 合紋。符牒。仲間内だけに通じる言葉をつかい。
一四 たいそう。
一五 把手のついた籠。
一六 女たち。遊女を君という。
一七 別な事。外の事。「昨夜の出来事はおかしかった」と他の事を笑うようにして「はした金をえらそうに投げ出す」ことを嘲った意か。
一八 利口そうな。生意気そうな。
一九 見えますか。
二〇 そんな答は陳腐だ。
二一 我々の商売は何と思うか。
二二 ひいき目に見て上げました(本当はもっと悪そうだが、色をつけて申しますよ)。
二三 暮す。生計を立てるの意。
二四 糸を編んで組帯を作る職人。以上、いずれも畳に坐って作業する職人。
二五 不思議だ。不思議によく当ったものだ。
二六 そこにいる者だけが。
二七 勝に乗る。図に乗る。調子にのって、からかわれているのも知らず、べらべらとしゃべりたてた。

るひ。[二一]商賣《しやうばい》は」といふ。「[二二]贔屓目《ひいきめ》から見たてました。疊《たゝみ》の上で[二三]育《そだ》つ人じや。たぶんこなたは筆屋《ふでや》どの。そなたは張箱屋《はりばこや》、又は[二四]組帯屋殿《くみおびやどの》であるべし」と思案《しあん》しまして申《(まうす)》。「さても／＼[二五]名誉《めいよ》じや。[二六]そこな者《もの》が獨《ひとり》、組帯屋《くみおびや》が違《ちが》ふた。兩人《りやうにん》は、さても」とおどろく顔《かほ》をすれば、なを[二七]かつにのる事有《あり》。[二八]されば人の[二九]身持《みもち》は、たとへ[三〇]いかなる着《きる》物にもせよ[三一]腰《こし》の物のこしらえ、手足《てあし》にてあらまし[三二]みゆる事ぞ。殊《こと》更我召《さらわがめし》つれしは、堀川《ほりかは》の[三三]勝之丞《かつのぜう》とて廣《ひろ》ひ京《きやう》にもならびなき小草履取《こざうりとり》、諸人《しよにん》の目にたつ僕《でつち》也。是《これ》を[三四]つるゝ程《ほど》の者を[三五]かるく思ふはこゝろのはたらかぬゆへぞ。

「[三六]迚《とて》も床《とこ》に入《(いり)》ても[三七]よしなし、人形《にんぎやう》まはしして遊《あそ》べ」と挾箱《はさみばこ》より[三八]たゝみ[三九]家躰取《やたいとり》組《くみ》、[四〇]上幕《うはまく》・[四一]つらがくし・[四二]首落《くびおと》し、[四三]五尺《しやく》にたらぬ内《うち》に金銀《きんぎん》をちりばめ[四四]自由《じゆう》を仕懸《しかけ》、[四五]六段《だん》ながらの[四六]出來坊《でくるぼう》うごき出《(いで)》ける。「去程《さるほど》に[四七]信太妻《しのだづま》の女房《にうばう》江戸風《ふう》のしよてい」と申《(まうす)》。「世之介様、それは[四八]其《その》まゝ吉原《よしはら》のかの太夫さまにいきうつし」と[四九]いふ。

「よくも[五〇]見るやつかな。[五一]それに似《に》せて作《つく》らせ侍る。此《(この)》女郎を去大名《さるだいじん》の[五二]しのびて、[五三]三人同じ出立《(いでたち)》にて、[五四]市左衛門座敷《ざしき》にして「此内《(このうち)》に思召《(おぼしめし)》の方へ御盃《さかづき》を」と申せしに、すこしもせかずして、「神《かみ》ならぬ身《み》なればゆるし給へ」と[五五]勝手《かつて》へ立《(たち)》て、禿《かぶろ》に私語《さゝやき》、手飼《てがい》の鶯《うぐひす》を[五六]取《(とり)》放《はな》させ、庭山《にはやま》に[五七]けはしく「申《(まうし)》〳〵」と[五八]声を立《(たつ)》る。三人一度《ど》に「何か」と障子《しやうじ》をあけて立出《(たちいづ)》る所を、様子《やうす》[五九]見すまして[六〇]本大臣《だいじん》さまへ盃《さかづき》をまいらせけ

二八 いったい。そもそも。以下世之介の述懐。
二九 身分。三〇 どんな着物を着ていても。
三一 腰に差している物。大小。
三二 判断できる。わかる。三三 未詳。
三四 連れる。お伴にしている。
三五 軽い身分の者と思うのは血のめぐりが悪いからだ。三六 どうせ。三七 (こんな女どもと床に入っても)しようがない。
三八 折畳式になった屋台。屋台は舞台。
三九 組立て。四〇 舞台上部の水引幕。
四一 人形遣いの顔を隠す上段の幕。四二 未詳。
四三 舞台の幅は五尺に足りないが、その舞台一面に。
四四 思う存分の仕掛がしてあり。
四五 古浄瑠璃はすべて六段構成。ここは本物の浄瑠璃通りにの意。四六 人形。傀儡。
四七 山本角太夫正本の五段物。安倍の保名が泉州信太の森の狐と契って生れた晴明が蘆屋道満との行力争いに勝つという筋。信太妻とは狐をさしていう。「さる程に」は古浄瑠璃発端の常套句、ここでは「それでは」の意。「それでは今から信太妻の女房を江戸風のとりなりで演じる」と世之介が言う。
四八 そっくりそのまま。
四九 勝之丞が。
五〇 見抜く。五一 その太夫に。
五二 身分を隠して。
五三 伴の者二人と三人で同じ服装をして。
五四 吉原揚屋町の揚屋、桐屋市左衛門。五五 台所。
五六 逃がさせ。
五七 あわただしく。五八 禿が。
五九 十分に観察して。
六〇 (三人の中の)本当の大臣、すなわち大名。

る。此《(この)》首尾《しゆび》いづれもほめて、偸《ひそか》に尋《たづね》ければ、三人ながら[一]桑染《くはぞめ》の木綿足袋《もめんたび》はかれしに、獨《ひとり》[二]はな緒《を》ずれの跡《あと》なき御方《かた》あり。[三]地《ち》を踏《ふみ》給はぬ御方さま、[四]いかさまにも[五]と思ひざしせしと也」。

今爰《いまこゝ》へ尻《しり》が出物《でもの》

見ぬ所《ところ》もあれど、遠國《おんごく》の傾城《けいせい》の[六]曾而《かつて》おかしからぬにこりはてゝ、[七]のぼり日和《ひより》幸《さいはい》に、[八]難波江《なにはえ》のうれしや水串《みをづくし》もちかよりて、[九]三軒屋《げんや》に着《つき》ぬ。[一〇]むかしは爰《こゝ》も遊女《ゆうぢよ》ありて、[一一]「淡路《あはぢ》にかよふ鹿《しか》のまき筆《ふで》」とうたひしが、それも[一二]夢《ゆめ》なれや[一三]芦《あし》の上葉《ば》に穐《あき》の初風《はつかぜ》をとづれて、[一四]笛太鞁世間《ふえたいこせけん》はどかるけしきもなく、[一五]天下の町人の思ひ出《で》に、[一六]御座舟《ござふね》のうちには[一七]外山《とやま》千之介・[一八]小嶋妻之丞《こじまつまのぜう》・同梅之介《むめの》など取《(とり)》のせてゆく。かしこには[一九]松嶋半弥《まつしまはんや》・[二〇]坂田小傳次《さかたこでんじ》・[二一]嶋川香之介《しまかはかうのすけ》、[二二]盃《さかづき》入日《いりひ》をあらそひ波立《なみたち》さはぐも心知《こゝち》よし。向《むか》ひの岸には[二三]松本常《まつもとつね》左衛門・[二四]鶴川染之丞《つるかはそめのぜう》・[二五]山本勘《やまもとかん》太郎・[二六]岡田《おかだ》吉十郎、竿指《さほさし》のべて[二七]石持釣《はぜつる》[二八]風情詠《ふぜいながめ》也。笹葺《さゝぶき》の[二九]假湯殿《かりゆどの》、鯛鱸《たいすゞき》の生舟《いけふね》、昼《ひる》はらく書《がき》して[三〇]ゆく水に扇流《あふぎなが》し、夜《よる》は花火《はなび》のうつり、おのづと[三一]天《てん》も酔《ゑゝ》り。「いやまた此《(この)》舟遊《ふなあそ》び[三二]京《きやう》の山にはまさりしを、[三三]内裏様《だいりさま》にも見《みせ》たし、[三四]衛士《ゑじ》の燒火《たくひ》の薄鍋《うすなべ》に燃《もえ》て、[三五]ざつと

一 桑の若葉のような色、薄黄色の染色。二 足袋に。三 (常に乗物に乗るから)下駄や草履をはくことがない。四 いかにも。なるほどあの方にちがいあるまい。五 この人と思い定めて盃をさすこと。普通「思ひざし」は愛情をこめて盃をさすこと。

六 一向に。七 上方へ上る船路の天気工合がよく。八「わびぬれば今はた同じ難波なるみをつくしても逢はむとぞ思ふ　元良親王」(後撰)の歌から水串(川口一之洲より上流へ一番から十番まであった水路標識)を出す。九 三軒屋川川口。勘助島東岸の部落。一〇 三軒屋の遊女は承応年間に新町へ移された。一一 未詳。「鹿の巻筆といふ小唄」(本朝二十不孝二ノ二)と同じものか。一二「津の国の難波の春は夢なれや蘆の枯葉に風わたるなり　西行」(新古今)による。それも今となってはもう昔の夢で。一三「音たてていまはた吹きぬわが宿の荻の上葉の秋の初風　為家」(新勅撰)による。一四 船遊山には座頭・浄瑠璃太夫・歌舞伎若衆などを乗せ音曲を奏して遊んだ。一五 将軍を天下様といい、京・大坂は幕府直轄ゆえこの称がある。一六 屋形船。一七 京の若衆方役者。美貌で有名。元禄六年江戸へ下り活躍。享保頃没。一八 大坂の若衆方。延宝末に彦十郎と改め立役に転じ、貞享末から竹島幸左衛門附の狂言作者。梅之介は嫗方。後六左衛門と改めた。一九 初代半弥。若衆方。女方として寛文・延宝年間活躍。延宝八年座本。貞享末廃業。美貌至芸大坂随一といわれた。二〇 若衆方。二一 未詳。二二 朱の盃が入日とその色を争うと

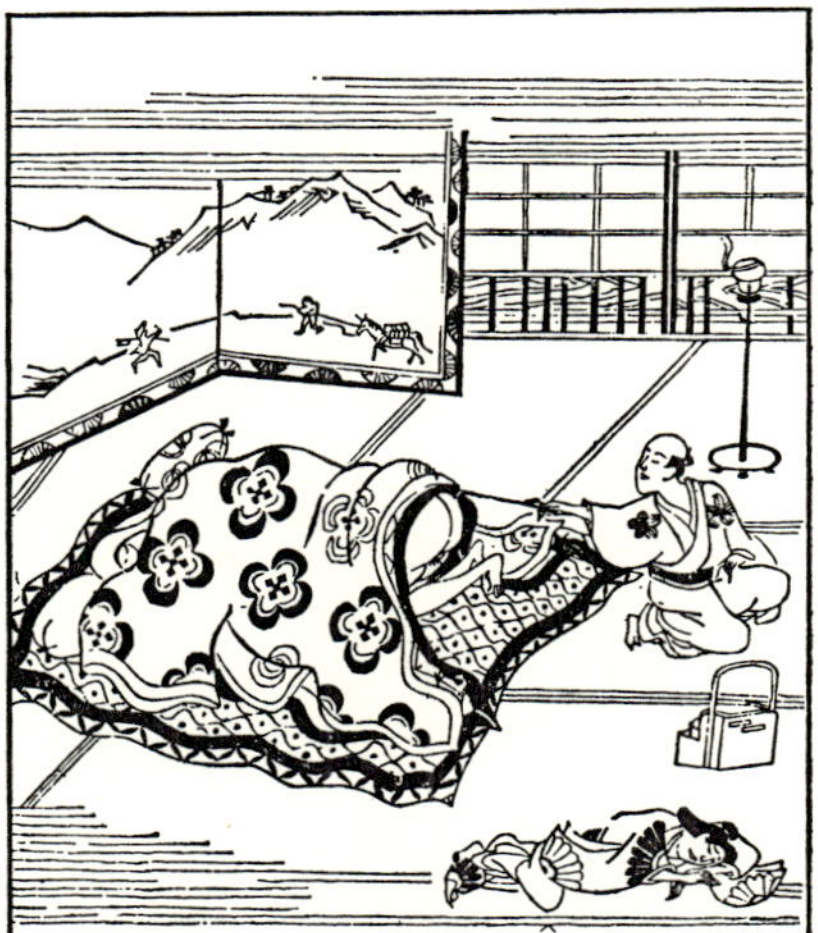

[三六]水雑水《みづざうすい》をとこのみしは、下戸《げこ》のしらぬ事成《(なる)》べし。[三七]ひとつなる口なれば大坂に逗留《とうりう》の中《うち》に[三八]一日は野郎《やらう》もよしや、[三九]けふのうらやましさは」といふ声《こゑ》を聞《きい》て「世之介ではなひか」「誰《たれ》じや」「[四〇]小倉《おぐら》にかはひがるゝ男《おとこ》」と申。「してなんと其後《(その)》は[四一]上《かみ》へものぼらぬか」「まづ咄《はな》す事もある、此舟《(この)ふね》へ」といふ。[四二]何角《なにか》なしに[四三]乗《のり》うつりて、皆《みな》こゝろやすきつき合《(あひ)》、見しつた[四四]紋付《もんつき》の小盃《さかづき》にて[四五]てんがう飲《のみ》、とやかくいふうちに[四六]四ツ橋《ばし》につけて「あがれ」といふ。「又[四七]悪所《あくしよ》へか」「颯《さつ》と見て帰《かへ》らう。[四八]是吉野夜《これよしのよる》の花じや」と[四九]東口《ひがし》より入て、[五〇]九軒《けん》の[五一]吉田屋《よしだや》に行《ゆけ》ば、臺所《だいどころ》に[五二]年《とし》がまへなる男《おとこ》が白き[五三]絹縮《きぬちゞみ》に[五四]紅裏付《もみうらつけ》て、廣袖《ひろそで》着《き》て女房共《にようばう(ども)》を[五五]横平《わうへい》によびける。[五六]おなるに「[五七]何者《なにもの》か」ときけば、「[五八]これの阿爺《とゝ》さま」といふ。「此《(この)》二三年も來《き》て亭主《ていしゆ》見しらぬも[五九]新《あたら》しい。それは何事《なにごと》もおなるの利發《りはつ》で[六〇]埒《らち》があく。まづ今夜《こんや》の

いう意。 二三 立役。 二四 若衆方。後惣兵衛と改名。 二五 二代目。若衆方、美貌で有名。後勘十郎と改名。 二六 未詳。 二七 大坂川口のはぜ釣は有名。 二八 見ものだ。 二九 供船に湯殿舟・生舟(生魚を放しておく生簀舟)などを連れていた。 三〇「行く水に数かくよりもはかなきは思はぬ人を思ふなりけり」(伊勢物語五〇)をふまえ、流水に扇を流す遊びをするとした。 三一「春之暮月、月之三朝、天酔二于花一、桃李盛也」(和漢朗詠)による。 三二 京の山遊び。 三三 天子様。 三四「御垣守衛士のたく火の夜は燃えて昼は消えつゝ物をこそ思へ 能宣」(詞花)による。 三五 手軽にあっさりと。 三六 水気の多い菜粥。酔覚めの食物として喜ばれる。 三七 一盃いける口。酒を呑めるの意。 三八 一日くらい野郎遊びもよかろう。 三九 今日見たあの野郎遊びの羨しさはどうだ。 四〇 未詳。新町の太夫か。その小倉に可愛がられている客の男。 四一 京。 四二 何はともあれ。ただちに。 四三 世之介が友の船に。 四四 小倉の紋をつけた小盃か。 四五 いろいろふざけた飲み方をすること。 四六 長堀川と西横堀川との交点に架した四つの橋の総称。南に淡路洲本船の発着場があり、新町もすぐ近くにある。 四七 遊里のこと。ここは新町をさす。 四八 新町の夜景を吉野の夜桜にたとえた。 四九 新町橋入口。明暦三年開かれた。それ以前は西口のみ。 五〇 新町通筋から一つ北の筋の揚屋町。 五一 揚屋吉田屋喜左衛門。 五二 年輩の。年の行った。 五三 ぬき糸によりをかけて織った夏物の絹織物。 五四 紅裏や広袖は伊達な風俗。 五五 横柄。 五六 吉田屋の女房。 五七 あの老人は誰だ。 五八 この家の亭主。 五九 残念だ。 六〇 埒が明くからだ。

埒《らち》はなんでも目と鼻《はな》さへ有《ある》女郎ならば堪忍《かんにん》する」[一]とあまりもの有《ある》ほど呼《よび》にやる。

世之介[二]終《つい》に申さぬ望《のぞみ》、さる[三]天神《てんじん》を此前《(このまへ)》から[四]様子《やうす》ありと、それを名《な》ざして[五]取《とり》よする。[六]大二階《にかい》にあがれば、南《みなみ》の空《そら》より[七]影《かげ》のさし入《(いり)》、[八]月もむかし爰《(こゝ)》に[九]加賀《かゞ》の三《さぶ》郎などが逢《あひ》し太夫[一〇]市橋《いちはし》が定宿《でうやど》、金《きん》の間《ま》も[一一]湊紙《みなとがみ》の腰張《こしばり》に替《かは》りぬ。「其《(その)》時見しは四尺の長机《ながづくゑ》に[一二]書院硯《しよゐんすゞり》・[一三]筆掛《ひつか》・[一四]香箱《かうばこ》、さまざまの[一五]唐物道具《からものどうぐ》置捨《をきすて》てかへれども、誰《たれ》がひとつ手にとらずあるに、今《いま》は木枕《きまくら》もたらず、[一六]煙草《たばこ》あけてゆくやら吸啜《させる》が見えぬ事。よもや禿《かぶろ》はとらぬ筈《はず》」と、おもしろからぬ咄《はな》しする内《(うち)》に、[一七]城春《じやうはる》が三味線《さみせん》の[一八]奉加帳《ほうがちやう》「[一九]心得《こゝろへ》た。小判《こばん》の次手《ついで》になんでも無心《むしん》は御座《ござ》らぬか」と[二〇]悪口《わるくち》いふて、「女郎衆はまだか。[二一]顔《かほ》見て立《(たち)》ながらいなす事じやが」といふ所へ、[二二]世之介馴染《なじみ》が御《ご》座《ざ》つた。[二三]どこでまいつたやら、さゝ過《(すご)》してみえける。其《(その)》内に床《とこ》をとる。「めづらしう寝《ね》もせうか」と、[二四]帯《おび》もとかずに鼾《いびき》かきて思《おも》はしからぬ夢《ゆめ》みる時、「[二五]御立《おたち》」と庭《には》から呼《よび》立る。「罷帰《まかりかへる》」と[二六]起出《をきいづ》る。女郎は[二七]酔《ゑい》が醒《さめ》ぬと[二八]其《(その)》まゝありて[二九]暇乞《いとまごひ》もせず。世之介目覺《めさま》しに吸啜《きせる》はなさず、つゞけさまに七八ふく灯《ともしび》にて呑《のみ》侍る。女郎夜着《よぎ》の下より尻《しり》をつき出《(いだ)》すを、不思議《ふしぎ》に思へば、其《(その)》あたり響《ひゞく》ほどの香《には》ひふたつまで[三〇]こく所《ところ》を[三一]火皿《ひざら》にて押《をさ》えける。[三二]覚《おぼえ》ありてこきぬるこゝろ入《(いれ)》のさもしさ、[三三]思《おもは》ずしらずは釈迦《しやか》もこきたまふべし。

一 客がなくて置屋に残っている者、すなわちお茶を引いている者。二 ついぞ。一度も。三 太夫の次の位の遊女。新町では揚代三十匁。四 訳があって揚げて見たいと思っていた。五 呼び寄せる。六 客が上って酒宴などをする座敷。七 光線。八「影なびく光をそへて此の宿の月も昔をうつすとぞ見る　公直母」(新千載)による。九 未詳。一〇 新町の太夫。未詳。「市橋が定宿、金の間はまくりて勝手屛風になりぬ」(好色盛衰記三ノ四)。一一 和泉大鳥郡湊村に産した安紙。壁紙などに使用された。一二 書院用の大硯。一三 筆架。一四 薫香を入れる箱。多くは蒔絵の小箱。一五 舶来の諸道具。高価で貴重な品々である。一六 煙草盆の煙草を自分の煙草入につめてからっぽにして行く。一七 新町の揚屋で抱えている太鼓持の座頭の名。一八 三味線新調のための寄附を募る帳面。その奉加帳を持ち出して来る。一九 承知した、小判を両替するついでにやるから、外に無心があったら申し出よ。二〇 悪態をついて。二一 顔を見たら座につかせないでそのまま追い返してやるんだがな。二二 世之介の馴染がやって来た。二三 どこで飲まされたか知らないが、飲みすぎたように見えた。二四 世之介は。二五 揚屋の男が大門をしめる時分に客の起床をうながす声。二六 世之介は。二七 酔がさめぬと見えて。二八 そのまま寝ていて。二九 客に対する別れの挨拶。三〇 屁をひること。三一 きせるの煙草をつめる部分。三二 知っていて。三三 無意識ならば。

繪入

好色一代男

六

好色一代男

巻六目録

一 以下本巻末まで年立が誤っており、前巻の終りが四十一歳であるから、本巻は四十二歳より四十八歳までになるべきである。二 今の三笠に対してかくいう。三 「くべらる」の一語化した受身動詞。四 島原太夫町宮嶋甚三郎抱の太夫。寛文十二年大坂に下り、瓢簞町扇屋四郎兵衛抱となり全盛を極め、延宝六年正月六日没、二十二歳。下寺町浄国寺に葬る。五 遊女から贈られた心中立の髪・指・起請文などを入れて置く箱をかく名づけて秘蔵した。六 正月の道中姿。七 正月に着る晴着の羽織。八 歌書の古筆切で作った紙子羽織。

九 気が大きくて、こせこせしないこと。この個所以下、遊女評判記の文体をとり入れている。一〇 容姿。一一 太夫職にふさわしいものを生れつき持っており。一二 女郎が置屋と揚屋の間を往復すること。裾を蹴出して外八文字、内八文字に足を運び、肩をすえてひねり腰で悠然と歩く。一三 平凡なものとちがって。一四 ものに馴れすぎている様。ういういしさが少なく、客を呑んだような態度に見えることをいう。一五 威勢のない。一六 馴染になってみると。一七 一座の取持ち。宴席での客の取持ち様は明朗での意。一八

喰《くひ》さして袖《そで》の橘《たちばな》

情《なさけ》あつて[九]大氣《たいき》に生《むま》れつき、[一〇]風俗《ふうぞく》[一一]太夫職《しよく》にそなはつて、衣裳《いしやう》よくきこなし、[一二]道《どう》[一三]中《ちう》たいていに替《かは》り、すこし[一四]すしに見えて[一五]幅《はゞ》のなき男《おとこ》はおそれてあふ事希《まれ》也。[一六]取《(とり)》入《(いつ)》てはよき事おほき人にして、[一七]座配《ざはい》にぎやかに[一八]床《とこ》しめやかに、[一九]名譽《めいよ》[二〇]おもひを殘《のこ》させ、別《わか》るゝ[二一]よりはや重《かさね》てあふ迄《まで》の日をいづれの[二二]敵《てき》にも待兼《まちかね》させ、召連《めしつれ》の者《もの》・[二三]駕籠《かご》までも嵐《あらし》ふく夜《よ》は[二四]わざとならぬ首尾《しゆび》に[二五]仕懸《しかけ》て、[二六]さし捨《すて》の盃《さかづき》、[二七]御こゝろざしは是でもつた。太鞁女郎《たいこじよらう》にも[二八]大《(おほ)》形《かた》成《なる》[二九]わけは見ゆるし、[三〇]宿《やど》の男などとの事は[三一]末《すへ》に名《な》の立《(たつ)》をひそかに[三二]しめし、[三三]やり手がよく[三四]計《ばかり》の算用《さんよう》もきかず、[三五]いやしき物は手にもたず、禿《かぶろ》が[三六]眠《ねむ》るをもしからず、「夜更過《よふけすぐ》る迄[三七]用《よう》の事ありてあのはず」と万《よろづ》[三八]よしなに申《(まうし)》なしてはよろこばせ、「[三九]太夫様の事ならば」と常《つね》ゝ思はせて置《をき》、[四〇]黠《こざか》しき子《し》細《さい》ありける。

世之介は其年《そのとし》ゟ[四一]宿《やど》も定《さだ》めず、[四二]權左衛門方《かた》にて[四三]みかさにあいそめ、[四四]何事《なにごと》も命《いのち》ぎりと申《(まうし)》あはせて、初《はじめ》の程《ほど》はおもしろく、中程《なかほど》はおかしく、後《のち》は[四五]氣毒《きのどく》かさなり、[四六]宿《やど》よりは[四七]前廉《まへかど》の書出《かきだ》し、[四八]親方《おや》よりは[四九]せかるゝ、[五〇]死《し》なふならば今なれども、太夫

二人きりの床中ではしんみりとして情緒があり。 一九 不思議に。 二〇 客をいつまでも忘れ難いような気持にさせ。強い印象を客に与えの意。 二一 や否や、…するともう、の意をあらわす助詞。 二二 相手。ここでは客をさす。 二三 駕籠かき。 二四 わざとらしくなく、ごく自然ななりゆきのように。 二五 仕掛けをして。とりはからって。 二六 (お供の者や駕籠かきに至るまで)差捨てにして盃をやっていたわってやる。 二七 太夫の下の者を恵む志はこの盃で十分である。 二八 たいていの。 二九 恋の諸分(しよわけ)。恋のいきさつ。 三〇 揚屋の男。女郎が廓内の男を間夫に持つのは法度であった。 三一 しまいには評判になってまずくなることを。 三二 (太鼓女郎に対して)訓戒する。 三三 遊女についてその監督・教育及び遊客の取持ちをする女。 三四 欲得ずくの計算には耳もかさず。 三五 金銭のこと。 三六 居眠りするのも。 三七 禿は夜半すぎるまで太夫のために雑用をする。 三八 都合のよいように。 三九 太夫様の事ならどんなことでもやります。 四〇 (禿その他をまるめこんでおいて)蔭では少々ずるく立ち廻る事情があった。この部分まで遊女評判記の文体となっている。 四一 揚屋をどことも決めないで。 四二 島原揚屋町西側三文字屋権左衛門。 四三 島原下之町大坂屋太郎兵衛抱の天神。もと新町にて出世、大坂屋の島原移転により寛文四年四月島原に移り、延宝二年五月退廓、奴女郎として有名。 四四 どんな事があっても命のある限り添いとげようと約束して。 四五 不都合。困ったこと。 四六 揚屋。 四七 前々からの遊興費の請求書。 四八 遊女の抱え主。 四九 客と遊女を会わせないようにすることを「塞く」という。 五〇 今が死に時であるけれども。

がおもはくを見捨兼《すてかね》、[一]自由《じゆう》にあはれぬ人目をしのび、今すこしさきに爰《(こゝ)》を[二]通《とを》つたあとぞと其道《(その)みち》すぢを行《(ゆき)》ては帰《かへ》り、「もしもかゝる[三]くら闇《やみ》に鬼《おに》の落《おと》した小判《こばん》もがな。[四]加賀殿《かゞどの》のお言葉《ことば》ひとつで濟《すむ》事じやに」とおもふて、甲斐《かい》なき欲先《よくさき》だつてまぼろしにも面影《おもかげ》をみる事千度《ちたび》也。[五]又いつもの時分《じぶん》とて太夫しのび出《(いで)》て、「今《こ》宵《よい》は[六]中立賣《なかたちうり》の竹屋《たけや》の七様の一座《ざ》に、[七]紀刕《きしう》の人きちじよにはじめて出合《(であひ)》、[八]おもはしからず[九]きさまの事を[一〇]あらため、是非《ぜひ》に[一一]みきれとはつらし。是《(これ)》が見かぎらるゝ物《もの》か」と左《ひだり》の袖口《そでぐち》より手をさし入《(いれ)》、脇腹《わきばら》をいたくはつめらず。泪《なみだ》まじりのそら

五月雨《さみだれ》の比《ころ》、[一二]忘《わす》れては盛《さかり》かと見し[一三]密柑《みつかん》ひとつ[一四]我《(わが)》口添《そへ》し跡《あと》ながら手から手に渡《わた》して、[一五]「かた様は[一六]覺《おぼえ》てか。過《(すぎ)》にし穐《あき》[一七]自《みづから》が黒髪《くろかみ》をぬかせられ、[一八]猿《さる》などして遊《あそ》びし夜《よ》は[一九]誰《たれ》しのぶともなくさはぎて、[二〇]あんま取の休齋《きうさい》が二階《かい》より落《おち》

一 自由に会うこともできなくなっているのでの意。これを連体修飾語として人目にかけた言い方。二 太夫が。三 思いがけぬ事件に出会うという意の諺「暗闇に鬼」による。四 未詳。加賀百万石の前田侯か。五 世之介がいつものように会いに忍んで来る時分だからと。六 京一条通の南。七 吉千代などという人名か。八 不愉快にも。九 貴様。ここは世之介に対していう。一〇 吟味し。詮議して。一一 断念せよ。縁を切れ。一二 出典未詳。思わず盛りかと勘ちがいするほど新鮮な季節はずれの蜜柑の意。一三 当時ミッカンと発音したか。去冬の熟したのを貯蔵して置いたものを紀州の客にもらったもの。一四 喰べかけの意。一五 あなた様。ここでは世之介をさす。一六 おぼえていらっしゃいますか。一七 私(三笠)の。一八 蜜柑の袋を髪の毛でくくって猿の形を作る遊び。一九 誰はばかることもなく。公然と。二〇 あの時はあんまの休斎が二階から落ちて大騒ぎしましたっけ。

二一 身にしみてつらく感じられ。二二 まだ明るいうちでも差支えありません。二三 午前二時頃、廓の大門を閉めて泊り客以外は帰す。二四 奉公の身であるためや何か差支えがあって泊れない人々。二五 大門出口の茶屋の行灯。二六 顔を横にそむけて。二七 以前全盛であった

て」とはや口《(くち)》にかたるうちに、「太夫様は」と声《こゑ》〻に尋《たづね》けるこそ[二二]身《み》に答《こたへ》て悲《かな》しく、「あすの夜《よ》は人[二三]㒵《がほ》の見ゆるうちもくるしからず」となき別《わかれ》しに、「[二三]門をしめる」とよばはる。或《あるい》は[二四]主持《しうもち》さはりある人かへるにまぎれて、[二五]出口のあんどんうるさく、[二六]横㒵《よこがほ》して走出《はしりいで》、[二七]むかしはと口惜《くちおし》く、[二八]ぽんと町の小宿《こやど》にかへりぬ。[二九]かくれなき沙汰《さた》して[三〇]太夫折檻《せつかん》すれども[三一]止《やめ》ず。[三二]むごうあたれどもなを聞《(きか)》ず。[三三]せんかたなく[三四]庭《には》におろして、木綿《もめん》の[三五]ときあけ物をきせて、味噌《みそ》こしを持《もた》せ[三六]豆腐《たうふ》より出《いで》しこまかなる物を買《かい》につかはしけるに、是《(これ)》をも恥《はぢ》ず、[三七]おもふ人故《ゆへ》なればと。其年《そのとし》の[三八]雪見《ゆきみ》月[三九]はじめてふり積《つも》る、にくさもつもりて丸裸《まるはだか》になして、廣庭《ひろには》の柳《やなぎ》にくゝり付《(つけ)》て、「重而《かさねて》あひ見る事是《ことこれ》でもやめぬか」と責而《せめて》もあふまじきとはいはず。[四〇]死《し》ぬるをきはめ五七日もし[四一]よくじをたつて、或日《あるひ》泪《なみだ》をこぼすを、[四二]妹女郎《いもと》が「見る目も情《なさけ》なし」と申せば、「我身《(わが)》の[四三]成行《なりゆく》を思ひし泪《なみだ》にはあらず。是程《(これ)ほど》におもふとはよもや[四四]敵《てき》様はしらずや」と申せし所へ、[四五]匂《には》ひ油賣《あぶらうり》の[四六]太右衛門是《(これ)》を歎《なげ》きぬ。此《(この)》ものは世之介方へも年比《としごろ》[四七]出入をおもひ合、「此縄《このなは》をときて給《たま》はれ。[四八]我身《わがみ》あしきを覺侍《おぼへ》る」と縄《なは》をとかして、白綸子《しろりんず》の[四九]二布《ふたの(ひき)》引さき右の小指《こゆび》を喰《くひ》きり、心のまゝ書《かき》つゞけて「[五〇]頼《たの》む」と太右衛門に渡《わた》して、[五一]もとのごとく成《(なり)》て、けふをかぎりに舌《した》かみきる所へ、世之介是《これ》を聞《(きゝ)》もあへず、[五二]死出立《しにでたち》にてかけこみしを、[五三]おの〳〵

時はこの大門口まで女郎や太鼓持に見送らせたのにと残念がり。 二八 先斗町。京都三条大橋より四条大橋に至る賀茂川西岸の色町。島原通いの中宿や出合宿があった。 二九 誰知らぬ者もない噂となって。 三〇 抱え主が太夫を。

三一 世之介との関係を。 三二 太夫を残酷にあしらうけれども言うことをきかない。

三三 やむをえず。 三四 土間におろして下司仕事をさせること。 三五 綿入れの中綿を抜いて袷に縫い直したもの。粗末な衣服。

三六 おから。きらず。 三七 おもう男ゆえと、このつらい目を我慢した。 三八 十一月の異称。

三九 はじめて雪が降り積ったが、憎しみも積り積って遂に。 四〇 死ぬ決心をして。

四一 食事。 四二 後輩の妹分の女郎。姉女郎の世話になって指導教育される。

四三 こんな風になって行くのを悲しんで流す涙ではない。「思ふ」とするところを「思ひし」と西鶴はする。

四四 相手の客。ここでは世之介。

四五 白檀・丁子などを胡麻油に浸した香油。理髪用。 四六 太右衛門が来合せて、この有様を見て嘆いた。

四七 出入している者であることを思い出し。「此もの…年比」は出入にかかる連用修飾語。出入は動詞的意味をもつ名詞。西鶴の文にはこういう構文が多い。出入しているのに気がつき。

四八 自分自身が悪いことを自覚しておりますから決して御迷惑はかけませんからの意。

四九 腰巻。 五〇 これを世之介様に渡して下さいお願いしますの意。

五一 もと通りくくりつけられて。

五二 死に装束。 五三 人々。

一懸合《かけあはせ》、二義理《ぎり》をつめ三至極《しごく》にあつかひ、四其後《そのゝち》太夫を手に入《(いれ)》侍る。かゝる心底《しんてい》又あるまじ。大坂屋の五やつこみかさと名をのこしぬ。

身《み》は火にくばるとも

六生玉《いくだま》の御池《みいけ》の蓮葉《はちすば》毎年《まいねん》七月十一日にかる事ありて、汀《みぎは》に小舟《ふね》をうかめ、鎌《かま》の は音《をと》におどろく九鯉鮒《こいふな》泥鼈《すぼん》のさはぎ、七鳰鳥《にをとり》を追《おい》まはし、八罪《つみ》も神前《しんぜん》も忘《わす》れ果《はて》ておもしろや。其《(その)》日は越後町《あちご》一〇扇屋《あふぎや》のあるじ穐《あき》の一一寐覺《ねざめ》に一二もろこし餅《もち》・酒《さけ》など持《もた》せて、友《とも》とせし人一三住吉屋《すみよしや》の何《なに》、一四吉田屋《よしだや》の誰《たれ》、一五の平《へい》といへるおのこ、一六佐渡嶋傳八《さどじまでんぱち》、世之介まじりに東南《ひがしみなみ》の一七嶋崎《しまさき》に一八居流《ゐなが》れて、一九「松《まつ》の木陰《こかげ》は時雨《しぐれ》の雨《あめ》かぬれ懸《かゝ》るかゝる」とはやり哥《うた》同じ口拍子《くちびやうし》に、なんでも是《(これ)》は二〇よう揃《そろ》た、五人ながら今の世のき二一ゝ男《おとこ》、二二手くだの勘定《かんでう》、懐《ふところ》にありし文をみるにひとつも二三返事《へんじ》はなし。皆《みな》女郎のかたより思ひをつくしての數《かず》ゝ、二四うき勤《つとめ》の身《み》にもほれたといふ事うれしく思へばなり。色《しき》道《だう》二五まれもの寄《よつ》たこそ幸《さいはい》、二六万《(よろづ)》隱《かく》しづくなし贔屓《ひいき》なし二七に今での太夫の二八品定《しなさだ》め、けふの暮《くれ》までのなぐさみ、「入日も二九背山《せやま》にかたぶき名殘《なごり》おしきは今すこしの三〇年前《ねんまへ》、小《(こ)》作《づく》り成《なる》こそ三一おもひど。顔《かほ》うつくしくけ高く、心立《(こゝろだて)》もかしこし。三二大橋《はし》はせい高く

一かけつけ集まって。二道理を正し。話の筋道をつけ。三円満に調停して。「あつかふ」は調停または仲裁すること。四世之介は。五奴女郎の三笠の意。奴女郎は町奴の異風を真似た遊女のこと。ただし、奴三笠は天神であったが、西鶴はこの三笠を太夫として描いている。

六生玉神社門前、馬場先に相対して弁財天池と北向八幡の蓮池があった。殊に前者の白蓮は有名で、難波十観・難波十二景の一に数えられた。七かいつぶりの異称。八「罪も報も後の世も忘れはてて面白や」(謡曲、鵜飼)による。九新町遊廓の瓢箪町南の筋。一〇越後町の揚屋扇屋四郎兵衛。一一寝覚は遊山用の提重箱。秋の寝覚(早朝起きるとすぐにの意)と寝覚提重とをかけている。一二とうもろこしの粉で作った餅。一三九軒町の揚屋住吉屋長四郎。一四九軒町の揚屋吉田喜左衛門。一五二代目岩井半四郎の手代。俳号補天(子孫大黒柱二ノ四)。一六大坂の道化方役者。容貌すぐれず音声に乏しかったが所作事に堪能で有名。舞踊佐渡島流の祖。一七陸続きに池の中に突き出した島。一八並んで坐り。弁財天の社が祀ってあった。一九仙台の俚謡に「さんさ時雨か萱野の雨か、音もせで来て濡れかゝる」とあり、伊達政宗の作という。二〇口拍子がよく揃ったと、きき男がよく揃ったの意とをかける。二一濡れのきく男。伊達男の意。二二遊女からの文を手管の手段と見て、その決算をするの意。二三男の方から遊女に出す返信。二四遊女の身の上でいても惚れた男を持っていることをうれしがるためである。二五数少ないすぐれた者。色道の猛者。二六すべて隠しっこなしに。二七今日の。現存

うるはしく、目つきすゞやかに口つき賤《いや》しく、道中《だうちう》思はしからず。座《ざ》につきての有様[三三]哥《うた》よまぬ小町に等《ひと》しく、心ざしは[三四]よは〳〵として諸事禿《しよじかぶろ》のしゆんが智恵《ちゑ》をかすぞかし。[三五]お琴《こと》は[三六]ふつゝか成貌《(なる)かたち》、いやらしき所それをすく人も有《(あり)》。万《よろづ》かしこ過《(すぎ)》て欲《よく》ふかく、[三七]首《くび》すぢの出來物《できもの》ひとつの歎《なげき》也。一座《ざ》のさばき終《つい》に[三八]怪我《けが》を見付《(みつけ)》ず、どこやらによき風義《ふうぎ》そなはりぬ。[三九]朝妻《あさつま》は[四〇]立のびて腰《こし》つきに人のおもひつく所も有《(あり)》。[四一]脇顔《わきがほ》うつくしく鼻《はな》すぢも指通《さしとを》つて、氣毒《きのどく》は其穴《(その)あな》くろき事煤《すゝ》はきの手傳《てつだひ》かとおもはる。され共《(ども)》[四二]花車《きやしや》がつておとなしく、すこし[四三]すんどにみゆる時もあり。

[四四]いづれか太夫にしていやとはいはじ。

朔日《ついたち》より晦日《つもごり》までの勤《つとめ》、屋内繁昌《やないはんじやう》の[四五]神代《かみよ》このかた、又類《たぐ》ひなき御傾城《けいせい》の[四六]鏡《かゞみ》、姿《すがた》をみるまでもなし、髪《かみ》を結《ゆ》ふまでもなし。[四七]地顔《ぢがほ》素足《すあし》の[四八]尋常《ぢんじやう》、[四九]はづれゆたかにほそく、なり恰合《かつかう》しとやかに、[五〇]しゝのつて[五一]眼《まなこ》ざしぬからず、物ごしよくはだへ雪《ゆき》をあらそひ、[五二]床《とこ》上手にして[五三]名譽《めいよ》の好《すき》にて、[五四]命《いのち》をとる所《ところ》あつて、あかず酒飲《さけのみ》て哥《うた》に声《こゑ》よく、琴《こと》の彈手《ひきて》三味線《さみせん》は[五五]得《え》もの、[五六]一座《ざ》のこなし、[五七]文づらけ高く[五八]長《なが》ぶんの書《かき》て、物をもらはず物を惜《おし》まず、情《なさけ》ふかくて[五九]手くだの名人《めいじん》、是《(これ)》は誰《た》が事と申せば五人[六〇]一度《ど》に、「[六一]夕霧《ぎり》より外に[六二]日本廣《ひろ》しと申せ共《(ども)》、此君《きみ》ゝゝ」と口を揃《そろ》えて譽《ほめ》ける。いづれも[六三]情にあづかりし過《(すぎ)》にし事共語《(ども)かた》るに、あるは[六四]命を捨《すつ》る程《ほど》になれば[六五]道《だう》

の。 二八 品定めをして夕暮までの慰みにしよう。 二九 新町佐渡島町藤屋勘右衛門抱の太夫。「ひょっと出た物…背山が尻つき」(好色盛衰記三ノ一)、「白子町の播磨は太夫のせ山を我物にして是一生の栄花」(西鶴置土産二ノ三)とある。「入日も…」は前の「暮まで…」の縁。 三〇 遊女奉公の年季があく前。 三一 新町の太夫。未詳。「大事にかくるもの…大橋が道中」(好色盛衰記三ノ一)。 三二 「思ひ処」。欠点。 三三 「小野小町はあはれなるやうにてつよからず、いはゞよき女のなやめる所あるに似たり」(古今序)。 三四 「今の小町は妙なる花の色好み歌の様さへ女にてたよわよわと詠むとこそ…」(謡曲、鸚鵡小町)。 三五 佐渡島下之町丹波七兵衛抱の太夫。「よふ喰物小琴が食」(好色盛衰記三ノ一)。その他、西鶴置土産二ノ三、好色盛衰記一ノ三に見える。 三六 不細工な。みっともない。 三七 「奥を詠ればお琴は首筋あちらへなして…」(好色二代男二ノ二)とあり、腫物が目につく女であったか。 三八 失敗。仕損じ。 三九 未詳。「黒ふても堪忍してみる物…浅妻が鼻の穴」(好色盛衰記三ノ一)。 四〇 背丈がすらりとしていて。 四一 横顔。 四二 上品ぶって。 四三 「するどに」の訛。機敏でござかしく。 四四 どれも太夫にして不充分なところはない。 四五 繁昌の神と神代以来とかける。 四六 亀鑑。手本。「姿を見る」は縁語。 四七 素顔。 四八 普通の状態。 四九 爪はずれ。手足の先、転じて風采をいう。 五〇 肉づきよく。 五一 眼つきの鋭いをいう。好色盛衰記三ノ一、色道大鏡に夕霧の目つきのことあり。 五二 性技が巧みで。 五三 評判の色好み。 五四 客を無何有の境に引入れるうまさがあり。 五五 御得意で。 五六 宴席の座持。 五七 文体が上品で。 五八 長文の手紙。

五九 客をたらし込む技術。 六〇 いっせいに。 六一 →一四九頁注四。 六二 「都広しと申せどこれ程の者あらじげに奇特なる者かな」(謡曲、橋弁慶)。 六三 情愛の恩恵にあずかった。 六四 客が通いつめて。 六五 よく道理をつくしてさとし。

一 夕霧の方から。 二 評判が立ちかかると。 三 よく考えさせて。「つのれば」は客の情愛が嵩じて(身を亡ぼしそうな危険が見えると)の意。 四 納得の行くように道理を説いて、自分の方から見捨て。 五 身分があって世間体をはばかる人には。 六 女房が嫉妬する道理を説明して納得させ。 七 以下魚屋・八百屋風情の人にも情をかけるの意。 八 言葉をかけて喜ばせ。 九 人を差別せず、どんな人にも誠実な態度で接する気だてのよさを、めいめい心に深く感じ合い。 一〇 (五人は)高声で語り合っていたが。 一一 涙をこぼさぬ者とてなかった。「いづれか」に対する結びがない用法は当時多かった。 一二 本職(本業)とする。 一三 道化役者佐渡嶋伝八。 一五四頁注一六参照。 一四 世之介は。「其座に」は即座にの意。 一五 居ても立ってもおれなくなり。 一六 仮病をつかって。 一七 思いの程。思慕の情。 一八 伝手。縁故。 一九 夕霧のもとへ手紙を。 二〇 「人目忍ぶの通路の、月にも行く暗にも行く、雨の夜も風の夜も、木の葉の時雨雪深し」(謡曲、卒塔婆小町)による。 二一 夕霧のもとへ。 二二 夕霧は世之介の思いの程を見とどけ。 二三 新町の紋日。 二四 内々の通知。こっそり知らせること。 二五 いつもより。 二六 夕霧が。 二七 揚屋の座敷に出て床の上げおろし酒飯の通いなどの雑用をする女中。 二八 しめし合せて。

理《り》を詰《つめ》て[一]遠《とを》ざかり、[二]名の立《(たち)》かゝれば[三]了簡《りやうけん》してやめさせ、つのれば[四]義理《ぎり》をつめて見ばなし、[五]身《み》おもふ人には世の事を異見《いけん》し、女房のある男には[六]うらむべき程《ほど》を合点《がてん》させ、[七]魚屋《うをや》の長兵衛にも手をにぎらせ、八百屋《やをや》五郎八までも[八]言葉《ことば》をよろこばせ、只此《(この)》女郎の[九]人をすてずにまこと成《(なる)》こゝろを思日《(ひ)》合《(あはせ)》、[一〇]はじめの程は高声《こゑ》せしが、いつとなく静《しづか》に成《(なり)》て、[一一]いづれか泪《なみだ》をこぼさぬはなし。人に笑《おか》しがられ人に笑《わら》はるゝを[一二]ほんとする[一三]傳八も、此《(この)》太夫様にはとなづみぬ。

[一四]是《(これ)》を聞《きく》に其座《そのざ》に[一五]たまり兼《(かね)》て、[一六]作《つく》りわづらひして人より先《さき》に帰り、[一七]おもふ程《ほど》を書《かき》くどきて[一八]よすがを求《もとめ》[一九]つかはしける。[二〇]雨の夜《よ》風の夜、雪の道をもわけて、此《(この)》戀かなふ迄と[二一]通《かよ》へば、[二二]心の程を見定《さだめ》、其《(その)》年の[二三]十二月廿五日さも閙《いそが》しき折《おり》ふし、「けふこそしのべ」との[二四]御内證《ないしやう》、さる揚屋《あげや》に[二五]いつよりははやく[二六]御出あ

つて待《まち》給ふこそ嬉《うれ》しく、上《かみ》する女に心をあはせ、小座敷《こざしき》に入《いり》て語《かた》りぬ。如何思《いかがおぼし》召《め》しけん火燵《こたつ》の火を消《けさ》せて、折柄《おりから》のはげしきに是《これ》をふしぎに思ひながら、数ゝわけもない事共《ども》して興《けう》ある所《ところ》へ、其《その》日のお敵《てき》権七様御出と呼《よび》つぎぬ。すこしもせかず火燵《こたつ》の下へ隠《かく》れけるこそ、寂前《さいぜん》をおもひ合《あはせ》てかしこき御心入忝《かたじけな》くて、譬《たとひ》やけ死《し》ぬるとも爰《ここ》ぞかし。彼男《かのおとこ》不思議《ふしぎ》のたつやうに、べつの事もなき文持《ふみもち》ながら臺所《だいどころ》へ迯《にげ》られしを男追掛《おとこおつかけ》、みる見せぬのあらそひ、屢《しば》し隙入《ひまいる》うちに世之介は裏《うら》へ戀《こひ》のぬけ道有《あり》ける。

心《しん》中《ぢう》箱《ばこ》

風待暮《まつくれ》、河原《かはら》の涼《すゞ》み床《とこ》を見わたせば、柳《やなぎ》の場《ば》ゝの長七提煙草盆《さげたばこぼん》に大團《うちは》を持《もち》まぜ、人たづぬる風情《ふぜい》。「やれうつけもの、外より見ての笑《おか》しさ、誰《たれ》をか慕《した》ふ」ときけば、物いはず笑《わろ》ふて指《ゆび》さす方に、我が女房《にうばう》を常《つね》ならぬ出立《でたち》、やとひ腰本《こしもと》・やとひ下女、おのれも與七になつて主《しう》あしらひ、是《これ》は替《かは》つた仕出しと様子《やうす》を問へば、「日來《ひごろ》は手づから食《めし》を焼《たか》せ、釣瓶《つるべ》縄《なは》をたぐりあぐるも、此《この》男をおもふ故ぞかし。毎夜更《まいやふけ》て帰《かへ》れども一度も戸《と》をたゝかせず明《あけ》て、「今宵《こよい》は待兼《まちかね》ぬうちにはや

二九 寒さがきびしいのに。三〇 こたつの火を消させたことを。三一 たわいもないこと。いわゆる愛技。三二 佳興に入ったところ。三三 夕霧の客。三四 取りついで呼びたてた。三五 あわてず。三六「隠しけるこそ」の誤か。或は「隠されける」の振仮名が脱したものか。三七 先刻こたつの火を消したことを思い合せ。三八 賢明な御心づかい。三九 ここで(こたつの中で)死んでも本望だ。四〇 かの客すなわち権七が不思議がるように。四一 別に何の子細もない。なんでもない。あやしまれるようなものでもないの意。四二 手紙。四三 見る見せないの小ぜりあいをはじめた。

四四 京都の四条河原。四五 六月七日から十八日まで河原の茶屋が賀茂川の河原に床を出して納涼客を呼んだ。四六 柳の馬場。万里(ま)小路通の俗称。四七 柄をつけて、さげて持ち運びのできるようにした煙草盆。四八 一緒に持ち。四九 人を探している様子でいる。五〇 おい。これ。呼び掛けの言葉。五一 間抜け者。からかって呼びかけた言葉。五二 外から見るとおかしくてならない。五三 誰を探しているのか。五四 自分の(長七自身の)。五五 いでたち。扮装。出立をさせての意。五六 臨時やといの腰元。五七 下男の通称。長七自身も下男の役をつとめての意。五八 自分の女房を主人としてとりあつかってい る。五九 趣向。新案工夫。六〇 理由。事情。六一 つぎの「たぐりあぐる」に対応させれば「焼き」とあるべきところ。六二 この私のような男を。六三 起きて待っていて。自分が帰って来る足音を聞いてすぐ迎えに出ての意。六四 待ちきれなくならぬうちに。

き[一]お仕舞《しまひ》、[二]御機嫌《きげん》は[三]首尾《しゆび》は」と[四]世間内證《せけんないしやう》ともに心を付《つけ》ぬるかはゆさに、責而《せめて》けふこそ人の[五]おか様並《なみ》に[六]被《かつき》をきせて出懸《でかけ》、暮《くれ》たらばあの姿《すがた》を其《その》まゝ横《よこ》に[七]こかして、[八]我《わが》世の思ひ出さす事なり。いつも独寝《ひとりね》のうらみ、[九]いはねばこそなれ、太鞁持《たいこもち》の女房《にうばう》には成《なる》まじき物《もの》とおもふぞかし」。[一〇]尤《もつとも》長七がいふ所、まことに此《この》女はもと[一一]彼里《かのさと》にて[一二]藤《ふぢ》なみにつきしはるといへるやり手なり。「[一三]互《たがい》におもしろづくの御ゐんぺん、春《はる》がもらひためし[一四]少金《せうきん》はへらさぬか」といへば、長七苦《にが》ひ顔《かほ》して、「[一五]それはいつの事。まだ[一六]子をむまいで仕合《しあはせ》」と身《み》ぶるひして[一七]世のからき事を語《かた》る。

是《これ》からすぐに我方《わが》にて[一八]夜《よ》ともに昔《むか》しを聞《きゝ》たし、きかせ度事《たきこと》もありとて[一九]伴《ともな》ひ、人まれ成《なる》奥座敷《おくざしき》に入れば、あしからぬ匂《にほ》ひ、「[二〇]しきりに油嗅《あぶらくさ》きは、かゝなんと合《が》点《てん》がゆかぬ」と夫婦《ふうふ》[二一]鼻《はな》つき合《あはせ》ありけるに、「けふは[二二]傳受《でんじゆ》物の土用《どよう》ぼしする」と[二三]仰《おほせ》られける。小書院《こしよゐん》に一つの箱《はこ》あり。上書《うはがき》に「[二四]御心中箱《しんぢうばこ》承應《ぜうおう》貳年より已來《このかた》」とするして、此中《このなか》に女郎わか衆かための[二五]證文《せうもん》、大形《かた》は[二六]血文《ちぶみ》なり。床柱《とこばしら》より琴《こと》の糸《いと》を[二七]引《ひき》はえ、女にきらせたる[二八]黒髪《くろかみ》、八十三迄は名札《なふだ》を[二九]讀《よみ》ぬ。其跡《そのあと》は計《かぞふ》るに暇《いとま》なし。右のかたの違棚《ちがひだな》の下に[三〇]肉《にく》つきの爪数《つめかず》をしらず。其外服紗《そのほかふくさ》に包《つゝみ》し物山のごとし。是《これ》も[三一]何ぞで有《ある》べし。只此《この》有様は[三二]執心《しうしん》の[三三]鐘鑄《かねゐ》の場《には》・[三四]善《ぜん》の綱《つな》かとおもはれ、なを御《お》次《つぎ》の間をみれば、らく書の緋《ひ》むく、[三五]血《ち》しぼりのしろむく、[三六]後の朝《あした》の名殘《なごり》を[三七]そめ

一 お仕事が終りましたね。二 大臣の。三 客あつかいの出来ばえはどうでしたか。四 対外的な事も家庭内の事も。五 御方様。町人の妻女のことをいう。おかみ様。おかっ様。六 良家の婦女が外出の際頭にかぶって顔を隠すための小袖。七 倒す。ここでは寝せる。八 この世の思い出となるような快楽。すなわち、夫婦の契り。九 口に出さないからそのままですんでいますが。一〇 なるほど。尤もと長七のいうことはうなずかれる。一一 島原をさす。一二 島原下之町柏屋又十郎抱の藤浪をさすか。初め太夫、のち天神に下る。一三 享楽の世界にいた者同士の縁組であるから。一四 浪費の癖が二人ともついているからの意。一五 そんな金はとっくの昔になくなった。一六 (子を)生まないで幸いです。子供があったら経費がたまらないの意。一七 世渡りの苦しいこと。一八 今夜一緒に。一九 世之介の家に。二〇 ばかに油臭いが、嬶いったい何だろう合点がゆかないなあ。二一 夫婦が鼻をひくつかせているのと、夫婦が身近く坐して話している意をかけている。二二 色道大鑑二に色道十箇の口訣がある。いずれも遊女の心中立に関する伝授であるが、そういう伝授に書かれている品の意か。あるいは心中立に授受された品の意か。二三 世之介が。二四 承応二年は西鶴年譜より換算すれば十二歳の時にあたる。二五 情人に誠意を示し、交情をかたくするための起請文。二六 折紙に血書した起請文。一応の心中立をした上に更にいっそうの誠実を示すため女から贈るもの。二七 引っ張り。二八 心中立に女から髪を切って相手に贈る。二九 読むの意と勘定するの意をかける。三〇 生爪を相手に贈るのは心中立の一法。手管のための爪放

そめと書《(かき)》つゞけたる着《きる》物《もの》、[三八]十六形《がた》の地[三九]紫《ちならさき》、あれは[四〇]花崎《はなざき》様の念記《かたみ》、[四一]紋《もん》つきの三味線《さみせん》、きやふを[四二]上下、[四三]帯を中べりにして、[四四]姿繪《すがたゑ》の懸物《かけもの》其《(その)》かぎりなく、「是程《これほど》まではおほくの女に思ひをさせ、執着《しうじやく》御のがれあるまじ」と申《(まうす)》言葉《ことば》の下より、床《とこ》の上なる[四五]かもじ忽《たちまち》四方へ[四六]さばけ、のびては縮《ちゞ》み二三度飛《とび》あがりて、物《もの》いはぬ計《ばかり》[四七]生《(しやう)》あるけしき、みるに[四八]身《み》の毛《け》たつておそろしく、「是《(これ)》は」と尋《たづね》ければ、「是《(これ)》ははるも覺《(おぼえ)》があらう。[四九]段ゝ《だん〳〵》わけあつて藤《ふぢ》なみにきらせたる髪《かみ》と爪《つめ》也。[五〇]中にも今にわすれねば、かく置《をき》所までを[五一]うず高く、假《かり》にも[五二]化《あだ》には思はず。或時《あるとき》は夢《ゆめ》、或《(ある)》時はまぼろし、又は現《うつゝ》に目《ま》見えて、今[五三]請《うけ》られてゐる男の[五四]首尾《しゆび》かたる。更に[五五]あはぬとはおもはず。[五六]人には咄《はなさ》れぬ事までもありて、殊《こと》に[五七]前夜《ぜんや》の別《わか》れさまに[五八]織《おり》出しの嶋縮緬《しまちりめん》、「貴様《きさま》にきせたらば[五九]ぬけるほどよき羽織《はおり》な

しは薄く爪を剝がすだけで肉まで深くは削がない。三一（心中立に贈られた）何かで。三二「女の執心残ってまた此鐘に」（謡曲、道成寺）によるか。三三 鐘鋳の勧進に女は鏡または髪を切って寄附する。多量の心中立の髪はまるで鐘鋳の現場のようだの意。三四 本尊開帳の時、結縁のため仏像の手より参詣の場所まで引っ張った綱。女の髪の並べられているのをこの綱にたとえている。三五 血で絞り染にしたように血書してある白無垢。三六 交情の翌朝。きぬぎぬ。三七 墨跡淋漓と。黒々と。三八 十六武蔵の形。麻の葉の模様か。三九 生地が紫色のもの。四〇 島原下之町桔梗屋喜兵衛抱の太夫。初代は寛文十一年出世、延宝三年退廓、同五年剃髪。ただしここでは藤浪を誤って花崎と記したものか。四一 三味線の海老尾に蒔絵で紋をつける。四二 掛物の表具の天地。四三 掛物の表具の左右。以上表具に用いる布地に女の脚布・帯を用いたものをいう。四四 美人画。ここでは遊女の肖像画。四五 髢。女に切らせた髪をさす。四六 さばいたように拡がり。四七 生き物のような様子。四八 身の毛がよだつ。四九 あれこれ。さまざま。五〇 数ある中でも。五一 うやうやしく。勿体らしく。五二 おろそか。粗末。五三 身請されている。五四 実情。五五 離別してしまって会うことがなくなったとは全く感じられない。五六 肉体の関係まであって。五七 昨夜たち現われた際、その別れぎわに。五八 縞模様を織り出した縮緬。舶来品は黒糸で碁盤縞の模様が多く、日本産のは模様が多種。五九 見とれて魂がぬけ出るほどの意。うっとりと見とれるほど。

らん」と置《をい》て帰《かへ》る。夢《ゆめ》にもせよ是《(これ)》があるこそ不思議《ふしぎ》。是《(これ)》をかたらうとおもふてよれとは申《(まうし)》侍る」。春も長七もおどろき、「誠《まこと》に[一]藤《ふぢ》さまは[二]いかなる事にや。かた様には身捨命《すていのち》を惜《おし》み給はず。此《(この)》事京都に隠れもなし」と語《かた》り捨《すて》て、それより春は藤浪《ふぢなみ》様へ見舞へば、「かの縮緬《ちりめん》一巻《まき》見えぬは」とせんさく[三]半《なかば》へ[四]行懸《ゆきかゝ》り、偸《ひそか》になみ様へ[五]様子《やうす》語《かた》れば、太夫泪をながし、「いかにも世之介様に[六]是《(これ)》をとおもひし心の通ひけるか。寐《ね》ても覺《さめ》ても忘《わす》れねば、ながらえて[七]此《(この)》勤《つとめ》せんなし」と手づから髻《もとゆひ》をはらひ、出家《しゆつけ》の望《のぞみ》の[八]暇《いとま》を申《(まうし)》、[九]世上を見限《かぎ》り[一〇]尼寺《あまでら》に懸《かけ》こみ、[一一]願《ねが》ひの道に入《(いり)》ぬ。[一二]女郎一代のほまれ、勝《あげ》てかぞえ難《がた》し。

寝覺《ねざめ》の菜好《さいこのみ》

[一三]京屋《きやうや》仁左衛門が自慢《じまん》せし庭《には》の松さへ枝《えだ》おれてすこしは惜《おし》まるゝ夜《よ》の[一四]大雪、おのづから[一五]風がのまする酒《さけ》に成《(なり)》て、さあ是《(これ)》からは[一六]枕《まくら》かる山、蒲團《ふとん》に[一七]肌《はだ》もつけあへず、同じ寝姿《ねすがた》[一八]つれ鼾《いびき》いつとなく出《(いで)》てけり。[一九]あい床には[二〇]新屋《あたらしや》の[二一]金太夫、[二二]槌《つち》屋の万作にきかれて笑《わら》はるゝもしらず、こゝろよく夢《ゆめ》ひとつ二つ見しうちに、[二三]御舟額《みふねひたい》に[二四]浪立《(なみたて)》、眼《(まなこ)》をひらき声《こゑ》あらく、「[二五]弓矢《ゆみや》八幡、大事は今、[二六]七左様のがさじ」と左《ひだり》の

一 藤浪様っ。二 どうしたわけで外の人と一緒になったのだろう。三 最中。四 行き合せ。五 事情。六 この縞縮緬をさしあげたいと。七 身請された男との間の夫婦関係。八 離縁の希望を男に申し出て。九 この世を見捨て。うき世を思い切り。一〇 江戸時代、離縁の権利は男のみにあり、女の方からの離縁は認められなかったが、もし妻が夫を嫌い髪を切って家出した時は、これを比丘尼となして夫婦の縁を切らしめるのが幕府の法制であった。また、もし妻が夫を嫌って尼寺に逃げ込み三年間尼の勤を果せば夫婦の関係は消滅した。妻の意志による離婚手段はこれだけであった。一一 仏道修行の道。一二 女郎の生涯におけるかかる立派な所業への世間の賞讃は、数えるにいとまないほどであった。

一三 新町佐渡島町の揚屋。一四 延宝八年十一月二十四日の大雪(山鹿素行日記)をさすか。一五 寒さしのぎに酒を飲む意。或は小唄の一節か。「若緑」巻五の「かるやま」にこの前後がそっくり出ているが、これは本章の改作と見るべきか。一六 枕をかりて寝るという意の秀句。一七 肌をつけるや否や。寝るとすぐにの意。一八 ともに鼾をかくこと。一九 同じ部屋に並べて敷いた床。多くは屛風で仕切ってある。また隣室の床をもいう。文脈から「相床にいる」ととるべきか。二〇 新町下之町の女郎屋。二一 未詳。「尺にたらいでも用にたつもの…金太夫」(好色盛衰記三ノ一)、「あたらし屋の金太夫小女房でも太夫めき」(西鶴置土産二ノ三)とある。二二 新町東口の女郎屋。万作は同家抱の女郎、未詳。二三 島原太夫町宮甚三郎抱の天神。揚屋丸屋七左衛門と浮名を流し、新町に下り太夫となる。

肩《かた》さきにかみつき、歯《は》ぎりしてこぼす泪《なみだ》雨のごとし。是《(これ)》をおどろき「我は世之介なるが」とせはしく[二七]断《ことはり》て[二八]どよめば、御舟《みふね》まことの夢覺《ゆめさめ》て、「何事も御ゆるし有《(ある)》べし。我がうき名隠《かく》す迄《まで》もなし。丸屋七左衛門どの現《うつゝ》に目《(ま)》みえて、「[二九]世をおもふゆへに戀をやむる」との一言《ごん》、さりとは悲《かな》しく今の有様、はづかしや」と身[三〇]もすつる程《ほど》のけしき、漸《やうやく》といさめて、[三一]かく馴《なれ》そめしより已來《このかた》の難義《なんぎ》を聞《(きく)》に、ま[三二]たの世につゞきて出來《でき》まじき女なり。[三三]起別《をきわか》るゝ風情《(ふぜい)》もしとやかに、[三四]さゝもよき程に飲《のみ》なし、「[三五]よびましや」といふ声《こゑ》も更に[三六]聞《(きゝ)》いれず、[三七]客《きやく》こゝろをのこさぬ迄あ[三八]りて、[三九]内義女房共《ないぎにようばう(ども)》にもうれしがる程《ほど》の暇請《いとまごひ》、塗下駄《ぬりげた》のをと靜《しづか》に、[四〇]さしかけから[四一]笠《かさ》もれてふる雪袖をいとはず、大やう成《(なる)》道中、「何とて京にては太夫には[四二]せなんだぞ」「[四三]尤《(もつとも)》うつくしからず」「たはけども、太夫は[四四]それによるものか」と[四五]帰《かへ》さのうしろ姿《すがた》を詠盡《ながめつく》し、独《ひとり》さびしき二階《かい》にあがれば、[四六]迎《むかひ》の遅《おそ》き女郎[四七]茶釜近《ちやがまちか》くあつまりて、[四八]取置椀箱《とりをくわんばこ》のじやまなし、[四九]こゞり鮒《ふな》の[五〇]鉢《はち》をあらし、[五一]湯《ゆ》の水のと口の隙《ひま》なく、丸盆割《ぼんわり》て[五二]さらぬ躰《てい》に直し置《をき》、[五三]城浪《じやうなみ》が三味線《さみせん》ふみおりてしらぬ顔《かほ》にして置所《(おきどころ)》かへらるゝなど、くらがりより見ての笑《おか》しさ、[五四]肴懸《さかなかけ》の[五五]千鳥賊《するめ》も動《うご》き、煎海鼠《いりこ》も躍《おどる》ほどの事ぞかし。立《(たち)》さまに着物《きるもの》ひとつになり、[五六]或《あるい》は下上に着替《きかへ》、軒《のき》の[五七]玉水におどろき、「責而門口計《せめてとぐち(ばかり)》には[五八]竹樋《ひ》を[五九]懸《かけ》られう事じや、[六〇]氣のつかぬ仁左衛門」と声高《(こわだか)》

ここでも吉田屋喜左衛門と密会したという(好色二代男六ノ三)。二四 しわを寄せ。二五 誓言。二六 京で南無三宝。ここでは、しまったの意。浮名を流した丸屋七左衛門をさす。二七 あわてて説明して。二八 大声でさわぐ。二九「人もをし人も怨めしあぢきなく世を思ふ故に物思ふ身は　後鳥羽天皇」(続後撰)による。女郎が廓内の男を間夫とすることは仲間の法度であった。三〇 今にも自殺しそうな様子。三一 丸屋と御舟の。三二 後世にまたと出て来そうにもない。三三 以下御舟の紹介。三四 酒。三五 お呼び申せの意。揚屋が女郎を貰う時に呼び立てる声。三六 全然耳にとめず。三七 客の心残りがしないまで。すっかり満足するまで。三八 その座にいて。三九 揚屋の妻女や遣手・奉公人達。四〇 雨天・雪中などの道中に後から下男がさしかける傘。四一 身体を傘の下から外して。四二 しなかったのだろう。四三 大して美しくない。四四 顔の美醜によって品定めができるものか。四五 御舟の帰りがけの後姿を見えなくなるまで見送り。四六 女郎屋からの迎え。四七 揚屋の台所の意。四八 片づける椀を入れた箱を邪魔にして。四九 寒中に煮凍らせた鮒。五〇 鉢の中を箸でつつきちらし。五一 湯だの水だのと絶えず口を動かし。五二 くっつけてそっと置いて割れてないように見せかけ。五三 太鼓持の座頭の名。五四 台所の竈の上に塩干魚を釣っておく鉤。五五 するめ・いりこ等の無心の物もおかしさに笑って動揺するほどの珍景である。五六 (雨に着物を濡らさぬように)下着と上着を逆にして着て。五七 雨だれ。五八 竹の節をくりぬいて作った樋。五九 懸けたらよさそうなものに。六〇 気のきかない。

にのゝしり、賤《いや》しき事ぞかし。

或太夫は吉田屋にて[一]毛《け》馬《ま》の里人の緋縮緬《ひちりめん》の下帯《おび》[二]無理取《むりどり》にして、[三]あけの日はやく脇布《きやふ》にせらるゝとや。去《さる》太夫は肌《はだ》に[四]あやけんの巾着《きんちやく》はなさず、其《その》中には[五]黄色《きいろ》にして飯櫃《いひひつ》なりなる物した[六]ゝか入《いれ》て置《おか》れしを[七]みる子細《しさい》あつて「[八]用心時《ようじんどき》の夜道《よみち》[九]こゝろもとなき」と申せし事ぞかし。此《この》心根《こゝろね》いやな事にぞ有《あり》ける。[一〇]此外《このほか》見とがめて、五とせあまりの事共《ども》、其《その》かぎりしらず。[一一]名を書《かく》事もむごし。[一二]只影《たゞかげ》を嗜《たしな》み給へと、人のいふ事よく合点《がてん》する女郎に[一三]うなづかせて行《ゆく》に、[一四]越後町《ゑちごまち》の北かわ中程《ほど》の隔子《かうし》に[一五]寝覚《ねざめ》がち成声《なるこゑ》して「[一六]學鰹《まなかつほ》の指身《さしみ》が喰《くい》たい」といはれし。尾《を》[一七]もかしらもしらず、「是《これ》は聞《きゝ》[一八]所《どころ》じや。いづれもだまれ」と耳《みゝ》の穴《あな》ひろげて、[一九]ひとつ／＼覚侍《おぼへ》る太夫殿の声として「[二〇]おれはくる[二一]みあえの餅《もち》を[二二]あく程《ほど》」と

一 摂津東成郡毛馬村。淀川右岸の農村。二 無理に奪い取るようにして貰い。三 翌日。四 綾織の絹で作った巾着。五 小判をさす。「飯櫃なり」は楕円形の意。六 太夫は金銭などを賤しいものとして手も触れないのが普通。ここでは逆に金をしこたま貯えているあさましい心根の太夫を描く。七 ふとした折に見たことがあって。八 十月より翌年三月まで自身番を置いて火災盗難を用心する時節。九 心配だ。物騒だ。一〇 遊女の嫌らしいところを見つけたが、五年余にそんなことは無数にあった。一一 それらの遊女の。一二 人目につかぬ所を(誰がどこから見ているかわからないから)用心しなければいけない。一三 納得させて。一四 (京屋でのはしたない遊女の様を見たところから立ち去って)歩いて行くと。一五 眠たそうな声をして。一六 真鰹。摂・泉・紀・播の諸州で多くとれ、京で賞美される。一七 話の前後の様子がわからぬが。一八 おもしろい聞きものだ。聞きのがせない話だ。一九 どれもこれも聞き覚えのある太夫の声で。二〇 当時は女でも「おれ」と言った。二一 くるみをゆでて擂りつぶし、味噌と混ぜて魚鳥・野菜などをあえたもの。二二 いやというほど食べたい。二三 外の太夫は別な願いを言い出し。二四 鶏の骨を抜いて腹に鶏肉や卵を詰め醬油・油を塗って焼いたもの。二五 鳩の最大なもの。美味で薬食にする。二六 根つきの芹を鴨・雉子の肉と一緒に醬油と酢で煮たもの。正月・二月ごろ料理し香味が甚だよい。二七 有平糖。砂糖を煎じ詰めて飴のようにしてまるめ、胡桃状にしたもの。二八 生の鮑の肉を大きく切り柔かく甘煮にしたもの。二九 大坂伏見屋町の菓子屋。三〇 未詳。三一 希望をいう。三二 新町の茶屋鶯の太兵衛。

あれば、又[二三]のぞみ替《(かへ)》て[二四]庭鳥《にはとり》の骨《ほね》ぬき、或《あるい》は山の芋《いも》のにしめ・[二五]つちくれ鳩《ばと》・[二六]芹《せり》やき・[二七]あるへいたう、生貝《なまかい》の[二八]ふくら煎《いり》を[二九]川口屋の[三〇]帆懸舟《ほかけぶね》の重箱に一ぱいと、思ひ〳〵に[三一]好まるゝこそ笑《おか》し。是《(これ)》をきいたか、[三二]初音《はつね》の太兵衛まじりに四人口を揃《そろ》えて、「[三三]おもひ出申《で(まうし)》ました」と笑《わら》ひ捨《すて》てぞかへりぬ。過《(すぎ)》にし夏《なつ》[三四]よし岡《おか》に西瓜《すいくは》ふるまひ、出歯《でば》をあらはし、[三五]妻《つま》木に海藻凝《ところてん》を喰《く》はせ「[三六]むまひなあ」といはせし事も[三七]人の仕業《しわざ》ぞかし。一とせ住吉屋の納戸《なんど》にして、[三八]きぬかへ・[三九]初雪《ゆき》火燵《こたつ》の火にて[四〇]おけそくの團子《だんこ》を手にふれ、[四一]茶《ちや》事せし事見て興《けう》あり。女のまじはりさもあるべしと、[四二]伏見堀《ふしみほり》の悪口《わるくち》いひもこれをよしとぞ申《(まうし)》侍る。

詠《ながめ》は初《はつ》姿《すがた》

[四三]姿《すがた》の入物《(いれもの)》、[四四]おろせがいそげば、[四五]丹波口《たんばぐち》の[四六]初朝《はつあさ》、[四七]小六が罷出《(まかりいで)》て[四八]御慶《ぎよけい》と申《(まうし)》納《おさめ》、[四九]朱雀《しゆじやく》の[五〇]野邊《のべ》近《ちか》く、はや鶯《うぐひす》の[五一]初音《はつね》といふ太夫の[五二]けふの礼を見いではと、[五三]出口の茶《ちや》屋《や》に腰懸《こしかけ》ながら、[五四]さこが[五五]大福《(おほ)ぶく》祝《いは》ふて「三度御ざりませいとのお使誰《たれ》じや」、「[五六]鶴《つる》屋《や》の傳左《でんざ》かたよりで[五七]あんすあんす」と申《(まうす)》。「さらばそれへいかふかの」。揚《あげ》屋町にさし懸《かゝ》れば、[五八]人の命をとる面影、あれは[五九]小太夫様是は[六〇]野風《のかぜ》様、それは初音《はつね》様

上の「聞いたか」の縁で初音といった。 三三 十分御馳走になりましたの意。太夫達への皮肉の言葉。 三四 未詳。「ぴんと反た物…よし岡が向歯」(好色盛衰記三ノ一)とある。俗に出歯のことを西瓜が喰べやすいと悪口をいう。 三五 未詳。「切売にする物…つまきが黒髪」(好色盛衰記三ノ一)とある。 三六 遊女の使う言葉でなく幼少の頃の田舎言葉を思わず出したことをいう。 三七 ある人のいたずらだ。 三八・三九 ともに未詳。「きぬかへ」は好色盛衰記に、初雪は浪花鉦に太夫として名が出ている。 四〇 御華足。本来箱・机・台などの脚を花形につくったものを華足といい、後には仏具を盛る高杯をいう。 四一 茶会。 四二 京町堀をいう。「悪口いひ」「さじ」ともいう。「悪口いひ」は未詳。

四三 遊里通いの駕籠。 四四 駕籠舁。 四五 丹波街道の茶屋町。壱貫町といい、島原通いの中宿があった。 四六 元日の朝。 四七 壱貫町の茶屋の亭主。 四八 年始の挨拶言葉。 四九 丹波口から大門に至る二町余の田圃一帯。 五〇「野辺近く家居しをれば鶯の鳴くなる声は朝な朝な聞く 読人不知」(古今)。 五一 島原上之町上林五郎右衛門抱の太夫、三代目初音。「鶯の」までは序詞的表現。 五二 元旦遊女が揚屋から抱え主の所へ新年の礼に行くこと。 五三 島原大門口の茶屋。 五四 出口の茶屋の女房の名。 五五 大服茶。元日、若水を沸かし梅干などを入れて飲む。福沸しとも。三度は大福を飲むと呼びに来るとかける。 五六 島原揚屋町西側の揚屋鶴屋伝三郎。 五七「あります」の遊里訛。 五八 人を悩殺する美しい容姿。 五九 揚屋町の柏屋吉右衛門抱の太夫。 六〇 下之町大坂屋太郎兵衛抱の太夫。

と申《(まうす)》。春めきて空色の御[一]はだつき、[二]中には[三]かば繻子《じゆす》に[四]こぼれ梅の[五]ちらし、[六]上は緋段子《ひどんす》に五色の[七]きり付《(つけ)》、はね・羽子板《はごいた》・破魔弓《はまゆみ》・玉ひかりをかざり、[八]かたには注連縄《しめなは》・ゆづり葉《は》・[九]おもひ葉数《かず》をつくし、紫《むらさき》の羽織《はおり》に紅《くれなゐ》の[一〇]絎紐《くけひぼ》を結《むす》びさげ、立木の白梅《はくばい》に[一一]名をなく鳥をとまらせ、[一二]ぬきあしの[一三]ぬめり道中。[一四]見てなを戀をもとむる。「女郎は、[一五]うは氣《き》らしく見えて心のかしこきが上物《(じやうもの)》」と[一六]くつはの[一七]又市が申せし。さも有べし。

[一八]正月廿五日まではもらひもならず。やう〳〵廿六日七日を定《さだめ》、はじめてあいさつ、「[一九]折節《おりふし》はかた様も目馴《なれ》て、[二〇]どなたかあはせらるゝ人の仕合《(しあはせ)》、[二一]よき風なる殿《との》ぶり」と[二二]かしらから[二三]いたゞかせて、皆《みな》うれしがらせ、[二四]こなたから申《(まうす)》事跡《あと》に成《(なり)》て、おのづから[二五]身《み》のたしなみ出來《でき》て、[二六]言葉《ことば》もせまり汗《あせ》をかきて、[二七]座《ざ》つきむつかしくなつて、酒《さけ》も[二八]でかしだてに飲《のみ》て、伽羅《きやら》も惜《おし》まず燒《たき》すて、[二九]中二階《ちうにかい》の古《ふる》きに氣をつけ、亭主《ていしゆ》よび出し「[三〇]是《(これ)》では置《をか》れじ」と普請《ふしん》を[三一]うけあひ、口鼻《かゝ》に[三二]よき物をとらせ、[三三]投《なげ》ぶしうたふ女に[三四]したんの接棹《つぎさほ》を[三五]はづみ、[三六]太夫手前の全盛《ぜんせい》、すこし[三七]前《(まへ)》かたなる[三八]おかた狂ひのやうに見えて、伴《ともな》ひし[三九]金右衛門もきのどくがりて、奢《おごり》出る所を幾《いく》度《たび》[四〇]かまぎらかしける。

世之介日來《ひごろ》は名譽《めいよ》の[四一]上手なれども、又初音《はつね》が[四二]座配《ざはい》世間《せけん》の[四三]格《かく》をはなれ、外《ほか》の太

一 下着の襦袢。二 上着と下着の間に着る中着には。三 樺色の繻子。四 散りしいた梅の花の模様。五 散らし模様。六 上着。七 切附模様。布を色々な形に裁ち切り、これを他の布地に美しい糸でかがりつけ模様としたもの。八 模様。九 未詳。
一〇 縫目を表に出さないように縫った紐。
一一 鶯。一二 音を立てないように静かに歩くこと。
一三 内八文字で揚屋への往復をすること。
一四 その姿を見てより一層恋い慕われる。
一五 陽気らしく明朗快活で。一六 忘八。女郎屋の主人。一七 大坂新町の創始者木村屋又市。
一八 正月買の大臣客は多くは二十五日頃まで遊女を揚げ詰めにしていたので貰うことは出来ぬ。
一九 これまで時々は貴方を御見受けして御顔を存じておりますとの挨拶言葉。二〇 どなたか知りませんが貴方のお会いになる御相手(遊女)は仕合せな人だ。二一 立派な。二二 最初から。
二三 有難がらせて。二四 客の方から言うことが後手になって威圧され。二五 固くなり。慎重になってしまって。二六 自由にものが言えなくなり、冷汗をかいて。二七 一座の空気も窮屈で気づまりになり。二八 得意顔。堅苦しく上客らしい顔つきで酒を飲むの意。二九 普通の二階よりも低く、平屋よりも高く造った二階。揚屋の二階が中二階であった。三〇 このままにはしておけまい、建て直せ。三一 引き受け。三二 金銭。
三三 明暦年間島原下之町柏屋又十郎、又は島原太夫大坂屋抱の太鼓女郎河内がはじめた小歌。上下の句さらりと、三味線のあしらいも短く、歌のとまりを、やんと投げて歌う。三四 接棹になった紫檀の三味線。紫檀の棹の三味線は上等品。三五 奮発して買ってやり。三六 太夫に対する体面上、見栄を張った奢りようを見せ。

三七 時代遅れの。古くさい。 三八 遊女狂い。普通「おかた」は主婦の意であるが、女郎もおかたと呼ぶ。 三九 仕舞うた屋の金左衛門（巻五ノ三、一三五頁参照）の誤。その金左衛門も迷惑がって。 四〇 まぎらして浪費させなかった。 四一 遊女遊びの巧者。 四二 座持ち。 四三 ずばぬけてすぐれている。 四四 及びもつかないの意。 四五 一座の空気がしめっぽくなると。 四六 色里の遊びに精通していそうな男。 四七 うまくたらしこむ。いっぱい喰わせる。 四八 その都度その都度。 四九 まごまごしていると神様でもだまされそうだ。 五〇 人智では及びもつかないほど練達している女郎である。 五一 床での手管、駈引き。 五二 床の用意に。あらわに言わずにそれとなく指示するの意。 五三 床入前に衣裳を着換えること。 五四 含嗽をたんねんに行い。 五五 両袖に香をたきしめ。 五六 香の銘。未詳。「立ちのぼる煙は雲になりにけり室の八島のさみだれのころ　家隆」（新後撰）の歌により、下に「立のぼる煙」ともってくる。 五七 やって来て。太夫は襖の明けたてを自分の手ではせず、かならずおつきの者に明けさせる。 五八 太夫について一座の取持ちをする囲女郎。 五九 引きとらせて。 六〇 火影のさしている枕近く。 六一 夢から覚めて。 六二 蜘蛛はきらいだと。 六三 抱きしめ。 六四 黒色に黄斑のある大きな蜘蛛で毒が最も甚だしいもの。ここは女郎の名とかけて洒落て言ったもの。なお、蜘蛛は当時「蜘」または「蛛」と一字に書くことが多かった。

夫の手[四四]のとゞく事にもあらず、しめやか[四五]になれば笑《わら》はせ、すいらしき[四六]男《おとこ》は[四七]はまらせ、初心なる人には泪こぼさせてよろこばし、一度《ど》[四八]ゝゝに仕懸《しかけ》の替《かは》る事、うろたへたる[四九]神もだまされ給ふべし。まして人間《にんげん》[五〇]の智恵《ちゑ》におよびなき女郎也。床《とこ》[五一]の手だれ賤《いや》しからず、今宵《よひ》は眠《ねぶ》きなどゝ[五二]そこに氣《き》をつけさせ、身《み》[五三]ごしらえに立《(たゝ)》せたまふを、金右衞門こゝろを配《くば》りてみるに、鵜飼百度髮《うがいもゝたびかみ》[五四]いそがずなで付《(つけ)》させ、香炉《かうろ》ふたつを両袖[五五]にとゞめ、室《むろ》[五六]の八嶋《やしま》と書付《(かきつけ)》の有《(あり)》し箱《はこ》より、立《(たち)》のぼる煙《けぶり》をすそにつゝみこめ、鏡《かゞみ》に横皃《よこがほ》までをうつし、小座敷《こざしき》に指《(さし)》[五七]かゝり、しきりの襖明《ふすまあけ》させて、[五八]引《(ひき)》ふねの女は[五九]あとにかへし、禿計《かぶろ(ばかり)》を召《(めし)》つれ、ともし火の[六〇]うつり、枕近《ちか》く立《(たち)》より、「それ〳〵申《(まうし)》ゝ、めづらしき蜘《くも》が〳〵」と申されければ、世の介夢[六一]おどろき、[六二]いやな事と起《をき》あがる所をしかと[六三]しめつけ、「[六四]女郎蜘《ぐも》が取《とり》

つきます」といひさま[一]帯《おび》とかせ、我もときて「是《これ》[二]がわるひか」と肌《はだ》[三]まで引《ひき》よせ、[四]うしろをさすりおろして「今まではどの女がこゝらをいらひ[五]候もしらず」と下帯《おび》のそこ[六]まで手の行《ゆく》時[七]きゆるがごとし。今はたまり兼《かね》て断《ことは》[八]りなしに腹《はら》の上にのり懸《かゝ》れば、下より胸《むね》をおさえて、「是《これ》は聊尓《りやうじ》[九]なさるゝ」といふ。「堪忍《かんにん》[一〇]ならぬ。ゆるし給へ」といふ。「又時節《じせつ》[一一]も有《ある》べし。先今晩《まづこんばん》[一二]は」といふ。世之介せんかたなく、「かやうの事にて江戸にてもおろされ、無念《むねん》[一三]今にあり。独《ひとり》はおりられず。貴様に抱《だき》おろされてならばおりやう」といふ。兎《と》や角いふうちにかんじんの[一四]物く[一五]なつきて用に立難《たちがた》し。是非《ぜひ》なくおるゝを、初音《はつね》下より兩の耳捕《みゝとら》へ「人の腹《はら》の上に今迄《いまゝで》ありながら、只《たゞ》はおろさぬ」と、[一六]こゝろよく首尾《しゆび》をさせける。まれ成《なる》床《とこ》[一七]ぶりなり。跡《あと》[一八]口舌《くぜつ》[一九]して起《をき》[二〇]さはぎて踏《ふま》れける。何か[二一]申《まうし》て氣《き》に違《ちが》ひける、しらずかし。

匂《にほ》ひはかづけ物

[二二]京《きやう》の女郎に江戸の張《はり》[二三]をもたせ、大坂の揚屋《あげや》であはば、此《この》[二四]上何か有《ある》べし。爰《こゝ》に吉原《よしはら》の名物《めいぶつ》[二五]よし田といへる口舌《くぜつ》の上手《ぜうず》あり。風義《ふうぎ》[二六]は一[二七]文字屋《もんじや》の金太夫に見[二八]ますべし。手[二九]は野風《のかぜ》[三〇]程書《ほどかい》て、然《しか》も哥道《かだう》にこゝろざし[三一]深《ふか》し。或時《あるとき》飛入《ひにう》[三二]といへる俳諧師《はいかいし》

一 言いながら。二 この蜘蛛がきらいですか。三 自分の身体にぴったりと引き寄せ。四 背中。五 いじったんでしょうか。六 其処。局部をさす。七 魂消ゆるがごとし。夢心地になってしまうの意。八 挨拶なしに。九 粗忽なこと。無作法なこと。一〇 我慢できない。一一 しかるべき時もあるでしょう。「力もたよだよと足弱車の巡り会ふべき時節を待つべしや先づこの度は帰るべし」(謡曲、鉄輪)による。初会は情交のないのが普通であるから、重ねての時という。一二 今晩はこれだけにしておきましょう。一三 今でも忘れられない。「木曾と組まんと企みしを、手塚めに隔てられし無念今にあり」(謡曲、実盛)による。一四 男根。一五 ぐにゃぐにゃになって。一六 快く事を終えさせた。一七 情交のやり方。一八 そのあとで。一九 痴話喧嘩。二〇 初音は床から起き出して騒ぎ出し、世之介は踏んづけられてしまった。二一 どんな事を言って機嫌をそこなったものかわからない。

二二 京は美人多く、江戸は意気地が強く、大坂は揚屋の施設が豪華であると三都の遊里の特色を喝破した言葉。二三 張合い。意気地。二四 これ以上何を望むことがあろう。当時掛り結びは乱れている。二五 吉原新町彦左衛門抱の太夫、後に格子に下る。焼手の上手と称せられた。二六 容姿。二七 島原中之町一文字屋七郎兵衛抱の太夫。二八 見ばえがすぐれている。二九 筆跡。三〇 島原下之町大坂屋太郎兵衛抱の太夫。三一 素養が深い。三二 江戸の俳諧師嶋田飛入。「一本草」「伊勢踊」「俳諧塵塚」などに入集。

「凉《すゞ》しさや夕《(ゆふべ)》よし田が座敷《ざしき》つき」と有《ある》に、「螢飛入我床《ほたるとびいるわがとこ》のうち」と即座《そくざ》の[三三]脇《わき》。是《(これ)》にかぎらず[三四]毎度聞《まいどきゝ》ふれし事ぞかし。[三五]一ふしうたふて[三六]引て、自然《しぜん》と[三七]此《(この)》勤《つとめ》にそなはりし女なり。万《(よろづ)》かしこき事[三八]おもひの外《(ほか)》也。

[三九]山の手のさる御方殊更《ことさら》に[四〇]不便《ふびん》がらせたまひ、数々かたじけなき[四一]御しなし、いやといはれず、[四二]外《ほか》をやめて[四三]指《ゆび》に疵《きず》などつけて、[四四]まことのこゝろになつて御尤愛《いと》しさもます時、[四五]さる太夫を戀初《こひそめ》、[四六]よし田のきはを色々仕懸《しかけ》たまへども、[四七]一つも憎《にく》むべき事あらず。或暮方《あるくれがた》に[四八]小柄屋《こづかや》の小兵衛斗《(ばかり)》召連《めしつれ》られ、「[四九]何によらずけふを[五〇]かぎりに難義《なんぎ》を申《(まうし)》懸《かけ》、[五一]手をよく[五二]退《のき》て[五三]あそびを替《かへ》るぞ。いそげ」と[五四]清十郎方に行《(ゆき)》て、太夫にあひて[五五]抑《そもく》より[五六]横《よこ》をゆけ共、はや合点《がってん》してすこしも[五七]氣《き》やぶらず。[五八]常《つね》の酒《さか》ぶりかさね飲《のみ》になつて、無理《むり》を肴《さかな》になすぞかし。大じんわざと[五九]酔狂《すいきやう》して、[六〇]あたりあらく踏立《ふみたて》、[六一]間鍋《かんなべ》より漣波《さゞなみ》たつていと見ぐるしく、小兵衛はな紙《かみ》にて[六二]せけ共《(ども)》とまらず、よし田が[六三]上《うは》がへの褄《つま》まで流《なが》れよる時、禿《かぶろ》の小林《こばやし》我ぬぎ置《をき》し黒茶《くろちや》宇《う》のきる物にて殘らず[六四]したみかいやり捨《すて》ける。太夫につかはれし程の心根《こゝろね》是《(これ)》ぞと、[六五]いはずに譽《ほめ》ける。此有樣《ありさま》よし田もうれしかるべし。[六六]春宵一衣價千枚所《しゆんせういちえあたひせんまいどころ》也。[六七]花も火ともす時分《じぶん》になつて、太夫勝手《かつて》へ[六八]立《(たち)》ざまに、廊下《らうか》を半過《なかば(すぎ)》て、[六九]とりはづされて[七〇]其音《そのおと》に疑《うたが》ひなし。世之介も小兵衛も横手《よこで》をうつて「[七一]おもしろの春邊《はるべ》やな。

三三 連歌俳諧において発句につける第二句をいう。即座に脇句をつけた。三四 吉田の句作は度々聞き馴れている。三五 唄の方も一応歌いこなし。三六 三味線も引けるし。三七 遊女の勤めに適した素質を具備している女である。三八 想像以上にすぐれている。三九 麹町から市谷へかけての山の手の一帯は旗本の屋敷町であった。四〇 御寵愛になり。四一 御もてなしに。四二 外の客は断って。四三 誓紙の血判に女は右の中指または無名指を針で刺す。四四 誠心誠意となって。四五 (そのさる人は)別なある太夫を恋しはじめ。四六 退き端。(吉田との)手切れの機会。四七 どれ一つとして憎むべき欠点が見つからない。四八 太鼓持の名。四九 何でもよいから。五〇 無理難題を持ちかけて。難癖をつけて。五一 まんまと。首尾よく。五二 交渉を絶って。五三 別な女に乗り換えるぞ。五四 吉原揚屋町の揚屋尾張屋清十郎。五五 初めから。五六 横車を押す。無理を吹っかける。五七 相手の気にさわらないようにする。機嫌を損ねないようにする。五八 いつもの飲み方が深酒になってしまって。かさね飲は酒をたてつづけに飲むこと。五九 酔って乱暴になり。六〇 当り荒く、すなわち乱暴に歩き廻り。六一 燗鍋がひっくり返って酒が流れ出し。六二 酒の流れをせき止めようとするが。六三 袿。六四 水気を着物にしみこませて、その着物を捨ててしまった。六五 口には出さないが心の内で、一座に列なる人々は感心した。六六「春宵一刻価千金、花に清香月に陰、げに千金にも替じとは今この時かや」(謡曲、田村)。原典は蘇東坡の詩。金一枚は小判八両くらいに当る。六七 夕暮頃をいう。花の蕾が柔らかくほころびることを花が火をともすという。六八 立ち

一天晴《あつぱれ》くぜつのもと二だて。三重而《かさねて》出たらば座敷《ざしき》が嗅《くさ》ふてゐられぬといはふ」「いや両人ともに鼻《はな》ふさぎて、四あのほうからあらためる時に、「けふよき匂《にほ》ひをかぎにきた」と申せ」。五是《（これ）》にきはめて待《まて》ども出《（いで）》ず。六「よもや七出らるゝ所《ところ》でなひ」と大笑《わら》ひしてみるに、衣裳《いしやう》仕替《しかへ》て桜《さくら》一本持《もち》ながら立出《（たちいづ）》るより、八二人目を付《（つけ）》てゐるに、さいぜんへをこきたる敷板《しきいた》まで來て、そこにてこゝろをつけ障子《しやうじ》をあけて、疊《たゝみ》の上へ廻《まは》らるゝこそ、一代の大事《だいじ》爰《こゝ》なり。小兵衛も九聊尓《りやうじ》申《（まうし）》てはと屢《しば》し是《（これ）》をだまりぬ。世之介も一〇二の足を踏《ふみ》てかの板敷《じき》あゆめどもならざりし。されども一一出《（いだ）》しおくれてゐるうちに、一二よし田方ゟ申出《（まうしいだ）》して、「一三此中《（このぢう）》の御仕《し》方惣《かたそう》じて一四よめぬ事のみ。一五はじめよりあかるゝまでとの御つたへ、成程けふ切《（ぎり）》にあきました。一六御げんも今より後《のち》は」と申《（まうし）》捨《すて》、おもての見世《みせ》に出《（いで）》、犬《いぬ》に一七さんたさせてあそばるゝ

上がり際に。　六九 屁を取りはずす。放屁すること。　七〇 まさしく放屁の音にちがいない。
七一 「何処の春もおしなべて、のどけき影は有明の天も花に酔へりや。面白の春辺やあら面白の春辺や」(謡曲、田村)。春辺と屁とをかけていう。

一 すばらしい。
二 口実。種。　三 今度吉田が座敷に戻って来たら。
四 先方から(いったい何のことですと)問いただす時に。　五 こんなふうにいうことにきめて。
六 まさか。とても。　七 (放屁という失態をしたのだから)顔出しができるまいの意。　八 注視していると。　九 うかつなことを言っては。　一〇 大事をとって躊躇する意と、吉田のあとから廊下を歩いて廊下が鳴ったのかどうか試して見ての意をかける。　一一 言い出しかねているうちに。
一二 吉田の方から。　一三 さっきからの。　一四 腑に落ちない。了解に苦しむ。　一五 馴れ染めの初めから、そちらが飽かれるまではこちらの心は変らないと茶屋を介して伝言したのです。
一六 御見は御見参の略。お会いすることもこれが最後です。「げにも姿は羽束師の洩りて外にや知られなん。今より後は通ふまじ、契も今宵ばかりなり」(謡曲、三輪)による。　一七 犬が前足を上げて立ち上る芸。ちんちんともいう。
一八 ひっかけられた上に、争論は裏をかかれて失敗し。　一九 別れの挨拶もせずに。　二〇 吉田に対してこんなことをしたのはよくないやりかた

こそすこしは憎《にく》し。両人是非《ぜひ》なく、へは[一八]かづきながら論《ろん》はうらをかゝれ、[一九]さらばともいはずに立《(たち)》かへる。「世之介小兵衛[二〇]よからぬ仕なし」と[二一]此沙汰《このさた》あつて、[二二]望《のぞみ》の太夫も終《つい》にはあはざりき。

よし田此《(この)》事をつゝまず、末ゝの女郎・[二三]宿屋《やど》の内義《ないぎ》・重都《しげいち》といふ座頭《ざたう》・やり手まんなど集《あつ》めて、其中《(その)》にてありのまゝに語りける。「[二四]若難義《もしなんぎ》に申懸《(まうしかゝら)》ば、「それは賤《いや》しき御[二五]申懸《(まうしかゝり)》、[二六]口舌《くぜつ》はさもなくともありぬべし」と申さんために[二七]道替《みちかへ》て行《(ゆく)》に、あのほうに[二八]分別していはぬこそ笑《おか》しけれ。いかにも[二九]こき手は此《(この)》太夫じや」とおもひ切《(きつ)》て申されける。いづれも悪《あし》くは申さず。此利發《(この)りはつ》を感《かん》じ、[三〇]あき日をあ[三一]らそひ此《(この)》人しのぶ事、八[三二]わうじの柴賣《しばうり》・[三三]神田橋《かんだばしに》たてる[三四]願人坊主《ぐはんにんぼうず》・[三五]金椙《かなすぎ》の馬宿《むまやど》までも[三六]君《きみ》を思へばかちはだしにて、[三七]御町《(おてう)》の辻《つぢ》に立《(たち)》ながら、[三八]雲目《くもめ》・風目《かぜめ》といはれし身《み》までも御道中《だうちう》を見て[三九]半分《ばんぶん》しんでぞ帰《かへり》ける。

全盛歌書羽織《ぜんせいかしよばおり》

男《おとこ》は[四〇]本奥嶋《ほんおくじま》の[四一]時花出《はやりで》、女郎も衣裳《いしやう》つきしやれて、[四二]墨繪《すみゑ》に源氏《げんじ》、[四三]紋所《もんどころ》もちいさくならべて、袖口《そでぐち》も黒《くろ》く、裾《すそ》も[四四]山道《やまみち》に取《(とる)》ぞかし。それ迄は[四五]目せき編笠《あみがさ》・[四六]畦足袋《うねたび》

だ。二一 噂が広まって。評判が立って。二二 吉田の代りに逢いたいと思っていた太夫にも逢わずじまいになった。二三 揚屋。二四 難題をふきかけて来たら。二五 言いがかり。二六 口舌ならそんなのではなくて、もっとましなのがありましょう。二七 やり方をかえて行く。二八 慎重に考えて、屁の事を言い出さなかったのは愉快です。二九「讃嘲時之太鼓」「吉原大ざつしょ」等に吉田がよく取り外す癖があると見える。三〇 吉田に客の約束のない暇な日。三一 競って申し込み。三二 武蔵多摩郡八王子の者が柴や炭を江戸に運んで売り歩いた。三三 江戸城神田橋口に架した橋。橋上の立て札に諸商人・行人・願人等いっさい置かせない旨の文言があったという。三四 代待・代参・代垢離をする乞食坊主。三五 本芝四丁目入横町。俗称を馬町といい、ここに馬喰宿があった。三六「いつか思ひは山城の木幡の里に馬はあれど君を思へば徒足跣足」(謡曲、通小町)による。三七 官許の遊廓を御町という。三八 吹けば飛ぶような微賤の身分の者を罵っていう言葉。三九 茫然として。放心状態になって。

四〇 西印度サントメより舶来した綿織物。桟留とも唐桟ともいい、そのうち赤線入りの竪縞を御本手という。四一 はやり出立(でだち)。流行衣裝。四二 源氏物語の人物・説話を墨絵で描いたもの。四三 遊女と客の紋所を二つ並べた比翼紋のことか。四四 裾を山道形に染めた模様。もみ・紅梅の裏はこの染模様で赤みを隠す。四五 編み目のこまかな編笠。四六 絹糸でうね刺しにした木綿足袋。

に紅《もみ》の絳紐《くけひぼ》、今の[一]素足見合笑《すあしにみあはせおか》しき事もあつて[二]過《(すぎ)》侍る。世は[三]其《(その)》時がまし成《(なる)》べし。次第に奢《おごり》の[四]煙《けぶり》くらべ、後は[五]燒亡《じやうも》だきにして[六]林弥《りんや》に酒《さけ》の燗《かん》をさす事、唐《から》の[七]咸陽宮《かんようきう》に[八]四万貫目持《しまんぐはんめもた》せても終《つい》には[九]鴈門《がんもん》を[一〇]夜《よ》ぬけに近《ちか》し。

世之介初雪《はつゆき》のあした[一一]紙子羽織《かみこばおり》に[一二]了佐《れうさ》[一三]極《きはめ》の[一四]手鑑《てかゞみ》、定家《ていか》の[一五]歌切《うたきれ》・[一六]頼政《よりまさ》が三首物・[一七]素性法師《そせいはうし》の長歌《ながうた》、其《(その)》外世ゝのうた人の筆《ふで》の跡《あと》を[一八]つがせて、是《(これ)》を着《き》る事身の程しらずもつたいなし。[一九]尾刕《びしう》の傳七も傾城《けいせい》二十三人の誓紙《せいし》をつぎ集《あつ》め、是《(これ)》も羽織《はおり》にして互《たがい》に男《おとこ》ぶりをあらそひ、[二〇]野秋《のあき》にあひそめ、兩方すれ者《もの》、後《のち》は金銀《きんぎん》の沙汰《さた》にもあらず、命あぶなし。野秋《のあき》是《(これ)》をおもふに[二一]生田《いくた》川に身捨《みすて》し貳人も是成《(これなる)》べし。いづれをおもひいづれをおもふまじきにあらねば、[二二]一日はさみにあひぬ。きのふの噂《うはさ》をけふいはず、今日《けふ》の事を明日《あす》かたらず、[二三]そなはつての利發人《りはつじん》、文《ふみ》[二四]つかはしけるにも兩方同じこゝろを尽《つく》し、起請《きしやう》も「おふたりが外《(ほか)》は」と書《(かき)》ぬ。是《(これ)》名譽《めいよ》の仕《し》なし也。[二五]世上《せじやう》とて必《かなら》ずあしき評判《へうばん》して、野秋《のあき》は勤《つとめ》のために[二六]雨の手に花《はな》と紅葉《もみぢ》を詠《なが》めつる物《もの》といへり。是《(これ)》は[二七]あさ瀬《せ》をわたる人、此《(この)》里の[二八]戀《こひ》の淵《ふち》をしらず、[二九]水《みつ》心覺《こゝろおぼえ》て責而《せめて》は一度《たび》[三〇]引舟《ひきふね》に取《(とり)》つきたまへかし。[三一]独《ひとり》にかたづけ五万日にても勤《つとめ》かぬべき男にはあらず、今更《いまさら》太夫様の事[三二]取持《とりもつ》て申《(まうす)》にはあらず。過《(すぎ)》にし雨の日、[三三]おてきも見えず[三四]何《なに》してなぐさむべき事かけ、然《しか》も[三五]二月十五日の事也。内義《ないぎ》煎《せん》じ茶《ちや》

一 延宝・天和の頃には遊女が素足で歩くのが普通であった。 二 経過した。過ぎ去った。 三 世間の流行はその盛りの時だけがよいもので、その前でも後でも無価値である。 四 名香をたいて比べること。 五 焼亡は火事のこと。火事になるほどどんどん大くべにする人。 六 林弥は禿の名。 七 以下「人の情の盃の深き契のためしとかや。林間に酒を煖めて紅葉を焼くとかや…あるひは巌に火焔を放ち、または虚空に焔を降らし咸陽宮の烟の中に」(謡曲、紅葉狩)による。 七 秦の始皇帝の宮殿。 八 銀四万貫目。 九 咸陽宮の鉄の築地の高さは百余丈で、始皇帝が雁の往来のためそれにあけた穴。 一〇 夜逃げ。いくら金があっても遠からず夜逃げするにちがいない。 一一 紙子で作った羽織。 一二 古筆鑑定家。初代は寛文二年正月二十八日没、八十一歳。 一三 鑑定。 一四 古人の真筆の短冊・色紙を集めて帖にしたもの。 一五 古名人書写の和歌の巻物・冊子を手鑑や掛物を作るため一首または数首を適宜の大きさに切断したもの。 一六 頼政自筆の三首を一幅に仕立てたもの。 一七 未詳。 一八 継ぎ合せて羽織に仕立てること。 一九 未詳。 二〇 新町あたらしや清春抱の太夫野関か。 二一 血沼男と小竹田男の二人。二人の恋人にはさまれ窮して投身した蘆屋の菟名日処女(うないおとめ)の跡を追って二人とも投身自殺した。 二二 一日おき。隔日。 二三 生れつき聡明な人。 二四 「つかはすにも」と同じ。 二五 世間の常として。 二六 同時に左右優劣のないものを手に入れるの意の諺。 二七 遊びの真の味を知らぬ人。「沖を漕ぐ」の対。 二八 遊里における遊女と客の恋の真髄。 二九 女郎買の味。淵の縁語。 三〇 引舟女郎を買って見るがよい。水心の縁語。 三一 一人の太夫に馴染んで。 三二 ひい

きして言うのではない。三三 遊客。大臣。三四 何をして慰めようにも慰むべき相手のない不自由さ。三五 涅槃会。新町の紋日。三六「春来てもつれなき花の冬籠待たじと思へば峰の白雪」(秋篠月清集)によるか。ただしこの本歌、新拾遺集・夫木抄は「まだしと思へば峰の白雲」とあり。三七 小さく丸い餅を葩(はなびら)のごとく柳の枝につけたもの。正月の餅花を貯えおき涅槃会に煎って供物とするのが京畿の習俗。三八 上品ぶること。三九 内輪話。内情をぶちまけた話。四〇 生計の黒字か赤字かの遺繰の話。四一 両々相まって離れることのできぬ意の譬。四二 こんなに二人を思わねばならないのは大方前世の因果応報であろう。「めぐり」は車の縁語。四三 取立てて。事新しそうに。四四 女郎を多数あげて大勢の客が遊興すること。その席上で。四五 五節句の大物日は前日から後宴まで前後三日間約束するのが普通。三月二日と二日酔にかけている。四六 三月三日上巳の日に曲水に盃を浮べて盃の流れて来る間に詩作をする遊び。宴と縁とをかけていう。四七 二人が思いがけず顔を合せて。四八 和睦の相談。四九 情交。五〇 おつな。一風変った。五一 印子。中国より舶来の純良の金塊を印子金といい、転じて金銀のことを「ゐんす」「ゐんつう」という。五二 大金持であるから渡世の稼業は暇で。

をあらため、野秋《のあき》様のもてなしに、[三六]桜《さくら》またじ[三七]柳《やなぎ》につらぬきし餅花《もちはな》をちらし炮烙《ほうろく》に香《かを》らせ、「一[三八]座《ざ》花《きや》車《しや》づくをやめて向《む(か)》ふ歯《ば》のつゞくほど喰《く》へ」と、禿《かぶろ》やり手のひさまじりにはぢず、心《こゝろ》やすき[三九]内證咄《ないしやうばな》しの[四〇]たりあまりの事まで打《うち》明《あけ》て物語《ものがたり》せしおりふし、「世之介様傳七様おふたりの事は[四一]車《くるま》の両輪《りやうわ》、[四二]大形《(おほかた)》は因果《ゐんぐは》のめぐり、是《(これ)》程ゆかしさ尤《い》愛《と》しさ、此《(この)》上に身《み》がなふたつほしき」と人しらぬ泪《なみだ》にて仰《おほ》せられし事もあり。「此《(この)》こゝろざしからは賤しかるべきおぼしめし入《(いれ)》にあらず」と太鞁《たいこ》の清介が[四三]持《もつ》てひらいて[四四]大よせの中にて語《かた》りぬ。さも有《(ある)》べし。

其《(その)》後[四五]三月の二日酔《ゑい》は世之介、[四六]三日は曲水《きよくすい》の宴《ゑん》にたよりて傳七があふ日也。[四七]不《ふ》思議《しぎ》の出合《であひ》、此《(この)》時[四八]和談《わだん》して三人同じ枕《まくら》をならべながら、下卑《げび》て[四九]首尾《しゆび》するわけもなく[五〇]あぢな事共《(とも)》計《ばかり》、前代未聞《ぜんだいみもん》の傾城《けいせい》ぐるひ、男はよし[五一]ゐんつうは有《(あり)》親はなし[五二]浮《うき》世《よ》は隙《ひま》、此《この》両人榮花《ゑいくは》をきはめ、世間《せけん》の[一]盛《ぜい》をやめさせ、いよ〳〵[二]諸《しよ》わけ[三]まさり草《くさ》・[四]懐鑑《ふところかゞみ》にも此《この》女の事ありのまゝ書記《かきしる》す外に、[五]あはねばしれぬよき事ふたつ有《あり》、生《うま》れつきての仕合《しあはせ》、帯《おび》とけば肌《はだへ》うるはしく暖《あたゝか》にして鼻息《はないき》高く、ゆい髪《がみ》の亂《みだ》るゝをおしまず、[六]枕はいつとなく外《ほか》に成《なり》て、目付《めつき》かすかに青《あを》み入《いり》、左右の脇《わき》の下うるをひ、寐《ね》まき汗《あせ》にしたし、[七]腰《こし》は疊《たゝみ》をはなれ、足の指《ゆび》さきかゞみて、万《よろづ》につけてわざとならぬはたらき、人のすくべき第一也。まだ笑《おか》しきは折ゝ[八]なく聲《こゑ》[九]鵺《ぬえ》に似《に》て、蚊屋《かや》の釣手《つりて》も[一〇]落《おつ》る所を九度《こゝのたび》までとつてしめ、其好《そのすき》いかな[一一]強藏《つよざう》も亂《みだ》れ姿《すがた》になつて、短夜《みぢかよ》の名殘《なごり》さて[一二]火をともしうつくしき顔《かほ》をみるに、[一三]繪《ゑ》に書《かき》し[一四]虞子《ぐし》君《きみ》は物いはず、[一五]さらばやといふ其《その》物ごし、あれはどこから出る聲《こゑ》ぞかし。[一六]親《おや》は〳〵と尋《たづね》ければ、[一七]都のたつみ[一八]朝日山《あさひやま》の近《ちか》き里と也。さてこそ[一九]御茶のよいといふも[二〇]むかし〳〵。

一 贅。見栄。僭上。世間の贅沢な遊びもこの二人の豪奢な遊びぶりに圧倒されてしまうの意。 二 色道の作法。 三 新町の評判記。藤本箕山著、明暦二年刊。 四 未詳。新町の評判記か。 五 同衾せねば。 六 枕はいつの間にか外れてしまい。 七 身体が弓なりになる様。 八 情交の際歓喜極まって発する泣き声。 九「鳴く声鵺に似たりけり」(謡曲、鵺)。 一〇「得たりやおうと矢叫びして落つる所を猪の早太つつとよりてつづけさまに九刀ざさいたりける」(謡曲、鵺)。 一一 精力旺盛な男。 一二「さて火をともしよく見れば頭は猿、尾は蛇、足は虎の如くにて鳴く声鵺に似たりけり」(謡曲、鵺)。 一三「もとより絵に書ける形なれば物云はず笑はず」(謡曲、松山鏡)。 一四 虞子君は唐の玄宗皇帝の寵妃。楊貴妃と后の位を争って敗れたという。ここはそれと漢の李夫人の故事とを混同して、謡曲、松山鏡の文句取りをしている。 一五 閨中狂乱のことなどすっかり忘れたような落ち着きはらった態度で「さらば」というが、いったいあの泣き声はどこから出たのだろうかと思われるの意。 一六 非常にすぐれた美人をほめて「親はないか」という。 一七 宇治をさす。「我が庵は都のたつみしかぞ住む世を宇治山と人はいふなり　喜撰法師」(古今)。 一八 宇治平等院の裏山をいう。 一九 女陰の異称。宇治の縁語で出す。 二〇 茶の銘に初昔・後昔などという。また遊女評判記に「お茶初昔」などと記し閨房の味を評する。ここでは昔咄の発語の「むかし〳〵」にかけてもう昔物語になってしまったという意に用いた。「野関…床の内えもいはぬ感情有。一儀御好物、御茶初むかし」(まさり草)。

繪入

好色一代男

七

好色一代男　巻七目録

一　章題には「其面影は雪むかし」とある。初雪の茶の湯に因み、茶の銘の初昔を雪昔と洒落たもの。
二　島原下之町大坂屋太郎兵衛抱の太夫。初代高橋。寛文四年大坂屋が京都に移転した際、ともに島原に移り、前名久我を改め高橋と称す。寛文六年太夫、同十一年退廓。
三　呑気に、したい放題におどけて遊ぶこと。
四　内緒で貯えた金。へそくり金。
五　高尾・小紫の両太夫。いずれも吉原京町三浦四郎左衛門抱え。高尾は三代目、小紫は初代。
六　日記帳。
七　新町瓢箪町木村屋又次郎抱の太夫。「ぬる物…和州が白粉」(好色盛衰記二ノ一)。
八　島原下之町大坂屋太郎兵衛抱の太夫。二代目高橋。

九「ふる(古)」の枕詞。一〇 太夫としての姿にぴったりに生れついて。一一 目がぱっちりしていて。一二 そうでなくても。「まだよい所あり」に対する。一三 太夫の風采を。一四 手本。亀鑑。一五 十月の初め、茶壺の封を切って新茶を挽き炉開きに茶会を催すこと。一六 島原上之町の女郎屋上林五郎右衛門。茶の縁で宇治住の公儀御用茶師上林(峰順・竹庵等六家あり)に言いかける。一七 茶の湯で上座の客。一八 揚屋町八文字屋喜右衛門。一九 広い座敷を屛風で囲って茶室にすること。二〇 雛人形の行器。行器は餅・赤飯・饅頭等の食物を入れて運ぶ長い円形で三脚のついた器。二一 茶の湯に用いる茶碗の一種。中国浙江省天目山の産から起った名。二二 茶碗をすすいだ水を捨てるもの。建水ともいう。二三 二度と使わない。そのつど新調するの意。茶道具は古いものを尊ぶが使いすてにする習わしも所がら面白いというのである。二四 下男の通称。二五 水を漉して鉄気や雑物を除去するに用いる馬の毛の網を張った曲物。二六 宇治橋西詰から第二と第三番目の橋脚間の水が茶の湯の水としてよろこばれた。二七 当座俳諧。即興で連句を行うこと。二八 俳諧では普通は執筆(しゅひつ)がいて記録するが、銘々書きは一座の連衆が各々自句を書きつけること。二九 俳諧の付け方を味わい吟味することを「聞く」という。ここはそれにかけて、注意して聞くべき面白い事の意。三〇 茶会で懐石が出た後、一旦席を立って待合・腰掛へ行き亭主の合図を待って囲に入る。三一 案内。中立の後、客への合図に声をかけるか半鐘・鉦・拍子木を用いるのが普通。三二 鹿踊。三三 心が浮き浮きして。三四 花生け。

其面影《そのおもかげ》は雪《ゆき》むかし

[九]石上《いそのかみ》ふるき高橋《たかはし》におもひ懸《かけ》ざるはなし。[一〇]太夫姿にそなはつて、顔《かほ》にあいきやう[一一]目のはりつよく、腰《こし》つきどうもいはれぬ能所《よきところ》あつて、まだよい所ありと帯《おび》といて寝た人語《かた》りぬ。[一二]そふなふてから髪《かみ》の結《ゆい》ぶり・物ごし・利發《りはつ》、此《(この)》[一三]太夫風義《ふうぎ》を万に付《(つけ)》て今に女郎の[一四]鏡《かゞみ》にする事ぞかし。

初雪《はつゆき》の朝《あした》俄《にはか》に[一五]壺《つぼ》の口きりて、[一六]上林《かんばや(し)》の太夫まじりに世之介[一七]正客《せうきやく》にして、[一八]喜右衛門方の二階座敷《にかいざしき》を[一九]かこふて、懸物《かけもの》には白紙を表具《へうぐ》してをかれけるは、ふかき心の有《あり》さうにみえ侍る。茶菓子《ちやぐはし》は[二〇]雛《ひな》の行器《ほかい》に入《(いれ)》、[二一]天目《てんもく》[二二]水翻《みづこぼし》も橘《たちばな》の紋付《もん(つき)》、[二三]つかひ捨《すて》の新《あたら》しき道具《だうぐ》も所によりておもしろし。屢《しば》しありて勝手《かつて》より「[二四]久次郎が宇《う》治《ち》から唯今帰《たゞいまかへり》ました」と申《(まうす)》。[二五]水こしの僉義《せんぎ》あり、さては[二六]三の間の水を汲《くみ》にやられしと一入《(ひとしほ)》うれしく、御客《きやく》揃《そろ》へば高橋硯《たかはしすゞり》をならし、「此雪其《(この)ゆきその》まゝ詠《ながめ》たまふ事は」と[二七]當座《たうざ》を望《のぞ》み、かの懸物《かけもの》に[二八]めい〱書《がき》の五句目《くめ》迄、こと更《さら》に[二九]聞《きゝ》事也。[三〇]中立《なか(たち)》あつての[三一]をとづれに[三二]獅子踊《しゝおどり》の三味線《さみせん》を弾《ひか》るゝ。いづれも[三三]こゝろ玉にのつて、すこしうかれながら囲《かこゐ》に入《(いれ)》ば、[三四]竹《たけ》の筒斗《つゝばかり》懸《(かけ)》られて花のいらぬ事不思議《ふ(し)ぎ》に、此《(この)》心を思ひ合《(あはす)》に、けふは太夫様方のつき合《あい》、花は是《(これ)》にまさるべきやとおぼしめさるゝ事にぞ有《(あり)》ける。高橋《たかはし》其《(その)》日の裝束《しやうぞく》は、下に[一]紅梅《こうばい》上には白繻子《じゆす》に[二]三番叟《さんばさう》の縫紋《ぬいもん》、萠黄《もゑぎ》の薄衣《うすぎぬ》に紅《くれなゐ》の唐房《からふさ》をつけ、[三]尾長鳥《をながどり》の[四]ちらし形《がた》、髮《かみ》[五]ちご額《ひたい》にして[六]金《きん》の平髻《ひらもとゆい》を懸《かけ》て、其時《そのとき》の風情《ふぜい》[七]天津《あまつ》乙女の妹《いもうと》などゝ是《(これ)》をいふべし。[八]手前《まへ》のしほらしさ[九]千野利休《せんのりきう》も此《(この)》人に生《むま》れ替《かは》られしかと疑《うたがは》れ侍る。ことすぎて跡《あと》は[一〇]やつして[一一]亂《みだ》れ酒《さけ》、[一二]いつにかはりてのなぐさみ、酔《ゑひ》のまぎれに世之介[一三]金銭《きんせん》銀銭《ぎんせん》[一四]紙入《かみいれ》より打《(うち)》明《あけ》て両《りやう》の手にすくひながら「太夫戴《いたゞ》け、やらう」といふ。[一五]此中《(この)なか》では戴《いたゞ》かれぬ所ぞかし。[一六]初心《しよしん》なる女郎は脇《わき》からも赤面《せきめん》してゐられしに、高橋《たかはし》しとやかに打《(うち)》笑《わら》ひ「いかにも戴《いたゞ》きます」と、そばにありし丸盆《まるぼん》に請《うけ》て「今目《め》の前《まへ》でいたゞくも内證《ないしやう》にて[一七]狀で戴《いたゞ》くも同じ事」と申《(まうし)》て禿《かぶろ》を呼《よび》よせ、「なふて叶《かなは》ぬ物じや。取《とつ》てをけ」と申されし。其《その》見事さいつの世か又有《(ある)》べし。

する程《ほど》の事笑《おか》しく、女郎も客《きやく》も[一八]かんたんの一日、暮惜《くれおし》む所へ[一九]丸屋《まるや》方より「尾《お》張《はり》のお客《きやく》様先程《さきほど》から御出《(いで)》」とせはしき使《つかひ》かさなりぬ。初而《はじめて》なればもらひ[二〇]もならず、何《なに》の因果《ゐんぐわ》にけふの約束《やくそく》はしたぞと、高橋泪《たかはしなみだ》ながら「[二一]勤《つとむ》る身の悲《かな》しさは、[二二]先《まず》まいりて斷《ことはり》を申《(まうし)》て、[二三]今くるうち世之介様の淋《さび》しさは皆《みな》様を頼《たの》む」と門《かど》口へ出《(で)》ざまに二三度《ど》も[二四]小戻《こもど》りして「わが居《ゐ》ぬうちは[二五]小盃《さかづき》で進《しん》ぜませい」と禿《かぶろ》も残《のこ》し

一紅染。濃い紅よりやや薄く淡い紫色を帯びた色。二狂言の三番叟を刺繡した模様。三練鵲。大きさ鳩くらい、項黒く胸黒色、背青く尾の長さ十尺ばかり、先端が白い玉状になっている。関東の山中に多く、畿内にはすまない。四散らし模様。五稚児髷に取上げた額つきをいう。六丈長紙を平たく畳んで作った元結に金箔を置いたもの。七天女。能の天人の扮装の連想か。八点前。茶を立てる時の所作。九千利休。利休流茶道の祖。天正十九年二月二十八日秀吉の勘気を蒙り自刄、七十歳。一〇うちくつろいで。一一酒盃献酬の順序を乱して飲酒すること。一二平常と変って珍奇な。一三金銭には永楽通宝・洪武通宝、銀銭には天正・永楽・文禄・慶長・元和通宝があったが贈遺以外には用いられなかった。一四鼻紙入れの略。鼻紙の外に金銭も入れた。一五こういう席上ではうけとることのできないものである。遊女は直接貨幣に手をふれることを賤しんだ。一六物馴れない。場数をふまない。一七手紙。一八感嘆しつづけの一日の意の「感歎の一日」に、盧生の邯鄲の栄華一炊の夢の邯鄲をかける。なお、この前後、謡曲の邯鄲を頭において書かれたものか。一九島原揚屋町の揚屋丸屋三郎兵衛。ただし下文に七左とあるから当時は七左衛門か。二〇先客が初会の客である場合は、女郎をその客から譲り受けることは出来ないしきたりであった。二一遊女勤めの身。二二ひとまず。二三すぐ又もどって来るまでの間。二四ちょっともどって来ること。二五普通の盃で飲んでいると高橋が来るまでに酔いつぶれてしまうかも知れないから、小盃でと気をつけるさま。

二六 そのまま坐り込んで。二七 届けの文を長々と書いているので。二八 嘆願して。二九 客のいる座敷へ。三〇 世話焼き顔。取持ち顔。三一 気風、習慣の意。三二 知っていそうなものだ。三三 性急な。せっかちな。そんなせっかちなお客にあっても面白くないの意。三四 恋い慕う気持の程は向うもこちらもお互に同じだ。三五 自誓の言葉。誓って、決しての意。三六 よくよく分別して覚悟をきめよ、まさか先方でもこのままにはしておかないだろう。三七 女郎を揚げることを「つかむ」というが、ここでは奪い取りに来る意にかけている。三八 三味線を。三九「歎きながらも月日を送る、さても命はあるものを」(新町当世投節)。巻一ノ一(四一頁)にもこの歌が引かれている。四〇 明暦年間、島原下之町柏屋又十郎(又は、大坂屋抱の太鼓女郎の河内)が歌いはじめた小歌という。四一 がまんして聞いておれない。四二 目もくれず。見向きもしないで。

て丸屋に行《ゆき》、すぐに座敷《ざしき》へはゆかず臺所《だいどころ》に[二六]つい居《ゐ》て、世之介方への[二七]とゞけのかぎりもなく書程《かくほど》に、亭主《ていしゆ》も内義《ないぎ》も色々[二八]わびて、「先《まづ》すこしの[二九]間奥《あいだおく》へ」と申せど、それは耳《みゝ》にも聞《きゝ》いれぬ内「お膳《ぜん》が出ます る。二階《かい》へ御出《(おいで)》」と太鞁《たいこ》持《もち》ども[三〇]肝煎《きもいりがほ》に申せば、「おの〳〵は太鞁持《たいこもち》ならば、爰《(こゝ)》の女郎の[三一]やうすも[三二]しらりやう事じや。それ[三三]程急《ほどきう》な人にはあふて面白《おもしろ》からず」と喜右衛門方に戻《もど》りぬ。七左方ゟ呼立《よび(たつ)》れ共《(とも)》帰《かへ》らず。世之介も[三四]戀《こひ》は互《たがい》とおもひ、太夫をいさめ「是非行《ぜひゆけ》」と申せば、「けふにかぎつて[三五]日本《につぽん》の神《しん》ぞ〳〵ゆかぬ」と申《(まうす)》。「[三六]能ゝ《よく〳〵》分別《ふんべつ》きはめ、よもやさきにも此《(この)》まゝはをかじ。[三七]抓《つかみ》にくる時腰半分切《こしはんぶん(きつ)》てやつて、かしら此方《(この)》にをくが」と申《(まうす)》。「いかにも覺悟《かくご》」と世之介に[三八]引《ひか》せて膝枕《ひざまくら》して「[三九]さても命《いのち》は」と[四〇]投《なげ》節《ぶし》。「[四一]聞《きい》てゐられぬ所ぞ」と尾張《おはり》の大臣刀《だいじんかたな》ぬきながら切て懸《かゝ》れども[四二]目もやらず、

まして声《こゑ》もふるはせずうたひける。めい〳〵[一]取付《とりつき》、さま〴〵[二]あつかへ共《ども》聞《きか》ず。[三]両揚屋《りやうあげや》町中[四]袴着《はかまき》て、両《りやう》方の[五]わび事入亂《みだ》れて[六]親方《おやかた》かけ付《つけ》、「今日は尾張《おはり》のお客《きやく》へも世之介殿へも賣《うら》ぬ」とて高橋《たかはし》たぶさをとつて[七]宿《やど》にかへる。それにもあかず「世之介様さらば」といふこそこゝろつよき女、[八]此《(この)》男《おとこ》にあやかり物ぞかし。

末社《まつしや》らく遊《あそ》び

[九]昔《むかし》しの人の袖《そで》のかほるより、[一〇]今の太夫まさりて上林《かんばやし》の[一一]家《いゑ》の風をぞ吹《ふか》し侍る。ことには衣裳《いしやう》の物ずき、能《よき》事はよしと[一二]人はいふなりと[一三]素仙法師《そせんはうし》の語《かた》りぬ。「万《(よろづ)》の花《はな》かづらも[一四]穐《あき》こそまされ」と、白繻子《じゆす》の袷《あはせ》に[一五]狩野《かの》の雪信《ゆきのぶ》に秋《あき》の野《の》を書《かゝ》せ、[一六]是《(これ)》によせての本歌《ほんか》公家《くげ》衆八人の[一七]銘《めい》と書《がき》、世間《せけん》の懸物《かけもの》にも希《まれ》也。是《(これ)》を心もなく着《きる》事いかに遊女《ゆうじよ》なればとてもつたいなし、とは申《(まうし)》ながら京《きやう》なればこそかほるなればこそ思ひ切《きつ》たる風俗《ふうぞく》と、ずいぶん物《もの》におどろかぬ人も見て來《き》ての[一八]一つ咄《ばな》しぞかし。世につれて次第に奢《おごり》がつきて、人の見しる程《ほど》の大臣《だいじん》は肌着《はだぎ》に[一九]隠《かく》し緋《ひ》むく、上には卵《たまご》色の縮緬《ちりめん》に[二〇]思日入《(おもひいれ)》の数紋《かずもん》、帯《おび》は薄鼠《うすねずみ》の[二一]まがい織《おり》、羽織《はおり》は[二二]ごろふくれんくろきに[二三]嶋天鵝絨《しまびろうど》の裏《うら》をつけ、[二四]町人こしらえ[二五]七所の大脇指《わきざし》、すこし反《そら》して[二六]あい

一 (尾張の大臣に)とりすがり。 二 仲裁するけれども。 三 町年寄・月行事などのこと。町役人という。 四 公式の場で折衝・談判するには袴をはいて出るのが慣例。 五 不満のうったえごと。 六 遊女の抱え主。くつわ。 七 女郎屋。 八 こんなに女に惚れ込まれる男にあやかりたいものである。

九「五月待つ花橘の香をかげば昔の人の袖の香ぞする　読人不知」(古今)の歌を薫の序詞として使ったもの。初代薫は島原上之町上林五郎右衛門抱の太夫。正保四年太夫に出世。承応三年八月二十四日没、二十歳。 一〇 五代目薫。はじめ天神で三笠と称し、延宝四年太夫に出世、薫の名をつぐ。 一一「久方の月の桂も折るばかり家の風をも吹かせてしがな　菅公母」(拾遺)により、上林の家を繁昌させたの意とする。 一二 上林の縁で「我が庵は都の辰巳しかぞ住む世を宇治山と人はいふなり　喜撰法師」をきかせた。 一三 色道大鏡・まさり草の著者藤本箕山。 一四「もののあはれは秋こそまされ」(徒然草一九)による。 一五 久隅守景の女。狩野探幽の外姪孫。天和二年四月二十九日没、四十歳。一六 秋の野に因んだ典拠とすべき和歌。 一七 寄せ書き。 一八 いつも得意になって話すとっておきの話。 一九 緋無垢の裏の裾だけを別の布で縁取りしたものを隠し裏という。裾廻し・八掛に同じ。 二〇 贔屓の遊女や役者の紋を小さく並べてつけること。 二一 唐織に似せて西陣で織り出した帯地の紛い飛紗綾・紛い竜紋などで、唐織の半値以下。 二二 山羊毛その他の粗剛な獣毛に綿・麻を交織した薄手の毛織物。平織・綾織の二種ある。 二三 縞織の天鵞絨。 二四 町人向の刀剣装飾。 二五 脇差の縁・頭・目貫・折金・栗形・裏瓦・鐺を揃

鮫《さめ》を懸《かけ》、[二七]鐵《てつ》の古鍔《ふるつば》ちいさく[二八]柄長《つかなが》く、金《きん》の[二九]四目貫《よつめぬき》うつて[三〇]鼠屋《ねずみや》が藤色《ふぢいろ》の糸、[三一]平《ひら》印籠《ゐんらう》に[三二]色革《いろかは》の巾着《きんちやく》、瑪瑙《めなう》の[三三]ふたつ玉、唐木細工《からきざいく》の根付《ねつけ》、扇《あふぎ》も[三四]十二本[三五]祐善《ゆうぜん》が浮世繪《うきよゑ》、[三六]こぎくの鼻紙《はながみ》、[三七]運齋織《うんさいおり》の[三八]袋足踏《ふくろたび》、[三九]中《〈なか〉》ぬきの[四〇]細緒《ほそを》をはき、大草履取《ざうりとり》に笠杖《かさつゑ》もたせて、名《な》ある太鞁《たいこ》のつくこそくらがりにても[四一]御女郎買《かい》としるぞかし。「[四二]日野《ひの》の[四三]洗濯着物《せんだくきるもの》、[四四]犢鼻褌《ふんどし》のかき替《かへ》もなき人ゆく所にあらず」と[四五]藤屋《ふぢや》の市兵衛が申《（まうす）》事を尤《もつとも》と思《おも》はゞ始末《しまつ》をすべし。[四六]それもしなぬ身《み》かあらばつかえと、或日《あるひ》世之介[四七]風呂《ふろ》をとめて、もろ〳〵の末社《まつしや》をあつめ、けふ、らくあそびと定《さだ》め、[四八]瞿《なで》麦《しこ》の揃浴衣《そろへゆかた》みなさばき髪《かみ》に成《なつ》て、下帯《したおび》をもかゝず、かれ是《これ》九人一筋《すぢ》にならびて、[四九]八文《もん》字屋《じや》の二階《にかい》にあがりてさはげば、一町の[五〇]なりをやめて笑《おか》しがる事、京中《きやうちう》の[五一]そげものの寄合《よりあひ》さも有《（ある）》べし。

二六 藍色を帯びた鮫皮。鞘の外装に用いる。二七 鍔は鉄材が良く、その古いものほど佳。古鉄は滑黒色で微赤を帯び、これを錐打ちして作る。二八 長柄は当時の流行。二九 柄の両側に目貫を二つ宛打ったもの。金の目貫は延べ金を焼き付けた目貫。三〇 京都室町下立売上町鼠屋和泉という組糸屋製の藤色の糸を下げ緒にするのである。三一 平たい形の印籠。三二 印伝・聖多黙(さんとめ)・莫臥爾(もうる)など舶来の色付皮。三三 印籠と巾着の揃い玉の緒じめ。三四 扇の骨が十二本あるもの。骨の数が多いほど上等。三五 京都の画工宮崎友禅(本名日置清親)が描いた扇を友禅扇といい、地紙広く骨太く知恩院前で売り出され、当時の流行品。三六 延べ紙位の大きさで鼻紙の極上品。三七 粗い斜の織文のある厚地の綿織物。美作津山の運斎という人の創製という。三八 綿を入れず畦刺しもせず足袋底に用いる。表と裏とが袋になっている木綿足袋。三九 中抜草履。藁しべで作り緒に白紙を巻いたもの。四〇 細い鼻緒。四一 大臣の意。四二 日野絹。上野多野郡日野地方産の薄地の絹。四三 日野絹を不断着にして着替の洗濯着物にしている位の人でないと遊女狂いはできない。四四 日野絹のふんどし。廓遊びには見栄を張ってこれをしめた。四五 京都室町御池の長崎商いの商人。日本永代蔵二ノ一参照。四六 それほど始末してもどうせ死ぬのだから金があったら使え。四七 風呂を借切り幕を張って他客の混浴を禁ずること。揚屋町西側に風呂屋徳兵衛あり(好色二代男六の五)。四八 世之介の定紋。四九 揚屋町西側の揚屋。五〇 鳴をしずめて。静かになって。五一 変り者。

[一]弥七栟櫚箒《しゆろばうき》に[二]四手《しで》切て[三]むしこよりによつと出《(いだ)》せば、丸屋の二階《にかい》より大黒恵美《だいこくゑび》酒《す》を指出《さしいだ》す。是《(これ)》を見て[四]かしは屋のにかいより[五]懸小鯛《かけこだい》見せければ、[六]庄左衛門は炮烙《ほうろく》に[七]釣髭《つりひげ》を作《つく》り出《(いだ)》せば、隣《となり》より[八]三社《じや》の詫宣《たくせん》を拝《おが》ます。又むかひよりかな槌《づち》を出《(いだ)》す。其時《そのとき》[九]あふむは[一〇]懸灯蓋《かけとうがい》に火ともしてみせる。丸屋から佛《ほとけ》に頭巾《づきん》着《き》せて出《(いだ)》せば、かしは屋より[一一]釣瓶取《つるべとり》を出す。八文字屋《はちもんじや》より末那板《まないた》みすれば、丸屋に牛房《ごばう》一把《わ》みせ懸《かけ》る。猫《ねこ》に大小指《さゝ》せて出《(いだ)》せば、干鮭《からさけ》に歯枝《やうじ》くはえさせて見する。[一二]炭《すみ》けしに注《し》連縄《めなは》はりて出《(いだ)》せば、竹の先に醤油《しやうゆ》の通《かよ》ひを付《(つけ)》て出《(いだ)》す。弥七烏帽子《ゑぼし》着《き》てあたま指《さし》出《いだ》せば、むかひより[一三]十二文の包銭《つゝみぜに》を投《なげ》る。北《きた》から摺粉木《すりこ》に綿《わた》ぼうしまいて出《(いだ)》せば、南から障子《しやうじ》に[一四]上と[一五]吉子おろし薬《くすり》あり、同《(おなじく)》日やとひの[一六]取揚婆《とりあげばゞ》ともありと書《かい》てみする。中の二階《かい》よりは[一七]籏天蓋《はたてんがい》・葬礼《さうれい》の道具《だうぐ》を出せば、泣《なく》やら大笑《わら》ひやら、揚《あげ》屋《や》町に其《(その)》日出懸《(でかけ)》たる女郎も男《おとこ》も[一八]のこらず表《おもて》に出て、[一九]こゝろは空《そら》に成《(なり)》て三所の二階《かい》を詠暮《ながめくら》して、古今希成《ここんまれなる》なぐさみ是《(これ)》成《(なる)》べしと、輿《けう》に乗《ぜう》じて「まだ[二〇]所望《しよもう》とゝ」といふ程《ほど》に、後は大道《だいだう》に出て[二一]もんさく、[二二]いづれか腰《こし》をよらざるはなし。外の遊山《さん》はいつとなくきえて面白《おもしろ》からず、なを立《(たち)》噪《さはい》でやむ事なし。「これを[二三]今のまにしづめる程《ほど》の事もあるべきか」といふ。「忽《たちまち》聲《こゑ》をとめて見せむ」と、[二四]東側《ひがしがは》の中程《ほど》の揚屋《あげや》見世《みせ》より、[二五]太夫なぐさみに金《かね》を拾《ひろ》はせて御目に懸《かけ》ると[二六]服紗《ふくさ》をあけて一歩《ぶ》

一 京都の末社四天王の一人願西弥七。二 麻または紙を切りかけた幣。三 虫籠のように目の細かい格子のある窓。四 揚屋町東側柏屋長右衛門。五 正月に二尾の小鯛を藁繩で縛り、竈の上に掛けておき、六月朔日下して羹にして食すれば邪気を払うという。前の大黒恵美酒の恵美酒から鯛を出した洒落。六 末社四天王の一人、神楽庄左衛門。七 鍋墨で書いた作り髭。八の字に上に反らしたので釣髭という。懸小鯛のカケの音より釣髭のツリを出したものか。八 伊勢・八幡・春日三社の神託。伊勢の託宣に「謀計雖レ為二眼前利潤一必当二神明罰一」とある「当る」の語から次に金槌を出す。九 末社四天王の一人、鸚鵡の吉兵衛。一〇 油皿を吊す仏具。「眼から火」の洒落から金槌につけたものか。一一 釣瓶が落ちたとき拾い上げる鉤。一二 火消壺。つぎに出る竹は、火消壺の縁から「火吹竹」を出したもの。一三 神仏の御初穂。十二文に定っていた。十二銅とも。一四 最も上等の意。一五 堕胎薬。一六 産婆。一七 仏前に懸ける五色の幡と高座の上に掲げる宝蓋。葬式の行列には幡・天蓋を長老にさしかけて行く。とり上げ婆から連想される出産に対して、逆に葬礼を出したものか。一八「太夫のこらず出て見よといふはやりうた」(好色盛衰記一ノ一)、「女郎禿も出て見よといふ時」(好色二代男七ノ二)。一九「花守の心は空になりやせむ」(謡曲、泰山府君)。夢中になっての意。つぎの「詠暮して」は「ながめ暮して花に又、宿かるを草をたづねむ」(謡曲、項羽)によるか。二〇 演芸の上演・続行をうながす言葉。二一 文作。即興に地口・秀句を連発すること。二二 腹をよじって笑わないものはない。係り結びはここでも乱れている。二三 即座に。瞬時に。

[二七]山をうつして有《(あり)》しを、小坊主《こぼうず》に申付《(まうしつけ)》て雨《あめ》のごとく表《おもて》に蒔共《まけ(ども)》、誰取《たれとり》あぐる者《もの》もなく、只末社《たゞまつしや》の藝尽《げいづく》しを見て居《ゐ》るこそ石流都《さすがみやこ》の人ごゝろ也。かね捨《すて》ながら[二八]しらけて、人に笑《わら》はれ内《うち》に入れば其跡《(その)あと》にて[二九]はちひらき・紙屑拾《かみくずひろ》ひが集《あつめ》て[三〇]あまべに帰《かへ》る。

人のしらぬわたくし銀

「申《(まうし)》ゝ先御帰《まずおかへり》なされませい」と[三一]高嶋屋《たかしまや》の女子《おなご》に呼懸《よびかけ》られて、何《なに》の用《やう》かと見かへれば、「御かたから」と[三二]名書《ながき》もなき文《ふみ》ひとつ懐《ふところ》にさし込《こみ》、[三三]やうすも申さず迯《にげ》てゆく。心元《こゝろもと》なき事は兼《かね》ゝ[三四]滝川《たきがは》に戀《こひ》する者《もの》ありて、[三五]きもをいり[三六]返事待事《へんじまつこと》あるが、それかと[三七]宿《やど》に帰《かへり》てみる迄《まで》は遅《おそ》し、[三八]順慶《じゆんけい》町の辻行燈《つぢあんどう》に立忍《(たち)しの》び、[三九]よめぬ事共《ども》ありける。滝川が文《ふみ》のかへしにはあらずして、[四〇]我《われ》にほれたとのこゝろ入深《(いれ)ふか》く、[四一]命をとる程《ほど》に書《かき》ておくりぬ。すこし[四二]男自慢《おとこじまん》して、伴《ともな》ひし者《もの》に「是《これ》見たか。此方《(この)》より[四三]話《くど》きても埒《らち》のあかざる事もあるに、[四四]あなたからのおぼしめし入《(いれ)》、然《しか》も去《さる》太夫様からじや。世上に若《わか》き者《もの》もおほけれど、[四五]拙者《せつしや》が[四六]鬢厚《びんあつ》きゆへぞかし。世之介にあやかれ」と戴《いたゞか》せば、[四七]合点《がてん》がゆかぬと笑《わろ》ふてゐる。[四八]せき心になつて「[四九]我《われ》にうそをいふ物か。是《これ》みよ」とありし時、「みるまでもなし。其文《そのふみ》は[五〇]そんじやう其《その》太夫殿

二四 揚屋吉文字屋与兵衛或は三文字屋清左衛門か。 二五 太夫の慰みに。太夫たちをなぐさめるために。 二六 捻じ服紗。服紗を捻じて金銀を入れる。 二七 山のように積み上げ。 二八 興ざめて。 二九 鉢開き。乞食坊主。 三〇 天部。京都東三条の賤民部落。

三一 新町佐渡島町下之町の揚屋。北側高島屋半左衛門、南側同八兵衛の二軒あり。 三二 宛名書もない手紙。 三三 事情。わけ。 三四 高島屋抱の太夫。「しるき物、釜底の食、滝川」(好色盛衰記三ノ一)とある。 三五 仲介する。世話をやく。世之介が誰かの肝煎りをしてやったのである。 三六 滝川からの返事。 三七 家に帰って見るまで待っておれない。 三八 新町東口を出て、順慶町筋初瀬町の交叉点を井戸の辻といい、そこに立っている行灯。 三九 理解に苦しむ。腑に落ちぬ。 四〇 世之介をさす。 四一 こちらをうっとりさせるほど。殺し文句を沢山含んだ手紙であったの意。 四二 男振りのよいのを自慢して。女に惚れ込まれる男前を自慢して。 四三 易林本節用集に「話」をクドクと読んでいる。 四四 先方から。 四五 自称の代名詞。町人としては気どった言い方。 四六 厚鬢は上品で温厚な風俗。 四七 承服できない。賛成できない。 四八 いらだって。いらいらして。 四九 お前に。 五〇 何の誰。例の何某。

ゟはまいらぬか」と申《(まうす)》。「何《なに》として此《(この)》わけを存じたぞ申せ」「いや、其《(その)》女郎ならばさのみよろこび給ふな。子細《しさい》は、貴様《きさま》にかぎらず、近《ちか》き比も半太夫様のお敵《てき》にも其《(その)》ごとく、又さつま様の客《きやく》にも状を付《つけ》、人の男《おとこ》をとらるゝ事此中《(このぢゆう)》の仕《し》出し也。此《(この)》心入《(こゝろいれ)》の否《いや》な所は更《さら》ゝ戀《こひ》に非《あら》ず。紋日《もんび》かゝさぬ程《ほど》の大じんに斗《ばかり》其仕形《しかた》ぞかし。男ぶりにもかまはれぬ證據《せうこ》には、河内《かはち》の庄屋に鼻《はな》のなき人あり。是《(これ)》にも執心《しうしん》の状を付《(つけ)》て、此《(この)》三年が間の身《み》あがり買《かい》懸り濟《すま》させて、其後《そのゝち》は目ふさいで抱《だか》れて寢《ね》ても「顔《かほ》が氣《き》にいらぬ」と口舌《くぜつ》仕懸《しかけ》られ、かの男《おとこ》是非《ぜひ》もなく「それが今目にみえましたか。何《なに》やかや貰《もろ》ふて置《をい》てから、あまりむごひ仕方《しかた》で御座《ござ》る。此《(この)》方替《かは》らぬ心中には、やり手に小麦《こむぎ》をやれといはしやつたによつて、眞春《まづき》にして二俵《ひやう》迄けふも運《はこ》ばせ、親達《おやたち》の方に木棉《きわた》が入《(いる)》とあれば、塵《ちり》までよらして百斤迄四五日跡《あと》にも進《しん》上申《(まうす)》、干蕪《ほしかぶら》・瓜《ふり》・茄子《なすび》までを遠《とを》ひ天滿《てんま》のはて迄續《つゞけ》てこなたの氣《き》に入《(いる)》やうにした物を、今年《ことし》の夏《なつ》仁和寺《にんわじ》の堤《つゝみ》がきれて水が入《(いつ)》たと思ふて、みたてらるゝが口惜《くちおし》ひ」と男泣《おとこなき》にして帰《かへ》るを居合《ゐあは(せ)》て聞《きい》たものあまた也。ひらに是《(これ)》は」ととめける。

世之介聞《(きゝ)》て、「憎《にく》さもにくし。こいつ只《たゞ》は置《をか》れじ」とうれしきかへり事遣《つかは》し、手くだであいぶんにして、或時《あるとき》豐後《ぶんご》の人初而《はじめて》あふ時、世之介も同じ宿《やど》にゆき懸《かゝ》

一 事情。二 理由は。三 佐渡島町茨木屋抱の太夫。四 そんな風に手紙をつけた者がある。五 薩摩。未詳。六 横どりする。七 このごろよくやっている方法だ。八 不愉快に感じられる点は。九 まったく。全然。一〇 恋愛行為ではない。一一 遊女の売日。物日ともいう。一二 普通の日よりも費用のかさむ紋日をちゃんと欠かさず勤めるような金持の大臣。一三 そういうやり口をする。そんな手紙で口説き落そうとする。男の容貌などはまったく問題外にしている証拠には。一四 梅毒で鼻が落ちたのである。一五 恋文。一六 遊女が自分で揚代を払って勤めを休むこと。ここは身あがりによって生じた借金をいう。一七 掛け買をした品物の代金。一八 支払わせて。一九 喧嘩。二〇 こちら。当方。二一 水に浸した麦をよく搗き、一度乾燥させて、改めて水をかけて搗くこと。河内丹北郡産の麦は美味であった。二二 棉花。河内は綿の産地。特に若江郡産は佳良であった。二三 さしあげた。二四 冬至以前に蕪をとり乾晒し、立春の前に収納し、春になって煮て食べる。二五 瓜類は河内茨田郡に産した。即ち、甜瓜は諸口村、胡瓜は氷野村の特産。当時フリと発音した。二六 河内茨田郡浜村では四月初旬に食べられる茄子が出た。二七 この太夫の親たちのいる在所。二八 仕送りを続けて。二九 あなた。三〇 延宝二年六月十四日豪雨のため河内茨田郡九個荘村仁和寺の堤が決潰、河内国は北は牧方、西は大坂、東は生駒山麓、南は和泉の堺まで洪水で荒れた。この水害で田畑は荒れはてた。「水が入る」とは田畑が冠水すること。三一 見くびられる。軽蔑される。鼻欠の容貌と洪水のため田畑が荒らされ金が乏しくなったことを軽蔑されるの意。三二 か

るを、太夫みるより[三六]小紙《こがみ》にうら[三七]つい書《かき》て「うらへ廻《まは》つて御座《ござ》れ」と申《(まうす)》程《ほど》に、末《すへ》はともあれ今宵《こよい》はと、[三八]柴部屋《しばべや》にしのびて物の陰《かげ》より覗《のぞ》けば、さす盃《さかづき》もろ[三九]くには手に持《もた》ず、俄《にはか》に腹《はら》いたむとなやめば、[四〇]田舎《いなか》大じん印籠《ゐんらう》あけて[四一]いく薬《くすり》かあたえけるを、のむ顔《かほ》して灰吹《はいふき》に捨《すて》て、禿《かぶろ》に紙燭灯《[四二]しそくとも》させ雪隠《せつゐん》の入口に付置《つけおき》て、[四三]其身《そのみ》は世之介に取付《とりつき》、「かやうの首尾《[四四]しゆび》うれしい」といふ。大臣《だいじん》は[四五]まことの心から[四六]坪《つぼ》の中《うち》の戸を明《あけ》かけ、「太夫様はお隙《ひま》が入《(いる)》が、まだいたむか」ときく。禿《かぶろ》[四七]「それへ御座ります」と申《(まうす)》。[四八]ふるき事ながら此《(この)》手だて一度《ど》づゝはくふ事也。[四九]世之介と炭俵《すみだはら》のあいより起別《をきわか》れて、はや着物《きるもの》のよごれしを悲《かな》しみ、[五〇]「いかひ損《そん》をした」と[五一]人のみるをもかまはず、[五二]しべ箒《ばうき》にて禿《かぶろ》に背《せなか》をたゝかせ、それ〳〵座敷《ざしき》には行《ゆか》ず佛壇《ぶつだん》の前《まへ》に居《ゐ》て、[五三]大角豆食《さゝげめし》の茶漬《ちやづけ》に[五四]干鱈《ひだら》むしり喰《くふ》て、其後《(そののち)》手元《もと》にありし[五五]百銭《ぜに》を

三三 ならず。絶対にこれだけはおよしなさい。
三三 色よい（女がよろこぶような）返事をやり。
三四 間夫（まぶ）として盗み逢いをする約束をして。
三五 この女郎を揚げるとき。
三六 紙片。紙のきれはし。
三七 走り書きして。三八 炭や柴・薪などを入れる物置。三九 満足に。ちゃんと。四〇 苦しみ出すと。四一 幾薬。何種類かの薬。本来「生く薬」で起死回生の霊薬の意であるが、当時は前者の意に用いられた。四二 紙捻りに油を浸して火を灯すもの。插絵参照。四三 雪隠に入ったふりをして柴部屋で世之介と密会するのである。
四四 密会。逢瀬。四五 誠意をもって。本心から。
四六 庭の仕切り戸。雪隠は庭にあった。插絵参照。四七 間もなくそちらへいらっしゃいます。
四八 古くさい方法だが。陳腐な手段だが。四九 くわされることである。五〇 大変。大層。五一 人前をはばからず。ここでは客である世之介の前で平気での意。客の前でこんなことをするのははしたない態度である。五二 藁しべで作った手箒。五三 ささげを煮込んだ飯。遊女は客前では物を食べぬ作法だったから、揚屋の納戸でよくささげ飯或は普通の飯の茶漬を食った。これを納戸食（なんどめし）という。五四 鱈の干物を火に炙ってその肉片を手でむしりとって食べる。五五 ぜにさしにさした百文の銭。実際は省百といって九十六文（二でも三でも割り切れ百に最も近い数）しかない。

ぬきて、心覚《こゝろおぼえ》[一]に目の子算用《さんよう》、何《なに》[二]の事にもせよ女郎[三]はせまじき事也。大臣此《(この)》淋《さび》しさ座《ざ》にたまり兼《かね》て、立[四]ざまに此《(この)》有様を見て「まづ安堵《あんど》いたした。勘定《かんでう》[五]あそばす程《ほど》の御機嫌《きげん》なれば」と宿《やど》[六]へも礼《れい》いふて帰《かへり》ける。是《(これ)》[七]を何《(なに)》とも思はず、人[八]の若《わか》ひ者《もの》らしきを近付《ちかづき》、「小判《こばん》[九]がしの利《り》[一〇]は何程《なにほど》にまはる物ぞ」といふ。つら[一一]へ水が懸《かけ》たし。かゝる者《もの》も太夫とて賣物《うりもの》に成《(なる)》ぞかし。偖《さて》も〱うるさき[一二]女、爰《(こゝ)》[一三]に名をかくまでもなし。後にはしるゝ事成《(なる)》べし。四五度《ど》も忍《しの》びあふてから「正月[一四]の入用《やう》御無心《むしん》の書簡《しよかん》[一五]はいしまいらせ、時分《じぶん》[一六]がら忝《かたじけなく》存候。かねを出して女郎狂《ぐる》ひ仕《(つかまつ)》れば、御存《ごぞんじ》の通《とほり》[一七]この方に好《すき》申《(まうし)》候太夫と久ゝ申《(まうし)》かはし候。貴様《きさま》[一八]よりは只《たゞ》のやうに御申《(まうし)》こし候程《ほど》に、戀に隙《ひま》のなき身《み》なれども、折節合力《おりふしかうりよく》[一九]にあふて進《しん》じ申《(まうし)》候。余《よ》[二〇]人《じん》を御かせぎあるべし。日借《ひがし》[二一]の金子《きんす》御かしなされ候はゞきもいり申《(まうす)》べく候。手《て》[二二]前取《まへとり》こみ早ゝ《さうく》申《(まうし)》のこし候。以上」。

さす[二三]盃《さかづき》は百[二四]二十里

露《つゆ》に時雨《しぐれ》に兩袖《りやう》をぬれ[二五]の開山《かいさん》[二六]、高雄《たかを》[二七]が女郎盛《ざかり》を見んと、紅葉《もみぢ》[二八]かさねの旅衣《たびごろも》、八[二九]人肩《がた》の大乗物《のりもの》、五[三〇]人の太鞁持《たいこもち》、ば[三一]つとしたる出立《(でたち)》[三二]に陰陽《ゐんやう》[三三]の神《かみ》ものりうつり給

一 女の子算。女が数を勘定するときのように一つ一つ数えること。二 どんな事情であっても。三 女郎は金銭を賤しいものとして直接手を触れることさえ憚ったものであるが、勘定までするのはもってのほかのことである。西鶴は「すまじ」とせず、すべて「せまじ」としている。四 立ち去りしなに。五 金の勘定なされるほどに御気分がなおれば。大臣の皮肉な挨拶である。六 揚屋。七 この皮肉な挨拶をも何とも感じないで。八 手代らしい者。九 小判の高利貸の意か。一〇 利廻りはどれくらいか。一一 強く憎む形容。一二 いやらしい。一三「人の知らぬ物、釈迦の私銀、小倉屋遠州」(好色盛衰記三ノ一)。一四 以下、太夫の無心に対する世之介の返信。一五 拝見いたしまして。一六 年末の折柄。一七 私に惚れ込んでいる太夫と長年契りをかわしております。一八 (そちらの方にはちゃんと金を支払っていますが)あなたからは無料で遊んで下さるような内容の手紙をいただいたので。一九「合力に」は、「お慈悲に」「お情に」の意。ほどこしをするつもりで。二〇 (自分はその手は食わないから)ほかの人にその手で金をしぼり取りなさい。二一 一日とか二日とか短期間に限って金を貸すこと。小額ではあるが高利。金貸をするのなら借手を世話してあげます。女郎のくせにお前が金貸しまでやっているのを知っているんだぞの意。二二 当方も年末で多忙ゆえ簡単に用件だけ申し上げました。

二三 延宝八年二月、京都の大臣久氏何某が、太鼓持に二つ紋の盃を江戸まで持ち下らせ、吉原の小紫と献酬し、その盃が京都の久氏の許に着くまでの三十日分、小紫の揚代として金百両を

ひて、[三四]世に有《(ある)》程《ほど》のわけしり男、[三五]夜《よ》やり日やりに行《(ゆけ)》ば、[三六]宇津《うつ》の山邊《やまべ》にのぼり詰《つめ》、嶋原《しまばら》への傳《つ》手《て》がなとおもふ所に、三条通の[三七]亀屋《かめや》の清六[三八]乗《のり》懸《かけ》よりおりもあへず、「[三九]もろこしは替《かは》らずつとむるか。江戸では小《こ》紫《むらさき》にあふてのやりくり、都《みやこ》へさす盃《さかづき》をことづかり行《(ゆく)》」など立《(たち)》ながらかたりぬ。聞《きく》に東《あづま》の戀しく、京の事なを忘《わす》れがたく、「屢《しば》しまて」とて鼻紙《はながみ》に[四〇]石筆《せきひつ》をはやめ、「けふ此《(この)》[四一]細道にて清六にあふて、やつれたる姿《すがた》を見せて。そこゆかしさは何程《なにほど》、[四二]露《つゆ》といふ命《いのち》きえずば、又みるまでのしるしぞ」と岩根《いはね》の蔦《つた》の葉《は》を手折《たおり》て假初《かりそめ》に包《つゝ》みこめて、[四三]金太夫かたへと渡《わた》しぬ。五人の者《もの》もおもひ〳〵の泪《なみだ》、「申《(まうし)》とまだ忘《わす》れた事は、[四四]上林《かんばやし》のまんに首《くび》すぢをよく洗《あら》へと[四五]慮外《りよぐはい》ながら御つたへ」と跡《あと》は大笑《わら》ひして別《わか》れて、[四六]苔地《こけぢ》のつたひ道《みち》おるれば、草葺《くさぶき》の幽《かすか》に[四七]十團子《(とう)だんご》賣《うる》女さへ美《うつく》しく

送ったという(恋慕水鏡)。　二四 百二十里は京江戸間の距離概数。江戸時代約百二十二里(好色旅日記)、百二十四里(和漢三才図会)といわれていた。実際は百二十九里二十三町二十一間(明治九年実測)。　二五 色道のこと。ここは露と時雨で、両袖を濡らすにかけていう。　二六 寺院の創始者をいうが、ここは権威者(第一人者)の意。　二七 →一七四頁注五。　二八 表は紅、裏は蘇芳または青の襲《かさね》。紅葉は高尾の縁。　二九 駕籠舁八人が交代でかくこと、又その駕籠。紅葉の八葉の縁。　三〇「八人の八少女、五人の神楽男、颯々の鈴の音」(謡曲、住吉詣)。　三一 派手な。　三二 扮装。　三三 在原業平のこと。「本覚真如の身を分け陰陽の神といはれしも唯業平の事ぞかし」(謡曲、杜若)。　三四 世間で有名な粋人。　三五「悠々と夜に遣り日に遣りて相移るを云也」(和訓栞)。予定などきめず気ままに旅をすること。　三六 以下伊勢物語九のもじり。　三七 未詳。　三八 乗懸馬。　三九 島原中之町一文字屋七郎兵衛抱の太夫。　四〇 紫黒色の礦石を削り筆のようにして管軸にはめて字を書く。　四一 蔦の細道。宇津山湯谷口、阪の下から江戸下りの際は右に入って、尾根伝いに一里足らずの道、十団子を売る茶店の傍のたひら橋東詰に出る細道。　四二「露深き蔦の下道分け越えて岡部にかかる宇津の山本　法印定円」(夫木抄)。　四三 島原上之町上林五郎右衛門抱の太夫。　四四「やり手のまんが耳の根を蟻のはふ迄を言上申」(西鶴俗つれづれ四ノ二)。　四五 失礼ですがお伝え下さい。　四六 苔のはえた路。　四七 宇津谷峠の茶屋の名物。黄・白・赤などの小団子を十個ずつつないで売る。

見えて、招《まね》けば手越《てごし》[一]といふ里に酒《さか》[二]ばやし有《(あり)》。「是《これ》こそむかし千手《せんじゆ》[三]の前《まへ》の親仁《おやぢ》の所よ」と語《かた》る。安部《あべ》川をわたれば、東《ひがし》の方にびんざさら[四]にのせて、「[五]こずに待《また》する殿《との》はうらみ」とうたひしは「やれ爰《こゝ》の傾城《けいせい》[六]町とや。見ずには通《とを》らじ」と尻《しり》からげをおろし、道中付《だうちうづけ》[七]の扇《あふぎ》をかざして、「[八]とかくはみぬさき」と沙汰《さた》[九]なしにするこそ、よく〳〵[一〇]おもしろからずや。京の北[一一]むきよりはおとりぬ。三嶋[一二]には絕《(たえ)》て遊女《ゆうじよ》の跡《あと》までを捜《さが》し、[一三]女あらたむるは是《(これ)》ぞ戀《こい》の関《せき》の戸《と》を越《こへ》て、武藏野《むさしの》の戀草《こひくさ》の所縁《ゆかり》、[一四]紫《むらさき》を染屋《そめや》の平吉[一五]かたにつきて、「先《(まづ)》吉原《よしはら》の咄《はな》し聞《きゝ》たし。新板《しんばん》の紋盡《もんづく》[一六]し、[一七]紅葉《もみぢ》は三浦《みうら》の太夫」と讀《よみ》そめるより色《いろ》[一八]にそまり、朝《あした》[一九]の嵐《あらし》もしらず散《ちら》ぬさきに此《(この)》君《きみ》を抓《つか》めと、[二〇]以上六人戀の山入《(いり)》、金竜山《きんりうざん》[二一]を目當《めあて》に淺草《あさくさ》[二二]川の二挺《てう》立《(だて)》、駒形堂《こまかただう》[二三]も跡《あと》になして日本堤《にほんづゝみ》[二四]にさし懸《かゝ》り、あさぢが原《はら》こつか原名所《めいしよ》[二五]の野《の》三つあるに付《つけ》て三野《さんや》と申《(まうし)》侍り。又三谷《さんや》とも書《(かけ)》り。[二六]大門《もん》口の茶屋《ちや》にて身ぶりを直《なを》し清十郎[二七]といへる揚屋《あげや》に行《(ゆき)》て、「上方のお客《きやく》」と申《(まうす)》。「御名は先立《さきだつ》[二八]て承《うけたまはり》及《(および)》、自然《しぜん》[二九]御宿《やど》を申《(まうす)》事もと、心待《こゝろまち》は是《(これ)》ぞ」と襖障子《ふすましやうじ》を明《あく》れば、八疊敷《はちでうしき》の小座敷《こざしき》万《(よろづ)》新《あたら》しく、京世之介様《さま》御床《とこ》と張札《はりふだ》して置《をく》こそかはいらしき。

亭主《ていしゆ》が仕懸《しかけ》是にかぎらず、盃《さかづき》・燗鍋《かんなべ》・吸物椀《すいものわん》まで瞿麦《なでしこ》[三〇]のちらし紋《もん》、[三一]きのついたる事ぞかし。さて太夫はと尋《たづね》ければ、「九月十月両《りやう》月は去《さる》御方市左衞門[三二]方に

一 駿河安倍郡安倍川右岸の集落。二 杉葉を束にして酒屋の看板とする。三 千手の前の父手越の長者はこの地に住んでいた。その跡を長者屋敷といい、酒屋があった(一目玉鉾)。四 拍板。この附近に説経者が住み拍板をすって説経をし、操(あやつり)を興行した。五 未詳。六 安倍川右岸の二丁町。七 扇面に宿駅・里程入りの道中図を描いた扇子。八 見たら失望するから見ない前の方がよいの意。九 少しも話題にしない。一〇 興趣のわかないところなのだろう。一一 島原中堂寺町北側の局女郎。揚代五分で最下級。一二 三島の廓が廃されたこと未詳。一三 箱根関所は出女・入鉄砲を特に取締った。一四 江戸紫。武蔵野・所縁はいずれも紫の縁語。一五 未詳。一六 遊女の紋尽し。一七 高尾の紋。一八 高尾に夢中になり。「色にそまる」は紅葉の縁語。一九「紅葉を争ふいはれあり、朝の嵐夕の雨」(謡曲、放下僧)。二〇 合計六人。お伽草子、酒呑童子に頼光以下六人で大江山に山入する条あり。二一 待乳山。二二 吉原通いの猪牙船(ちょきぶね)。浅草橋の船宿から今戸橋まで行く。浅草川は隅田川の浅草辺の呼称。二三 浅草駒形町、隅田川左岸にある馬頭観音。二四 浅草聖天町より箕輪に至る隅田川の堤。二五 続ヶ原・浅茅原・小塚原。続ヶ原の代りに吉原を入れる説もある。二六 大門外五十間道両側の編笠茶屋。二七 揚屋町尾張屋清十郎。二八 かねがね。二九 もしかしたら御泊め申すこともあろうかと心待ちにして準備をしました。この通りです。三〇 世之介の定紋。三一 配慮の行きとどいた。三二 揚屋町桐屋市左衛門。三三 揚屋町蔦屋理右衛門。三四 御遊興になる約束があり。三五 忘年会。一年中の苦労を忘れるために催す酒宴。三六 私の家においでになる約

束。三七 十二月の十三日の事始めに正月の約束をする。三八 江戸で新年を迎えて。三九 高尾を買うのは。四〇 客。四一 当時の仙台侯伊達綱宗のことか。この高尾を仙台高尾という。四二 使い捨てるために用意して来た金。四三 延宝八年十月二日は丁亥にあたる。四四 十月はじめの亥の日に餅を食べて祝う。この餅を食えば万病を除くという。吉原の紋日。四五 尽力。四六 嘆願して、とうとう承知してもらい。四七 先客の隙をうかがって間夫が遊女と密会すること。横を切るとも横番切るともいう。四八 人目をしのぶことなので。四九 高尾の揚屋から女郎屋に帰る道中姿。五〇 高く胸の辺に帯をしめること。遊女の帯のしめ方。五一 いわゆる八文字の歩き方。五二 知り合いの人。五三 女郎屋の下男。女郎の揚屋への往復の送迎をする。五四「若干の捧物を木の枝につけて堂の前に立てたれば、山も更に堂の前に動き出でたる様になん見えける…山のみな移りて今日に逢ふことは春の別れを訪ふとなるべし」(伊勢物語七六)による。「爰は三浦の花紅葉高尾むらさき…此御の字は古今の太夫職にして、くり出し歩の本道中、美形の山更に動きて、外の女郎は麓の椿とはなりぬ」(浮世栄花一代男一ノ一)。五五「新玉の年の三年を待ち侘びてただ今宵こそ新枕すれ」(伊勢物語二四)。五六 女中駕籠。五七 揚屋の嚊。五八 女郎を客に引合せる儀式の盃事。五九 鹿背山。京町三浦四郎左衛門抱の天神。「御の字の太夫まさりの格子。今のお江戸の名取四天王の中よりかせ山・音羽・宇治橋此三人を」(好色盛衰記三ノ二)。六〇 さっさとの意か。六一 平吉とかせ山の恋の邪魔をして。六二 もどかしく。じれったく。

て其《(その)》跡霜《あとしも》月中は利[三三]右衛門方に御入[三四]の約束《やくそく》、年忘《としわす》[三五]れ三十日は是《(これ)》[三六]に御けいやく、は[三七]や正月も定《さだま》り、年内《ねんない》に御隙《ひま》とては一日もなし。此《(この)》[三八]方に年《とし》を御取《とり》あそばし、春《はる》[三九]の事になされませい」と申《(まうす)》。いづれもあきれて「其敵《(その)てき》[四〇]は何者《なにもの》じや」ときけば、小《こ》判《ばん》は木《き》になる物やら、海《うみ》にある物やらしらぬ人也[四一]。世之介も此度《(この)たび》[四二]つかひ捨《すて》がね千両《りやう》の光坏《ひかりなど》では中〻及難《(およびがた)》し。十月二日[四三]はつの[四四]亥《いのこ》の日より話懸《くどきかけ》て、やう〳〵其《その》月の廿九日に清十郎平吉がはたらき[四五]にて歎《なげき》[四六]すまし、盗《ぬすみ》[四七]あひと申《(まうす)》事に定《さだめ》ぬ。

[四八]しのべば平吉斗《(ばかり)》御供《とも》にて、暮方《くれがた》より帰姿《かへりすがた》[四九]をみるに、惣鹿子《そうかのこ》唐織類《からおりたぐ》ひ、帯《おび》は胸《むな》[五〇]高《だか》にして、身《み》[五一]を居《すえ》てのあし取《どり》、また上方とは違ふて目に立《(たゝ)》ぬ物かは。近付《(ちかづき)》[五二]にも言葉《ことば》を懸《かけ》ず。禿《かぶろ》も對《つい》の着物《きるもの》弐人引《(ひき)》つれ、やり手六[五三]尺までも御紋《ごもん》の紅葉《もみぢ》、色好《いろこのみ》の[五四]山〻更に動《うごく》がごとし。是非《ぜひ》今宵《こよい》[五五]はと待佗《まちわび》て、夜半《よは》の鐘《かね》もやるせなく、あはぬ先《さき》より恨《うらみ》かぞふるに、人しづまつて女房乗物《にようばうのりもの》[五六]入《(いれ)》ば、勝手《かつて》の灯《ともしび》けして御面影外《おもかげほか》へは見せず、か[五七]ゝ呶《しう》が引《(ひき)》[五八]わたしのさゝ事過《(すぎ)》て、はやかぎりある夜とて床取《とことり》て世之介寝《ね》させまいらせ、平吉もかせ[五九]山といふ女郎としみ〴〵との枕《まくら》也。屢《しば》しあつて高《たか》雄《を》ぼ[六〇]か〴〵と來《き》て、「我より先へはねさせじ」と世之介を引起《(ひき)をこ》し、平吉[六一]かせ山に戀《こひ》のじやまなして呼《よび》よせ、皆《みな》ふとんの上にあげて、謎懸《なぞかけ》てと[六二]けしなく、是《(これ)》も面《おも》白《しろ》からずとかせ山平吉を銘《めい》〳〵の床《とこ》にかへし、其《(その)》後帯《おび》をときて「御寝《ぎよしん》なれ」と仰《おほせ》

[一]られてもおそろしくてとかず、「申《(まうし)》、それは私《わたくし》の志《こゝろざし》無《む》に成《(なる)》といふ物じや。初《はじめ》のほどはふとんも冷《ひえ》て有《(あり)》しを、[二]よしなき二人《ふたり》をあたゝめさせ候甲斐もなし」と[三]様子《やうす》よく帯とかせて、[四]直付《すぐつけ》に肌《はだ》をゆるして、「又[五]ちか〲にあふ事も希《(まれ)》也。[六]御心まかせに」と、初而《はじめて》の床《とこ》の仕懸《しかけ》[七]各別《かくべつ》、世界《せかい》に又あるまじき太夫也。

[八]諸分《しよわけ》の日帳《ひちやう》

[九]うれしき物、其《その》日の[一〇]男《おとこ》はやういぬるの、[一一]中戸《なかと》であふての別《わか》れ、[一二]やり手煩《わづら》うて居《ゐ》る内《うち》、[一三]かさの高《たか》き文《ふみ》、かたじけなく詠入《ながめ(いり)》まゐらせ候は[一四]木村屋《このむらや》の和劦《わしう》[一五]一盛《さかり》は吉野《よしの》の花《はな》を見越《こし》、全盛《ぜんせい》の春《はる》にぞありける。[一六]三月三十日の日帳《ひちやう》を書《かき》て[一七]おくられける。是《(これ)》ぞ[一八]戀《こひ》の山。[一九]出羽《では》の國《くに》庄内といふ所《ところ》へ下《(くだ)》りて米など調《とゝのへ》て、[二〇]大坂への舟便《ふなたより》もまはり遠く、此《(この)》里の事なをゆかしきにと、[二一]封《ふう》じ目切《めきり》てあけそむるより、[二二]朝《あさ》ごみの客《きやく》は[二三]中の嶋《しま》の塩屋《しほや》の宇右衛門手代《てだい》にて、昼《ひる》は隙《ひま》なき身《み》とて[二四]高嶋屋《たかしま》にてあひ初《そめ》、[二五]宵《よい》の勤殘《つとめのこ》りて紙筆《かみふで》を持《もち》ながらおのづと[二六]氣《き》を尽《つく》しての手枕《たまくら》、かた様の御事まざ〲とよい夢《ゆめ》見懸《かゝ》りしに、惜《おし》や隔子《かうし》をたゝき起《をこ》されて、其《その》にくさいか斗《(ばかり)》、暫《しば》し返事《へんじ》もせぬに、頻《しきり》にをとづるゝに[二七]寝《ね》ごい[二八]八千代《やちよ》さへ目覺《めざめ》て「申《(まうし)》〱」と呼《よび》つがるゝも

一 又どんな事をされるかと用心して世之介は帯をとかない。二 呼ぶ必要もない。三 適当に。四 じかにつけること。五 近いうちに。六 思う存分自由になさいませ。七 格別にすぐれていて。

八 遊里の作法・習慣などをいう。九 枕草子のうれしきもの、うつくしきもの等の文をやつして「讃嘲記時之太鼓」(寛文三)、「吉原よぶこ鳥」(寛文八)などに記された犬枕の形式を模倣した文。一〇 遊客。一一 見世から内証へ通じる土間の中戸。遊女は中戸のあたりで間夫と密会することが多かった。一二 遣手は監督役で女郎に嫌われているから病気になると女郎は喜ぶ。一三 長文の手紙。その手紙を世之介は有難く拝読したが(ここを手紙の文体にしてある)、その手紙の主は木村屋和州であると文がつづく。一四 ↓一七四頁注七。一五 その盛んな様は吉野(和州の縁語)の花よりもすばらしく。一六 三十日間の日記。延宝元・二・三・四・五・六年と天和二年は三月が大の月で三十日。一七 和州が世之介に。一八 出羽の歌枕。嵩高い三十日間の日記はまさに恋の山のように高いというべきだの意。この縁より世之介が米買に奥州に下っているという話となる。一九 羽前鶴岡。庄内米の集散地で酒田より積み出す。二〇 酒田から日本海沿岸を下関廻りで大坂へ航行する舟便。二一 封じ目をあけると、夜が明けるとを掛け、すぐに日記の本文となる。二二 前夜差支えのあった者が、早朝郭の開門を待って入込み遊興すること。二三 中之島の蔵屋敷の蔵本に塩屋という名があった(難波雀)。二四 新町佐渡島町の揚屋高島屋八兵衛。二五 昨夜の勤めの疲れが残っていて。二六 気を使って草臥れて寝てしまい。二七 寝坊な。

是非《ぜひ》なく、「[二九]行水《ぎやうずい》とれ」といふ声《こゑ》を聞《(きゝ)》て、[三〇]男《おとこ》それまでは待《また》ず、腹《はら》の立《(たち)》ながら独《ひとり》ゆくとみえしが、[三一]車屋《くるまや》の黒犬《くろいぬ》にとがめられて、又西《にし》の横町《よこまち》へ廻《まは》るも笑《おか》し。[三二]おもはぬ男、是《これ》ほど違《ちが》ひの有《(ある)》物かと、我《わが》こゝろのおそろしく、[三三]宿《やど》より使來《つかひき》てゆきて朔日早《ついたちさう》〳〵からの口舌《くぜつ》、二日は[三四]川口屋にはじめて[三五]肥後《ひご》の八代《やつしろ》の衆、一座《さ》には[三六]八木屋《やぎや》の霧山《きりやま》、伏見屋《ふしみや》の[三七]吉川《よしかは》、[三八]清水《きよみつ》の利兵衛など参《(まゐり)》て浄瑠璃道行《じやうるりみちゆき》に成《(なり)》て、[三九]東《あづま》の空《そら》は其方《そなた》ぞと、語出《かたり(いだ)》すより耳《みゝ》おどろかし「我《われ》も世之介様を尋《たづね》ゆかるゝ身《み》ならば」と[四〇]哀《あはれ》にもなひ所《ところ》にて泪《なみだ》をこぼすを、脇《わき》より見ては此戀《(この)こひ》ゆへとはしるまじ。[四一]床《とこ》迄もなく暮《くれ》て、其《その》まゝ帰るさに「[四二]紋挑灯《もんちやうちん》の瞿麦《なでしこ》、[四三]今に替《かは》らぬか」と闇《くらがり》よりの悪口《わるくち》、[四四]声聞違《こゑきゝちが》えて[四五]見もどれば[四六]天満《てんま》の又様、「介様のお帰《かへり》の程《ほど》は」と御尋《たづね》候、是《(これ)》も[四七]越前《ゑちぜん》殿とはわけあつて[四八]廿日にあまつて此《(この)》里うとく成《なら》せられ、[四九]南《みなみ》にて[五〇]小ざらしにくからずと、毎日是《まいにち(これ)》も替《かは》りたる御なぐさみぞかし。かた様御弟《おとゝ》ぶんの[五一]吉弥《きちや》様もいよ〳〵美《うつく》しく御[五二]入《(いり)》候。[五三]三日四日は[五四]住吉屋《すみよしや》長四郎方へ出《(いで)》候。唐津《からつ》の[五五]庄介様、是《(これ)》は去年の[五六]盆《ぼん》をしてもらひ候客《きやく》也。昼《ひる》の内は[五七]すみよしの汐干《しほひ》に御行《(ゆき)》、櫻貝《さくらがい》[五八]うつせ貝など手づから拾《ひろ》ひて、「[五九]あはぬさきから袖ぬらす」としほらしき御人に候。五日は[六〇]いばらきやにて御存《ぞんじ》の[六一]いや男にあひ申候。勤《(つとめ)》のためにこゝろの外の誓紙《せいし》一枚書《まい(かき)》申《(まうし)》候。則《すなはち》あのかた[六二]よりの一札《さつ》此《(この)》たび遣《つかは》し、かた様に預《あづけ》申《(まうし)》候。六日灸《やいと》す

二八 未詳。新町の太夫(なには鉦)。 二九 遊女の身仕舞に使う行水。 三〇 朝込みの男。 三一 瓢箪町の亡八、車屋庄九郎。木村屋の筋向い。 三二 好きと思わない男に対してはこんなに気持がちがうものかと。 三三 揚屋。 三四 九軒町の揚屋、川口屋彦兵衛。 三五 肥後は米の産地。 三六 太夫。八木屋は瓢箪町か佐渡島町か不明。「けつかうで荒た物…霧山」(好色盛衰記三ノ一)。 三七 「いやなかたへつる物…よし川」(好色盛衰記三ノ一)。伏見屋は同屋号十一軒あり。 三八 清水理兵衛。井上播磨掾の弟子、今播磨といわれ門弟に竹本義太夫がある。 三九 道行の詞章。出典未詳。 四〇 哀れな場面でもない所で。 四一 床入もせず。 四二 紋付きの提灯。和州の揚屋通いの箱提灯に世之介の紋をつけていたのである。 四三 今でも世之介への思いは変らないのか。 四四 声々聞きわけかねて。 四五 ふり返ると。 四六 未詳。大臣の替名。 四七 新町瓢箪町木村屋又次郎抱の太夫か(好色二代男五ノ一)。 四八 二十日以上も。 四九 道頓堀。 五〇 若衆方岑野小曝。承応から延宝にかけて若衆方として全盛を極めた。 五一 若衆方か。世之介と男色関係があった者。 五二 御座候と同じ。 五三 三月上巳の節句とその後宴。いずれも大紋日。 五四 九軒町の揚屋。 五五 未詳。 五六 盆節句の紋日。 五七 住吉浦から堺浦にかけて京坂の遊山客が集まり賑わった。 五八 肉のない空の貝。「住吉の浜によるとふうつせ貝みなきこともて我恋ひめやも」(万葉)。 五九 「我恋はあはでの浦のうつせ貝むなしくのみもぬるる袖かな」(新勅撰)によるか。或は小唄の一節か。 六〇 佐渡島町の揚屋茨木屋長左衛門。 六一 嫌味たっぷりの男。 六二 客の方からよこした起請文。

ゆるとて隙《ひま》をさいはいにいたし候。七日は茨木屋《いばらきや》に有しを、[一]井筒屋《ゐづゝや》にもらはれ寂上《もがみ》の衆にあひ申候。八日も同じ一座《ざ》。九日は母人《はゝ》の十三年にあたり、[二]千日寺《でら》へ石塔《せきたう》を立《(たて)》、[三]心ざし仕申候。十日は[四]八郎右衛門取持《とりもち》にて[五]鼬堀《いたちぼり》のお敵《てき》と中なをり申《(まうし)》候。十一日は[六]折屋《おりや》にて播广《はりま》の[七]網干《あぼし》衆に初而《はじめて》、是《(これ)》は八木屋《やぎや》の霧山《きりやま》様に御あひ候が、わけあしからぬ退《のき》やう[八]吟味《ぎんみ》の上あひ申《(まうし)》候。十三日は[九]宿《やど》に居《ゐ》申候。内ゝ《ないく》蒔繪屋《まきゑや》の治介に御申付《(まうしつけ)》あそばし候[一〇]硯箱《すゞりばこ》出來《でき》もたせ遣《つかは》し候。[一一]和哥《わか》の風景《ふうけい》御[一二]物好《ものずき》殊更《ことさら》、[一三]布引《ぬのひき》の松さも[一四]有《あり》そうに能ゝ《よくく》筆を尽《つく》し候。[一五]八まん氣《き》に入《(いり)》申候。けふ[一六]つかひ初《そめ》て此文《(この)ふみ》を書《かき》まいらせ候。さてかた様御残《のこ》し置《をき》候[一七]独笑《ひとりわら》ひの御肌着《はだぎ》、十四日に與風《ふと》[一八]御事共《(ども)》思《おも》ひ出《(いだ)》し、下《した》に着《き》て出《(いで)》申候を庄介様にもらひ懸《かけ》られ、否《いや》とはいはれぬ首尾《しゆび》にてこゝろよく進《しん》じ申候。[一九]何《なに》の子細《しさい》もな

一 九軒町の揚屋、井筒屋太郎右衛門。二 道頓堀法善寺の俗称。寛永年間に千日の念仏を執行したのでこの称がある。三 追善法要を営むこと。四 未詳。佐渡島町下之町の女郎屋京屋八郎右衛門か。五 立売堀。新町の北、材木屋が多かった。六 佐渡島町の揚屋。喜兵衛と六兵衛の二軒があった。七 播磨揖保郡網干。大船を持ち米穀廻漕業を営む富豪が多かった。八 客が馴染の女郎と手を切って新しく他の女郎を揚げた場合、新しくあげられた女郎は、その手切れの事情を吟味した上で逢うのが女郎仲間の作法である。九 女郎屋。置屋。一〇 出来上って使の者に持たせてよこしました。一一 紀伊の和歌浦。一二 御趣向は格別見事でした。一三 和歌浦の南、琴の浦にある松原。一四 いかにも実景そのままに。一五 八幡。自誓の詞。全く。本当に。一六 硯箱を。一七 春画。肌着に春画を描くことは一代女四ノ二に見える。一八 あなた様。一九 肌着をやったからとて別に他意はありません。二〇 和蘭・広東から輸入された絹織物。黄・赤・茶等の色があって標文。印度チャウル産という。二一 売掛代金をうるさく督促した。二二 分。諸分(しよわけ)。諸費用。二三 容姿。幻の意ではない。二四 客がなくて流行(はやり)らぬ故、京の島原へ位を下して住替えさせる相談がきまって。二五 情なくも。二六 流行らないといって、すぐに京へやるとは残酷なやり方です。二七 すぐに。

く候。一日《ひとい》二日過《すぎ》て二〇ちよろけん一巻有合《まきありあひ》て送《おく》るのよし、其中《そのなか》に一歩五十、此事《(この)》は何とも書ずに人《(か〻)》しれずたまはりける。其《(その)》まゝ明《あけ》ても見ず、二一せはしく申せし呉《ご》服《ふく》屋の左兵衛に遣《つかは》し申候。只《たゞ》わが身《み》の事万に付《つけ》てかた様爰元《こゝもと》に御入《(いり)》なきこそ悲《かな》しき事共《(ども)》積《つも》り申候」とこまぐ\と二二話氣《わけ》書續《かきつゞ》けしを、泪《なみだ》にくれて讀《よむ》うちに二三面影《おもかげ》うしろに立添《たちそひ》、「わたくしはいよ\/\二四京への談合極《だんかうきはま》り、大坂を二五つれなくあさつてのぼる」と鳴声《なきごゑ》にて申《(まうし)》けるは、此《(この)》ほどすこし二六淋《さび》しきとて京へはむごきしかたぞかし。「我は京へのぼりたらば二七追付死《おつつけしに》ます」といふ。それはと悲《かな》しく見あぐれば、四足《よあし》五足《(いつ)》あし音《をと》してあじきなく跡《あと》見帰《かへ》りて消《きえ》ぬ。是《(これ)》まぼろしなればとて此《(この)》儘《まゝ》は捨難《すてがた》しと二たび難波《なには》の色里《いろざと》にかへりぬ。

二八口添《くちそへ》て二九酒軽籠《さかかるこ》

戀《こひ》は三〇ざつしよの通り、三一はじめよし後《のち》わるし。三二金性《かねしやう》の男《おとこ》有《(あり)》ける。此《(この)》三三かね三百両《りやう》の金《かね》也。三四吾妻請出《あづまうけだ》していつか此《(この)》首尾《しゆび》三五待兼《まちかね》の三六山本近《やまもとちか》き一里《さと》にむかえて三七活計歓《くはつけいくはん》楽《らく》の暮《くら》し、是《(これ)》をうれしくはおもはず、三八うきこゝろのかさなりてまゝならぬ身《み》のゆく末《(すゑ)》を歎《なげ》きぬ。世之介と申《(まうし)》かはせし事を忘《わす》れず、書置《かきをき》して剃刀《かみそり》手にふれし事

二八 口をつけて。ちょっと一口飲んで。「付ざし」といい、自分の口をつけた酒を相手へすすめるのは愛情の表現である。二九 軽籠は縄を編んで蜘蛛巣の形にし、土や雑物を運ぶに用いる。それに擬して紙捻で軽籠をこしらえ盃を運んだので酒軽籠といった。三〇 大雑書・三世相ともいい、相性・開運その他の俗説を記した書物。三一 大雑書の男女相性の記事を真似た表現。「男木女金、はじめよし後わろし。子二人あるべし、ことに成人してくぜつあるべし」(大ざつしよ、男女相性の事)などとある表現を利用したもの。三二 甲子・乙丑・壬申・癸酉・庚辰・辛巳・甲午・乙未・壬寅・癸卯・庚戌・辛亥の年に生れた者は金性(大ざつしよ)。金持の男があったというのを大雑書の表現をかりていったもの。三三「一、かのえいぬ、かのとい金性也。此かねは刀のめぬきのかねなり…」(大ざつしよ)による。吾妻の身請金の額。三四 新町佐渡島町上之町佐渡島勘右衛門抱の太夫。三百両の大金で身請されたので有名。俗謡にまで唄われた。三五 首尾に言いかく。待兼山は摂津豊島郡玉坂村の東にある歌枕。三六 吾妻を請け出したのは山本与次兵衛(本名坂上与次右衛門)。河辺郡山本村の大庄屋であった。三七 活計の原義はすぎわい。転じて歓び楽しむの意となり、活計歓楽とつづける。贅沢三昧の生活の意。しかし吾妻はこれをうれしいとも思わないで。三八 たえず物思いにふけって何かと心にかなわぬ自身の将来について嘆いていた。

もありしと也。一たび廓《くるは》の苦患《くげん》のがれしを、[一]我《(われ)》こそ心にそまね、其恩《(その)おん》のほど[二]默《も》止《だ》しがたし。[三]只名《たゞな》の立《(たゝ)》ぬ死《しに》ぎはめ、かく思日《おもひ》つくこそ[四]夢《ゆめ》の春《はる》、花のしほるゝごとく湯水《ゆみづ》もたつていつとなく、延寶《えんぽう》五の[五]年《とし》あやめ八日の曙《あけぼの》に空《むな》しくなりぬ。惜《おし》や此《(この)》太夫はこゝろざしふかく、物やはらかにかしこく、[六]行義《ぎやうぎ》ほんとして座《さ》に付《つき》てより假《かり》にも勝手《かつて》へ立《(たゝ)》ず。禿《かぶろ》の私語《さゝやく》事もなく、[七]とゞけの文《ふみ》も人の目をしのばず、[八]ありべい懸《かゝ》りをつい書《かき》て、其《その》日の[九]敵《てき》の心をそむかず、まして初而《はじめて》の出合《であひ》にはなを[一〇]一座《ざ》をかため、[一一]立《たゝ》で叶《かなは》ぬ用事《ようじ》にも[一二]前栽《せんざい》におりて萩《はぎ》の袖垣《そでがき》など物静《ものしづか》に詠《なが》めて、[一三]霧分衣《つゆわけごろも》[一四]かいどり前《まへ》して、[一五]のね板《いた》の戸《と》明《あく》るをも音《をと》せず、[一六]下地窓《したぢまど》より外《そと》を眖《のぞ》かず、立《(たち)》ざまに[一七]紙《かみ》を惜《おし》まずちらして、出《(いで)》ても座敷《ざしき》にしばらくあがらず、築山《つきやま》のけしきを様子《やうす》ありげに見渡《わた》し、いつとなく手水《てうづ》つかひて其後《そののち》[一八]一燒《たき》すそにとめて[一九]なをらるゝこそ、身持《みもち》はかくありたき物なれ。常ゞ《つね〲》此《(この)》人勤《つとめ》の外《ほか》は[二〇]忘《わす》れても人に手も握《にぎ》らせず、まして客《きやく》まつ日は臺所《だいどころ》に居《ゐ》て、[二一]假《かり》にも片陰《かたかげ》に引込《ひつこま》ずして其身《そのみ》正《たゞ》しく、[二二]うろたえても[二三]手くだ男《おとこ》はよもやあるまじきとおもひしに、其《その》二とせあまり世之介と淺《あさ》からぬ[二四]中立《(なかだち)》は越後《ゑちご》町の或宿《あるやど》の口鼻《かゝ》きもいりて、[二五]座敷踊《ざしきおどり》の仕舞《しまひ》、亂《みだ》れ姿《すがた》の暮方《くれがた》、召替《めしかへ》の浴衣《ゆかた》[二六]腰《こし》より下《した》の一重《へ》もけふの汗《あせ》に[二七]迚《とて》そこ〲にとき捨《すて》て、行水《ぎやうずい》の御裸身《はだかみ》、みるに[二八]久米《くめ》の仙《せん》もこんな事成《なる》べし。[二九]眞木《まき》の戸袋《とぶくろ》に立《(たち)》しのぶを、釣行燈《つりあんどうの》

一 身請されたのは自分にとっては不本意だったが、身請をしてもらった恩については。 二 そのままにしがたい。無視するわけにもいかない。 三 世間の評判にならないように死ぬ覚悟を決めて。 四 人生を春の夜の夢のようにはかなく終ったの意と思いついたのが春であったとをかける。 五 五月八日。 六 行儀正しいのを旨として。 七 客に送りとどける手紙。 八 御定まりの型にはまった。紋切型の。ありべかかりとも。「つい書て」はさらさらと気軽に書いての意。 九 客の機嫌をそこねない。 一〇 一座の興を損じないようにきちんと振舞い。 一一 用便のこと。 一二 古くは庭の植込みのことだが、当時は庭園の意。 一三 草を分けて露に濡れた衣の意。「宮城野の露分衣朝立てばわすれがたみの萩が花ずり　忠正」(新後拾遺)による。 一四 上着の前褄を取って裾を地に引かぬようにすること。 一五 土佐安芸郡野根山から産する薄板。その板で作った厠の戸。便所が中庭にあったことは一八三頁参照。 一六 壁の一部を塗り残して壁下地の竹をそのまま格子とした厠の窓。 一七 汚物を覆いかくすたしなみ。 一八 裾に香をたきこめて。 一九 もとの座にもどる。 二〇 決して。絶対に。 二一 かりそめにも人目に触れない片隅の蔭になったところへ引込まず。かくし事を絶対にしないの意。 二二 どうまちがえても。 二三 手管をつくして逢う男。間夫。 二四 浅からぬ中と中立(仲介)とをかける。浅からぬ中となったが、その中立は。 二五 大臣の所望で揚屋の大座敷で催す女郎の総踊。 二六 腰巻。 二七 ぞんざいに。無雑作に。 二八 久米の仙人。空中より女の脛を見て仙術を失い落ちたという(徒然草八)。久米の仙人が仙術を失ったのもこんな事情であったのであろう。 二九 杉・檜の称。

光《ひかり》をわざと三〇しめして、「それ、そこ」と内義《ないぎ》に三一押《をし》よせられ、こは〱湯殿《ゆどの》にかけこみ、こゝろのせくまゝに三二ちよと物して出る所を三三よしに見付《(みつけ)》られて、悲《かな》しや様《さま》ゝ三四口がため、三五ぐんない嶋《じま》の三六おもてを約束《やくそく》するこそ三七きのどくなれ。あひそめて後《のち》、毎日《まいにち》かたじけなき御事共《(ども)》也。銀《かね》つかふ男三八今此目《いまこのめ》からは三九空氣《うつけ》のやうにおもはれ侍る。

其年《そのとし》の霜月《しもつき》四〇廿五日、四一九軒《くけん》の紙屋《かみや》にて四二平野《ひらの》の綿屋《わたや》の四三吉《きち》様にあへども、暮《くれ》よりかならず御帰《かへり》、ひそかにまいれのよし。前裁《せんざい》に身《みを》かくし有様《ありさま》をみれば、久都《ひさいち》といふ座頭《ざとう》を残《のこ》して、「太夫様の四四お伽《とぎ》をせよ」と申付て吉左もどられし。四五跡《あと》を大事とはなれぬこそ四六きのどく爰《こゝ》ぞかし。四七宵《よい》は待《まち》、夜中過《よなか(すぎ)》より降雪《ふるゆき》袖をはらひ兼《かね》、四八踏石《ふみいし》の上なる四九引下駄《ひきげた》を枕《まくら》に五〇凝《こゞ》えて、いつとなく夢《ゆめ》をむすびぬ。下座敷《したざしき》の床《とこ》は五一扇屋《あふぎや》の

世之介が真木の戸袋のかげに隠れていたのを。戸袋は雨戸を繰って入れておくかこい。三〇 しめらして火を消して。三一 (越後町の或宿のかかに)押しやられ。三二 あわただしく情交をすまして。三三 遣手か。三四 口止め。三五 甲斐都留郡地方(郡内という)から産する絹織物。地厚く稠密で上等。三六 小袖の表ぎれ。三七 迷惑なことだ。厄介だ。三八 間夫となった今。三九 間抜け。馬鹿。四〇 二十五日は月並の紋日。四一 九軒町の揚屋紙屋甚兵衛。四二 摂津東成郡平野郷。棉花・繰綿の集散地。四三 未詳。下に吉左衛門とある。吉様にあうけれどもこの人は夜になるとかならず帰るから、こっそりいらっしゃいとのことであった。四四 夜のつれづれを慰めるための話し相手。四五 久都が吉左の帰ったあと何事もないようにと傍につきっきりで監視しているのは。四六 厄介千万だ。四七 「宵は待ち夜中は恨み暁は夢にや見むとまどろみぞする」(お伽草子「ふくろふ」、仮名草子「薄雪物語」に西行の詠とする)による。宵のうちから待ちつづけの意。四八 履脱ぎの所にすえた石。四九 引摺り下駄。駒下駄。五〇 こごえて。当時コギエルといった。五一 瓢箪町扇屋四郎兵衛抱の太夫長津。

なが津、馴染《なじみ》の人と寝覺《ねざめ》に障子《しやうじ》を明《あけ》て「下駄《げた》は」と禿《かぶろ》にとはるゝ時、身《み》をすくめ椽《えん》の下に隠《かく》れぬ。世之介が[一]面影《おもかげ》を見て、「下駄《げた》尋《たづ》ぬるまでもなし。よし」と禿《かぶろ》をしづめ給ふは、深《ふか》き[二]戀《こひ》しりぞかし。此時《(この)とき》のうれしさ、「あの君《きみ》[三]七代まで太夫冥《めう》加《が》あれ」とぞ願《ねが》ふ。二階《にかい》には久都《ひさいち》[四]はしのこの上《あが》り下《おり》まで吟味《ぎんみ》しをるこそ憎《にく》し。吾《あ》妻《づま》[五]しんきの片手《かたて》に[六]文《ふみ》共《(とも)》引《(ひき)》さき、[七]くはんぜこよりをのべてちいさきかるこを仕《し》懸《かけ》、天目《てんもく》をのせて[八]暑燗《あつかん》の酒《さけ》をつぎ[九]我口添《わがくちそへ》て、そろ〳〵下《した》へおろせば、世之介此《(この)》心入《(こゝろいれ)》を感《かん》じ、三度戴《いたゞ》き喉通《のどとを》る間の樂《たのしみ》、[一〇]千代も經《へ》ぬべし。半分《はんぶん》過《(すぎ)》[一一]引《(ひき)》て息《いき》をつく所へ、なが津[一二]漬山椒《つけざんしやう》を一房《ふさ》、「肴《さかな》は[一三]是《(これ)》に」と小声《こゞゑ》に成《(なり)》て給《(たまは)》るこそ又忝《かたじけな》し。夫《それ》よりながつは二階《にかい》に世之介を手引《(てびき)》して、久都《ひさいち》に取付《とりつき》「尤愛《いとし》らしき坊《ぼん》様。此《(この)》胸《むね》のつかへをさすれ」とうれしがるやうに手を取《とつ》て、「そこら、其下《そのした》、まだ其下《そのした》」と[一四]かんじん邊《あたり》まで手をやらして、久都[一五]ときめく内に吾妻《あづま》に思日《(おもひ)》をはらさせ、[一六]かしこき仕業《しわざ》、目の見えぬ者こそ[一七]しらぬが佛《ほとけ》。あゝ有難《ありがた》き太夫さまの[一八]黄金《わうごん》のはだへと、[一九]うか〳〵とさすつて居内《ゐるうち》に[二〇]お客立《きやくたゝ》しやりませひ。

新町《しんまち》の夕暮《ゆふぐれ》嶋原《しまばら》の曙《あけぼの》

一姿。二恋情を解する人。わけしりともいう。三永久にの意。四はしごだん。「しをる」の「をる」は軽蔑した言い方の際用いる。五気がくさくさして浮かないこと。六手紙など。七観世捻を長く拵えて。八熱燗。九→一九一頁注二八。一〇「別路ぞ今は慰む君がかく待つとし聞かば千代も経ぬべし　源季広」(続千載)によるか。一一ひといきにのんで。一二木の芽漬。山椒の青い実を酒と塩を用いて漬けひたしたもの。一三ここにあります。一四隠し所。局部。一五胸がどきどきしているうち。「はらさせ」で文はほとんど終止になる。一六長津の機智をほめている。「かしこき仕業」は感嘆文。一七諺。一八仏の縁語。純粋な黄金を紫磨黄金といい、仏は紫磨黄金の肌という。転じて女の肌の美しさを形容。一九気をとられてぼんやりと。二〇揚屋の男が客の帰りを呼び立てる声。世之介の事が終り、久都も中途でやめさせられたの意。

二一浅黄色。二二麻上下。礼服である。二三茶色の小紋。二四長さ九寸五分までの脇差。二五いでたち。扮装。二六「紅ふかき顔ばせのこの世の人とも思はれず、胸うち騒ぐばかりなり」(謡曲、紅葉狩)。二七知っている人を知らぬ顔をする意の諺に「娑婆で見た弥二郎」という。ここでは上文を受け、全く別人かと見違えたの意。弥三郎は未詳。二八節句の御礼。二九先ず御祝儀の挨拶を述べる意。三〇 九月九日菊の節句の前後三日間、揚屋の座敷に太夫・天神の綿入小袖・挾箱・文庫・硯などを飾りたて各自の全盛を競う年中行事。三一 命が延びるほどの気晴し。当時センダクと濁ってよんだ。三二「ませの内に夜置露やいかならむぬれつつ菊の移ろひにける」(金槐集)によるか。三三「所も山路の菊の酒を飲まうよ、面白や山水に面白や山水に盃を浮めては」(謡曲、安宅)。三四「こゝに来て昔ぞ返す在原の寺井に澄める月ぞさやけき」(謡曲、井筒)。三五 前出(巻六ノ四)初音の太兵衛と同一人か。新町西口の茶屋湊屋太兵衛か。三六「春の頃軒端の梅に鶯の来りて鳴く声を聞けば」(謡曲、白楽天)。三七 姿をちょっとしか見たことがなく名も知らぬ平凡な特色のないかこい女郎。三八「絵にかける遊女の姿にめでて心を動かすは」(謡曲、絵馬)。三九 佐渡島町佐渡島屋勘右衛門抱の太夫たかまを洒落て音読したもの。四〇 新しく勤めに出た女郎。新艘の出世には一家の姉女郎が揚屋町を引廻して歩く。四一「千里を行くも遠からず野に臥し山に泊る身のこれぞまことの栖なる」(謡曲、卒都婆小町)。四二「まことや名に聞し寂光の都喜見城の楽みもかくやと思ふばかり」(謡曲、邯鄲)。遊里を寂光の都にたとえた例多し。四三「庭には金銀の砂を敷き」(謡曲、邯鄲)。四四 未詳。好色盛衰記三ノ一、西鶴置土産二ノ三にその名が見える。四五 太夫・天神・引舟女郎は揚屋に大中小の長持に諸具を入れて運ぶ。四六 桐の薹。金一歩。表面に桐の薹がうち出してある。節句の庭銭として一歩金の祝儀をもらう。四七 九軒町揚屋住吉屋四郎右衛門。四八 吃ること。四九 佐渡島屋勘右衛門抱の太夫。五〇 好物な。好きな。

[二一]浅黄《あさぎ》のあ[二二]さ上下《かみしも》に茶小《ちゃこ》[二三]紋《もん》の着物《きるもの》、[二四]小脇指《こわきざし》の仕出[二五]し常《つね》とはかはり、すこし智恵《ちゑ》の有《ある》やうにして、此《この》[二六]世の人とも思《おも》はれず。娑《しや》[二七]婆《ば》で見た弥三郎殿の御礼《おれい》[二八]、[二九]先御祝義《まづごしうぎ》さて[三〇]今日よりは色里《いろざと》の衣裳《いしやう》かさね、これをみる事[三一]命《いのち》のせんだく、[三二]たゞぬれつゝぞ[三三]山水《やまみづ》の香《にほ》ひもふかき菊《きく》の節句《せつく》の暮《くれ》けしき。[三四]爰《こゝ》にきて[三五]鶯《うぐひす》の太兵衛が[三六]軒端《のきば》に簾《すだれ》を懸《かけ》させ、[三七]姿《すがた》をほのかに名をしらぬかこゐさへ是《これ》はとこゝ[三八]ろうごかすは、よき日みるゆへぞかし。ましてや[三九]高間《こうけん》すぐれてうつくしく、[四〇]新艘《しんざう》引《ひき》て[四一]千里《ちさと》を行《ゆく》も遠《とを》からず。是《これ》や[四二]寂光《じやつくはう》の都《みやこ》、[四三]庭《には》には[四四]金吾《きんご》の[四五]長持《ながもち》をはこび、井筒屋《ゐづゝや》に出《いで》入《いる》やり手迄《まで》も光《ひかり》をかざる[四六]桐《きり》のとをもらひ、機嫌《きげん》のよき顔《かほ》つきを見る事ぞかし。又所《ところ》を替《かえ》て九軒《くけん》の住吉《すみよし》やにゆきて[四七]四郎右にぜゞる[四八]軽口《かるくち》いはせ、[四九]あげ巻《まき》につきし禿《かぶろ》のるいに[五〇]うれしがる酒《さけ》を飲《のま》せ、はし近《ちか》く居《ゐ》て通《とを》る程《ほど》の女郎にひとり〳〵いや

がる事をいふて、たちまち[一]罪作《つみつく》らせ、[二]不祥《ふしやう》ながら腰懸《こしかけ》て、小盃《こさかづき》も数《かず》かさなれば、「[三]下戸《げこ》ならぬ男《おとこ》のよいをすいた」と[四]兼好《けんこう》といへる太夫が申《まうし》侍る。

其日《そのひ》は[五]扇屋《あふぎや》に有《あり》しが、にくからぬ首尾《しゆび》ながら與風都《ふとみやこ》ひしくおもふこそ[六]二道也。此《(この)》人を捨置《すてをき》、それよりすぐに道頓堀《どうとんぼり》にまかり、[七]疊屋《たゝみや》町にしるべの役者《やくしや》のかたより、科《とが》なき身《み》にもしのび[八]駕籠《かご》、[九]四人懸《がゝ》りに乗《のり》さまに[一〇]吉弥《きちや》と申《まうし》かはせし事も、戀《こひ》が替ればそこ〲に言傳《ことつて》して、[一一]いそぐ心の夜《よる》の道《みち》、[一二]初夜《しよや》の鐘《かね》のなる時、[一三]佐太《さだ》の天神《てんじん》と申《まうす》。「[一四]太夫は居《ゐ》ずとものむまいか」と、眞柴折《ましばおり》くべ[一五]焼味噌《やきみそ》おかしく、此《(この)》酔《ゑひ》のうちに[一六]交野《かたの》・[一七]きんやも跡《あと》に、[一八]淀《よど》の小橋《こばし》は霧《きり》こめて[一九]鳥羽《とば》の戀塚合点《こひづかがつてん》じやと目《め》覺《さま》し、ほどなく[二〇]四ツ塚《つか》の茶屋《ちやや》、あみ戸をあらくたゝき起《をこ》して、「[二一]湯《ゆ》まではまたじ息《いき》がきるゝは、水のませ」と[二二]下ゝ聲ゝ《した(〲)こゑ〲》に申《まうし》侍る。誠《まこと》に一とせ[二三]森《もり》が道《みち》いそぐとて駕籠《かご》の者殺《ものころ》せし野辺《のべ》も此《(この)》あたりとおもひ合《あはせ》、[二四]北《きた》の空《そら》ゆかしく[二五]星《ほし》のうすきを待《まち》兼《かね》、丹波口《たんばぐち》の[二六]小兵衛方に行《ゆけ》ば、朝帰《あさがへり》の人待良《ひとまちがほ》に[二七]片見世《かたみせ》あけて起出《をき(いづ)》るより、「是《(これ)》はめづらしき御のぼり。[二八]高橋様《かうきやうさま》も「まちびさしき」ときのふも仰《おほせ》られしに、先《まず》き[二九]かしましてよろこばしませい」と門《もん》をたゝきて、出口の茶屋《ちやや》につたえて、はや[三〇]三文字屋《もんじや》に人をやる。「此朝詠《(この)あさながめ》のおもしろさ、西行《さいぎやう》は何《なに》しつて[三一]松島《まつしま》の曙《あけぼの》・蚶潟《きさかた》のゆふべを誉《ほめ》つるぞ。きのふは新町《しんまち》の暮《くれ》を見捨《みすて》、其目《そのめ》をすぐにけふ嶋原《しまばら》の朝明《あさあけ》、

一 機嫌を損じ。立腹させ。 二 嫌々ながら。迷惑ながら。 三 「下戸ならぬこそ男はよけれ」(徒然草初段)。 四 佐渡島町佐渡島屋勘右衛門抱の太夫吉田。これを兼好と洒落たもの。吉田屋は二軒あったので端の兼好、中の兼好と呼んだ。 五 佐渡島町揚屋扇屋四郎兵衛。 六 二道かけた浮気心。 七 大坂島之内道頓堀の北心斎橋筋の一つ東。 八 人目をしのぶ駕籠。 九 四枚肩。四人でかつぐ駕籠。 一〇 世之介の弟分。→一八九頁注五一。 一一 「夕を急ぐ人心…先づ初夜の鐘を撞く時は諸行無常と響くなり」(謡曲、三井寺)。 一二 午後八時頃の時鐘。 一三 河内茨田郡大庭一番村所在の天満宮。 一四 天神の縁語で太夫を出す。太夫はいなくても一杯飲もう。 一五 味噌を炙って焼いたもの。 一六 「狩暮し交野の真柴折りしきて淀の川瀬の月を見るかな　公衡」(新古今)。 一七 禁野。河内交野郡禁野村。 一八 淀の宇治川の下流にかけた橋。木津川にかけた大橋に対していう。 一九 文覚に誤殺された袈裟御前を葬った塚。 二〇 東寺仁王門の西にある。守敏僧都の塚という。 二一 湯が沸くのは待っておれない。息が切れるわい水をくれ。 二二 駕籠かき達。 二三 未詳。 二四 島原をさす。 二五 星の光のうすらぐ、即ち夜明け。 二六 丹波口壱貫町の茶屋。島原通いの客の送迎をする茶屋。 二七 見世の片側の意。 二八 揚屋町大坂屋太郎兵衛抱の太夫。「たかはし」を音読して洒落たもの。 二九 お聞かせ申し上げて喜ばして差し上げましょう。 三〇 揚屋町東側に三文字屋清左衛門、西側に同権左衛門の二軒あり。 三一 「松島や雄島の磯も何ならずたゞ象潟の秋の夜の月」(山家集)。 三二 島原出口の茶屋。 三三 昨夜。 三四 洛北岩倉

これが唐《から》にもあるべきや。世之介なんと」「尤《もつとも》」と[三二]藤屋《ふぢや》の彦右衛門方に立《たち》よれば、[三三]夜前《やぜん》の行燈消《あんどんきえ》、かたてに物さびたる釜《かま》はたぎりて。[三四]岩倉《いはくら》の松茸《まつたけ》を焼《やい》て、[三五]中《なか》椀《わん》にふたつ飲《のみ》、「[三六]是《(これ)》は」といふ所へ[三七]歌仙《かせん》仕合《(しあはせ)》の[三八]身清《みきよめ》、姿《すがた》も[三九]人のおかためきて出《(いで)》られける。「[四〇]御名残《なごり》も今なり。何国《いづく》へ」と申せば、「[四一]我庵《わがいほ》は」と計《(ばかり)》云捨《いひすて》別《わか》れ侍る。

「[四二]なんの宇治《うち》へはゆくまじ。[四三]しらぬ事か[四四]六角堂《ろつかくだう》の裏《うら》あたりへ行人《ゆくひと》よ」と申《(まうし)》もはてぬに、太夫〱の御使《つかひ》、引舟《ひきふね》の[四五]對馬《つしま》・[四六]三芳《みよし》・[四七]土佐《とさ》など、宿《やど》よりは[四八]次兵衛、其外《そのほか》男《おとこ》共祇候《しこう》して、「只《たゞ》あれへ」と祭《まつり》のごとく[四九]人橋懸《はしかけ》るは、高橋《たかはし》今の御威勢《いせい》也。此《(この)》時の有様大名《だいめう》もこんな物成《(なる)》べし。昼寝《ひるね》てまづ夜《よる》の草臥《くたびれ》を取《とり》かへし、暮《くれ》よりおもてに[五〇]床几《せうぎ》をなをさせ、[五一]九月十日の月もいづれ都《みやこ》の風情《ふぜい》、高橋《たかはし》・[五二]野風《のかぜ》・[五三]志賀《しが》・[五四]遠《えん》州《しう》・[五五]野世《のせ》・[五六]藏之介《くらのすけ》がかしこさ、對馬《つしま》が利發《りはつ》、三よし・土佐《とさ》が[五七]つれ弾《びき》、[五八]大酒《ざけ》に身をなし、過《すぎ》し所縁《ゆかり》とて[五九]もろこしに笑《わら》はせ、[六〇]かほるが[六一]尻目《しりめ》に懸《かけ》られ、[六二]奥刕《おうしう》にうなづかせ、しのばるゝ事も[六三]おもひをのこさせし事有《(ある)》べし。女郎の[六四]やはらか成《(なる)》所、衣《い》類《るい》の数《かず》を尽《つく》し、爰《こゝ》で[六五]外《(ほか)》は万《よろづ》あさまに成《(なり)》ぬ。更過《ふけ(すぎ)》て床《とこ》とるにも[六六]三ツ蒲團《ぶとん》・替夜《かへよ》着《ぎ》・[六七]枕《まくら》も常《つね》ならず、寝巻《ねまき》もありといふ物もなく、かしらから帯《おび》ときて、万事は[六八]つき添女郎《そふ》に身《み》をまかせ、たばこも手してはつがず、ね道具《だうぐ》も人にきせられ、やさしきおことばを聞《きゝ》ね入《(いり)》にして結構《けつこう》な夢《ゆめ》をみる事ぞかし。

山は松茸の名所。 三五 親椀のつぎの大きさの碗。汁物を入れる。 三六 是はうまくてたまらぬ。 三七 島原中之町一文字屋七郎兵衛抱の天神か。 三八 身請されて廓を出ること。 三九 良家の主婦めいて。 四〇 最後のお別れも今限りだ。これからお逢いすることはなかろう。 四一「我庵は都のたつみしかぞ住む世を宇治山と人はいふなり 喜撰法師」(古今)による。「宇治に住む」の洒落。 四二 なあに。 四三 ちゃんと知っているぞ。 四四 立花の池之坊に身請されたのであろう。六角堂(頂法寺)の院主で堂後に住んでいた。 四五・四六・四七 いずれも大坂屋太郎兵衛抱の囲女郎。対馬は高橋の引舟、三好・土佐は太鼓女郎。好色盛衰記四ノ二、西鶴置土産二ノ一などに見える。 四八 揚屋の男。 四九 幾度となく頻繁に使者をやって催促すること。祭で神幸や神主・頭屋を迎える使を七度半の使といい、七度の無駄足をして八度目の中途で迎え得る形をとる。祇園会でも山鉾をひき出す時七度半の使が立った。 五〇 涼み床。 五一 重陽の節句の後宴。同じ月だが都の島原の遊女とともに見る月はまた格別だの意。 五二 大坂屋太郎兵衛抱の太夫。 五三 同右天神。 五四 同右天神。延宝九年二月大坂より移る。 五五 同右天神。太夫高橋につかえる。 五六 野風の引舟女郎。 五七 合奏。 五八 酒をひどく飲み過ごした。 五九 中之町一文字屋七郎兵衛抱の太夫。 六〇 上之町上林五郎右衛門抱の太夫。 六一 秋波を送られ。色目を使われ。 六二 中之町一文字屋七郎兵衛抱の太夫。 六三 忘れ難い思いをさせたこと。 六四 優美な土地。 六五 島原で贅沢な遊びをして目が肥えると、よその遊里はあさま(粗略、簡単の意)に見える。 六六 太夫の蒲団は三つ重ねに決っていた。 六七 未詳。 六八 引舟女郎。

繪入
好色一代男
八

好色一代男　巻八目録

一のびのびと寝ること。

二正月十八日石清水八幡宮の宿院・頓宮前に榊数千本を立て疫塚を表わし、夜子の刻宮守座の神人が四方の疫神をこの疫塚に祭り、注連で封ずる。頓宮北門の下で参詣人を祓う。

三かけ勝負。

四美人人形。美人をモデルに作った人形。

五長崎の遊女町。

六古来八丈島を「女護の島」にあてるが、同島は母権制度が行われ、また女を仁与吾と呼ぶに由来するという。

らく寝《ね》の車《くるま》

人の内にはかならず[七]死残《しにのこ》つて居《ゐ》る婆《ばゞ》とあり。[八]世は物にかまはぬがよしとて、[九]松計《まつばかり》の山にてもおもしろからず。[一〇]物の自由《じゆう》をこしらえ、揚屋《あげや》といふ事[一一]むかし誰《たれ》かはじめて年《とし》の若《わか》ふなるたのしみ所、遠《とを》かりし[一二]竜宮浄土《りうぐうじやうど》を望《のぞみ》、氣立《きだて》のしれぬ乙《をと》姫《ひめ》にあふよりはしれた[一三]丸屋《まるや》の口鼻《かゝ》がましと、末社《まつしや》あつまりて「けふ程《ほど》の隙《ひま》又と有まじ」と[一四]神樂《かぐら》が申出《まうしいだ》して、[一五]岩清水《いはしみづ》に詣《まふで》て、責《せめ》て毎日《まいにち》つく空言《うそ》を[一六]神《かみ》ぞしるらん。厄《やく》はらひにいざ思ひたち、「明日《あす》は[一七]十九日、人の墸《ほこ(り)》をかづくもよしなし。[一八]夜宮《よみや》に」といふ。「道《みち》すがら酒《さけ》も飲《のま》れて、一所に咄《はな》しながら参らるゝ事《こと》がな。[一九]世之介様の智恵《ちゑ》を中間《なかま》から借《かり》ましたひ」と申《まうす》[二〇]。「[二一]行人《ぎやうにん》が水へ入《いる》よりやすひ事」と御供《とも》申せし手代《てだい》に「それ」とあれば、かしこまつて物陰《ものかげ》より両《りやう》の手《て》をひろげて見すれば、神樂銭《かぐらぜに》一貫《くはん》と心得《こゝろへ》て、それではたらぬ顔《かほ》してかぶりふる。懐《ふところ》より「是《これ》お初尾《はつを》」と金子《きんす》十両投出《りやうなげいだ》せば、「[二二]諸願成就《しよぐはんじやうじゆ》こんな御無心《ごむしん》ばかり申《まうす》」と歓《よろこ》びの舞《まひ》の袖《そで》、立噪《たちさはい》で[二三]車《くるま》をかれと鳥羽《とば》に帰《かへ》るを招《まね》き、車《くるま》三輛《りやう》のうへに[二四]花氈《はなせん》をしかせ、太夫様かたへ申《(まうし)》遣《つかは》し、一様《やう》に水色《みづいろ》の鹿子《かのこ》白縮緬《しろちりめん》の[二五]投頭巾《なげづきん》を着《き》て、四人宛《づゝ》二輛《りやう》にのりて、

七 死なずに生き残っている。八 あまり気を使わない方がよい。九（物事に拘泥しないで、ありのままがよいからといっても）木男ばかりの男世帯で女気のないことをたとえた。山には松（男）だけでなく花（女）もあってこそ面白いの意。一〇 すぐ自由がかなえられるようにしつらい。一一 むかし誰がはじめたものか。一二 遊里を「寂光の都喜見城の楽しみ」とか仏教めいた文句で讃美する。「年の若ふなる」から浦島太郎を連想し、竜宮が出て、さらに乙姫とつづく。一三 島原揚屋町丸屋三郎兵衛の女房。一四 末社の神楽庄左衛門。一五 男山八幡宮。一六「世の中の人は何とも石清水人は何とも石清水、澄み濁るをば神ぞ知るらんと高き御影を伏し拝み」（謡曲、船弁慶）。一七 十九日は特に参詣人が多く雑踏する。一八 祭日の前夜に行う祭事。このとき神霊が来臨すると信ぜられた。宵宮。一九 お知恵拝借と称して実はお金を下さいとねだるのである。二〇 世之介に。二一 行者は水垢離をとるのが修行であるから、たやすいことだの譬え。二二「敬って申す、神慮すずしめの神楽…抑も立つる所の諸願成就皆令満足…さもありがたき神慮の納受かくやと感涙肝に銘じけり…千代万代の舞の袂」（謡曲、住吉詣）による。二三 牛車。山城紀伊郡鳥羽村附近に貨物運搬用の牛車の宿があった。二四 花毛氈。太い木綿糸で花模様を織り出したのが和製で、中国製のは毛氈に花模様を捺染したもので上等。二五 ↓一三五頁注四六。

一輌《りやう》には樽《たる》・折《おり》・[一]重肴《ぢうざかな》・[二]枕箱《まくらばこ》・燭臺《しよくだい》に[三]大蠟燭《らうそく》を立《たて》、[四]出口《でぐち》の門よりはや[五]引《(ひき)》懸飲《かけのみ》懸《かけ》、[六]なごりおしさは[七]朱雀《しゆじやか》の細道《ほそみち》すぎて、[八]大みや通《とをり》を南《みなみ》がしらにひかせ行《ゆく》、「[九]内《だい》裏様《りさま》の國《くに》なればこそ。余所《よそ》でなる事か」と有難《ありがた》くかたじけなく、寒《さへかへ》る月の出《(いづ)》れば、見わたす[一〇]竹田《たけだ》の葉末《はずへ》に夜あらしの通《かよ》ひ、袖おのづからしめりて、[一一]なげかぬ泪《なみだ》かとおもはれ、[一二]引手の音《ね》もとまり、[一三]あまり慰《なぐさみ》すぎて氣欝《けうと》かりき。南を見れば[一四]小井田の道橋《みちはし》の詰《つめ》に、挑灯《ちやうちん》ひかりをはなつて、[一五]彼《(かの)》里の紋盡《もんづく》し。「是《(これ)》は」ときけば、「太夫様がたより「おの〳〵様見送《おく》りて爰《こゝ》にてさゝを進《しん》ぜませひ」と仰《(おほせ)》ける」と、やり手九人[一六]車《くるま》とゞめて風林《ふうりん》の松夜寒《まつよさむ》のもてなしに、京《きやう》よりいくつか蒲團《ふとん》もたせて、草の戸《と》の内に置火燵《をきごたつ》を仕懸《しかけ》、くゝり枕《まくら》もありて[一七]爰《こゝ》に一寝入《ね(いり)》とは夢《ゆめ》をすゝめられ、銀《ぎん》の燗鍋《かんなべ》に名酒《めいしゆ》の數《かず》ゝ、[一八]木具《きぐ》ご

一　重箱につめた酒の肴。　二　枕入の箱。小遣銭その他手廻り品を入れた。　三　百目蠟燭の意。　四　島原の大門。　五　車を曳くに酒をひっきりなしに飲むをかける。　六　当時流行の投節の一節。全文は未詳。「なごりをしやの命もたへぬけさの別れはなさけなや」(当世なげ節)、「かよひ馴れにし朱雀の野辺の露はものかはわが涙」(松の葉、古今百首なげぶし)の両首によるか。　七　大門から丹波口壱貫町に通ずる田圃道。　八　堀川の西を南北に貫く大通り。「二条大宮を南がしらに歩ませり」(謡曲、羅生門)による。南がしらは南むきに、南をさしての意。　九　京都のこと。　一〇　山城紀伊郡竹田村。「や月こそ出で候へ…木幡山伏見の竹田・淀・鳥羽も見えたりや」(謡曲、融)により竹の葉末にかける。　一一　「身のうさを歎かぬ秋の夜半もあらば袖に限なく月は見てまし　平時茂」(続古今)。　一二　三味線を弾いていたが、弾くのをやめて。　一三　慰みも度をすごして興覚めてしまった。　一四　賀茂川に架した板橋。　一五　島原の太夫の紋をつけた提灯がずらりとならんでいる。紋提灯をつけて迎えに出たのである。　一六　「停ㇾ車坐愛楓林晩、霜葉紅ニ於二月花一」(杜牧、山行)のもじり。　一七　ここで一ねむりして下さいとすすめられ。　一八　白木のままで漆などを塗ってない膳・椀を木具といい、贅沢な調度であった。多くは檜・杉材製で白木具ともいった。　一九　雁の肉を杉のへぎにのせて焼いた料理。杉の移り香を賞美する。へぎ焼ともいう。巻一ノ七(五五頁)に魚のへぎ焼が出ている。　二〇　塩を強くきかした塩鰯。焼いて食する。　二一　めいめいで茶をたてて飲むことか。　二二　服紗は紫・赤などが普通。野立ての際はめいめい小服紗で茶

しらえの茶漬《ちやづけ》めし、[一九]鴈《がん》の板焼《いたやき》に[二〇]赤鰯《あかいはし》を置合《をきあはせ》、しほらしき事どもありて、跡《あと》には[二一]めい〳〵[二二]呑《のみ》の色服紗《いろぶくさ》、呑《のみ》すての煙草盆《たばこぼん》、[二三]いづれかのこる所もなし。「[二四]間《ま》もなき内に[二五]懸《かゝ》る御事ども出來《でき》侍るは、[二六]大形《かた》ならぬ御こゝろの付《(つけ)》やう、こと更《さら》こたつの御礼《れい》は外《(ほか)》に[二七]申上《(まうしあげ)》たし」と又車《くるま》をはやめてゆく。世之介申《(まうす)》は「今宵《こよひ》の馳走身《ちさうみ》にあまつてよろこばし。何《なに》か[二八]門歡《みやげ》に成《なる》べき事《こと》のありや。唯今《たゞいま》[二九]たくめ」といふ。[三〇]弥七「日本《につぽん》一の饅頭《まんぢう》あり」と申《(まうす)》。「それは」ときけば、一つを五匁宛《づゝ》にして上《うへ》を金銀《きんぎん》に[三一]だみて、其数《そのかず》九百、[三二]二口屋能登《ふたくちやのと》に申付《(まうしつけ)》て、夜中《やちう》にこしらえさせ、太夫九人の方《かた》へ送《おく》りまいらせける。太皷共《たいこ(ども)》も御土産《みやげ》にとて[三三]ちいさき弓矢《ゆみや》に蘇民《そみん》將來《しやうらい》の守《まもり》をとゝのへて、行末《ゆくすへ》ながく御息災《こそくさい》に、[三四]身《み》あがりも遊《あそ》ばさず、[三五]手形《てがた》の十年より外《(ほか)》に[三六]年切《ねんきり》まして、御勤《つとめ》のうちに口舌《くぜつ》もなきやうにと申《(まうし)》て、太夫さまがたへ進上《しんじやう》申《(まうす)》。なを御祈念《ごきねん》の御ため[三七]女郎《ぢよらう》長久。

情《なさけ》のかけろく

[三八]其乗懸《そののりかけ》を[三九]三条《でう》の橋《はし》にまたせ、「[四〇]財布《さいふ》はついて有《ある》か。今そこへゆくぞ」と[四一]声閙《こゑいそが》しく小者《こもの》に申付《まうしつけ)》て、「世之介様へお暇乞《いとまごひ》に参《まいり》ました」。俄《にはか》に江戸へ下《くだ》るのよしにて、

碗を受けて飲む。二二 万事行きとどいて遺憾な点がまったくない。二三 わずかな間に。二五 こんな。懸は宛字。二六 並大抵ではない気の配りようだ。二七 改めて。二八 土産。二九 工夫せよ。三〇 末社、願西弥七。三一 金銀の箔を押すこと。このことは紀伊国屋文左衛門の豪奢ぶりとして伝えられている(吉原雑話)。三二 京都今出川角の菓子所。饅頭製造で有名。三三 厄神参りの土産。破魔弓と、小さい木に蘇民将来と書いて赤い札をつけた疫病除けの守り。三四 遊女が自分で揚代を負担して勤めを休むこと。借金が増加する。三五 新艘として出世の日より十年を公界(くがい)十年といい傾城請状に書き入れられる。手形とは、印判のおしてある紙片の総称。三六 年季を延長して。十年で借金をすませて、あと余分に金をためるようにの意。三七 男山八幡は弓矢の神であるから「武運長久」というところをもじったもの。

三八 乗懸馬。三九 三条大橋。東海道の起点である。四〇 乗懸の荷物に財布はついているかの意。四一 せわしそうな声で、従者に命令して。

[一]日來《ひごろ》目懸《めかけ》し[二]仕立物屋《したてものや》の十藏といふもの、立《たち》ながら[三]御見舞《みまひ》申《まうし》て、「追付罷《おつつけまかり》のぼりまして」と申《まうす》。取《とり》あへず[四]路銀《ろぎん》などくれて、門口《かどぐち》に出《いづ》るをよび返して、「此《この》たびは何のために下《くだ》る」といふ。「されば、[五]小むらさきさまにあひまして、初對面《しよたいめん》からわたくしはふられますまい、と智恵自慢《ちゑじまん》申《まうし》懸《かゝ》り、去《さる》御方《かた》が[六]廿日鼠《ねずみ》の宇《う》兵衛を[七]目付《めつけ》にあそばし、[八]かけろくに仕《つかまつり》、江戸へ[九]よね狂《ぐる》ひにまいる」と申《まうす》。「さても[一〇]氣《き》なやつかな。其《その》[一一]かちまけは」ときく。「[一二]身《み》どもがふられませねば[一三]木屋町《きやまち》の御下《おしも》屋敷《やしき》をもらひます筈《はず》。又負《まけ》ましたれば」と顔《かほ》の色青《あを》ふなして声《こゑ》をふるはす。「隠《かく》さずとも申せ」[一四]「別《べち》の事でも御座《ざ》りませぬ。ふられましたれば、[一五]命《いのち》にはかまひのなきやうに[一六]作藏《さくざう》をきられます[一七]御契約《ごないやく》」とかたる。[一八]よい戯氣《たはけ》とおもひ、銀《かね》つかふて慰《なぐさみ》にすると見えたり。「其《その》相手《あいて》は」と問《とへ》ども「申さぬ[一九]かため」といふ。「一生《しやう》の一大事《だいじ》是《これ》也。よく〳〵[二〇]観念《くはんねん》して、[二一]末定《すへさだ》めなき作藏なればかり[二二]首《くび》に珠数《じゆず》を懸《かけ》させ、[二三]跡《あと》に殘《のこ》して誰《たれ》にとらすべし、惜《おし》まず共《とも》日外《いつぞや》[二四]とらしたる[二五]緋綸子《ひりんず》の犢鼻褌《ふんどし》かゝせ」と申せば、[二六]律義《りちぎ》なやつで唯今《たゞいま》までいさみしが泪《なみだ》をこぼす。「さらば」といへども[二七]跡《あと》へも先《さき》へもゆかず。見るに笑《おか》しく、「[二八]是《これ》は一興《けう》あり。同道《どうだう》して下《くだ》らん」と[二九]常《つね》の風情《ふぜひ》にて乗物《のりもの》こしらえさせ、十藏を召連《めしつれ》て下《くだ》りぬ。

[三〇]本町《ほんてう》四丁目の店《たな》につきて、十藏宇兵衛を[三一]仕立《したて》、吉原《よしはら》へつかはしける。[三二]首尾《しゆび》こゝ

一 ひいきにして可愛がっている。二 衣服を仕立てるのを家業とする者。仕立屋。裁縫屋。三 御機嫌をうかがって。四 旅費。五 吉原京町三浦屋四郎左衛門抱の太夫。六 未詳。末社か。七 監視役にお決めになり。八→二〇〇頁注三。九 女郎遊び。女郎を「よね」という。一〇 よい気な奴。酔興者。一一 勝負の結果はどうなるのか。何が賭けられているのかの意。一二 私。一三 京夷川通御幸町西入から富小路東入までの間をいう。一四 外でもありません。当時、別はベチと発音した。一五 生命に関係のないように。生命に別条ないように。一六 作蔵は陰茎の異称。去勢されるの意。一七 振仮名は「ごけいやく」の誤刻か。或は御内約の意か。一八 この十蔵をなぶりやすい馬鹿者と思って。一九 約束。二〇 覚悟をきめて。二一 これからどうなるかわからない。はかない運命の。二二 亀頭。二三 切られてしまったら後に残しておいても誰にやるというわけにも行くまい。二四 お前に与えた。二五 陽物達者の程度に応じて緋・紫のふんどしを免許する(色里三所世帯)。二六 馬鹿正直な奴。諺に「律儀は阿房の唐名」という。二七 身動きが出来ず、ためらっている様子。二八 是は面白い。二九 普段着のまま。旅装をととのえることもせずとり急いで。三〇 江戸日本橋本町四丁目。この附近は呉服・絹・綿の店が多かった。店は、京都の本店の出店。三一 大臣客に仕立て。三二 結果が気がかりである。

三三 吉原揚屋町理右衛門。三四 添書。紹介状。三五 四五日の中に逢わせてあげようと引きうけ。三六 日どりを決めて。三七 揚屋の主人。三八 奮発して与える。三九 遊女に初会或は再会の際は遣手、揚屋の亭主、奉公人などに纏頭(はな)などをやるのが普通。ここは初会でもないのに早すぎるとたしなめたところ。四〇 工夫。流行。四一 未詳。何か洒落た名前であろう。四二 餅をつぶして練った糊。四三 先をたたきつぶして房にした歯みがき楊枝。七色は七種類。四四 十蔵の言葉。四五 宇兵衛は。四六 約束の日に揚屋に出掛けて。四七 酔がまわって。四八 手を延ばして。四九 襟元から膝のあたりへかけて酒をこぼすのは傾城にふらせぬ手管。吉原草摺引には三井勘八と格子女郎小紫との張合として同様な手管を記している。西鶴はこの話に取材したか。また、「聞しにまさる水めかな。さきほどのさかづきをひざの上におとす事、ふらせじとのてだて也。これをむげにふるならばさかづきおとすはらだちになくうちとけ申なり」(恋慕水鏡)とある。五〇 大変。非常に。五一 迷惑がる。当惑する。五二 十蔵の。十蔵は酒をこぼすことが手管であることなど知らず、恐縮しているのである。五三 行水の用意をせよ。

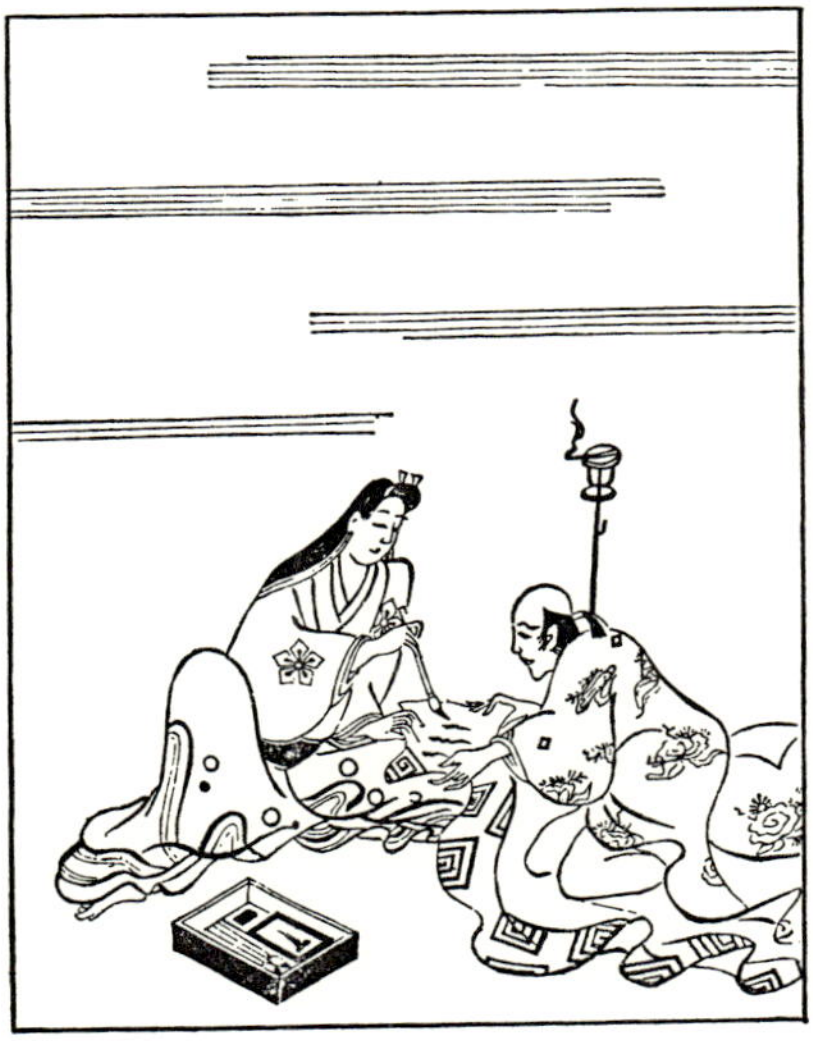

ろもとなし。[三三]揚屋《あげや》利右衛門に尋《たづね》、京よりの[三四]添《そへ》状《じやう》つかはし、十藏を宜《よろ》敷大臣《しきだいじん》と申《(まうし)》、むらさき様を頼《たの》むのよし申せば、内義《ないぎ》[三五]四五日の中《うち》を請合《うけあひ》、[三六]日を定《さだめ》てかへる時、「江戸になひめづらしひ物じや」と[三七]亭主《ていしゆ》に一包《つゝみ》[三八]はづむ。宇兵衛が戻《もどり》さまに「[三九]金《かね》の出しやうがはやひ」としかれば、「金《かね》ではなひ。此程《(この)ほど》京《きやう》での[四〇]仕出し、人の重寶《てうはう》に成物《なるもの》」といふ。上書《うはがき》に[四一]古釈《こしやく》と記《しる》す。明《あけ》てみれば、扇《あふぎ》の要《かなめ》・目釘竹《めくぎだけ》・針《はり》・きぬの糸・[四二]餅粘《もちのり》・耳搔《みゝかき》・[四三]うち歯枝《やうじ》、七色ありて代三文。「[四四]なんと是《(これ)》は人のうれしがる物」といふ。[四五]返事《へんじ》もせずあきれて連《つれ》てもどる。[四六]其後約束《そのゝちやくそく》日参《(まいり)》て太夫様にあひて酒《さけ》おもしろうまはる時、[四七]十藏[四八]手をさして「むらさき様お一つまいれ」とあらく押《おさ》えて、[四九]襟《えり》から膝《ひさ》くだり打翻《(うち)こぼ》し、[五〇]たんと[五一]きのどくがる[五二]顔《かほ》つき笑《おか》し。太夫くるしからぬと座《ざ》を立《(たち)》て、[五三]行水《ぎやうずい》とれとて湯殿《ゆどの》に

入《(いり)》、さいぜんの衣裳《いしやう》付《つき》少《すこし》も替《かはら》ず、一肌《はだ》は白綸子《しろりんず》二中は三紅鹿子《もみがのこ》の四ひつかへし、上は五浅《あさ》
黄《ぎ》八丈《ちやう》の六八端懸《たんがけ》召《(めし)》かへられける。又上方《かみがた》女郎のせぬ事也。同じ着物《きるもの》揃《そろへ》て有《あり》し事《こと》
七このもし。八初《はじめ》てはどれとても寝《ね》道具《だうぐ》も出ず。太夫寝《ね》ころびて十藏を呼《よび》て、しみ
〳〵とかたり懸《かけ》、帯《おび》ときてとかせて心よく九物して、初《はじめ》て首尾《しゆび》のしるしに一〇と硯《すゞり》取《(とり)》よ
せ、「十藏様に一一身《み》まかせ候。何か僞《いつはり》有《(ある)》べし」と下帯《したおび》に一二端書《はしがき》して、「一三むらさき筆《ふで》」
と留《とめ》てわたし侍る。一四終《つい》にかやうの事なし。宇兵衛不思議《ふしぎ》におもひ宿《やど》に帰《かへり》てかた
る。世之介かさねて一五尋《たづね》ければ、「一六やうす見るに一七すこしたらぬ人を賭《かけ》にして遣《つかは》し
けると、一八さながら見えますによつて、一九先《さき》さまの人憎《にく》さもにくし、あんな男《おとこ》にあ
ふてとらしました」といふ。世之介横手《よこで》をうつて「何《なに》をか隠《かく》すべし。京《きやう》より二〇そ
ればかりにあれは二一下《(くだり)》ける」と申《(まうす)》。其跡《そのあと》色〻くどきても逢《あは》ず。心にくき女是《これ》也。

一　盃《はい》たらいで戀里《こひざと》

二二難波男《なにはおとこ》呉服《ごふく》物二三とゝのえにのぼりて二四室町《むろまち》に有《(あり)》しが、「二五それより後《のち》は」と世之介か
たへ尋《たづね》けるに、「けふは二六東寺《とうじ》の御影供《みゑいく》、いざ」と誘引《さそひ》ける。其日《そのひ》の二七亭主《ていしゆ》は二八御出入《(でいり)》
申《(まうす)》紙屋《かみや》の吉介、二九五人前《まへ》をこしらえ、三〇畜生門《ちくしやうもん》の邊《ほとり》に三一幕《まく》うたせて、誠《まこと》に三二佛法《ぶつぱう》の昼《ひる》

一 肌着。二 中着。三 紅染の鹿子。四 裾廻しに表と同じ切地を用いること。五 浅黄色の黄八丈。六 八丈島産の帯織で諸撚糸で綾織にしたもの。七 好感がもてる。八 吉原では初会には最初から床を取らぬ定めで、島原では床入をするが情交しない(好色二代男一ノ二)。九 情交して。十藏とは初会に首尾したわけである。一〇 証拠に。一一 身をまかせ(情交し)ました。一二 端に書いて。一三 署名の文言。一四 未だかつてこんな事は。一五 小紫に。一六 どんな事情なのか見ていると。一七 愚鈍な。阿呆な。一八 はっきりと。明らかに。一九 この男をつかわした先方の客。二〇 それだけのために。二一 京より江戸へ。

二二 伊勢物語の筆法。大坂の人の意。二三 買い込みに。二四 室町通り二条附近に呉服問屋が多かった。二五 一別以来御無沙汰いたしまして。挨拶の言葉。二六 弘法大師の御影を供養する法会。特に東寺のは弘法自刻の御影というので有名であった。三月二十一日、大師のなくなった三月二十一日、島原の紋日。二七 亭主役。二八 世之介の家へ出入する。二九 五人前の料理を準備し。三〇 東寺南大門の東の築地にある穴門。破戒僧を追放したり死人を出す門で、平常は閉す。三一 幕をはりめぐらして。三二 仏法の盛んな意をあらわす諺。それと時刻が昼になったことを言いかける。三三 人が老衰して死亡してしまうことを入日にたとえ、さらに時刻の夕方になったことを言いかける。三四 以下精進料理である。三五 抹香臭い話。無常咄。三六 納盃。酒宴の終りに盃を亭主にさして打切にすること。三七 仰せの通りに

いたします。亭主の挨拶言葉。 三八 酒が一滴もない。酒をすすめた時、酒がないのは不吉で失礼であるとされる。 三九 気持が悪い。不吉だ。 四〇 酒を買いに行かせ。 四一 改めて。 四二 食塩を炭火で再び焼いたもの。酒の肴とする。 四三 うまく酔い倒れて寝入ってしまった。 四四 このままで帰られようか。この日東寺参詣の男は帰途島原にくり込むのがおきまり。「帰らずか」は「帰らむずか」の訛。 四五 押せ押せ。押すは隊伍を組んで押しかけること。 四六 揚屋町八文字屋喜右衛門。 四七 名所の名前をつけている名代の太夫。 四八 大したこともない。つまらない。 四九 ほんの暫くの間でも座が淋れるのは工合がわるい。 五〇 すでに客に揚げられている太夫のあれこれにもらいをかけるけれども。 五一 女房。わざとふざけて丁寧な言葉を使った。北の御方は諸侯の奥方をいう。 五二 もと大坂新町一夢方にあり、後島原上之町喜多八左衛門抱となり、延宝元年出世して太夫、延宝三年退廓。 五三 新艘出世の儀式。ただしこれは二度の勤めである。 五四 御都合。 五五 事情。 五六 金のかかること。金のかかる意のもめると、先方でもめているとを言いかけた。 五七 それもよかろう。 五八 言下に。言うや否や。 五九 吉崎がこちらへ来ることになった。 六〇 普段の女郎買いとちがって。 六一 色道大鏡「三寛文式新艘出世」の条参照。ここと ほとんど一致する。 六二 九日間続けて買う。 六三 揚屋への進物。 六四 揚屋の召使達への祝儀。 六五 奢りの点では一流の。 六六 寛濶。伊達。 六七 目録で贈物の約束をすること。 六八 綿帽子。 六九 明々白々なること。ここでは大蠟燭の光の中を人々が忙しく走り廻っているさまをかけていう。

なり。[三三]人は入日《(いり)》のごとく誰《たれ》か一人《ひとり》も世にとゞまるべしと、[三四]ほうれんさうのひたし物・椎茸《しいたけ》などにて飲懸《のみかけ》、[三五]ありがたひ咄《はな》しばかりして、いづれも酔《ゑい》て立ざまに世之介盃《さかづき》を亭主《ていしゆ》にさして[三六]おさめといふ。[三七]御意次第《ぎよいしだい》と戴《いたゞ(い)》て一つ請《うく》る時、[三八]酒雫《さけしづく》もなし。「是《これ》では[三九]きみが悪《わる》ひ。酒《さけ》とつてこい」と又[四〇]調《とゝのえ》に遣《つかは》し、[四一]事新《あたら》しくして[四二]焼塩《やきしほ》にて飲《のみ》出し、[四三]まんまと夢《ゆめ》になりぬ。「[四四]此《(この)》まゝは帰《かへ》らずか。嶋原《しまばら》へ[四五]をせ〳〵」「尤《もつとも》」と[四六]八文字屋《もんじや》にゆきて、「ある者《もの》千人でも呼《よべ》」と申せど、紋《もん》日の事なれば[四七]名《めい》所《しよ》は一人もなし。[四八]おもはしからぬ天神取集《てんじんとりあつめ》て、「是《(これ)》でも埒《らち》はあかぬぞや。身共《み(ども)》はともあれ、大坂のお客《きやく》に[四九]すこしの内も淋《さび》しき事《こと》のおかしからず」と、[五〇]太夫のうちもらひ懸《かゝ》れ共《ども》ならず。喜右衛門[五一]北《きた》の御方《かた》出《(いで)》られて、「大坂よりおのぼり遊《あそば》しました[五二]吉崎《よしざき》様と申《(まうす)》太夫様今日[五三]水揚《みづあげ》にて、丸屋《まるや》七左衛門方に御出《(いで)》なされて御座《ご》ります[…]が、[五四]唯今御内證《たゞいまごないしよう》きかしましたが、是《(これ)》には[五五]様子《やうす》ありてもらひがなりそうに御座《ご》ります」といふ。「はじめより[五六]もめる事なれば、[五七]それよかろ」といふ聲《こゑ》[五八]のしたより七左へ人橋懸《はしかけ》て[五九]御座《ざ》るになつてきた。[六〇]常《つね》の女郎狂《ぐる》ひと替《かは》り、[六一]水揚《みづあげ》の定《さだ》まり太夫に引舟天神《ひきふねてんじん》二人添《そへ》て、[六二]九日のつゞき、[六三]宿《やど》への進上《しんじやう》[六四]下〻《(したぐ)》への遣《つかは》し物、[六五]奢第《おごりだい》一の世之介が肝煎程《きもいるほど》に、よろづ[六六]官活《くはんくはつ》に申《(まうし)》付《つけ》て、[六七]紙《かみ》に書《(かき)》てまづよろこばしける。亭主袴肩衣女房《ていしゆはかまかたぎぬにようばう》は着物《きるもの》あらため置《おき》[六八]わたして、臺所《だいどころ》に大らうさく[六九]明《あか》りを

一 式正の庖丁人。礼式・作法に則って魚鳥の料理をする人。二 一生で一番の楽しい忘れることのできないこと。三 水揚の揚屋に新艘の部屋を設け、太夫の時は衣桁三脚立て、それに小袖をかけ、その他の調度を飾る。四 一家の女郎の内、下級末輩の女郎のこと。五 十二枚の小袖。太夫水揚の場合は小袖二十或は二十五用意する。また夜着は広袖小寝巻二或は一、夜物三、外に染夜着二、禿夜着、遣手夜着、蒲団三を用意する。六 小夜着。七 山のごとく積み重ね。八 紙張りの筥に更に漆を塗ったもの、書物・紙などを入れる。九 手廻品。一〇 足利義政時代にできた蒔絵を時代蒔絵・時代物ともいい珍重した。一一 二人の天神女郎が手燭を持って先導する。一二 着座する。一三 新艘と同じ家に抱えられている女郎全部が水揚の揚屋に送って入る。一家は当時イッケと読んでいた。一四 遊女を客に紹介する。一五 紹介の言葉。結婚式の場合と同様の挨拶で、不思議な御縁での意。一六 水揚の作法はすべて婚礼の作法に準じて行われる。島台は式場の飾り物。一七 三々九度の盃に用いる。一八 加え。酒を銚子につぎ足す水さしに似た器。一九 祝言の後、新婦が白小袖を色模様に着換えること。二〇 その時節に着るべき衣服。水揚の客から付届する。二一 節句・水揚其の他の祝日に祝儀として女郎より揚屋、女郎屋の上下に与える纏頭(はな)。婚礼の際も嫁が持参する祝言道具の中に青ざしにつないだ庭銭がある。二二 置きならべて。二三 進物帳の記載係の女。二四 (彼女らの)豪奢な行事を見たこともない見聞の狭い目では。二五 「相生の松風颯々の声ぞたのしむ」(謡曲、高砂)による。

走《はし》る。八百屋《やをや》・肴屋《さかなや》いさみをなして、一しきしやうの疱丁人《はうてうにん》、此《(この)》威勢《いせい》二一世の思ひ出也。懸《かゝ》る所へ太夫様の御三座敷《ざしき》ごしらえにまいるのよしにて、四末《すへ》の傾城《けいせい》四人まいりて、衣桁《いかう》に五十二の袖《そで》を懸《かけ》、六こよる山をかさね、七小蒲團錦《こぶとんにしき》の峯《みね》のごとし、床《とこ》に懸物《かけもの》・書棚《しよだな》・香箱《かうばこ》・八文匣《ぶんこ》・煙草盆《たばこぼん》・其外《(そのほか)》九手《て》道具《だうぐ》、一〇時代蒔繪《じだいまきゑ》をひからせける。屢《しば》しありて、門口より聲ゝ《こゑぐ》に申《(まうし)》つぎ、「太夫様御機嫌《きげん》よく是《(これ)》へ御出《(いで)》」と申せば、一一ふたつ手燭《てしよく》を先《さき》にたて、階《はし》の子《こ》静《しづか》に上《(のぼ)》せられ、上座《ざ》の中程に御一二なをりあそばしける。左の方《かた》に一三一家《(い)つけ》の女郎十一人、おくりまいらせて座《ざ》する。右《みぎ》のかた、うしろより末座《ばつざ》までかこゐの女郎十七人、皆緋《みなひ》むく着並居《きなみゐ》る。御前に引《ひき》舟《ふね》の女郎・禿《かぶろ》手つかえて座《さ》する。口鼻《かゝ》出《(いで)》て御一四引合申《(ひきあはせまうす)》。「一五めづらしき出合《(であひ)》」と、大坂にて見知《しり》ながら申侍《(まうしはべ)》る時、一六嶋臺《しまだい》・一七金《きん》の大土器《がはらけ》、祝《しう》

言《げん》のごとく銚子《てうし》・[一八]くはえの酒過《(すぎ)》て、[一九]色なをし風情《ふぜい》ありて、太夫様ゟ宿《やど》への[二〇]時服《じふく》、[二一]庭銭《にはせん》まきちらす、禿《かぶろ》・やり手・御供《とも》の男《おとこ》ども上を下へと返《かへ》す。方ゝよりの進物《しんもつ》廊下《らうか》に[二二]置《をき》つゞけて、[二三]帳付《ちやうつけ》女・取《(とり)》つぎの女、[二四]ちいさい目からはおどろくべし。[二五]相《あい》生《おひ》の松風《まつかぜ》、小歌《うた》の声《こゑ》ぞたのしむ。

都《みやこ》のすがた人形《にんぎやう》

[二六]貨物取《くはもつとり》に長崎《ながさき》へ下る人に、我も[二七]跡《あと》よりのおもひ立《(たち)》あるのよし、[二八]銀箱《かねばこ》さきへ預《あづけ》て遣《つかは》し侍る。「何か[二九]唐物《からもの》御望《のぞみ》あそばし候」と尋《たづね》ければ、「[三〇]日本物《にほんもの》を買《かふ》べき[三一]なげ銀」と仰《おほせ》られける。さては丸山《まるやま》の御遊山計《ごゆさんばかり》の御こゝろざしありや。[三二]まなくあれにてまちたてまつるのよし、[三三]六月十四日けふは[三四]都《みやこ》の詠《ながめ》のこす月鉾《つきぼこ》のわたる時、我は[三五]玉鉾《たまぼこ》の商《あきな》ひの道《みち》いそぐとて先立《さき(だち)》ぬ。

世之介は[三六]おもふかぎりありとて、金銀洛中《らくちう》に蒔《まき》ちらし、[三七]社塔《しやたう》の[三八]建立常灯《こんりうじやうとう》をとぼし、[三九]役者子共《やくしやこども》に家《いゑ》を[四〇]とらし、馴染《なじみ》の女郎は[四一]其身自由《そのみじゆう》にしてとらせ、毎日遣《まいにちつか》ひ崩《くづ》せどもまだ殘《のこ》る所の[四二]内藏《うちぐら》何にかすべし。さらば此度長崎《(この)たびながさき》に下り、よろしき慰《なぐさみ》の有《(ある)》事もとおもひ立《(たつ)》日は八月十三日。[四三]いにしへ安部仲麿《あべのなかまろ》は古里《ふるさと》の月を[四四]おも

二六 寛文十二年より貞享元年十一月まで長崎で行われた貿易方法。貨物市法売買で舶来品を入札に行く意。 二七 後から下る予定だの意。 二八 銀貨は一箱十貫目入り。 二九 長崎に舶載された薬種・織物・文房具・皮革その他の輸入品の総称。 三〇 長崎丸山の遊女は日本人相手の遊女(日本行)、唐人相手の遊女(唐人行)、和蘭人相手の遊女(和蘭行)とがあった。日本物とは日本行の意で、唐人行・和蘭行に比してすぐれていた。 三一 投銀。在国商人が他人の朱印船に商品や資金を託して間接にその貿易に参加した場合、その資金を投銀と称した。朱印船禁止後は投機的資金の意に用いた。 三二 まもなく。近々に。 三三 京都の祇園会は六月七日と十四日の両日山鉾を渡す。 三四 都の風物を見納めになるが、その思い出になる月鉾の渡る日だ。 三五 月鉾の縁。道の枕詞。 三六 決心したことがある。物語終末への伏線となっている。 三七 神社や寺塔。 三八 神仏に捧げる常夜灯。常夜灯を寄附し。 三九 歌舞伎若衆。 四〇 与え。 四一 身請をして廃業させてやる。 四二 内蔵の中にしまってある金銀財宝はどう使ったらよいのだろう。 四三 仲麿が唐にて故国をしのび「天の原ふりさけ見れば春日なる三笠の山に出でし月かも」と歌った故事をさす。 四四 故郷の月を思いやって深い思慕の情を和歌に詠まれたが。

一 唐土の月。二 道頓堀。ただし三十石船は大坂八軒屋に着船する。これは借切って特別に道頓堀に廻ったものか。三 誠のある至れり尽せりのもてなし。「壺入り」は野郎の宿で遊興すること。四 床から起き上る時。五 今日あって明日は消えてしまう柳に積った雪のようにはかないものだ。六 「元の木阿弥」という諺をもじった。木男は色気のない武骨な男。木強漢。可愛らしくて色気のあった役者も、わずかな間に武骨な男になってしまう。七 当時闘鶏が役者仲間に流行した(男色大鑑八ノ二)。八 役者。柊木兵四郎。初代坂田藤十郎の妹婿。九 舟のすぐそば。一〇 程よい風の吹く穏かな海。「四海波静にて国も治まる時つ風、枝を鳴らさぬ御代なれや…はや住の江に着きにけり」(謡曲、高砂)。一一 長崎市中目貫の通。代官屋敷・牢屋敷があった。一二 宿で休息もしないで。一三 丸山の遊廓は丸山町(遊女屋三十軒、遊女三百三十五人、内太夫六十九人)と寄合町(遊女屋四十四軒、遊女四百三十一人、内太夫五十八人)とあった(長崎土産)。一四 酉の刻より亥の刻まで夜見世があり、女郎格子の間に出て客の目利のため容姿を見せる。一五 唐人行は日本行にくらべ劣っていた。

ひふかくは讀《よま》れしに、我はまた[一]あつちの月思ひやりつると、淀《よど》の川舟《かはふね》大坂の南[二]の岸《きし》に着《つき》て、よき野郎《やらう》の方《かた》に二三日の壺入《つぼ》。[三]こゝろのある亭主《ていしゆ》ぶり。暇乞《いとまごひ》の[四]床《とこ》ばなるゝ時、金子《きんす》五百両《ひやくりやう》送《おく》られける。惣《そう》じて役者子共《やくしやこども》の世《よ》の暮《くら》し、[五]けふあつて明日《あす》は雪《ゆき》の柳《やなぎ》のごとし。きれいにほどなく[六]もとの木男《きおとこ》となりぬ。或時《あるとき》は[七]鶏《にはとり》をすき植木《うえき》をすき、はや其家《そのいゑ》を賣《うり》、京《きやう》に住《すみ》、江戸《ゑど》より大坂に宿《やど》を替《かえ》、一生《しやう》所も定《さだまら》ず。「何の罪《つみ》なき銀もなきもの也」と[八]兵四郎が笑《わら》はせて、[九]舟ばたまでおくられ、風もこゝろして[一〇]時津海浪《ときつうみなみ》をならさず、こゝろざす所の大湊《みなと》に着《つき》にけり。

入口の[一一]桜《さくら》町を見《み》わたせばはやおもしろうなつて來《き》て、[一二]宿《やど》に足《あし》をもためず、すぐに[一三]丸山《まるやま》にゆきて見るに、女郎屋の有様《ありさま》聞及《きゝおよ》びしよりはまさりて、一軒《けん》に八九十人も[一四]見《み》せ懸姿《かけすがた》、[一五]唐人《たうじん》はへだたりて女郎替り

けるとかや。[一六]戀慕《れんぼ》ふかく中〻人の見る事も惜《おし》み、昼夜共《ちうやとも》に[一七]其薬《(その)くすり》を呑《のみ》ては飽《あか》ず[一八]枕《まくら》をかさね侍る。日本人のならぬ事は是《これ》也。[一九]紅毛《おらんだ》は[二〇]出嶋《でじま》によふで戯《たはぶ》れ、[二一]上方の町《まち》宿《やど》へも自由《じゆう》に取《とり》よせ、豊《ゆたか》なる事共《(ども)》こそあれ。京《きやう》にて[二二]色川原色里《いろがはらいろざと》にて一座《ざ》せし人〻、世之介下《くだ》りをめづらしく、女郎共《ども》に能《のう》をさせて御目に懸《かく》るのよし、庭《には》に[二三]常《じやう》舞臺《ぶたい》ありて[二四]囃《はや》しがた地謡《ぢうたひ》もとより、太夫《たゆう》・脇《わき》、番組《ばんぐみ》して[二五]定家《ていか》・松風《まつかせ》・三井寺《みゐでら》かれ是《これ》三番《ばん》、しめやかに物[二六]調子《てうし》一際《きは》ひくうしてなをやさしく、又あるまじき遊興《ゆうけう》也。折節初紅葉《おりふしはつもみぢ》の陰《かげ》に[二七]自在《じざい》をおろし、金《きん》の大燗鍋《かんなべ》もろこしの[二八]酒功讃《しゆこうざん》を遷《うつ》すとて、遊女三十五人おもひ〳〵の出立《(でたち)》、紅《くれな》ゐの[二九]網前《あみまへ》だれ、[三〇]より金《きん》の玉だすき、あや[三一]椙《すぎ》の[三二]おもひ葉《ば》をかざし、[三三]岩井《いは》の水は千代ぞとて亂《みだ》れ遊《あそ》びの[三四]大振舞《ふるまひ》。「我京《われきやう》にて三十五両《りやう》の[三五]鶉《うづら》を焼鳥《やきとり》にして、太夫の肴《さかな》にせし事も今此酒宴《(この)しゆゑん》におどろき、風俗《ふうぞく》も替《かは》りてしほらし」と誉《ほむ》れば、「都《みやこ》の女郎様がたの風情《ふぜい》が見たひ」といふ。「それこそわけ知《しり》の世之介様に[三六]尋《たづね》られ」といふ。「幸《さいはい》このたび持《もた》せたる物有《(あり)》」とて長櫃《ながびつ》十二さほ運《はこ》ばせ、此中《(この)》より太夫の[三七]衣裳人形《いしやうにんぎやう》、京で十七人、江戸で八人、大坂で十九人、彼舞臺《かのぶたい》に名書《なかき》てならべける。めい〳〵の[三八]仕出し・顔《かほ》つき・腰《こし》つきひとり〳〵[三九]替《かはり》て、所によりて是《これ》は誰《たれ》それはどなた、いづれかいやらしきはあらず。長《なが》崎中寄《さきぢうよつ》て[四〇]詠《なが》め暮《くら》しつ。

一六 唐人は悋気深く、その買い切った女郎が他の男と物言うのを嫌った。一七 催淫薬。唐人が淫薬を呑んで淫縦であるとは当時の俗信。一八 情交を重ねる。唐人は気に入った女郎を帰航の日まで一ヵ月も二ヵ月も買い切り、或は五日、十日とつづけて買い、一夜限りということはなかった。一九 オランダ人。二〇 長崎江戸町海岸の埋立地でオランダ商館を置く。元禄十三年まで丸山の遊女は夕方出島に入り翌朝丸山に帰るを例とした。二一 出島に対した長崎市中を上方という。元禄二年唐人屋敷の設けられるまで唐人宿に丸山の遊女を呼んで遊興した。二二 四条河原と島原。二三 丸山の女郎屋は中二階の五六間四方の能舞台を中心に四方に二階建の棟続きに各女郎の定部屋があり、客の所望により女郎が演能した。二四 囃子を演奏する役者。二五 「定家」「松風」は三番目物、「三井寺」は四番目物。二六 謡・囃子も一段低くして。こんな廓ではまたと見ることができない遊興である。二七 自在鉤。炉上に物を自在につるすもの。二八 酒の功徳を礼讃した白楽天の詩文。二九 未詳。三〇 金糸をいう。金箔を絹糸又は綿糸によりつけたもの。三一 松杉科の灌木。三二 未詳。三三 「千代のためしを松蔭の岩井の水は薬にて」(謡曲、養老)による。三四 多くの客を招いて饗宴すること。三五 当時鶉の鳴声を賞玩することが流行して高価に売買された。三六 たずねられよ。三七 衣裳を着せた木彫の人形。三八 衣裳つき。三九 「物の名も所によりてかはりけり難波の蘆は伊勢の浜荻」(尤の草紙)による。四〇 「起きもせず寝もせで夜をあかしては春のものとて眺めくらしつ」(伊勢物語二)。

[一]床《とこ》の責道具《せめだうぐ》

[二]合《(がふ)》貮万五千貫目、母親《はゝおや》より[三]ずいぶん遣《つか》へと譲《ゆづ》られける。明暮《あけくれ》たはけを盡《つく》し、[四]それから今まで二十七年になりぬ。まことに廣《ひろ》き世界《せかい》の遊女町《ゆうじよまち》残《のこ》らず詠《なかめ》めぐりて、身《み》はいつとなく戀《こひ》にやつれ、ふつと浮世《うきよ》に今といふ今こゝろのこらず親《おや》はなし、子はなし、定《さだま》る妻女《さいぢよ》もなし。倩《つら〳〵》念《おもん》見るに、いつまで色道《しきだう》の[五]中有《ちうう》に迷《まよ》ひ[六]火宅《くはたく》の内《うち》のやけとまる事をしらず。すでにはや、くる年は[七]本卦《ほんけ》にかへる。ほどふりて[八]足弱車《あしよはぐるま》の音《をと》も[九]耳《みゝ》にうとく、[一〇]桑《くは》の木《き》の杖《つゑ》なくてはたよりなく、次第《しだい》に[一一]笑《おか》しうなる物かな、おれ計《ばかり》にもあらず[一二]見及《およ》びし女のかしらに[一三]霜《しも》を戴《いたゞ》き、[一四]額《ひたい》にはせはしき浪《なみ》のうちよせ、[一五]心腹《こゝろばら》の立《たゝ》ぬ日もなし。[一六]傘《かさ》さし懸《かけ》て[一七]肩《かた》くまにのせたる娘《むすめ》も、はや男《おとこ》の氣《き》に[一八]入世《(いり)せ》帯姿《たいすがた》となりぬ。[一九]うつれば替《かは》つた事も何か此《(この)》うへには有《(ある)》べし。今まで[二〇]願《ねが》へる種《たね》もなく、[二一]死《しん》だら鬼《おに》が喰《くは》ふまでと、[二二]俄《にはか》にひるがへしても有難《ありがた》き道《みち》には入難《(いり)がた》し。

あさましき身の行末《ゆくすへ》、是《これ》から何になりとも成《(なる)》べしと、ありつる寶《たから》を投捨《なげすて》、殘《のこ》りし金子《きんす》六千両《りやう》東山《ひがしやま》の奥《おく》ふかく堀埋《ほりうづ》めて、其《(その)》上に[二三]宇治石《うぢいし》を置《をき》て朝顔《あさがほ》のつるをは

一 催淫具及び催淫薬。 二 巻四ノ七「火神鳴の雲がくれ」(一二六頁)参照。 三 思うままに。 四 三十四歳より六十歳まで。 五 死後四十九日間未来の生を受けないで迷っている間。中陰。ここは色道に夢中になっていることをさす。 六 火宅の縁語。色狂いを思いとまること。 七 生れ年の干支と同じ干支の年に廻り合うこと。六十一年目に来るので六十一歳を本卦帰りという。 八 車輪の堅固でないものと、老幼婦女を足弱というのにかける。 九 足弱車の音もよく聞けなくなり、即ち耳が遠くなり。 一〇 老人用の杖。桑の木は薬用になるので不老長寿を祝って杖に作る。 一一 見苦しくなる。 一二 接して来た女。 一三 白髪が生えること。 一四 額にはしわが寄り。 一五 自分自身に愛想がつきて腹が立ち、むかむかする。「随縁真如の波の立たぬ日もなし」(謡曲、江口)による。 一六 当時は小児の外出には乳母が鶴亀松竹などの模様のついた日傘をさしかけてつきそった。 一七 肩車。 一八 世帯じみた姿。もう縁づいて一家の主婦になっているの意。 一九 世態の変遷推移する意の「うつればかはる世の習」というが、これ以上に変遷のはげしいものはあるまい。 二〇 後世安楽を願う種となるべき慈悲善行或は信仰。 二一 地獄におちて鬼の餌食になるまでだ。 二二 心を入れかえても。 二三 宇治山から茶磨石を産する。

二四 長者伝説の一に、その末期に臨んで朱・漆・金鶏などの金銭財宝を埋め、一首の歌を詠んだという。普通「朝日さす夕日かかやく樹のもとに黄金千両漆万杯」というが、いろいろ歌形は変ったものがある。 二五 木津川と百間堀川の合流点に出来た三角洲をいう。戎島の東向いの島。後には上略して江の小島と呼ぶ。舟大工多く住み造船に従事。 二六 輪に長い布を張って風に吹きなびかせるようにしたもの。吹き流し。挿絵参照。 二七 六条三筋町の名妓吉野。巻五ノ一（一二八頁注一）参照。 二八 形見の意。 二九 馴染んだ。 三〇 未詳。 三一 遊女評判記の類。 三二「女の髪筋をよれる綱には大象もよくつながれ」（徒然草九）。 三三 強精に効あり。 三四・三五・三六 いずれも強壮に効あるもの。 三七 変質しないように貯蔵すること。 三八 船の上棚にある船梁をいう。櫓をかける。 三九 強壮剤。六味丸とも。 四〇 催淫薬。女悦丸とも。 四一 鳩の卵大の金属製の玉二個を一対とし、中空でラセン状の針金に水銀を若干入れてあり、振れば微妙な顫音が出る。閨房用具。 四二 閨房用具。未詳。 四三 表面にイボの沢山ある輪。なまこを干して輪切にして作ったもの。金属製もある。閨房用具。 四四 水牛の角製の張形。張形を御姿という。一一六頁注一六参照。 四五 錫製の張形。 四六 革製の張形。 四七 春画。 四八 当時誨淫の書と見なされていた。 四九 延紙の鼻紙。閨紙に用いる。 五〇 紙は五十斤が一丸。 五一 閨房用の油。

はせて、かの石《いし》に一首《しゅ》きり付《(つけ)》て讀《よめ》り、「[二四]夕日影朝顔《かげあさがは》の咲《さく》其《(その)》下に六千両の光残《ひかりのこ》して」と欲《よく》のふかき世の人にかたられけれ共《(ども)》、所はどこともしれ難《がた》し。それより世之介はひとつこゝろの友《とも》を七人誘引《さそひ》あはせ、[二五]難波江《なにはゑ》の小嶋にて新《あたら》しき舟つくらせて、好色丸《よしいろまる》と名《な》を記《しる》し、緋縮緬《ひぢりめん》の[二六]吹貫是《ふきぬきこれ》はむかしの太夫[二七]吉野《よしの》が[二八]名殘《なごり》の脚布《きやふ》也。縵幕《まんまく》は[二九]過《すぎ》にし女郎より念記《かたみ》の着物《きるもの》をぬい継《つが》せて懸《かけ》ならべ、[三〇]床敷《とこじき》のうちには[三一]太夫品定《しなさだめ》のこしばり、[三二]大綱《つな》に女の髪《かみ》すぢをよりまぜ、さて臺所《だいどころ》には生舟《いけぶね》に[三三]鰌《どじやう》をはなち、[三四]牛房《ごばう》・[三五]薯蕷《やまのいも》・[三六]卵《たまご》を[三七]いけさせ、[三八]櫓床《ろどこ》の下には[三九]地黄丸《ぢわうぐはん》五十壺《つぼ》、[四〇]女喜丹《によきたん》貮十箱《はこ》、[四一]りんの玉三百五十、[四二]阿蘭陀糸《おらんだいと》七千すぢ、[四三]生《な》海鼠輪《まこわ》六百懸《かけ》、[四四]水牛《すいぎう》の姿《すがた》二千五百、[四五]錫《すゞ》の姿《すがた》三千五百、[四六]革《かは》の姿《すがた》八百、[四七]枕繪《まくらゑ》弐百札、[四八]伊勢物《いせもの》がたり貮百部《ぶ》、犢鼻褌《ふんどし》百筋《すぢ》、[四九]のべ鼻紙《はながみ》九百丸、[五〇]まだ忘れたと[五一]丁子《てうじ》の油《あぶら》を

貳百樽《たる》、[一]山椒薬《さんせうぐすり》を四百袋《しひやくたい》、[二]ゐのこづちの根《ね》を千本、[三]水銀《みづかね》・[四]綿實《わたざね》・[五]唐《たう》がらしの粉《こ》、[六]牛膝《ごしつ》百斤《きん》、其外色《そのほかいろ》〻品《しな》〻の責道具《せめだうぐ》をとゝのえ、さて[七]又男《またおとこ》のたしなみ衣裝《いしやう》、産衣《うぶぎ》も数《かず》をこしらえ、「これぞ二度都《ふたたびみやこ》へ帰《かへ》るべくもしれがたし。いざ途首《かどいで》の酒《さけ》よ」と申せば、六人の者《もの》おどろき「爰《こゝ》へもどらぬとは、何國《いづく》へ御供《とも》申《(まうし)》上る事ぞ」といふ。「されば、浮世《うきよ》の遊君《ゆうくん》・白拍子《しらびやうし》・戯女《たはれめ》見《み》のこせし事《こと》もなし。我《われ》をはじめ此《(この)》男《おとこ》共《(ども)》[八]こゝろに懸《かゝ》る山もなければ、是《これ》より女護《によご》の嶋《しま》にわたりて、[九]抓《つかみ》どりの女を見せん」といへば、いづれも歡《よろこ》び、「譬《たとへ》ば[一〇]腎虚《ぢんきよ》してそこの土《つち》と成べき事。たまく[一一]一代男《おとこ》に生《むま》れての、それこそ願《ねが》ひの道なれ」と戀風《こひかぜ》にまかせ、伊豆《いづ》の國《くに》より日和《ひより》見すまし、天和《てんわ》二年神無月《かみなづき》の末《すへ》に[一二]行方《ゆきがた》しれず成《なり》にけり。

一 催淫剤。
二・三・四・五・六 いずれも堕胎薬。
七 伊達衣裳。流行衣裳。
八 「出づるとも入るとも月を思はねば心にかゝる山の端もなし　夢窓国師」(風雅集)、「心にかゝる雲もなし」(謡曲、竹生島)。
九 手あたり次第にとること。多くむさぼり取ること。
一〇 房事過度のため精液がなくなること。
一一 一生定まる妻もなく子なき男。
一二 「不死の薬は与ふべし、暫くここに待てしばし、柴山の雲となつて立ちのぼる富士の嶺の行き方知らずなりにけり」(謡曲、富士山)。

[13]二柱のはじめは[14]鏡臺の塗下地《ぬりしたち》とおぼえ、[15]稲負鳥《いなおほせどり》は羽のなひ牛の事かと、吾すむ里は津國《つのくに》[16]櫻塚の人にたづねても、[17]空耳潰して天に指さし地に[18]土け放れず、[19]臂をまげて[20]桔槹の水より外をしらず、ひろき[21]巨波《なには》の海に手はとゞけ共、人のこゝろは斟《くみ》がたくてくまず。或時[22]鶴翁の許に行て穐の夜の樂寐《らくね》、月にはきかしても余所には漏《もれ》ぬむかしの[23]文枕とかいやり捨られし中に、[24]轉合書のあるを取集て[25]荒猿にうつして[26]稲臼を挽、[27]藁口鼻に讀てきかせ侍るに[28]娌誘田より[29]闕《かけ》あがり大笑ひ止ず[30]鍬をかたげて手放つぞかし。

落月菴西吟

天和二壬戌年陽月中旬

大坂思案橋荒砥屋

孫兵衞可心板

一三 イザナギ・イザナミの二神を二柱の神という。

一四 鏡台の鏡掛けは二本の柱でできている。初めであるから、まだ漆の塗ってない下地のままの鏡台の柱と言ったのである。

一五 古今伝授三木三鳥の一。「いなおほせ鳥、是は切うしの事ともいふ也。口伝せきれいの鳥也」(西鶴、俳諧之口伝)。

一六 摂津豊島郡桜塚。西吟は延宝四年頃この地に落月庵を建てて住んだ。

一七 聞いて聞えぬ風をすること。

一八 泥臭さ。野暮さ。

一九 「飲レ水曲レ肱而枕レ之、楽亦在二其中一」(論語、述而篇)。

二〇 はねつるべ。

二一 難波。巨は難に通用。

二二 西鶴の別号。

二三 文を丸めて枕とすること。

二四 転業書。いたずら書き。

二五 「あらまし」の慣用字。

二六 もみすり臼。

二七 農家の女。

二八 よめそしりだ。諸国に嫁誇堤・嫁殺し田・嫁が田の伝説あり、いずれも嫁の悪口を言って歩く堤、或は嫁に広い田を田植させて殺してしまった田の意であるが、桜塚にあったかどうか不明。

二九 駈け上り。

三〇 茫然自失のさまをいう諺。

好色五人女

堤　精　二　校注

ひめぢニ
すげがさ

好色五人女

ゑ入 一

好色五人女　巻一

姿姫路清十郎物語

目　録

一 恋愛は人を盲目にするという意の諺。西鶴は恋の逢瀬には闇が好都合だの意に用いている。闇につづけて次の夜が出る。二 あたかも昼のように灯火を多くともした世界の意味で遊里を指す。それと、利瑪竇の坤輿万国図説にある、住人が夜遊び昼隠れるという鬼国をいいかけている。三 海・舟・浪枕・湊は縁語。「天下泰平の をりふしなれば…室の海、波ものどけき春の夜の」(謡曲、室君)によったものであろう。四 節分の夜宝舟の摺物を床の下に敷いて吉夢を祈り、悪夢を見た時に水に流す風習がある。これを春の海の縁によって出し、さらに宝舟と枕の縁語関係で浪枕に続ける。五 播磨揖保郡にある港。一目玉鉾に「此室の入海は西国第一の舟がかり、湯風呂あまた有、遊女町さかりて風義のよき所也」と説明している。六 売人。あきんど。七 室津の酒商であるが未詳。八 在原業平。九 写絵。写生画。業平をうつしたその肖像画よりも優れているの意。一〇 女の好くような容姿。一一 遊蕩にすっかり身をうちこみ。一二 室津の遊里については、一代男五ノ三(一三五頁)にくわしい。一三 関係をもたない遊女はいない。一四 遊女が客に与える心中立の誓紙。一五 多くの束。一六 心中立のために遊女が小指からそぎ取って客に贈った爪。一七 同じく心中立のために遊女は客に髪を切って贈った。一八「されば女の髪すぢをよれる綱には大象もよくつながれ」(徒然草九)によって、この大綱を見たら、どんな嫉妬深い女でも、却って心ひかれるだろうの意。一九 遊女から客に贈る手紙。二〇 遊女から客に贈る小袖で、遊女の定紋をつける場合と、客の定紋をつける場合があった。二一 三途川のほとりの衣領樹の下で亡者の衣をはいで樹上の懸衣翁にわたすと仏説にいう奪衣婆。二二 大坂の高麗橋筋。当時古着屋が多かった。二三 余り数が多くて値段がつけられまい。二四 遊女と戯れることを浮世狂いといったことにより、ここでは遊女からの贈物を収めておく蔵の意。二五「あがりを請べき」とあるところ。当時の慣用語法である。安値の時に買い込み、値の上るを待って売り払い差額を儲けること。二六 勘当を公にする場合、町中五人組に届けて、町役人同道でその支配の奉行所に出頭し、公儀の帳面に被勘当者の名を記録する。この帳面を俗に勘当帳という。ここは、間もなく正式に勘当されるだろうの意。二七「まことに愛著の道、その根深く源遠し。六塵の楽欲多しといへども、皆厭離しつべし。其の中にたゞかの惑ひの一つやめがたきのみぞ、老いたるも若きも、智あるも愚かなるも、変る所なしと見ゆる」(徒然草九)。二八 無用の奢りの諺。二九 鬼国の意。または一年中暗黒の夜国の意か。三〇 番太郎。町中の自身番に雇われて夜警などの雑役に服する。夜警の際、京・江戸では拍子木をうち、大坂では太鼓をたたいて時を知らせた。三一 蝙蝠は昼は隠れ夜飛び廻るからここに点出した。三二 遊女に付き添い、その監督、客への取持ちをする老女。三三 陰暦七月中供養のため辻々に店を開き、往来の人に茶を施した。摂待ともいう。

[一]戀は[二]闇夜《やみよる》を昼《ひる》の國

[三]春の海しづかに、[四]寶《たから》舟の浪枕《なみまくら》、[五]室津《むろつ》はにぎわへる大湊《みなと》なり。爰《(こゝ)》に酒つくれる[六]商人《ばいにん》に[七]和泉《いづみ》清左衞門といふあり。家榮《さかへ》て萬《(よろづ)》に不足なし。然《(しか)》も男子に清十郎とて、自然《しぜん》と生《(うまれ)》つきて、[八]むかし男《をとこ》を[九]うつし繪《ゑ》にも増《まさ》り、其《(その)》さまうるはしく、[一〇]女の好《すき》ぬる風俗《ふうぞく》、十四の秋より[一一]色道に身をなし、[一二]此《(この)》津の遊女八十七人有《(あり)》しを、いづれか[一三]あはざるはなし。[一四]誓紙《せいし》[一五]千束《ちつか》につもり、[一六]爪《つめ》は手箱にあまり、[一七]切《きら》せし黒髪《くろかみ》は大綱《づな》になはせける。[一八]是《(これ)》にはりんき深《ふか》き女もつながるべし。毎日の[一九]屆文《とどけふみ》ひとつの山をなし、[二〇]紋《もん》付の送り小袖其《(その)》まゝにかさね捨《(すて)》し。[二一]三途《づ》川の姥《うば》も是《(これ)》みたらば欲《よく》をはなれ、[二二]高麗橋《かうらいばし》の古手屋も[二三]ねうちは成《(なる)》まじ。[二四]浮《うき》世藏《(よぐら)》と戸前に書付《(かきつけ)》てつめ置《(おき)》ける。[二五]「此《(この)》たはけいつの世にあがりを請《(うく)》べし、追付《(おつつけ)》[二六]勘當《かんだう》帳に付《(つけ)》てしまふべし」と、見る人是《(これ)》をなげきしに、[二七]やめがたきは此《(この)》道、其《(その)》比はみな川といへる女郎に相馴《あいなれ》、大かたならず命《いのち》に掛《(かけ)》て、人のそしり世の取沙《(とりさ)》汰《た》なんともおもはず、[二八]月夜に灯燈《ちやうちん》を昼ともさせ、座敷の立具さし籠《(こめ)》、[二九]昼のない國をしてあそぶ所に、こざかしき太《たい》鞁《こ》持《(もち)》をあまたあつめて、[三〇]番太が拍子《ひやうし》木、[三一]蝙蝠《かうふり》の鳴《(なき)》まね、[三二]やりてに[三三]門茶《(かどちや)》を燒《たか》せ

て、一哥念仏を申《まうし》、死《しに》もせぬ久五郎二がためとて三尊霊《そんれう》の棚《たな》を祭《まつり》、四楊枝《やうじ》もやして送り火の影《かげ》、夜《よる》するほどの事をしつくして、後は五世界《せかい》の圖《ず》にある裸嶋《はだか》とて、家内《や(うち)》のこらず、女郎はいやがれど、無理に帷子《かたびら》ぬがせて、六肌《はだ》の見ゆるをはじける。中にも吉崎《よしさき》といへる七十五《かこい》女郎、年月かくし來《きた》りし腰骨《こしほね》の八白なまず九見付《みつけ》て、一〇生《いき》ながらの弁才天様と、座中拝《おが》みて興覚《けうさめ》ける。其《(その)》外、一一氣をつくる程見ぐるしく、後は次第にしらけておかしからず。

かゝる時、清十郎親仁腹立《をやぢはらだち》かさ成《(なり)》、此《(この)》宿にたづね入《(いり)》、一二思ひもよらぬ俄《にはか》風、荷《に》をのける間《ま》もなければ、「是《(これ)》で焼《やけ》とまります程にゆるし給へ」と、さまゞ詫《わび》ても聞《(きか)》ず、「一三兎角《とかく》はすぐにいづかたへもお暇《いとま》申《(まうし)》て、さらば」とてかへられける。みな川を始《はじめ》女郎泣《なき》出《だ》して一四わけもなふなり

一念仏に節をつけて唄ったもの。当時この歌念仏の節で浄瑠璃の文句などをも唄っている。ここは盆会に関係深い門茶から歌念仏に続けている。二揚屋の男衆の名であろう。三盂蘭盆に真菰を敷いて供物を供えるため仏前に作る棚。四七月十六日の夜、聖霊送りのために門前で苧殻を焚く。ここでは苧殻の代りに楊枝を焼いた。楊枝は今の爪楊枝でなく、長さ四五寸の房楊枝。五裸島は近世初頭に行われていたシナ系統の世界地図に、小人島・女護島などと共に記されている。当時日本の東千余里の海上に裸身不衣之国があるとされていた。六主格が変っている。女郎が肌のあらわれることを恥じるのである。七囲・鹿恋とも書き、太夫・天神の次に位する遊女。はじめ囲女郎の揚代は十四匁であったが、後十五匁にあがり、囲の字に十五をあてることとなった。西鶴の頃は島原の囲女郎の揚代は十八匁、地方では十六七匁になっている。八鯰の形に似た斑点を生ずる皮膚病で、白い斑点を生ずるものを白鯰という。九ここも注六と同様主格が急に変っている。人々が見つけたのである。一〇色素欠乏症の癜(なまず)を鯰に見立てた洒落。鯰は竹生島弁才天の使女という俗説に基き、鯰と弁才天は俳諧の付合となっている。一一注意して見れば見るほど。一二ここは突然親仁が現われたことを急火にたとえ、乱れた座を直す隙のない様を火事の縁で「荷をのける間もない」ととりなし、放蕩を止めることを「焼けとまる」と言いかけたもの。一三「弁解は無用、すぐにどこへなりとも立退け」と清十郎に言う言葉と、一同に対して「どちら様へも御無礼致しました」と暇を告げ、「さらば」と帰ったことをかけている。一四散々の体になった。

一五 腰が細くくびれ、本末の太さのひとしい瓢箪を当時後先知らずの洒落から「闇の夜」と呼んで珍重した。ここは向う見ずの男に付けられた名である。 一六 男は裸でも百貫の値打があるという意味の諺。 一七「てゝら」の誤刻か。「てゝら」は褌で、裸の縁で洒落たものと見るべきであろう。なお、「てら」を「てら宿」と解し、すなわち「博奕宿をしても」とする説もある。 一八 狼狽なさるな。 一九 治介の言ったこの軽口を酒の肴にして。 二〇 せめてのことに。 二一 太夫・天神・十五などの上級の遊女を招いて遊ぶ家。 二二「げん」は験・しるし。勘当の効果があらわれて。 二三 吸物のもう出てよい時分なのに出さないので、膳の上が淋しい。露骨な揚屋の冷遇である。 二四 茶を飲もう。茶が飲みたい。 二五 天目は天目茶碗。一つずつ運ぶのが礼儀であるのに、両手に一つずつ持って来た。相手を見下げた無作法な仕方。 二六 茶を運んで来た帰りがけに、灯火を暗くして行く。灯心は数本寄せ集めて灯す。 二七 揚屋から女郎それぞれの名を呼んで、引きとらせる。 二八 遊興する宿。色茶屋。室津では風呂屋が揚屋であり、ここに遊女を呼んで遊んだ。 二九 一歩小判は一歩小判金の略語で一歩金に同じ。長方形の小さな金貨幣で一両の四分の一。人がちやほやするのは金のある間だけの意。 三〇 涙にくれていると。悲嘆に沈んでいると。 三一 口惜しいとばかりで、後は何も言わぬものの、その言葉の中に死を決している気配がはっきりと見えた。 三二 皆川に心中しようと言いかけるのが悲しく。「かなしく」は情意的形容詞であるが、この種の形容詞は西鶴の場合、往々にして目的語をとっている。 三三 顔色から心中を見ぬき。気配を察して。

ける。太鞁持《たいこもち》の中に[一五]闇《やみ》の夜の治介といふもの少《すこし》もおどろかず、[一六]「男は裸《はだか》が百貫、たとへ[一七]てらしても世はわたる。清十郎様[一八]せき給ふな」といふ。此《この》中にもおかしく、[一九]是《これ》を肴《さかな》にして又酒を呑《のみ》かけ、[二〇]せめてはうきをわすれける。

はや[二一]揚《あげ》屋には[二二]げんを見せて、手扣《たたき》ても返事せず、[二三]吸《すい》物の出時《でとき》淋《さび》しく、[二四]「茶のも」といへば[二五]兩の手に天目二つ、[二六]かへりさまに油火の灯心《とうしん》をへしてゆく、[二七]女郎それ〳〵に呼《よび》たつる。さても〳〵替《かはる》は[二八]色《いろ》宿のならひ、[二九]人の情は一歩小判《ぶこばん》あるうちなり。みな川が身にしてはかなしく、ひとり跡《あと》に残り、[三〇]泪《なみだ》に沈《しづ》みければ、清十郎も[三一]口惜《くちをし》きとばかり、言葉も命《いのち》はすつるにきはめしが、[三二]此《この》女の同じ道にといふべき事をかなしく、とやかく物思ふうちに、みな川[三三]色を見すまし、「かた様は身を捨《(すて)》給はん御氣色、去迚《さりとて》は〳〵おろかなり。我《(わが)》身事もともにと申《(まうし)》たき事なれ共《(とも)》、[一]いかにしても世に名残あり。[二]勤《つとめ》はそれ〳〵に替《かはる》心なれば、[三]何事も昔《むかし》〻、是《(これ)》迄《(まで)》」と立行《(たちゆく)》。さりとは[四]おもはく違《ちが》ひ、清十郎も[五]我《が》を折《(をつ)》て、「いかに[六]傾城《けいせい》なればとて、今迄のよしみを捨《すて》、淺《あさ》ましき心底、かうは有《(ある)》まじき事ぞ」と、泪をこぼし立出《(たちいづ)》る所へ、みな川[七]白裝束《しらしやうぞく》してかけ込《(こみ)》、清十郎にしがみつき、「死《しな》ずにいづくへ行給《(ゆきたま)》ふぞ。[八]さあ〳〵今じや」と、剃刀《かみそり》一對出《つい(いだ)》しける。清十郎又[九]さしあたり、是《(これ)》はと悦《よろこ》ぶ時、皆〻出合《(であひ)》、兩方へ引《(ひき)》わけ、皆川は[一〇]親かたの許《もと》へ連《つれ》かへれば、清十郎は人〻取《(とり)》まきて、[一一]内への御詫言《わびごと》の種《たね》にもと、[一二]旦那寺《(だんなでら)》の[一三]永興院《ゑいかうゐん》へおくりとゞける。其《(その)》年は[一四]十九、出家の望哀《のぞみあわれ》にこそ。

[一五]くけ帯《おび》よりあらはるゝ文《ふみ》

[一六]「やれ今の事じやは、[一七]外科《げくは》よ[一八]氣付《(きつけ)》よ」と立《(たち)》さはぐ程に、「何事ぞ」といへば、「皆川[一九]ぢがい」と皆〻なげきぬ。[二〇]「まだどうぞ」といふうちに[二一]脉《みやく》があがるとや。さても是非《ぜひ》なき世や。十日あまりも此《(この)》事をかくせば、清十郎死《しに》おくれて、[二二]つれなき人の命、[二三]母人の申《(まうし)》されし一言に、[二四]おしからぬ身をながらへ、永興院《ゑいかうゐん》をし

一 何としてもまだこの世に未練がある。二 客商売は客次第でその時その時にしたがって心の変るものだの意。三 今までのことは、何事も昔話として、貴方との御縁もこれまでと思い切り、きれいに別れましょう。四 予想が外れること。見当違い。五 止むをえずあきらめること。あきれて。六 元来は美人の意であるが、転じて遊女の意。七 自殺する時の服装。「しら」は「しろ」というのが正しい。八 今がよい機会だ。さあ今すぐに。九 突然。思いがけず。とっさに驚く意。一〇 置屋の主人。皆川抱えの主人。一一 親元。一二 檀那寺。自分の家の帰依している寺。菩提寺。一三 所在未詳。一四 悉陀太子(釈迦)が十九歳で出家したという仏説にもとづいたもの。

一五 くけ合せて仕立てた帯。一六 たった今の出来事だ。一七 外面に出る腫物を治療する医者。金創(切り傷)の治療をも兼ねていたが、内科専門の本道医に比し一段低く見られていた。一八 気付け薬。金創の重いものは、まず気付け薬を投じてから治療に当る。一九 自害。自殺。二〇 まだ今の中なら何とかならないか。二一 脈が絶える。こときれる。二二 死のうと思っても自分の自由にならないのが人間の命。二三 母者人。母親。二四 生き甲斐のない命。生きていても面白くない身。

のび出《いで》、同國姫路《ひめぢ》によしみあれば、ひそかに立《たち》のき、爰《こゝ》にたづねゆきしに、むかしを思ひ出《いだし》てあし[二五]くはあたらず、日数ふりけるうちに、但馬《たじま》屋九右衛門といへるかたに、[二六]見せをまかする手代を[二七]たづねられしに、[二八]後《あと》ゝはよろしき事にもと[二九]頼《たのみ》にせし宿の[三〇]きもいられて、はじめて奉公の身とは成《なり》ける。

[三一]人たるものゝそだちいやしからず、こころざしやさしく、すぐれてかしこく、人の氣に入《いる》べき風俗《ふうぞく》なり。殊に[三二]女の好《すけ》る男ぶり、いつとなく[三三]身を捨《すて》、戀にあきはて、明《あけ》くれ[三四]律義《りちぎ》かまへ勤《つとめ》けるほどに、亭主《ていしゆ》も萬事をまかせ、[三五]金銀のたまるをうれしく、清十郎をすへ〴〵頼《たのみ》にせしに、九右衛門妹《いもうと》におなつといへる有《あり》ける、其《その》年十六迄[三六]男の色好《いろこのみ》ていまに定る縁《ゑん》もなし。[三七]されば此《この》女、[三八]田舎にはいかにして、都にも素人《しろうと》女には見たる事なし。[三九]此《この》まへ嶋原に上羽《あげは》の蝶《てう》を紋《もん》所に付《つけ》し太夫有《あり》しが、それに[四〇]見増《みます》程成《なる》美形《びぎやう》と、京の人の語《かたり》ける。[四一]ひとつ〳〵いふ迄もなし、[四二]是《これ》になぞらへて思ふべし。[四三]情《なさけ》の程もさぞ有《ある》べし。[四四]有《ある》時、清十郎[四五]竜門《りうもん》の不斷帶《ふだんをび》、[四六]中ゐのかめといへる女にたのみて、[四七]「此《この》幅《はゞ》の廣《ひろき》をうたてし、よき程にくけなをして」と頼《たのみ》しに、そこ〳〵にほどきければ、[四八]昔《むかし》の文名殘《なごり》ありて、取乱《とりみだ》し讀《よみ》つゞけけるに、紙数十四五枚有《あり》しに、當名《あてな》皆清《みなきよ》さまと有《あり》て、[四九]うら書《がき》は違《ちが》ひて、[五〇]花鳥・うきふね・小太夫・明石《あかし》・卯の葉・筑前《ちくぜん》・千壽《せんじゆ》・長刕《しう》・市之丞・こよし・

二五 粗末にはもてなさず。優遇して。 二六 店に出て商売を切り廻す手代。将来見世の支配を任せることの出来るような手代。面(おもて)手代。 二七 探し求めていたが。 二八 将来きっと都合の好いことにもなろうと。 二九 清十郎が世話になっている家。 三〇 斡旋してくれて。 三一 相当の人としての。一人前の男としての。 三二 女好きのする男前。 三三 身だしなみもせず。 三四 実直に振舞い。 三五 金銀のたまるをうれしく思い。 三六 色は容色、器量。男の器量をあれこれえり好みをして。 三七 「さて」程度の軽い意味の西鶴の慣用語。 三八 田舎は勿論のこと。 三九 室町六条に遊廓があった頃の太夫、二代目葛城の定紋が揚羽の蝶であった。 四〇 見勝るほどの美人。美形は普通ビケイと読む。 四一 容姿について一々取り上げて説明するまでもない。 四二 この京の人の話に準じて想像するがよい。 四三 情愛の深さ。 四四 或時を有時とするのは、当時の慣用である。 四五 地質厚く、光沢なく、織目が斜に入っている絹織物。質が強いので帯地にする。中国及び朝鮮の産。 四六 もと中居の間に仕えた女中を御中居と称したことにより、当時中通りの女とも言って、上女中と下女の間に使われる女をいう。 四七 当時、広幅帯は遊び人の間の流行で、堅気な奉公人には向かない。 四八 むかし女となじんだ思い出の手紙がくけ込んであって。 四九 手紙の裏に差出人の名前を書くこと。表書(うわがき)の対。 五〇 以下は室津の遊女の名。遊女の名をこのように羅列するのは西鶴のしばしば行う用法である。たとえば、一代男七ノ七(一九七頁)など。

松山・小左衛門・出羽・みよし、みな〱一室《むろ》君の名ぞかし。いづれを見ても、皆女郎のかたよりふかく二なづみて、三氣をはこび、四命をとられ、五勤《つとめ》のつやらしき事はなくて、誠《まこと》をこめし筆のあゆみ、「是《これ》なれば傾城《けいせい》とてもにくからぬものぞかし。又此《この》男の身にしては六浮世《うきよ》ぐるひせし甲斐《かい》こそあれ。さて七内證《ないしやう》にしこなしのよき事もありや。女のあまねくおもひつくこそゆかしけれ」と、いつとなくおなつ清十郎に思ひつき、それより明暮《あけくれ》心をつくし、八魂《たましゐ》身のうちをはなれ、清十郎が懐《ふところ》に入《いり》て、我《われ》は九現《うつゝ》が物いふごとく、一〇春の花も闇《やみ》となし、秋の月を昼となし、雪の曙《あけぼの》も白くは見えず、一一夕されの時鳥《ほとゝぎす》も耳に入《いら》ず、盆《ぼん》も正月もわきまへず、後は我を覚《おぼえ》ずして、一二恥《はぢ》は目よりあらはれ、一三いたづらは言葉にしれ、世になき事にもあらねば此首尾《このしゆび》一四何とぞと、一五つき〲の女も哀《あは》

一 室津の遊女。二 恋いしたって。執心して。三 夢中になる。四 命を投げ出し。五 遊女が商売柄の御世辞で言っているようなところは少しもなく。「つやらし」は、見せかけをよくすること。六 遊女相手の放蕩。七 内々どこかに味なところがあるのだろうか。八「あかざりし袖のなかにや入りにけむ我魂のなき心地する　みちのく」(古今)による。九 清十郎に魂を奪われて、お夏自身はまるでぬけがらが物を言っているようでの意。「うつゝ」は「夢うつゝ」から生じた誤用で、夢心地、ぼんやりしたさまをいう。一〇「花夜となる月昼となる　名を呼れ春行夢のよみがへり　(自註)爰はまた人の正気うせし夢のごとく、しれぬ山辺に心も闇く、昼の花夜と成、夜る見る月の昼と成」(西鶴自註独吟百韻)の説明の如く、精神朦朧とした有様をいう。

一一「夕さり」の訛。夕方。一二 清十郎を恋慕する気持が目つきにあらわれて。一三「いたづら」はいたずら心。恋情。清十郎を慕う気持は言葉の端々でもそれとわかる。一四 何とかうまく成就させてやりたい。一五 お夏の側仕えの女達。一六 お居間ともいい、物を縫う女奉公人。一七 太い針を用いて爪のはえぎわと上の節の間を破り、血を絞って文を書くことを血文といい、心中立の一種である。はじめ傾城の心中立の方法であったが、のちに素人女にも真似られた。一八 男の筆蹟。一九 主人の側に仕え、又外出の供をするのが腰元の役目であるから、店にまで茶を運ぶ必要はなかった。二〇「苦しからざりし」とあるべきところ。当時「し」とあるべきところを「き」と書くのは慣用のようである。二一 当時姥には本乳母と抱き守りだけをする抱乳母とがあった。二二 貴人の男子を「わこ」という。

二三 かこつけて。二四「役に立ず」で一語。能なし。働きのない者。二五 生計困難のために協議離婚することを「世帯を破る」という。二六 離縁状。夫が妻を離婚した旨を明記し、また離婚したからには再婚差支えないという再婚許可証明書でもあり、夫婦共にこの離縁状の授受を済ました上で再婚することが出来る。離縁状を与えずに後妻を迎えた者は所払いの刑、貰わないで再婚した女は髪を剃り親元へ帰された。二七 男は夫。「男なし」は寡婦の意。二八 当時女子の用いた自称代名詞。二九 口ちいさく髪がちぢれっ毛で足の親指が反っている女は閨情濃厚であるという俗説がある。三〇 甘ったるい。くどくどしい。三一 汁気をきるためにところどころ穴をあけた杓子。三二 鮪(かめじ)の小さなものを目黒という。三三 鯛・鮭・鰤・鰹などを塩または粕・味噌漬にして、大切りの大根・人参などの野菜と煮たもの。三四 骨や頭の部分は選りのけて、肉の部分ばかり。三五 好意。

一 清十郎にとっては。二 嬉しくもあり悲しくもあり。三 恋のやりくり。四 睡眠中も夢にうなされ目を覚す程心疲れした状態。五 人目の繁くうるさい家。六 こっそり忍び逢うことも出来ず。七 嗔恚。三毒の一で、人を恨み憎んで忿怒すること。ここでは煩悩の火を燃やす意。八 次第次第にやせ細って行くこと。九「命あっての物種」と同義の諺。何事も命あってこその意。一〇 恋が成就することを、前の「種」の縁でいった。一一 恋の成就することと、二人が通いあう道の二義を掛ける。「人知れぬ

れにいたましく思ふうちにも、銘〻《めい》に清十郎を戀詫《こひわび》、[一六]お物師《ものし》は[一七]針《はり》にて血《ち》をしぼり、心の程を書遣《かきつかは》しける。中居《なかい》は人頼みして、[一八]男の手にて文を調へ、袂《たもと》になげ込《こみ》、[一九]腰元《こしもと》はこばでも[二〇]苦《くる》しからざりき茶を見世にはこび、[二一]抱姥《だきうば》は[二二]若子《わこ》さまに[二三]事よせて近寄《ちかより》、お子を清十郎にいだかせ、膝《ひざ》に小便《しゝ》しかけさせ、「こなたも追付《おつつけ》あやかり給へ。私もうつくしき子を産《うん》でからお家へ姥《うば》に出ました。其《その》男は[二四]役《やく》に立《たゝ》ずにて、今は肥後《ひご》の熊本《くまもと》に行《ゆき》て奉公せしとや。[二五]世帯《せたい》やぶる時分、[二六]暇《いとま》の状は取《とつ》てをく。[二七]男なしじやに、本《ほん》に[二八]おれは生付《うまれつき》こそ横《よこ》ぶとれ、[二九]口ちいさく、髪《かみ》も少《すこし》はちゞみしに」と、[三〇]したゝるき独言《ひとりごと》いふこそおかしけれ。下女は又それ〳〵に[三一]金《かな》じやくし片手《かた》に、[三二]目黒《めぐろ》の[三三]せんば煮《に》を盛《もそ》時、[三四]骨《ほね》かしらをゑりて、清十郎に氣をつくるもうたてし。あなたこなたの[三五]心入《こころいれ》、

我が通ひ路の関守は宵〻ごとにうちも寝ななむ」(伊勢物語五)。　一二 毎夜のことであるのに、何時も油断することなく。　一三 見世から奥に通ずる土間の口の仕切り戸。商家のしつけとして、手代・丁稚などの男奉公人は見世に、家族・女奉公人は奥に寝ることになっていた。　一四 戸車のついた引合せ戸。　一五「天の原踏み轟かし鳴る神も思ふ中をばさくるものかは　読人不知」(古今)による。

一六「高砂の尾上の桜咲きにけり外山の霞たたずもあらなむ　大江匡房」(後拾遺)による。尾上の桜は播磨加古郡尾上村住吉神社にある。

一七 器量自慢。　一八 器量のよい娘。美しい娘。

一九 見せびらかして。

二〇 女は衣裳や化粧によって実際よりはるかに美しく見えるという意の諺。　二一 姫路城天守閣の五層目に住んでいたという妖狐。長壁明神・刑部狐とも。「諸国の女の髪を切り、家々のはうろくを破らせ万民を煩はせたる大和の源九郎狐が為めには姉なり。年久しく播磨の姫路に住み馴れて、其身は人間の如く、八百八疋の眷属を役ひ、世間の眉毛思ふまゝに読みて、人を嬲る事自由なり」(諸国咄一ノ七)。　二二「よむ」は数えること。「まつげ」は「まゆげ」の誤か。まゆげを一本一本数えられると、狐の魔力にかかって化かされるという。　二三 野馳け。女・子供の春の行事として、野外に集まり会食し、一日を遊び暮す風習があった。　二四 女中乗物。駕籠に対して、開き戸を付けた上等のものを乗物といい、当時、自家用はすべて乗物だった。なお、乗物は許可制で、武家・僧侶・医者・婦女子は特に許されていた。駕籠をかかせることを、

一清十郎身にしては二嬉《うれ》しかなしく、内かたの勤《つとめ》は外《ほか》になりて、三諸分《わけ》の返事に隙なく、後には是《これ》もうたてくと、四夢に目を明風情《あくふぜい》なるに、なをおなつ便《よすが》を求《もとめ》てかず〳〵のかよはせ文、清十郎もやう〳〵となりて、御心にはしたがひながら、五人めせはしき宿なれば、六うまひ事は成《なり》がたく、七しんいを互《たがひ》に燃《もや》し、両方戀にせめられ、八次第やせに、あたら姿《すがた》の替り行《ゆく》月日のうちこそ是非もなく、やう〳〵声《こゑ》を聞《きゝ》あひけるをたのしみに、九命は物種《だね》、此《この》一〇戀草のいつぞはなびきあへる事もと、一一心の通ひぢに兄嫁《あによめ》の関《せき》を居《す》へ、一二毎夜の事を油断《ゆだん》なく、一三中戸をさし、火用心《ひのようじん》一四めしあはせの車の音《おと》、一五神鳴《かみなり》よりはおそろし。

太皷による

獅子舞《しゝまひ》

一六尾上《をのへ》の櫻咲《さき》て人の妻《つま》のやうす一七自慢《じまん》、一八色ある娘《むすめ》は母の親一九ひけらかして、花は見ずに見られ

に行《(ゆく)》は今の世の人心なり。兎角《とかく》[二〇]女は化物《ばけもの》、姫《ひめ》路《ぢ》の[二一]於佐賀部狐《をさかべぎつね》もかへつて[二二]眉毛《まつげ》よまるべし。

但馬《たじま》屋の一家、春の[二三]野あそびとて、女中[二四]駕《か》籠《ご》つらせて、跡より清十郎萬《(よろづ)》の[二五]見集《あつめ》に遣《つかは》しける。[二六]高砂、[二七]曾祢の松も[二八]若緑《わかみどり》立《(たち)》て、[二九]砂濱《すなはま》の氣《け》色又有《(ある)》まじき詠《(ながめ)》ぞかし。[三〇]里の童子《わらんべ》さらへ手毎《ごと》に落葉《をちば》かきのけ、[三一]松露《しやうろ》の春子を取《(とる)》など、すみれ、[三二]つばなを[三三]ぬきしや、それめづらしく、我《(われ)》[三四]もとり〳〵の若草、すこしうすかり[三五]き所に[三六]花莚《はなむしろ》、毛氈《もうせん》しかせて、海原静《うなばらしづか》に[三七]夕日紅《くれない》、人〻《(ひと)》の袖をあらそひ、外の花見《はなみ》衆も[三八]藤山吹《ぶき》はなんともおもはず、是《(これ)》なる[三九]小袖幕《まく》の内《(うち)》ゆかしく、[四〇]覗《のぞき》をくれて[四一]帰《かへ》らん事を忘《(わす)》れ、樽の口を明《(あけ)》て酔《ゑい》は人間のたのしみ、萬事なげやりて、此《(この)》[四二]女中をけふの肴《さかな》とてたんとうれしがりぬ。こなたには女酒盛《さかもり》、男とては清十郎ばかり、[四三]下〻《(した〳〵)》[四四]天目呑《てんもくのみ》に[四五]思ひ出申《(まうし)》て、[四六]夢を胡蝶《こてう》に

駕籠を吊らすという。二五 監督。二六 播磨加古郡高砂。加古川の河口にある町。高砂の松は有名な相生の松。二七 播磨印南郡曾根村の天神社に、菅原道真が左遷の折に手植したという松がある。二八 松の新芽が立ちのびて。二九 高砂から西曾根一帯の海岸は白砂青松の地。三〇 「弁慶承つて、まつのあたりを見てあれば、わらんべ四五人まつのはよせてぞゐたりける」(幸若舞曲、とかし)による。「さらへ」は、こまざらえ。竹製の落葉かき。三一 砂地の松の木陰に生える茸で食用。春秋二期に生え、春に出来るものを春子という。三二 「かしこに小童あり、…或はつばなをぬき、岩なしをとり、…」(方丈記)によるか。「茅《(つばな)》 山ぶみ野遊びの帰るさに桜の枝に取そへて弁当に付る也」(類船集)。三三 抜いたりすることや。「や」は並列の助詞。三四 「とりどり」は「我もとる」と「各自(とりどり)」の両義にかけた。三五 薄かりし所の意。三六 色模様を織り出した莚。絵莚。三七 当時袖に紅裏を用いる流行があったが、夕日の色と、その人々の袖の色とが赤さを競うの意。三八 藤・山吹も名物であったものか。藤と高砂の松は付合。三九 綱を張り、小袖をうちかけて幕の代用としたもの。転じて小袖を用いずとも、一般に花見幕をいう。四〇 覗きこむ。一瞥をくれる。四一 「花の下に帰ることを忘るゝは美景に因るなり。樽の前に酔を勧むるは是れ春の風」(和漢朗詠、春興、白楽天)による。四二 女性。婦人。四三 下僕。ここでは駕籠かきを指す。四四 天目茶碗で酒をがぶ飲みすること。四五 後に思い出となるほど楽しみの限りを尽す。四六 「昔荘周夢に胡蝶となる。栩々然として胡蝶なり」(荘子、斉物論)によって、酒に酔って眠り込んだ様をいう。

まけず、廣野を我物《わが》にして[1]息杖《いきづへ》ながくたのしみ、前後もしらず有《あり》ける。

其《その》折から、[2]人むら立《たち》て、[3]曲太鞁《きよくだいこ》[4]大神樂《だいかぐら》のきたり、おの〱の[5]あそび所を見掛《みかけ》、獅子《しゝ》がしらの身ぶり、[6]扨も〱仕《し》くみて、皆〻[7]立《たち》こぞりて、女は[8]物見だけくて、只何事をもわすれ、ひたもの[9]所望《しよまう》〻〻とやむ事をおしみけり。此《この》獅子舞《しゝまひ》もひとつ所をさらず、[10]美曲《びきよく》の有《ある》程はつくしける。おなつは見ずして、独幕《ひとりまく》に残《のこり》て、虫歯《むしば》のいたむなど、すこしなやむ風情《ふぜい》に、[11]袖枕取乱《そでまくらとりみだ》して、帯は[12]しやらほどけを其《その》まゝに、あまたの[13]ぬぎ替小袖《かへこそで》をつみかさねたる物陰《かげ》に、[14]うつゝなき空鼾《そらいびき》心にくし。かゝる時、[15]はや業《わざ》の首尾《しゆび》もがなと氣のつく事、[16]町女房はまたあるまじき[17]帥《すい》さま也。清十郎おなつばかり残りおはしけるにこゝろを付《つけ》、松むら〱としげき後道《うしろ》よりまはりければ、おなつまねきて、結髪《ゆいがみ》のほどくるもかまはず、物もいはず、兩人鼻息《はないき》せはしく、[18]胸《むね》ばかりおどらして、[19]幕《まく》の人見より目をはなさず、兄娵《あによめ》こはく、跡《あと》のかたへは心もつかず、[20]起《をき》さまにみれば、[21]柴《しば》人[22]壹荷《か》をおろして鎌《かま》を握《にぎり》しめ、ふんどしうごかし、[23]あれはといふやうなる皃《かほ》つきして、こゝちよげに見て居《いる》ともしらず、誠《まこと》に[24]かしらかくしてや尻《しり》とかや。此《この》獅子舞《しゝまひ》、清十郎幕《まく》の中より出《いで》しをみて、かんじんのおもしろひ半《なかば》にてやめけるを、見物興覚《けうさめ》て、残り多き事[25]山〻に霞《かすみ》ふかく、夕日かたぶけば、萬《よろづ》を仕舞《しまふ》て姫路《ひめぢ》にかへる。

一 息杖は、肩にかついだ荷物を支えて肩を休めるための長い杖。ここでは駕籠舁の縁で「長く」の序詞に使った。 二 人だかりがして。 三 太鼓を面白く曲打ちすること。 四 代神楽とも書く。伊勢から出て、獅子舞をしながら諸国を勧進したが、当時は大道芸に堕ちていた。 五 宴席。 六 さてさてよくまぁ上手に芸を尽して。 七 総立ちになって。 八 物見猛くて。「物見だかい」は転訛。 九 見物人が芸人に芸を続けるように催促する言葉。 一〇 巧妙な曲芸。 一一 袖を枕にして寝ること。手枕に同じ。 一二 ひとりでに解けたさま。 一三 着替えの小袖。 一四 深い眠りに入ったようなふりをして。 一五 ちょっとの間の情交。 一六 遊女に対して地女。ここでは素人女にしてはの意。 一七 粋な御方。 一八 胸ばかりどきどきさせて。 一九 幕の中から外を見るため、幕の縫目の一部分をわざと縫い合せずに作ってある穴。 二〇 起き上りざま。 二一 樵夫。 二二 一荷にたばねた荷物の意。 二三 あれはどうじゃ。「や」は余分である。 二四 諺「頭隠して尻隠さず」による。 二五 「残り多き事山々に」に「山々に霞ふかく」をいいかけてある。 二六 処女を失うと尻つきが平になるという俗説による。類船集に「世ごころつける姫ごぜの尻のひらめになるこそはぢらはしけれ」とある。 二七 一行に遅れて。 二八 ある役をする者を一般に役人・役者といった。ここでは獅子舞の芸人をさす。 二九 お蔭で有難うの意。 三〇 にせ物。 三一 「手くだ」は「手くだり」の略。ここは密会の手段。 三二 諺に「神は見通し」とあるが、その神でさえ知らないの意。 三三 目先きだけしか気がつかない。諺の「女の走り智慧」によって、兄嫁の浅はかな利発ぶりを嘲笑していう。

おもひなしか、はやおなつ[二六]腰《こし》つきひらたくなりぬ。清十郎[二七]跡にさがりて、獅子《しゝ》舞《まひ》の[二八]役人《やくにん》に、「けふはお[二九]影《かげ》〳〵」といへるを聞《きけ》ば、此《この》大神樂《だいかぐら》は[三〇]作り物にして、[三一]手くだの爲に出《いだ》しけるとは、[三二]かしこき神もしらせ給ふまじ。ましてや[三三]はしり智恵《ちへ》なる兄娵《あによめ》なんどが何としてしるべし。

狀箱《じやうばこ》は宿《やど》に置《をい》て來た男《おとこ》

[三四]乘《のり》かゝつたる舟なれば、[三五]しかまづより暮《くれ》をいそぎ、清十郎おなつを盜出《ぬすみいだ》し、上方へのぼりて、[三六]年浪《としなみ》の日数を立《たて》うき世帯《せたひ》もふたり住《ずみ》ならばと[三七]おもひ立《たち》、取《とり》あへずも[三八]かり衣《ころも》、[三九]濱《はま》びさしの幽《かすか》なる所に[四〇]舟待《ふなまち》をして、思ひ〳〵の旅用意《たびやうい》、伊勢参宮の人も有《あり》、[四一]大坂の小道具《だうぐ》うり・[四二]ならの具足《ぐそく》屋・[四三]醍醐《だいご》の法印・[四四]高山の茶筅師《ちやせんし》・[四五]丹波《たんば》の蚊屋《かや》うり・京のごふく屋・[四六]鹿嶋《かじま》の言《こと》ふれ、[四七]十人よれば十国《とくに》の者、乘合《のりあい》舟こそおかしけれ。船頭声高《せんどうこはだか》に、「さあ〳〵出します、銘《めい》ゝの心祝《いはひ》なれば、[四八]住吉さまへのお[四九]初毛《はつを》」とて、[五〇]しやく振《ふつ》て、又あたま数よみて、呑《のむ》ものまぬも七文づゝの[五一]集錢《しゆせん》出《だ》し、[五二]燗鍋《かんなべ》もなくて、小桶《をけ》に汁椀《しるわん》入《いれ》て、[五三]飛魚《とびうを》のむしり肴《さかな》、取《とり》いそぎて[五四]三盃機嫌《ばいきげん》、「おの〳〵のお仕合《しあはせ》、此《この》風[五五]眞艫《まとも》で御座る」と、[五六]帆《ほ》を八合もたせて、は

三四　ことを始めて中止しがたい有様をいう諺。飾磨津より舟で逃げることに掛けていったもの。三五　飾磨津。播磨飾磨郡。室津に較べて淋しい港であった。三六　年浪の「浪」は舟の縁語。「立て」は、日数を経ての意と、「立て憂き世帯」と下に続いて貧乏暮しの意と、両用。三七「思ひ立ちぬる狩衣」(謡曲、小袖曾我)によって、次の「かり衣」に続く。三八　旅衣。三九　海辺の小屋。四〇　ここからは、お夏清十郎と一緒に舟待ちをしている旅客が主語となる。四一　小道具は目貫・鍔・縁頭など刀剣の附属品で、大坂の地誌「難波雀」によれば大坂の小道具屋は堺筋、一丁目筋にあったという。西鶴は小道具売を「京よりの小道具売となって、小者に負箱・目貫・小柄の品々持せて、其身はひとつ脇差に編笠被き」(武道伝来記三ノ一)と描写している。四二　奈良の地誌「奈良曝」によれば、奈良には半田・岩井・左近次の三家の具足屋があって、当時は岩井与右衛門家が繁昌し、公儀御用を勤めていたという。四三　醍醐は山城国の古義真言宗総本山醍醐寺で、座主三宝院門跡は真宗修験道南山派の大本山を兼ねていたから、南山派の山伏を醍醐の法印という。法印は学徳兼備の僧に与えられる最高の位であるが、俗に山伏を法印と称した。四四　茶筅師は茶筅を作る職人であるが、また行商をもした。当時、大和国北部の高山は茶筅の産地として有名。四五　蚊帳は丹波の名物であるが、丹波蚊帳は粗末なものであった。享保頃までは奈良へ晒完とともに初夏の行商の一にされていた。四六　鹿島神宮の御神託と称して、折烏帽子に狩衣を着て、襟に幣帛を挾み、銅拍子を鳴らし、その年の豊凶・天災・地変を触れ歩く神巫。四七　十人の者が集まれば、各々その

や一里あまりも出《(いで)》し時、[一]備前よりの飛脚《ひきやく》、横手《よこて》をうつて、[二]扨も忘《わすれ》たり、刀《かたな》にく
ゝりながら状箱を宿に置《おい》て來《き》た男、磯《いそ》のかたを見て、「それ〳〵[三]持佛堂《ぢぶつだう》の脇《わき》にも
たし掛《(かけ)》て置《(おき)》ました」と[四]慟《どや》きける。「それが爰《こゝ》から聞ゆるものか。[五]ありさまに[六]き
ん玉が有《(ある)》か」と、船中声ゝにわめけば、此《(この)》男念を入《(いれ)》てさぐり、「いかにも〳〵二
つござります」といふ。いづれも大笑《(おほわらひ)》になつて、「[七]何事もあれじや物、舟をも
どしてやりやれ」とて、梶取直《かぢとりなを》し、湊《みなと》にいれば、「けふの首途《かどで》[八]あしや」と、皆
ゝ腹立《ふくりう》して、やう〳〵舟汀《みぎは》に着《(つき)》ければ、姫路《ひめぢ》より追手《おつて》のもの爰《(こゝ)》かしこに立《(たち)》さは
ぎ、もし此《(この)》舟にありや
と[九]人改《あらた》めけるに、おな
つ清十郎かくれかね、
「かなしや」といふ声《こゑ》
計《(ばかり)》、[一〇]哀《あは》れしらずども
是《(これ)》を耳にも聞《(きゝ)》いれず、
おなつは[一一]きびしき乗物《のり》
に入《(いれ)》、清十郎は縄《なは》をか
け姫路にかへりける。

郷里を異にし、言語・習慣の同じ者は滅多にいないの意で、世間の広いことをいう諺。四八 摂津住吉郡の住吉大明神。船の守神。四九 賽銭。五〇 柄杓。五一 多勢の者が集まり、互に銭を出し合って飲食すること。五二 酒の燗をつける薬罐形の器。五三 飛魚は干物にして食するのが美味で、薩摩国に多く産した。ここは、酒の肴として干物を炙ってむしりながら食したのである。五四 少量の酒を飲んだ軽い酔機嫌。五五 順風。追風。五六 帆を八分目に張ること。

一 備前岡山藩の飛脚か。または、岡山より大坂への米飛脚か。未詳。二「宿に置て来た」までは飛脚の言葉を地の文として用い、飛脚の状態を説明している。三 念持仏を安置する堂。四 わめく。どなる。五 貴様。「あり」は我の転訛で下賤の者の用語。六 一人前の男かの意。七 何事もあの通りの愚かな奴だから仕方がない。八 縁起が悪い。九 一人一人吟味すること。一〇 情知らずの者ども。但馬屋からの追手の者を指す。一一 逃げられないように厳重に警戒した乗物。一二 またとない嘆き。お夏清十郎のこの上もない愁嘆を目のあたりに見た人。一三 牢のあて字。一四 憂き難義。情ない不自由な目に逢うこと。一五 自分の身は最早死んだものとしてかえりみず。当時の法律には「主人之娘を申合之上誘出し候もの、所払」(律令要略)とあるから、清十郎も同様の刑に処せられるはずである。一六 大坂高津町。高津・生玉両神社の西一帯の地で、あたりは寺町で閑静であるから貸座敷があった。一七 振仮名「としよつ」とあるべきところ。一八 嗅。ここは下女の意。一九 一度寝たら向きも変えずに。二〇 内々約束していたのに。二一 すべて過ぎ去った昔の思い出になってしまった。

一二又もなき歎《なげき》見し人、ふびんをかけざるはなし。其日《(その)》より座敷籠《ざしきろう》一三に入《(いれ)》て浮難義《うきなんぎ》一四のうちにも、我身《(わが)》一五の事はなひ物にして、「おなつは〳〵」と口ばしりて、「其男《(その)》目が狀箱《じやうばこ》わすれねば、今《いま》時分《じぶん》は大坂に着《つき》て、高《かう》一六津《つ》あたりのうら座敷かりて、年寄《よしより》一七たかゝ一八ひとりつかふて、先《(まづ)》五十日計《(ばかり)》は夜昼《よるひる》なしに、肩《かた》一九もかへずに、寐《ね》はずにおなつと内談《ないだん》二〇したもの、皆二一むかしになる事の口《くち》惜《をし》や。誰《たれ》ぞころしてくれいかし。さても〳〵一日のながき事、世二二にあきつる身や」と、舌《した》二三を歯《は》にあて目をふさぎし事千度《(ちたび)》なれども、まだおなつに名残二四ありて、「今一たび冣後の別《わか》れに美形《びけい》二五を見る事もがな」と、恥《はぢ》も人のそしりもわきまへず、男泣《おとこなき》とは是《(これ)》ぞかし。番《ばん》二六の者ども見る目もかなしく、色ゝにいさめて二七日数をふりぬ。おなつも同じ歎《なげき》にして、七日のうちは二八だんじきにて願狀《ぐはんじやう》二九を書《(かき)》て、室《むろ》三〇の

二二 もう世の中に生きているのが厭になった。二三 舌を咬み切って自殺しようとすること。二四 未練が残って。心残りがして。二五 本来は美人の意であるが、ここでは美しい容姿のこと。二六 見張り番の者。二七 勇めて。元気づけて。二八 神仏に願をかけるためには、一日から三日、または七日間絶食をする。二九 祈願文。三〇 室津明神山にある賀茂大明神。

一 枕上より転じた慣用字法。枕もと。二 あらたかなる。三 幸福・利益の意。四 人妻に懸想すること。「しのぶ」は恋い慕う意。五 鼻の高いのは美人の相。「鼻は人の面の山なりと古事に申伝へし。男女にかぎらず高下あって、思ふまゝならぬは人の鼻つきぞかし。むかし末摘といへるもすぐれて鼻醜かりしに、是も美女となんいへり、それを思へばふたつどりには、ひくきより高いに徳の有べし」(男色大鑑八ノ二)。六 願掛け。七 無益な。無駄な。八 厄介。九 室の明神の祭は五月十三日。播州名所巡覧図会によれば祭の日は非常に賑わうという。一〇 室の明神には本殿の外に多くの摂社・末社がある。そのどこでもの意。一一 分に過ぎた大きな欲望にかられて、自身の幸福を祈らないものはなかった。一二 賽銭。一三 これも神の任務だと思って聞いているのだ。一四 特に炭屋の下女を出した理由は不明であるが、類船集に「祈神　人をねたむもわが身の幸をねがふも神力を祈事也。哥読は玉津嶋、武家は八幡、兵法者は鹿嶋、酒屋は松尾、鍛冶屋は稲荷、座頭は賀茂、いづれもそれ〳〵の神を祈り奉るそとよ」とあるをふまえ、炭が播磨の名産であるところから、室の明神には炭屋を取合せたものか。一五 何の欲心もなく。一六 身体息災で。五体健全で。一七 立ち去った

明神《みやうじん》へ命乞《いのちこひ》したてまつりにけり。不思義《ふしぎ》や其《(その)》夜《や》半とおもふ時、[一]老翁枕神《らうをうまくらがみ》に立《(たゝ)》せ給ひ、[二]あらたなる御告《つげ》なり。「汝《なんぢ》我《(わが)》いふ事をよく聞《(きく)》べし。惣じて世間の人身の[三]かなしき時いたつて無理《むり》なる願《ねが》ひ、此《(この)》明神がまゝにもならぬなり。俄《にわか》に福徳《ふくとく》を[四]いのり、人の女をしのび、悪《にく》き者《もの》を取《(とり)》ころしての、ふる雨を日和《ひより》にしたいの、[五]生《(うまれ)》つきたる鼻《はな》を高ふしてほしひのと、さまざまの[六]おもひ事、とても叶はぬに[七]無用《むやう》の佛神を祈《いの》り、[八]やつかいを掛《かけ》る。[九]過《(すぎ)》にし祭《まつり》にも、参詣《さんけい》の輩《ともがら》壹万八千十六人、[一〇]いづれにても[一一]大欲《よく》に身のうへをいのらざるはなし。聞《(きい)》ておかしけれ共《(ども)》、[一二]散銭《さんせん》なげるがうれしく、[一三]神《かみ》の役《やく》に聞《(きく)》なり。此《(この)》参りの中に只壹人信心《しんぐ》の者あり。[一四]高砂《たかさご》の炭《すみ》屋の下女、[一五]何心もなく、「[一六]足手《あして》そくさいにて、又まいりましよ」と拝《おがみ》て立《(たち)》しが、[一七]こもどりして、「私《わたくし》も[一八]よき男を持《(もた)》してくださりませい」と申《(まうす)》。「それは[一九]出雲《いづも》の大社《あふやしろ》を[二〇]頼《たの》め。[二一]こちはしらぬ事」といふたれども、ゐきかずに[二二]下向《げかう》しけり。その方も[二三]親兄《おやあに》次第に男を持《(もた)》ば[二四]別《(べつ)》の事もなひに、色を好《このみ》て其《(その)》身も[二五]かゝる迷惑《めいわく》なるぞ。汝、おしまぬ命はながく、[二六]命をおしむ清十郎は頓《やがて》寂期《さいご》ぞ」と、[二七]ありありとの夢《ゆめ》かなしく、目を覚《さま》して心ぼそくなりて泣明《なきあか》しける。案《あん》のごとく清十郎[二八]めし出されて、思ひもよらぬ[二九]詮義《せんぎ》にあひぬ。但馬《たじま》屋[三〇]内蔵《うちぐら》の[三一]金《かね》戸棚《とだな》にありし[三二]小判七百両見えざりし。これはおなつに盗《ぬすみ》出させ、清十郎とりてにげしと[三三]云觸《いひふれ》て、[三四]折ふ

かと思う間もなく戻って来て。一八 よい夫。一九 出雲簸川郡にある大国主命を祭る社。俗説に毎年十月、全国の諸神が出雲大社に集まって男女の縁を結ぶという。二〇 力としてたよれ。二一 此方。私。二二 神仏に参詣して帰ること。二三 自分で男を選ばずに親や兄に任せて結婚すれば。二四 何の問題も起らないのに。平穏無事なのに。二五 このような苦しい破目になるのだ。二六 汝がその命を惜しむ清十郎は。汝が命を助けたいと思う清十郎は。二七 はっきりと見た夢。二八 公儀すなわち町奉行所に召し出されて。二九 罪状を糾問すること。三〇 金銀・衣服など家財を入れるために母家続きに建てられ、家内に戸前のある蔵。庭蔵に対していう。三一 蔵の中に特に設けてある、当座出納の金銀を入れて置く戸棚。三二 当時は奉公人が金子十両より以上、又雑物は十両以上の価値のものを盗んで駈落した場合は死罪となった(律令要略)。三三 世間に評判が立って。三四 場合が場合とて清十郎にとっては都合悪く。三五 申し開きが出来ず。三六 袖をぬらす涙は夕暮の村雨に劣らず。三七 土用干は六月の行事である。三八 運搬の便のため車輪のついた長持。明暦三年江戸大火の際、車長持が道を塞ぎ混雑したので、以後製造・使用を禁止されていたが、地方にはまだ残っていた。三九 分別くさい。もっともらしい顔をした。

四〇 諺に「命は宝《(うは)》の宝《(たから)》」とあり、また「設《(たと)》ひ世界に満つる宝も身命に直ることあるなし」(大智度論)というが、ここは命があってはじめて財宝に価値があるの意。命のあるうちに見つかって欲しかった七百両の金。四一 諺「知らぬが仏」を使って、清十郎が仏になってしまったことを知らないお夏のことを述べる序とし

し悪敷《あしく》、此《(この)》事三五ことはり立《(たち)》かね、哀《あはれ》や廿五の四月十八日に其《(その)》身をうしなひける。さてもはかなき世の中と、見し人袖三六は村雨《むらさめ》の夕暮《ゆふぐれ》をあらそひ、惜《おし》みかなしまぬはなし。其《(その)》後六月のはじめ、萬《(よろづ)》の虫干《むしぼし》三七せしに、彼《かの》七百兩の金子、置所《をきどころ》かはりて、車長持《くるまながもち》三八より出《(いで)》けるとや。「物に念を入《(いる)》べき事」と、子細《しさい》三九らしき親仁《おやじ》の申《(まうし)》き。

四〇 命のうちの七百兩のかね

四一何事もしらぬが佛、おなつ清十郎がはかなくなりしとはしらず、とやかく物おもふ折ふし、里の童子《わらんべ》の袖引連《四二(ひき)つれ》て、「四三清十郎ころさばおなつもころせ」とうたひける。聞《(きけ)》ば心に懸《(かゝり)》て、おなつそだてし姥《うば》に尋《たづね》ければ、返事しかねて泪をこぼす。さてはと狂乱《きやうらん》になつて、「生《(いき)》ておもひをさしやうよりも」と、子共の中にまじはり、音頭《をんどう》とつてうたひける。皆ゝ是《四四(これ)》をかなしく、さまぐとめてもやみがたく、間《ま》四五もなく泪雨《なみだ》ふりて、「四六むかひ通《とを》るは清十郎でないか、笠がよく似たすげ笠が、四七やはんはゝ」のけら四八く笑ひ、うるはしき姿、いつとなく取乱《とりみだ》して狂出《(くるひいで)》ける。有《(ある)》時は山里四九に行暮《(ゆきくれ)》て、草の枕《まくら》に夢《ゆめ》をむすめば五〇、其《五一(その)》まゝにつきぐ五二の女もおのづから友《とも》五三みだれて、後は皆ゝ乱人五四となりにけり。清十郎年五五ころ語《かたり》

ている。四二 連れ立って。四三 歌念仏の文句。「清十郎殺さばお夏も殺せ、生きて思ひをさしょよりも、思ひを生きて、生きて思ひをさしょよりもえ」(五十年忌歌念仏)、「清十郎殺さばお夏も殺せ、生けて思ひをさそよりも」(歌祭文、おなつ清十郎浮名の笠)。四四 二二三頁注三二参照。四五 ひまなく涙が雨のように流れて。涙雨は下の笠の縁語。四六 この流行唄も歌祭文「おなつ清十郎浮名の笠」、近松「五十年忌歌念仏」に出ている。四七 囃詞。笑い声をかけてある。四八 狂人の頓狂な笑い。四九「木幡山路に行暮れて、月を伏見の草枕」(狂言小歌、靭猿)による。五〇「むすべば」の訛。五一 その通りに。お夏と同じ様に。五二 附々の女。お夏に附き添っている召使いの女。五三 一緒に狂い出しての意。五四 狂人。五五 ふだんから懇意にしていた人。

一 墓を建てる意。処刑された者は、表向きは墓を建てることも許されていなかった。二 草や塵芥。三 正覚寺にお夏清十郎比翼塚がある。四 守り刀の懐剣。五「益(やく)なし」の音便。むだである。六 真実亡き清十郎のことを思うならば。七 清十郎が菩提を得るよすがともなるの意。八 心中。九 皆々の意。一〇 指図に背くまい。一一 姫路河間町にある真宗大谷派の寺。一二 夏着用する裏のないひとえの帷子。当時は端午から染帷子を着、八朔から同月末まで白帷子を用いるのを通例とした。ここは夏衣とお夏をかけたもの。一三 墨染の衣に替えて。一四 以下は仏道修行の有様をいう。一五 四月十五日から七月十五日までの九十日間を一夏といい、この間籠居して仏道修行する。一六 仏道修行のうちの難業の一。掌に油を入れ灯心をともしたり、手に脂燭をかかげたりすること。一七 無量寿経。

し人ども、「せめては其《その》跡残しをけ」とて、[二]草芥《さうがい》を染《そめ》し血《ち》をすゝぎ、尸《かばね》を埋《うづ》みて、しるしに松柏《まつかしは》をうへて、[三]清十郎塚《つか》といひふれし。世の哀《あはれ》は是《これ》ぞかし。おなつ夜毎《よごと》に此所《この》へ來りて吊《とむら》ひける。其《その》うちにまざ／＼とむかしの姿《すがた》を見し事うたがひなし。それより日をかさね、百ケ日にあたる時、塚《つか》の露草《つゆくさ》に座《ざ》して[四]守《まも》り脇《わき》指《ざし》をぬきしを、やう／＼引《ひき》とゞめて、「只今むなしうなり給ひて[五]やうなし。[六]まことならば髪《かみ》をもおろさせ給ひ、すへ／″＼なき人をとひ給ふこそ[七]ぼだいの道なれ。我とも出家《しゆつけ》の望《のぞみ》」といへば、おなつこゝろをしづめ、みな／＼が[八]心底《しんてい》さつして、「ともかくも[九]いづれもが[一〇]さしづはもれじ」と[一一]正覚寺《しやうかくじ》に入《いり》て上人をたのみ、十六の[一二]夏衣《なつころも》けふより[一三]墨染《すみぞめ》にして、[一四]朝《あした》に谷《たに》の下水をむすびあげ、夕《ゆふべ》に峯《みね》の花を手《た》折《をり》、[一五]夏中《げちう》は毎夜《まいよ》[一六]手灯《しゆとう》かゝげて[一七]大經《きやう》のつとめおこたらず、有難《ありがたき》びくにとはなりぬ。是《これ》を見る人殊勝《しゆしやう》さまして、「傳《つた》へきく[一八]中將姫《ちうじやうひめ》の[一九]さいらいなるべし」と、此《この》庵室《あんじつ》に但馬屋《たじま》も[二〇]發心《ほつしん》おこりて、[二一]右の金子仏事供養《ぶつじくやう》して、清十郎を吊《とぶら》ひけるとや。[二二]其《その》比は上方の狂言《きやうげん》になし、遠国《ゑんこく》村ゝ里ゝ迄ふたりが名を流《なが》しける。是《これ》ぞ[二三]戀《こひ》の新川[二四]舟をつくりて、おもひをのせて[二五]泡《うたかた》のあはれなる世や。

一八　伝説上の人物。横佩右大臣藤原豊成の女。十六歳のとき大和当麻寺の実惟法師について尼となり法如と号した。「称讃浄土経」数百巻を書写し、又夜の初更より四更に至る間に蓮根の糸で曼陀羅を織ったという。宝亀六年没、二十九歳。　一九　生まれかわり。　二〇　菩提心が起って。　二一　七百両の金子。　二二　お夏清十郎の事件は寛文二年の事といわれ、間もなく三都で芝居に仕組まれている。玉滴隠見一五に「一、寛文二年ニ播州姫路ノ但馬屋ト云者ノ娘ニ於夏ト云有ケリ此於夏ニ但馬屋カ手代ノ清十郎ト云者密通ノ事ヲ親ノ但馬屋聞付テ彼清十郎ヲ出シテケリ　於夏事其夫ノ離苦ヲ悲ンテ清十郎カ行ヱヲ慕ヒ吟ヒ出ケリ依之其深契ノ事都鄙ニ隠レナカリシカハ都ニテハ四条河原大坂ニテハ道頓堀江戸ニテハ堺町木挽町ノ新仕組ニシテ巷歌ニ作テ諷之ケリ依之播州姫路ノ但馬屋カ娘同手代ノ清十郎トテ六十余州ニ其好色ノ名ヲヒロメシコトハ難波ノ浦ニハアラネトモアミカリケル但馬屋カ其始ノ慮後悔サコソアラメト推察スル人ソ多カリケル」とあり、また松平大和守日記の寛文四年四月十一日に「此江戸にはやりうたは清十郎ぶし也。勘三郎所にて狂言に仕出してからはやると也」と記し、さらに「当世はやるお夏清十郎に伊勢のお玉がなげぶし…」(道化和田酒盛)、「若竹だ世に囃や清十郎ぶし」(清十郎追善奴俳諧)など、お夏清十郎の流行を伝えている。　二三　新しく珍しい恋物語の意に、貞享二年開鑿された大坂の新川(安治川)の事を言いかけている。流す・川・舟・泡は縁語。　二四「小舟作りてお夏を乗せて、花の清十郎に櫓を押さしよ」(五十年忌歌念仏)。　二五「流れ行く水に玉なすうたかたの哀あだなる此世なりけり　西行法師」(玉葉)。

てんまニ
たる

好色五人女

巻二

好色五人女　巻二

情《なさけ》を入《(いれ)》し樽屋《たるや》物がたり

目《もく》　錄《ろく》

一 恋に泣くと泣輪をかけていう。泣輪は樽の一番底に入れるたがであるが、他のたがで上の部分をしめた後で入れるので、その作業が極めて困難であることから、この名がある。この目録は、泣輪・くづれ桶・合釘・錐・こけら・逆目・杉など樽屋の縁語で書かれている。

二 共同の釣瓶。

三 木目の逆に鉋をかけること。削りにくくて思う通りにならない意。

四 七月七日井戸水を汲み尽し、井戸の泥をさらって後、酒などを供えて井戸神を祭ると、井戸の水が濁らぬという。

五 人の命には限りがあるが、恋の種は尽きることがないの意。以下の悲恋物語を説き起す序。

六 連俳で「神祇・釈教・恋・無情」というので、「恋はつきせず」に続けて無情を出して来たもの。

七 自分が作っているの意。

八 生活のために商売道具の錐・鋸を忙しく動かす意。

九 鉋屑を燃やした火は、ぱっと燃えてすぐ消えてしまうので、「みぢかく」の序詞として、細々とした暮しを立てている意味を表わす。「けふり」は「無常」の縁語。また当時「けふり」と書いて「けむり」と読んでいたようである。

一〇「難波潟短き蘆のふしの間も逢はで此世をすぐしてよとや　伊勢」(新古

戀に泣輪《なきわ》の[四]井《い》戸《と》替《かへ》

[五]身はかぎりあり、戀はつきせず、[六]無常《むじやう》は[七]我手細工《わがてざいく》のくはん桶《おけ》に覚へ、[八]世をわたる業《わざ》とて、錐《きり》のこぎりのせはしく、[九]鉋屑《かんなくず》のけふりみぢかく、[一〇]難波《なにわ》のあしの屋をかりて、[一一]天満といふ所がらすみなす男有《(あり)》。女も同じ[一二]片里《かたさと》の者にはすぐれて、[一三]耳《みゝ》の根白く、[一四]足もつちけはなれて、十四の大晦日に親里《をやさと》の御年貢《ねんぐ》[一五]三分《ぶ》一銀《ぎん》にさしつまりて、[一六]棟《むね》たかき町家《まちや》に[一七]腰《こし》もとつかひして月日をかさねしに、[一八]自然《しぜん》と才覚《さいかく》に生れつき、御隠居《いんきよ》への心づかひ、奥さまの[一九]氣をとる事、それよりすへ〲の人に迄あしからず思はれ、其《(その)》後は[二〇]内藏《うちぐら》の出し入《(いれ)》をもまかされ、此《(この)》家におせんといふ女なふてはと、諸《しよ》人に思ひつかれしは、其《(その)》身かしこきゆへぞかし。され共《(ども)》[二一]情《なさけ》の道をわきまへず、一生[二二]枕《まくら》ひとつにて、あたら夜《よ》を明《(あか)》しぬ。かりそめにたはぶれ、[二三]袖つま引《(ひく)》にも、[二四]遠慮《ゑんりよ》なく声高《こはだか》にして、[二五]其《(その)》男[二六]無首尾《ふしゆび》をかなしみ、後は此《(この)》女こ物いふ人もなかりき。是《これ》をそしれど、[二七]人たる人の小女《むすめ》はかくありたき物なり。[二八]折ふしは[二九]秋のはじめの七日、[三〇]織女《たなばた》に借小袖《かしこそで》とて、いまだ仕立《したて》てより一度もめしもせぬを、色ゝ七つ[三一]めんどりばにかさね、[三二]かぢの葉《は》に[三三]有《(あり)》ふれたる哥《うた》をあそば

今)による。蘆の屋は蘆葺の家のことであるが、ここでは粗末な家の意。一一 天満という場所がら相応にの意。当時、北組・南組・天満組を併せ大坂三郷と総称したが、淀川の南の北組・南組に比較して、北岸の天満組は田舎と見られていた。一二 片田舎。一三 耳の付根も色白であり。一四 田舎娘らしくなく垢ぬけがしていての意。一五 上方における畑年貢の納税法。田畑の総収穫の三分の一を銀に換算して納入した。当時は米一石につき銀四十八匁であった。一六 家の大きなこと。即ち裕福なこと。一七 腰元奉公。一八 生まれつき利口で気がきいており。一九 機嫌をとる。気に入るように振舞う。二〇 内蔵は金銀・家財などその家の大切な物を入れておく所であるから、よほど信用されないと出入を許されなかった。二一 男女の恋愛の道。二二 独り寝をすること。二三 袖や褄。褄は着物の裾の左右両端の部分。二四 周囲に遠慮することなく大声を立てること。二五 かりそめにたわむれ袖つまを引いた男。二六 面目を潰すこと。きまりの悪い思いをすること。二七 しっかりした相当の暮しをしている人。二八 折しもその時は。丁度その時は。二九 七月七日。七夕の節句。三〇 織女は機織の神であるから、それにあやかるために、仕立て下しの小袖を笹の枝にかけて七夕を祭る風習があった。「借」は「貸」に通用する。三一 雌鳥羽。雌鳥は左の翼を右の翼で覆うようにして畳んでいるので、右が上になるように畳むことを雌鳥羽といった。七つは七夕であるから七枚そなえるのである。三二 芋の葉の露を硯にうけて墨をすり、梶の葉に歌を書いて七夕に手向ける。三三 よく知られている歌。巷間に流布している歌。

し祭《まつり》給へば、下ゝ《したぐ〵》もそれ〳〵に[一]唐瓜《からうり》・[二]枝柿《ゑだがき》かざる事のおかし。横町《よこまち》うら借屋《かしや》迄[三]竈役《かまどやく》にかゝつて、[四]お家主殿《いへぬしどの》の井戸替《いどかへ》、[五]けふことにめづらし。[六]濁水《にごりみづ》大かたかすりて眞砂《まさご》のあがるにまじり、日外《いつぞや》見えぬとて人うたがひし[七]薄刃《うすば》も出《いで》、[八]昆布《こんぶ》に針《はり》さしたるもあらはれしが、是《これ》は何事にかいたしけるぞや。なをさがし見るに、[九]駒《こま》[一〇]引錢《ひきぜに》、目鼻《めはな》なしの[一一]裸人形《はだかにんぎやう》、くだり手の[一二]かたし目貫《めぬき》、[一三]つぎ〳〵の涎掛《よだれかけ》、さま〴〵の物こそあがれ、蓋《ふた》なしの[一四]外《そと》井戸、[一五]こゝろもとなき事なり。次第に[一六]涌水《わきみづ》ちかく[一七]根輪《ねがわ》の時、[一八]むかしの合針《あひくぎ》はなれてつぶれければ、彼《かの》樽屋をよび寄《よせ》て、[一九]輪竹《わたけ》の新しくなしぬ。爰《こゝ》に流《ながれ》ゆ[二〇]くさゞれ水をせきとめて、[二一]三輪組《みつわくむ》すがたの老女、いける虫《むし》をあひしけるを、樽屋《たるや》「何ぞ」と尋《たづね》しに、「是《これ》はたゞ今汲《くみ》あげし井守《いもり》といへるものなり。そなたはしらずや、[二二]此《この》むし竹の

一 真桑瓜の一種。大きく、皮の色はやゝ淡く、味は真桑瓜に劣る。二 枝つきのままもいだ木醂柿。三 借家人の竈割に課せられる賦役。竈は一世帯に一つは備えるものであるから、竈割は世帯割の意である。四 上方では借家を所有し、家賃を取って貸す者をいう。江戸では、借家の差配をいう。五 今日七夕のめずらしい景物である。六 水を殆んど汲み出して、井戸の底の砂をかすり上げるようになって。七 刃の薄い庖丁。菜切庖丁。八 呪詛の方法として、昆布に針をさし、人の目につかぬように井戸の中へ投げ入れる風習があった。九 面に駒をひく図のある絵銭。分銅駒・見返駒・唐人駒・猿曳駒・裸駒・放駒・寛永駒など数十種あった。懐中していると金が増える兕(まじない)になるといわれ、また緡銭(さしぜに)の十文ごとに一枚ずつはさんだという。一〇 永い間水につかって目鼻が溶けてなくなってしまった裸の人形。一一 下等な安物をいう。一二 刀の柄と中身を貫く目釘の頭を覆う一対の装飾金具を目貫という。その目貫の一方だけのもの。一三 種々の小布を縫い合せて作った涎掛。一四 中流以上の町人の家には台所庭に井戸があり、これを内井戸と呼んだのに対して、屋外にある共同井戸をいう。一五 気味が悪い。安心できない。一六 水の涌き際近く。井戸の底近く。一七 根の方にある井戸側の意で、井戸の最下部にある桶輪。一八 両端の尖った真直な釘。木材を継ぎ合せるのに用いる。一九 桶の側をしばる竹縄。二〇 ささやかな流れ。二一 「みつはぐむ」は老人の形容で、老人になり歯が抜けた後に再び細かな歯の生えることを言ったとする「瑞歯ぐむ」の説と、足腰などの折れかがまった形容「三輪ぐむ」とする説とが

あるが、西鶴は、後者の意味としてもちいた。 二二 媚薬。生きた井守の雄雌を節をへだてて竹筒の中に入れると、一夜の中に節を咬み破って交尾する。これを直ちに黒焼にして、相手の知らぬ間にそっとつけると、忽ち効果をあらわすという。 二三 まことしやかに。 二四 天満天神橋筋の北町外れにある池で、嘗て夫婦者が投身したことがあるので夫婦池という。 二五 堕胎を職業とする者。 二六 正保三年・寛文七年・延宝八年に堕胎医禁制が発令されている。 二七 素麪の粉をつくること。 二八 その日暮し。 二九「今日の日も命のうちに暮れにけり明日もや聞かむ入相の鐘」(可笑記五)。 三〇 天神橋筋三丁目の東西の通りに東寺町・西寺町がある。 三一 鐘の音を身にしみて聞かない。世の無情を悟らず。 三二 後世を願う気持はありながらも、自分で承知の上で子おろしのような浅ましい賤しい業を職とした因果の恐ろしいことを話したがの意。 三三 根掘り葉掘り聞くこと。 三四 自然と同情心も湧いて。 三五 心底をすっかり語り明かすこと。口・底は樽の縁語。 三六「夫地獄遠きにあらず、極楽遙なり、いかに罪人急げとこそ」(狂言、朝比奈)のもじりか。 三七 この御家の。 三八 百は、おせん(千)の縁語。 三九 涙ながらに語ると。

筒に籠《こめ》て煙《けぶり》となし、戀ふる人の黒髪《くろかみ》にふりかくれば、あなたより思ひ付《(つく)》事ぞ」と、[二三]さも有《(あり)》のまゝに語《かたり》ぬ。此《(この)》女もとは[二四]夫婦池《めうといけ》のこさんとて、[二五]子おろしなりしが、[二六]此《(この)》身すぎ世にあらためられて、今は其《(その)》むごき事をやめて、[二七]素麪《さうめん》の碓《うす》など引《(ひき)》て[二八]一日暮《(ひとひ)くら》しの[二九]命《いのち》のうちに、[三〇]寺町の入相《(いりあひ)》の[三一]鐘《かね》も耳《みゝ》にうとく、[三二]淺《あさ》ましいやしく、身《み》に覚《おぼえ》ての因果《いんぐわ》、なをゆくすへの心ながら、おそろしき事を咄《はなし》けるに、それは一つも聞《きゝ》もいれずして、井守《いもり》を焼《やき》て戀のたよりになる事を[三三]ふかく問《とふ》に、[三四]おのづと哀《あはれ》さもまさりて、「人にはもらさじ、其《(その)》思ひ人はいかなる御方様ぞ」といへば、樽屋《たるや》我《われ》をわすれて、こがるゝ人は忘《わす》れず、[三五]口の有《(ある)》にまかせて、樽のそこを扣《たゝき》てかたりしは、「[三六]其君遠《そのきみとをき》にあらず、[三七]内かたのお腰《こし》もとおせんが〳〵[三八]百度《もゝたび》の文《ふみ》のかへしもなき」と[三九]泪《なみだ》に語《かた》れば、彼《かの》女うなづきて、

「それはいもりもいらず。我《(われ)》[一]堀川《ほりかは》の橋《はし》[二]かけて、此《(この)》戀手[三]に入《(いれ)》て、[四]まなく思ひを晴《はら》させん」と[五]かりそめに請相《うけあひ》ければ、樽屋おどろき、「[六]時分《じぶん》がらの世の中、金銀《きんぐ》の入《(いる)》事ならば、[七]思ひながらなりがたし。[八]あらば何かおしかるべし。正月に緜着《もめんきる》物染《ものそめ》やうはこのみ次第、盆《ぼん》に[九]奈良《なら》ざらしの[一〇]中位《ちうくらい》なるを一つ、[一一]内證《ないしやう》はこんな事で[一二]埒《らち》の明《あく》やうに」とたのめば、「それは欲《よく》にひかるゝ戀《こひ》ぞかし。我《(われ)》たのまるゝは[一三]其分《(そのぶん)》にはあらず。おもひつかする[一四]仕かけに大事有《(あり)》。此年月《(このとしつき)》、数千人《(すせんにん)》のきもいり、つゐに[一五]わけのあしきといふ事なし。[一六]菊《きく》の節句《せつく》より前にあはし申《(まうす)》べし」といへば、樽屋《たるや》[一七]いとゞかしも[一八]ゆる胸《むね》に焼付《たきつけ》、「かゝ様一代の[一九]茶《ちや》の薪《き》は我等《われら》のつゞけまいらすべし」と、[二〇]人はながいきのしれぬうき世に、戀路《こひぢ》とて[二一]大《(だい)》ぶんの事をうけあふはおかし。

[二二]踊《おどり》はくづれ桶《をけ》夜更《よふけ》て化物《ばけもの》

[二三]天満に七つの化物《ばけもの》有《(あり)》。[二四]大鏡寺《たいきやうじ》の前の[二五]傘火《からかさび》、[二六]神明《しんめい》の手なし兒《ちご》、[二七]曾根崎《そねざき》の逆《さかさま》女、[二八]十一丁目のくびしめ縄《なは》、[二九]川崎《かはさき》の泣坊主《なきぼうず》、[三〇]池田町のわらひ猫《ねこ》、[三一]うぐひす塚《づか》の燃《もへ》からうす、是皆《(これ)みな》年を[三二]かさねし[三三]狐狸《きつねたぬき》の業《わざ》ぞかし。[三四]世におそろしきは人間、ばけて命《いのち》

一 西天満・寺町を流れて天満川に注ぐ川。太平橋・樋上橋・樽屋橋・天神小橋・堀川橋・寺町橋が架っていた。次の「橋かけて」の縁で出したもの。 二 わたりをつける。なかだちをする。 三 まとめて。 四 まもなく。 五 軽々と。たやすく。 六 時節柄。季節柄。丁度盆の節季だから。 七 仲だちを頼みたいとは思いながら頼むことができない。 八 金銀があるのなら何で惜しみましょう。気前よく差上げます。 九 奈良産の晒布。品質が上等とされている。 一〇 中級品。 一一 内々の御礼はの意。 一二 事が済むように。 一三 そうした類。 一四 手段に秘法がある。 一五 都合よくまとまらない。失敗した。 一六 九月九日。重陽の節句。 一七 いよいよ。ますます。 一八 燃えている火にさらに焼付をくべて一層燃え立たせるように。一層恋心が盛んになること。 一九 茶をわかすための薪はずっと仕送り致しましょう。 二〇 人の寿命というものはわからないもので、老人だからとてこの先どの位長生きするか知れないこの世の中なのに。 二一 大したこと。

二二 夜ふけて盆踊を踊っていた人々が退散すること、即ち「踊がくずれる」と、樽屋の縁で「くずれ桶」とを言い掛けたもの。 二三「浪華奇事」「筆拍子」などに同様の記事ある由であるが、未見。 二四 天満東寺町にある浄土宗の寺。境内に大坂順礼三十三所第六番の観音堂がある。 二五 未詳。 二六 天満にある神明の宮。天照大神を祀る。 二七 西成郡曾根崎村。 二八 天満十一丁目。 二九 天満北詰より東一帯の地。淀川の西岸にある。 三〇 天神橋筋の北の端。 三一 鶯塚。西成郡南長柄村にある。或富家の子に愛された鶯が、その主人の死を悲しみ死んだので、これを

をとれり。[三五]心はおのづからの闇《やみ》なれや、七月廿八日の夜更《よふけ》て、軒端《のきば》を照《てら》せし[三六]灯籠《とうろう》も影《かげ》なく、[三七]けふあすばかりと名残《なごり》に声《こゑ》をからしぬる[三八]馬鹿《ばか》踊《おどり》も、ひとり〳〵己《をの》が家ゝに入《(いり)》て、四辻《つじ》の犬さへ夢を見し時、彼樽《かのたる》屋《や》にたのまれし[三九]いたづらか〻、[四〇]面屋《おもや》門口のいまだ明掛《あけかけ》てありしを見合《(みあはせ)》、[四一]戸ざしけはしく内にかけ込《こみ》、[四二]廣敷《ひろしき》にふしまろび、「やれ〳〵、[四三]すさまじや、水が呑《のみ》たい」[四四]といふ声絶《こゑたへ》て、かぎりの様《やう》に見えしが、されども息《いき》のかよふを頼みにして[四五]呼生《よびいけ》けるに、何の子細《しさい》もなく正氣《しやうき》になりぬ。内義《ないぎ》、隠居《ゐんきよ》の[四六]かみさまを[四七]はじめて、「[四八]何事か目に見えてかくはおそれけるぞ」「我《われ》事、年寄《としより》の[四九]いはれざる夜《よ》ありきながら、宵《よひ》より寐《ね》ても目のあはぬあまりに、踊《をどり》見にまひりしほどに、[五〇]鍋嶋《なべしま》殿《どの》屋敷のまへに[五一]京の音頭《をんどう》[五二]道念《だうねん》仁兵衛が[五三]口うつし、[五四]山くどき、[五五]松づくし、しばら

埋めたといわれる塚。　三二　劫を経た。　三三　西鶴は、諸国の怪奇談を集めた近年諸国咄でも狐狸の業の話は散見するが、化物の存在は否定している。　三四　近年諸国咄序にも「是をおもふに、人はばけもの世にない物はなし」と同様の主旨を述べている。

三五　人間の心というものは、元来迷いやすく、理に暗いのであるが、暗闇であることも道理、七月二十八日の夜も更けての意。人間の心の闇と時節(二十八日)の闇夜の掛言葉。　三六　盆灯籠の火も消えて。　三七　盆踊の小歌「盆盆々は今日明日ばかり、あさつてはよめのしをれ草〳〵」(淋敷座之慰、盆をどり歌品々)による。　三八　盆踊をいう。むやみに踊り騒ぐことからこの名がある。踊は七月中旬から月末まで行われた。　三九　男女間の情事をとりもつ女の意で、夫婦池のこさんを指す。　四〇　おせんの主家の母屋。　四一　戸を荒々しい音を立てて開けての意。　四二　台所の板敷・畳敷の広間。台所の土間を広庭というの対。　四三　恐しいことだ。　四四　と言っただけで声が絶え、今や最後の有様と見えたが。　四五　大声で呼び立てて正気づかせること。　四六　上様。良家の未亡人または女隠居をいう。　四七　はじめとして。　四八　何が目に見えて。何を見て。　四九　いらざる。無用の。　五〇　肥前佐賀の城主鍋島丹後守光茂の蔵屋敷が天満十一丁目にあった。なお、このあたりは四方の景色よく、納涼期には賑わったという。　五一　京の音頭取り。　五二　貞享・元禄頃の都踊口説の名手。道念節に盆踊の口説節から出た。　五三　道念仁兵衛そっくりの節廻し。　五四　山尽しの踊口説の意で、道念節の「浮世山づくし」を指す。　五五　「今道念節」所収の踊口説「松づくし」を指す。

く耳《みゝ》[一]にあかず、あまたの男の中を押《をし》わけ、團《うちわ》かざして詠《ながめ》けるに、闇《やみ》にても人はかしこく、老《おい》たる姿《すがた》[二]をかづかず、白《しろ》[三]き帷子《かたびら》に黒《くろ》き帶《をび》のむすびめを當風《たうふう》[四]にあぢはやれども、かりそめ[五]に我《わが》尻《しり》つめる人もなく、女は若《わか》[六]きうちの物ぞと、すこしはむかしのおもはれ[七]、口惜《くちをしく》てかえるに、此門《このかど》ちかくなりて、年の程二十四五の美《び》男《なん》、我にとりつき、「戀にせめられ今思ひ死《しに》[八]、ひとへ[九]二日をうき世のかぎり、腰《こし》もとのおせんつれなし、此《この》執心《しうしん》[一〇]外《ほか》へは行《ゆく》まじ、此《この》家内《かない》を七日がうちに壹人ものこさず取ころさん」といふ声《こゑ》の下より、鼻高《はなたか》く㒵赤《かほあか》く眼《まなこ》ひかり、住吉《すみよし》[一一]の御はらひの先《さき》へ渡《わた》る形《かたち》のごとく、それに魂《たましひ》[一二]とられ、只物[一三]すごく内かたへかけ入《いる》」のよし語《かたれ》ば、いづれもおどろく中《なか》に、隱居《ゐんきよ》泪《なみだ》を流《なが》し給ひ、「戀忍《こひしのぶ》事世になきならひにはあらず。せんも緣付《ゑんつき》[一四]ごろなれば、其《その》男

一聞き惚れて。

二だまされず。

三「五十八ケ所の水茶屋の女も、夜目には白帷子に黒き帯ぞかし」(好色二代男八ノ三)とあるように、当時流行の粋とされた夏衣裳。

四いまはやりに洒落て見たものの。

五冗談にも。

六女は若いうちが花でもてはやされるが、年を取ってしまったら見向きもされないの意。

七嘗て男にちやほやされた頃のことが思い出されて。

八思いこがれて死ぬこと。

九「ひとへ」は「ひとひ」の訛。一両日中に死んでしまう命。

一〇深く心をかけること。執念。

一一六月晦日に行われる住吉の御祓祭の行列の先頭に馬に乗って渡る鼻高(猿田彦)の意。御祓祭は天満祭に次ぐ賑やかな祭である。なお、猿田彦神は天孫降臨の際、天之八衢に天孫を迎えて嚮導した神。

一二胆をつぶし。

一三ただ恐ろしさのあまり。

一四嫁に行ってもよい年頃。結婚適齢期。


下の插絵は次の章に添えられるべきものであるが、原本では、この位置に入れられている。

一五身すぎをわきまへ、博《ばく》奕《ち》一六後家《ごけ》ぐるひもせず、一七たまかならば一八とらすべきに、いかなる者ともしれず、其男《そのおとこ》ふびんや」と、しばし物いふ人もなし。此《（この）》かゝが仕《し》懸《かけ》、さても〳〵戀に一九うとからず、二〇夜半《やはん》なりて二一をの〳〵に手をひかれ小家にもどり、二二此《（この）》うへの首尾《しゆび》をたくむうちに、東窓《ひがしまど》よりあかりさし、隣《となり》に火打石《ひうちいし》の音《をと》、赤子泣出《あかごなきいだ》し、二三紙帳《してう》もりて夜もすがら喰《くは》れし蚊《か》をうらみて追拂《をひはらひ》、二四二布《ふたの》の蚤《のみ》とる片手《かたて》に二五仏棚《ほとけだな》よりはした二六錢《ぜに》を取出《（とりいだ）》し、二七つまみ菜買《なかふ》など、二八物のせはしき世渡りの中にも、二九夫婦《ふうふ》のかたらひを樂《たのし》み、三〇南枕《みなみまくら》に三一寐莚《ねむしろ》三二しとげなくなりしは、すぎつる夜、三三きのへ子《ね》をもかまはず何事をかし侍る。やう〳〵朝日《あさひ》かゝやき、秋の風身にはしまざる程吹《ふき》しに、かゝは三四鉢巻《はちまき》して枕《まくら》おもげにもてなし、三五岡嶋道齋《をかしまだうさい》といへるを頼み、藥代《やくだい》の三六當所《あてと》もなく、三七手づからやくはんにて

一五 渡世の道をわきまえており。定まった職を持っていること。
一六 濡後家と称した半職業的な下等な私娼相手の遊び。
一七 実直であること。
一八 嫁にくれてやろうに。
一九 抜目がない。用意周到である。
二〇 夜半になって。または夜半の鐘が鳴っての「意か、
二一 皆の人々に鼻が手を引かれて。
二二 更に次の段階の方法を案ずるうちに。
二三 賤しい者の使う白紙で作った蚊帳。
二四 腰巻。布二幅で作るのでこの名がある。
二五 仏像を安置しておく棚。
二六 小銭。
二七 水菜が芽を出し、両葉ないし三四葉を生じた頃、間引して用いるのを摘み菜という。
二八 貧乏なせわしない生活。
二九 夫婦の交り。
三〇 南の方に枕を置いて寝ること。またはその枕。
三一 寝具用の莚。
三二 取乱してあるのは。
三三 甲子。庚申・甲子の夜に交ると、男女共に早く老けこみ、寿命をちぢめ、出来た子は病弱者か盗人か大悪人になるといって、当夜は男女の交りを慎しんだ。
三四 枕もあがらぬような重病人らしいふりをして。
三五 未詳。
三六 心あたり。
三七 みずから薬鑵で薬を煎じていたが、その一番煎じの出来上った時の意。「かしらせんじ」は一番煎じ。

かしらせんじのあがる時、おせんうら道より見舞《みまひ》來て、「[一]お氣相《きあひ》はいかゞ」とやさしく尋《たづね》、ひだりの袂《たもと》より奈良漬瓜《ならづけうり》を片《かた》[二]舟蓮《はす》の葉《は》に包《つゝみ》て、[三]たばね薪《ぎ》のうへに置《をき》、「[四]醬油《しやうゆう》のたまりをまいらば[五]」と云捨《いひすて》てかへるを、かゝ引《ひき》とゞめて、「我ははやそなたゆへにおもひよらざる命をすつるなり、自娘《みづからむすめ》とても持《もた》ざれば、なき跡《あと》にて吊《とぶら》ひても給はれ」と、ふるき苧桶《をごけ》[六]のそこより[七]紅《くれなひ》の織紐《をりひも》付《つけ》し[八]紫《むらさき》の革《かは》たび一足、[九]つぎ／＼の[一〇]珠数袋《じゆずぶくろ》、此中《このなか》にさられた時の[一一]暇《いとま》の状《ぢやう》ありしを、是《これ》はとつて捨《すて》、此《この》二色をおせんに形見《かたみ》とてわたせば、女心の[一二]はかなく、是《これ》を[一三]誠《まこと》に泣出《なきだ》し、「我に心有人《あるひと》、[一四]さもあらば、何《な》にとて[一五]其道《そのみち》しるゝこなた様をたのみたまはぬぞ、[一六]おもはくしらせ給はゞ、[一七]それをいたづらにはなさじ」と云《いふ》。かゝ、[一八]よき折ふしと[一九]はじめを語《かた》り、「今は何をかかくすべし。かね／＼我をたのまれし其心《そのこゝろ》ざしの深《ふか》き事、哀《あはれ》とも不便《ふびん》とも又[二〇]いふにたらず。此男《このおとこ》を見捨《みすて》給はゞ、[二一]みづからが執着《しうぢやく》とても脇《わき》へはゆかじ」と、[二二]年比《としごろ》の口上手にていひつゞけければ、おせんも[二三]自然《しぜん》となびき心になりて、[二四]もだ／＼と[二五]上氣して、「いつにても其《その》御方にあはせ給へ」といふにうれしく、約束《やくそく》をかため、「[二六]一段《だん》の[二七]出合所《であひどころ》を分別《ふんべつ》せし」と小語《さゝやき》て、「八月十一日立《だち》にぬけ[二八]参《まいり》を此道終契《このみちすがらちぎり》をこめ、[二九]行《ゆく》すへ迄互《たがい》にいとしさかはゆさの枕物《まくらもの》語《がたり》、[三〇]しみ／＼とにくかるまじき、[三一]しかも男ぶりじや」と、[三二]おもひつくやうに申

一　御気分はいかが。
二　瓜を縦割に二つに割った片方。その形が舟に似ているのでこういう。
三　束ねた割木。
四　大麦・黒大豆を原料にして作った醬油を「たまり」という。味甜く、もたれず、病人にもすすめられるものである。
五　召上るならば持って参りましょうの意。
六　績んだ麻を入れておく桶で、檜の片板(へぎ)で作った曲物。
七　足袋の紐。紅紐をつけることは、当時すでにすたれていた。
八　寛永から寛文あたりまでの流行で、当時はすでに流行おくれであった。革足袋はなめし皮で作った足袋。
九　→二四〇頁注一三。
一〇　数珠その他手廻りの一寸した品を入れておく袋で、多くは老人の持物であった。
一一　離婚の際の離縁状。
一二　たわいもなく。浅はかにも。
一三　真実と思って。
一四　そうであるなら。私を恋しているのなら。
一五　恋の道に明るい。
一六　思いの程。心底。
一七　素気なく断わるなどということはしない。
一八　丁度よい機会だと。
一九　一部始終を話し。
二〇　何とも言いようがない。
二一　その男の執念ばかりか、この嬶の執念もそなた以外の所へはゆくまい。自分もお前を恨んでとりついてやるの意。
二二　年来の。長年手馴れた。
二三　いつの間にかその男に気を引かれるようになって。
二四　もだえ悩む様。ぼうっとなる形容。
二五　のぼせて。
二六　一段とよい。
二七　逢曳きの場所。
二八　親や主人に無断で伊勢参宮をすること。伊勢参宮に限り長上の者から制裁を受けることがなかった。ここは、ぬけ参りをしてその道すがらの意。
二九　道中の行末に生涯の行末を言い掛け、生涯末長く互にいとしさかわゆさのかわるまいとの寝物語の意。
三〇　しみじみと語るのも悪くはあるまい。
三一　良い男前だ。
三二　心を動かすように。恋心を起すように。

せば、おせんもあはぬさきより其男《(その)》をこがれ、「[三三]物も書《か》きやりますか、あたまは[三四]後《うしろ》さがりで御座るか、[三五]職《しよく》人ならば腰《こし》はかゞみませぬか、爰出《こゝで》た日は[三六]守《もり》口か牧《ひら》方《かた》に昼《ひる》からとまりまして、ふとんをかりてはやう寐《ね》ましよ」と[三七]取《(とり)》まぜて談合《だんかう》するうちに、中居の久米《くめ》が声《こゑ》して、「おせんどの、[三八]およびなされます」といへば、「いよ〳〵[三九]十一日の事」と申《(まうし)》のこしてかへりける。

[四〇]京《きやう》の水もらさぬ中忍《しの》びてあひ釘《くぎ》

「朝白《あさがほ》のさかり[四一]朝詠《あさながめ》はひとしほ涼《すゞ》しさも」と、宵《よひ》より奥《おく》さまのおゝせられて、[四二]家居《いへゐ》はなれしうらの垣《かき》ねに腰掛《こしかけ》をならべ、[四三]花氈《はなせん》しかせ、「[四四]重菓子《ぢうくわし》入《(いれ)》に[四五]焼飯《やきいひ》、そ[四六]ぎやうじ、茶瓶《ちやびん》わするな。明六つのすこし前に行水《ぎやうずい》をするぞ。髪《かみ》は[四七]つゐみつをりに、帷子《かたびら》は[四八]廣袖《ひろそで》に、桃色《もゝいろ》のうら付《(つき)》を取出《(とりいだ)》せ、帯《をび》は鼠繻子《ねずみじゆす》に[四九]丸づくし、[五〇]飛紋《とびもん》の白きふたの物、萬《(よろづ)》に心をつくるは、[五一]隣《となり》町より人も見るなれば、下〻《(したぐ)》にもつぎのあたらぬかたびらを着《き》せよ。[五二]天神橋《ばし》の妹《いもと》が方へは、[五三]つねの起時《をきどき》に[五四]乗物《のりもの》むかひにつかはせよ」と、何事をもせんにまかせられ、ゆたかなる蚊帳《かてう》に入《(いり)》給へば、[五五]四つの角《すみ》の玉の鈴音《すゞをと》なして、寐入《ねいり》給ふまで[五六]番手《ばんて》に團《うちわ》の風静《しづか》なり。我家《わがいへ》のうらな

三三 無筆者でないかの意。 三四 鬢の恰好が後下りになるように月代を剃りさげることで、当時の流行であった。これに反して「後上がり」が古風であることは永代蔵などに見られる。 三五 桶屋は終日坐って仕事をするのでこう言った。 三六 ともに京街道に沿った河内国の宿駅。大坂高麗橋から守口へ二里、枚方へ五里。牧方は、むかし枚を牧の如く書いたのをそのまま用いたので、実は枚方である。なお、大坂より守口・牧方を通り、伏見・大津・草津・関・松坂を経て山田に至る四十二里半の街道を上街道といった。 三七 あれこれと。 三八 奥でお呼びです。 三九 十一日の事に約束しましょう。

四〇 「京の水」と「水も洩さぬ仲」、「忍びてあふ」と「合釘」とを言いかける。古来京都の水は上質とされている。 四一 朝の間に眺めれば、一層涼しさも感ぜられるだろう。 四二 住居。 四三 花模様の毛氈。 四四 組重箱になった菓子入。 四五 やきめし。握り飯を焼いたもので弁当用。ここは朝顔の花見を夏の野遊びに気取ったもの。 四六 杉を細く削った楊子。 四七 二つ折・中折・四折等と同じく髪の結い方。髷を三つ折にして元結で締めた簡単な髪風。「つい」はちょっとの意。 四八 袖口の下を逢い合せないもの。 四九 丸形を適当に並べた模様で慶安頃からの流行。 五〇 模様が互に連絡なしに飛び飛びに散在するもの。 五一 隣家の意。 五二 南は京橋六丁目、北は天満十一町目の間の淀川に架る橋。 五三 普通の起床時間。 五四 →二二八頁注二四。 五五 当時蚊帳の四隅または小縁の一間毎に鈴をつけた。 五六 腰元が交替で煽いだ。番手は替り番の意。

る草《くさ》花見るさへかく[一]やうだいなり。惣じて世間の女の[二]うはかぶきなる事是《(これ)》にかぎらず。亭主《ていしゅ》はなをおごりて、嶋原《しまばら》の[三]野風《のかぜ》、新町《しんまち》の[四]荻野《をぎの》、此《(この)》二人を毎《まい》日[五]荷《にな》ひ買《かい》して、[六]津村《つむら》の御堂《みだう》まいりとて、[七]かたぎぬは持《(もた)》せ出《(いで)》しが、直《すぐ》に[八]朝《あさ》ごみに[九]行《(ゆく)》よし見へける。

八月十一日の曙《あけぼの》まへに彼横町《かのよこまち》のかゝが板戸《いたど》をひそかにたゝき、「せんで御座る」といひもあへず、[一〇]そこ／＼に[一一]からげたる風呂敷包《ふろしきづゝみ》一つなげ入《(いれ)》てかへる。[一二]物の取《(とり)》おとしも心得《こゝろへ》なく、火をともしてみれば、[一三]壹匁つなぎの銭五つ、[一四]こま銀《(がね)》十八匁もあろふか、[一五]白突《しろつき》三升五合ほど、鰹節《かつほぶし》一つ、[一六]守袋《まもりぶくろ》に[一七]二つ櫛《ぐし》、[一八]染分《そめわけ》のかゝへ帯《をび》、[一九]ぎんすゝたけの袷《あはせ》、[二〇]あふぎ流《なが》しの[二一]中《なか》なれなるゆかた、[二二]うらときかけたる木綿《もめん》たび、[二三]わらんじの緒《を》もしどけなく、[二四]加賀笠《ががさ》に天満堀川《ほりかは》と、[二五]無用の書付《(かきつけ)》と、よごれぬやうに墨《すみ》をおとす時《とき》、門《かど》の戸《と》を音信《をとづれ》、「かゝさま、先《(さき)》へまいる」と、男の声《こゑ》していひ捨《すて》て行《(ゆく)》。其《(その)》後せんが身をふるはして、「[二六]内かたの首尾《しゅび》は只今《たゞいま》」といへば、かゝは風呂敷《ふろしき》を提《さげ》て、[二七]人しれぬ道をはしりすぎ、「我も大義《たいぎ》なれ共《(ども)》、[二八]神の事なれば伊勢《いせ》迄見届《みとゞけ》てやろふ」といへば、せんいやな皃《かほ》して、「年《とし》よられて[二九]長《なが》の道思へば／＼及《(およひ)》がたし。其《(その)》人に我を引《(ひき)》合せ、兎《と》角《かく》[三〇]伏《ふし》見《(み)》から夜舟《よふね》でくだり給へ」と、はや[三一]まき心になりて、氣《き》のせくまゝいそぎ行《(ゆく)》に、[三二]京橋《きやうばし》をわたりかゝる

一 有様。二「うは」は表面。「かぶき」は常道を外れる意の「かぶく(傾く)」の名詞化。華美でうわついたこと。三 島原揚屋町大坂屋太郎兵衛抱の太夫。四 大坂新町中之町扇屋四郎兵衛抱の太夫。五 両天秤にかけたように両方を等分に買うこと。六 大坂備後町と浄覚寺町との間にある西本願寺の別院。慶長七年、准如上人の建立になり、北の御堂ともいう。七 肩衣。真宗の門徒が勤行や参詣の時小袖の上に着用する一種の礼服。裃の上に似たもの。八 早朝大門の明くのを待って廓に行くこと。九 行く気配が見えすいていた。一〇 そそくさと。一一 まとめた。一二 入れ忘れた物があるかも知れないと気がかりになって。一三 一文銭を銀一匁にあたるだけつないだもの。銀一匁は時の相場で変動するが、当時は大体七十文前後に相当する。一四 小粒銀。指頭大のもので重さは約一匁から七匁位の間で不定である。一五 精白米。一六 護身符を入れる袋。一七 対になった插櫛。一八 種々の色に染め分けたしごき帯。後から廻して前で結んだので抱え帯という。一九 赤黒い煤竹色に白みのかかった染色。二〇 水に扇を流した模様。二一 いい加減着馴れた。二二 裏をほどきかけた木綿の足袋。二三 草鞋は紐を耳に通して穿くが、その紐がきっちりと出来ていないこと。二四 加賀の名産の萱笠。天和の頃から流行したという。二五 天満堀川と書いてあるのは抜け参りには無用の書付である。二六 お家の都合は今こそ抜け出すのに一番良い。二七 人目につかない道。二八 神信心のことだから。二九 長い道中。三〇 伏見大坂間の淀川十三里を、一日二回三十石船が上下していた。上り船は一日または一夜、下り船は半日または半夜を要した。三一 同行を嫌ってこさせ

時、はうばいの久七、今朝《けさ》の[三三]御番替《ごばんがはり》を見に罷《まか》りしが、[三四]是《これ》はと見付《(みつけ)》られしは[三五]是非《ぜひ》もなき戀《こひ》のじやまなり。「それがしもつね〲御参宮《さんぐう》心懸《がけ》しに、ねがふ所の道づれ、荷物《にもつ》は我等《われら》持《もつ》べし。[三六]幸《さいわひ》遣銀《つかひぎん》は有合《(ありあは)》す。不自由《ふじゆふ》なるめは見せまじ」と[三七]したしく申《(まうす)》は、久七もおせんに[三八]下心あるゆへぞかし。かゝ氣色《きしよく》をかへて、「女に男の同道《だうどう》、さりとは〲人の見てよもや[三九]只《たゞ》とはいはじ。殊更《ことさら》此《(この)》神はさやうの事をかたく嫌《きら》ひ給へば、[四〇]世に恥さらせし人、見及《およ》び聞傳《きゝつた》へしなり。ひらに〲まいりたまふな」といへば、「是《(これ)》はおもひもよらぬ事を[四一]改めらるゝ。さらにおせん殿に心をかくるにはあらず。只信心の思ひ立《(たち)》、それ戀は[四二]祈《いのら》ずとても神の守《まもり》給ひ、[四三]心だにまことの道づれに叶ひなば、日月のあはれみ、[四四]おせんさまの情次第《なさけしだい》に、何国《いづく》迄もまいりて、下向《げかう》には京《きやう》へ寄《より》て、[四五]四五日もなぐさめ、折ふし高尾《たかを》の紅葉《もみぢ》、[四六]嵯峨《さが》の松茸《まつだけ》のさかり、川原《かはら》町に旦那《だんな》の定宿《じやうやど》あれども、そこは萬《よろづ》にむつかし。[四七]三条《でう》の西《にし》づめに、ちんまりとした座敷《ざしき》をかりて、おかゝ殿は[四八]六条参《まいり》をさせましよ」と、[四九]我物《わがもの》にして行《ゆく》は久七が[五〇]はまり也。やう〲秋《あき》の日も[五一]山崎《やまざき》にかたむき、[五二]淀堤《よどづゝみ》の松陰《まつかげ》なかばゆきしに、色つくりたる男の人まち皃《がほ》にて[五三]丸葉《まるは》の柳《やなぎ》の根《ね》に腰《こし》をかけしを、ちかくなりてみれば申《(まうし)》かはせし樽屋《たるや》なり。不首尾《ぶしゆび》を[五四]目まぜして、跡《あと》や先《さき》になりて行《(ゆく)》こそ案《あん》の外《ほか》なれ。かゝは樽屋《たるや》に言葉《ことば》をかけ、「こなたも

まいとする気持。三二 大和川筋玉造川に架り、大坂城京橋口に面している。伏見を経て京都に至る京街道口。
三三 毎年大坂勤番の諸士が交替のため江戸から下ったが、その行列の美しさは大坂の見ものの一つであった。東大番頭は八月七日(大の月は八日、以下これに準ず)玉造口より、同番衆は八・九両日に二十五人ずつ追手より、又西大番頭は十二日、同番衆は十・十一両日、共に追手より交替するを例とした。但し寛文十一年三月、大番衆の交替を七月十六日から二十一日迄に改めたが、天和元年再び八月交替に復した。三四 やこれは。突然逢って驚いた意。三五 どうにも仕方のない。三六 旅費。三七 親切らしくいう。三八 恋の下心。三九 特別の間柄と思うだろう。四〇 伊勢参宮の途中男女が交ると、神罰により身体が離れなくなると言い伝える。四一 吟味される。詮索される。四二「心だに誠の道にかなひなば祈らずとても神や守らむ 菅原道真」(金玉集)による。四三 同行したからとて、心さえ誠の道にかなっていたなら、神罰が下るどころか、却って憐みをかけてくれるに違いないの意。四四 おせん様さえ承知してくれるのなら、どこまでも道連れになって行こう。暗に自分の内心をほのめかしている。四五 四五日もゆっくり逗留して。四六 当時松茸は嵯峨・竜安寺産を最上品とした。四七 三条大橋の西詰中島町には旅人宿があった。四八 六条にある東・西両本願寺参り。四九 おせんを手に入れたように振舞って。五〇 一杯喰うこと。うかつであること。五一 山城乙訓郡。京都の南、淀川の西岸。五二 伏見肥後橋東詰から淀の小橋までの行程一里の淀川堤をいう。太閤秀吉が築いた。五三 白楊。五四 目で合図する。

伊勢参《いせまいり》と見へまして、然《しか》もおひとり、氣立《きだて》もよき人と見ました。此方《(こなた)》と一所《しよ》の宿《やど》に」と申せば、樽屋よろこび、「[一]旅《たび》は人の情《なさけ》とかや申せし、萬事《ばんじ》たのみます」といへば、久七中〻[二]合点《がてん》のゆかぬ良《かほ》して、「[三]行衛《ゆくへ》もしれぬ人を、ことに女中のつれには思ひよらず」といふ。かゝ、[四]情《なさけ》らしき声《こゑ》して、「[五]神は見通《とを》し。おせん殿にはこなたといふ[六]兵《つはもの》あり。何事か有《(ある)》べし」と、[七]かしま立《たち》の日より同じ宿《やど》にとまり、[八]おもわくかたらず、すきをみるに、久七氣をつけ、[九]間《あい》の戸《と》しようじをひとつにはづし、[一〇]水風呂《すいふろ》に入《(いり)》てもくび出して覗《のぞき》、日暮《くれ》て夢むすぶにも、四人同じ枕《まくら》をならべし。久七寐《ね》ながら手をさしのばし、[一一]行燈《あんどう》のかはらけかたむけ、やがて消《きゆ》るやうにすれば、樽屋は枕《まくら》にちかき[一二]窓蓋《まどぶた》をつきあげ、「秋も此《(この)》あつさは」といへば、折しも晴《はれ》わたる月四人の寐姿《ねすがた》をあらはす。おせん空鼾《そらいびき》を出《(いだ)》せば、久七右《みぎ》の足《あし》をもたす。樽屋是《(これ)》を見て[一三]扇子拍子《あふぎびやうし》をとりて、「[一四]戀はくせもの、皆人の」と曾我《そが》の道行をかたり出《(いだ)》す。おせんは目覚《めさま》して、かゝに寐物《ねもの》がたり、「世に[一五]女の子を産《うむ》ほどおそろしきはなし。常〻《つねぐ》おもふに、[一六]年《ねん》の明次第《あきしだい》[一七]北野《きたの》の不動堂《どうだう》のお弟子《でし》になりて、すへ〲は出家の望《のぞみ》」と申せば、かゝ、[一八]現《うつゝ》のやうに聞《(きゝ)》て、「それがまし、[一九]思ふやうに物のならぬうき世に」と前後《ぜんご》をみれば宵《よひ》ににし枕《まくら》の久七は南かしらに、[二〇]ふんどしときてゐるは、物参りの旅《たび》ながら不用心なり。樽

一　諺に「旅は道連れ世は情」また「旅は情、人は心」などというのと同義。二　不承顔。のみこめぬ顔。四　何処の人だか身元のわからぬ人。四　情のこもっているような。親切らしい。五　神は何でも御存じであるという意の諺。六　頼りになる人。七　旅立ち。語源については「鹿島・香取の二神が天孫に先行して葦原の中国を平定した事による」(和訓栞)と「昔旅立ちに際して、鹿島の神に安全を祈ったことにもとづく」(世事談)との二説がある。八　思いの程も告げられず。九　部屋の区切となっている戸障子を外して部屋を一つにして。一〇　蒸風呂に対していい、風呂桶の一部に焚口を設けてある風呂。茶の湯の水風炉の構造を真似たのでこの名がある。一一　行灯の素焼の油皿を傾けて。油皿を傾けて油と灯心を隔絶しておけば、灯心の油がなくなると、すぐ火が消える。一二　突上げ窓の戸を明けて月の光の入るようにする。一三　扇子で拍子をとって。一四　「さりとても、恋は曲者、皆人の、迷ひの道や気の毒の、山より落る流の身、うき寝のことのしらべかや」(世継曾我、虎少将道行)。操年代記などによれば、当時この道行は節がよいので、皆が口真似してうたったという。一五　出産の苦痛をいう。一六　奉公の年季が済み次第。一七　摂津西成郡北野村大聖山明王院。俗に北野の石不動という。弘法大師作の不動明王の石像を本尊とする比丘尼寺。一八　うとうとしながら聞いて。一九　何事も思う通りにならない浮世だからの意。以下の久七・樽屋のおもわく通りにならない挙動にもかけてある。二〇　物参りの旅ながらふんどしときているは不用心なり。前頁注四〇参照。

屋は蛤貝《はまぐり》に[二一]丁子《ちやうじ》の油を入《いれ》、[二二]小杉《すぎ》のはな紙《がみ》に持添《もちそへ》、むねんなる貞《かほ》つきおかし。夜の内は互《たがひ》に[二三]戀に関《せき》をすへ、明《あけ》の日は[二四]相坂《あふさか》山より[二五]大津馬《あふつむま》をかりて、[二六]三ぼうかうじんに、男女のひとつにのるを、[二七]脇《わき》からみてはおかしけれ共《ども》、身の草臥《くたびれ》、或《あるひ》は[二八]思ひ入《いれ》あれば、[二九]人の見しも世間《せけん》もわきまへなし。おせんを中に乘《のせ》て、樽屋《たるや》久七兩《りやう》脇《わき》にのりながら、久七おせんが足《あし》のゆびさきをにぎれば、樽屋《たるや》は脇腹《わきばら》に[三〇]手《て》をさし、[三一]忍《しの》び〳〵たはぶれ、其《その》心のほどおかし。いづれも[三二]御参宮《さんぐう》の心ざしにあらねば、[三三]内宮二見《ないくうふたみ》へも掛《かけ》ず、外宮《げくう》ばかりへちよつとまいりて、[三四]しるし計《ばかり》におはらひ串《くし》、若和布《わかめ》を調《とゝの》へ、道中兩方白眼《りやうはうにらみ》あひて、何の子細《しさい》もなく京迄下向《げかう》して、[三五]久七が才覚《さいかく》の宿《やど》につけば、樽屋は[三六]取替《とりかへ》し物共《ども》[三七]目のこ算用《さんやう》にして、[三八]「此《この》程は何分御やつかいに成《なり》まして」と一礼《れい》いふて別《わかれ》ぬ。[三九]久七今は我物《わがもの》にして、それ〳〵のみやげ物を[四〇]見出《みいだ》して買《かふ》てやりける。日の暮《くるゝ》も[四一]待《まち》ひさしく、烏丸《からすま》のほとりへ[四二]ちかしき人有《あり》て見舞《みまい》しうちに、かゝはおせんをつれて[四三]清水《きよみづ》さまへ参るのよし、取《とり》いそぎ宿《やど》を出《いで》てゆきしが、祇薗《ぎをん》町の[四四]仕出《しだ》し弁當屋《べんとうや》の釣簾《すだれ》に[四五]付紙《つけがみ》、目印《めじるし》に[四六]錐《きり》と鋸《のこぎり》を書置《かきをき》しが、此《この》うちへおせん[四七]入《いる》かと見へしが、中二階《ちうにかい》にあがれば、樽屋《たるや》[四八]出合《であひ》、[四九]するゐ〳〵やくそくの盃《さかづき》事して、其後《そののち》かゝは[五〇]箱階子《はこはしご》をりて、[五一]「爰《こゝ》はさて〳〵水がよい」とて、せんじ茶《ちや》はてしもなく呑《のみ》にける。是《これ》を契《ちぎり》のはじめにして、樽屋は昼舟《ひるふね》に

二一 丁子の花の蕾から採った油。調味料・粉粧料として用いるが、ここは房事用。二二 小杉原の略。小型の杉原紙。延紙ともいう。二三 互に恋路の邪魔をしあって。関は次の相坂にかかる。二四 山城・近江両国の境界で昔より東国との交通の要衝にあたり関所があった。二五 大津宿の駅馬。中世以来名物とされていた。二六 三宝荒神。三乗掛馬の背の左右に框を置き三人乗ること。三宝荒神の借馬は五畿内近江に限られるというが、伊勢参宮の旅客はよく利用したようである。二七 第三者が見ると。二八 恋のもくろみ。二九 人が見たからとか世間体が悪いからということは気にかけない。三〇 手を差し入れ。三一 それぞれこっそりとたわむれ。三二 伊勢参宮が目的でないから。三三 外宮からその奥の内宮、次いでその先の二見浦へ参詣するのが伊勢参りの路順であるが、外宮だけで下向した意。三四 おはらい串は大神宮から出す小さい幣串で、若和布と共に伊勢の名産。ごく簡単におはらいをして貰うことに、おはらい串を掛けてある。三五 久七が世話した宿。三六 立て替えた代金。三七 目の子は女の子の意で、女が勘定するように一々数えること。三八 何やかやと。いろいろと。三九 おせんを自分のものとしたつもりで。四〇 見立てて。四一 待ち遠しく。四二 親しい人。知人。四三 東山清水寺の観音様。四四 「仕出し」は現在の「出前」の意ではなく、新しく一風変ったもてなしをする弁当屋。四五 目印として付ける紙。四六 樽屋の印。錐と鋸は樽屋の商売道具。四七 入ったと思う間もなく。四八 出迎え。四九 行末久しく変らぬ夫婦約束の酒盛。五〇 段々の側面に、戸棚や抽出しをつけた階段。五一 二階の逢曳のてれかくし。京の水のよいのは自明のこと。

大坂にくだりぬ。かゝおせんは宿《やど》にかへりて、俄《にはか》に、「今からくだる」といへば、「是非《ぜひ》二三日は都見物《みやこけんぶつ》」と久七とゞめけれ共《(ども)》、「いや〱、奥さまに男《おとこ》ぐるひなどしたとおもはれましてはいかゞ」と出《(いで)》て行《(ゆく)》。「風呂敷包《ふろしきづゝみ》は[一]大義《ぎ》ながら久七殿頼《たのむ》」といへば、「かたがいたむ」とて持《(もた)》ず。[二]大仏《だいぶつ》・[三]稲荷《いなり》の前《まへ》、[四]藤《ふぢ》の森《もり》に休《やすみ》し[五]茶《ちや》の銭《ぜに》も、[六]銘《めい》ゝ拂《ばら》ひにしてくだりける。

[七]こけらは胸《むね》の焼付《たきつけ》[八]さら世帯《せたひ》

「参るならばまいると内へしらして参《(まゐら)》ば、[九]通《(とほ)》し駕籠《かご》か[一〇]乗掛《のりかけ》でまいらすに、物《もの》好《ずき》なるぬけ参りして、此《(この)》みやげ物はどこの銭でかふたぞ。夫婦《ふうふ》つれだちても、その〱、そんな事はせぬぞ。やうも〱、二人づれで下向《げかう》した事じゃ迄[一一]。久七やせんが[一二]酒迎《さかむかひ》に寐所《ねどころ》をしてとらせ。[一三]あれは女の事じゃが、久七がすゝめて、[一四]智恵《ちへ》ない神に[一五]男心をしらすといふ物じゃ」と、[一六]お内儀《ないぎ》さまの御腹立《ふくりう》、久七が申《(まうし)》わけ一つも埒《らち》あかず、罪《つみ》なふしてうたがはれ、[一七]九月五日の出替《でかは》りをまたず[一八]御暇《いとま》申《(まうし)》て、其《(その)》後は北濱《きたはま》の備前《びぜん》屋といふ[一九]上問屋《かみとい》に季《き》[二〇]をかさね、八橋《やつはし》の長といへるは[二一]すは女を女房にして、今みれば[二二]柳小路《せうじ》にて鮓《すし》屋をして世を暮《くら》し、せんが事つ[二三]ゐ

一御苦労であるが。二方広寺の大仏。大仏・稲荷の前・藤森は京都から伏見への本街道筋にある。三伏見稲荷の前。四伏見深草にある。藤森神社がある。五お茶代。六三人が各自払うこと。

七木端(こっ)。樽屋の情愛が忘れられず、おせんが胸を燃やして、やがて新世帯を持つ結果になったの意。樽屋の縁で「こけら」といった。八新世帯。九旅の目的地まで道中通して乗る駕籠。一〇乗掛馬。一一助動詞「じゃ」と強意の助詞「まで」の結合した慣用語法で強調する言い方。一二伊勢参りから帰った道者を迎えて酒宴すること。坂迎えとも書き、旅から戻る者を逢坂まで出迎えたことに語源があるという。一三あれは何も知らぬうぶな女なのに。一四無心の者に悪智恵をつける意の諺「智恵ない神に智恵つける」のもじり。一五男の味を知らせる。一六町人の主婦。一七一季奉公・半季奉公の奉公人の出替りの時。春の出替りは三月五日。一八暇を貰って。一九京・伏見・淀・鳥羽へ米穀を積送る問屋。享保二十年に上問屋・上積米屋の両仲間が官許されたが、それ以前から営業していた。上は京都の意。国華万葉記などの地誌類に見える京俵物買問屋が上問屋に該当するようであるが、北浜の五軒の問屋に備前屋の名を見ない。二〇奉公の年季を重ねること。二一蓮葉女。↓四二八頁注一一。二二大坂長堀白髪町の南の阿弥陀池西の門前より一筋北の丁。近くに新町遊廓がある。二三何時の間にか忘れてしまった。二四気心の変り易いこと。二五特に変ったこともなく。二六かりそめの。二七心もそわそわと落着きがなく、ぼんやりと毎日を送って。二八↓二二五頁注三二。二九女がしなければならぬと

わすれける。人はみな移氣《うつり(ぎ)》[二四]なる物ぞかし。

せんは別《べつ》[二五]の事なく奉公をせしうちにも、樽《たる》屋がかり[二六]の情《なさけ》をわすれかね、心も[二七]そらにうか〳〵となりて、昼夜《ちうや》のわきまへもなく、おのづから身を捨《すて》[二八]、女に定[二九]つてのたしなみをもせず、其《(その)》[三〇]さまいやしげに成《(なり)》て、次第〳〵やつれける。かゝる折ふし、鶏《にはとり》とぼけて宵鳴《よひなき》[三一]すれば、大釜《かま》自然《しぜん》とくさりてそこをぬかし[三二]、突込《つきこみ》[三三]し朝夕《てうせき》の味噌風味《みそふうみ》かはり、神鳴内藏《かみなりうちぐら》の軒端《のきば》に落《をち》かゝり、よからぬ事うちつゞきし。是《(これ)》皆[三四]自然の道理《だうり》なるに、此《(この)》事氣《き》に懸《かけ》られし折から、誰《たれ》がいふともなく、「せんをこがるゝ男[三五]の執心《しうしん》、今にやむ事なく、其《(その)》人は樽屋なるは」と申せば、親《おや》[三六]かた傳《つた》へ聞《(きゝ)》て、「何とぞして其《(その)》男にせんをもらはさん[三七]」と、横町《よこまち》のかゝをよびよせ内談《ないだん》有《(あり)》しに、「つね〳〵[三八]せん申せしは、男もつ共《(とも)》職《しよく》人はいやといはれければ、心もとなし」と申せば、「それはいらざる物好《ものこの》[三九]み。何《なに》によらず世をさへわたら[四〇]ば勝手[四一]づく」とさま〳〵異《い》[四二]見して、樽屋へ申遣《(まうし)つかは》[四三]し、縁《えん》[四四]の約束極《きは》め、程なくせんに脇《わき》[四五]ふさがせ、かねを付《(つけ)》させ、吉日[四六]をあらためられ、二番《ばん》[四七]の木地長持《ながもち》[四八]ひとつ・伏見《ふしみ》[四九]三寸の葛籠《つゞら》一荷《か》[五〇]・糊地《のりぢ》[五一]の挾筥《はさみばこ》[五二]一つ・奥《おく》様着《き》[五三]おろしの小袖二つ・夜着《よぎ》ふとん・赤《あか》[五四]ね縁《べり》の蚊屋《かや》・むかし[五五]染《ぞめ》のかづき[五六]、取《(とり)》あつめて物数[五七]廿三、銀貳百目付《(つけ)》[五八]ておくられけるに、相生[五九]よく、仕合《しあわせ》よく、夫《おつと》は正直《しやうじき》[六〇]のかうべをかたぶけ細工《さいく》をす

されている身だしなみ。三〇 その容姿がみすぼらしくなって。三一 俗に鶏の宵鳴は凶兆という。三二 底が抜け落ち。三三「突込みし」は「搗込みし」。桶に仕込んで朝夕の食膳に供する味噌。三四 天然自然の現象で不思議なことではないの意。三五 男の執念が今もってとりついていて。三六 おせんの主人。三七 くれてやろう。三八 嘆の詞。三九 選り好み。四〇 世渡りさえ出来れば。四一 勝手がよい。四二 縁談を申し込んで。四三 説得して。四四 結納を授受して縁談を取りきめること。四五 結婚した女は袖脇を塞いで詰袖にし、白歯を鉄漿で染める。四六 嫁入の吉日は「寅の日をいむべし。暦の上段にてはやぶるといふ日をいむ、とるといふ日を用ゆべし。下段にてはめつ日・くろ日・五墓日・血忌日・日蝕・月蝕をいむべし」(女重宝記)とある。四七 大きさの規格を示すもので中位の大きさ。一番が六尺三寸であるという。四八 漆を塗らない木地のままの長持。四九 衣類を入れる小さな葛籠。庶民の嫁入道具の一である。五〇 一対。二個。五一 固地塗に対して塗物の簡単なもの。木地に布をつけず、紙を貼った上を糊で固め漆をぬった粗製品。五二 箱に棒を通し荷うようにしたもの。衣服等を入れる。五三 着古し。おさがり。五四 茜染(黒味を帯びた赤色)の木綿をへりにした蚊帳。五五 流行遅れの昔風の染物。五六 上流の婦女が外出の時に人目をさけるため頭より被ったひとえの小袖。五七 品数。五八 銀二百匁。五九 相性。男女の生年を木火土金水の五行に合せて考え、木と火、火と土、土と金などはその性が合うとして、これを相性といった。六〇 諺「正直の頭に神宿る」により、正直に家業に精を出す意。

れば、女は一ふしかね染《ぞめ》の嶋《しま》を織《をり》ならひ、明《あけ》くれかせぎける程に、二盆前《ぼんまへ》大晦日にも三内を出違《ちが》ふほどにもあらず、四大かたに世をわたりけるが、殊更男《ことさらおとこ》を大事に掛《かけ》、雪《ゆき》の日、風の立時《たつとき》は五食《めし》つぎを包《つゝみ》をき、夏《なつ》は六枕《まくら》に扇《あふぎ》をはなさず、留守《るす》には宵《よひ》から門口を七かため、夢《ゆめ》ゝ外《ほか》の人にはめをやらず、八物を二ついへば、九「こちの人〳〵」とうれしがり、年月つもりて一〇よき中に、一一ふたり迄うまれて、一二猶《なを》ゝ男の事をわすれざりき。

一三されば一切の女移《うつ》り氣《ぎ》なる物にして、一四うまき色咄《いろばな》しに現《うつゝ》をぬかし、一五道頓堀《だうとんぼり》の一六作《つく》り狂言《きやうげん》をまことに見なし、いつともなく一七心をみだし、一八天王寺《てんわうじ》の桜《さくら》の散前《ちりまへ》、一九藤《ふぢ》のたなのさかりに、うるはしき男にうかれ、かへりては一代やしなふ男を嫌《きら》ひぬ。是《これ》ほど無理《むり》なる事なし。それより萬《よろづ》の始《し》二〇

一 五倍子鉄漿で染めた黒い縞織物。当時天満では縞木綿を織出し、川崎織とも呼ばれて好評であった。二 盆の前日と大晦日はすべての売買の収支決算日で、掛乞いが掛売りの代金を取って歩いた。三 掛乞いと入れ違いに外出すること(胸算用二ノ二参照)。四 相当の生活をしていた。五 飯櫃。六 寝ている亭主をあおぐため。七 閉めて。八 二言目には。九 うちの旦那様の意。一〇 睦まじい夫婦の中に。一一 「樽屋おせんうたさいもん」には「みづももらさぬそのなかに、まつのすけとてわかみどり、ことし五さいになりけるを、ふたりがなかになでそだて」とある。一二 女は子供が出来ると、子供に愛情を傾けるものだが、一層夫の事を丁寧に扱ったの意。一三 話題を先に転ずる場合に軽い意味で用いられる。さて。そもそも。一四 うまく作り上げた色ごとの話。一五 大坂の歌舞伎操の芝居小屋の所在地。当時塩屋九郎右衛門・大坂太左衛門・松本久左衛門の三座があった。一六 実説でない仮作の芝居。女が作り狂言を見て浮気心を起すことは、一代女四ノ一(三九六頁)にも見える。一七 本心を取り乱し。一八 四天王寺の略。境内の糸桜は有名であり、彼岸詣の花見が盛であった。一九 谷町筋玉木町観音堂にあった藤の名所。二〇 倹約心。二一 下女が考えなしにどんどん薪を焚きつける竈の火にも注意せずの意。二二 塩が湿気を引いて溶けること。二三 財産が少なくなること。二四 離縁されること。二五 夫婦の仲。二六 後添いの夫。二七 離縁になると。二八 遺憾千万な。二九 一般庶民。三〇 身分の高い公家・武家をさす。三一 「さはり」は故障。不縁になるような事があればの意。三二 土師寺。真言宗の尼寺。推古天

末心《まつ》を捨《すて》て、[二二]大焼《たき》する竈《かまど》をみず、[二三]塩《しほ》が水になるやら、いらぬ所に油火《あぶらび》をともすもかまはず、[二三]身躰《しんだい》うすくなりて、[二四]暇《いとま》の明《あく》を待《まち》かねける。かやうのかたら[二五]ひさりとは〳〵おそろし。死別《しにわかれ》ては七日も立《たゝ》ぬに[二六]後夫《ごふ》をもとめ、[二七]さられては五度七度の縁《えん》づき、さりとは[二八]口惜《くちをし》き[二九]下〻《したぐ》の心底《しんてい》なり。[三〇]上〻《うへ》にはかりにもなき事ぞかし。女の一生《しやう》にひとりの男に身をまかせ、[三一]さはりあれば御若年《にやくねん》にして河《か》㕝《しう》の[三二]道明寺《だうみやうじ》、南都《なんと》の[三三]法花寺《ほつけじ》にて出家《しゆけ》をとげらるゝ事も有《あり》しに、[三四]なんぞかくし男をする女、うき世にあまたあれ共《ども》、男も[三五]名の立事《たつ》を悲《かな》しみ、[三六]沙汰《さた》なしに里《さと》へ帰し、あるひは[三七]見付《みつけ》てさもしくも金銀《きんぐ》の欲[三八]にふけて、[三九]噯《あつかひ》にして済《すま》し、手ぬるく[四〇]命をたすくるがゆへに此事《この》のやみがたし。[四一]世に神有《あり》、むくひあり、[四二]隠《かく》してもしるべし。[四三]人おそるべき此道《この》なり。

[四四]木屑《きくづ》の[四五]杉《すぎ》やうじ[四六]一寸先《さき》の命

[四七]「來ル十六日に[四八]無菜《ぶさい》の御齋《とき》申上《まうしあげ》たく侯。[四九]御來駕《らいが》におゐてはかたじけなく奉存候。[五〇]町衆[五一]次第《しだい》不同、麹屋《かうじ》長左衛門」。世の中の年月の立事《たつ》[五二]夢まぼろし、はや[五三]すぎゆかれし親仁《をやぢ》五十年忌《き》になりぬ。[五四]我《われ》ながらへて是迄《これ》吊《とぶら》ふ事うれし。古人の

皇の時、土師八島連の建立になる。聖徳太子がこれを道明寺と号したという。天平十三年光明皇后の法華滅罪寺などという。 三三 国分尼寺・創立。男子禁制の寺。 三四 何ということか。こともあろうに。 三五 世間の評判になること。 三六 何も言わずにこっそり里へ帰し。 三七 姦通の現場を見つけても。 三八 欲につられて。 三九 仲裁者を間に入れて示談にすること。当時、間男のあつかいは五両(銀三百目)に定まっていた。 四〇 当時、夫には密通した者の成敗の自由が与えられていた。法律上では死罪に処せられる。 四一 すべてのことを見通しの神もあれば、また因果応報ということもある。 四二 いかに隠しても世間に知れないことはない。 四三 人たるもののおそれ慎むべきはこの色の道である。

四四 木屑を削って作った。 四五 杉を削って作ったそぎ楊枝。 四六 未来の予知できないこと。「一寸先は闇」の諺により、それに杉楊枝の長さ一寸をかけていったもの。 四七 麹屋長左衛門の法事案内の廻状の文面。 四八 もと斎は僧侶の午前の食事の意。添物のない粗末な精進飯。生臭物のない精進料理の馳走を謙遜していう語。 四九 おいで下さいますならば有難く存じます。 五〇 町の方々。 五一 宛名の記し方の順序不同の意。 五二 歳月の経つのが早い意。「夢」と「なき人」は付合で、「夢まぼろし」は次の「はやすぎゆかれし」を引出す序詞の役を兼ねる。 五三 亡くなられた。 五四 長左衛門の述懐。

申《(まうし)》傳《つた》へしは、「五十年忌《き》になれば、朝《あさ》は精進《しやうじん》して暮《くれ》は魚類《ぎよるい》になして、[一]謡《うたひ》、酒《さか》もり、其後《そのゝち》は[二]とはぬ事」と申せし。是《(これ)》が[三]おさめなれば、[四]すこし物入《(ものいり)》[五]もいとはず、ばんじ[六]その用意《やうい》すれば、近《きん》所の出入《(でいり)》のかゝども集《あつま》り、[七]椀家具《わんかぐ》・[八]壺《つぼ》・平《ひら》・[九]るす・[一〇]ちやつ迄取《(とり)》[一一]さばき、手毎《てごと》にふきて[一二]膳棚《ぜんだな》にかさねける。

爰《こゝ》に樽屋が女房《ばう》も[一三]日比《ひごろ》[一四]御念比《ねんごろ》なれば、[一五]御勝手《かつて》にてはたらく事もと[一六]御見廻《みまい》申《(まうし)》けるに、兼《かね》て[一七]才覚《さいかく》らしく見えければ、「そなたは[一八]納戸《なんど》にありし菓子《くわし》の品《しな》ゝを[一九]縁高《ふちたか》へ[二〇]組付《くみつけ》て」と申せば、[二一]手元《てもと》見合《(みあはせ)》、まんぢう・[二二]御所柿《ごしよがき》・[二三]唐《とう》ぐるみ・[二四]落鴈《らくがん》・[二五]榧《かや》・杉《すぎ》やうじ、是《(これ)》を[二六]あらましに取合《(とりあはす)》時《とき》、亭《てい》主《しゆ》の長左衛門、棚《たな》より[二七]入子《(いれこ)》鉢《ばち》をおろすとて、おせんがかしらに取《(とり)》おとし、[二八]うるはしき髪《かみ》の結目《ゆいめ》たちまちとけて、あるじ是《(これ)》を[二九]かなしめば、[三〇]「すこしもくるしから

一　謡をうたい酒盛りをしたりしての意。親の五十年忌を弔うのは目出度いこととされていた。
二　法事をしないこと。
三　最後。仕おさめ。
四　少々。少し位の。
五　出費。
六　その心算で用意する。
七　椀・膳・折敷・重箱などの食器類の総称であるが、椀のみを椀家具という場合が多い。
八　漆器の壺皿と平皿。
九　豆子(ず)の訛。壺皿の小さいもの。
一〇　楪子。浅い皿に高い台のついている漆器。豆子と共に僧家でよく用いる精進料理用の食器。
一一　とり揃え。
一二　食器を置く棚。
一三　常日頃。
一四　懇意にしていたので。
一五　御勝手は台所。台所ではたらく事もあらばとの意。
一六　参上して挨拶すること。
一七　気がききそうに見えたので。
一八　家財・衣服・調度などを納めて置く部屋。
一九　縁高の折敷。菓子などを盛るために一寸五分程の縁をつけた猫足のある方形または円形の盆。
二〇　組合せて盛りつけること。
二一　手元の品々を見合せて。
二二　やや角ばった円形の扁平の甘柿。大和五所の名産であるので御所柿というが、当時すでに畿内各地に移植されていた。
二三　胡桃の一種で皮薄く、脂肪分が多く最も美味。中国から多く輸入されたが、当時内地にも移植した。

二四 乾菓子の一種。炒粉に砂糖・水飴等を加え、種々の型に打ち抜いたもの。はじめこれに黒胡麻を入れたが、その斑点が雁の飛ぶさまに似ていたので落雁の名があるという。
二五 榧の実。煎って食用とした。
二六 ざっと数を合せて。
二七 数個の鉢を大きいものから小さなものへ順にその中に納まるように組み合せたもの。大体七個を普通とする。
二八 きれいに結った髪の結い目。
二九 非常に気の毒がる。
三〇 少しも御心配には及びません。
三一 簡単に髪をぐるぐる巻きにすること。
三二 邪推して。
三三 つい先刻(さっき)まで。
三四 ありのままに。
三五 少しも。一向に。
三六 さてさて。
三七 好色な。
三八 七つ入子になっている鉢。
三九 せわしく。あわただしく。
四〇 することもあろうに。
四一 苦心して盛りつけた盛形刺身の意。盛形刺身は種々の形に盛りつけた刺身。
四二 何につけ彼につけの意の諺。
四三 不運。災難。
四四 一日中聞き過す意。
四五 どうせ濡衣を着せられて浮名が立ったからはの意。

ぬ御事《おんこと》」と申《(まうし)》て、三一かいぐりて、臺所《だいどころ》へ出《(いで)》けるを、かうじやの内儀《ないぎ》見とがめて三二氣《き》をまはし、「そなたの髪《かみ》は三三今のさきまでうつくしく有《(あり)》しが、納戸《なんど》にて俄《にはか》にとけしはいかなる事ぞ」といはれし。おせん身に覚《おぼへ》なく、物しづかに、「旦那殿棚《だんなどのたな》より道具を取《(とり)》おとし給ひ、かくはなりける」と、三四ありやうに申せど、是《(これ)》を三五更《さら》に合点《がてん》せず、三六「さては昼《ひる》も棚《たな》から入子鉢《いれこばち》のをつる事も有《(ある)》よ。三七いたづらなる三八七つ鉢《ばち》め、枕《まくら》せずに三九けはしく寐《ね》れば髪《かみ》はほどくる物じや。よい年《とし》をして親《おや》の吊《とぶら》ひの中に四〇する事こそあれ」と、人の四一氣《き》つくして盛形《もりかた》さゝみをなげこぼし、四二酢《す》にあて粉《こ》にあて、一日此事《(この)》いひやまず。後《のち》は人も聞耳《きゝみゝ》立《たて》て興覚《けうさめ》ぬ。かゝるりんきのふかき女を持合《もちあは》すこそ、其《(その)》男の身にして四三因果《あんぐわ》なれ。おせんめいわくながら四四聞暮《きゝくら》せしが、「おもへば〳〵にくき心中《しんちう》、四五とてもぬれた

る袂《たもと》なれば、此《(この)》うへは是非《ぜひ》におよばず、あの長左衛門殿に[一]なさけをかけ、あんな女に[二]鼻《はな》あかせん」と思ひそめしより、[三]各別《かくべつ》のこゝろざし、ほどなく戀となり、しのび／＼に申《(まうし)》かはし、[四]いつぞのしゆびをまちける。

貞享《でうきやう》二とせ正月廿二日の夜《よ》、[五]戀《こひ》は引手《(ひくて)》の寶引繩《はうびきなは》、女子《(をなご)》の[六]春《はる》なぐさみふけゆくまで取《(とり)》みだれて、[七]まけのきにするも有《(あり)》、[八]勝《かつ》にあかずあそぶもあり、我《(われ)》しらず鼾《いびき》を出《(いだ)》すもありて、樽《たる》屋もともし火消《きへ》かゝり、[九]男は昼《ひる》のくたびれに[一〇]鼻《はな》をつまむもしらず、おせんがかへるに[一一]つけこみ、[一二]「ない／＼約束、今」といはれて、いやがならず、内に引入《(ひきいれ)》、跡《あと》にもさきにも是《(これ)》が戀のはじめ、下帯《をび》下紐《ひも》ときもあへぬに、樽屋は目をあき、[一三]「あはゞのがさぬ」と声《こゑ》をかくれば、よるの衣をぬぎ捨《すて》、丸裸《はだか》にて[一四]心玉飛《だまとぶ》がごとく、はるかなる[一五]藤《ふぢ》の棚《たな》にむらさきのゆかりの人有《(あり)》ければ、命から／＼にてにげのびける。おせん[一六]かなはじと[一七]かくごのまへ、[一八]鉋《かんな》にして[一九]こゝろもとをさし通《とを》し、はかなくなりぬ。其後《そのゝち》なきながらも[二〇]いたづら男も、同じ[二一]科野《とが》に耻《はぢ》をさらしぬ。其名《そのな》さま／＼の[二二]つくり哥《うた》に、遠國迄《ゑんこくまで》もつたへける。あしき事はのがれず、あなおそろしの世や。

一 誘惑し。二 出し抜いてやろう。三 すっかり前の夫思いの気持と違ってしまって。四 いつか良い機会をと待ち望んでいた。五 恋慕する者の多いことを「引手あまたの恋」という。これに多くの人で引く遊戯の宝引繩をかけた。宝引繩は、多くの繩の中に当りくじが一本あるのと、夫々の繩に賞品が結び付けてあるのと二通りあった。今の福引と同じで、正月に婦女子の行う遊戯。六 正月の遊び。七 負けたままで止めてしまう者もある。八 勝ち続けても飽きずにいつまでも遊んでいる者もある。九 夫。樽屋をさす。一〇 深く寝込んでいる様の形容。一一 跡を追って来ること。つけて来ること。一二 いつか逢おうと内々で言い交していた約束を果すには今が良い機会だの意。長右衛門の言葉。一三 見つけた上は逃さぬ。一四 心気動顚する意の「心魂を飛ばす」と飛ぶようにして逃げる意の「飛ぶが如く」を言いかけてある。「心玉」は魂。一五 藤・むらさき・ゆかりは縁語。一六 最早これまでと。一七 かねてよりの覚悟。一八 商売道具の鐺鉋。鋒が尖り、形が槍先に似て、木を突いて削る。一九 胸元。二〇 姦夫長左衛門をさす。二一 蕘餓野。天満六丁目と梅田の間にあり、当時の処刑場。同罪の意をかけて「同じ科野」といった。二二 歌祭文などに作られて流行した。好色三代男(貞享三年正月)にも「当世の流行歌、今宵天満のはしばしきけば、なみだ樽屋のなじみのと」とある。

みやこニ
こよみ

好色五人女

ゑ入
三

一 暦は三段に分れており、その中段に建・除・満・平・定・執・破・危・成・収・開・閉の十二直を毎日の干支の下に記し吉凶を定める。この暦屋物語が好色五人女の中段(巻三)にあり、しかも暦を発行する大経師に関する物語であるので、暦の術語でいいかけている。 二 粘土細工の人形。 三 変り者。

四 姿は美女の意。往来の美女の品定めをすることを、関守に喩えていった。 五 暦の下段に記してある文句。吉書は元旦の書初の意。 六 俗説に正月二日は新年始めて男女の交りをなす日という。ただし、飛馬初めで馬の乗初めの日といい、姫飯を食べはじめる日とも、女の裁縫その他の業を始める日ともいって、諸説一定しない。ここは俗説をとったもの。 七 伊弉諾(いざなぎ)・伊弉冊(いざなみ)二神の昔から。 八 男女の交り。 九 鶺鴒。諾・冊二神に男女の交りの方法を教えた鳥であるところからこの名がある。恋教鳥ともいう。 一〇 経巻・仏画などを表装する経師屋の長。毎年奈良の幸徳井氏、京都の賀茂氏から新暦を受けて大経師暦を発行した。 一一 美貌の妻。 一二 艶名。美貌であるという評判。 一三 多くの人々に恋心を動かし。 一四 六月七日から十四日まで行われる京都八坂神社の祭礼。 一五 四条通室町西へ入ル町から出す祇園会の鉾。祇園会には神慮をなぐさめるためとて、山・鉾などの飾物(ねりもの)が出る。ここの「情の山」「月鉾」などは祇園会の縁。 一六 月の縁で「かつら」といった。かつらの眉は三日月形の美しい眉。ここは月鉾の三日月にも劣らない美しい眉の意である。 一七 これから咲き初める様子の意で、ういういしい美しさをいう。 一八 高雄は京都の西、清滝川に沿

好色五人女　巻三

[一]中段に見る暦屋物語

目録

[四]姿《すがた》の関守《せきもり》

天和二年の暦《こよみ》、正月一日《(しやうぐわつついたち)》、[五]吉書萬《きつしよよろづ》によし。二日[六]姫《ひめ》はじめ、[七]神代《かみよ》のむかしより、[八]此《(この)》事、[九]戀《こひ》しり鳥《どり》のをしへ、男女《なんによ》のいたづらやむ事なし。爰《こゝ》に[一〇]大經師《だいきやうじ》の[一一]美婦《びふ》とて[一二]浮名《うきな》の立《たち》つゞき、都《みやこ》に[一三]情《なさけ》の山をうごかし、[一四]祇園會《ぎをんゑ》の[一五]月鉾《つきぼこ》、[一六]かつらの眉《まゆ》をあらそひ、姿《すがた》は清水《(きよみづ)》の初桜《はつざくら》、[一七]いまだ咲《さき》かゝる風情《ふぜい》、口びるのうるはしきは[一八]高尾《たかを》の木末《こずへ》、色の盛《さかり》と詠《なが》めし。すみ所《どころ》は[一九]室町通《むろまちどをり》、[二〇]仕出《しだ》し衣裳《いしやう》の物好《ごの》み、[二一]當世《たうせい》女の[二二]只中《たゞなか》、廣《ひろい》京にも又有《またある》べからず。

[二三]人のこゝろもうきたつ春《はる》ふかくなりて、[二四]安井《やすい》の藤《ふぢ》、[二五]今をむらさきの雲《くも》のごとく、[二六]松さへ色をうしなひ、[二七]たそかれの人立《ひとだち》、東山に又[二八]姿《すがた》の山を見せける。折ふし洛中《らくちう》に隠《かくれ》なき[二九]さはぎ中間《なかま》の男[三〇]四天王《してんわう》、[三一]風義《ふうぎ》人にすぐれて目立《めだち》、親《おや》が[三二]ゆづりの有《(ある)》にまかせ、元日《ぐはんじつ》より大晦日迄《あふつごもりまで》、一日《(ひとひ)》も色にあそばぬ事なし。きのふは嶋原《しまばら》に、[三三]もろこし・[三四]花崎《はなさき》・[三五]かほる・[三六]高橋《たかはし》に明《あか》し、けふは[三七]四条川原《でうかはら》の[三八]竹中吉三郎・[三九]唐《から》松哥仙《まつかせん》・[四〇]藤田《ふぢた》吉三郎・[四一]光瀬左近《みつせさこん》など愛《あい》して、衆道女道《しゆだうによだう》を昼夜《ちうや》のわかちもなく、さま〴〵[四二]遊興《ゆうけう》つきて、[四三]芝居過《しばいすぎ》より松屋といへる[四四]水茶屋《みづちや》に[四五]居《い》ながれ、「けふ程見

うた紅葉の名所。朱昏の形容である。一九 鞍馬口上御霊通から東本願寺六条までの南北の通り。二〇 新趣向をこらした衣裳。二一 当世風の美人。二二 真中の意で、随一、代表の意。二三「今一きは心も浮き立つものは春の景色にこそあんめれ…やゝ春深く霞み渡りて…藤のおぼつかなき様したる」(徒然草一九)による。二四 東山松原の安井御門跡真性院境内の藤。黄昏の藤といって有名。二五 今が盛りで紫の雲のように棚引き。二六 松の緑さえ気押されて見るかげもなく。藤の縁で松を出した。二七 夕方になって藤見帰りの人の群をなすこと。二八 美女の群。「又」は東山の上に又山をの意。二九 遊里などをうかれ騒いで廻る仲間。遊蕩仲間。三〇 帝釈に仕え守護するという四神。転じて一道に秀でた四人の者の称。ここでは四人組の意。三一 風采。恰好。三二 遺産。三三 島原中之町一文字屋七郎兵衛抱の太夫唐土。三四 島原下之町桔梗屋喜兵衛抱の太夫。三五 島原上之町上林五郎右衛門抱の太夫。三六 島原揚屋町大坂屋太郎兵衛抱の太夫。三七 当時四条河原には、村山又兵衛・都万太夫・早雲長吉・糸縷権三郎・亀屋粂の丞・布袋屋梅之丞・夷屋儀右衛門の七座の歌舞伎芝居小屋があった。三八 以下四人歌舞伎俳優。竹中吉三郎は初名竹中小太夫。はじめ若衆方、のち若女方となり、舞の名手。三九 若衆方の名手で若女方を兼ねた。四〇 若女方の名優。修羅事・濡事を得意とした。四一 貞享・元禄の上方の立役。野良立役舞台大鏡(貞享三年)には上記三名を二、左近を中に位付けしている。四二 遊興をし尽して。四三 当時の芝居は昼間興行で午後五時頃終った。四四 色茶屋に対して単に茶などを飲ませる茶屋。四五 ずらりと並んで腰をかける。

一 素人女。 二 美しいと見える女もあろうかの意。 三 鑑定係の長。 四 夕暮方。 五 大方は女中駕籠(二二八頁注二四参照)に乗って行くので姿の見えないのが残念だの意。 六 三々五々ただ群がって歩くこと。 七 書写したが。 八 すらっとして。 九 目がぱっちりとして。 一〇 額の生え際は際墨でえどって化粧するのであるが、ここは際墨を用いないでも生来生え際の美しいとの意。 一一 欲をいえばの意。 一二 我慢できる程度である。 一三 白絖。地が薄く、表面が滑らかで光沢に富む絹織物の一種。幅一尺六寸、丈三丈二三尺あった。 一四 裾廻し。袖口を表裏いずれも共布(ともぎれ)にするもの。 一五「椛ぬめ」の誤刻か。椛ぬめは樺色の絖。 一六 唐絵・浮世絵に対して狩野派・土佐派等の正統な日本画をいう。 一七 兼好法師。 一八「独り灯火の下に文をひろげて見ぬ世の人を友とするこそこよなう慰むわざなれ」(徒然草一三)。 一九 くだり。条。 二〇 分別らしい、勿体ぶった趣向。 二一 石畳。市松模様。市松模様は当時の流行であった。 二二 模様を織り出したびろうどか。未詳。 二三 御所染の被衣。御所染は寛永の頃に女院の御所でもてはやされたが、のち町内にも伝えられて流行した。被衣は婦女子が外出するとき頭から被る小袖。 二四 とりなり。風態。 二五 中古以来の通例として薄紫色を薄色といった。

よき一地《ぢ》女の出《いで》し事もなし。若《もし》も我等《われら》が目に二うつくしきと見しもある事もや」と、役者《やくしや》のかしこきやつを三目利頭《めきゝがしら》に、花見《はなみ》がへりを四待暮《まつくれ》〳〵、是《これ》ぞかはりたる慰《なぐさみ》なり。五大かたは女中乗物《ちよちうのり》、見《みへ》ぬがこゝろにくし。六乱《みだれ》ありきの一むれ、いやなるもなし。是《これ》ぞと思ふもなし。「兎角《とかく》はよろしき女計《ばかり》書《かき》とめよ」と、硯紙《すゞりかみ》とりよせてそれを七移《うつ》しけるに、年《とし》の程《ほど》三十四五と見えて、首筋《くびすじ》八立《たち》のび、九目のはりりんとして、一〇額《ひたい》のはへぎは自然《しぜん》とうるはしく、一一鼻《はな》おもふにはすこし高《たか》けれども、それも一二堪忍比《かんにんごろ》なり。下に一三白《しろ》ぬめの一四ひつかへし、中に浅黄《あさぎ》ぬめのひつかへし、上に一五椛《かば》つめのひつかへしに一六本《ほん》絵《ゑ》にかゝせて、左《ひだり》の袖《そで》に一七吉田《よしだ》の法師《ほうし》が面影《おもかげ》、一八ひとり燈《ともしび》のもとにふるき文《ふみ》など見ての一九もんだん、さりとは二〇子細《しさい》らしき物好《ものごのみ》、帯《をび》は二一敷瓦《しきがはら》の二二折《をり》びろうど、二三御所《ごしよ》かづきの二四取《とり》まはし、二五薄《うす》色の絹《きぬ》

二六 三本の色の違った紐で編んだ鼻緒。
二七 恰好のよい腰つきの意。
二八 あの女の亭主めがの意。
二九 恋心もさめてしまった。
三〇 良家の上様や後家・娘に附き添って主人の過失を身にひきうける比丘尼で、科負比丘尼・悪事負の比丘尼・屁負比丘尼などともいう。
三一 普通には駕籠かきをいうが、また下男をも称した。 三二 しっかりと供をする。 三三 未婚。
三四 嫁入りをすると鉄漿で歯を染め、子が生まれると眉を剃った。結婚して子供がある証拠となる。
三五 この頃は丸顔が美人の一条件であった。
三六 ふっくらとしていること。豊満。
三七 肌のきめが細かいこと。
三八 身体にしっくりあうように上手に衣服を着こなすこと。
三九 黄無垢。表裏共に黄色で無地の衣服。
四〇 生地一面隙間なく鹿子絞りにしたもの。
四一 「きりつけ」は切付模様。百羽雀の模様を切り抜いて縫いつけたもの。
四二 だんだら染。種々の色で横段に染めたもの。
四三 帯地一幅をそのまま用いて仕立てた幅広の帯。伊達なものとされていた。普通は一幅を二つ割、三つ割にして用いたのである。
四四 胸元を少し開き気味にして。 四五 身のこなしが美しく。
四六 薄い片板に紙を張り黒漆を塗った笠。
四七 「うら打て」の誤刻であろう。
四八 細いこよりをたくさん縒い合せて作った緒。
四九 こちらより見た優美な姿。
五〇 この女をもう一度見直した時にの意。
五一 横顔。 五二 どうしても。

足袋《たび》、[二六]三筋《すぢ》緒《を》の雪踏《せつだ》、音《をと》もせずありきて、[二七]わざとならぬ腰《こし》のすはり、[二八]あの男めが果報《くはほう》と見る時、何《なに》かした〳〵へ物をいふとて口《くち》をあきしに、下歯《したば》一枚《まい》ぬけしに[二九]戀《こひ》を覚《さま》しぬ。間《ま》もなふ其跡《そのあと》ゟ十五六、七にはなるまじき娘《むすめ》、母親《はゝおや》と見えて左《ひだり》の方《かた》に付《つき》、右《みぎ》のかたに[三〇]墨衣《すみごろも》きたるびくにの付《（つき）》て、下女《げぢよ》あまた[三一]六尺[三二]供《とも》をかため、大事に掛《かく》る風情《ふぜい》、さては[三三]縁付前《ゑんづきまへ》かと思ひしに、[三四]かね付《つけ》て眉《まゆ》なし。[三五]皃《かほ》は丸くして見よく、目にりはつ顯《あらは》れ、耳《みゝ》の付《（つき）》やうしほらしく、手足《てあし》の指《ゆび》[三六]ゆたやかに、[三七]皮薄《かわうす》に色白《いろしろ》く、衣類《いるい》の[三八]着《き》こなし又有《またある》べからず。下に[三九]黄《き》むく、中に紫《むらさき》の[四〇]地《ぢ》なし鹿子《かのこ》、上は鼠《ねずみ》じゆすに[四一]百羽雀《ひやくばすゞめ》のきりつけ、[四二]段染《だんぞめ》の[四三]一幅帯《はゞをび》、[四四]むねあけ掛《かけ》て[四五]身ぶりよく、[四六]ぬり笠《かさ》に[四七]とら打《（うち）》て、[四八]千筋《（せん）すじ》ごよりの緒《を》を付《（つけ）》、[四九]見込《みこみ》のやさしさ、[五〇]是《（これ）》一度見しに、[五一]脇皃《わきがほ》に横《よこ》に七分《ぶ》あまりのうち疵《きず》あり。[五二]更《さら》にうまれ付《（つき）》と

はおもはれず、さぞ[一]其時《そのとき》の抱姥《だきうば》をうらむべしと、皆《みな》ゝ笑《わら》ふて通《とを》しける。さて又、二十一二なる女の棉《もめん》の[二]手《て》織嶋《をりじま》を着て、[三]其《(その)》うらさへつぎ〳〵を風《かぜ》ふきかへされ、恥《はぢ》をあらはしぬ。帯《をび》は羽織《はをり》の[四]おとしと見えて[五]物哀《ものあはれ》にほそく、[六]紫《むらさき》のかわたび[七]有《(ある)》にまかせてはき、[八]かたし〳〵の[九]なら草履《ざうり》、ふるき[一〇]置《をき》わたして、髪《かみ》はいつ櫛《くし》のはを入《(いれ)》しや、[一一]しどもなく乱《みだれ》しを、[一二]ついそこ〳〵にからげて、[一三]身《み》に様子《やうす》もつけず、[一四]独《ひとり》たのしみて行《ゆく》をみるに、[一五]面道具《おもてだうぐ》ひとつもふそくなく、世にかゝる生付《うまれつき》の又有物《あるもの》かと、いづれも見とれて、「あの女によき物を着《き》せて見ば、[一六]人の命《いのち》を取《(とる)》べし。[一七]まゝならぬはひんぷく」と、哀《あはれ》にいたましく、其《(その)》女のかへるに忍《しの》びて人をつけける。[一八]誓願寺通《せいぐわんじどをり》のすへなる[一九]たばこ切《(きり)》の女といへり。聞《きく》に胸《むね》いたく、[二〇]煙《けふり》の種《たね》ぞかし。其路《そのあと》に廿七八の女、さりとは[二一]花車《きやしや》に仕出《しだ》し、三つ重《かさね》たる小袖《こそで》、皆《みな》くろはぶたへに[二二]裙取《すそとり》の紅《もみ》うら、[二三]金《きん》のかくし紋、帯は[二四]唐織《からをり》[二五]寄嶋《よりしま》の大幅前《あふはゞまへ》にむすびて、髪《かみ》は[二六]なげ嶋田《しまだ》に[二七]平髷《ひらもとゆひ》かけて、對《つい》のさし櫛《ぐし》、[二八]はきかけの[二九]置手拭《をきてぬぐひ》、[三〇]吉弥笠《かさ》に[三一]四つかはりのくけ紐《ひぼ》を付《(つけ)》て、[三二]皃自慢《かほじまん》にあさくかづき、[三三]ぬきあし、中びねりのありきすがた、「是《(これ)》ゝ是《(これ)》じや、だまれ」と、をの〳〵近《ちか》づくを待《まち》みるに、三人つれし下女共《げぢよども》に、ひとり〳〵三人の子を抱《だか》せける。さては年子《としご》と見へておかし。跡《あと》から、「かゝ様、〳〵」といふを聞《きか》ぬ振《ふり》して行《ゆく》。「あの身にしては、我子《わがこ》ながらさぞ

一 きっと抱姥が取り落しでもしてうった疵であろうから。抱姥は二二六頁注二一参照。二 手織の縞物。三 その裏さえつぎはぎだらけであるのを風に吹きかえされて人目につきの意。四 裁ちおとし。五 可哀相なほど。六 当時は時代おくれであった。七 あるをさいわい。あり合わせを。八 片ちんばの。九 大和葛上郡小林村から産する草履。一〇 綿帽子。夏綿を種々の形につかねたもの。はじめ老女の防寒用であったが、のち一般子女も用いた。一一 しどけなく。一二 簡単に丸めて。一三 気取った様子もなく。一四 人目もかまわず、満ち足りた様子で。一五 眉・目・鼻・口などの顔の造作。一六 男を悩殺するだろう。一七 思うようにならないのは身の貧福のめぐり合わせ。一八 東は寺町通より西は大宮通の西までの東西の筋。六角通ともいう。一九 煙草の葉をきざむ賃仕事。二〇 煙は煙草の縁。思いの種。二一 優雅に工夫して。二二 裾廻し。二三「かくし紋」は衣服の裏につけて外からかすかに見えるようにした紋とする説と、正しい家紋でなく洒落た替紋とする説とがあるが、後者の方が妥当であろう。金は金糸の意。二四 金襴・緞子などの中国舶来の唐織物にならって西陣で織ったもの。二五 未詳。二六 島田髷の後へ倒れるように反らした髪型。傾城好みの派手な結い方で当時の流行。二七 幅一寸ほどの元結。二八 刷毛で色を刷きかけたように線の部分だけを彩った染模様。これも当時の流行である。二九 手拭を髪の上にかぶったもの。三〇 寛文・延宝期の名女方上村吉弥好みの結笠。その形状未詳。三一 四通りに染め分けた段染めか。三二 容貌自慢。三三 足音を立てずに腰を少しひねって歩くこと。「ぬきあし」「中びねり」ともに遊

うたてかるべし。人の[三四]風俗《ふうぞく》もうまぬうちが花《はな》ぞ」と、其女《そのをんな》[三五]無常《むじやう》のおこる程《ほど》どやきて笑《わらひ》ける。またゆたかに乗《のり》物[三六]つらせて、女いまだ十三か四か、髪《かみ》すき流《なが》し、[三七]先《さき》をすこし折《をり》もどし、紅《くれなひ》の絹《きぬ》たゝみてむすび、[三八]前髪若衆《まへがみわかしゆ》のすなるやうにわけさせ、[三九]金髻《きんもとゆひ》にて結《ゆは》せ、[四〇]五分櫛《ぶぐし》のきよらなるさし掛《かけ》、まづはうつくしさ、ひとつ〳〵いふ迄《まで》もなし。白《しろ》しゆすに[四一]墨形《すみがた》の肌着《はだぎ》、上は[四二]玉むし色のしゆすに、孔雀《くじやく》の切付《きりつけ》見へすくやうに、其《(その)》うへに[四三]唐糸《からいと》の網《あみ》を掛《かけ》、さても[四四]たくみし小袖《こそで》に、十二色《(じふにいろ)》の[四五]たゝみ帯《おび》、素足《すあし》に紙緒《を》のはき物、[四六]うき世笠跡《よがさあと》より持《もた》せて、藤《ふぢ》の[四七]八房《ぶさ》つらなりしをかざし、[四八]見ぬ人のためといはぬ計《ばかり》の風義《ふうぎ》、今朝《けさ》から見盡《みつく》せし美女《びぢよ》ども、是《これ》に[四九]けをされて、其名《そのな》ゆかしく尋《たづね》けるに、「室町《むろまち》のさる息女《そくぢよ》、今小町《いまこまち》」と云捨《いひすて》行《ゆく》。[五〇]花《はな》の色《いろ》は是《これ》にこそあれ、[五一]いたづらものとは後《のち》に思《おも》ひあはせ侍る。

[五二]してやられた枕《まくら》の夢《ゆめ》

[五三]男世帯《おとこぜたい》も[五四]気《き》さんじなる物ながら、お内義《ないぎ》のなき夕暮《ゆふぐれ》一しほ淋《さび》しかりき。爰《こゝ》に大經師《たいきやうじ》の何《なに》がし年久《としひさ》しく[五五]やもめ住《ずみ》せられける。[五六]都《みやこ》なれや、[五七]物好《ものずき》の女もあるに、品形《しなかたち》すぐれてよきを望《のぞめ》ば心《こゝろ》に叶《かな》ひがたし。[五八]詫《わび》ぬれば身を浮草《うきくさ》のゆかり尋《たづね》て、今《いま》

女の道中の歩き方を素人女が得意気に真似たのである。
三四 なりふり。 三五 色気を捨てて身をはかなむほど。 三六 かつがせて。 三七 二つ折の髪の結い方。 三八 若衆髷のように前髪を分けて結わせ。このような女髪の結い方を分前髪という。 三九 金紙の元結。 四〇 櫛の峰の厚さの五分あるもの。 四一 墨絵模様の。 四二 光線の工合で青・緑等に見えたりする織色又は染色。 四三 唐糸は中国舶来の糸。唐糸で網の繍をしたのである。 四四 趣向をこらした。 四五 心を入れずに一枚のものを折り畳んだ帯。 四六 当世流行の笠。 四七 花房のたくさんついていること。 四八「かの縄麻呂の歌に、多祜の浦底さへ匂ふ藤波を、藤波をかざして行かん見ぬ人のためと詠みたりし。此花を心なく詠じ給ふはうらめしや」(謡曲、藤)による。本歌は万葉一九の内蔵忌寸縄麻呂の歌。 四九 圧倒されて。 五〇「花の色はうつりにけりないたずらに我が身世にふるながめせし間に　小野小町」(古今)。今小町の縁で小町の歌を引く。 五一 茂右衛門との不義の伏線を小町の歌にかけて出した。

五二 おさんが茂右衛門にうまくやられたの意。 五三 男やもめの世帯。 五四 気楽な。呑気である。 五五 独身生活。 五六 さすが都だけあって。 五七 なりふりに数寄のかぎりをつくす女も多い中で、人品・容貌のすぐれた者を望んだので。 五八「わびぬれば身を浮草の根を絶えてさそふ水あらばいなむとぞ思ふ　小野小町」(古今)。単に「縁故を尋ねて」という所を、今小町の縁で小野小町の歌によった。

小町《こまち》といへる娘《むすめ》ゆかしく見にまかりけるに、過《すぎ》し春《はる》四条《しでう》に関居《せきすへ》て見とがめし中《なか》にも、藤《ふぢ》をかざして覚束《おぼつか》なきさましたる人、是《(これ)》ぞとこがれて、なんのかのなしに縁組《ゑんぐみ》を取《(とり)》いそぐこそおかしけれ。其比《(その)ころ》下立賣烏丸《たちうりからすま》上ル町に、しやべりのなるとて隠《かくれ》もなき仲人《なかうど》がゝ有《(あり)》。是《(これ)》をふかく頼樽《(たのみ)たる》のこしらへ、願《ねが》ひ首尾《しゆび》して、吉日をゑらびて、おさんをむかへける。花《はな》の夕月《ゆふべ》の曙《あけぼの》、此《(この)》男外《(ほか)》を詠《ながめ》もやらずして、夫婦《ふうふ》のかたらひふかく、三とせが程もかさねけるに、明暮《あけくれ》世をわたる女の業《わざ》を大事に、手づからべんがら糸《いと》に氣《き》をつくし、すへ〴〵の女に手紬《てつむぎ》を織《をら》せて、わが男の見よげに始末《しまつ》を本《(もと)》とし、竈《かまど》も大くべさせず、小遣帳《こつかいちやう》を筆《ふで》まめにあらため、町人の家《いへ》に有《(あり)》たきはかようの女ぞかし。

次第《しだい》に栄《さかへ》てうれしさ限《かぎり》もなかりしに、此《(この)》男東の方《あづま(かた)》に行事有《ゆくこと(あり)》て、京《きやう》に名残《なごり》を惜《おし》めど、身過程悲《みすぎほどかな》しきはなし。思ひ立旅衣《たつたびごろも》、室町《むろまち》の親里《おやざと》にまかりて、あらましを語《かたり》しに、我娘《わがむすめ》の留守中《るすちう》を思ひやりて、「萬《よろづ》にかしこき人もがな、跡《あと》を預《あづけ》て表《おもて》むきをさばかせ、内證《ないしやう》はおさんが心だすけにも成《なる》べし」と、何国《いづく》もあれ、親《おや》の慈《ぢ》悲《ひ》心より思ひつけて、年《とし》をかさねてめし遣《つか》ひける茂右衛門といへる若《わか》きものを聟《むこ》のかたへ遣《つかは》しける。此男《(この)おとこ》の正直《しやうぢき》、かうべは人まかせ、額《ひたい》ちいさく、袖口《そでぐち》五寸にたらず、髮置《かみをき》して此《(この)》かた編笠《あみがさ》をかぶらず、ましてや脇差《わきざし》をこしらへず、只《たゞ》十

一 前章参照。大経師屋が四天王の一人であるのではない。「例の四天王が過ぎし春云々」と続く。二 目利きした。三「藤のおぼつかなきさましたる、すべて思ひ棄て難きこと多し」(徒然草一九)による。四 文句を言わずに。藤をかざしてなよなよとしたの意。五「からすまる」は「からすま」と「る」を省略して発音することが多い。六 口上の上手な所からの諢名。七 一割の手数料を貰うことを目的に仲人を商売としている女。八 頼樽は結納として贈る酒肴で、樽は角樽を用いる。仲人がかに深く頼むことと、結納の角樽を用意して先方に届けることとを、頼樽によって言いかけた。九 願いが成就して。一〇 おさん以外のどんな美しい自然の景色も眺めずにの意。一一 べんがら紬を織る糸。べんがら紬は印度原産で緯に木綿、経に苧に似た脆い糸を用いた縦縞織。一二 精を出し、苦心して。一三 手織の紬。一四 第一とし。旨とし。一五 やたらに薪をくべないように注意していること。一六 細かく吟味して記し。一七「家にありたき木は松桜」(徒然草一三九)による。一八 家業ほどつらいものはない。一九「今日思ひ立つ旅衣帰洛をいつと定めん」(謡曲、船弁慶)により、いよいよ旅に出ようと思い立っての意。立つ(裁つ)と衣は縁語。二〇 一部始終。二一 留守を受け持って。二二 商売上の仕事。二三 家政。家事。二四 力強く思い頼りになること。二五 何処でもそうなのだが、親の愛情から思いついて。二六 諺「正直の頭に神宿る」から、この男の実直な性格と、自分からどうこう言わずに髪結にまかせきりの頭つきを言いかけ、洒落気のない性格をあらわす。二七 額の生え際の毛を抜いて男ぶりを作りなどしないから額が小さい。二八 袖が小さいのは律

露盤《ろばん》を枕《まくら》に、夢《ゆめ》にも銀《かね》もふけのせんさくばかりに明《あか》しぬ。折節《おりふし》秋《あき》も[三三]夜嵐《よあらし》いたく、冬《ふゆ》の事思ひやりて、[三四]身の養生《やうじやう》の為《ため》とて茂右衛門灸おもひ立《(たち)》けるに、腰元《こしもと》のりん、[三五]手がるく居《すゆ》る事をゐたれば、是《(これ)》をたのみてもぐさ[三六]数捻《かずひねり》て、りんが[三七]鏡臺《きやうだい》に嶋《しま》の綿《もめん》ふとんを折《(おり)》かけ、初《はじめ》一つ二つはこらへかねて、お姥《うば》から中ゐから[三八]たけまでも[三九]其《(その)》あたりをおさへて皃《かほ》しかむるを笑《わら》ひし。跡《あと》程《(ほど)》[四〇]煙《けふり》つよくなりて、[四一]塩灸《しほやいと》を待兼《まちかね》しに、[四二]自然《しぜん》と居落《すへおと》して、背骨《せぼね》つたひて身の皮《かは》ちゞみ、[四三]苦《くる》しき事暫《しばらく》なれども、居手《すへて》の迷惑《めいわく》さをおもひやりて、目をふさぎ、[四四]歯《は》を喰《くひ》しめ堪忍《かんにん》せしを、りん[四五]かなしくもみ消《け》して、是《(これ)》より肌《はだ》をさすりそめて、いつとなくいとしやとばかり思ひ込《こみ》、人しれず[四六]こゝちなやみけるを、[四七]後《のち》は沙汰《さた》して、おさん様の御耳《みゝ》にいれど、なをやめがたくなりぬ。りん[四八]いやしかるそだ

義な風。普通は七寸袖。八寸袖は伊達とされている。袖が小さいから、したがって袖口も小さい。二九 髪置は普通男女共に三歳の十一月十五日にするのが習慣。それまでは髪を生やさずに全部そる。ここでは、生まれてこのかたの意。三〇 里通いの編笠をかぶらずの意。女郎買いをしないこと。三一 金をかけて脇差を立派にこしらえないこと。三二 片時もそろばんを身辺から離さず、商売にうち込む形容。三三 夜嵐がひどく吹くので。三四 秋に灸をすえておくと冬になって風邪をひかないという。三五 手ぎわよく。三六 たくさん捻って。三七 鏡台に縞木綿の蒲団を二つ折にしてかけて、その上にもたれかかった意。三八 飯炊女の通り名。三九 灸をすえる皮膚の周囲を押えて苦痛を軽くする。四〇 勢よく艾が燃えて熱さの烈しくなること。四一 最後に塩の上に艾を置いてすえる灸。四二 すえそこなって火玉となった艾が転がり落ちて。四三 苦しさがしばらく続いたが。四四 歯を食いしばって我慢していたのを。四五 申し訳なく思って。四六 恋心に沈んでいたが。四七 人々の噂にのぼって。四八 賤しい育ちでの意。

ちにして、[一]物書《かく》事にうとく、[二]筆のたよりをなげき、[三]久七が[四]心覚《こゝろおぼへ》ほどにじり書《かき》をうらやましく、ひそかに是《(これ)》をたのめば、茂右衛門よりは先《さき》へ、[五]戀《こひ》を我物《わがもの》にしたがるこそうたてけれ。

[六]是非《ぜひ》なく日数《ひかず》ふる時雨《しぐれ》も僞《いつはり》のはじめごろ、おさん様江戸《えど》へつかはされける御《ご》狀《ちやう》の次手《ついで》に、「りんが[七]ちは文書《ぶみかき》てとらせん」と、ざら〳〵と筆《ふで》をあゆませ、「茂のじ様まいる、身より」とばかり、[八]引《(ひき)》むすびて[九]かいやり給ひしを、りんうれしく、[一〇]いつぞの時を見合《あはせ》けるに、見せより、「たばこの火よ」といへ共《(ども)》、折から[一一]庭《には》に人のなき事を幸《さいわい》に、其《(その)》事にかこつけ、彼文《かのふみ》を[一二]我事我《わがことわれ》と遣《つかは》しにける。茂右衛門も[一三]ながな事は、おさん様の手ともしらず、りんをやさしきと計《ばかり》に、[一四]おもしろおかしきかへり事をして、又渡《わた》しける。是《(これ)》をよみかねて、御きげんよろしき折ふし、奥《をく》さまに見せ奉れば、「[一五]おぼしめしよりておもひもよらぬ[一六]御つたへ、此《この》方《はう》も若《わか》ひものゝ事なれば、いやでもあらず候へども、ちぎりかさなり候へば、[一七]取《(とり)》あげばゞがむつかしく候、去《さり》ながら着物《きるもの》・羽織《はをり》・風呂錢《ふろせん》、身だしなみの事共《(ども)》を、其《(その)》方から[一八]賃《ちん》を御かきなされ候はゞ、[一九]いやながらかなへてもやるべし」と、[二〇]うちつけたる文章《ぶんしやう》、「去迚《さりとて》はにくさもにくし、[二一]世界《せかい》に男《おとこ》の日照《ひでり》はあるまじ。りんも[二二]大かたなる生付《うまれつき》、茂右衛門め程成《(なる)》男《おとこ》を、[二三]そもや持《(もち)》かねる事や有《(ある)》」と、か

一 無筆であること。
二 恋文を書けないのを悲しく思い。
三 下男の通り名。
四 うろ覚えの怪し気な文字でにじり書きするのを羨ましく思い。
五 りんを自分になびかせようとしたがるのがいやらしかった。
六 空しく月日が過ぎて、時雨が降る十月頃。日数がふると時雨が降るとをかけてある。「偽りのなき世なりけり神無月たが誠よりしぐれそめけん　藤原定家」(続後拾遺)によって、後の、りんとおさんの身代り事件を暗示する。
七 恋文。
八 手紙の文章に結末をつけたことと結び文にしたことをかけていった。
九 「かい」は接頭語。単にやるの意。
一〇 いつか良い機会があったらと待ちもうけている。
一一 台所の土間。
一二 手ずからの意の強調。自分のことを他人に仲介を頼まずに自分で使いに行ったの意。
一三 長い間の意の「長な事」、なかなか、しばらくの意の「中な事」と解する二説あるが未詳。
一四 冗談半分の。
一五 私に思いをお寄せなさっての意。 一六 御文。
一七 妊娠することにもなろうし、そうなれば取上げ婆のことを心配せねばならず、それが面倒だの意。
一八 費用を出してくれるのなら。
一九 厭々ながら。自分は気が進まないのだがの意。 二〇 露骨な。
二一 世間に男がいない訳でもあるまい。
二二 十人並の器量。 二三 そもそも。一体。

さねて[二四]又文にしてなげき、茂右衛門を[二五]引《ひき》なびけて[二六]はまらせんと、かづ〳〵書《かき》く
どきてつかはされける程に、茂右衛門[二七]文《ふみ》づらより[二八]哀《あはれ》ふかくなりて、始《はじめ》の程嘲《あざけり》
し事のくやしく、[二九]そめ〳〵と返事をして、[三〇]五月十四日の夜はさだまつて影待《かげまち》あ
そばしける、かならず[三一]其折《そのをり》を得てあひみる約束《やくそく》いひ越《こし》ければ、おさん様、いづ
れも女房《にょばう》まじりに[三二]声《こゑ》のある程は笑《わらひ》て、[三三]「とても事に、其夜《そのよ》の慰《なぐさみ》にも成《なり》ぬべし」
と、おさんさまりんに成《なり》かはらせられ、身を木綿《きわた》なるひとへ物に[三四]やつし、[三五]りん
不断《だん》の寐所《ねどころ》に暁《あかつき》がたまで待《まち》給へるに、[三六]いつとなく心よく御夢《ゆめ》をむすび給へり。
下《した》〳〵の女ども、おさん様の御声《こゑ》たてさせらるゝ時、皆《みな》〳〵かけつくる[三七]けいやくに
して、手毎《てごと》に棒《ばう》・[三八]乳切木《ちぎりき》・手燭《てしよく》の用意《やうい》して、所〻にありしが、宵《よひ》よりのさはぎ
に草臥《くたびれ》て、我《われ》しらず鼾《いびき》をかきける。[三九]七つの鐘《かね》なりて後、茂右衛門下帯をときか
け、闇《くら》がりに忍び、夜着《よぎ》の下にこがれて、裸身《はだかみ》をさし込《こみ》、心のせくまゝに言葉《ことば》
かはしけるまでもなく、よき事をしすまして、袖《そで》の移香《うつりが》しほらしやと、又寐道《ねだう》
具《ぐ》を[四〇]引《ひき》きせ、[四一]さし足《あし》して立《たち》のき、「さても[四二]こざかしき浮世《うきよ》や、[四三]まだ今やなど、
りんが[四四]男心《おとこ》は有《ある》まじきと思ひしに、[四五]我《われ》さきにいかなる人か物せし事ぞ」とおそ
ろしく、重《かさね》ては[四六]いかな〳〵おもひとゞまるに[四七]極《きは》めし。其後《その》、おさんはおのづか
ら夢覚《ゆめさめ》て、[四八]おどろかれしかば、枕《まくら》はづれてしどけなく、帯はほどけて手元にな

二四　恋文に託して慕情を訴え。
二五　惚れさせて。
二六　一杯食わしてやろう。
二七　恋文の文面から。
二八　情を深く感じるようになって。
二九　しみじみと。しんみりと。
三〇　日待に同じ。正・五・九月の吉日を選んで身を潔め、徹夜して朝日を拝み所願を祈る行事。睡気ざましに親戚朋友を招いていろいろの遊びをしたり、僧侶・山伏を請じて経を唱えてもらったりする。当時、五月十四日の夜から翌朝にかけて日待に行っていた。
三一　その時にきっとよい折をねらって。
三二　声の出る限りの大笑いをして。
三三　いっそのことに。
三四　見すぼらしく様子を変えること。
三五　りんがいつも寝る寝床。
三六　何時の間にか気持よく寝込んでしまった。
三七　約束。
三八　両端を太く中央をやや細く削った棒。人を打つ時しなって当りが強いという。
三九　午前四時頃。
四〇　引き寄せて着せさす。
四一　足音の立たないように足を爪立てて地を履むこと。
四二　小癪な。
四三　まだ今ぐらいの年では。
四四　男に対する関心。世心。春情。
四五　自分より先に。
四六　断じて。必ず。
四七　決めた。決心した。
四八　驚いたことにはの意か。

一 滅茶苦茶になっている。二 浮名を立て。三 当時姦通した者は共に死罪。四 かえって止むに止まれぬ気になって。五「山城の木幡の里に馬は有れども君を思へば徒歩跣足」(謡曲、通小町)による。りんという乗りかかった馬はあっても、おさん様に情をうちこみ夜毎に通っての意。六 道に外れたこと。七 都合よくいって生き延びるか、失敗して死ぬか二つに一つの一六勝負。

八 人を沈めた、すなわち入水したの意と、人をだましたの意の掛言葉。九 原本振仮名「うしほ」。目録には「みづうみ」とあるが、当時潮と湖と混用されていたので誤刻したものであろう。一〇 源氏物語の本文には見えないが、「さてこそ源氏のかしはぎの巻とやらんに、わりなきは情の道とあるよしを承る時は」(仮名草子、心友記、寛永二十年刊)、「有時物覚のよはき人わりなきは情の道と書しは、柏木の巻にはなきとあらそひ」(諸艶大鑑七ノ二)などの用例を見る。当時誤り伝えられていたのであろう。世の中で人の思慮分別でどうにもならないのは恋の道であるの意。一一 石山寺の開帳は天和三年二月にあった。紫式部が石山寺で源氏物語を書いたという伝説により「源氏にも書残せし爰に石山寺の」と続く。一二 見向きもしないでの意。一三「これやこの行くも帰るも別れては知るも知らぬも逢坂の関　蟬丸」(後撰)による。一四 逢坂の関。一五 当世風の女の出立姿。出立は外出に晴着を着飾った姿の意。一六 誰一人として後世安楽を願う心から参詣に来ているとは見えない。一七 容姿を自慢すること。一八 石山寺の本尊は如意輪観音である。一九 花は人間のはかない命に譬えられる通り、いつ散るともわからない。二〇

く、鼻紙《はながみ》の一わけもなき事に心はづかしく成《なり》て、「よもや此《この》事人のしれざる事あらじ。此《この》うへは身をすて、命かぎりに名を立《たて》、二茂右衛門と死手《しで》三の旅路《たびち》の道づれ」と、四なをやめがたく、心底《しんてい》申《まうし》きかせければ、茂右衛門おもひの外《ほか》なるおもはく違《ちが》ひ、五のりかゝつたる馬《むま》はあれど、君をおもへば夜毎《よごと》にかよひ、人のとがめもかへりみず、六外《ほか》なる事に身をやつしけるは、七追付生死《おつつけしやうじ》の二つ物掛《がけ》、是《これ》ぞあぶなし。

八人をはめたる九湖《みづうみ》

一〇世にわりなきは情《なさけ》の道と、源氏《げんじ》にも書殘《のこ》せし。一一爰《こゝ》に石山寺《いしやまでら》の開帳とて、都人袖をつらね、東山の桜《さくら》は一二捨物《すてもの》になして、一三行《ゆく》もかへるも是《これ》や一四此《この》関越《せきこへ》て見しに、大か

たは一五今風《いまふう》の女出立《でたち》、一六どれかひとり後世《ごせ》わきまへて参詣《まうで》けるとはみへざりき。皆衣裳《みないしやう》くらべの一七姿自慢《すがたじまん》、此《(この)》心ざし一八観音《くはんをん》様もおかしかるべし。

其比《(そのころ)》おさんも茂右衛門つれて御寺《みてら》にまいり、「一九花は命《(いのち)》にたとへていつ散《ちる》べきもさだめがたし。此浦山《(この)うらやま》を又見る事のしれざれば、けふのおもひ出《(で)》に」と、勢田《せた》より二〇手ぐり舟をかりて、「二一長橋《ながはし》の頼《たのみ》をかけても短《みぢかき》は我〻がたのしび」と二二浪《なみ》は枕《まくら》のとこの山、あらはるゝまでの乱髪《みだりがみ》、物思ひせし良《かほ》ばせを、二三鏡《かゞみ》の山も曇世《くもるよ》に、二四鰐《わに》の御崎《みさき》ののがれがたく、二五堅田《かたゞ》の舟よばひも、若《もし》やは京《きやう》よりの追《をつ》手《て》かと、二六心玉もしづみて、二七ながらへて長柄山《ながらやま》、我《わが》年の程も爰《(こゝ)》にたとへて、二八都《みやこ》の富士《ふじ》、廿《はたち》にもたらずして頓《やが》て消《きゆ》べき二九雪《ゆき》ならばと、幾度《いくたび》袖をぬらし、三〇志賀《しが》の都《みやこ》はむかし語《がたり》と、我もなるべき身の果《はて》ぞと、一しほに悲《かな》しく、三一竜灯《りうとう》のあがる時、三二白《しら》

磯辺で引く小さな網を手ぐりといい、この網を引く舟を手繰船という。二一 瀬田の長橋。大小二本の橋がある。瀬田の長橋のように二人の楽しみの長かれと祈っても、叶えられず短いのは、二人の不義の仲であるの意。二二 鳥籠(床)の山は、近江犬上郡正法寺村所在。古来有名な歌枕の地。浪を枕にして短い逢瀬を楽しむが、人目にもそれと知れるほどに髪も乱れての意。枕・床・乱髪は縁語。二三 近江蒲生郡鏡村にある歌枕の山。物思いに沈んだ顔を鏡に映せば、鏡の面も涙で曇るであろうという。良ばせ・鏡・曇るは縁語。二四 近江志賀郡和邇村の岬。「其外悪魚鰐の口遁れ難しや我が命」(謡曲、海士)による。鰐の御崎の名前を聞くから、不義の罪で遁れられない二人の運命を観念し。二五「のがれがたく」より畳音法によって「堅田」といい続けた。「舟よばひ」は渡などで舟を呼ぶこと。また沖合などで舟同士が呼び合うこと。二六 胆を冷やすこと。二七「ながらへて長柄山」は畳音法によったもの。長柄山の名になぞらえて、自分の寿命も長かれと思うものの。二八「都の富士」は比叡山。「その山をここにたとへては、ひえの山をはたちばかりかさねたらんほどして」(伊勢物語九)によりおさんの年を示す。二九「雪ならば幾度袖を払はまし花の吹雪の志賀の山越」(謡曲、志賀)による。三〇 志賀は景行・成務・仲哀・天智四帝の都であった。志賀の都のことは昔話となってしまったと同様、やがて昔話となるべき我々の運命である。三一 海中より竜神が捧げるという灯。ここは、夕方になって神前にかかげる灯のことを「殊更今宵は天灯竜灯神前に来現の時節なれば」(謡曲、白髭)などによっていったもの。三二 近江志賀郡鵜川村所在の白髭大明神。

髭《ひげ》の宮《みや》所につきて神いのるにぞ、いとゞ身のうへはかなし。「兎角《とかく》世にながらへる程つれなき事こそまされ、此《(この)》湖《みづうみ》に身をなげてながく[一]仏國《ほとけくに》のかたらひ」といひければ、茂右衛門も、「惜《おし》からぬ命ながら、[二]死《しん》でのさきはしらず。[三]おもひつけたる事こそあれ。二人都《みやこ》への書置《かきをき》残し、[四]入水《にうすい》せしといはせて此《(この)》所を立《(たち)》のき、[五]いかなる國里《くにさと》にも行《(ゆき)》て、年月《(としつき)》を送《おく》らん」といへば、おさんよろこび、「我《(われ)》も[六]宿《やど》を出《(いで)》しより[七]其《(その)》心掛《がけ》あり」と、「金子五百両[八]挿箱《はさみばこ》に入《(いれ)》來《きた》りし」とかたれば、「それこそ[九]世をわたるたねなれ。いよ〳〵[一〇]爰《こゝ》をしのべ」と、それ〳〵に[一一]筆をのこし、「我《(われ)》と[一二]悪心《あくしん》おこりてよしなきかたらひ、是《(これ)》天命のがれず、身の置《をき》所もなく、今月今日[一三]うき世の別《わかれ》」と[一四]肌《はだ》の守《まもり》に壹寸八ぶの如來に、黒髪《くろかみ》のすへを切添《きりそへ》、茂右衛門はさし馴《なれ》し壹尺七寸の大脇差《わきざし》、[一五]関和泉守《せきノいづみノかみ》、[一六]銅《あかゞね》こしらへに[一七]巻龍《まきりやう》の鐵鍔《てつつば》、[一八]それぞと人の見覚《(みおぼえ)》しを跡《あと》に残し、二人が上着《うわぎ》・女草履《ざうり》・男雪踏《をとこせつた》、これにまで氣を付《(つけ)》て、[一九]岸根《きしね》の柳《やなぎ》がもとに置捨《をきすて》、此濱《(この)はま》の獵師《れうし》[二〇]ちやうれんして、[二一]岩飛《いわとび》とて[二二]水入《すいり》の男をひそかに二人やとひて、金銀とらせて[二三]有増《あらまし》をかたれば、心やすく頼《たのま》れて、ふけゆく時待《(まち)》合《あは》せける。おさんも茂右衛門も身ごしらへして、[二四]借家《かりいへ》の[二五]笹戸《さゝど》明掛《あけかけ》、皆《みな》ゝをゆすり起《おこ》して、「思ふ子細《しさい》のあつて、[二六]只今冣後《さいご》なるぞ」とかけ出《(いで)》、[二七]あらけなき岩のうへにして念仏《ねんぶつ》の声幽《こゑかすか》に聞えしが、二人ともに[二八]身をなげ給ふ水に音《をと》あり。いづれ

一 仏国は極楽浄土の意。来世で夫婦の契をかわそう。二 死んでから先どうなるのかわからない。三 考えついた。四 身投げ。五 どんな田舎でもよいからそこへ行って。六 我家。七 そのつもりでいる。その予定である。八 二五三頁注五二参照。九 世を渡る基金。一〇 ここを落ち延びよう。一一 書置を書いて。一二 よこしまな心からとんでもない不義を致しました。一三 この世にお別れを致します。自殺するの意。一四 肌身離さずお守りとして持っていた一寸八分の如来像にの意。一五 もと甲州の人であったが、美濃の関に移り和泉守兼定と号した。初代信濃守兼定の弟子で、関孫六(兼元)とは義兄弟である。ここは和泉守兼定の鍛えた刀の意。一六 目貫などを赤銅で拵えたもの。一七 竜が円く蟠った形を図案化したもの。一八 二人の持物であると。一九 湖岸などの水に近い所。水際。二〇 調練。訓練を積むこと。二一 高い岩の上から水中に飛び込んで浮き上り、見物人から銭を貰う見世物の一種。諸国咄にも「また近江の湖にて、白髭の岩飛、吉野の滝落し、是れ皆練磨なり」とある。二二 潜水。もぐり。二三 一部始終。二四 借りていた家。二五 粗末な枝折戸。二六 只今最後をとげるその意。二七 けわしい。二八「給ふ」と敬語を使ったのは、浄瑠璃の道行文の修辞をそのまま用いたもの。なお、この章は道行文の手法に模して書かれている。二九 山麓。三〇 杉叢。杉の生い繁っている所。三一 潜りの男。三二 京都から連れて来た召使の者ども。三三 二人の入水を。三四「皆人の形見には、手跡に勝るものあらじ…涙を文に巻き込めて」(謡曲、夜討曾我)によるか。「泪に」は涙ながらに。「巻込」は一つに包んで。ここは、涙

も泣《なき》さはぐうちに、茂右衛門おさんを肩《かた》に掛《かけ》て、[二九]山本わけて木ふかき[三〇]杉村《すきむら》に立《(たち)》のけば、[三一]すいれんは浪《なみ》の下くゞりて、おもひもよらぬ汀《みぎは》にあがりける。[三二]つき〴〵の者共《ものども》手をうつて[三三]是《(これ)》を歎《なげ》き、浦《うら》人を頼《(たのみ)》、さま〴〵さがして甲斐《かい》なく、夜も明行《あけ(ゆけ)》ば、[三四]泪《なみだ》に形見《かたみ》色〻巻込《まきこめ》、京都《きやうと》にかへり、此《(この)》事を語《かた》れば、人〻[三五]世間《せけん》をおもひやりて、[三六]外へしらさぬ内談《ないだん》すれども、[三七]耳《みゝ》せはしき世の中、[三八]此沙汰《(この)さた》つのりて、[三九]春《はる》慰《なぐさみ》に[四〇]いひやむ事なくて、[四一]是非《(ぜひ)》もなきいたづらの身や。

[四二]小判しらぬ休《(やす)》み茶屋《(ちやや)》

[四三]丹波越《たんばごへ》の身となりて、道なきかたの[四四]草分衣《くさわけごろも》、茂右衛門おさんの手を引《(ひき)》て、やう〳〵峯《みね》高くのぼりて、[四五]跡《あと》おそろしく、おもへば生《いき》ながら死《しん》だぶんになるこそ[四六]心ながらうたてけれ。[四七]なを行《(ゆく)》さき柴《しば》人の[四八]足形《あしかた》も見えず、踏《ふみ》まよふ身の[四九]哀《あはれ》も今、[五〇]女のはかなく[五一]たどりかねて、此《(この)》くるしさ[五二]息《いき》も限《かぎり》と見えて、皃色替《かほいろかは》りて[五三]かなしく、岩《いは》もる雫《しづく》を[五四]木の葉《は》にそゝぎ、さま〴〵[五五]養生《やうじやう》すれども、次第に[五六]たよりすくなく、[五七]脈《みやく》もしづみて、[五八]今に極《きは》まりける。薬《くすり》にすべき物とてもなく、[五九]命《いのち》のおはるを待居《(まち)い》る時、[六〇]耳《みゝ》ぢかく寄《よせ》て、「今すこし先《さき》へ行《(ゆけ)》ば[六一]しるべある里《さと》ちかし。[六二]さもあらば此《(この)》

ながらに形見の品々を包みこんでの意。 三五 世間を憚かって。 三六 外に洩らさぬように内々で相談をまとめたが。 三七 早耳の。耳さとい。 三八 この噂が世間にぱっと広がって。「つのりて」は「言ひつのりて」の意。 三九 正月の慰みの種。世間話の種の意。 四〇 何時までも噂が消えることなく。 四一 そのような評判が立っても仕方のない心得違いをした身の上であるの意。

四二 一両小判。長さ二寸二三分、幅一寸二分、重さ四匁八分の慶長小判。銭四貫文が小判一両に相当した。 四三 京都の者が破産したり勘当されたりその他不首尾の際には、丹波へ逃げたので、当時京都を出奔することをかく呼んだ。 四四 旅衣。「道なきかたの草を分け」に言い掛けた。 四五 追手が来るかと後の方が恐ろしく。 四六 我が心ながらの意。自ら進んでしたこととはいいながら。 四七 「なほ行く先に見えたるは杣山人の板取」(謡曲、安宅)による。 四八 足跡。 四九 身の哀れさも今その極限に達して。「今」は次の文にもかかる。 五〇 おさんは女のこととて弱々としての意。 五一 足も運びかねて。 五二 息も絶えそうで。 五三 茂右衛門が悲しく思うのである。 五四 木の葉に受けて口に注ぎの意。 五五 手当て。 五六 望み少なく。気力が衰えて行く意。 五七 脈が弱りかすかになって。 五八 いよいよ今最後という状態になった。 五九 おさんが。 六〇 耳許に口を寄せて。 六一 知人のいる里。 六二 そこへ行き着いたら。

浮《うき》をわすれて、おもひのまゝに枕さだめて語《かた》らん物を」となげゝば、此《(この)》事おさん耳《みゝ》に通《つう》じ、「うれしや、命《いのち》にかへての男じやもの」と、氣《き》を取《(とり)》なをしける。さては魂《たましい》にれんぼ入《(いり)》かはり、外《(ほか)》なき其《(その)》身いたましく、又負《をふ》て行《(ゆく)》程に、わづかなる里の垣《かき》ねに着《つき》けり。爰《(こゝ)》なん京《きやう》への海道《かいだう》といへり。馬《むま》も行《(ゆき)》違《ちが》ふ程の岨《そば》に道もありける。わら葺《ふけ》る軒《のき》に杉《すぎ》折《(おり)》掛《かけ》て、上《(じやう)》〻諸白《もろはく》あり。餅《もち》も幾日《いくか》になりぬ、ほこりをかづきて白き色なし。片《かた》見《(み)》世《(せ)》に茶筅《ちやせん》・土人形《つちにんぎやう》・かぶり太鞁《たいこ》、すこしは目馴《めなれ》し都めきて、是《(これ)》に力《ちから》を得《(え)》、しばし休《やすみ》て、此《(この)》うれしさにあるじの老人に金子一兩とらしけるに、猫《ねこ》に傘《からかさ》見せたるごとく、いやな㒵つきして、「茶《ちや》の錢置《ぜにおき》給へ」といふ。「さても京ゟ此《(この)》所十五里はなかりしに、小判《こばん》見しらぬ里もあるよ」とおかしくなりぬ。

それより柏原《かやばら》といふ所に行《(ゆき)》て、ひさしく音信絶《おとづれたへ》て無事《(ぶじ)》をもしらぬ姨《おば》のもとへ尋《たづね》入《(いり)》て、昔《むかし》を語《かた》れば、石流《さすが》よしみとてむごからず。親《をや》の茂介殿の事のみいひ出《(いだ)》して、泪片手《なみだかたて》夜すがら咄《はな》し、明《あく》ればうるはしき女﨟《ぢよらう》に不思義《ふしぎ》を立《(たて)》、「いかなる御かたぞ」とたづね給ふに、是《(これ)》さしあたつての迷惑《めいわく》、此《(この)》事までは分別《ふんべつ》もせずして、「是《(これ)》はわたくしの妹《いもと》なるが、年久《(としひさ)》しく御所《ごしよ》方《(がた)》にみやづかひせしが、心地《(こゝち)》なやみて、都の物がたき住ひを嫌《きら》ひ、物しづかなるかゝる山家《やまが》に似合《にあはせ》の縁《ゑん》もが

一 憂き。苦しみの意。二 ゆっくりと寝ての意。三 命をかけて思い込んだ男。四 魂が抜けて精神すべてが恋慕の情で占められ、恋心以外に何の意識もない。愛欲一途となって。「外なき其身」は外の思いのなき其身の意。五 ちょっとした。みすぼらしい。六 京都へ通ずる街道。七 岨には馬がすれ違うほどの道がついている。岨はがけ、きりぎし。八 杉の葉を束ねた酒屋の看板。酒林のこと。九 酒屋の看板の文句をそのまま用いた。諸白は麹も米も共に精白したものを用いて醸造した上酒。一〇 餅も搗いてから何日もたった様子で埃をかぶっており。「降る雪に往来の道も跡絶えて幾日になりぬ小野の里人　祐盛法師」(新後撰)によるか。一一 一軒の家の片側に出した店の意で、本業のかたわらに営む店。一二 粘土細工の人形。一三 未詳。「かぶり」は頭振りで、曲物の太鼓の両側に糸をつけ、その先端に大豆をつけて柄を振って鳴らす振鼓か。一四 見馴れた京都の風もあるので見知らぬ土地ながらこれに元気づいて。一五「猫に傘」は諺。猫の目の前で畳んである傘を急に開くと怖れて嫌がるところからいう。一六 丹波路を京都より園部・篠原・柏原の路に従ったとすれば、京都篠原間は十五里である。一七 丹波氷上郡にあり。現在はカイバラと呼んでいる。一八 無事でいるかどうかもわからない姨。一九 親類である証拠となるべき昔の事柄をいろいろと話す意。二〇 流石に同じ。当時の慣用表記。二一 涙ながらに。二二 上﨟。婦人の意。二三 不審に思う。不思議がる。二四 おさんの身元に対する不審についてまでは予め考えておかなかったので、前後の考えもなく。二五 禁裏に御仕えする高貴の方。二六 身体を悪くして。病気をして。二七 折目正

な。[二九]身をひきさげて里の仕業《しわざ》の[三〇]庭《には》はたらき望《のぞみ》にて伴《ともな》ひまかりける。[三一]敷銀《しきぎん》も貳百兩計《(ばかり)》たくはへあり」と、[三二]何心《(なにごころ)》もなく[三三]當座《たうざ》さばきに語《かた》りける。何国《いづく》もあれ、[三四]欲《よく》の世中《(よのなか)》なれば、此《(この)》姨《をば》是《これ》[三五]におもひつき、「それは幸《さいわい》の事こそあれ、我一子《わが(いっし)》いまだ定《さだま》る妻《つま》とてもなし、そなたもの[三六]かぬ中なれば、[三七]是《(これ)》に」と申《(まうし)》かけられ、さても[三八]氣毒《きのどく》まさりける。おさんしのびて泪《なみだ》を流《なが》し、「此行《(この)ゆく》すへいかゞあるべし」と物おもふ所へ、彼男《かのおとこ》夜更《よふけ》てかへりし。其様《そのさま》すさまじや、すぐれてせい高《たかく》、かしらは[三九]唐《から》獅子《しゝ》のごとくちゞみあがりて、[四〇]髭《ひげ》は熊《くま》のまぎれて、眼《まなこ》[四一]赤筋《あかすぢ》立《(たち)》て光《ひかり》つよく、足《あし》手《て》其《(その)》まゝ松木にひとしく、身には[四二]割織《さきをり》を着《き》て、[四三]藤繩《ふぢなは》の組帯《くみをび》して、鉄炮《てつぽう》に[四四]切火繩《きりひなは》、[四五]かますに兎狸《うさぎたぬき》を取入《(とりいれ)》、[四六]是《(これ)》を渡世《とせい》すと見えける。其《(その)》名をきけば、岩飛《いはとび》の是《ぜ》太郎とて此《(この)》里にかくれもなき[四七]悪人、都衆《みやこしゆ》と縁組《ゑんぐみ》の事を母親《はゝをや》語《かた》りければ、[四八]むくつげなる男も是《(これ)》をよろこび、「[四九]善《ぜん》はいそぎ、今宵《こよひ》のうちに」と、[五〇]びん鏡《かゞみ》取出《(とりいだ)》して面《おもて》を見るこそやさしけれ。母は[五一]盃《さかづき》の用意《やうい》とて、[五二]塩目黒《しほめぐろ》に口の欠《かけ》たる酒徳利《さかどくり》を[五三]取《(とり)》まはし、[五四]莚屏風《むしろびやうぶ》にて貳枚敷《(にまいじき)》ほどかこひて、木枕二つ・[五五]薄縁《うすべり》二枚・横嶋《よこしま》のふとん一つ、火《ひ》鉢《ばち》に[五六]割松《わりまつ》もやして、此夕《(このゆふべ)》一しほに[五七]いさみける。おさんかなしさ、茂右衛門迷惑《めいわく》、「かりそめの事を申出《(まうしいだ)》して、[五八]是《(これ)》ぞ因果《いんぐは》とおもひ定《さだめ》、此口惜《(この)くちおし》さ、またもうきめに近江《あふみ》の海《うみ》にて死《しぬ》べき命をながらへしとても、天われをのがさず」と、脇差《わきざし》取《(とり)》

しく窮屈な。二八 ふさわしい。つりあった。二九 身を落して。三〇 庭は土間。台所で下働きをすること。三一 持参金。三二 何気なく。三三 その座のがれに。出まかせに。三四 諺。三五 持参金の二百両に執着し。三六 切っても切れぬ仲。三七 自分の息子に。三八 我が心に毒になる意。迷惑。心痛すること。三九 外国産の獅子のことで今日いう獅子。四〇 髭は熊の髭かと見まごうばかりで。四一 ぎらぎらと光って。四二 古布を細く割いて緯にして織った織物。四三 藤蔓の繊維で綯った縄を何本も集めて編んだ帯。四四 火縄を適当の長さに切ったもの。四五 藁莚を二つに折り、左右両端を縄で綴った袋。四六 猟。四七 単に鳥獣の生殺をする乱暴者の意で、悪事をする者の意ではない。四八 むくつけき。無骨な。むさくるしい。四九 諺「善は急げ」による。五〇 鬢のほつれ等を直すために用いる小さい鏡。懐中用の鏡。五一 祝言の盃。五二 目黒の塩漬。五三 取揃え。五四 竹を骨とし莚を張って作った屏風。五五 縁の付いた茣蓙。ここでは敷蒲団の代りに用いている。五六 割った松の薪で、ここでは燃やして明りをとるのである。五七 景気づいたの意。五八 こんな事になるのもまぬかれぬ運命と覚悟はするものの、その無念さ、かかる難儀に逢うのだったら近江の湖で死んだ方がましであったものを、所詮生き長らえても天道は決して見逃してはくれないだろうの意。「近江の海」は「憂目に逢う」との掛言葉。

一 短慮だ。分別のないこと。
二 気を落着けて。
三 当時の俗説に丙午の歳の女は夫を殺し、丙午の男は妻を殺すといわれていた。なお慶長十一年・寛文六年が丙午に当っている。
四 トカゲの一種。三四寸から七八寸で背は青緑色で縦斑の模様があり、腹は白く、有毒で食べると死ぬという。
五 ちょっとした腹痛。
六 この強健さ。
七 なまぬるい。へなへなしている。
八 不祥。不運・不幸であること。親類であるのが不運だと諦めて迷惑ながら貰ってやるの意。
九 悠々と。
一〇 丹後与謝郡吉津村にある五台山九世戸寺（智恩寺）。本尊は文殊師利菩薩。
一一 寺社に参籠して終夜祈願すること。
一二 あらたかな。

て立《(たつ)》を、おさん押《をし》とゞめて、「さりとは[一]短《みぢ》かし。さま〲分別《ふんべつ》こそあれ、夜明《(よあけ)》て爰《こゝ》を立《(たち)》のくべし、萬事は我にまかせ給へ」と[二]氣をしづめて、其夜《(そのよ)》は心よく祝《しう》言《げん》の盃《さかづき》取《(とり)》かはし、「我は世の人の嫌《きら》ひ給ふ[三]ひのへ午《むま》なる」とかたれば、是《ぜ》太郎聞《(きゝ)》て、「たとへばひのへ猫《ねこ》にても、ひのへ狼《あふかみ》にても、それにはかまはず、それがしは好《このみ》て[四]青《あを》どかげを喰《くふ》てさへ死《し》なぬ命、今年廿八迄[五]虫《むし》ばら一度おこらず、茂右衛門殿も[六]是《(これ)》にはあやかり給へ。女房《によぼう》共《(ども)》は上方《かみがた》そだちにして、物に[七]やはらかなるが氣《き》にはいらねども、親類《しんるい》の[八]ふしやうなり」と、ひざ枕《まくら》して[九]ゆたかに臥《ふし》ける。かなしき中にもおかしくなつて、寐入《ねいる》を待《(まち)》かね、又爰《(こゝ)》を立《(たち)》のき、なを奥丹波《おくたんば》に身をかくしける。やう〱日数ふりて、丹後路《たんごぢ》に入《(いり)》て、[一〇]切戸《きれと》の文珠堂《もんじゆだう》に[一一]つやしてまどろみしに、夜半《(やはん)》とおもふ時、[一二]あらたに

一三 世にまたとない。
一四 どこまで逃げたとてその苦難から逃れることは出来ないの意。「か」は反語。
一五 取りかえしのつかない過去の行状だ。
一六 今後。
一七 俗人の姿。
一八 無上菩提の道。仏道の意。
一九 世間の人。
二〇「ありがたき夢」と、夢現にの意の「夢心に」とをいいかけた。
二一「此方(こち)は」の訛。私は。
二二 色事。
二三 妻や夫を持ったものが他の女や男に心を移すこと。
二四 文殊。文殊は師利(尻)菩薩というところから男色にかけた洒落。俳諧でも尻と文殊は付合である。
二五 天の橋立。その南端は文殊堂と相対している。
二六 六塵五濁の世。汚れた世の中の意。ここでは風が吹けば塵のように飛び散るはかない世の中の意。
二七 やはり不義の恋をやめなかった。

灵夢《れいむ》あり。「汝等《なんちら》一三世になきいたづらして、一四何《いづ》国《く》までか其難《そのなん》のがれがたし。されども一五かへらぬむかしなり。一六向後《きやうかう》一七浮《うき》世《よ》の姿《すがた》をやめて、惜《おし》きとおもふ黒髪《くろかみ》を切《(きり)》、出《しゆつ》家《け》となり、二人別《わかれ》〳〵に住《すみ》て、悪心《あくしん》さつて一八菩提《ぼだい》の道に入《(いれ)》ば、一九人も命をたすくべし」と、二〇ありがたき夢《ゆめ》心に、「すへ〴〵は何にならふとも、かまはしやるな。二一こちや是《(これ)》二二がすきにて身に替《かへ》ての二三脇《わき》心、二四文殊《もんじゆ》様は衆道《しゆだう》ばかりの御合点《がつてん》、女道《によだう》は曾《かつ》てしろしめさるまじ」といふかと思へば、いやな夢覚《さめ》て、二五橋立《はしだち》の松の風ふけば、「二六塵《ちり》の世じや物」と、二七なを〳〵やむ事のなかりし。

一 それが悪い事だという事は、自分でもよく知っていての意。 二 やくざ。 三 女郎に金を捲き上げられて。女郎にうち込んですっからかんになること。 四 利口ぶった顔。 五 喧嘩仕。好んでけんかをする者。 六 負けた事だけはの意。 七 値の低い物資を買って置き、相場の上るのを待って売り払って儲けを得る商行為。 八 損失を包みかくし。 九 人の気がつかない失敗は知らんふりをする意の諺。 一〇 浮気性。淫奔な性格。 一一 不義をされたことほど、隠すに隠し切れず情ないものはないの意。 一二 死んだという知らせの通り。 一三 世間体を取りつくろい。 一四 長い年月の間妻としてよく尽してくれた昔の事を思い出して。 一五 数寄をこらした小袖。 一六 檀那寺。自分の家の帰属する寺。菩提寺。 一七 幡天蓋。仏幡と宝蓋。供養のために上がり物の小袖は多くこれに作って仏前に供える。 一八 世の無情を知らせる風の意。 一九 さらにまた悲しみの情をそそる種となった。 二〇 話題を先に転ずる語。 二一 茂右衛門は例の昔の律義さでの意。 二二 闇夜には目が利かず、どんなことがあるかも知れないから、用心して門先へも出なかったがの意。 二三 風態。 二四 何の用事もなくて無駄な京都見物の意の諺。「心当なしの京上り」に同じ。 二五 山城葛野郡嵯峨村にある。月見の名所。 二六 池の西の月見壇から見ると東山より出た月が池に映じて或は二となり三となるという。なお、「月は一つ影は二つにみつ汐の」(謡曲、松風)により「おさん(三)」と続けた。 二七 白玉は涙の白玉をかけてある。 二八 山城葛野郡。仁和寺西北方の山。 二九 仁和寺の附近一帯をいう。 三〇 天満宮所在の附近一帯をいう。なお茂右衛門は高雄越の間道をたどったものと思われる。

身のうへの立聞《たちぎき》

[一]あしき事は身に覚《おぼへ》て、[二]博奕《ばくち》打《うち》まけてもだまり、傾城《けいせい》買《かい》取《とり》[三]あげられて[四]かしこ皃《がほ》するものなり。[五]喧嘩《けんくは》し[六]ひけとる分《ぶん》かくし、[七]買置《かいをき》の商人《あきんど》[八]損《そん》をつゝみ、是《これ》皆[九]闇《くら》がりの犬の糞《くそ》なるべし。中にも[一〇]いたづらかたぎの女を持《もち》あはす男の身にして、[一一]是程《これほど》なさけなき物はなし。おさん事も死《しに》ければ是非《ぜひ》もなしと、[一二]其通《そのとを》りに[一三]世間をすまし、[一四]年月のむかしを思ひ出《いで》て、にくしといふ心にも僧《そう》をまねきて跡《あと》を弔《とぶら》ひける。哀《あはれ》や[一五]物好《ものずき》の小袖《こそで》も[一六]旦那寺《だんなでら》の[一七]はたてんがいと成《なり》、[一八]無常《むじやう》の風にひるがへし、[一九]更《さら》に又なげきの種《たね》となりぬ。

[二〇]されば世の人程だいたんなるものはなし。[二一]茂右衛門そのりちぎさ、[二二]闇《やみ》には門《かど》へも出《いで》ざりしが、いつとなく身の事わすれて都《みやこ》ゆかしくおもひやりて、[二三]風俗《ふうぞく》いやしげになし、編笠《あみがさ》ふかくかづき、おさんは里人《さとびと》にあづけ置《をき》、[二四]無用《むやう》の京のぼり、敵持《かたきもつみ》身よりはなをおそろしく行《ゆく》に、程なく[二五]廣沢《ひろさは》のあたりより暮《くれ》ゝになつて、[二六]池《いけ》に影《かげ》ふたつの月にもおさん事を思ひやりて、おろかなる泪《なみだ》に袖をひたし、[二七]岩《いは》に数《かず》ちる白玉《しらたま》は、[二八]鳴瀧《なるたき》の山を跡《あと》になし、[二九]御室《おむろ》[三〇]北野《きたの》の[三一]案内《あんない》しるよしゝていそげば、町中《まちなか》に入《いり》て何とやらおそろしげに、[三二]十七夜の影法師《かげぼうし》も我ながら我をわすれて、

折《をり》ゝ胸《むね》をひやして、住馴《すみなれ》し[三三]旦那殿《だんなどの》の町に入《いり》てひそかに様子《やうす》を聞《きけ》ば、[三四]江戸銀《えどぎん》のおそきせんさく、若《わか》ひもの集《あつまつ》て[三五]頭《あたま》つきの吟味《ぎんみ》、綿着物《もめんきるもの》の[三六]仕立《したて》ぎはをあらためける。是《これ》も皆[三七]色《いろ》よりおこる男ぶりぞかし。物語せし末《すゑ》を聞《きく》に、[三八]さてこそ我《わが》事申出《まうしいだ》し、「さても〳〵茂右衛門めは、ならびなき美人《びじん》をぬすみ、[三九]おしからぬ命、しんでも果報《くははう》」といへば、「いかにも〳〵、一生のおもひ出《いで》」といふもあり。また分《ふん》別《べつ》らしき人のいへるは、「此《この》茂右衛門め、人間たる者《もの》の[四〇]風うへにも置《をく》やつにはあらず。主人夫妻《ふさい》をたぶらかし、[四一]彼是《かれこれ》ためしなき悪人」と、[四二]義理《ぎり》をつめてそしりける。茂右衛門立聞《たちぎゝ》して、「慥今《たしかいま》のは大文字《だいもんじ》屋の喜介めが声《こゑ》なり。[四三]哀《あはれ》をしらず、[四四]にくさげに物をいひ捨《すて》つるやつかな。おのれには[四五]預《あづか》り手形《てがた》にして銀八拾目の[四六]取替《とりかへ》あり。[四七]今《いま》のかはりに首《くび》おさへても取《とる》べし」と、[四八]歯《は》ぎしめして立《たち》けれ共《ども》、世にかくす身の是非《ぜひ》なく、[四九]無念《むねん》の堪忍《かんにん》するうちに、又ひとりのいへるは、「茂右衛門は今にしなずに、どこぞ伊勢のあたりにおさん殿をつれて[五〇]居《い》るといの。よい事を[五一]しほる」と語《かた》る。是《これ》を聞《きく》と、身にふるひ出《いで》て俄《にわか》にさむく、足ばやに立《たち》のき、[五二]三条の旅籠屋《はたごや》に宿《やど》かりて、水風呂《すいふろ》にもいらず休《やすみ》けるに、[五三]十七夜代待《だいまち》の通《とをり》しに、[五四]十二灯《とう》を包《つゝみ》て、「我身《わがみ》の事すへ〴〵しれぬやうに」と祈《いのり》ける。其《その》身の[五五]横《よこ》しま、[五六]あたご様も何としてたすけ給ふべし。明《あく》れば都《みやこ》の名残《なごり》とて、東山、しの

三二 附近の地理をよく知った所だというので。「春日の里にしるよししてかりにいにけり」(伊勢物語初段)の筆致を模倣したものであろう。

三三 十七夜の月影に映る自分の影法師の意。

三三 茂右衛門の主人でおさんの実家。

三四 江戸の出店より送って来る為替銀。

三五 髪の結いぶりの批評。

三六 仕立上りの出来ばえ。

三七 色気があるからめかしたくもなるのだの意。

三八 予期した如く。やはり。

三九 命を捨てても惜しくはない。

四〇 風上(かざかみ)に同じ。

四一 あれやこれや考え合せて。

四二 理窟一点張りで。道理を楯にとって。

四三 人情を弁えず。

四四 憎々しそうに物を言い散らす奴だ。

四五 無利子の借金(預り金)の借用証書。これには返済期日を明記せず、貸主の請求次第何時でも返済する義務を負っていた。

四六 立替え。

四七 今言った悪口の仕返しに。

四八 歯ぎしり。

四九 無念ながら。

五〇 いるということだ。

五一 「し居(を)る」の訛。

五二 三条中島町の旅人宿。

五三 十七夜・二十三夜・二十七夜等に日待と同じことをし、これを月待といったが、この日に米銭を貰って社に代参する一種の乞食を代待といった。

五四 銭十二文を包んで手向けること。十二銅ともいう。御初穂は神前の十二の灯明にちなんで十二文包むのを通例とした。

五五 道にはずれたこと。

五六 愛宕権現。葛野郡愛宕山に鎮座。ここは代待に愛宕の代参を頼んだのである。

びく〵に四条川原《でうかはら》にさがり、[一]藤田狂言《ふぢたきやうげん》づくし三番つゞきのはじまりといひけるに、何事やらん、見てかへりて、おさんに[二]咄しにもと[三]圓座《ゑんざ》かりて[四]遠目《とをめ》をつかひ、もしも我をしる人もと[五]心元《(こゝろもと)》なくみしに、狂言《きやうげん》も人の娘《むすめ》をぬすむ所、是《(これ)》さへきみあしく、[六]ならび先のかた見れば、おさん様の旦那《だんな》殿。たましゐ消《きへ》て[七]ぢごくのうへの一足飛《そくとび》、玉なる汗《あせ》をかきて木戸口にかけ出《(いで)》、丹後《たんご》なる里《さと》にかへり、[八]其後《(そののち)》は京こはかりき。

折節《おりふし》は[九]菊《きく》の節句近付《せつくちかづき》て、毎年《まいねん》丹波ゟ[一〇]栗商人《くりあきびと》の來《きたり》しが、四方山の咄《(はな)》しの次手《ついで》に、「いやこなたのお内義様は」と尋《たづね》けるに、[一一]首尾《しゆび》あしく返事のしてもなし。旦那《だんな》にがい皃《かほ》して、「それは[一二]てこねた」といはれける。栗賣重而《くりうりかさねて》申《(まうす)》は、「[一三]物には似た人も有《(ある)》物かな。是《(これ)》の奥《おく》様にみぢんも違《ちが》はぬ人、又[一四]若人《(わかうど)》も生《(いき)》うつしなり。丹後《たんご》の切戸邊《きれとのあたり》に有《(あり)》けるよ」と語捨《かたりすて》てかへる。亭主《ていしゆ》[一五]聞《(きゝ)》とがめて、人遣《つかは》し見けるに、おさん茂右衛門なれば、[一六]身うち大勢もよふしてとらへに遣《つかは》し、其科《そのとが》のがれず、様ゝの[一七]せんぎ極《きはめ》、[一八]中《なか》の使《つかい》せし玉といへる女も、[一九]同じ道筋《みちすぢ》にひかれ、[二〇]粟田口《あはたぐち》の[二一]露草《(つゆくさ)》とはなりぬ。[二二]九月廿二日の[二三]曙《あけぼの》のゆめさら〵㝡期《さいご》いやしからず、[二四]世語《よがたり》とはなりぬ。今も[二五]淺黄《あさぎ》の小袖の面影《おもかげ》見るやうに名はのこりし。

一 藤田小平次の物真似狂言尽しの芝居。小平次は延宝期の京坂における立役の名優。実事・武道・太刀打の名手。 二 土産話にもと。 三 藁・藺などで作った円い敷物。当時芝居の土間の客に供した。 四 遠くから眺めること。 五 びくびくしながら見ること。 六 同じ列の先。 七 危険なことをいう諺。「一足飛」は「木戸口にかけ出」にもかかる。 八 その後は京都が怖しくて決して出て来なかったの意。 九 九月九日の重陽の節句。 一〇 丹波船井郡和知村産の栗は鶏卵大の大きさ、味も最上とされ、父打栗と呼ばれていた。 一一 ばつが悪く。 一二「死ぬ」を罵っていう卑語。 一三 世の中には似た者もあるものだなあの意。 一四 若者も茂右衛門に生きうつしだの意。 一五 聞いて怪しみ。 一六 親戚の人々を大勢集めて。 一七 取調べを行った結果。 一八 二人の媒をした玉という下女。第二章ではりんと記してあるが、大経師おさん歌祭文・大経師昔暦などには玉とあり、実在人物のようである。 一九 三人同罪で同じ道筋を引き廻されの意。粟田口でおさん・茂右衛門は磔、玉は獄門にかけられたという。 二〇 京都の東海道への出口にあたり、刑場があった。 二一 草葉の露と消えた。 二二 天和三年九月二十二日に処刑された。 二三 曙の夢のようにはかない最期であったが、その最期は少しも見苦しい所はなかった。 二四 世間の評判となった。 二五 処刑された時のおさんの着物。なお「白むく一重けんぼうにすそもやう有蘆に鷺」(大経師昔暦)、「御仕置の時に蘆に鷺の模様の着ものという」(西陣天狗筆記)とあり、これが引き廻しの時の衣裳であったらしい。

江戸ニあを物

好色五人女

恋入四

一 恋の情の繁き様を草に譬えていう語。 二 比翼紋。紋を二つ並べてつけたもの。 三 お七をさす。天和三年三月二十八日鈴の森で火刑に処せられた。 四 前髪を剃り落すのは、花が風に散らされるよりも哀れさが勝るの意。若衆の生命は前髪にあり、とある。吉三郎の場合は殊に元服ではなく、出家したのであるから悲哀も一入である。

五 大晦日。 六 大晦日は実際にも闇夜であるが、大晦日の貸借の総決算の心配で心が暗くなることと、お七の恋心を諺「恋は闇」によりいいかけた。 七 山並みと同方向に吹く風の意。江戸では北東風をいう。 八「都の空よりは雲の往来もはやき心地して」(徒然草四四)によるか。 九「公事どもしげく、春のいそぎにとりかさねてもよほしおこなはるゝ…」(徒然草一九)による。 一〇 煤掃きは十二月十三日だが、それ以後の日にする家もあった。 一一 天秤の平衡をとるために中央支柱上部にある針口を小槌で叩く音が冴えて。金のやりとりをする時、天秤で量目をはかった。 一二 収支勘定。 一三 世間の習慣上の規定。西鶴の発句に「大晦日定めなき日の定めかな」(俳諧三ヶ津)とある。 一四 商家の軒下。店の前。 一五 盲目の少年の乞食。乞食が物を乞う言葉。 一六 年末に神社仏閣にその年間頂いたお札を返納する。その古札を各戸から貰い歩き報酬を受ける乞食。 一七 雑器売。正月神棚の供物を盛る片木(へぎ)を売る商人。 一八 以下正月の蓬莱台の盛物。かまくら海老は関東で伊勢海老のこと。鎌倉近海で多くとれるのでいう。 一九 神田須田町より日本橋・中橋・京橋・新橋を経て金杉橋に至る通筋の惣名。十二月十五日から年の市が立った。 二〇 年の市には破魔弓・羽子板を売る見世が二十六日から

好色五人女　巻四

戀草[一]からげし八百屋物語

目　録

[五]大節季《あふせつき》は[六]おもひの闇《やみ》

[七]ならひ風《(かぜ)》はげしく、師走《しはす》の空《そら》、[八]雲《くも》の足《あし》さへはやく、[九]春《はる》の事共《(とも)》取《とり》いそぎ、餅突《もちつく》宿《やど》の隣《となり》には、小笹手毎《をざゝてごと》に[一〇]煤《すゝ》はきするもあり。[一一]天秤《てんびん》のかねさへて、[一二]取《(とり)》やりも[一三]世の定《さだ》めとていそがし。[一四]棚下《たなじた》を引連立《ひきつれたち》て、[一五]「こん〳〵小目くらにお壹文くだされませい」の声《こゑ》やかましく、[一六]古札納《ふるふだおさ》め・[一七]ざつ木賣《うり》・[一八]榧《かや》・かち栗《ぐり》・かまくら海老《ゑび》・[一九]通《とをり》町にははま弓の[二〇]出見世《でみせ》・[二一]新物《しんぶつ》・たび・[二二]雪踏《せつだ》、[二三]あしを空《そら》にしてと、[二四]兼好《かねよし》が書出《かき(だ)》しおもひ合《あはせ》て、[二五]今《いま》も世帯《せたひ》もつ身のいとまなき事にぞ有《(あり)》ける。はやおしつめて[二六]廿八日の夜半《やはん》に、[二七]わや〳〵と[二八]火宅《くはたく》の門《かど》は車長持《くるまながもち》ひく音《をと》、葛籠《つゞら》、[二九]かけ硯《すゞり》、かたに掛《かけ》て[三〇]にぐるも有《あり》。[三〇]穴藏《あなぐら》の蓋《ふた》とりあへずかる[三一]物をなげ込《こみ》しに、[三二]時《とき》の間《ま》の煙《けふり》となつて[三三]焼《やけ》野《の》の雉子《きゞすこ》子を思ふがごとく、妻《つま》をあはれみ老母《らうぼ》を[三四]かなしみ、それ〳〵のしるべの方《かた》へ立《たち》のきしは、更《さら》に悲《かな》しさかぎりなかりき。

爰《こゝ》に本鄉邊《ほんごうのほとり》に[三五]八百屋八兵衛とて[三六]賣人《ばいにん》、むかしは[三七]俗姓賤《ぞくしやういや》しからず。此《(この)》人ひとりの娘《むすめ》あり、名《な》はお七といへり。年《とし》も十六、[三八]花《はな》は上野《うへの》の盛《さかり》、月は隅田川《すみだがは》のかげきよく、かゝる美女《びちよ》のあるべきものか、[三九]都鳥其業平《みやこどりそのなりひら》に[四〇]時代《じだい》ちがひにて見せぬ事の

三十日まで出た。破魔弓は小児の正月遊びの玩具、年末に男児のいる家に贈物とした。二一 年の市の間通り町の中央に臨時に小屋掛けをした店。中棚。中見世。二二 正月用の新しく仕立てた衣類。二三「つごもりの夜、いたうくらきに、松どもともして、夜半すぐるまで人の門をたゝき走りありきて、何事にかあらん、こと〴〵しくのゝしりて、あしをそらにまどふが、暁がたより、さすがに音なくなりぬるこそ、年のなごりも心ぼそけれ」(徒然草一九)による。足袋・雪踏の縁で続けた。二四 兼好法師の俗名。二五 今も昔も世帯もつ人々の年の瀬はせわしないものである。二六 天和二年十二月二十八日午の上刻本郷森川大円寺より出火。翌日卯の上刻まで燃え続けたという。二七 わいわい。二八 不安な三界を火災の家に譬えた仏教語。ここは焼けた家の意に用いた。「門の外法の車の音きけば我も火宅を出にけるかな」(謡曲、軒端梅)による。二九 書付・小物を入れる掛子のある硯箱。三〇 火災の時財宝・証文類を入れる地下室。三一 目方の軽いもの。絹布類をさす。三二「また時のまの烟となりなむとぞ、打見るより思はるゝ」(徒然草一〇)による。三三 親の子を思う愛情の深い意の諺。「焼け」は上下の文にかかる。三四 いたわり。三五 実説とされるものに「本郷森川宿の八百屋市左衛門」(天和笑委集)、「本郷追分の八百屋太郎兵衛」(江都著聞集)の両説ある。三六 商売人。三七 氏素姓。三八 花に譬えるならの意。当時、江戸の花見は上野、月見は隅田川が名所であった。三九 都鳥・業平は縁語。「名にしおはゞいざこと問はむ都鳥わが思ふ人はありやなしやと」(伊勢物語九)による。四〇 業平に時代が違っていて見せられないのが残念だ。

口惜《くちをし》。是《これ》に心を掛《かけ》ざるはなし。此《この》人[一]火元《ひもと》ちかづけば母親《はゝおや》につき添《そひ》、年比頼《としごろたのみ》をかけし旦那寺《だんなでら》、[二]駒込《こまごみ》の[三]吉祥寺《きちじやうじ》といへるに行《ゆき》て、當座《たうざ》の難《なん》をしのぎける。此《この》人とにかぎらず、あまた御寺《みてら》にかけ入《いり》、[四]長老様《ちやうらうさま》の寐間《ねま》にも赤子泣聲《あかごなくこゑ》、仏前《ぶつぜん》に女の[五]二布《ふたのゝ》物を取《とり》ちらし、或《あるひ》は主人《しゆじん》をふみこへ、親《おや》を枕《まくら》とし、[六]わけもなく臥《ふし》まろびて、明《あく》れば[七]鐃鉢鉦《にようはちどら》を[八]手水《てうつ》だらいにし、[九]お茶湯天目《ちやとうてんもく》もかりのめし椀《わん》となり、[一〇]此中《このうち》の事なれば、釈迦《しやか》も[一一]見ゆるし給ふべし。お七は母《はゝ》の親《おや》大事にかけ、坊主《ぼうず》にも油断《ゆだん》のならぬ世中《よのなか》と、萬《よろづ》に氣《き》を付《つけ》侍る。折《おり》ふしの夜嵐《よあらし》をしのぎかねしに、[一二]亭坊《ていぼう》慈悲《ちひ》の心から、着替《きがへ》の有程《あるほど》出《いだ》してかされける中に、黒羽二重《くろはぶたへ》の大ふり袖《そで》に、[一三]梧銀杏《きりいてふ》のならべ紋《もん》、[一四]紅《もみ》うらを山道《やまみち》のすそ取《とり》、[一五]わけらしき小袖《こそで》の仕立《したて》、[一六]焼《たき》かけ残《のこ》りてお七心にとまり、「いかなる[一七]上臈《らう》か[一八]世をはよふなり給ひ、[一九]形見《かたみ》もつらしと、[二〇]此寺《このてら》にあがり物か」と、[二一]我年《わがとし》の比《ころ》おもひ出《いだ》して哀《あはれ》にいたましく、[二二]あひみぬ人に無常《むじやう》おこりて、「思へば夢《ゆめ》なれや、[二三]何事《なにごと》もいらぬ世《よ》や、[二四]後生《ごしやう》こそまことなれ」と、しほ〳〵と[二五]しづみ果《はて》、母人《はゝびと》の珠数袋《じゆずぶくろ》をあけて、[二六]願《ねが》ひの玉《たま》のを手《て》にかけ、口のうちにして[二七]題目《だいもく》いとまなき折《おり》から、[二八]やごとなき若衆《わかしゆ》の[二九]銀《しろかね》の毛貫片《けぬきかた》手に、左《ひだり》の人さし指《ゆび》に有《ある》かなきかのとげの立《たち》けるも心にかゝると、暮方《くれかた》の障子《しやうじ》をひらき、[三〇]身をなやみおはしけるを、母人《はゝびと》見かね給ひ、「ぬきまいらせん」と、その毛貫《けぬき》を取《とり》て[三一]暫《しばらく》

一 元来火の出所の意であるが、ここでは火の手、火先きの意。 二 当時はコマゴミといった。 三 曹洞宗。山号諏訪山。太田道灌建立という。明暦三年駒込の地に移る。天和笑委集には正仙院、江都著聞集には小石川円乗寺とある。 四 智徳具わって尊敬すべき老年の僧侶の意。禅宗では蔵主・首座・単寮・西堂・東堂などを長老とも和尚ともいうが、ここでは住持をさす。 五 腰巻。 六 滅茶滅茶に。 七 鐃鉢は銅鈸子。中の部分が凹んだ皿形の銅板を二枚打ち合せて鳴らす楽器。鉦は銅鑼。凹みの部分に持手の紐がついている。 八 金だらいを厚く浅くしたような形で槌でうつ楽器。 九 洗顔用の小さなたらい。 九 禅宗で仏前に供えるお茶をお茶湯という。それを入れる茶碗をさす。 一〇 こうした混雑の中のことであるから。 一一 大目に見てくれるだろう。 一二 僧形をした亭主の意。ここでは住持のこと。 一三 二つ紋のこと。ここでは梧と銀杏を二つ並べてつけてあった。 一四 紅裏の裾を山道形(波形)に染めて赤みを隠したもの。 一五 由緒ありげな。色めいた。 一六 衣類にたきこめた香。 一七 身分ある者の娘。 一八 夭逝されて。 一九 形見として残っているのを見るのもつらいの意。 二〇 寺に寄進したものか。 二一 自分の年齢に思い合せて。 二二 逢って見たこともない人のために無常心が起って。 二三 何の望みも無用の世の中。 二四 唯一筋に後生安楽を願うのが人間の真の道である。 二五 思いに沈み果て。 二六 後生を願う玉の緒。念珠をいう。 二七 法華宗で南無妙法蓮華経の七字の唱号をいう。 二八 上品な。 二九 はがねがない故あまりよくぬけないとされている。「ありがたきもの…物よく抜くるしろがねの毛抜」(枕草子)とあるが、ここは単に美少年にふさわし

なやみ給へども、老眼《らうがん》のさだかならず、見付《つく》る事かたくて、[三二]氣毒《きのどく》なる有《(あり)》さま、お七見しより、我《われ》なら[三三]目時《めどき》の目《め》にて[三四]ぬかん物をと思ひながら、近寄《ちかより》かねてたゝずむうちに、母人《はゝびと》よび給ひて、「是《これ》をぬきてまいらせよ」とのよしうれし。彼《かの》御手《て》をとりて、[三五]難儀《なんぎ》をたすけ申《(まうし)》けるに、此若衆《このわかしゆ》我《われ》をわすれて、[三六]自《みづから》が手《て》をいたくしめさせ給《(たまふ)》を、はなれがたかれども、母《はゝ》の見給ふを[三七]うたてく、是非《ぜひ》もなく立別《たちわか》れさまに、[三八]覚《おぼへ》て毛貫《けぬき》をとりて歸《かへ》り、又返《かへ》しにと[三九]跡《あと》をしたひ、其手《そのて》を握《にぎり》かへせば、是《これ》よりたがひの思ひとはなりける。お七次第《しだひ》にこがれて、「此若衆《このわかしゆ》いかなる御方《かた》ぞ」と[四〇]納所坊主《なつしよぼうず》に問《とひ》ければ、「あれは小野川《をのがわ》吉三郎殿と申《(まうし)》て、[四一]先祖《せんぞ》たゞしき御浪人衆《らうにんしゆ》なるが、[四二]さりとはやさしく情《なさけ》のふかき御かた」とかたるにぞ、[四三]なをおもひまさりて、[四四]忍《しの》び〳〵の文書《ふみかき》て人しれずつかはしけるに、[四五]便《たよ》りの人かはりて、結句《けつく》吉三郎方《かた》より[四六]おもはくかづ〳〵の文《ふみ》おくりける心ざし、[四七]互《たがひ》に入亂《いりみだれ》て、是《これ》を[四八]諸思《もろおも》ひとや申《(まうす)》べし。兩方《りやうはう》共《(とも)》に[四九]返事《へんじ》なしに、いつとなく淺《あさ》からぬ戀《こひ》人、[五〇]こはれ人、[五一]時節《じせつ》をまつうちこそうき世なれ。大晦日《あふつごもり》はおもひの闇《やみ》に暮《くれ》て、明《あく》れば新玉《あらたま》の年のはじめ、[五二]女松《めまつ》男松《おまつ》を立誇《たてかざり》て、[五三]暦《こよみ》みそめしにも[五四]姫《ひめ》はじめおかしかりき。されど[五五]もよき首尾《しゆび》なくて、つゐに[五六]枕《まくら》も定《さだめ》ず、[五七]君《きみ》がため若菜《わかな》祝《いは》ひける日もおはりて、九日十日過《(すぎ)》、十一日、十二、十三、十四日の夕暮《ゆふぐれ》、はや[五八]松《まつ》のうちも皆になりて、

く上品な物を使用させたもの。三〇 抜こうと焦っている意。三一 暫く苦心して抜こうとしたが。三二 困っている。迷惑している。三三 視力の強い年頃。三四 抜いて上げようものを。三五 刺を抜いたこと。三六 お七の手を強く握りしめたので。三七 情なく。三八 故意に。知っていながらわざと。三九 後を追って行き。四〇 納所は禅寺で施物を納める所。納所坊主はそこの役僧。四一 先祖は由緒正しい。四二 それはそれは。非常に。四三 なお恋心がつのって。四四 恋文の意。四五 恋文の書き手が入れかわって。吉三郎の方も恋文を書くようになったのである。四六 数々の胸の思いを書き連ねた手紙。四七 恋文のやりとりによって互の思いが知られて一層恋い慕うようになっての意。四八 男女双方から恋い慕うこと。相惚。片思いの対。四九 恋文の返事を書くまでもなく。五〇 恋われ人。五一 何時かよい機会が来るのを待っているもどかしさは、これこそままならぬ浮世というものだの意。五二 門松。俗に門松は伊弉諾・伊弉冊の二神にかたどり男松・女松を立てるという。五三 初暦を見ても。五四 →二六〇頁注六。五五 よい機会がなくて。五六 契を結ばず。五七「君がため春の野に出でゝ若菜つむわが衣手に雪はふりつゝ 光孝天皇」(古今)による。「若菜祝ひける日」は七種の日で正月七日。七種の菜粥を食べる。五八 門松を立てて置く間の意。江戸では七日に門松・注連縄を取るが、京坂では十五日。

一「春の夜の夢ばかりなる手枕に甲斐なく立たむ名こそ惜しけれ　周防内侍」(千載)による。

二春初めて鳴る雷。礼記の月令篇に「仲春之月…雷之発レ声始電、蟄虫咸動啓レ戸始出」とある。この雷鳴により虫類が冬眠より覚めて穴を出るというのでこの名がある。

三褌は神鳴の縁語。吉三郎様を思えば神鳴などは何でもないの意。

四「浅みどり糸よりかけて白露を玉にもぬける春の柳か　僧正遍昭」(古今)による。五神田川南岸、筋違橋より浅草橋に至る凡そ十町余の土堤。六中門に対し、それより外にあって通りに面した門。七皆の僧。八眼を覚ますこと。九長い病気。一〇前からもう寿命のない病人と覚悟していた死人。一一葬りたい。一二「(ますほの薄の事を登蓮法師渡辺の聖のもとに折からの雨をついて習いに行こうとすると)『あまりに物さわがし。雨やみてこそ』と人のいひければ、『無下の事をもおほせらるゝものかな。人の命は雨のはれまをまつものかは。我もしに、ひじりもうせば、尋ねきゝてんや』とて、走り出て行きつゝ、習ひ侍りにけりと申し伝へたるこそ、ゆゝしく有りがたう覚ゆれ」(徒然草一八八)による。

一三「傘をとり」に「とりどりに」をいいかけた。傘を持ってめいめい寺を出ての意。

一四寺院の台所で働いている老婆。

一五新たに菩提心を起して仏道に帰依した者の意。また若年の僧をいう。ここは小僧の意。


一甲斐《かい》なく立《たち》し名《な》こそはかなけれ。

二虫出《むしだ》しの三神鳴《かみなり》もふんどしかきたる君様

四春《はる》の雨《あめ》、玉《たま》にもぬける五柳原《やなぎはら》のあたりよりまいりけるのよし、十五日の夜半《やはん》に六外門《そともん》あらけなく扣《たゝく》にぞ、七僧中《そうちう》八夢《ゆめ》をどろかし聞《きゝ》けるに、「米屋《こめや》の八左衛門九長病《ちやうびやう》なりしが、今宵相果《こよひあひはて》申されしに、一〇おもひまふけし死人《しにん》なれば、夜《よ》のうちに一一野邊《のべ》へ

おくり申《(まうし)》度《たき》」との使《つかい》なり。出家《しゆつけ》の役《やく》なれば、あまたの法師《ほうし》めしつれられ、一二晴間《はれま》をまたず、一三傘《からかさ》をとり〲に御寺《みてら》を出《いで》てゆき給《(たまひ)》し跡《あと》は、七十に餘《あま》りし一四庫裏姥《くりうば》ひとり、十二三なる一五新發《しんぼ》意《ち》壹人《(いちにん)》、赤犬《あかいぬ》ばかり、

一六「村雨と聞しも、けさ見れば松風ばかりや残るらん」(謡曲、松風)による。西鶴のしばしば用いるレトリックである。

一七俗説に節分の煎大豆を食べると雷よけになるという。年越は旧年より新年に移る意で、節分の夜・大晦日の夜をいうが、ここはむろん前者である。

一八天井があるだけ落雷の可能性が少ないと考えて。

一九「人の親の心は闇にあらねども子を思ふ道にまどひぬるかな　兼輔朝臣」(後撰)による。

二〇狼狽する。おろおろする。

二一自分をいたわり。お七をさす。

二二気を配る。注意する。

二三捨てるにしてもたった一つの命だ。

二四女の分際で強がって見せる必要の少しもないことに。不必要の強がりの意。

二五お七の家の末々の女。

二六夜が更けて。

二七鼾が軒より落ちる雨滴の音に劣らず。

二八月の光もあるかなきかのほどかすかにさし込み。

二九客を請じ入れて面会する部屋。客間。

三〇足元がふらついてしっかり地につかず。

三一のびのびとぐっすり寝込んでいる人。


一六残物《のこるもの》とて松の風《かぜ》淋《さび》しく、虫出《むしだ》しの神鳴《かみなり》ひゞき渡《わた》り、いづれも驚《おどろき》て、姥《うば》は一七年越《としこし》の夜《よ》の煎大豆《いりまめ》取《(とり)》出《いだ》すなど、一八天井《てんじやう》のある小座敷《こざしき》たづねて身をひそめける。一九母《はゝ》の親子《をや》をおもふ道に二〇まよひ、二一我《われ》をいたはり、夜着《よぎ》の下

へ引《(ひき)》よせ、きびしく鳴時《なるとき》は、「耳《みゝ》ふさげ」など二二心を付給《つけ》ひける。女の身なれば、おそろしさかぎりもなかりき。され共《(ども)》吉三郎殿にあふべき首尾《しゆび》今宵《こよひ》ならではとおもふ下心《(したごころ)》ありて、「扨《さて》もうき世の人、何《なに》とて鳴神《なるかみ》をおそれけるぞ。二三捨《すて》てから命《いのち》、すこしも我《われ》はおそろしからず」と、二四女のつよがらずしてよき事に無用《むやう》の言葉《ことば》、二五すゑ〴〵の女共まで是《(これ)》をそしりける。やう〳〵二六更過《(ふけすぎ)》て人皆《みな》をのづからに寐入《ね(いり)》て、二七鼾《いびき》は軒《のき》の玉水《たまみづ》の音《をと》をあらそひ、雨戸《あまど》のすきまより二八月の光《ひかり》もありなしに静《しづか》なるをりふし、二九客殿《きやくでん》をしのび出《(いで)》けるに、身にふるひ出《(いで)》て三〇足元も定《さだめ》かね、三一枕《まくら》ゆたかに臥《ふし》

たる人の腰骨《こしぼね》をふみて、たましゐ消《きゆる》がごとく、[一]胸《むね》いたく[二]上氣《じやうき》して物はいはれず、手をあはして拝みしに、此《この》もの我《われ》をとがめざるを不思義《しぎ》と、[三]心をとめて詠《なが》めけるに、食《めし》たかせける女のむめといふ[四]下子《げす》なり。それをのり越《こへ》て行《ゆく》を、此《この》女裙《すそ》を引《ひき》とゞめける程に、又[五]胸《むね》さはぎして我《われ》[六]留《とどむ》るかとおもへば、さにはあらず、[七]小半紙《し》壹折手にわたしける。さても〳〵[八]いたづら仕付《しつけ》て、かゝる[九]いそがしき折からも氣の付《つき》たる女ぞとうれしく、[一〇]方丈《はうちやう》に行《ゆき》てみれども、[一一]彼兒人《かのせうじん》の寐姿《ねすがた》見えねば、かなしくなつて臺所《だいどころ》に出《いで》ければ、姥《うば》目覚《さま》し、[一二]「今宵鼠《こよひねずみ》めは」とつぶやく片手《かたて》に椎茸《しいたけ》のにしめ・あげ[一三]麪《ふ》・[一四]葛袋《くずぶくろ》など[一五]取《とり》をくもおかし。しばしあつて我《われ》を見付《みつけ》て、「吉三郎殿の寐所《ねどころ》は[一六]その〳〵小坊主《こぼうず》とひとつに三疊敷《でうじき》に」と肩《かた》たゝいて小話《さゝやき》ける。思ひの外《ほか》なる[一七]情《なさけ》しり、「寺《てら》には惜《おし》や」と、いとしくなりて、してゐる紫鹿子《むらさきがのこ》の帯《をび》ときてとらし、姥《うば》がをしへるにまかせ行《ゆく》に、夜《よ》や[一八]八つ比《ころ》なるべし、[一九]常香盤《じやうかうばん》の鈴落《すゞをち》てひゞきわたる事しばらくなり。新發意《ぼち》[二〇]其役《そのやく》にや有《あり》つらん、起《おき》あがりて、[二一]糸《いと》かけ直《なを》し、香《かう》もりつぎて、座《ざ》を立《たゝ》ぬ事[二二]とけしなく、寐所《ねどころ》へ入《いる》を待《まち》かね、[二三]女の出來《でき》ごゝろにて[二四]髪《かみ》をさばき、こはひ良《かほ》して闇《くら》がりよりおどしければ、[二五]石流《さすが》佛心《ぶつしん》そなはり、すこしもおどろく氣色《けしき》なく、[二六]「汝元來帯《なんぢぐはんらいをび》[二七]とけひろげにて、[二八]世に徒《いたづら》ものや、たちまち消《きえ》され。此《この》寺の[二九]大黒《こく》になりたくば、和尚《をせう》のかへらるゝ迄待《まて》」と、

一　心配すること。
二　のぼせること。
三　気をつけて見ると。
四　下司。賤しい下仕えの女。下女。
五　不安に胸をとどろかせて。
六　引きとめる。
七　半紙の小形のもので鼻紙に用いる。
八　情事になれていて。
九　急場にも。とっさの場合にも。
一〇　禅寺で住職の居間をいう。
一一　稚児。若衆。
一二　今晩は鼠の奴がうるさく騒ぐの意。
一三　生麩を油で揚げたもの。精進料理に使う。
一四　葛粉を入れた袋。　一五　かたづける。
一六　それあそこの。
一七　恋の訳知り。男女の道を弁えている人。
一八　午前二時頃。
一九　仏前に香を絶やさず焚くように仕かけた香盤。香が燃え切ると鈴が落ちて時報の役をした。西鶴独吟一日千句に「常香盤は一日一夜さ　神鳴も天のまはりやしらすらん」とあり、雷よけに香を焚いたが、ここはそれを利かせたものであろうか。
二〇　香をつぐ役。　二一　鈴の糸。
二二　待ち遠しいこと。じれったく。
二三　女の思慮浅い当座の思いつきで。
二四　髪を乱し。
二五　仏心は悟りの心。よく悟っていての意。
二六　禅僧が引導を渡す時の語気。新発意がお七の様子を亡霊に見立てて引導を渡す口調で洒落た。
二七　帯を締めず前をはだけただらしない様。
二八　世に又とない。　二九　梵妻(僧侶の妻)。

[三〇]目を見ひらき申《(まうし)》ける。お七[三一]しらけてはしり寄《より》、「こなたを抱《だい》て寐《ね》にきた」といひければ、新發意《ぼち》笑《わら》ひ、「吉三郎様の事か、おれと今迄《いま(まで)》[三二]跡《あと》さして臥《ふし》ける。其證據《(その)しようこ》には是《(これ)》ぞ」と、[三三]こぶくめの袖をかざしけるに、[三四]白菊《しらぎく》などいへる[三五]留木《とめ(き)》のうつり香、「[三六]どふもならぬ」と[三七]うちなやみ、其《(その)》寐間《ま》に入《(いる)》を、新發意《しんぼち》声立《こゑたて》て、「はあ、お七さま、[三八]よい事を」といひけるに、又驚《おどろ》き、「何ニ而《(なにゝて)》もそなたのほしき物を調《とゝのへ》進《しん》ずべし。だまり給へ」といへば、「それならば錢《ぜに》八十と、[三九]松葉屋のかるたと、[四〇]浅草《あさくさ》の米《よね》まんぢう五つと、世に是《(これ)》よりほしき物はなひ」といへば、「それこそやすい事。明日《あす》は[四一]はや〳〵遣《(つかは)》し申《(まうす)》べき」と約束《(やくそく)》しける。此《(この)》小坊主《ぼうず》[四二]枕《まくら》かたむけ、「夜《よ》が明《(あけ)》たらば[四三]三色もろふはず、必《かならず》もらふはづ」と、[四四]夢《ゆめ》にもうつゝにも申《(まうし)》寐入《ねいり》に靜《(しづま)》りける。其後《(そののち)》は[四五]心まかせになりて、吉三良寐姿《すがた》に寄添《よりそひ》て、何共言葉《なにともことば》なく、しとげなくもたれかゝれば、吉三郎夢覚《ゆめさめ》てなを身をふるはし、小夜着《よぎ》の袂《たもと》を引《(ひき)》かぶりしを引《(ひき)》のけ、「[四六]髪《かみ》に用捨《やうしや》もなき事や」といへば、吉三良[四七]せつなく、「[四八]わたくしは十六になります」といへば、お七、「わたくしも十六になります」といへば、吉三良かさねて「長老《ちやうらう》様がこはや」といふ。「をれも長老様はこはし」といふ。何とも[四九]此《(この)》戀はじめもどかし。後はふたりながら涙《なみだ》をこぼし[五〇]不埒《ふらち》なりしに、又雨《あめ》の[五一]あがり神鳴《かみなり》あらけなくひゞきしに、「是《(これ)》は本《(ほん)》にこはや」と吉三良にしがみ付《(つき)》ける

三〇 目をむいて。
三一 てれくさくなって。
三二 一つの蒲団に足をさし合って臥すこと。
三三 小服綿。綿を入れた十徳のような僧衣。
三四 香銘。
三五 衣服に焚きこめる香木。
三六 とても我慢が出来ない。
三七 身もだえする。
三八 よいことをなさる。
三九 松葉屋は布袋屋・笹屋とともに有名な骨牌屋。「かるた」ははう・いす・おうる・こつふの四種紋計四十八枚一組のめくりかるたである。
四〇 浅草金竜山の麓で売っていた饅頭。麓屋・鶴屋が有名である。
四一 早速。
四二 寝ること。「枕そばたつ」の対。
四三 三種の品。
四四 うつらうつらしながらも言い言い寝込んでしまった。
四五 思いのまま。
四六 夜着を頭から被ったから、「まあ髪を粗末になさいますこと」ととがめたのである。
四七 困って。
四八 今年でやっと十六になった。まだ女を相手に色事をする程大人ではないの意。
四九 恋の手はじめがはかどらずじれったい。
五〇 埒があかぬこと。ぐずぐずして片がつかない。
五一 雨のあがり際に鳴る雷。

にぞ、[一]をのづからわりなき情《なさけ》ふかく、「ひへわたりたる手足《てあし》や」と肌《はだ》へちかよせしに、お七うらみて申《(まうし)》侍るは、「そなた様にもにくからねばこそ、[二]よしなき文給《(たまは)》りながら、かく身をひやせしは誰《たが》させけるぞ」と、首筋《くびすぢ》に喰《くひ》[三]つきける。いつとなくわけもなき首尾《しゆび》して、[四]ぬれ初《そめ》しより袖《そで》は互《たがひ》に、かぎりは命《いのち》と定《さだめ》ける。程なくあけぼのちかく、[五]谷《や》中の鐘《かね》せはしく、[六]吹上《ふきあげ》の榎《え》の木朝《あさ》風はげしく、「うらめしや、今寐《ね》ぬくもる間《ま》もなく、[七]あかぬは別《わか》れ、世界《かい》は廣《ひろ》し、[八]昼《ひる》を夜《よる》の國もがな」と俄《にはか》に願ひ、とても叶《かな》はぬ[九]心をなやませしに、母《はゝ》の親是《をやこれ》[一〇]はとたづね來《き》てひつたてゆかれし。おもへば[一一]むかし男《おとこ》の鬼《おに》一口《くち》の雨《あめ》の夜《よ》のこゝちして、吉三郎あきれ果《はて》てかなしかりき。新發意《しんぼち》は宵《よひ》の事をわすれず、「[一二]今《いま》の三色《いろ》の物をたまはらずば、今夜《こんや》のありさまつげん」といふ。母親《はゝをや》

一 自然とやみがたい情も胸にこもって来て。
二 気恥かしい思いをこめた手紙。
三 しがみつく。
四 お互に袖を敷き合い契りを交した最初から、互に離れまい、この恋の終る時は命の終る時と深く契りをこめ合ったの意。
五 谷中感応寺の鐘。
六 吹上は本郷森川宿の西。小石川村一帯の称。古えの奥州街道の跡で、並木の榎の大木が残っていたという。
七 心残りなのはこの別れ。
八 昼を夜にしている国でもあってほしいものだ。鬼国の意。二二〇頁注二参照。
九 くよくよと考えている。
一〇 探しに来てこれはと驚いて。
一一 「昔男ありけり。女のえうまじかりけるを年をへてよばひわたりけるを、辛うじて盗み出て…夜もふけにければ鬼ある所ともしらで神さへいといみじう鳴り雨もいたうふりければ、あばらなる倉に女をば奥におしいれて、男、弓やなぐひを負ひて戸口にをり、はや夜もあけなんと思ひつゝゐたりけるに、鬼はや一口にくひてけり。あなやといひけれど、神鳴るさわぎにえ聞かざりけり。やうやう夜もあけゆくにみれば率てこし女もなし。足ずりして泣けどもかひなし」(伊勢物語六)。
一二 今さっきの。

一三立帰《たちかへ》りて、「何事かしらね共《ども》、お七が約束《やくそく》せし物は、我《われ》が一四請《うけ》にたつ」といひ捨《すて》て帰《かへ》られし。いたづらなる娘《むすめ》もちたる母なれば、一五大かたなる事は聞《きか》でも合点《がてん》して、お七よりはなを一六心を付《つけ》て、明《あけ》の日はや

く其《その》一七もてあそびの品《しな》ゝ調《とゝのへ》ておくり給ひけるとや。

雪《ゆき》の夜《よ》の一八情宿《なさけやど》

油断《ゆだん》のならぬ世の中に、殊更《ことさら》見せまじき物は一九道中の二〇扒付金《はだつけがね》、二一酒《さけ》の酔《ゑひ》に協指《わきざし》、娘《むすめ》の二二きはに二三捨坊主《すてぼうず》と、御寺《みてら》を立帰《たちかへ》りて、其後《そののち》はきびしく二四改《あらため》て戀をさきける。されど共《ども》下女が情《なさけ》にして文《ふみ》は数通《かずかよ》はせて、心の程《ほど》は互《たがひ》にしらせける。

一三　途中から戻って来て。
一四　請人(保証人)になる。保証人になると、本人が約束不履行の場合は、その約束を代行する義務がある。ここでは、娘が約束した品々は私が必ず差上げますの意。
一五　おおよそのことは。どんな約束をしたか位のあらましのことは。
一六　注意して。念を入れて。
一七　手なぐさみの品々。
一八　お七が自分の家で吉三郎と密会をしたのでかくいった。
一九　旅行中。
二〇　道中使う小出しの金に対して肌身離さず所持する大金。
二一　酒に酔った人。
二二　際。傍の意。
二三　浮世を捨てた坊主。また僧侶を侮蔑していう語。
二四　吟味して。監督して。

一　中仙道の一番目の宿場があった。日本橋より二里。
二　お七の親の家で。
三　呼びとめて買った。
四　難儀に思って弱ること。
五　ちょっと。
六　土間。
七　牛蒡・大根の莚包みを。
八　真竹・淡竹の皮で張った笠。播州明石・江州水口・越前福井の名産。
九　腰にまとう短い簑。
一〇　冷い風が枕許に吹き通しで。
一一　どまに同じ。
一二　すっかり冷え上がったので。
一三　ほとんど。
一四　お七の声がして。
一五　かわいそうだ。
一六　下々の召使用の茶碗。
一七　下男の通称。
一八　久七をさす。
一九　御親切。御心づかい。
二〇　暗闇でよく見えないのにつけこんで。
二一　弄んで。
二二　お前も。
二三　江戸に奉公に出ていたなら。
二四　男色の上での兄分。念友。

有夕《(ある)ゆふべ》[一]板橋ちかき里《さと》の子《こ》と見えて、松露《せうろ》、土筆《つくくし》を手籠《かご》に入《(いれ)》て、世をわたる業《わざ》とて賣《うり》きたれり。お七[二]親《おや》のかたに[三]買《かい》とめける。其暮《(その)くれ》は春ながら雪《ゆき》ふりやまずして、里までかえる事を[四]なげきぬ。亭主《ていしゅ》あはれみて、何ごゝろもなく、「[五]つゐ[六]庭《には》の片角《かたすみ》にありて、夜明《よあけ》なばかへれ」といはれしをうれしく、[七]牛房《ごばう》・大根《こん》の莚《むしろ》かたよせ、[八]竹の小笠に面《おもて》をかくし、[九]腰簑《こしみの》身《み》にまとひ一夜《(いちや)》をしのぎける。[一〇]嵐枕《あらしまくら》にかよひ[一一]土間《つちま》[一二]ひへあがりけるにぞ、[一三]大かたは命《いのち》もあやうかりき。次第《しだい》に息《いき》もきれ眼《まなこ》もくらみし時、[一四]お七声《こゑ》して「先程《さきほど》の里の子[一五]あはれや、せめて湯成共呑《ゆなり(とも)のま》せよ」と有《(あり)》しに、食焼《めしたき》の梅《むめ》が[一六]下《しも》の茶碗《ちゃわん》にくみて、[一七]久七にさし出《(いだ)》しければ、[一八]男請《おとこうけ》取《とり》て是《(これ)》をあたへける。「忝《かたじけな》き[一九]御心入《(こゝろいれ)》」といへば、[二〇]くらまぎれに前髪《まへがみ》を[二一]なぶりて、「[二二]我《(われ)》も[二三]江戸にをいたらば[二四]念者《ねんじゃ》の有《(ある)》時分じやが、痛《いたわ》しや」

といふ。「いかにも[二五]浅《あさ》ましくそだちまして、田をすく[二六]馬の口を取《(とり)》、[二七]眞柴苅《ましばかる》より外《(ほか)》の事をぞんじませぬ」といへば、足を[二八]いらひて、「[二九]きどくにあか[三〇]ゞりを切《(きら)》さぬよ、是《(これ)》なら[三一]口をすこし」と[三二]口をよせけるに、[三三]此悲《(この)かな》しさ、切《せつ》なさ、[三四]歯《は》を喰《くひ》しめて泪《なみだ》こぼしけるに、久七[三五]分別《ふんべつ》して、「いや〱[三六]根深《ねぶか》・にんにく喰《くひ》し[三七]口中もしれず」とやめける事のうれし。其後寐時《(そののち)ねとき》に成《(なり)》て、下ゝ《(したゞ)》は[三八]うちつけ階子《はし》を登《のぼ》り、二階《にかい》にともし火影《ひかげ》うすく、あるじは戸棚《とだな》の錠前《じやうまへ》に心を付《(つく)》れば、内義は火の用心能ゝ《(よく〱)》云付《(いひつけ)》て、なお娘に氣遣《きづかい》せられ、[三九]中戸さしかためられしは、[四〇]戀路《こひぢ》つなきれてうたてし。

[四一]八つの鐘《かね》の鳴時《なるとき》、面《おもて》の戸扣《とたゝひ》て、女と男《おとこ》の声《こゑ》して、「[四二]申《(まうし)》[四三]姥《うば》様、[四四]只今《たゞいま》よろこびあそばしましたが、しかも[四五]若子《わこ》様にて旦那《だんな》さまの御[四六]機嫌《きげん》」と頻《しきり》によばはる。[四七]家内《いへうち》起《をき》さはぎて、「それはうれしや」と寐所《ねどころ》より直《すぐ》に夫婦連立《ふうふつれだち》、[四八]出《(で)》さまに[四九]まくり・かんぞうを取持《とりもち》て、[五〇]かたし〱の草履《ざうり》をはき、お七に門《かど》の戸をしめさせ、[五一]急《いそぐ》心ばかりにゆかれし。お七戸をしめて歸りさまに、[五二]暮方里《くれかたさと》の子思ひやりて、下女に「[五三]其《(その)》手燭《しよく》まて」とて面影《おもかげ》をみしに、[五四]豊《ゆたか》に臥《ふし》ていとゞ哀《あはれ》の増《まさ》りける。「[五五]心よく有《(あり)》しを其《(その)》まゝおかせ給へ」と下女のいへるを聞《(きか)》ぬ㒵《かほ》してちかくよれば、肌《はだ》につけし[五六]兵部卿《ひやうぶきやう》のかほり何とやらゆかしくて、笠《かさ》を取除《とりのけ》みれば、[五七]やごとなき[五八]脇㒵《わきがほ》の[五九]しめやかに鬢《びん》も[六〇]そゝけざりしを、しばし見とれて、[六一]その人の年比《としごろ》に[六二]おもひいたして、

二五 賤しい育ちでございまして。 二六 馬の手綱をとること。 二七 柴。真は接頭語。 二八 いじって。 二九 奇特に。感心に。 三〇 皹。あかぎれ。 三一 接吻しようとする。 三二 口をすこし吸おうの意。 三三 ここから主語が里の子になる。 三四 歯を食いしばって。 三五 考え直して。 三六 葱。 三七 口かも知れない。葱・にんにくの悪臭を嫌ったのである。 三八 簡単な梯子をそのまま釘・鎹などで打ちつけたもの。 三九 店と奥との仕切戸の錠をしっかりおろしたのは。 四〇 恋路の綱切れての意。恋の通い路の手がかりが切れて。 四一 午前二時頃の鐘。 四二 もしもし。 四三 「うば」は「をば」とあるべきところである。 四四 御出産になりましたがの意。 四五 男の御子様。 四六 大変喜ばれていらっしゃいます。 四七 家中の者。 四八 出て行きがけに。 四九 海人草・甘草。海人草は海草、甘草は荳科の多年生植物。小児が生れて二三日中は海人草と甘草(或はこれに蕗根を加え)を布に包み湯にひたして吸わせて胎毒を下す。これを甜物《(あまもの)》という。 五〇 片ちんばの草履をはき。慌てた様をいう。 五一 唯気ばかり急いで行く。せかせかと出かけること。 五二 暮方の里の子。 五三 「その手燭を奥へ持って行くのはしばらく待て」と引きとめて。 五四 ぐっすり寝込んでいて。 五五 気持よく眠っているのを。 五六 匂袋の銘。匂袋は粉末の香を調合して絹の袋に入れて常時懐中にするもの。元来は袋に緒をつけて首にかけていたので掛香ともいった。兵部卿・花世界などの銘がある。 五七 上品な。 五八 横顔。 五九 しっとりと打ち沈んだ有様。 六〇 乱れていなかったのを。 六一 吉三郎の年頃。 六二 思い及んで。

袖《そで》に手《て》をさし入《いれ》て見るに、浅黄《あさぎ》[一]はぶたへの下着《したぎ》、是《これ》はと[二]こゝろをとめしに、吉三良殿なり。人のきくをもかまはず、「こりや何としてかゝる御すがたぞ」と、しがみ付《つき》てなげきぬ。吉三郎もおもてみあはせ、[三]物ゐいはざる事しばらくありて、「我《われ》かくすがたをかへて、せめては君《きみ》を[四]かりそめに見る事ねがひ、宵《よひ》の憂《うき》思ひおぼしめしやられよ」と、はじめよりの事共《ども》を、[五]つどく〳〵にかたりければ、「[六]兎角《とかく》は是《これ》へ御入有《いりあり》て、其《その》御うらみも聞まいらせん」と、手を引《ひき》まいらすれども、[七]宵よりの身のいたみ、是非《ぜひ》もなく哀《あはれ》なり。やう〳〵下女と[八]手をくみて車《くるま》にかきのせて、つねの寐《ね》間《ま》に入《いれ》まいらせて、[九]手のつゞくほどはさすりて、[一〇]幾薬《いくくすり》をあたへ、[一一]すこし笑《わら》ひ皃《がは》うれしく、「[一二]盃事《さかづきごと》して、今宵《こよひ》は[一三]心に有程《あるほど》をかたりつくしなん」とよろこぶ所へ、親父《おやぢ》かへらせ給ふにぞ、

一　羽二重は絹織物で農民の子供の着るようなものではない。
二　気をつけて見直すと。
三　しばらくの間は物を言うことも出来なかったが、ややあって。
四　一目でも。
五　一々詳しく話す。
六　とにかく。
七　宵よりの寒さで身内が痛んで立つことも出来ない有様。
八　手車を組んで、それに乗せて。
九　手の力の続く限りは。
一〇　元来は「生く薬」の意であるが、西鶴は色々の薬の意に用いている。
一一　多少笑い顔を見せるようになったので嬉しく思って。
一二　たんに酒を汲み交すこと。
一三　胸にあるかぎりの思いを。

かさねて憂《うき》めにあひぬ。衣桁《いかう》のかげにかくして、さらぬ有さまにて、「[一四]いよ〳〵おはつ様は親子《おやこ》とも御[一五]まめか」といへば、親父《おやぢ》よろこびて、「ひとりの姪《めい》なれば、[一六]とやかく氣遣《きづかい》せしに、[一七]重荷《おもに》おろした」と機嫌《きげん》よく、産着《うぶぎ》のもやうせんさく、「[一八]萬《(よろづ)》祝《いはひ》て鶴亀松竹のすり[一九]箔《はく》は」と申されけるに、「[二〇]おそからぬ御事《(おんこと)》、明日《あす》御[二一]心靜《しづか》に」と下女《げぢよ》も口《(くち)》〳〵に申せば、「いや〳〵かやうの事ははやきこそよけれ」と、[二二]木枕鼻紙《きまくらはなかみ》をたゝみかけて、ひな形《がた》を切《(きら)》るゝこそ[二三]うたてけれ。やう〳〵[二四]其《その》程過《すぎ》て、色《いろ》〳〵[二五]とたらしてねせまして、[二六]語《かたり》たき事ながら、[二七]ふすま障子《しやうじ》ひとへなれば、[二八]もれ行《ゆく》事をおそろしく、灯《ともしび》の影《かげ》に硯紙《すゞりかみ》置《をき》て、心の程を互《たがひ》に書《(かき)》て見せたり見たり、是《これ》をおもへば[二九]鴛《をし》のふすまとやいふべし。夜《よ》もすがら[三〇]書《かき》くどきて、明《あけ》かたの別《わか》れ、[三一]又もなき戀があまりて、さりとては物うき世や。

一四 確かに。
一五 御無事か。御健在か。
一六 あれこれと。
一七 ほっとした。気懸りな事が解決して安堵する意。
一八 万事めでたい物づくしで。
一九 金銀の箔を模様にすりつけたもの。すり箔はどうだろうかの意。
二〇 後でゆっくり考えても遅くないことの意。お急ぎにならなくてもよいこと。
二一 明日ゆっくり落着いてからなさったらよいでしょうの意。
二二 木枕に鼻紙を畳んであてがい。
二三 思わしくない状態。うんざりする。
二四 その産着騒ぎも過ぎて。
二五 だましすかして。
二六 積る思いを語りたいが。
二七 父親の寝室とは襖一重のへだてであるから。襖障子で単に襖の意。
二八 話し声が。
二九 男女交歓の衾はもと鴛鴦の模様をつけたので、鴛鴦の衾という。これに唖をいいかけた。
三〇 「かきくどく」と「書く」をいいかけた。
三一 この上もない慕情も思う存分に語り尽すことが出来ないで。

世に見[一]をさめの櫻《さくら》

[二]それとはいはずに、明暮《あけくれ》女こゝろの墓《はか》なや。[三]あふべきたよりもなければ、ある日風《かぜ》のはげしき夕暮《ゆふぐれ》に、[四]日外寺《いつぞや》へにげ行《(ゆく)》世間《せけん》のさはぎを思ひ出《(いだ)》して、「[五]又さもあらば吉三良殿にあひ見る事の[六]種《たね》とも成《(なり)》なん」とよしなき出來《でき》ごゝろにして、[七][八]悪事《あくじ》を思ひ立《(たつ)》こそ[九]因果《いんぐわ》なれ。すこしの[一〇]煙立《けふりたち》さはぎて、[一一]人ゝ不思義《しぎ》と心懸《こゝろがけ》見しに、[一二]お七が面影《おもかげ》をあらはしける。これを尋《たづね》しに、[一三]つゝまず有《(あり)》し通《とをり》を語《かたり》けるに、[一四]世の哀《あはれ》とぞ成《(なり)》にける。けふは[一五]神田《かんだ》のくづれ橋《ばし》に[一六]恥《はぢ》をさらし、又は[一七]四谷《よつや》、[一八]芝《しば》の淺草《あさくさ》、日本橋《にほんばし》に[一九]人こぞりてみるに惜《おし》まぬはなし。是《(これ)》

一 本文中の「手向花とて咲おくれし桜を一本もたせけるに」による。二 言ってしまえばどうにか解決もしようものを、それを口にも出さず明暮くよくよと思いつめている女心のはかなさ。三 手段。方法。四 以前に寺に逃げて行ったあの世間の騒ぎ。五 また火事があったらの意。六 たより。便宜。七「にて」の意。八 放火は引き廻しの上、火罪に処せられる大罪である。九 止むを得ぬ因縁である。一〇「煙が立つ」に「立騒ぐ」をいいかける。天和三年三月二日夜お七は放火をした。なお、この頃火災がしきりに起り多くの放火犯が処刑されたことは、天和笑委集に詳しい。一一 人々が不思議に思って注意して見ると。一二 煙の立つ中からお七の姿を見出した。一三 包みかくさずありのままをすべて白状したので。一四 人々の悲しみの種ともなった。放火犯として罪を問われる身になったことをいう。一五 神田昌平橋の旧称。元禄三年十二月十六日から聖堂下前後の坂を昌平坂と唱え、同時にくづれ橋を昌平橋と呼ぶことになった。以下四谷・芝の浅草・日本橋は火罪の者の引き廻しの晒し場。一六 天和三年三月十八日から同二十七日まで五ヵ所で前後十日間晒した。一七四谷札の辻。甲州街道入口の四谷門外の堀端。一八 東海道入口芝札の辻と浅草橋。一九 むれ集まって見物した人々は皆美しいお七の命を惜しまない者はなかった。

を思ふに、かりにも人は悪事《あしきこと》をせまじき物なり。天是《てんこれ》をゆるし給はぬなり。此《この》女二〇思ひ込《こみ》し事なれば、身のやつるゝ事なくて、毎日有《あり》し昔《むかし》のごとく、二一黒髪《くろかみ》を結《ゆは》せてうるはしき風情《ふぜい》、二二惜《をし》や十七の春の花も散《ちり》〱《(ぐ)》に、ほとゝぎすまでも惣鳴《そうなき》に、卯月《うづき》のはじめつかた、寂期《さいご》ぞとす二三ゝめけるに、二四心中更《しんちうさら》にたがはず、二五夢幻《ゆめまぼろし》の中《うち》ぞと二六一念《ねん》に二七仏国《ぶつこく》を願《ねが》ひける心ざし、去迚《さりとて》は痛《いたは》しく、二八手向花《たむけばな》とて咲《さき》おくれし桜を一本《もと》もたせけるに打詠《うちながめ》て、「二九世の哀春《あはれはる》ふく風に名《な》を残《のこ》しおくれ桜《さくら》のけふ散《ちり》し身は」と吟《ぎん》じけるを、聞人《きくひと》一しほに三〇いたましく、其姿《そのすがた》をみおくりけるに、三一限《かぎり》ある命《いのち》のうち、三二入相の鐘《かね》つく比《ころ》、三三品《しな》かはりたる三四道芝《みちしば》の邊《ほとり》にして、其《その》身は三五うき煙《けふり》となりぬ。人皆《みな》三六いづれの道《みち》にも煙《けふり》はのがれず、三七殊《こと》に不便《びん》は是《これ》にぞ有《あり》ける。

二〇 かねてより覚悟していたことであるから。
二一 天和笑委集に「たけなる黒かみ島田とかやにゆひ上げ、銀ふくりんに蒔絵書たるたいまいの櫛にて前髪を押へ、紅粉を以ておもてを色どり、さしもあでやかに出立ける」とある。
二二 惜しいかな十七歳の花にたとえれば盛りの姿を散らさねばならず、丁度折も折桜の花も散り時鳥までもお七の死を悲しんで一勢に鳴き立てる四月の初めの頃の意。時鳥は「冥途の鳥」の異名があり、卯月・五月に初めて鳴くのでここに用いた。
二三 覚悟をうながしたところ。
二四 前々から覚悟していた所で、今となって取乱すことなく。
二五 人の世は夢幻のごとくはかないものだの意。
二六 一心に。
二七 極楽浄土。
二八 死出の旅路のはなむけの花。
二九 このおくれ咲きの桜が今春風に散って行くように、いたずらに浮名ばかり残して死んで行く我が身は、世にも哀れなことよの意。
三〇 「痛ましく」とあるべきところ。
三一 限られた短い命の身の上なので、やがての意。「今日の日も命のうちに暮れにけり明日もや聞かむ入相の鐘」(仮名草子、可笑記五)による。
三二 死刑執行の時刻。
三三 品川のほとり鈴の森で世にも珍しい火刑に処せられたの意。「品川」と「品がわりたる」をかけてある。鈴の森は品川の西の東海道に沿った地。慶安四年刑場が置かれた。鈴ガ森というのは後の称呼である。
三四 路傍に生えている芝の意。
三五 火刑の煙と化してはかない最後を遂げた。
三六 人間として生れた者はどの道茶毘一片の煙となることは免れない。
三七 けれどもとりわけ可哀相なのはこのお七の最期である。

それはきのふ、今朝《けさ》みれば一塵《ちり》も灰《はい》もなくて、鈴《すゞ》の森《もり》二松風ばかり残《のこり》て、旅人《たびびと》も聞《きゝ》つたへて只は通《とを》らず、廻向《ゑかう》して其跡《そのあと》を吊《とぶら》ひける。されば三其《その》日の小袖、四郡内嶋《ぐんないじま》のきれぐ迄も世の人拾《ひろひ》もとめて、すへぐの物語の種《たね》とぞ思ひける。五近付《ちかづき》ならぬ人さへ、六忌《き》日とゝに七しきみ折立《をりたて》、此《この》女を八とひけるに、其契《そのちぎり》を込《こめ》し若衆は、九いかにして寂後《さいご》を尋問《たづねとは》ざる事の不思義《しぎ》と、諸人沙汰《さた》し侍る折節、吉三良は一〇此《この》女にこゝちなやみて一一前後《ぜんご》を弁《わきまへ》ず、憂世《うきよ》の限《かぎり》と見えて便《たより》すくなく一二現《うつゝ》のごとくなれば、一三人との心得《こゝろへ》にて、此《この》事をしらせなばよもや命《いのち》も有《ある》べきか、一四「つねぐ申せし言葉《ことば》のすへ、身の取置《とりをき》までして寂期《さいご》の程を待居《まちい》しに、おもへば人の命《いのち》や」と、一五首尾《しゆび》よしなに申《まうし》なして、「けふ明日《あす》の内《うち》には其《その》人爰《こゝ》にましまして、思ふまゝなる一六御げん」などいひけるにぞ、一しほ心を取《とり》直し、一七あたへる薬を外《ほか》になして、「君よ戀し、其《その》人まだか」と、そゞろ一八事《ごと》いふほどこそあれ、「しらずやけふははや三十五日」と、吉三良にはかくして其《その》女吊《とぶら》ひける。それより一九四十九日の餅盛《もちもり》など、お七親類《しんるい》御寺《みてら》に参《まいり》て、「せめて其《その》戀人を見せ給へ」と歎《なげ》きぬ。二〇様子《やうす》を語《かたり》て、「二一又も哀《あはれ》を見給ふなれば、よしぐ其《その》通に」と二二道理《だうり》を責《せめ》ければ、「石流《さすが》二三人たる人なれば、此《この》事聞《きゝ》ながらよもやながらへ給ふまじ。深《ふか》くつゝみて二四病氣もつゝがなき身ノ折節《をりふし》、お七が申《まうし》残《のこ》せし事共《ども》をも語りなぐさめて、二五我《わが》子の形見《かたみ》にそれなり

一 物も残らないこと。原本では灰を炭と書いているが、炭を灰の意に用いるのは当時の慣用。
二「夜も明けて村雨と聞しも、けさ見れば松風ばかりや残るらん」(謡曲、松風)による西鶴慣用の修辞。
三 お七が処刑の日に着ていた小袖。天和笑委集に「其中に七が出たつ装束には、肌には羽二重白小袖、甲州ぐんないのごばんじま、浅黄の糸にて縫たる定紋の三つがしわ、五つ所にもゝ色のうら付て、一尺五寸の大ふり袖上にかさね、よこはゞひろき紫帯、二た重にきりゝと引まはし、うしろにてむすびとめ」とある。
四 甲州郡内より産出する絹織物。地厚く多くは縦横の縞模様。
五 何の縁故もない人。
六 死後七七日(四十九日)までの忌日。
七 もくれん科の常緑灌木。香気あり仏前に供える。
八 弔ったのに。
九 何故お七の最後の時にも尋ねず、またその跡を弔わないのか合点がゆかぬ。
一〇 お七を思いつめて病となり。
一一 意識不明となり。
一二 夢現のような状態。
一三 配慮。
一四 常に口にする言葉の端々にも覚悟の程は知られ、身の廻りの始末までして処刑を待っていたのに、人の命はわからぬもので、ふとしたことから助命となったの意。僧侶が吉三郎にお七の命が助かったと嘘をつく言葉。
一五 恰好よく言いつくろって。
一六 面会。
一七 与える薬を少しも呑まず。
一八 うわ言。
一九 死後四十九日目に四十九の小餅を仏に具え親戚・知人に配る。
二〇 寺の僧侶が吉三郎の様子を語って。
二一 お逢いになると再び悲しい目を御覧なさらねばなりませんから、まあまあそのままにして逢わずにおいて下さいの意。
二二 理を尽して話したので。
二三 吉三郎も立派な育ちの人であるから。
二四 病気も直って元気になった折に。
二五 我子の形見にこの卒塔婆なり

とも思ひはらしに」と卒塔婆《そとば》書《かき》[二六]たてゝ、手向《たむけ》[二七]の水も泪《なみだ》にかはかぬ石《いし》こそなき人の姿《すがた》かと、跡《あと》に残りし親の身、無常《むじやう》[二八]の習《ならひ》とて、是《(これ)》逆《さかさま》[二九]の世や。

様子《やうす》[三〇]あつての俄坊主《にわかぼうず》

命程頼《いのちほどたの》[三一]みすくなくて、又つれなき[三二]物はなし。中〻[三三]死《し》ぬればうらみも戀もなかりしに、百ケ日に當《あた》る日、枕始《まくらはじめ》[三四]てあがり、杖竹《つえ》[三五]を便《たより》に寺中静《じちうしづか》に初立《うひたち》[三六]しけるに、卒塔婆《そとば》の新《あたら》しきに心を付《(つけ)》てみしに、其《その》人の名に驚《おどろき》て、「さりとてはしらぬ事ながら、人はそれとはいはじ。おくれたる[三七]やうに取沙汰《とりさた》[三八]も口惜《(くちをし)》」と、腰《こし》の物に手を掛《かけ》しに、法師《ほうし》取《(とり)》つきさまぐ\とゞめて、「迚《とて》[三九]も死すべき命《いのち》ならば、年月《(としつき)》[四〇]語りし人に暇乞《いとまごひ》をもして、長老《ちやうらう》さまにも其断《そのことはり》[四一]を立《(たて)》、冣後《さいご》を極《きは》め給へかし。子細《しさい》[四二]はそなたの兄弟契約《けいやく》[四三]の御かたより當寺《たうじ》へ預《あづ》ケ置《をき》給へば、其《(その)》[四四]御手前《てまへ》への難儀《なんぎ》、彼是《かれこれ》覚しめし合《あはさせ》られ、此《(この)》うへながら憂名《うきな》の立《たゝ》ざるやうに」といさめしに、此断《(この)ことはり》[四五]至極《しごく》して、自害《じがい》おもひとゞまりて、兎角《とかく》は世にながらへる心ざしにはあらず。其後《(そののち)》長《ちやう》老《らう》へ角《(かく)》[四六]と申せば、おどろかせ給ひて、「其《(その)》身は念比《ねんごろ》[四七]に契約《けいやく》の人わりなく[四八]愚僧《ぐそう》をたのまれ預《あづか》りおきしに、其《(その)》人今は松前《まつまへ》[四九]に罷《まかり》て、此《(この)》秋の比《(ころ)》は必爰《かならずこゝ》にまかるのよし、

とも立てて念ばらしにしようの意。二六 書いて立てて。二七 手向の水を泣く泣く供え、その涙に濡れて乾かぬ墓石こそ亡き人の面影かと。二八 老少不定の世のならいとはいえ。二九 親が子を弔うから逆の世といった。

三〇 事情があって急に出家した意。三一 生きようと思っても、寿命が来れば死んでしまうはかないもので。三二 死のうと思っても、寿命が尽きなければ思うように死ねない。三三 かえって。三四 病床から起き上る。床上げすること。三五 竹の杖を頼りに。三六 病後はじめて外に出ること。三七 気おくれしたように。三八 評判。噂。三九 どうしても死ななければならないのなら。四〇 長年親しくしていた人。念者をさす。四一 死なねばならない理由を申し上げて、一応の挨拶をなさった上での意。四二 その理由は。という訳は。四三 衆道の契。四四 其の御方に対して申訳もなく、我々が迷惑するの意。四五 その理由が道理至極で納得して。四六 斯くの意。しかじかであると。四七 親しく兄弟分の約束をした人。念者。兄分。四八 切に。四九 北海道松前郡福山町の旧称。当時の城主松前矩広の祖父氏広は慶安元年八月に没し、駒込に移る以前の神田吉祥寺に葬られている。吉祥寺と松前氏とは因縁が深かったものと思われる。従って吉三郎の兄分は松前氏の家臣であろう。

くれ〳〵此程《(この)ほど》も申越《(まうし)こさ》れしに、[一]それよりうちに申事《(まうし)》[二]もあらば、さしあたつての迷惑《めいわく》我《われ》ぞかし。兄分《あにぶん》かへられてのうへに、其身《(その)》[三]はいかやうともなりぬべき事こそあれ」と、色ヽ異見《いけん》あそばしければ、日比《ひごろ》の御恩《ごおん》思ひ合《あは》せて、「何《なに》[四]か仰《あふせ》はもれじ」とお請申《(うけまうし)》[五]あげしに、なお心もとなく覚《(おぼ)》しめされて、[六]は物を取《(とり)》てあまたの番《ばん》を添《そへ》られしに、是非《ぜひ》なく[七]つねなるへやに入《(いり)》て、人ヽに語《かたり》しは、「さても〳〵[八]わが身ながら世上《(せじやう)》[九]のそしりも無念《むねん》なり。[一〇]いまだ若衆を立《(たて)》し身の[一一]よしなき人のうき情《なさけ》にもだしがたくて、剰《あま(つ)さへ》其《(その)》人の難儀《なんぎ》、此《(この)》身のかなしさ、衆道《しゆだう》の神も佛《ほとけ》も我《われ》を

見捨《みすて》給ひし」と感涙《かんるい》[一二]を流《なが》し、「殊更兄分《ことさらあにぶん》の人帰《かへ》られての首尾《しゆび》[一三]、身《み》[一四]の立《たつ》べきにあらず、それより内に寂後急《さいごいそぎ》たし。されて共《(とも)》舌喰切《したくひきり》、首《くび》[一五]しめるなど世の聞へも手ぬ[一六]るし。情《なさけ》[一七]に一腰《こし》かし給へ。[一八]なにながらへて甲《か》

一　それより以前に。
二　かれこれ言わねばならぬ問題。悶着。
三　その身はどのようにでもしたいように身の振り方をつけるがよかろう。
四　いかようにも仰せに従いましょう。
五　御言葉を承知申し上げましたが。
六　刃物を取り上げて。
七　ふだんの居間。
八　自分で起したことながら。
九　世間の悪評。
一〇　まだ若衆の道を立てている身でありながら。若衆は女と契ってはならぬものとされている。
一一　ふとした人のあだ情にほだされたのみならず。
一二　感極まって流す涙。謡曲の慣用語。
一三　始末。事の次第。
一四　面目の立ちょうがない。何とも申し訳がない。
一五　縊死。
一六　男らしくない。潔ぎよくない。
一七　不憫に思って。
一八　何か。反語。

斐《い》なし」と、泪《なみだ》にかたるにぞ、座中《(ざちゆう)》[一九]袖をしぼりてふかく哀《あはれ》みける。此《(この)》事[二〇]お七親《おや》より聞《きゝ》つけて、「御歎《なげき》尤《もつとも》とは存《ぞんじ》ながら、[二一]冣後の時分《じぶん》くれ〴〵申置《(まうし)をき》けるは、吉三良殿、まことの情《(なさけ)》ならば、うき世捨《よすて》させ給ひ、[二二]いかなる出家《しゆつけ》にもなり給ひて、かくなり行跡《ゆくあと》をとはせ給ひなば、[二三]いかばかり忘《わす》れ置《をく》まじき。[二四]二世迄《(にせ)まで》の縁《えん》は朽《くち》まじと申置《(まうしおき)》し」と、様〻《さま〴〵》申せ共《(ども)》、中〻吉三良聞分《きゝわけ》ず、いよ〳〵思ひ極《きはめ》て舌喰切《したくひきる》[二五]色《いろ》めの時、母親耳《はゝおやみゝ》ちかく寄《より》て、しばし小語《さゝやき》申されしは、何事にか有哉《あるや》らん。吉三良うなづきて、「兎《と》も角《かく》も」といへり。其後《(その)のち》兄分《あにぶん》の人も立帰《(たち)かへ》り、[二六]至極《しごく》の異見《いけん》申《(まうし)》尽《つくし》て、出家《しゆつけ》と成《(なり)》ぬ。此前髪《(この)まへかみ》のちるあはれ、[二七]坊主《ばうず》も剃刀《かみそり》なげ捨《すて》、[二八]盛《さかり》なる花に時《とき》のまの嵐のごとく、[二九]おもひくらぶれば命《いのち》は有《(あり)》ながら、お七冣期《さいご》よりはなを哀《あはれ》なり。[三〇]古今《ここん》の美僧《びそう》是《(これ)》をおしまぬはなし。惣《そう》じて[三一]戀の出家《しゆつけ》、まことあり。吉三良兄分《(あにぶん)》なる人も古里《ふるさと》松前にかへり、墨染《すみぞめ》の袖《そで》とはなりけるとや。さても〳〵[三二]取集《(とり)あつめ》たる戀や、哀《あはれ》や。無常也《むじやう(なり)》、夢《ゆめ》なり、現《うつ(つ)》なり。

一九　涙の袖をしぼる。
二〇　お七の親の方で。
二一　お七の最後の時分。
二二　宗派や身分のことはどうでもよいから、とにかく出家して。
二三　どんなにか嬉しく思うことでしょう。そのお情は決して忘れるなど致しません。
二四　俗に親子の縁は一世、夫婦は二世、主従は三世という。すなわち夫婦の縁をいう。
二五　様子。気色。
二六　道理至極の意見。筋道の通った意見。
二七　前髪を剃るにしのびず。
二八　満開の花が一瞬の嵐で吹き散らされるような感じがして。
二九　「嵐の如く思ひ」と「思ひくらぶれば」をいいかけた。
三〇　さて剃髪して見ると、実に古今稀なる美僧で、あたら美男を僧にさせてしまったと惜しまぬものはないの意。
三一　恋愛事から発心して出家した者は、真心から思い立つので道心堅固であるの意。
三二　あれやこれやの恋の意。男色女色と入り乱れた恋。

さつまニ
さらし

好色五人女

ゑ入
五

好色五人女　巻五

戀の山源五兵衛物語

目録

㈠ つれ吹《ぶき》の笛竹息《ふへたけいき》のあはれや

さつまにかくれなき當世男《たうせいおとこ》有《(あり)》

㈡ もろきは命の鳥《とり》さし

床《とこ》はむかしと成《(なる)》若衆《わかしゆ》有《(あり)》

㈢ 衆道《しゆだう》は兩《りやう》の手に散花《ちるはな》

中剃《なかぞり》はいたづら女有《(あり)》

㈣ 情《なさけ》はあちらこちらのちがひ

同じ色ながらひぢりめんのふたの物有《(あり)》

㈤ 金銀も持《もち》あまつてめいわく

三百八十の鎰《かぎ》あづかる男有《(あり)》

一 前髪のうしろの月代を剃ること。

二 笛・尺八などの管楽器の合奏。 三 笛竹は笛の意。 四 笛の音の哀調に、八十郎のはかなく息絶えたことをいいかけた。 五 世にはやる流行唄にうたわれている源五兵衛という男はの意。源五兵衛節の原歌は「高い山から谷底見ればお万可愛いや布晒す」(山家鳥虫歌)であるが、これに

連吹《つれぶき》の笛竹《ふへたけ》息《いき》の哀《あはれ》や

世に時花哥《はやりうた》源五兵へといへるは、さつまの國かごしまの者《もの》なりしが、かゝる田舎《いなか》には希《まれ》なる色このめる男なり。あたまつきは所ならはしにして、後《うしろ》さがりに髪先《かみさき》みぢかく、長脇差《ながわきざし》もすぐれて目立《(めだつ)》なれども、国風俗《くにふうぞく》、是《(これ)》をも人のゆるしける。明暮若道《あけくれじやくだう》に身をなし、よは〱としたる髪長《かみなが》のたはふれ一生しらずして、今ははや廿六歳の春とぞなりける。年久しくふびんをかけし若衆《わかしゆ》に、中村《なかむら》八十郎といへるに、はじめより命を捨《すて》て淺《あさ》からず念友《ねんゆう》せしに、又あるまじき美兒《(びせう)》、たとへていはゞ、ひとへなる初桜《はつざくら》のなかばひらきて花の物云《ものいふ》風情《ふぜい》たり。

有夜《あるよ》、雨《あめ》の淋《さび》しく、只《たゞ》二人源五兵へ住《すみ》なせる小座敷《こざしき》に取《(とり)》こもり、つれ吹《ぶき》の横《よこ》笛《ふへ》さらにまたしめやかに、物の音《ね》も折にふれては哀《あはれ》さもひとしほなり。窓《まど》よりかよふ嵐《あらし》は、梅がかほりをつれて振袖《ふりそで》に移《うつり》、くれ竹のそよぐに寐鳥《ねとり》さはぎて、とびこふ音《ね》もかなしかりき。灯《ともしび》おのづからに影《かげ》ほそく、笛《ふへ》も吹《ふき》おはりて、いつよりは情《なさけ》らしく、うちまかせたる姿《すがた》して、心よく語《かたり》し言葉《ことば》に、ひとつ〱品替《しなかはり》て戀《こひ》をふくませ、さりとはいとしさまさりて、うき世外《(ほか)》なる欲心《よくしん》出來《でき》て、八十

「松の落葉、源五兵衛踊」「淋敷座之慰、さんや源五兵衛ぶし」など多くの替歌がある。松平大和守日記に「寛文十一年五月二十二日、参觀、此の道中にて源五兵衛おまんといふうたをうたふ。うたの地はひろうなれば略レ之」とある。六 美貌の意。七 土地の風習で。八 鬢をうしろ下りに月代を剃り、髷を小さく結う。当時流行の髪風。九 大脇差に同じ。幕令では一尺八寸迄のものをいう。一〇 鹿児島は武張った土地柄。鹿児島城下町は三町・野町・浦浜手等に分れ、町屋敷・水手屋敷所有の町人を名頭といい、三町町人には名頭・年寄・年行司・十人役・乙名頭・横目などにそれぞれ長さを限定して脇差を許し、平町人は鍔入脇差を禁じ、平常は一尺以内の合口を許すのみであった。一一 衆道に身をうちこみ。薩摩は男色の本場。一二 女色をいう。髪長は女の意。一三 生まれて以来今迄にの意。一四 可愛がっていた。一五 衆道の交りをかわしていたが。一六 美少人の略。少人は若衆の意。一七 一重の初咲きの桜。一八 唐の玄宗が楊貴妃をさして「解語の花」といった故事による美人の形容。一九 閉じこもり。二〇 殊更にしんみりして。二一 楽の音。二二 哀音嫋々たるさまをいったもの。二三「折にふれば何かはあはれならざらん」(徒然草二一)による。二三 運んで。二四 八十郎の振袖に留まり。二五 呉竹。淡竹の異名。小さく細く黄潤で、たけは尺たらずであり、庭院に多く植える。二六 塒についた鳥。二七 鳴き騒いで飛び廻る羽音も哀れを催させた。二八 光が淡く。二九 情が細やかである意。三〇 ひたすら源五兵衛を頼りきった様子で。三一 趣のかわった恋の心をこめ。三二 人間世界の常理常法を無視した欲心。次に述べることをさす。

郎形《かたち》のいつまでもかはらで[一]前髪《まへがみ》あれかしとぞ思ふ。同じ枕《まくら》しどけなく、夜の明《(あけ)》がたになりて、いつとなく眠《ねぶ》れば、八十郎身を[二]いためて起《おこ》し、「[三]あたら夜を夢《ゆめ》にはなし給ふ」といへり。源五兵へ現《うつゝ》に聞《(きゝ)》て心[四]さだまりかねしに、「我《(われ)》に語《かたり》給ふも[五]今宵《こよひ》をかぎりなりしに、何か[六]名残《なごり》に申《(まうし)》たまへる事も」といへば、[七]寐耳《ねみゝ》にもかなしくて、「[八]かりにも心掛《がゝ》りなり、[九]ひとへあはぬさへ面影《おもかげ》まぼろしに見えけるに、いかに我に[一〇]せかすればとて、今夜《こんや》かぎりとは[一一]無用《むやう》の云事《(いひごと)》や」と[一二]手《て》を取《(とり)》かはせば、すこしうち笑《わらひ》て、「[一三]是非《ぜひ》なきはうき世、[一四]定《さだめ》がたきは人の命」と[一五]いひ果《はて》ず、其《(その)》身はたちまち[一六]脈《みやく》あがりて、[一七]誠《まこと》のわかれとなりぬ。是《(これ)》はと源五兵へさはぎて、[一八]忍《しの》びし事も外《(ほか)》にして[一九]男泣《なき》にどよめば、皆〻たち寄《より》、さま〴〵藥あたへける甲斐《かひ》なく、[二〇]萬事《(ばんじ)》のこときれてうたてし。八十郎親《おや》もとに

一 若衆は前髪が生命であるから、いつまでも元服せずに前髪姿であらせたいという無理な欲望。
二 身に苦痛を感じて源五兵衛をゆり起し。
三 あたらこんなよい夜をむざむざと唯寝て過ごされるのは、心ない仕業であるの意。「我が心とのぞみ思へばあたら夜の一夜もおちず夢にし見ゆる」(万葉一二)によるか。
四 未だ目が覚めずうとうとしていると。
五 今宵を限りなるにの意。「今より後は通ふまじ、契も今宵ばかりなりと、懇に語れば」(謡曲、三輪)による。
六 最後のかたみとしてお話し下さることもございませんか。
七 寝ぼけた耳にも聞くやいなや悲しくなって。
八 かりそめ言にしても。冗談にしても。
九 ひとひ。一日。
一〇 じらして怒らせること。
一一 余りにひどい言いぐさだの意。
一二 手を取り合うと。
一三 人間の力でどうにもならないのはこの世の運命。
一四 何時果てるとも定め難いのは人間の命。
一五 言いも終らず。
一六 脈が絶えて。
一七 冗談と思っていたものが現実の別れとなった意。
一八 人目を忍ぶ逢瀬であることも忘れて。「外にして」は、うちすてての意。
一九 男泣きに泣きわめくこと。「どよむ」は大声を上げて騒ぐ意。
二〇 全く息絶えて万事の手段も尽きた。「ことき る」は元来事件の結末のついた意であるが、転じて生命の終焉をもいう。

二一 八十郎の急死については、なんら源五兵衛を疑うまでもない。疑う必要はない。
二二 こうなった以上はもはや致し方ないの意。
二三 葬送して。
二四 大瓶。
二五 泣き崩れて嘆いたが。
二六 八十郎を恋慕する自分の心のすむようにするなら死ぬより以外に道もなく。
二七 自分の命を露の如くはかないものと思い定めて死のうものを。
二八 遺骸を葬った墓地。また火葬場の意。
二九 すぐに寺に行き髻をきっての意。
三〇 未詳。
三一 一部始終を語り。
三二 四月十五日から七月十五日までの一夏の間。
三三 手向けの花。
三四 垣根の朝顔。
三五 はかなく凋む朝顔の花がそのまま人生の無常を思い知らせた。
三六 消えやすい草の露でも、人の命の短く脆いのに比べれば、まだしも消えるのが遅いものだの意。「朝顔の花の上なる露よりも、はかなきものはかげろふの、あるかなきかの心地して」(謡曲、鍾馗)によるか。
三七 七月十三日の夜精霊を祭る。
三八 「亡き人の来る夜とて魂まつるわざは」(徒然草一九)による。

しらせければ、二親《おや》のなげきかぎりなし。年《(とし)》月《(つき)》したしくましましける中なれば、八十郎[二一]が寂期《さいご》何かうたがふまでもなし。それ[二二]からそれ迄《(まで)》、兎角《とかく》は野邊《のべ》[二三]へおくりて、其《(その)》姿《すがた》を其《(その)》まゝ大[二四]龜《かめ》に入《(いれ)》て、萠《もへ》出《(いづ)》る草《くさ》の片陰《かたかげ》に埋《うづみ》ける。源五兵へ此《(この)》塚《つか》にふししづみ[二五]て悔《くやめ》ども、命[二六]すつべきより外《(ほか)》なく、とやかく物思ひしが、「さても〳〵もろき人かな。せめては此《(この)》跡《あと》三とせは吊《とぶら》ひて、月も日も又けふにあたる時、かならず爰《(こゝ)》に來《き》て露命《ろめい》[二七]と定《さだ》むべき物を」と、野墓《のはか》[二八]よりすぐに髻《もとゞり》[二九]きりて、西圓寺《さいゑんじ》[三〇]といへる長老《ちやうらう》に始《はじめ》[三一]を語《(かたり)》、心からの出家となりて、夏中《げちう》[三二]は毎日《まいにち》の花[三三]をつみ香《かう》を絕《たへ》さず、八十郎ぼだいをとひて、夢のごとく其《(その)》秋《あき》にもなりぬ。垣根《かきね》[三四]朝良咲《あさがほさき》そめ、花[三五]又世の無常《むじやう》をしらせける。露[三六]は命よりは間《ま》のあるものぞと、かえらぬむかしをおもひけるに、此《(この)》[三七]ゆふぐれはなき人[三八]の來る

玉《(たま)》まつる業《わざ》とて、[一]鼠尾草折《みそはぎ(おり)》しきて、瓜《うり》なすびおかしげに、[二]ゐだ大豆《まめ》かれ〴〵にをりかけ、燈籠《とうろう》かすかに、[三]棚經《たなぎやう》せはしく、[四]むかひ火に麻《あさ》がらの影《(かげ)》きへて、十四日のゆふま暮《ぐれ》、[五]寺も借錢《しやくせん》はゆるさず掛乞《かけこい》やかましく、門前は[六]踊太鞁《おどりたいこ》ひゞきわたりて、爰《(こゝ)》もまた[七]いやらしくなりて、[八]一たび高野山へのこゝろざし、明《(あく)》れば文月十五日古里《ふるさと》を立出《(たちいづ)》るより、[九]墨染《すみぞめ》はなみだにしらけて、袖《そで》は朽《くち》けるとなり。

[一〇]もろきは命の鳥さし

里は[一一]冬がまへして、[一二]萩柴折添《はぎしばおりそへ》て、ふらぬさきより[一三]雪垣《ゆきがき》など、[一四]北窓《きたまど》をふさぎ。衣《ころも》うつ音《おと》のやかましく、[一五]野《の》はづれに行《(ゆけ)》ば、[一六]紅林《こうりん》にねぐらあらそふ小鳥を見掛《みかけ》、其年《そのとし》のほど十五か六か七まではゆかじ、[一七]水色《みづいろ》の[一八]袷帷子《あはせかたびら》に、むらさきの[一九]中幅帶《ちうはゞをび》、[二〇]金鍔《きんつば》の[二一]一つ脇差《わきざし》、髪《かみ》は[二二]茶筅《ちやせん》に取乱《(とり)みだし》、その[二三]ゆたけさ女のごとし。[二四]さし竿《ざほ》の中ほどを[二五]取《(とり)》まはして、[二六]色鳥《(いろどり)》をねらひ給ひし事百《もゝ》たびなれ共《(ども)》、一羽《は》も[二七]とまらざりしを[二八]ほいなき有様、しばし見とれて、さても世にかゝる美童《びどう》も有《(ある)》ものぞ、其年《(そのとし)》の比《(ころ)》は[二九]過《(すぎ)》にし八十郎に同じ、うるはしき所はそれに増《まさ》りけるよと、[三〇]後世《ごせ》を取《(とり)》はづし、暮《(くれ)》かたまで[三一]詠《ながめ》つくして、其《(その)》かたちかく立寄《たちより》て、「それがしは[三二]法師《ほうし》ながら、鳥さし

一　精霊棚に鼠尾草を敷き、その上に茄子・瓜を並べる。鼠尾草は魂祭に水を手向けるのに使う。
二　枯々になった枝大豆を棚に折りかけておくと、折掛灯籠とをいいかけた。折掛灯籠は四角のへぎ板の角に細く割った竹を曲げてさしかけ、その周囲に紙を張った魂祭用の灯籠。
三　盂蘭盆の七月十四日より十六日まで、それぞれの家の宗門の僧侶が来て精霊棚に手向ける読経。
四　七月十三日の夕方精霊迎えのため門前で麻殻を焚く。これを迎火という。
五　盆と暮とは一年中の二大決算期で、盆節季は七月十四日。たとえ寺でも用捨なく借金を取立てに来る意。
六　盆踊の太鼓。
七　俗っぽくて嫌になり。
八　一度は高野山に参詣しようという志があったので。
九　墨染の衣も涙をぬぐうので色がさめて白くなり。

一〇　「脆きは命」と「命の鳥差」とをいいかけたもの。命の鳥差は、鳥の命をとる鳥差の意。
一一　冬籠りの用意に雪除・霜除を施すなど家宅庭園に防寒の設備をすること。
一二　冬になってから萩柴といって枯れた萩を柴として焚くが、ここでは冬籠りの準備として薪炭を貯えた上に、萩柴までゝ積んで置く意。
一三　丸木材を立てかけ、莚・簀子を張りめぐらして垣とし、雪除け・防寒の具にしたもの。ここは雪除けなどこしらえの意。
一四　寒風の吹き込むのを防ぐため北側にある窓をしめ切ること。更に目貼りをしたり板戸・莚で覆ったりする。
一五　野外。
一六　紅葉した林の意。
一七　水浅葱色。淡い緑青色。
一八　帷子に裏のあるもの。
一九　幅広帯に対していう。当時の帯の一幅は約二尺五寸。男物は普通三つ割になっていた。
二〇　金で装飾した刀剣の鍔。若衆の好んで用いたもので伊達とされていた。

てとる事をゑたり。其《(その)》竿《さほ》こなたへ」と片肌《かたはだ》ぬぎかけて、「諸《もろ〳〵》の鳥共《(ども)》、此兒人《(この)せうじん》のお手にかゝりて命を捨《すつる》が何とて惜《をし》きぞ。さても〳〵衆道《しゆだう》の[三三]わけしらずめ」と、時の間に数《かず》かぎりもなく取《(とり)》まいらせければ、此《(この)》若衆外《(ほか)》[三四]なくうれしく、「いかなる御出家《(ごしゆつけ)》ぞ」と問《とは》せけるほどに、我を忘《わすれ》てはじめを語《(かたり)》ければ、此人《(この)》も[三五]だ〳〵と泪《なみだ》ぐみて、「それゆへの御執行《しゆぎやう》[三六]、一しほ殊勝《しゆせう》さ思ひやられける。是非《ぜひ》に今宵《こよひ》は我笹葺《わがさゝぶき》[三七]に一夜《(いちや)》」ととめられしに、なれ〳〵しくも伴《ともな》[三八]ひ行《ゆく》に、一[三九]かまへの森《もり》のうちにきれいなる殿作《とのづく》[四〇]りありて、馬《むま》のいなゝく音《をと》、武具《ぶぐ》かざらせて、廣間《ひろま》[四一]をすぎて椽《ゑん》より梯《かけはし》[四二]のはるかに、熊笹《くまざゝ》むら〳〵として、其奥《(その)をく》に庭籠《にはこ》[四三]ありて、はつがん[四四]・唐鳩《からばと》[四五]・金鶏《きんけい》[四六]、さま〴〵の声《こへ》なして、すこし左《ひだり》のかたに中二階《かい》四方を見晴《はら》し、書物棚《しよもつだな》[四七]しほらしく、爰《(こゝ)》は不断《だん》の學問所《がくもんしよ》[四八]とて、是《(これ)》に座[四九]を

二一 脇差などを一本差していること。二二 無造作に茶筅髪に束ねていること。茶筅髪は髻を元結で結び髪先を茶筅のように捌いたもの。二三 のびのびとした美しさ。豊満な美。二四 小鳥をさしとめる黐竿。二五 持ちあやつって。二六 秋渡るいろいろの鳥。二七 さしとめ得なかった。二八 いかにも残念そうなありさま。二九 死んでしまった。三〇 道心をも忘れての意。後世の安楽を失うこと。三一 美童を。三二 僧侶は殺生戒を持するはずのものであるから鳥さしが巧みである訳はない。三三 無粋者め。三四 この上もなく一途に。三五 心の乱れる様。三六 仏道修行の意。三七 笹の葉などで葺いたみすぼらしい家。ここは我家を謙遜していったもの。三八 あとについて行くとの意。

三九 一構の森。一むらの森の意。四〇 家形。御殿風の宏荘な建物。四一 大名・貴族などの邸宅の表向きの広座敷。武器を飾っておき、警護の者が詰めている場所。四二 はるかに廊下づたいになっているさまをいったもの。梯は仮橋の意であるが、ここでは棟と棟とを連絡する渡殿をさす。四三 庭に据えておく大きな鳥籠。樊籠。四四 白閑であろう。山鳩に似て白毛に黒色の斑あり、紅頬・赤嘴・丹爪で羽毛きわめて美しい。中国江南地方から輸入し、籠に飼って鑑賞した。以下いずれも外国産の高価な鑑賞用の鳥。四五 南京鳩であろう。南京鳩は項と背中に青い斑点、頸に黒い紋があり、眼のふちうす紅く、頬はやや青く、胸と腹は紫紅、羽は黒く、嘴・脚はともに青い。中国産で珍重された。四六 南シナ産の雉科の飼鳥。雉子に似て、冠毛や長頸の長毛は黄金色で黒斑があり、尾の長さ三尺余。当時高価なので飼う者が少なかった。四七 殊勝に。

なせば、めしつかひのそれ〳〵をめされ、「此《この》[一]客僧《きやくそう》は[二]我物讀《わがものよみ》のお師匠《しせう》なり。よく〳〵もてなせ」とて、かず〳〵の[三]御事《おんこと》ありて、夜に入れば、しめやかに語《かたり》、慰《なぐさ》み、いつとなく契《ちぎり》て、[四]千夜《ちよ》とも心をつくしぬ。明《あく》れば別《わかれ》をおしみ給ひ、「[五]高《かう》野《や》のおぼしめし立《たち》、かならず下向《げかう》の折ふしは、又も」と約束《やくそく》ふかくして、[六]互《たがひ》に泪《なみだ》くらべて、人しれず[七]其《その》屋形《やかた》を立《たち》のき、里人にたづねけるに、「あれは此所《この》の[八]御代官《ごだいくわん》」と、しか〴〵の事をかたりぬ。さてはとお情《なさけ》うれしく、都《みやこ》にのぼるも[九]はかどらず、[一〇]過《すぎ》にし八十郎を思ひ出《いだ》し、[一一]又彼若衆《かのわかしゅ》の御事《おんこと》のみ、仏の道は[一二]外《ほか》になして、やう〳〵[一三]弘法《こうぼう》の御山にまいりて、[一四]南谷《みなみだに》の宿坊《しゆくぼう》に一日ありて、[一五]奥《をく》の院《ゐん》にも参詣《さんけい》せず、又[一六]國元《くにもと》にかへり、約束《やくそく》せし人の御方《おんかた》に行《ゆけ》ば、日外《いつぞや》見し御姿《すがた》かはらず出《いで》むかひ給ひ、[一七]一間《ま》なる所に入《いり》て、此《この》程のつもりし事を語り、旅草臥《たびくたびれ》の夢《ゆめ》むすびけるに、夜も明《あけ》て彼《かの》御人の父、此法師《このほうし》を[一八]あやしくとがめ給ひ、起《おこ》されておどろき、源五兵へ落髪《らくはつ》の[一九]はじめ、又このたびの事、有《あり》のまゝに語れば、あるじ横《よこ》手《て》うつて、「さても〳〵不思議《ふしぎ》や。我《わが》子ながら[二〇]姿自慢《すがたじまん》せしに、[二一]うき世とてはかなく、[二二]此《この》廿日あまりに成《なり》し跡《あと》に、もろくも相果《あいはて》しが、[二三]其《その》きは迄彼御法師《かのごほうし》〳〵と申せしを、[二四]おかされての事とおもひしに、扨《さて》はそなたの御事《おんこと》か」と、[二五]くれ〴〵なげき給ひける。[二六]なを命をしからず、此《この》座をさらず身を捨《すつ》べきとおもひしが、

奥床しく。四八 学問をする部屋。四九 座を占めると。きちんと座ると。

一 旅僧。「三界は客舎の如し」というところから、住所を定めず諸国を遍歴し仏道の本源を探るもの。二 漢文の素読。三 饗応。もてなし。四 この一夜を千夜にもしたいと思いをくだきの意。「秋の夜の千代を一夜になせりとも言葉残りて鳥や鳴きなむ」(伊勢物語二二)による。五 折角の高野山参詣のお志ですからお引きとめは出来ませんが、帰り途にはきっとお立ち寄り下さいの意。六 共に劣らず深く悲しみ合う様。七 屋敷を立ち去り。八 幕府直轄領を支配し、収租・警察・人別などの民政をつかさどる役人をいうが、ここでは大名領の御蔵入地を治める藩庁管下の地方吏の意か。九 後髪引かれる思いで道がはかどらない。一〇 死んだ。一一 或いは又かの若衆の御事ばかり思い出しの意。一二 忘れ果てて。そっちのけで。一三 高野山。一四 高野山の山上を壇上と奥院に分け、山谷をその方向により区別する。南谷は壇上の南に当り、宝性院・大楽院・釈迦文院・南院・心南院・悉地院・補陀洛院その他十宿坊がある。一五 弘法大師の廟がある。一六 鹿児島。一七 一室。一八 怪しんで咎められ。一九 一部始終。二〇 器量自慢。二一 浮世のこととてはかなく。二二 もう今日で二十日あまりになる以前にの意。「跡に」は「以前に」の意。二三 死際まで。二四 熱に犯されてのたわ言だと思っていたが。二五 かさねがさね。二六 それを聞くとなおのこと。

さりとては死《しな》れぬもの、人の命にぞ有《あり》ける。間《ま》[二七]もなく若衆《わかしゅ》ふたり迄のうきめをみて、いまだ世に有《ある》事の心[二八]ながら口惜《くちをし》。[二九]さるほどに此《この》二人が我《われ》にかゝるうき事しらせける、大かたならぬ因果《いんぐわ》[三〇]とや是《これ》を申《まうす》べし、かなし。

衆道《しゅだう》は両《りやう》[三一]の手に散花《ちるはな》

人の身程あさましくつれなき物はなし。世間[三二]に心を留《とめ》て見るに、いまだいた[三三]ひけ盛《ざかり》の子をうしなひ、又はすへ〴〵永《なが》く契《ちぎり》を籠《こめ》し妻《つま》の若死《わかじに》、かゝる哀《あは》[三四]れを見し時は、即座《そくざ》に命を捨《すて》んと我も人もおもひしが、泪《なみだ》[三五]の中にもはや欲《よく》といふ物つたなし。萬《よろづ》の寶《たから》に心[三六]をうつし、あるは又出來《でき》[三七]分別《ふんべつ》にて、息《いき》も引《ひき》とらぬうちより、女は後夫[三八]のせんさくを耳《みゝ》に掛《かけ》、其《その》死人の弟をすぐに跡[三九]しらすなど、又は一門より似合《にあは》しき入縁《いりゑ》[四〇]取《とる》事、こゝろ玉《だま》[四一]にのりて、なじみの事[四二]は外《ほか》になし、義理《ぎり》[四三]一ぺんの念仏、香花《かうはな》も人の見る[四四]ためぞかし。三十五日の[四五]立《たつ》をとけしなく、忍び〴〵[四六]の薄白粉《うすおしろい》、髪《かみ》は品《しな》[四七]よく油《あぶら》[四八]にしたしながら、結《ゆひ》[四九]もやらずしどけなく、下着《したぎ》は色[五〇]をふくませ、うへには無紋《むもん》[五一]の小袖《そで》、目にたゝずしてなを[五二]心にくき物[五三]ぞかし。折ふしは無常《むじやう》を観《くはん》じ、はかなき物語[五四]の次手《ついで》に髪《かみ》を切《きり》、うき世[五五]を野寺に暮《くら》して、朝《あした》[五六]の露《つゆ》

二七 僅かの間に。二八 わが心のことながら。我ながら。二九 さて。ところで。三〇 宿業の結果。

三一 諺「両手に花」により、二人の若衆の幽霊がおまんの出現に驚いて消え失せた意をいう。

三二 世の中によく気をつけて見ると。三三 可愛い真っ盛りの意。三四 悲しい目に逢った時。

三五 悲しみの涙の中からはや欲心が萌して来るのは見苦しいことだ。三六 心を奪われ。三七 俄分別。出来心。咄嗟の余り深く省みもせぬ思慮。

三八 後添いの夫をあれやこれやと撰びさがす人々の話をひそかに注意して聞く。「耳に掛」は聞耳を立てること。三九「しらす」は領せしむる意。相続させること。四〇 入聟。四一「こゝろ玉」は魂のことで、外のことが我が魂に乗り移り気の進むこと。「こゝろ玉にのる」は、乗気になる。四二 亡夫をいう。四三 真心からの念仏でなく、世間体をはばかっての通り一遍の念仏。

四四 人前をつくろうため世間への御体裁に過ぎない。四五 死後四十九日迄七日目毎に祭礼を営むが、その中初七日・五七日・七七日が重要な日とされている。ここは四十九日・百日はおろか、三十五日の来るのさえ待ち遠しくじれったいの意。四六 人目を忍んでこっそりと。四七 体裁よく。四八 油を多くつけて。「したし」は「ひたし」の訛。四九 結い上げずに乱れたままにして。五〇 色っぽいものを着用し。五一 模様のない小袖。喪に服しているように見せかける。

五二 かえって。一層。五三 何となく色気があってたまらない物の意。五四 人の世のはかない話。

五五 この世を捨てて野中にある寺で暮し。五六 朝露のおいた草花を折って、せめてものことに草葉の陰に眠っている人に手向けようの意。

をせめては草のかげなる人に手向《たむけ》なんと、[一]縫箔鹿子《ぬいはくかのこ》の衣裳《いしやう》取《(とり)》ちらし、「是もいらぬ物なれば、[二]てんがい・はた・[三]うち敷《(しき)》にせよ」[四]といふ心には、[五]今すこし[六]袖のちいさきをかなしみける。女程おそろしきものはなし。[七]何事をも留《(とゞ)》めける人の中にては、[八]空泣《そらなき》しておどしける。されば世の中に化《ばけ》ものと[九]後家《ごけ》たてすます女なし。まして男の女房を五人や三人[一〇]ころして後、よびむかへても[一一]とがにはならじ。

[一二]それとは違《ちが》ひ、源五兵へ入道は若衆《わかしゆ》ふたりまで[一三]あへなきうきめを見て、[一四]誠《まこと》なるこゝろから、[一五]片山陰《かたやまかげ》に草庵《さうあん》を引《(ひき)》むすび、[一六]後《(のち)》の世の道《みち》ばかり願《ねが》ひ、[一七]色道《しきだう》かつてやめしは、[一八]更に殊勝《しゆしやう》さかぎりなし。

其比《(そのころ)》又さつまがた[一九]濱《はま》の町といふ所に、[二〇]琉球屋《りうきう》の何がしが娘《むすめ》おまんといへる有《(あり)》けり。[二一]年の程十六夜《いざよひ》の月をもそねむ生《(うまれ)》つき、[二二]心ざしもやさしく、[二三]戀《こひ》の只中《たゞなか》見し人おもひ掛《(かけ)》ざるはなし。此《(この)》女過《(すぎ)》し年の春より源五兵へ[二四]男盛《おとこざかり》をなづみて、数ゝの文に[二五]氣をなやみ、[二六]人しれぬ便《たより》につかはしけるに、源五兵へ一生女を[二七]みかぎり、[二八]かりそめの返事もせざるをかなしみ、明暮《(あけくれ)》[二九]是《(これ)》のみにて日数《ひかず》をおくりぬ。外《(ほか)》より[三〇]縁《えん》のいへるをうたてく、[三一]おもひの外《(ほか)》なる作病《さくびやう》して、人の嫌《きらふ》はごとなど云《(いひ)》て、正《(まさ)》しく[三二]乱人《(らんにん)》とは見へける。源五兵へ姿《すがた》をかへにし事もしらざりしに、有《(ある)》時人の語りけるを聞《(きゝ)》もあへず、「さりとては情《なさけ》なし。いつその時節《じせつ》には此《(この)》思ひを晴《はる》べ

一　縫箔をした衣裳や鹿子絞りの衣裳。縫箔は刺繡をし金銀の箔を押したもの。二　天蓋・幡。三　仏具を置く台や几の敷物。四　と口では言うものの内心では。五　もうちょっと。六　袖の小さいのは地味である。衣裳の詮議をするうわついた気持のあることをいう。七　何事でもするなと引き止める人のいるところでは。八　空涙をこぼして。涙は女の武器である。九　後家を立て通す。浮名も立てられず再縁もせず、一生後家で過ごすこと。一〇　死なせて。
一一　別に悪いことでもあるまい。
一二　そんな不実さとは違って。
一三　はかない最後をとげた悲しい目にあって。
一四　真実の菩提心から。一五　辺鄙な山陰の意。
一六　後世安楽の道。一七　色恋の道をふっつりと思い切ってしまったのは。一八　まことに。
一九　鹿児島の町名。今は浜町という。
二〇　近松作「おまん源五兵衛薩摩歌」によれば、琉球屋新兵衛という分限者とある。
二一　「年の程は十六」に「十六夜の月」をいいかけた。年の頃は十六で十六夜の月さえもそねむほどの美しい生まれつきの意。
二二　気だて。二三　恋ざかりの美しい最中の意。
二四　男盛りの美しさに惚れ込んで。
二五　切ない思いのたけを一心に書く。
二六　人目につかない方法でこっそりと。
二七　思い切り。二八　ほんのちょっとした返事もしない。二九　源五兵衛への恋慕をさす。
三〇　縁談を申し込まれるのを。三一　思いもつかない。とんでもない。三二　気違い。

きとたのしみける甲斐《かい》なく、[三三]惜《をし》や其人《（その）》は墨染《すみぞめ》の袖うらめしや。是非《ぜひ》それに尋《たづね》行《（ゆき）》て、一たび此《（この）》うらみをいはでは」と[三四]思ひ立《（たつ）》を世の別《わかれ》と、人〻にふかくかくして、自《みづから》よき程に[三五]切《（きり）》て[三六]中剃《ちうぞり》して、[三七]衣類《いるい》も兼《かね》ての用意にや、[三八]まんまと若衆《わかしゅ》にかはりて忍びて行《（ゆく）》に、[三九]戀の山入《（いり）》そめしより、[四〇]根笹《ねざゝ》の霜《しも》を打拂《（うち）はら》ひ、[四一]比《（ころ）》は神無《かみな》月、僞《いつは》りの女ごゝろにして、はる〴〵過《（すぎ）》て、[四二]人の申せし里ばなれなる[四三]杉村に入れば、後《うしろ》に[四四]あらけなき[四五]岩ぐみありて、にしの方に洞《ほら》ふかく、[四六]心も是《（これ）》にしづむばかり、朽木《くちき》の[四七]たよりなき丸太《まるた》を二つ三つ四つならべて[四八]なげわたし、橋も物すごく、下は瀬《せ》のはやき[四九]浪《なみ》もくだけて、たましゐ散《ち》るごとく、わづかの平地《ひらち》のうへに[五〇]片《かた》びさしおろして、軒端《のきば》はもろ〳〵のかづらはいかゝりてをのづからの滴《したゞり》、爰《こゝ》の[五一]わたくし雨とや申《（まうす）》べき。南《みなみ》のかたに[五二]明《あか》り窓《まど》有《（あり）》て、内を覗《のぞけ》ば[五三]しづの屋にありし[五四]ちんからりとやいへる物ひとつに、[五五]青き松葉《まつば》を燒捨《たきす》て、[五六]天目《てんもく》二つの外には、しやくしといふ物もなくて、「さりとてはあさまし。かゝる所に住《（すみ）》なしてこそ佛《ほとけ》の心にも[五七]叶ひてん」と見廻《まわ》しけるに、あるじの法師ましまさぬ事なげかはしく、何国《いづく》へと尋《たづぬ》べきかたも、[五八]松より外にはなくて、戸の明《あく》を幸《さいわい》に入《（いり）》てみれば、[五九]見臺《けんだい》に書物、ゆかしさにのぞけば、「[六〇]待宵《まつよひ》の諸袖《もろそで》」といへる衆道《しゅだう》の根元《こんげん》を書《（かき）》つくしたる本なり。「さてはいまも此《（この）》色は捨《すて》給はず」と、其人《（その）》のおかへりを待侘《まちわび》しに、ほどな

三三 その人が墨染の袖に身をかえてしまったのはうらめしいことだ。
三四 思い立って出奔するのがこの世の別れと覚悟して。
三五 髪を切る。
三六「なかぞり」と訓むべきところである。前髪のうしろの月代を剃ること。
三七 衣類も前もって用意してあったものか。
三八「うまうまと」の転訛。首尾よく。
三九「恋の山しげき小笹の露分けて入りそむるより濡るゝ袖かな　神祇伯顕仲」(新勅撰)による。
四〇 山野に自生し、葉は広く先端は急に狭くなって短く鋭尖頭をなす。庭園などに栽培して鑑賞用とする。
四一「偽りのなき世なりけり神無月誰が誠より時雨そめけむ　藤原定家」(続後拾遺)による。男装に姿をかえ、思いつめた女心でもの意。
四二 人が教えてくれた。
四三 杉林。
四四 荒々しい。おそろしそうな。
四五 岩が入り組んでいること。
四六 魂が消え失せるばかり。
四七 あぶなっかしい。
四八 投げかけ渡した橋もの意。
四九 波も岩に砕けて飛び散り、魂も消え失せる思い。
五〇 屋根が片ながれだけある家。
五一 ある小地域にのみ降る俄雨。
五二 明り取りの窓。
五三 よく下々の家で見かけるの意。
五四 琉球から渡来した焜炉の一種。
五五 枯れていないのでよく燃えない松葉。
五六 天目茶碗。
五七「てむ」は現在完了の助動詞「つ」の未然形に未来の助動詞「む」の接続したもの。叶うであろうの意。
五八 松と待とをいいかけた。「住吉の我が身なりせば年ふとも松より外の色をみましや　読人不知」(後撰)。
五九 書見台。
六〇 未詳。実在の書であろう。

く暮《くれ》て文字《もんじ》も見えがたく、一ともし火のたよりもなくて、二次第に淋《さび》しく、独明《ひとり(あか)》しぬ。是《(これ)》戀なればこそかくは居にけり。夜半《やはん》とおもふ時、源五兵へ入道三わづかなる松火《(たいまつ)》に道をわけて、菴《いほり》ちかく立帰《(たちかへ)》りしを嬉《うれ》しくおもひしに、枯葉の荻原《をぎはら》より、四やごとなき若衆、同じ年比なる花か五紅葉か、いづれか色をあらそひ、ひとりはうらみ、ひとりは歎《なげき》、若道《じゃくだう》六のいきごみ、源五兵へ坊主はひとり、情人はふたり、七八あなたこなたのおもはく、戀にやるせなくさいなまれて、九もだ〳〵としてかなしき有様、見るもあはれ、一〇又興覚《けうさめ》て、「扨《さて》もさても心の多き御かた」一一とすこし

一二はうるさかりき。されば共《(とも)》一三思ひ込《こみ》し戀なれば、一四此《(この)》まゝ置《おく》べきにもあらず、「我《(われ)》も一五一通り心の程を申《(まうし)》ほどきてなん」と立出《(たちいづ)》れば、一六此面影《(この)おもかげ》におどろき、二人の若衆姿《すがた》の消《きへ》て、一七是《(これ)》はとおもふ時、源五兵へ入道一八不《ふ》

一　灯火をともす手だてもなく。
二　次第に淋しくなって来たが、それでも独りでここで明かそうとしているの意。
三　貧弱な松明の光。
四　気品の高い。
五　いずれを花とも紅葉とも喩えられるような、いずれ劣らぬ若衆が互に美しさを競って。
六　意地立て。
七　恋人。
八　二人のうちのどちらの恋心もかたじけなく思われ、その二人の感情を害しないようにと気を使い悩まされて。
九　もだえ悩むさま。心気もうろうとなる形容。
一〇　傍で見ていても気の毒で。
一一　多情な御方。
一二　嫌な気がした。
一三　一旦深く志した恋であるから。
一四　このまま黙って見ているわけにはいかない。
一五　思いのたけをすっかりうちあけてしまおう。
一六　おまんの姿。面影は容姿。
一七　これはどうした訳かと思う時。
一八　不思議がって。

思義《しぎ》たちて、「いかなる兒人《せうじん》さまぞ」と言葉《ことば》を掛《かけ》ければ、おまん聞《(きゝ)》もあえず、「我《われ》事、一九見えわたりたる通りの若《わか》衆《しゆ》をすこしたて申《(まうす)》、かね〴〵御法師さまの御事聞傳《(きゝつた)》へ、二〇身ヲ捨《(すて)》是《(これ)》迄しのびしが、さりと二一はあまたの心入《(こゝろいれ)》、それともしらず、せつかく二二氣《き》はこびし甲斐《かい》もなし、二三おもはく違《ちが》ひ」とうらみけるに、法師横手《よこて》をうつて、「是《(これ)》はかたじけなき御心ざしや」と、二四又うつり氣《ぎ》になりて、二五二人の若衆は世をさりし現《うつゝ》の始《はじめ》を語《かたる》にぞ、二六友《とも》に涙《なみだ》をこぼし、「其《(その)》かはりに我を捨《すて》給ふな」といへば、法師かんるい流《なが》し、二七「此《(この)》身にも二八此《(この)》道はすてがたし」とはや二九たはぶれける。三〇女ぞとしらぬが仏《ほとけ》さまもゆるし給ふべし。

一九 御覧の通りいささか若衆の意気地を立てております。
二〇 命をかけて。
二一 浮気である。気が多い。情人の多いことをさす。
二二 一心に思いつめる。心を通わせる。
二三 あてが外れた事。見当違い。
二四 浮気を起して。
二五 今の二人の若衆はこの世を去った者で、実は幻であるという一部始終をの意。「現の」は現の姿の意。
二六 共に。
二七 出家の身であっても。
二八 若道。
二九 戯れかかる。
三〇 諺「知らぬが仏」に「仏様も許す」をいいかけ、出家の身で女に戯れるのも、女だということを知らないからで、仏様もお見のがし下さるだろうの意。

情《なさけ》[一]は[二]あらこちらの違《ちが》ひ

「我そも〳〵出家《しゆつけ》せし時、[三]女色《によしき》の道はふつとおもひ切《きり》し仏願《ぶつぐわん》也《なり》。され共《ども》心《しん》中《ちう》に[四]美道《びだう》[五]前髪《まへがみ》の事はやめがたし。是《これ》ばかりはゆるし給へと、其《その》時より諸仏《しよぶつ》に御断《ことわり》申せしなれば、今又とがめける人をもたず。[六]ふびんと是《これ》迄御尋《たづね》有《あり》し[七]御情《なさけ》からは、すへ〳〵見捨《すて》給ふな」などたはぶれけるに、おまん[八]こそぐるほどおかしく、[九]自《みづから》ふとも丶をひねりて胸《むね》をさすり、「我《われ》いふ事も[一〇]聞《きこ》しめしわけられよ、[一一]御かたさまの昔《むかし》を忍《しの》び、今此《いま》《この》法師姿をなをいとしくて、[一二]かく迄心をなやみ、戀に身を捨《すて》ければ、是《これ》よりして後《のち》、[一三]脇《わき》に若衆の[一四]ちなみは思ひもよらず、我《われ》いふ事は[一五]御心にそまずとも、背《そむき》給ふまじとの御誓文《せいもん》のうへにて、[一六]とても[一七]の事に二世迄の契《ちぎり》」といへば、源五兵へ入道[一八]おろかなる誓紙《せいし》をかためて、「此《この》うへは[一九]げんぞくしても、此《この》君の事ならば」といへる言葉《ことば》の下《した》より、息《いき》づかひあらく成《なり》て、袖口より手をさし込《こみ》、肌《はだ》にさはり、[二〇]下帯《したをび》のあらざらん事を不思義《ふしぎ》なる皃《かほ》つき又おかし。其後《そののち》、[二一]鼻紙入《はながみいれ》より何か取出《とりいだ》して、口に入《いれ》て[二二]かみしたし給ふ程に、「何し給ふ」といへば、此《この》入道赤面《せきめん》して、其《その》まゝかくしける。是《これ》なん衆道に[二三]ねり木といふ物なるべし。おまんなをおかしくて、袖ふりきりてふしければ、入道衣《ころも》ぬ

一 情の契。
二 男だと思っていたおまんが実は女であった、そのうらはらの違い。
三 女色はきっぱりと思い切りましたと仏に願をかけました。
四 男色。衆道。
五 前髪立ちの若衆。
六 私に情をかけられての意。
七 お心を示して下さった以上は。
八 くすぐられるほどおかしく。
九 自分の腿をつねって笑い出そうとするのをこらえるのである。
一〇 お聞き取り下さいませ。
一一 昔のあなた様のお姿をお慕いして。
一二 これほどまでに心を苦しめ。
一三 私以外に。
一四 契。関係を持つこと。
一五 御気に入らなくても。
一六 いっそのこと。
一七 夫婦の契をいう。
一八 一杯食った愚かしい誓を立てて。
一九 還俗。出家をやめて俗人にもどること。
二〇 ふんどし。
二一 革・絹などで製し、その中に鼻紙・金・懐中薬・印判・耳かきなどのちょっとした携帯品を入れ懐にするもの。後の鼻紙袋に同じ。
二二 噛んで唾液でしめらすこと。
二三 一名通和散。ふのり、黄蜀葵(とろろあおい)の根などで製した白い粉末。男色の閨房薬である。

ぎ捨《(すて)》、足《あし》にて片隅《かたすみ》へ[二四]かいやりてぬれ[二五]かけしは、[二六]我《(われ)》も人も餘念《よねん》なき事ぞかし。中幅《ちうはゞ》の[二七]うしろ帯《をび》ときかけて、「此所《(この)》は里にかはりて嵐《あらし》はげしきに」と、檰《もめん》の[二八]大袖をうち掛《(かけ)》、[二九]是《(これ)》をと手枕《たまくら》の夢法師、寐《ね》もせぬうちにしやうねはなかりき。おづ〳〵手を背《せなか》にまはして、「いまだ灸《きう》もあそばさぬやら、[三〇]更に御身にさはりなき」と、腰《こし》より[三一]そこ〳〵に手をやる時、おまんもきみあしかりき。[三二]折ふしを見合《(みあは)》せ、空ねいりすれば、入道[三三]せき心になつて[三四]耳《みゝ》をいらふ。おまんかたあしもたせば、ひぢりめんの[三五]ふたの物に肝《きも》つぶして、氣を付《(つけ)》て[三六]見る程[三七]㒵《かほ》ばせやはらかにして女めきしに、入道あきれはて丶、しばしは詞《ことば》もなく、起出《おき(いづ)》るを引《(ひき)》とゞめ、「寂前《さいぜん》申《(まうし)》かはせしは、[三八]自《みづから》がいふ事ならば、何にてもそむき給ふまじとの御事を、はやくもわすれさせ給ふか。[三九]我事《(われこと)》琉球《りうきう》屋のおまん

二四 片寄せて。
二五 情交をせまったのは。
二六 誰でも夢中になるものだの意。
二七 うしろ結びの帯。
二八 広袖。
二九 「手枕の夢」に「夢法師」をいいかけた。これをどうぞと自分の腕を枕のかわりに差し出した意。夢法師は、のぼせあがって夢うつつのようになった法師の意。
三〇 少しも御身体にきずがない。
三一 隠し所の意。
三二 様子を見はからって。
三三 いら立って。
三四 耳をいじる。興奮させるため。
三五 二布。腰巻。
三六 見れば見るほど。
三七 顔立ちが柔和であり。
三八 私自身が言うことならば。
三九 私は。

といへる女なり。過《(すぎ)》し年数〻のかよはせ[一]文《(ふみ)》、つれなくも御返事さへましまさず、[二]うらみある身にも、いとしさやるかたもなく、かやうに身をやつして、爰《(こゝ)》[三]にたづねしは、そもやにくかるべき御事か」と[四]戀の只中[五]もつてまいれば、入道俄《にはか》に[六]わけもなふなつて、[七]男色女色《なんしよくぢよしき》のへだてはなき物と、あさましく取《(とり)》みだして、移《うつり》氣《ぎ》の世や。[八]心の外なる道心、源五兵へにかぎらず、皆是《(これ)》なるべし。おもへば[九]いやのならぬおとしあな、[一〇]釈迦も片《かた》あし踏込《ふんごみ》たまふべし。

[一一]金銀も持《(もち)》あまつて迷惑《めいわく》

[一二]頭《かしら》は一年物、衣《ころも》をぬげば[一三]むかしに替る事なし。源五兵へと[一四]名にかへりて、山中《(さんちう)》の[一五]梅暦《ばいれき》[一六]うか〳〵と精進《しやうじん》の正月をやめて、二月はじめつかた、かごしまの[一七]片陰《かたかげ》に、むかしのよしみの人を頼《(たのみ)》て、[一八]わずかなる板《いた》びさしをかりて[一九]しのび住《(ずま)》ひ、[二〇]何か渡世《とせい》のたよりもなく、源五兵へ親の[二一]家居《いへゐ》に行《(ゆき)》て見しに、[二二]人手に賣《うり》かはりて、両替屋せし[二三]天秤《てんびん》のひゞき絶《たへ》て、今は[二四]軒《のき》口に[二五]味噌《みそ》のかんばんかけしなど、[二六]口惜《くちおし》くながめすぎて、[二七]我《われ》見しらぬ男に[二八]たよりて、「此《(この)》あたりにすまれし源五右衛門といへる[二九]人は」とたづねけるに、[三〇]申傳《(まうし)つた》へしを語《かたる》。「初《はじめ》は[三一]よろしき人なるが、其《(その)》子

一 差上げました手紙。二 恨めしく思いながらもなおいとしさに堪えかねて。三 ここまで尋ねて参りました。それをまさか憎いとは思召さるまい。四 恋慕の真情。「只中」は核心、真髄。五 吐露して口説くと。六 正体なくなって。七 恋には男色と女色との差別はないものと。八 真実の心からではなく、気紛れに起した菩提心。九 誰でも嫌といえない陥し穴の意に、女の隠し所の意をいいかけた。一〇 お釈迦様でもうかうかすると片足位は踏みこみなされるだろう。女色にひっかかるであろうの意。

一一 誰でも欲しがる金銀でも余計に持ち過ぎると却って迷惑するの意。一二 頭髪は一年たてばまた元の通りに生えるものだ。一三 出家以前の昔にかわることはない。一四 昔の名にかえって。一五 暦がないため梅の花の開落を見て時節を判断すること。「梅」と「春を知る山里」は付合。一六 うかうかと月日を過して来たが、今年の正月は還俗したので精進をやめて年をとりの意。一七 町はずれ。一八 みすぼらしい板葺の小屋。一九 人目を忍んでの生活。二〇 別段これという世を渡るてだてもなく。二一 住居。二二 人手に渡ってしまい住む人もかわり。二三 天秤の針口を小槌でたたく音。二四 軒端。二五 味噌をすくう刷匙《(せっかい)》形の板に「みそ」などと記したもの。二六 残念そうに眺めて通り過ぎ。二七 自分を誰であるとも知らぬ男。二八 呼びすがり。二九 人はどうなさったかの意。三〇 町の人々の言い伝えた事を話した。三一 相当裕福な暮しをした人。三二 銀千貫目。三三 死亡したの意。三四 生活に窮してやむなく出家したやくざな坊主の意。三五 語り句。語り草。三六 見たいというその顔は

に源五兵へといへる有《(あり)》。此《(この)》国にまたなき美男《びなん》、又なき色好《(いろごのみ)》、八年此《(この)》かたにおよそ[三二]千貫めをなくなして、あたら浮世に親は[三三]あさましく、其《(その)》身は戀より[三四]捨坊主《すてぼうず》になりけると也《(なり)》。世にはかゝるうつけも有《(ある)》ものかな。すへ〴〵[三五]語りくに、そいつめがつらを一目みたい事」といへば、[三六]其《(その)》皃《かほ》爰《(こゝ)》にある物とはづかしく、編笠《あみがさ》ふか〴〵とかたぶけ、やう〳〵宿に立帰《(たちかへ)》り、夕《ゆふべ》は灯《ともしび》も見ず、朝《あした》の[三七]割《わり》木絶《たへ》て、さりとははかなしく、[三八]人の戀もぬれも世のあの時の物ぞかし。同じ枕《まくら》はならべつれども、[三九]夜《よる》かたるべき言葉もなく、明《(あく)》れば三月三日、童子《わらべ》[四〇]草餅《くさもち》くばるなど、[四一]鶏《にはとり》あはせ、桃《もゝ》の神の[四二]折敷《おしき》はあれど鰯《いはし》もなし、さま〴〵の遊興《ゆうけう》ありしに、我宿《(わが)やど》のさびしさ、花を手折《たおり》て酒なき徳利《とくり》に[四三]さし捨《すて》、其《(その)》日も暮《(くれ)》て[四四]四日なをうたてし。互《たがい》に世をわたる業《わざ》とて、都にて見覚《(みおぼえ)》し芝居《しばゐ》事[四五]種《たね》となりて、[四六]俄《にはか》に皃《かほ》をつくり髭《ひげ》、[四七]戀の奴《やつこ》の物まね、[四八]嵐三右衛門が[四九]いきうつし、[五〇]「やつこの〳〵」とはうたへども、[五一]腰《こし》さだめかね、[五二]「源五兵衛どこへ行《(ゆく)》、さつまの山へ、鞘《さや》が三文、下緒《さげを》が二文、中は檜木《ひのき》の」[五三]あらけなき声して、里《さと》ゝの子共を[五四]すかしぬ。おまんは[五五]さらし布の狂言奇語《きやうげんきぎよ》に身をなし、[五六]露の世をおくりぬ。是《(これ)》を思ふに、戀にやつす身人をもはぢらへず、次第にやつれて、むかしの形《かたち》はなかりしを、つらき世間なれば、誰《たれ》あはれむかたもなくて、[五七]おのづからしほれゆくむらさきの藤のはな、ゆかりをうらみ身をな

ここにあるわと思えば恥かしくなって。三七 細かく割った薪。三八 色恋沙汰も濡れ事もゆたかに暮している時のものである。三九 睦言の種もなく。四〇 草餅を配って歩いたり。三月三日の桃の節句には草餅を親戚に配る。四一 闘鶏。唐の玄宗皇帝が闘鶏を好み、清明の節に鶏を闘わせた故事により、三月三日宮中清涼殿の前で行われた。また民間でも盛に翫んだ。四二 神前に供える供物をのせる片木(へぎ)製の盆。四三 さしておくばかりの意。四四 四日は後宴・後会などといって庶民は遊楽するが、源五兵衛の家ではそれも出来ないので一層つまらない。四五 生活を立てる手段となって。四六 「顔を作る」ことと「作り髭」をいいかけた。顔にくまどりを施し、作り髭を描き。四七 恋のために苦労する意の諺「恋の奴」に「奴の物真似」をいいかけた。恋のために身をおとして源五兵衛が奴の物真似をする。四八 寛永十二年摂津西の宮に生れ、江戸で修業し、寛文頃「小夜嵐」の狂言に大当りを取って嵐三右衛門と称した。延宝三年頃京都万太夫座の座本、天和頃より大坂松本名左衛門座の座本を勤め、やつし事と六方に名声を博した。元禄三年十月十八日没、五十六歳。四九 そっくりそのまま真似て。五〇 唄の囃子詞。五一 腰がふらついて。五二 源五兵衛節の歌詞。「貝おほひ」の芭蕉の判詞に「源五兵衛おとゝの長脇差のさやは三文下緒は二文しめて五文の銭うしなひのやす物と見え侍る」とある。五三 「檜木の荒けづり」(檜木の木刀の意)にどら声の意をいいかけた。五四 機嫌をとって歩いた。五五 布晒しの狂言の所作をするに狂言綺語即ち正気を逸した言動の意をいいかけた。「高い山から谷底見ればおまん可愛や布さらす」(近松、酒呑童子枕

げき、けふをかぎりとなりはてし時、おまん二親は[一]此《(この)》行方《(ゆきがた)》たづね侘《わび》しに、やう〳〵さがし出《(いだ)》して、[二]よろこぶ事のかづ〳〵、「兎角《とかく》娘のすける男なれば、[三]ひとつになして[四]此《(この)》家をわたせ」と、あまたの手代來《(きた)》りて、二人をむかひかへれば、いずれもよろこびなして、[五]物数三百八十三の諸《もろ〳〵》の鎰《かぎ》を源五兵へにわたされける。吉日をあらため[六]藏びらきせしに、[七]判金《(はんきん)》貳百枚入《(いり)》の書付《(かきつけ)》の箱六百五十、小判千兩入《(いり)》の箱八百、[八]銀十貫目入《(いり)》の箱はかびはへて、下より[九]うめく事すさまじ。[一〇]牛《うし》とらの角《すみ》に七つの壺《つぼ》あり、蓋《ふた》ふきあがる程、[一一]今極《きわ》め一歩《ぶ》、[一二]錢《(ぜに)》などは[一三]砂《すな》のごとくにしてむさし。[一四]庭藏《にわくら》みれば[一五]元渡《もとわた》りの唐織《からをり》山をなし、伽羅《きやら》[一六]掛木《かけぎ》のごとし。さんごじゆは壹匁五分から百三十目迄の無疵《むきず》の玉千貳百三十五、[一七]柄鮫《つかざめ》、[一八]青磁《せいじ》の道具かぎりもなく、[一九]飛鳥《あすか》川の茶入《(ちゃいれ)》、かやうの類《るい》[二〇]ごろつきてめ[二一]

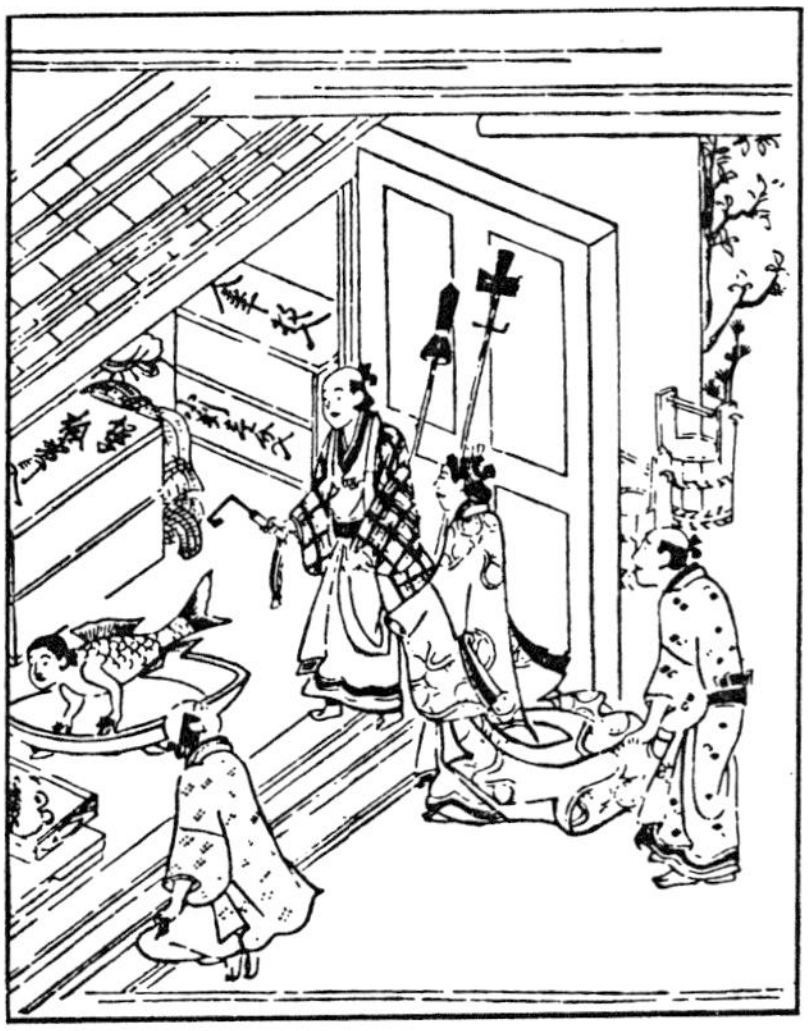

言葉所引)の歌による。三六　はかない生活。三七　自然と萎んで行く藤の花のようで、うらぶれては親類・縁者のつれなさを恨みの意。むらさき・藤・ゆかりはいずれも縁語。

一 娘おまんの行方。二 喜ぶこと限りなく。三 夫婦にして。四 この家を相続させよう。五 合計。六 毎年正月の吉日に在庫品をしらべることをいう。商家では正月の吉例となっている。七 大判。貞享頃には小判八両前後で取引されていた。八 銀は十貫目(丁銀約二百三十枚)を一箱とする。九 金銭を多く貯え積み重ねた意の諺「うなる程金を持つ」というによる。「袁正辞銭を積み宝に盈つ。室中常に声あり、声牛の如し」(五雑俎)によるか。一〇 丑寅。東北。鬼門とされている。一一 新鋳して極印を押したまま死蔵されている一歩判金の意。一歩判金は表に光次の極印、裏に金座年寄役筆頭及び吹所の棟梁の極印が押してある。一二 一文銭。一三 砂のように沢山あって汚らしい。一四 内蔵・金蔵に対して穀類その他の雑物を収める蔵。母屋に余り近くない庭の隅に立てられるのでこう呼ぶ。一五 古渡り。古く舶来した上等品。一六 薪木。秤にかけるからかくいう。一七 刀の柄に巻く上等の鮫皮。輸入品で本邦産は使用に耐えない。一八 中国越州で作り出した翡翠色の磁器。唐・宋時代のものが珍重される。一九 肩衝の茶入の一種。小堀遠州が若年堺でこの茶入を見、後年又伏見でこれを見た時、非常に古くなっていたので「昨日といひ今日とくらして飛鳥川流れて早き月日なりけり　春道列樹」(古今)の歌により命名したという。二〇 ごろごろと転がっていて。二一 欠ける。損ずる。

げるをかまはず、[二二]人魚《にんぎよ》の塩《しほ》引《(ひき)》・[二三]めのふの手桶《をけ》・[二四]かんたんの米かち杵《ぎね》・[二五]浦嶋《うらしま》が庖《はう》丁箱《てうはこ》・[二六]弁《べん》才天の前巾着《まへきんちやく》・[二七]福祿壽《ふくろくじゆ》の剃刀《かみそり》・[二八]多門天の枕鑓《まくらやり》・[二九]大黑殿の千石《こく》どをし・[三〇]ゑびす殿の小遣帳、[三一]覚へがたし。世に有《(ある)》ほどの万宝《(ばん)ぼう》、[三二]ない物はなし。源五兵へ[三三]うれしかなしく、是《(これ)》をおもふに江戸・京・大坂の太夫のこらず請《(うけ)》[三四]ても、[三五]芝居銀《しばゐかね》本して捨《(すて)》ても、我《(われ)》一代に[三六]皆になしがたし。[三七]何とぞつかひへらす分別出《(いで)》ず、是《(これ)》はなんとした物であらふ。

貞享[三八]三龍集丙寅歳仲春上旬日

[三九]北御堂前

攝刕　書肆　[四〇]森田庄太郎板

二二 以下西鶴の俳諧的表現である。人魚の塩漬。二三 瑪瑙。二四 邯鄲の黄粱一炊夢の故事の縁で、精米用の搗杵を取合せた。二五 浦島太郎が釣った魚を料理する庖丁を入れる箱の意。二六 前巾着は腰の前につる小銭を入れる巾着。多く女・子供の持物であるが、ここは弁才天が福の神であるによる。二七 大津絵の題材に福禄寿が頭を剃っているのがある。二八 毘沙門天王。四天王の一で須弥山の北方を守護する。忿怒の相を示し、左手に矛、右手に宝塔を持つ。二九 手槍。三〇「千石どをし」は舂いた米と糠とを篩い分ける道具。万石簁ともいう。大黒が俵を踏まえていることからの連想。三一 恵比須は商業神であるから小遣帳を取合せた。三二 余りたくさんあるので一々覚え切れない。小遣帳をつけるのに仲々思い出せないことをいいかけた。三三 一つとしてないものはない。三四 嬉しくもあり悲しくもあり。当惑した気持。三五 身請けしても。請け出しても。三六 芝居興行の出資者。当時は損失を蒙る事が通例で危険な投機事業とされていた。三七 すっかり使い尽すことは出来そうもないの意。三八 何とかして使い尽そうと思うのだが、良い思案も出ない。これは一体どうしたらよいものだろう。三九 竜は歳星の称。集は宿るの意。竜星が十二年に一周する意から年号の下に記す。四〇 津村御堂(二四八頁注六参照)の東側を北御堂前町という。四一 西鶴は五人女の外に日本永代蔵をもここから刊行している。

好色一代女

麻生磯次校注

繪入

好色一代女

一

一美女の隠れ家を訪ねて、浮世住いをしていた間の好色の女物語を聞いた。聞けば聞くほど面白かった。

二桜咲く京の東山の料亭に招かれる舞子は、どこの国にも女はいるが、これほど美しいものはない。

三千人の中にも無いというほどの美人を、支度金二百両も出して、国主の妾として召し抱える。

四島原の美しい遊女を見た目には、外の美しいもの、紅葉も月も普通の家庭の女も問題にはならない。


五都で噂の高い女を訪ねて、昔物語を聞いてみると、一代の淫蕩を話してくれたが、さても浮世の洒落者である。老齢ではあるが今でも昔の色香を残している。

六京の清水の初桜の頃に、花見幕の中に一曲の舞をしていた優美な娘は、どういう人のゆかりの女であろう、親は何という人だろう。あれを知らないか、あれは祇園町のそれあの人だ、今でもお金次第で自由になる。

好色《こうしよく》一代女

巻一

目《もく》録《ろく》

老女隠家《らうにょのかくれが》

〽五都《みやこ》に是沙汰《これさた》の女たづねて
むかし物がたりをきけば
一代のいたづら
さりとはうき世のしやれもの
今もまだうつくしき

舞曲遊興《ぶぎよくのゆうけう》

〽六清水《きよみづ》のはつ桜《ざくら》に
見し幕《まく》のうちは
一ふしのやさしき娘《むすめ》いか成《(なる)》人の
ゆかりぞ親《おや》は〳〵
あれをしらずや祇園《ぎをん》町のそれ
今でも自由《じゆう》になるもの

七三十日を期限とするかりそめの妾ではない。これは由緒のある息女なのだが、将来に頼みをかけて勤めに出したのである。それでは一時の慰みにすることはできまい。いやいや、望み次第ではそれもできるものだ。

八京の美女の中から選りすぐった女、島原の太夫の風俗というものは、そのよしあしをいうのが野暮なくらいに立派なものである。

九ところがその太夫の心中をさらけ出して話すのを聞くと、内証はなかなか苦しくみだらなところがある。

國《こく》主《しゆの》艶《ゑん》妾《せう》

〽[七]三十日切《ぎり》の手掛者《てかけもの》にはあらず
よしある人の息女《そくぢよ》も
するをたのみにやる事
さては
かりそめに
なるまい
なるとも〳〵
望次第《のぞみしだい》

淫《ゐん》婦《ぷの》美《び》形《けい》

〽[八]京《きやう》のよい中をあらためたる女
嶋原の大夫職《しよく》の風俗《ふうぞく》
よしあしのせんぎが
くどい
[九]おもはく丸裸《まるはだか》にして語《かた》るに
思ひの外なる内證《ないしよう》

老女《らうによ》のかくれ家《が》

美女《びちよ》[一]は命を断斧《たつをの》と古人《こじん》もいへり。心[三]の花散《はなちり》ゆふべの燒木《たき》となれるは何《いづ》[四]れか是《（これ）》をのがれし。されども時節《じせつ》[五]の外《ほか》なる朝《あした》の嵐《あらし》とは、色道《しきだう》におぼれ若死《わかじに》の人こそ愚《をろか》なれ。其種《（その）たね》[六]はつきもせず。人の日[七]のはじめ、都《みやこ》のにし嵯峨《さが》に行《ゆく》事ありしに、春も今ぞと花の口びる[八]うごく梅津《むめづ》[九]川を渡《わた》りし時《とき》、阿怜《うつくし》[一〇]げなる當世《たうせい》男の采体《とりなり》[一一]しどけ[一二]なく、色青《いろあを》ざめて戀に貌《かたち》をせめられ、行末頼《ゆくすゑたの》みすくなく、追付親《をつつけおや》[一三]に跡《あと》やるべき人の願《ねが》ひ、「我萬《われよろづ》の事に何《なに》の不足《ふそく》もなかりき。此《（この）》川の流《なが》れのごとく契水絶《けいすいたへ》[一四]ずもあらまほしき」といへば、友《とも》[一五]とせし人驚《をどろ》き、「我《（われ）》は又、女[一六]のなき國《くに》もがな。其《そ》所《こ》に行《ゆき》て閑居《かんきよ》[一七]を極《きは》め、惜《おし》き身をながらへ、移《うつ》り替《かは》れる世のさま〴〵を見る事[一八]も」といふ。此《（この）》二人生死各別《しやうじかくべつ》[一九]のおもはく違《ちが》ひ、人命短長《じんめいたんちやう》[二〇]の間《あいだ》、今[二一]に見果《はて》ぬ夢《ゆめ》に歩《あゆ》み、現《うつゝ》に言葉《ことば》をかはすがごとく、邪氣《じやけう（ら）》[二二]乱つのつて縹行《たどりゆか》[二三]れし道《みち》は、一筋《すぢ》の岸根《きしね》づたひに、防風《ばうふ》[二四]莇《あざみ》など萌出《もへ（いづ）》るを用捨《ようしや》もなく踏分《ふみわけ》、里離《さとばなれ》なる北の山陰《かげ》に入られしに、何《なに》とやらゆかしく、其跡《（その）あと》をしたひしに、女松村立萩《めまつむらだちはぎ》[二五]の枯垣《かれがき》まばらに、笹《さゝ》[二六]の編戸《あみど》に犬《いぬ》[二七]のくゞり道のあらけなく、それより奥《おく》に自然《しぜん》[二八]の岩《いは》の洞靜《ほらしづか》に、片びさしをおろ

一 美人は寿命を縮める斧のようなものだと。二 呂氏春秋に「靡曼皓歯伐レ生之斧」とあり、文選にも「皓歯蛾眉命曰ニ伐レ性之斧一」とある。三 盛りの花も散って、やがて夕の薪となるように、花の顔もおとろえて、やがて死んでしまうということは。四 どういう人がそういう運命からのがれることができるだろうか。五 時ならぬ朝の嵐に空しく散る花のように、色道におぼれて寿命をまたずに死んでしまう人ほど馬鹿げたものはない。六 世の中にはこういう愚か者が絶えない。七 人日。東方朔の占書に「正月七日人を占う」とあるのによって正月七日をいう。八 岸の梅の花がほころびかけている。九 桂川。一〇 遊仙窟の字訓に「何怜(ウツクシゲナル)」とある。一一 なりふり。一二 だらりとしてしまりがなく。一三 近いうちに自分がさきに死んで、親に家督をつがせる。一四 精液。一五 連れだって来た友人。一六 女のいない国があればよいと思っている。一七 心おきなく閑居し。一八 見ることもがな。眺めて暮らしたい。一九 この二人の生死の考え方はそれぞれ違っているが、いずれにしても見当が狂っている。二〇 長短の差こそあれ、人間の寿命は定まったものであるのに。二一 今に見果てぬ夢を追い、夢現の中にさまようて、よまいごとをいっている。二二 正体もなく心が乱れて。二三 たどって行った道は、一筋の川添いの道である。二四 防風は山人参・はまおおね・はますがともいう。二五 赤松がむらがり立つ。二六 細い竹で編んだ戸。二七「あらけなし」は荒々しの意。笹の編戸はあるが、それも破れて犬のくぐり道になっている。二八 天然自然の岩窟があって、その岩にさしかけて片庇をふいた粗末な家があった。片庇はかたながれの

して、軒《のき》はし[二九]のぶ草《ぐさ》、[三〇]すぎにし秋の蔦《つた》の葉残《はのこ》れり。東《ひがし》の柳《やなぎ》がもとに筧音《かけひをと》なして、[三一]まかせ水の清《きよ》げに、爰《(こゝ)》に住《すみ》なせるあるじは[三二]いかなる御法師《ほうし》ぞと見しに、思ひの外《ほか》なる女の[三三]臈闌《らうたけ》て[三四]三輪組《みつわぐみ》、[三五]髪《かみ》は霜《しも》を抓《けつ》つて、眼《まなこ》は[三六]入かたの月影《かげ》かすかに、[三七]天色《そらいろ》のむかし小袖に[三八]八《(や)》重菊《へぎく》の鹿子紋《かのこもん》をちらし、[三九]大内菱《おほちびし》の中幅帯前《ちうはゞおびまへ》にむすびて、[四〇]今でも此靚粧《(この)よそひ》さりとては醜《みにく》からず。[四一]寝間《ねま》とおもふなげしのうへに[四二]瀑板《しやれいた》の額掛《がくかけ》て、好《こう》色庵《しよくあん》としるせり。いつ焼捨《たきすて》の[四三]すがりまでも聞傳《きゝつた》へし[四四]初音《はつね》是《(これ)》なるべし。

なを心も窓《まど》より飛《とび》いるおもひに成《(なり)》て、しばし覗《のぞき》しうちに、寂前《さいぜん》の二人の男案《あ》内《ない》しつた良《がほ》に[四五]嘐《ものも》も乞《こは》ずして入《(いり)》ける。老女忍笑《らうによほゝゑみ》て、「けふも亦我《またわれ》を問《とは》れし。[四六]世には悩《なづみ》の深《ふか》き調謔《たはぶれ》もあるに、[四七]なんぞ朽木《くち》に音信《をとづれ》の風《(かぜ)》、[四八]聞《(きく)》に耳《みゝ》うとく語《かた》るに口おもければ、[四九]今の世間《せけん》むつかしく、爰《(こゝ)》に引籠《ひきこもり》て七とせ、[五〇]開《ひら》ける梅暦《ばいれき》に春を覺《(おぼ)》え、[五一]青《せい》山《ざん》かはつて白雪《しらゆき》の埋《うづ》む時冬《ふゆ》とはしられぬ。邂逅《たまさか》にも人を見る事絕《たへ》たり。いかにして尋《たづ》ねわたられし」といへば、[五二]「それは戀に責《せめ》られ、是《(これ)》はおもひに沈《しづ》み、いまだ[五三]諸色《しよしき》のかぎりをわきまへがたし。[五四]或《ある》人傳《つたへ》て此《(この)》道《みち》にきたるなれば、身のうへ[五五]の昔《むかし》を時勢《いまやう》に語《かた》り給へ」と、[五六]竹葉《ちくよう》の一滴《てき》を[五七]玉《たま》なす金盃《きんばい》に移《うつ》し、[五八]是非《ぜひ》の斷《ことは》りなしに進《すゝ》めけるに、老女《らうによ》いつとなく[五九]乱《みだ》れて、常弄《つねもてあそび》し[六〇]繩《いとすぢ》ならして、[六一]戀慕《れんぼ》の詩《し》をうたへる事しばらくなり。[六二]其《(その)》あまりに一代の身のいたづら、さま〴〵になりかは

庇。粗末なさしかけの屋根。 二九 夏軒端につるす釣忍ではなく、樹皮や岩石の表面や古い家の軒端に生える草をいい、一名やつめらんという。 三〇 去年の秋の蔦の葉が枯れ残っている。 三一 流れるままにまかせる水。自然に湧き出る水を筧で引き、その水が自由に流れている。 三二 どういう有難い坊さんであろうかと。御法師は楽隠居・隠遁者などの意にもとれるが、これは僧侶の意に用いたのであろう。 三三 「臈闌けて」は僧が安居の功を積むことをいう。転じて一般に年功を積むこと、上品でなまめかしいさまをいう。 三四 瑞歯ぐむ、三つ輪組む、水は汲むなどの説がある。老人の形容。↓二四〇頁注二一。 三五 髪には霜を置き。抓はつまむ、掻くなどの意であるが、ここは梳(くしけず)る意に用う。 三六 山の端に入ろうとする月の光のように、視力が衰えて。 三七 地色が空色の古風な小袖。 三八 八重菊を鹿の子に絞り、これを空色の地に散らしてある。 三九 唐花菱をいう。↓補注一。 四〇 年を取った今でも、この粧いをしているので、さすがに醜くない。遊仙窟に「靚粧(ヨソヒテ)」とある。 四一 その老女の寝間らしい室の長押(なげし)の上に。長押は柱と柱の間の壁にとりつける装飾用横木。 四二 風雨にさらしてわざと侵蝕させた板。 四三 「すがり」は尽(すがり)で、消えようとする意味。香をたいた名残。 四四 香の銘。↓補注二。 四五 嘐は口中に物をふくむ意。物申(ものもう)。案内を乞う言葉。 四六 世間には若い女を相手に、面白い遊びもあるのに。 四七 どうして朽木のように色も香もない私などを訪ねて来るのか。 四八 耳が遠くなって、世間の噂を聞くのも煩わしいし、話をするのも面倒だから。 四九 今の世の中はうるさいので。 五〇 暦がないので梅花の

開落によって時節を判ずること。五一 青かった山に雪がつもれば冬が来たと思う。五二 あの男は恋に苦しめられ、私は心にいろいろなやみがあって。五三 色の道の種々相。五四 あなたが色の道にくわしい事を人から聞いて、わざわざここへ来たのであるから。此道は色の道と、ここの場所とをかけている。五五 昔の身の上を今のでき事のようにありありと話せ。五六 酒の異名。尺牘雙魚の注に「醸酒竹葉ヲ以テ、其ノ中ニ雑ユ、極メテ清潔ナリ、故ニ酒ヲ謂ツテ竹葉トナス」とある。五七 玉のような立派な金盃。五八 酒にいやおうなしに。うむを言わせずに。五九 酒に酔い心が乱れて。六〇 絃のある楽器。琴か三味線であろう。挿絵には弾琴のさまが書いてある。六一 恋の唄。六二 つい興に乗じて、淫蕩に身をもちくずした生涯の身の上話を夢のように語り出した。ここまでが筆者の言葉で、これからさきは老女の自伝の形になっている。

一 本来の素姓は。二 母の方は氏素姓もなく下賤の出であったが。三 百二代の天皇。永享元年十二月即位、寛正五年七月譲位、文明二年崩御。四 殿上人は五位以上で昇殿を許された人。殿上人のおそば近く仕えた人の子孫であった。五 栄枯盛衰の世の習いのために。六「衰ひ」はハ行上二段活用。零落して。七 生き甲斐もないほどみじめなさまになったが。八 私は生れつき。九 遊仙窟に「逶迤(ナヨヤカニ)」とある。逶迤は、しなしなと長く連なるさま。そこで「なよやか」と訓ませたものであろう。顔がしなやかで美しいこと。一〇 宮中の最高の女官。一一 風流なこと。上品なこと。一二 概略。宮中の上品な

りし事ども夢のごとくに語る。

自《みづから》一そも〳〵はいやしからず、母《はゝ》二こそ筋《すぢ》なけれ、父《ちゝ》は後花園院《ごはなぞのゐん》三の御時、殿上《てんじやう》四のまじはり近《ちか》き人のすゑ〳〵。世五のならひとてをとろひ六、あるにも七甲斐《かひ》なかりしに、我八自然《しぜん》と面子透迤《かほばせなよやか》九にうまれ付《つき》しとて、大内《おほうち》一〇のまたうへもなき官女《くはんぢよ》につかへて、花車《きやしや》一一なる事ども有増《あらまし》一二にくらからず、なを年一三をかさね勤《つと》めての後は、かなら一四ず悪《あし》かるまじき身を、十一歳《さい》の夏《なつ》はじめより一五わけもなく取乱《(とり)みだ》一六して、人まかせの一七髪結《かみゆふ》すがたも氣にいらず、つとなし一八のなげしまだ、隠《かく》一九しむすびの浮世髻《うきよもとゆひ》といふ事も、我改《あらため》二〇ての物好《この》み、御所《ごしよ》二一染《ぞめ》の時花《はやり》しも明暮《あけくれ》雛形《ひながた》二二に心二三をつくせし以來《このかた》なり。され二四ば公家《くげ》がたの御暮《くら》しは哥《うた》のさま、鞠《まり》も色に二五ちかく、枕隙《まくらひま》二六なきその事のみ見るに浮《うか》れ聞《(きく)》にときめき、おのづと戀を求《もとめ》し情《なさけ》二七にもとづく折から、あなたこなた二八の通《かよ》はせ文皆《ぶみみな》

生活に大体馴れたことをいう。一三 そのまま何年か辛抱して勤めてさえ居れば。一四 後にはかならず出世すべき身の上であったのを。一五 理由もなく。らちもなく。一六 浮気心が起って。一七 髪も人まかせの平凡な恰好では気にいらない。一八 髻(とつ)なしの投島田。↓補注三。一九「隠しむすび」は黒い色の元結で目だたぬさまをいう。浮世髻は当世流行の元結。二〇 自分がわざわざ注文しての趣向。「改ての」は吟味する、わざわざ誂える意。二一 女院の御所の好みで染めた染色をいう。↓補注四。二二 その染模様の雛形。二三 私がその雛型を工夫してから流行した。二四 ところで。二五 つやっぽく。二六 いつも男女の濡れ事を見るにつけて心も浮々し。二七 色恋を第一と思うようになった、ちょうどその折。二八 方々から恋文が届いたが、どれを見てもやるせない思いをのべたもので。二九 宮中の守衛。火焚屋で篝火をたく。三〇 神々の名を書きこんだ箇所は。↓補注五。三一 京都神楽岡に在る。三二 私に思いをよせる人。三三 おしゃれで、おめかしをして。三四 そういう連中には何の事もなくて。三五 あるお方に仕える青侍。↓補注六。三六 最初の手紙。三七 もだえなやむさま。三八 逢えない場合でも、うまく立ち廻って逢うようにし。三九 ある朝その事がばれて。↓補注七。四〇 夢現(ゆめうつつ)のようにうとうとしている枕もとに。四一 物いわぬ人のまぼろしが幾度か現われて恐ろしく思い。四二 日数が立つままに、その男のことをすっかり忘れてしまった。

あはれにかなしく、後《のち》は捨《すて》置《をく》所もなく、物毎《ものごと》いはぬ[二九]衛《ゑ》士《じ》を頼《たの》みて、あだなる煙《けぶり》となすに、[三〇]諸神《しよしん》書《(かき)》込《こみ》し所は消《きへ》ずも[三一]吉田《よしだ》の御社《みやしろ》に散行《ちりゆき》ぬ。

[三二]戀程おかしきはなし。我をしのぶ人、[三三]色作《いろつく》りて美男《びなん》ならざるはなかりしに、[三四]是《(これ)》にはさもなくて、[三五]去《さる》御方《かた》の[三六]初通《しよつう》よりして文章《ぶんしやう》命も取《(とる)》程に、青侍《あをさぶらひ》其《(その)》身はしたなくて、いやらしき事なるに、次第ゝゝに書越《かきこし》ぬ。いつの比《(ころ)》か[三七]もだ〳〵とおもひ初《そめ》、[三八]逢《あは》れぬ首尾《しゆび》をかしこく、それに身をまかせて浮名《うきな》の立《(たつ)》事をやめがたく、[三九]ある朝《あさ》ぼらけにあらはれ渡《わた》り、宇治橋《うぢばし》の邊《ほとり》に追《をひ》出されて、身をこらしめけるに、墓《はか》なや其《(その)》男は此《(この)》事に命をとられし。其《(その)》四五日は[四〇]現《うつゝ》にもあらず寝《ね》もせぬ枕《まくら》に、[四一]物いはざる姿《すがた》を幾度《いくたび》かをそろしく、心にこたへ身も捨《すて》んとおもふうちに、[四二]又日数《かず》をふりて、其《(その)》人の事はさらにわすれける。是《(これ)》を思ふに、女程あさましく心の變《かは》るものはなし。自《みづから》其《(その)》時は十

三なれば、[1]人も見ゆるして、[2]よもやそんな事はとおもはるゝこそおかしけれ。

[3]古代《こだい》は、縁付《あんづき》の首途《かどで》には親里《おやざと》の別《わか》れをかなしみ、泪《なみだ》に袖をしたしけるに、今時の娘《むすめ》さかしくなりて、[4]仲人《なかうど》をもどかしく、[5]身拵《(み)ごしら》へ取《(とり)》いそぎ、駕籠待兼尻《のりものまちかねしり》がるに乗移《のりうつ》りて、[6]悦喜鼻《えつきはな》の先《さき》にあらはなり。[7]此《(この)》四十年跡《あと》迄は、女子《をんなご》十八九までも[8]竹《たけ》馬《むま》に乗《の》りて門《かど》に遊《あそ》び、男の子も定《さだ》まつて廿五にて元服《げんぷく》せしに、かくもまたせはしく變《かは》る世や。我も[9]戀のつぼみより色しる山吹の瀬《せ》ゝに氣を濁《にご》して、おもふまゝ身を持《(もち)》くずして[10]すむもよしなし。

[11]舞《ぶ》ぎよくの遊興《ゆうけう》

萬《よろづ》[12]上京《(かみぎやう)》と下京《(しもぎやう)》の違《ちが》ひありと[13]耳功者《みゝごうしや》なる人のいへり。[14]明衣染《ゆかたぞめ》の花《はな》の色《いろ》も移《うつ》りて、[15]小町踊《こまちおどり》を見しに、里《さと》の[16]總角《あげまき》なるふり袖《そで》に[17]太鞁《(たい)こ》の拍子《ひやうし》、四条通《でうどをり》迄は[18]静《しづか》にゆたかにいかさま都《みやこ》めきけり。[19]それより下《した》は、[20]町筋《まちすぢ》かぎりて声《こゑ》せはしく、足音《あしおと》ばたつき、[21]かくもかはる物ぞかし。[22]ひとつうつ手も間《ま》をよく調子《てうし》を覚《(おぼ)》へ、すぐれて見えける人は、人の中《うち》にての人なり。

萬治年中《まんぢねんぢう》に、駿河國《するがのくに》[23]あべ川のあたりより、[24]酒樂《しゆらく》といへる座頭《ざとう》江戸にくだりて、

一 人から大目に見られて。二 まさか色恋などということはあるまいと。三 古代といっても大昔のことではなく、大体近世初期をさしている。四 仲人のなかだちなどはじれったく思い。五 大急ぎで晴着を着て。六 嬉しそうなそぶりを露骨に出している。七 今から四十年ほど前までは。八 笹竹に跨って歩く遊び。↓補注八。九 蕾の年頃に恋を知りそめてから、色道のありとあらゆる濁りを経験し。↓補注九。一〇 「澄む」に「住む」をかく。今さら濁った心が澄むわけもないし、生き永らえているのも仕方のないことだ。

一一 舞曲。舞と音楽。一二 三条通を境にして北部を上京、南部を下京という。貴族的な地域と商業的な地域。一三 常識的な物識。耳学問の人。一四 七夕の頃になると、もう涼風が立って、縹色(はなだいろ)の浴衣姿が少なくなる。↓補注一〇。一五 七夕踊。七夕のかけ踊ともいう。七月七日の夜、または十四日から晦日までの間に、十四五の少女が美しく装い、襷をかけ、鉢巻をし、団扇太鼓を鳴らし、歌をうたいながら町方の小路小路を踊り歩いた。一六 小児の髪の結い方。中央でわけて左右に巻きあげ、角のように両髪を結んだもの。一七 小唄の間に太鼓の拍子をはさむのである。↓補注一一。一八 その動作が静かでゆったりしていて、いかにも都風であった。一九 四条通より南の方は。二〇 町筋を境として。二一 こんなに変るものかと思うくらいに、上京と下京では違いがある。二二 太鼓もむずかしいもので、一つ打つ手も間拍子よく調子を合わせ、皆の中で目立って見える人は、まあ名人といってよい。二三 安倍川。二四 伝記不詳。座頭の名。二五 武家方。二六 紙で作った蚊帳。二七 八人芸

[二五]屋敷方《(や)しきがた》の御慰《なぐさみ》に[二六]紙帳《しちやう》のうちに入《(いり)》て、[二七]鳴《なり》物八人の役《やく》を独《ひとり》して[二八]間《ま》をあはせける。其後《そののち》都《みやこ》にのぼり藝《けい》をひろめけるに、[二九]殊更風流《ことさらふうりう》の舞曲《ぶぎよく》を工夫《くふう》して、人のために指南《しなん》をするに、少女《せうぢよ》あつまりて是《(これ)》[三〇]を世わたりにならへり。[三一]女歌舞妃《かぶき》にはあらず。うるはしき娘《むすめ》を此業《(この)わざ》に仕入《し(いれ)》て、[三二]うへつかたの御前《ごぜん》さまへ、一夜《や》づゝ御なぐさみにあげける。衣裳《いしやう》も大かたに定《さだ》まれり。[三三]紅《もみ》がへしの下着《したぎ》に、[三四]箔形《はくがた》の白小袖《しろこそで》をかさね、[三五]黒《くろ》きそぎゑりを掛《かけ》て、帯《おび》は[三六]三色《さんしき》ひだり縄《なわ》うしろむすびにして、[三七]金作《きんづく》りの木脇差《きわきざし》、[三八]印籠《いんろう》[三九]きんちやくをさげて、髪《かみ》は[四〇]中剃《ぞり》するも有《(あり)》、[四一]つとして若衆《わかしゆ》のごとく仕立《したて》ける。小哥《こうた》うたはせ、踊《おど》らせ、[四二]酒のあいさつ、後《のち》には吸物《すひもの》の通《かよ》ひもする事なり。諸國《しよこく》の侍衆《さぶらひしゆ》又はお年よられたるかたを、東《ひがし》山の[四三]出振舞《でぶるまひ》の折ふし、五七人もうちまぜたる風情《ふぜい》は、[四四]また是《(これ)》よりはあるまじき遊興《ゆうけう》ものぞかし。[四五]男ざかりの座《ざ》敷《しき》へはすこしぬる過《(すぎ)》て見へける。壱人を[四六]金《きん》一角《かく》に定《さだ》め置《をき》は、[四七]かるゆきなる[四八]呼物《よびもの》也。いづれを見ても、十一二三までの美少女《びせうぢよ》なるが、[四九]よく〳〵是《(これ)》にそまり、都《みやこ》の人馴《なれ》て[五〇]客《きやく》の氣《き》をとる事、[五一]難波《なには》の色里《いろざと》の禿《かぶろ》よりはかしこし。次第《しだい》に[五二]おとなしうなりて、十四五の時《とき》は、客只《きやくたゞ》はかへさじ。それも[五三]押付業《をしつけわざ》にはおもひもよらず、[五四]人の心まかせなるやうにじやらつきて、[五五]かんじんのぬれかゝれば、手をよくはづし、[五六]其《(その)》人になづませ、[五七]我《われ》おぼしめさば、[五八]忍《しの》びてお独親《ひとりおや》かたへ御入《(いり)》あらば、[五九]よ

という。万治・寛文の頃から流行した。足で簓(ささら)を摺り、片手で太鼓を叩き、同時に横笛を吹くというように、一人で八つの楽器を奏する曲芸。多くは座頭の芸であったから、八人座頭ともいった。酒楽から始まったといわれている。後には十二人芸・十五人芸・十八人芸というように発達した。 二八 間拍子を合わせる。ただ間に合わせる意ではない。 二九 わざと。特に。 三〇 これを生活の方便にしようとして習った。 三一 出雲のお国にはじまり、慶長前後に流行した。女だけの歌舞伎であったが、寛永六年十月に禁ぜられ、若衆歌舞伎がこれに代った。「女歌舞妃にはあらず」といったのは、女歌舞伎のように興行物ではなかったという意であろう。 三二 大名や高禄の旗本などの奥方。「御前さま」は殿様にもいうが、これは奥方である。人倫訓蒙図彙に「御前様　武家大名の内室」とある。 三三 紅絹(もみ)の裏のふきかえし。「ふきかえし」は袘(ふき)に同じ。裏の布帛を表へ折り返して縁として縫いつけたところをいう。 三四 金銀の箔であらわした模様。 三五 半襟。↓補注一二。 三六 三色の糸を左撚りにした縄帯。↓補注一三。 三七 金箔をおいた木太刀。 三八 もとは印判・印肉を入れたもの。後には専ら薬を入れて腰にさげた。 三九 巾着。布・革などで作り、口を緒でくくる。銭・薬などを入れる。 四〇 若衆のように前髪を立てて、頭の中央部を剃ること。 四一 髱(たぼ)を出して若衆のように女の子を仕立てあげた。 四二 酒の相手、後には吸物の持ち運び。 四三 客を他所へ招いて饗応すること。八坂・清水辺にそういう料理屋があった。 四四 これほど面白い遊びはないと思われるほどの慰み事。 四五 血気さかんな男たちの相手には、少々物足

き首尾《しゆび》見合《あはせ》、酒《さけ》に酔《ゑひ》出《(いだ)》し[一]前後《ぜんご》覚《おぼへ》ぬ風情《(ふ)ぜい》寝《ね》かけたる時、[二]はやしかたの若《わか》い者《もの》どもに、すこしの[三]御心付《(こゝろつけ)》ありて、[四]御機嫌《きげん》とるさはぎのうちになる事と、深《ふか》くおもはせ、[五]おもく仕掛《しかけ》て、[六]遠国衆《をんごくしゆ》にしたゝか取《(とる)》事也。素人《しろと》しりたまはぬ事、どれにても自由《じゆう》になるものぞかし。名《な》を取《(とり)》し舞子《まひこ》も[七]銀壱枚に定《さだ》めし。

我《(われ)》としの若《わか》かりし時、[八]是《(これ)》に身をなすにはあらずして、[九]此《(この)》子共《(ども)》の風俗《ぞく》を好《すき》て、宇治の里より通《かよ》ひ、[一〇]世のはやり事をならひしに、すぐれて踊《おど》る事を得たれば、人皆ほめそやすにしたがひ、[一一]つのりておもしろさ、[一二]後無用《のちむ》との異見《ゐけん》を聞《きか》ず、此道《(この)みち》の[一三]かぶき者《もの》となり、たま〳〵[一四]はさし出たる座敷《さしき》に面影《おもかげ》を見せける。されども母《はゝ》の親《おや》つき添《そひ》て、外《(ほか)》なる女と同じ[一五]きいたづらげは[一六]みぢんなかりし。[一七]人なを、[一八]ならぬに氣《き》をなやみて、戀《こ》がれ死《しに》もありける。ある時《とき》、西國《さいこく》がたの[一九]女中《ぢよちう》[二〇]川原《かはら》町に[二一]養生座敷《やうじやうざしき》を

りないようであった。四六 一歩金。長方形をしているのでいう。一両の四分の一。四七 軽行き。手軽な。四八 遊興の相手に呼ぶ女。四九 芸もすっかり覚えこみ。五〇 お客の機嫌をとること。
五一 大坂新町の禿。禿は遊廓で使われる女の子で、長ずれば遊女となる。五二 大人びて来て。
五三 無理に首尾をとげようとしても、それは思いもよらない、成功する見込みがない。五四 お客のおぼしめし次第だという風に、色っぽくしなだれかかり。五五 いざという場合には手際よくはぐらかしてしまう。五六 客をのぼせあがらせ。「なづませ」は、なずむようにさせる、思いつかせる。五七 もし私にお気があるなら。五八 こっそりおひとりで親方のところへおいで下さるならば。「親かた」は抱え主。五九 首尾をよく見合せ。

一 酒に酔うて前後も覚えぬふりをして、おやすみになろうとする時に。二 囃方の若い衆。
三 祝儀。四 囃方がお客の機嫌をとるために囃をする際に、うまくゆくものだ。「なる」は成功する意。五 重々しくしかける。魂胆をめぐらす。
六 遠国の田舎侍から、しこたましぼりあげるものだ。七 丁銀一枚。四十三匁内外。↓補注一四。
八 この商売で身を立てるつもりではなかったが。
九 舞子の風俗が好きであったから。
一〇 その頃流行の舞曲を習ったが。
一一 深く身を入れてだんだん面白くなり。
一二 後になって役に立たないものだからやめろという意見。一三 軽佻浮薄な者。異様な風俗をして大道を横行する者。あばれ者。慶長年鑑に

かりて、涼《すゞ》[二二]みの比《ころ》より北《きた》の山と雪《ゆき》になる迄、さのみ藥《くすり》程の御氣色《きしょく》にもあらず、毎《まい》日[二三]樂乗物《らくのりもの》つらせて出《(いで)》られしに、[二四]高瀬《たかせ》川の[二五]そこにて、我《われ》を見そめ給ひて、人傳《つて》をたのみめしよせられ、明暮《あけくれ》其《(その)》夫婦《ふうふ》の人かはゆがられ、[二六]取《(とり)》まはしのいやしからずとて、国《くに》なる独子《ひとりこ》の娌《よめ》にしても[二七]くるしからじと、我《われ》もらはれて、行《ゆく》するゑはめでたき事に極《きはま》りぬ。[二八]此奥《(この)おく》の姿《すがた》を見るに、京には目なれず、[二九]田舎《いなか》にもあれ程ふつゝかなるは又有《(ある)》まじ。其殿《(その)との》のうつくしさ、[三〇]今の大内《おほうち》にも誰《たれ》かはおよびがたし。我《われ》いまだ[三一]何《なに》心もあるまじきと、二人の中《なか》に寝さゝれて、[三二]たはぶれの折《をり》からは心におかしくて、我《われ》もそんな事は三年前《まへ》よりよく覚《おぼへ》し物をと[三三]歯切《はぎり》をしてこらへける。さびしき寝《ね》覚《ざめ》に、彼殿《かのとの》の片足《かたあし》身にさはる時《とき》、[三四]もは何《なに》の事もわすれて、内義《ないぎ》の鼾《いびき》きゝすまし、殿《との》の夜着《よぎ》よりしたに入《(いり)》て、[三五]其《(その)》人をそゝなかして、[三六]ひたもの戀《こひ》のやめがたく、程

「大鳥逸平と申すかぶき者ありて召捕はる」とある。ここでは伊達者(だてもの)というほどの意。 一四 晴れがましい座敷。 一五 徒ら気。濡れ事。淫蕩なこと。 一六 微塵も。少しも。 一七 お客の方ではやはり。 一八「なる」は恋が成熟すること。ままならぬ恋に気を病み、焦がれ死するものもあった。 一九 婦人。 二〇 賀茂川の西を南北に走る大通。この辺に保養遊山のための貸座敷があった。 二一 養生するための座敷。 二二 六月七日より十八日まで、即ち祇園会の初めから終りまでの間。毎夜四条河原に茶店が出て、河中に牀を出して夕涼みをした。 二三 安楽に乗れる贅沢な駕籠。 二四 賀茂川の分流。二条より伏見を経て淀川に入る。慶長十六年角倉了以が開鑿した。 二五 其所にて。そのあたりで。 二六 立居振舞。 二七 さしつかえない。 二八 この奥様の容貌。 二九 田舎でもこれほど醜い者はあるまい。 三〇 今の御所の中でも。 三一 まだ生心(なまごころ)はついていまいと。 三二 夫婦がたわぶれをする際は。 三三 歯ぎしり。 三四「もはや」の略。もはや何もかも忘れて、夢中になって。 三五 旦那をそそのかして。 三六 ひたすらな恋。恋に夢中になって。

なくしれて、さても〳〵油断《ゆだん》のならぬは都《みやこ》、[一]我《わが》国かたのあの時分《じぶん》の娘《むすめ》は、いまだ門《かど》にて竹馬《たけむま》に乗《のり》あそびしと、大笑《わら》ひを[二]いとまにして、又親里《おやざと》に追出《おひ》されける。

国主《こくしゆ》の艶妾《ゑんせう》

[三]松の風江戸《ゑど》をならさず、[四]東國《とうごく》づめのとし、ある大名《だいみやう》の[五]御前《ごぜん》死去《しきよ》の後《のち》、家中《かちう》は[六]若殿《わかとの》なき事をかなしみ、色《いろ》よき女の[七]筋目《すぢめ》たゞしきを四十余《よ》人、[八]おつぼねの[九]才覚《さいかく》にて、[一〇]御機嫌《きげん》程見合《(みあはせ)》、御寝間《ねま》ちかく戀《こひ》を仕掛《しかけ》奉《たてまつ》りしに、[一一]皆初桜《みなはつざくら》の花《はな》のまへかた、[一二]一雨《(ひと)さめ》のぬれにひらきて、盛《さかり》を見する面影《おもかげ》、[一三]いづれか詠《なが》めあくべきにあらず。されども此《(この)》うちの独《ひとり》も御氣《き》にいらざる事をなげきぬ。[一四]是《(これ)》をおもふに、東《あづま》そだちのすゑ〳〵の女は、[一五]あまねくふつゝかに[一六]足ひらたく、くびすぢかならずふとく肌《はだ》へかたく、[一七]心に如在《じよさい》もなくて[一八]情《なさけ》にうとく、欲《よく》をしらず物に恐《をそ》れず、心底《しんてい》まことはありながら、[一九]かつて色道《しきだう》の慰《なぐさ》みにはなりがたし。[二〇]女は都《みやこ》にまして何国《いづく》を沙汰《さた》すべし。ひとつは[二一]物越《ものごし》程可愛《かはひらしき》はなし。[二二]是《(これ)》わざとならず[二三]王城《わうじやう》に傳《つた》へていひならへり。[二四]其《(その)》ためしは、[二五]八雲立国中《やくもたつこくちう》の男女《なんによ》、言葉《ことば》の[二六]あやぎれせぬ事のみ多《おほ》し。[二七]是《(これ)》よりはなれ嶋《じま》の隠岐《をき》の国《くに》の人は、その貌《かたち》はひなびたれども、物いひ都《みやこ》の人にか

一 自分の国元。郷里。二 暇。解雇。
三 謡曲、高砂に「四海波しづかにて、国も治まる時津風、枝を鳴らさぬ御代なれや」とある。枝を江戸にもじっている。松の風枝を鳴らさぬ結構な御治世に。四 参覲交代のための江戸詰。隔年交替で四月に出府することになっていた。五 奥方。六 世継の若殿。七 血統の正しい。下賤でない。八 奥女中の取締。老女。九 はからい。一〇 殿の御機嫌のよい折を見計らって。一一 いずれも初桜のような年若い女で。初桜はその年の最初に咲いた桜の花、または咲いて間もない桜の花をいう。「花のまへかた」は花の以前、莟の状態をいう。一二 その花の莟は一雨濡れるとすぐ開いて、花の盛りを見せるような風情をしている。「ぬれ」は雨に濡れる意と、情事とをかけている。お手がつき次第ぱっと盛りを見せるというような風情。一三 どれを眺めても見飽きることはない。一四 その理由を考えて見ると。一五 どれもこれも不恰好で醜い。一六 土ふまずのない鍬平足。扁平足。一七 心は実直で素直であって。一八 色気に乏しい。一九 少しも。一向に。二〇 「まして」は、増して、以上に。京女をさしおいて、どこの国にこれに勝る女を求めることができよう。沙汰は善悪をふるいわける、きまりをつける、噂をするなどの意。二一 物のいいぶり、言葉つき。二二 それはわざわざ学んで、言葉が上品になったのではない。二三 天皇の坐す所。二四 京の言葉が優美であるという証拠をいって見ると。二五 出雲の国をいう。素盞嗚尊の歌による。二六 「あや」は条理。言葉のあやがはっきり切れぬ。歯ぎれが悪い。二七 「是よりはなれ」「はなれ島」といいかけてい

る。二八 風流なことには。二九 琴・碁・香道・歌道。三〇 隠岐国に流されたのは、後鳥羽法皇と後醍醐天皇。第二の皇子とあるから後醍醐天皇を指したものか。後醍醐帝は後宇多帝の第二の皇子である。三一 京都ならばお気に召す女が居るかも知れないと。三二 この家に長く仕えている奥横目。奥は大名の奥向き、横目は横目付の略。奥女中の取締り役。三三 むかば。上部の前歯。三四 香の物。つけもの。三五 山葵おろしで細かにおろさせる。三六 褌をしめていながら。三七 心の浮き立つほど大口をあけて猥談するくらいが関の山である。三八 袴肩衣。肩衣は上下の上の部分。三九 奥向の勤めであるから、刀・脇差を帯することはできない。四〇 武士の本務からはずれた錠前の預り役をしている。四一 品定め。四二「猫に小判」に同じ。猫に石仏のようなもので、女をそばへ置いても心配はない。四三 寂光浄土。ここは京都をさす。四四 室町二条三条辺には呉服所が多かった。呉服所は大名高家に出入して呉服類を納め、金銀の融通もする御用商人。四五 室町二条上ル町に笹屋半四郎、室町三条上ル町に笹屋半次郎などがあった(京羽二重)。四六 年の若い手代衆。または若主人。四七 目を掛ける意で妾のこと。四八 姿。容貌。四九 柾目の通った桐。五〇 軸物を入れる箱。五一 美人画。五二 注文。五三 当時は丸顔が流行した。俗つれ〴〵四にも「桜色とは是ぞ此の丸顔の当世顔」とある。五四 薄い桜色。白い顔であるが、にんのりと赤味がある。五五 顔の道具、目鼻口耳をいう。五六 両眉の間がゆったりとして、せせこましくない。五七 鼻は次第高に。五八「あら〳〵」は、荒っぽく目立つさま。歯が目立って白く、粒がそろっている感じをいう。

はる事なし。[二八]やさしくも女の琴碁香歌《きんぎかうか》[二九]の道《みち》にも心ざしのありしは、むかし此嶋《(この)しま》に[三〇]二の宮親王流《みやしんわうながさ》れまし〳〵、萬其時《よろづ(その)とき》の風義今《ふうぎいま》に残《のこ》れり。[三一]よき事は京《きやう》にあるべしと、[三二]家《いゑ》ひさしき奥横目《おくよこめ》、七十余歳《よさい》をすぎて、物見るには目がねを掛《かけ》、[三三]向歯《むかふば》まばらにして鮹《たこ》の風味《ふうみ》をわすれ、[三四]かうの物さへ[三五]細《こまか》におろさせ、世に樂《たの》しみなき朝《てう》夕《せき》をくり、ましてや色《いろ》の道《みち》[三六]ふんどしかきながら女中同前《ぢよちうどうぜん》の男、[三七]心のうき立程《(たつ)》、大口《おほぐち》いふより外はなし。然《しかれ》ども武士《ぶし》の勤《つと》め[三八]迚袴《とてはかま》かた絹《ぎぬ》、[三九]刀《かたな》わきざしはゆるさず、[四〇]腰《こし》ぬけ役《やく》の銀錠《ぎんぢやう》をあづかりける。是《(これ)》を京《きやう》女の[四一]目利《めきゝ》にのぼさるゝは[四二]猫《ねこ》に石佛《いしぼとけ》、そばに置《をき》てから何《なに》の氣遣《きづかひ》もなし。若《わか》ければ釈迦《しやか》にも預《あづけ》られぬ道具《だうぐ》ぞかし。[四三]寂光《じやつくはう》の都《みやこ》、室《むろ》町の[四四]呉服所《ごふくじよ》[四五]笹《さゝ》屋の何《なに》がしにつきて、「此度《(この)たび》の御用《よう》は[四六]若代《わかよ》の手代衆《てだいしゆ》には申渡《わた》さじ。御隠居夫婦《あんきよふうふ》にひそかなる内談《ないだん》」と、申出《(まうしいだ)》さるゝ迄は、何事《なにごと》かと心元《こゝろもと》なし。律義千萬《りちぎせんばん》なる皃《かほ》つきして、「殿様《とのさま》お[四七]目掛《めかけ》を見立《(たて)》に」と申されければ、「それはいづれの大名《だいみやう》がたにもある事なり。扨《さて》いかなる[四八]風俗《ふうぞく》を御望《のぞ》み」と尋《たづ》ねければ、彼《かの》親仁《おやじ》[四九]しま梧《ぎり》の[五〇]掛物筥《かけものばこ》より[五一]女繪《ゑ》を取出《(とりいだ)》し、「大かたは是《(これ)》にあはせて抱《かゝ》へたき」との[五二]品好《しなごの》み。是を見るに、「先年《まづとし》は十五より十八迄、[五三]當世皃《たうせいがほ》はすこし丸《まる》く、色は[五四]薄花《うすはな》桜《ざくら》にして、[五五]面道具《おもてだうぐ》の四つふそくなく揃《そろ》へて、目は細《ほそ》きを好《この》まず、眉《まゆ》あつく、[五六]鼻《はな》の間《あひ》せはしからず[五七]次第高《しだいだか》に、口《くち》ちいさく、歯並《はなみ》[五八]あら〳〵として白《しろ》く、耳長《みゝなが》みあつて

[一]縁《ふち》あさく、[二]身をはなれて根《ね》迄見へすき、[三]額《ひたい》はわざとならずじねんのはへどまり、首筋《くびすぢ》立《(たち)》のびて、[四]をくれなしの[五]後髪《うしろがみ》、手の指《ゆび》はたよはく長《なが》みあつて爪薄《つめうす》く、足《あし》は[六]八もん三分《(ぶ)》に定《さだ》め、[七]親指反《おやゆびそつ》て[八]うらすきて、胴間《どうあひ》つねの人よりながく、腰《こし》しまりて[九]肉置《しゝをき》たくましからず、尻付《しりつき》ゆたやかに、[一〇]物越《ものごし》[一一]衣裳《いしやう》つきよく、[一二]姿《すがた》に位《くらゐ》そなはり心《(こゝろ)》立《だて》おとなしく、[一三]女に定《さだ》まりし藝《げい》すぐれて萬《よろづ》にくらからず、身に瘊子《ほくろ》ひとつもなきをのぞみ」とあれば、「都《みやこ》は廣《ひろ》く、女はつきせざる中《なか》にも、是程《これほど》の御物好《ものごの》み稀《まれ》なるべし。然《しかれ》ども国《くに》の守《かみ》の御願《ねが》ひ、千金《せんきん》に替《かへ》させ給《たま》へば、世にさへあらばさがし出《(いだ)》す」。其《(その)》道を[一四]鍛錬《たんれん》したる[一五]人置《(ひと)をき》竹《たけ》屋町の花《はな》屋角右衛門に[一六]内證《ないしよう》を申《(まうし)》わたしぬ。

そも〳〵奉公人《ほうこうにん》の肝煎《きもいり》渡《と》世《せい》とする事、[一七]捨金《すてきん》百兩《りやう》の内《うち》拾兩《りやう》とるなり。此《(この)》十兩の内《うち》を又銀《ぎん》にして拾匁[一八]使《つかひ》する口《か》鼻《ゝ》が取《とる》ぞかし。[一九]目見《(めみ)》への間《あいだ》、衣類《いるい》なき人は、かり衣裳《いしやう》自《じ》

一 耳はぼってりとふくれていない。
二 耳が顔にぺったりとついていないで、離れ気味で、根元まで透いて見える。
三 額はこしらえずに、自然のままの生え際。
四 後れ毛。
五 後頭部の髪。
六 八文三分の足の大きさ。寛永通宝銭で足袋の底の長さを計る。八文は銭を八つ並べた長さ。
七 足の親指の反っているのは、美人の相であるとともに、その方の秘事がある。
八 足の裏がすいている。扁平でない。
九 肉つき。
一〇 言葉つき。
一一 着物の着こなし。
一二 姿に品位があって、気だてがおとなしく。
一三 女として学ぶべき芸。
一四 そういう方面に精通した周旋屋。人置は遊女・妾・奉公人などを周旋する人。
一五 中京区竹屋町通。
一六 内々の事情。
一七 雇傭契約ができた場合に、支度金のような意味で渡す金。手附のように契約の拘束力をもたない。内金とも異なる。
一八 走り使いをする下受けの嬶。
一九 本当に奉公の契約をするまで試験的に使われていること。
二〇 黒綸子。
二一 鹿子を総絞りにしたもの。
二二 西陣織の一種。蜀江錦をまねて、五色の糸で織ったもの。
二三 一尺五寸の幅。
二四 緋縮緬の女の腰巻。「ふたの」は二幅。

由《ゆう》なる事也。白小袖《しろこそで》ひとつあるひは[二〇]黒《くろ》りんず上着《うはぎ》に[二一]惣《そう》鹿子《がのこ》、帯《おび》は[二二]唐織《からをり》の[二三]大幅《おほはゞ》に[二四]ひぢりめんのふたの物、[二五]御所《ごしよ》被《かつぎ》に[二六]乗《のり》物ぶとん迄揃《そろへ》て、一日を銀弐拾目にて借《かす》なり。其女《(そのをんな)》 御奉公濟《ほうこうすめ》ば[二七]銀《ぎん》壱枚《まい》とる事なり。いやしき者《もの》の娘《むすめ》には、[二八]取親《とりおや》とて小家持《こいゑもち》し町人を頼《たの》み、[二九]其子分《(その)こぶん》にして出《(いだ)》すなり。[三〇]此徳《(この)とく》は[三一]あなたよりの御祝義《しうぎ》をもらひ、する〱若殿《わかとの》などもふけ、[三二]御持《ふち》米の出し時《とき》も、[三三]取親《とりおや》の仕合《しあはせ》也。奉公人もよろしき事をのぞめば、目見《(めみ)》へするもむつかし。小袖《こそで》の[三四]そんりやう弐十目、[三五]六尺二人の乗《のり》物三匁五分、[三六]京《きやう》のうちはいづかた迄も同じ事なり。[三七]小女《こをんな》六分、大女《おほをんな》八分、二度《ど》の食《めし》は手前《てまへ》にて振舞《ふるまふ》也。折角目見《せつかく(めみ)》へをしても[三八]首尾《しゆび》せざれば、二十四匁九分の[三九]そん銀《ぎん》、かなしき世渡《よわた》りぞかし。[四〇]あるは又興《けう》に乗《ぜう》じ、大坂・堺《さかひ》の町衆《まちしゆ》、嶋原《しまばら》・[四一]四条《でう》川原《かはら》ぐるひの隙《ひま》に、[四二]太鞁持《たいこもち》の坊主《ばうず》を[四三]西国衆《さいこくしゆ》に仕立《したて》、京中《きやうぢう》の[四四]見せ女を集《あつ》め、[四五]慰《なぐさみ》に

二五 御所染の被衣(かつぎ)。外出の際に頭にかぶる単の小袖。
二六 駕籠の中に敷く蒲団。
二七 奉公の契約ができると、周旋屋が丁銀一枚をもらう。
二八 仮の親。親代り。
二九 子供分。
三〇 仮親の利得としては。
三一 傭主からの。
三二 御扶持米。米で支給される禄。
三三 その御扶持米は仮親の所得になる。
三四 損料。
三五 力者の転。駕籠かき。
三六 三匁五分の乗物代は、京のうちならば、どこまで行っても同じ料金である。
三七 十三四五の年頃の女を小女、二十四五以上のものを大女という。お目見えに行くとき、小女と大女を供に連れて行く。その傭料は小女は六分、大女は八分であって、二度の飯は雇った女の方でくわせる。
三八 契約が成立しないと。
三九 損銀。
四〇 或いは又こういうこともあった。
四一 四条河原附近に芝居があり、茶屋があった。若衆狂い。野郎遊び。
四二 坊主姿の幇間。
四三 上方に来る西国衆は金持と相場がきまっていた。
四四 糸屋・扇屋などの看板女を見せ女といい、客の意に応じて売淫もしたのであるが、ここは妾奉公を希望するお目見えの女。
四五 遊びの相手にした。

せられける。[一]目に入《（いり）》しを引《ひき》とゞめ、[二]しめやかに[三]亭主《ていしゆ》をたのみ、[四]當座《たうざ》ばかりの執《しう》心《しん》、[五]さりとはおもひもよらず、口惜《くちおし》く立帰《かへ》るを、さま〴〵いひふせられて、さもしくも欲《よく》にひかれ、[六]かりなる枕《まくら》にしたがひ、其《（その）》[七]諸分《しよわけ》とて[八]金子《きんす》弐歩に身を切賣《きりうり》、是非《ぜひ》もなき事のみ。それも[九]まずしからぬ人の息女《そくぢよ》はさもなし。

彼《かの》人置《をき》のかたより兼《かね》て見立《（みたて）》し美女《びぢよ》を、百七十余《よ》見せけれども、[一〇]ひとりも氣《き》に入《（いら）》ざる事をなげき、[一一]我《われ》を傳《つた》へ聞《きゝ》て、[一二]小幡《こはた》の里人《さと（びと）》より住隠《すみかく》れし宇治《うぢ》にきて、我《われ》を迎《むかへ》て歸《かへ》り、[一三]とりつくろひなしにつゐ[一四]見せけるに、江戸《ゑど》より持《もち》てまいりし女絵《をんなゑ》にまさりければ、[一五]外《ほか》又せんさくやめて、[一六]此方《このはう》のぞみの通万事《とをりばんじ》を定《さだ》めて濟《すみ》[一七]ける。是《（これ）》を[一八]国《くに》上臈《らう》といへり。はる〴〵武蔵《むさし》につれくだられ、浅草《あさくさ》のお[一九]下屋《しも》しきに入《（いり）》て、昼夜《ちうや》たのしみ、[二〇]唐《から》のよし野《の》を移《うつ》す花《はな》に暮《くら》し、[二一]堺町《さかひてう》の芝居《しばゐ》を呼寄《よびよせ》笑《わら》ひ明《あか》し、世にまた望《のぞ》みはなき榮花《えいぐは》なりしに、[二二]女はあさましくその事をわすれがたし。されども武士《ぶし》は掟《おきて》たゞしく、奥《おく》なる女中《ぢよちう》は男見るさへ稀《まれ》なれば、[二三]ましてふんどしの匂《にほ》ひもしらず、[二四]菱川《ひしがは》が書《（かき）》し[二五]こきみのよき[二六]姿枕《すがたまくら》を見ては、我《われ》を覺《おぼへ》ず上氣《じやうき》して、[二七]いたづら心もなき足《あし》の跟手《きびす》のたか〴〵[二八]指《ゆび》を[二九]引《ひき》なびけ、[三〇]ひとりあそびもむつかしく、まことなる[三一]戀《こひ》を願《ねが》ひし。惣じて大名《だいみやう》は[三二]面《おもて》むきの御勤《つと》めしげく、朝夕《てうせき》ちかうめしつかはれし[三三]前髪《まへがみ》に、いつとなく[三四]御ふびんかゝり、[三五]女には各別《かくべつ》の哀《あはれ》ふかく、[三六]御本《ほん》

一　その中で目にとまった女を引き留めておいて。二　しっとりと。ねんごろに。こっそりと。三　茶屋の亭主。四　長く妾として抱えるのではなく、その場かぎりの慰みの相手にしてくれと。五　白羽の矢を立てられた女の方では、そういう事は思いもよらぬと。六　仮寝の枕をかわし。七　遊興の諸入費。八　一両の半分。九　貧しくない家の娘だと、そういうことはない。一〇　奥横目が見て、ひとりも気にいらない。一一　一代女をさす。一二　宇治村の木幡。一三　別に取繕いもしないで。一四　生地のままの姿を奥横目にお目にかけたところが。一五　もうほかの穿鑿はやめて。一六　こちらの希望通りに。一七　奉公の契約が成立した。一八　国御前ともいう。大名の側室。正妻は人質として江戸にいたので、国の方には国上臈をおいた。ただしこの場合は、江戸の正妻は死去したので、一代女を江戸に連れて行き、正妻同様に下屋敷に置いたのであろう。一九　大名は江戸に数ヵ所の屋敷を持っていて、その中で主人常住の屋敷を上屋敷といい、別邸を下屋敷といった。二〇　「唐のよし野」は歌言葉。後嵯峨院御製「夢にだにまだ見ぬものをもろこしの吉野の桜いかが咲くらむ」。唐にも吉野があって、日本では見られぬ見事な花が咲くと古くから考えられていた。その見事な唐の吉野の花をそのままここに移したような桜花を眺めて。「花に暮し」は花を眺めて暮らす意と、栄華に暮らす意とがある。二一　日本橋蠣殻町の北方にあった。都・猿若・村山・山村の四芝居、他にからくり・操の芝居があった。堺町の芝居の役者を下屋敷に呼んで賑かに笑い暮らした。二二　男女の交わり、愛欲。二三　褌の匂いを知らぬ。男の匂いを知らぬ。二四　菱川師宣一派、元禄頃の浮世

三七下《した(ぐ)》のごとく、りんきといふ事もなきゆへぞかし。上下萬人《じやうげばんにん》三八戀をとがめる女程世にをそろしきはなし。我薄命《われはくめい》の身ながら殿様《とのさま》の御情《なさけ》あさからずして、うれしく御枕《まくら》をかはせしその甲斐《かひ》もなく、いまだ御年も若《わか》ふして三九地黄丸《ぢわうぐはん》の四〇御せんさく、四一ひとつも埒《らち》の明《あか》ざる事のみ。四二此上《(この)うへ》ながらの不仕合《ふしあはせ》、人には語られず、明暮《あけくれ》是《(これ)》を悔《くや》むうちに、殿次第《とのしだい》にやせさせ給ひ、四三御風情醜《ふぜいみにく》かりしに、都《みやこ》の女の四四すきなるゆへぞと、四五思ひの外《ほか》にうたがはれて、四六戀《こひ》しらずの家老《からう》どもが心得《こゝろへ》にして、俄《にはか》に御暇《いとま》出され、又親里《おやざと》にをくられける。世間《せけん》を見るに、四七かならず四八生《うま》れつきて男《おとこ》の四九よは藏《ざう》は、女の身にしてはかなしき物ぞかし。

淫婦《ゐんぷ》の美形《びけい》

五〇清水《きよみづ》の西門《さいもん》にて三味線《さみせん》ひきてうたひけるを聞《きけ》ば、五一「つらきは浮世、あはれや我身《わがみ》、惜《おし》まじ命《いのち》、露《つゆ》にかはらん」と、其声《(その)こゑ》やさしく袖乞《そでごひ》の女、五二夏《なつ》ながら綿入《わた(いれ)》を身に掛《かけ》、五三冬《ふゆ》とは覚《おぼへ》てひとへなる物を着《きる》事、五四はげしき四方《よも》の山風今《いま》、五五むかしはいかなる者《もの》ぞとたづねけるに、五六遊女町《ゆうぢょ》六条《でう》にありし時《とき》の五七後《のち》の葛城《かつらぎ》と名に立《(たつ)》太夫が五八なりはつるならひぞかし。その秋《あき》、桜《さくら》の紅葉《もみぢ》見に行《ゆき》しが、五九それに指《ゆび》さし、あま

絵師。二五「こ」は接頭語。気味よき。気もちのよい。二六 枕絵。二七 いたずら心もない足のかかと。二八 高々指。中指。二九 無理にねじまげたりして。三〇 ひとりで享楽するのも、思うままにならないので。三一 原本「恋をを」とある。「を」は衍か、或いは「恋をと」であろう。三二 表立った政治上の勤め。三三 前髪立の稚児小姓。三四 おなさけがかかる。三五 側女。三六 その結果御本妻のことはおろそかになってしまう。三七 下々の家庭のように本妻が悋気をするということがないから、そういうことになるのである。三八 嫉妬をする。三九 地黄という草の根茎で製した強精剤。四〇 御詮索。さがし求めること。四一 閨房生活が思うようにならない事ばかり。四二 この上もない不幸な身の上になり。四三 お姿も醜くなって来た。四四 色好みのせいだと。四五 意外な嫌疑をかけられて。四六 恋も情も知らぬ家老どもの一存で。四七「かならず」は「かなしき物ぞかし」にかかる。きまって、間違いなく。四八 生来。生れつき。四九 弱蔵。強蔵の反対。精力の弱い人。

五〇 清水寺の西門。仁王門をはいったところにある。五一 寛永頃から寛文頃まで遊里で流行した片撥の唱歌であろう。浮世は辛く我が身はあわれである。このはかない命に執着をもたず、この命をはかない露に代えて、もろく散ってしまおう。五二 夏であるのに綿入を着る。五三 冬とは知りながら単物を着ているということは。五四 四方の山風がはげしく吹きすさんでいる今日この頃を一体どうしたことであろう。五五 今はこういう有様であるが、昔はどんな素姓の女だろうと尋ねて見ると。五六 寛永十八年に島原

たの女まじりに笑《わら》ひつるが、[一]人の因果《ゐんぐは》はしれがたし。我《われ》もかなしき親の難義《なんぎ》、人の頼《たの》むとて何《なに》心もなく[二]商賣《しやうばい》事請《うけ》にたゝれし、其《(その)》人行方《ゆきがた》なくてめいわくせられし金《かね》の替《かは》り五拾兩《りやう》にて、我《われ》を自由《じゆう》とするかたもなく、[三]嶋原《しまばら》のかんばやしといへるに身を賣《うり》、おもひよらざる[四]勤《つと》め姿《すがた》、[五]年《とし》もはや十六夜《いざよひ》の[六]月の都《みやこ》にならびなき迚《とて》、親かたゆくすゑをよろこぶ。

[七]惣《そう》じて流《なが》れのこと業《わざ》、[八]禿立《かぶろだち》より見ならひ、わざとをしへる迄もなし。其道《(その)みち》のかしこさをしりぬ。我《われ》は[九]つき出《だ》しとて[一〇]俄《にはか》に風俗《ふうぞく》を作《つく》れり。萬町《よろづ(まち)》がたの物好《ずき》とは違《ちが》へり。眉《まゆ》そりて[一一]置墨《をきずみ》こく、[一二]こまくらなしの大嶋田《おほしまだ》、[一三]ひとすぢ掛《がけ》のかくしむすび、[一四]細疊《ほそだゝみ》の平髻《ひらもとゆひ》、[一五]をくれはかりにも嫌《きら》ひてぬき揃《そろ》へ、[一六]弐尺五寸袖《そで》の當世《たうせい》じたて、腰《こし》に綿入《わた(いれ)》ず[一七]すそひろがりに、[一八]尻付《しりつき》あふぎにひらたく見ゆるをこのみ、しんなし大幅帶《おほはゞおび》しどけなくつゐむすびて、[一九]三布《みの》なる下紐《したひも》つねの女より高くむすびて、[二〇]みつがさねの衣裳着《いしやうき》こなし、[二一]素足道中《すあしだうちう》[二二]くり出《だ》しの浮歩《うけあゆみ》、[二三]宿《やど》や入《(いり)》の飛足《とびあし》、[二四]座敷《ざしき》つきのぬき足、階子《はしご》のぼりのはやめ足《あし》、兎角草履《とかくざうり》は見ずにはきて、さきからくる人をよけず、[二五]情目《なさけめ》づかひ迚《とて》、近付《ちかづき》にもあらぬ人の[二六]辻立《つじ(たち)》にも見かへりて、すいた男《おとこ》のやうにおもはせ、揚《あげ》屋の夕暮《ゆふぐれ》[二七]はしゐして、しる人あらば、それに遠《とを》くより目をやりて、[二八]思案《しあん》なく腰掛《こしかけ》て、人さへ見ずば[二九]町の太鞁《たいこ》にも[三〇]手に手をさし、[三一]其折《(その)をり》

遊廓ができるまでは、室町六条に遊廓があって、三筋町ともいった。二七 二代目かまたはそれ以後の葛城。二八 成り果てた姿であるという意に、かようになるのも有為変転の世の習いであるという意をかく。二九 袖乞の女を指さし。

一 人はいつどうなるかわからぬものだ。二 商売事の保証人になった。三 島原の女郎屋、上ノ町の上林五郎右衛門。四 遊女姿。五 年ももう十六歳で。六 京に並ぶものがないといって、抱え主は行末を楽しみにした。七 一体遊女勤めというものは。八 禿として勤めに出た時から。九 中途から遊女になった女郎をいう。一〇 俄かに廓の風俗をつくることになった。一一 墨を濃く引き。一二 小枕は髷を高くし、髻をしめよいようにするために髷の中に入れる木。島田は承応の頃、東海道島田の遊女が結い出した髪風であるという。これは髷の中に小枕を入れないで、大ぶりに結った島田髷である。一三 一本の元結で外から見えないように結び。一四 平髻は丈長(たけなが)。丈長を細く畳んで用いる。一五 後れ毛。一六 袖下二尺五寸。一七 裾広がりに着て。一八 扇を開いたように尻の辺が平たく見えるのを好み。一九 三幅もある腰巻。普通は二幅である。二〇 三枚重ねの衣裳。二一 外出の場合は素足が定法。二二「くり出し」は娼家から繰り出して道中する場合をいう。浮歩はからだが浮くようにゆっくり歩くさま。二三 揚屋入りの場合には軽快な足どりをする。↓補注一五。二四 座敷では音のしないように静かに歩く。二五 色目づかいといって。二六 町角に立って、太夫の道中を見ること。

を得て紋所《もんどころ》をほめ、又は髪《かみ》ゆふたるさま、あるひは[三二]はやり扇《あふぎ》、何にても[三三]しほらしき所に心を付《つけ》、「[三四]命《いのち》をとる男目、[三五]誰《たれ》にとふて此《(この)》あたまつき」とぴつしやりぽんと、たゝき立《(だち)》にして行《ゆく》事、[三六]いかなる帥《すい》もいやといはぬこかし也。[三七]いつぞの首尾《しゆび》にくどきかゝらば、[三八]我《わが》物とおもひつくより物もろふ欲《よく》を捨《すて》、[三九]大《(だい)》じんの手前《てまへ》よしなに申《(まうし)》なし、[四〇]世上《せじやう》のとり沙汰《さた》の時《とき》も身に[四一]替《かへ》てひくぞかし。[四二]すたる文《ふみ》ひきさきてかいまろめて、是《(これ)》をうちつけて人によろこばす程の事は、[四三]物も入《(いら)》ずしていとやすきなれども、[四四]うつけたる女郎《ぢよらう》はせぬ事也。[四五]其形《(その)かたち》は人にもおとらずして、定《さだま》りの紋日《もん(び)》も[四六]宿《やど》やへ身あがりの御無心《むしん》、[四七]男ありて待良《まちがは》には見せけれども、[四八]宿《やど》よりそこ〳〵にあしらひ、[四九]片陰《かたかげ》によりて[五〇]當座漬《たうざづけ》の茄《なすび》に生醤油《きじやうゆ》を掛《かけ》て、膳《ぜん》なしにひえ食《めし》くふなど、[五一]外《ほか》の人が見ねばこそなれ。[五二]内《うち》へ帰《かへ》りても、内義《ないぎ》の良《かほ》つき見て、[五三]行水《ぎやうずい》とれといふも小声《こごゑ》なつて、其外《そのほか》くるしき事のみありしに、銀遣《かねつか》ふ客《きやく》を[五四]ろそかにして、不斷隙《ふだんひま》で暮《くら》すは[五五]主《しゆ》だふし、我身《わがみ》しらずの[五六]なんぴんなり。只[五七]興女《けうぢよ》は酒《さけ》なんどの一座《ざ》は所《ところ》ゝにて、[五八]りくつづめなるつめひらき、すこし勿躰《もつたい》も付《つけ》、むつかしく見せて、物数《かず》いはぬこそよけれ。物に馴《なれ》たる客《きやく》は各別《かくべつ》、[五九]まだしき[六〇]素人帥《しろとすい》はをそれて[六一]こなす事ならず、床《とこ》に入《(いり)》ても其《(その)》男鼻息斗《はないきばかり》せはしく身うごきもせず、たま〳〵いふにも声《こゑ》をふるはし、[六二]我物《わがもの》を遣《つか》ひながら此《(この)》せつなさ、茶《ちや》の湯《ゆ》こゝろへ

町角に立っている者にも目をくばって。二七 端居。夕方太夫が縁台などに端居することがあった。二八 何気ないさまで。二九 廓内の幇間に対して町方の素人幇間をいう。三〇 互いに手を取る。手を握る。三一 うまく機会をつかまえて。三二 流行の扇。三三 よさそうなところに目をつけてほめ。三四 女が命がけで惚れる男め。三五 誰に教わってそんないきな髪を結っているのか。三六 どんな粋人でもそのわなにはまってしまう。三七 何かの機会に。三八 きっと自分のものになると思いこみ。三九 大尽。遊里で豪遊する客。四一 何か面白くない評判の立った時にも。四一 自分の身を犠牲にしても味方になってくれる。四二 不用になった手紙。四三 費用もかからないで。四四 ぼんやりした女郎。四五 縹緻(きりよう)。四六 揚屋へ頼んで身あがりをする。↓補注一六。四七 馴染の客を待ちかねている風をしていても。四八 揚屋の方では事情を知っているので、どうしても疎略に取り扱う。四九 室の隅の方で。五〇 浅漬の茄子。五一 人が見ないからよいようなものの、大へん辛いことだ。異説、その有様を人が見ないならばまだよいが、人の見ている中で、そうするのはつらいことだ。五二 抱え主の家へ帰っても。五三 行水の湯を取っておくれと禿にいうのも。五四 疎略にして。五五 抱え主に迷惑をかけること。五六 愚か者。↓補注一七。五七 遊興の相手の女。遊女。五八 理窟っぽい駈引をする。「つめひらき」は兵法から出た言葉。駈引。談判。五九 いまだしき。まだ未熟な。六〇 半可通。六一 相手を自由に扱うことができない。六二 自分のものをつかいながら、せつない思いをしている。

ぬ人に、上座《じやうざ》のさばき[一]さすに同じ。此《この》男嫌《きら》ふてふる[二]にはあらず、かしら[三]に帥良《すいがほ》[四]せらるゝによつて、こなたからも[五]むつかしく仕掛《しかけ》、帯《おび》をもとかずゐんぎんにあ[六]しらひて、空寝入《そらね(いり)》[七]などしてゐるを、大かたの男近《ちか》く寄添《よりそひ》て、かた足《あし》もたすをなをだまりて、それから後《のち》の様子《やうす》を見るに、身もだへして汗《あせ》をかき、相床《あひどこ》[八]をきけば、あるひは愛染《なじみ》、又は初對面《しよたいめん》から上手《じやうず》にてうちとけさせ、女郎《ちよらう》の声《こゑ》して、「見た所《ところ》よりやせ給はぬ御肌《はだへ》」とひきしめる[九]音《をと》、男は屏風《びやうぶ》まくらにゐんりよもなく所作次第《しよさしだい》にあらくなれば、女もまことなる泣声《なきごゑ》、をのづと枕《まくら》をとつて捨《すて》、乱《みだ》れて正《まさ》しく指櫛《さしぐし》のをれたる音《をと》、二階《かい》の床《とこ》にはあゝ是《これ》迄といふて鼻紙《はながみ》の音《をと》、隣《となり》の床《とこ》には心よく寝入《ね(いり)》たる男を挑《こそぐり》おこし、「やがて[一〇]明《あく》る夜の名残《なごり》もおしき」などいへば、男は現《うつゝ》[一一]に、「ゆるしたまへ。もは[一二]ひとつもならぬ」といふを、酒[一三]かときけば下帯《したおび》[一四]と

一 捌き。振舞。
二 そっけなくもてなす。
三 最初に。
四 粋人を気取る。
五 こちらからもわざと面倒にしかけて。
六 馬鹿叮嚀にあしらって。
七 狸寝入。
八 一室に並べ敷いた床。隣りの床。
九 男をひきしめる音。
一〇 間もなく夜も明けましょう、お名残惜しい。
一一 夢うつつに。
一二 もう一つもできぬ。「もは」は「もはや」の意。
一三 酒がのめることを「なる」ともいうので、酒の事かと思って聞いていると、そうでもなさそうだというのである。
一四 褌をとく音がする。

一五　全く意外な好き者め。
一六　好き者だということも、女郎にとっては、その身にそなわった仕合わせというものだ。
一七　こちらは眠られぬままに。
一八　九月九日重陽の節句。島原遊廓の紋日。
一九　病名が不明の時、ためしにのませて、それとなく引いて見る薬。病源をさぐる薬。相手の気をそれとなく引いて見る薬。
二〇　「ちょろく」は生ぬるい、あまっちょろい意。浅薄な見え透いたことであった。
二一　御厄介。お世話。
二二　にべもない返事。てんで相手にしない返事。
二三　もう取りつく言葉もなく。
二四　うわべは他の人と同じように起き分れて。
二五　茶筅髪。髻を巻きたてて刷毛先を茶筅のようにさばいた髪風。髪を茶筅髪にほどいて情交をしたように見せかけるのである。
二六　「分立てる」は物事の筋道を明らかにする、作法・習慣にそむかぬようにする意であるが、これは情交があったように見せかける意。
二七　心の底では。
二八　この次には。
二九　揚げづめにして。
三〇　物の見事な遊びをして。
三一　今日の傾城のやつに未練を残させてやろうか。
三二　この廓をふっつりと思いきって。
三三　若衆を相手にして遊ぶこと。
三四　連れ立って来た友人。
三五　夜が明けたので別れを惜しんでいるのを忙しく呼び立て。
三六　いい加減にして早くきりあげよう。
三七　そんな男を引き留める方法はあるものだ。

く音、[一五]おもひの外《ほか》なる好目《すきめ》、[一六]是《(これ)》女郎《ぢよらう》にそなはつての仕合《しあはせ》ぞかし。あたりにこゝちよげなる事のみ。なを[一七]目のあはぬあまりに女郎起《ぢよらうおこ》し、「[一八]九月の節句《せつく》といふても間《ま》のない事じやが、定《さだ》めてお約束《やくそく》が御座《ざ》らふ」と、女郎《ぢよらう》の好《すく》[一九]問《とひ》ぐすりを申せど、そんな事など[二〇]ちよろく見えすき、「九月も正月も去方《さるかた》さまの[二一]御やつかいに成《(なり)》ます」と、[二二]取《(とり)》あへぬ返事《へんじ》に、かさねて[二三]寄添言葉《よりそふことば》もなく、残念《ざんねん》ながら[二四]人並《なみ》に起別《おきわかれ》て、髪《かみ》を[二五]茶《ちや》筅《せん》にほどき、帯《おび》を仕直《しなを》し、[二六]分立《わけたて》たるやうに見せけるこそおかしけれ。此《(この)》男[二七]下心《したごゝろ》に女郎《ぢよらう》をふかくうらみ、[二八]かさねては外《ほか》なる女郎《ぢよらう》をよびて、五日も七日も[二九]つゞけて[三〇]物の見事なるさばきして、[三一]けふの傾城《けいせい》目に心を残《のこ》さすか、又は[三二]此里《(この)さと》ふつとやめて、[三三]野郎《やらう》ぐるひに仕替《しかへ》んと思ひ定《さだ》め、[三四]友《とも》とせし人ども[三五]夜の明《あく》るに戀《こひ》を惜《おし》むをせはしく呼立《よびたて》、「[三六]大かたにして帰《かへ》さいそげ」と、是切《(これ)ぎり》に女郎《ぢよらう》すて行《ゆく》を[三七]取留《とりとむ》る仕《し》

掛有《かけ(あり)》。[一]相客《あひきやく》の見る所《ところ》にして、そゝけし鬢《びん》を撫付《なでつけ》てやりさまに、耳《みゝ》とらへて小語《さゝやく》は、「[二]我《が》を我《が》に立《たて》て、人に帯《おび》とけともいはずにかへる男[三]目、にくや」と、背《せなか》をたゝきて、足早《あしばや》に臺所《だいどころ》に出《いづ》れば、其《(その)》跡《あと》にて[四]いづれも氣《き》を付《つけ》、「[五]はじめてのしこなし、どうで御座《ござ》る」といへば、男よろこび、「[六]命掛《いのちかけ》て間夫《まぶ》」といふ。「殊更《ことさら》、[七]夜《や》前《ぜん》のまはりやう、[八]此《(この)》程つかえたる肩《かた》迄ひねらせた。[九]是《(これ)》程我等《われら》にくる事、何《なに》とも合点《がてん》がゆかぬ。定《さだ》めし、汝等《なんぢら》が取持《とりもち》て[一〇]身体《しんだい》よきに咄《はな》して聞《きか》したか」。「[一一]いや〱欲斗《よくばかり》にして女郎《ぢよらう》の左様《さやう》にはせぬ物、[一二]是《(これ)》は見捨難《すてがた》し」との[一三]ぼされ、其《(その)》後《のち》[一四]まんまと物になしける。[一五]此《(この)》無首尾《しゆび》さへかくなしければ、ましてや[一六]分《わけ》のよき女郎《ぢよらう》に身を捨《すつ》るは斷《ことは》りぞかし。[一七]別《べつ》の事もなき男を初對面《しよたいめん》なればとてふるにはあらず。[一八]其《(その)》男大夫に氣《き》をのまれ、[一九]仕掛《しかく》る時分《じぶん》の[二〇]しほあひぬけ、[二一]しらけて起別《おきわか》るゝ事なり。[二二]流《なが》れの身として[二三]男よくて悩《なづむ》事にはあらず。京《きやう》の何《なに》がし名代《なだい》のある御かた、たとへば[二四]年寄《としより》法躰《はつたい》の[二五]それにはかまはず、又若き御かたの[二六]諸事《しよじ》の付届《つけとゞけ》よく、然《しか》も姿《すがた》のよきは[二七]此《(この)》うへの願《ねが》ひ何《なに》かあるべし。こんなうまい事斗揃《ばかりそろ》へてはないはづ也。

今の世の[二八]よねの好《すき》ぬる風俗《ふうぞく》は、[二九]千筋染《せんすぢぞめ》の黄《き》[三〇]むくの上《うへ》に、黒羽二重《くろはぶたへ》の紋付《もんつき》[三一]すそみじかに、帯《おび》は[三二]竜門《りうもん》の[三三]薄椛《うすかば》、羽織《はをり》は[三四]紅鳶《べにとび》にして[三五]八丈《じやう》紬《つむぎ》の[三六]ひつかへし、素足《すあし》にわら草履《ざうり》[三七]はき捨《すて》、[三八]座敷《ざしき》つきゆたかに、脇差《わきざし》すこしぬき出し、扇遣《あふぎづか》ひして袖《そで》口よ

一 連れの客の見ている前で。 二 我意を張って。強情を張って。 三 憎い男め。 四 連れの人々がみんな注意を向けて。それと気がついて。 五 初会から女をまいらせた腕前、見事でござる。 六 これでも女が命をうちこんだ色男だ。 七 昨晩のもてかたは大へんだった。「まはりやう」は、女が男の意のままになること。 八 この間から凝っていた肩までももませた。 九 こんなにまで自分に惚れこむとは合点がいかぬ。「くる」は来る、参る、惚れこむ意。 一〇 財産でもあるように女郎に話して聞かせたのではないか。 一一 いやいや、欲だけでは女郎はそうはせぬもの。 一二 何しろこれは放っては置けまい。 一三 おだてられ。 一四 思う存分にその男をものにした。 一五 ふられて男が帰る場合でさえ、こういう結果になるのだから。 一六 物わかりがよく、情の深い女郎のために身も心もうちこんでおぼれてしまうのは無理もない。 一七 別に変ったこともないごく普通の男を。 一八 男が太夫の権勢に気をのまれてしまい。 一九 肝心の場合に。 二〇 潮合。潮時。機会。 二一 情交の機会を失って、しらけた気分で起き分れるのである。 二二 遊女の身。 二三 男ぶりがよいから惚れこむのではない。 二四 法体の御隠居。 二五 そんなことにはかまわない。 二六 誰でも結構である。 二六 何事につけても金銭を出し惜しみしない。 二七 これ以上の望みはない。 二八 「よね」は善寝(よね)の意という。遊女。 二九 細かい縞の染め模様。 三〇 表も裏も同色のものを無垢という。表裏ともに黄色な地。 三一 裾短かに着て。 三二 竜紋とも書く。地が厚く斜に織目があり、帯地に用いる。 三三 薄い樺色。 三四 紅色がかった鳶色。 三五 八丈島産の紬織。 三六 裾廻しや袖口を表裏いずれもとも切にしたもの。

り風を入《(いれ)》、しばしありて[三九]手水《てうづ》に立《たち》、[四〇]石砵《いしばち》に水《みづ》はありとも改《あらた》めて水かへさせて、静《しづか》に口中《こうちう》などあらひ、[四一]禿《かぶろ》いひやりて、供《とも》の者《もの》に持《もた》せ置《をき》し白き[四二]奉書包《ほうしよづゝみ》の煙草《たばこ》とりよせ呑《のむ》など、[四三]延《のべ》の鼻紙《はながみ》ひざちかく置《をき》て、[四四]かりそめに遣《つか》ひ捨《すて》、[四五]引舟女郎《ひきふねぢよらう》をまねきよせ、手《て》をすこしかりたいと、袂《たもと》より内《うち》に入《(いれ)》させ、[四六]けんべけにすへたる[四七]灸《きう》をかゝせ、[四八]太鞁女郎《たいこぢよらう》に[四九]加賀《が》ぶし望《のぞ》みて、うたふて引《ひく》を、それをも心をとめて聞《きか》ず、小哥《こうた》の半《なかば》に[五〇]末社《まつしや》に咄掛《はなしかけ》、「きのふの[五一]和布苅《めかり》の[五二]脇《わき》は[五三]高安《たかやす》はだし」とほめ、「此中《(このぢう)》の古哥を大納言殿《だいなごんどの》におたづね申《(まうし)》たが、拙者《せつしや》きいた通《とを》り、[五四]在原《ありはら》の元方《もとかた》に極《きは》まりた」など、[五五]いたり物語《がた》りふたつみつ、[五六]かしらにそゝらずして、萬事《ばんじ》[五七]おとしつけて居《ゐ》たる客《きやく》には、大夫氣《き》をのまれて、[五八]我《われ》と身にたしなみ心の出來《でき》て、其《(その)》男する程の事かしこく見えてをそろしく、[五九]位《くらゐ》とる事は[六〇]脇《わき》になりて、[六一]機嫌《きげん》をとる事になりぬ。

一切《さい》の女郎《ぢよらう》の[六二]威《い》は[六三]客《きやく》からの付次第《つけしだい》にして奢《おごる》物なり。江戸の色町《いろまち》さかんの時《とき》、坂倉《さかくら》といへる[六四]物師《ものし》、[六五]大夫ちとせにしたしくあひける。此《(この)》人酒《さけ》よく呑《のみ》なして、いつとても肴《さかな》に東《あづま》なる冣上川《もがみがは》にすみける[六六]花蟹《はながに》といへるを塩漬《しほづけ》にして是《(これ)》を好《すけ》る。有《(ある)》時坂倉此蟹《(この)かに》のこまかなる甲《かう》に、金粉《きんぷん》をもつて[六七]狩野《かの》の筆《ふで》にて笹《さゝ》の丸《まる》の定紋《ちやうもん》かゝせける。此繪代《このゑだい》ひとつを金子《きんす》一歩《ぶ》づゝに極《きは》め、年中《ねんぢう》ことのかけざる程千《ち》とせかたへ遣《つかは》しける。京《きやう》にては石子《いしこ》といへる[六八]分知《わけしり》、大夫の野風《のかぜ》に[六九]しみて、世になき物、

三七　一度はいたきりであとは捨ててしまう。　三八　座敷のふるまいがゆったりとして。　三九　用便に立ち。　四〇　石鉢。石の手水鉢。　四一　禿に申しつけて。　四二　奉書へ煙草を包むと味がよいという。外出の場合などに白い奉書に包む。　四三　延紙。小杉原。奉書の一種。　四四　無造作に惜しげもなく使いすてる。　四五　太夫に附き添うて客席を取りもつ女郎。位は囲(かこ)職。　四六　痃癖(けんぺき)の訛。頭から肩にかけて筋のひきつる病気。　四七　灸をすえた跡をかかせる。　四八　三味線をひいて座興を助ける女郎。位は囲職。　四九　寛文・延宝頃に流行した小唄。「松の葉」に歌詞がのっている。　五〇　大尽の取巻き。太鼓持。大尽を大神になぞらえて末社という。　五一　謡曲名。早鞆明神の和布苅の神事を材としている。　五二　能の脇役。　五三　能楽の脇師の一派。高安伊十郎(金剛流宗家八世又兵衛の門人)に始まる。昨日の和布苅の能で、脇役の働きはすばらしかった。あれでは脇師の高安もとても及ばぬ。　五四　業平の孫。古今集巻頭の歌の作者。　五五　至話。気の利いた話。　五六　最初に落着きはらって。　五七　どっしりとかまえている。　五八　我と我が身をたしなむ謙遜な心。　五九　太夫らしくおうように構えることは。　六〇　二の次になって。　六一　客の機嫌をとる。　六二　見識。　六三　客の仕向けようで、だんだん奢ってくるものだ。　六四　老練な人。　六五　千歳。未詳。　六六　最上川の新庄から酒田辺でとれる名産の川蟹。　六七　狩野家の画家。　六八　粋人。　六九　馴染む。風の縁語。

時花《はやり》物、人よりはやく調《とゝの》へける。野風秋の小袖《こそで》[一]朧《ゆるし》色にして惣鹿子《そうがのこ》、[二]此辻《(この)つじ》をひとつ〳〵紙燭《しそく》にてこがしぬき、紅井《くれなゐ》に染《そめ》し中綿《なかわた》、穴《あな》より見えすき、又もなき物好《ものずき》、着《きる》物ひとつに[三]銀《ぎん》三貫目入《くはんめ(いり)》けるとなり。大坂にても[四]すぎにし[五]長崎《ながさき》屋出羽《では》あげづめにせし[六]二三といへる男、[七]九軒《けん》に折ふしの秋《あき》の淋《さび》しき女郎《ぢよらう》あまた[八]慈悲買《じひがひ》にして、大夫出羽をなぐさめける。庭《には》に一むらの萩咲《はぎさき》て、昼《ひる》は露《つゆ》にもあらぬに[九]うち水《みづ》の葉末《はずゑ》にとまりしを、大夫ふかく哀《あはれ》み、「此花《(この)はな》の陰《かげ》こそ妻《つま》思ひの鹿《しか》の[一〇]かり床《どこ》なれ、角《つの》のありとてもをそろしからじ。[一一]其生《(その)いき》たる姿《すがた》を見る事もがな」といひければ、「それ何《なに》より安《やす》し」とて、俄《にはか》に[一二]うら座敷《ざしき》をこぼたせ、千本《ちもと》の萩《はぎ》を植《うへ》て、[一三]野《の》を内《うち》になし、夜通《よどを》しに丹波《たんば》なる山《やま》人にいひやりて、女鹿男鹿《めじかおじか》の数《かず》をとりよせ、明《あけ》の日見せて、[一四]跡《あと》はむかしの座敷《ざしき》となりけると傳《つた》へし。

[一五]身にそなはりし徳《とく》もなくて、貴人《きにん》もなるまじき事を思へば、天《てん》もいつぞはとがめ給はん。然《しか》も又、すかぬ男には[一六]身を賣《うり》ながら身をまかせず、つらくあたり、むごくおもはせ勤《つと》めけるうちに、いつとなく[一七]人我《われ》を見はなし、明暮隙《あけくれひま》になりて、をのづから[一八]大夫職《しよく》をとりて、[一九]すぎにし事どもゆかし。[二〇]男嫌《ぎら》ひをするは、人もてはやしてはやる時《とき》こそ。[二一]淋《さび》しくなりては、[二二]人手代《てだい》・[二三]鉦《かね》たゝき・短足《ちんば》・[二四]吻《すぐち》にかぎらずあふをうれしく、[二五]おもへば世に此道《(この)みち》の勤《つと》め程かなしきはなし。

一 朧は聴(ゆるす)に同じ意。深紅・深紫は禁色であったが、普通の紅・紫は許されていた。これは紅染か紫染にしたのであろう。二 絞り上げた突起の頂点をいう。その頂点を一つ一つ紙燭でこがして穴をあけ、紅の中綿がその穴から透いて見えるようにしたのである。三 銀六十匁替とすれば金五十両にあたる。四 今は死んでしまった。五 大坂新町の遊女屋。六 遊里における替名。五兵衛・五郎兵衛などの五を分解したものであろう。七 新町の揚屋町。八 はやらない女郎に同情して揚げてやること。九 打水。庭にまいた水。一〇 仮寝の床。一一 鹿の生きた姿を見たいものだ。一二 裏座敷をこわさせ。一三 屋敷の中を野原にして。一四 あとはまた元の座敷にしたということである。一五 身に備わった徳望もなくて。一六 身を売る商売でありながら。一七 人が自分を見放し。一八 太夫としてかまえていることが見劣りするようになって。太夫の資格もなくなって。一九 過ぎ去った全盛の頃が恋しく思われる。二〇 男に対して好き嫌いをいうのは、人がちやほやして、はやる時のことである。二一 お客が淋しくなると。二二 手代。雇人。二三 鉦を叩いて経文を唱え、物を乞い歩く者。二四 兎唇。みつくち。二五 誰でも逢う客は嬉しく。

繪入

好色一代女

二

巻二

一 梅いき天神のつくり花

二 此句ひきかずに一代鶯

口のあき所がないが

三 鹿も鳴はおもしろし

四 床のにしきも

五 本も見ふるし

大黒殿のたはらは

六 戀のかくし所此寺には

七 ゑびすの鯛も有

八 女の筆のはたらくは

かへす〳〵いたづらと

おもひゟ

一遊女の天神を梅の位という。一代女は太夫から天神に格を下げられたので、梅生き天神の作り花を出した。二匂い・鶯は梅の縁語。鶯は梅に宿をかる粋客。梅の匂い、即ち天神を知らない男は一代の粋客として人中で口がきけない意。三鹿は鹿恋(囲)女郎をいう。一代女が天神から囲に落されたので、鹿も鳴くは面白しといつた。四床の錦は鹿の縁語の紅葉の錦から出ている。鹿恋の臥す床をいう。五「分里数女」の中に、客と遊女が定家卿の「駒とめて袖うちはらふ陰もなし」の歌を話し合うところがあるので、本も見ふるしといったものであろう。六「世間寺大黒」の中に、床下に密室を作って大黒(梵妻)を隠しておく話がある。七生臭寺の台所では鯛などが料理されることをいう。八「諸礼女祐筆」の中で、一代女が女筆指南をし、恋文の代筆をしたことをいっている。「かへす〳〵いたづらとおもひまゐらせ候」は女文のさまを真似て書いたものである。


九遊女として中等の地位。中等といえば囲女郎あたりがそれに当るが、この章は主として一代女の天神職にあった時のことを書いているので、これは太夫と囲の中位、即ち天神のことをいうのであろう。

一〇きりょう自慢をした報いで太夫から天神に下げられたことをいう。

一一太夫から天神にさがったことと、相場のさがることをいった。価のさがり口を見て商品を買っておいたが、思惑がはずれたことと、馴染んで来た客がだんだん離れたことをいう。

一二遊里の下等な女。安直な遊女。

好色《こうしよく》一代女　巻二

目《もく》録《ろく》

九淫《ゐん》婦《ぶの》中《ちう》位《ゐ》

〽一〇自慢姿《じまんすがた》ほどもなく
むくひの種《たね》
天神《てんじん》に一一さがり口買置《かひをき》
算用《さんよう》はあはぬむかしの男
みな〳〵かはるならひぞかし

一二分《ぶん》里《りの》数《す》女《ぢよ》

〽一三十五《かこひ》半夜《はんや》一四それ〳〵の勤《つと》め程
世におかしきはなし
一五揚《あげ》屋の別《わか》れも
一六つぼねのさらばも
名残《なごり》はおしき三蔵さま

一七 世間寺大黒《せけんでらのだいこく》

〽一八 なるれば人焼匂《やくにほ》ひも
白菊《しらぎく》といへる
伽羅《きやら》にかはらず
一九 魚《いを》はくふぬれは有《(あり)》
寺《てら》程すむによき所はなし

二〇 諸礼《しよれい》女祐筆《ゆうひつ》

〽二一 かへすぐ戀《こひ》しりと
おもひまいらせ候
二二 かねで作りし男も
いつとなくおとろへて
二三 人ころしさままいる

一三 囲女郎。
一四 囲女郎と同格で、半夜ずつ切り売りする遊女。
一五 揚屋で豪遊した客が太夫と後朝(きぬぎぬ)の別れをするのも。
一六 局女郎と三蔵との別れも、名残を惜しむに変りはない。三蔵は馬方のような賤しい者の称。
一七 生臭寺の梵妻。章題では「せけんでらだいこく」と振り仮名をほどこしてある。
一八 人を焼くいやな匂いも、馴れてしまえば白菊と銘うった伽羅とかわらない。
一九 魚は食うし、色事はできるし。
二〇 礼法を教え、女筆を指南し、恋文の代筆もすること。
二一 女手紙の文体に擬す。
二二 金属で作ったような堅い男も、一代女にかかっては、いつの間にか軟化する。
二三 「人殺し」は相手を魅了する意。ここは恋文のあて名に「人殺し様参る」と書くというのである。

一 丹波街道から島原大門に至る道。島原遊廓ができてから、後にできた道であるから新道という。寛文十年六月成る。二 今まで見たことのない珍らしい光景。三 大津から出る乗掛馬。四 人の乗る鞍の下に酒樽をつける。五 竪縞の綿のはいった木綿着物。六 ぶらりぶらりとせかずあわてずに。七 島原の揚屋の名。八 本来は荷物の送り状をいう。これは紹介状。↓補注一八。九 越後の村上は新潟をさる十八里の所にある。一〇 いずれも大坂新町九軒町の揚屋。そのいずれかへ人を添えて案内してもらいたい。一一 万事万端お前さんの方で都合よくきりもりして。一二 大尽客の替名。幅が利くという意をふくむ。一三 前代の吉野太夫。↓補注一九。一四 こういう全盛をほこった大尽の徳は今でも皆が覚えていて。一五 そういう方の御紹介であるから。一六 揚屋でも疎略にはしないで。一七 遊女狂いするような風采ではなく、大へん野暮な男である。一八 革の財布を指さして、これが傾城買をなさるといった。一九「梧のと」は桐の薹の意。桐の花軸。一歩金には桐の花軸の刻印があった。「角なる物」は一歩金は長方形だからである。二〇「くれかぬる」は明の縁語。夕方であるが黄金の光で暮れかねる意と、世の中の人が生活に困って暮らしかねている意をふくむ。二一「言ふ」に夕をかけている。これから夕暮の寒空に向う折柄、その金で質を請け出すものもあった。

淫《いん》婦《ぶ(の)》中《ちう》位《ゐ》

[一]朱雀《しゆじやく》の新細道《しんほそみち》をゆきて、嶋原《しまばら》の門口《もん》[二]につゐに見ぬ圖《づ》なる事あり。[三]大津馬《おほつむま》に四斗入《とう(いり)》の酒樽《さかだる》を[四]乗下《のりした》に付《つけ》、[五]立嶋《たつじま》の布子《ぬのこ》に鍔《つば》なしの脇指《わきざし》、竹《たけ》の小笠《こがさ》をかづき、右《みぎ》に手綱《たづな》ひだりに鞭《むち》持《もち》て、[六]心のゆくにまかせてあゆませ行《ゆく》に、揚《あげ》屋町の[七]丸《まる》屋七左衛門方《かた》へ馬《むま》かた先立《さきだつ》て[八]送《をく》り状《でう》をわたしぬ。「[九]越後《ゑちご》の村上《むらかみ》より此《(この)》人女郎買《ぢよらうかひ》にのぼるゝのよし。随分《ずいぶん》御馳走《ちそう(まうし)》申、其里《(その)さと》の遊興《ゆうけう》の後《のち》、大坂も見るべきとの望《のぞ》み。[一〇]住吉《すみよし》屋か井筒《ゐづゝ》屋へそれより人を添《そへ》らるべし。[一一]諸事其元《しよじ(そこもと)》わけよく、我等同前《われらどうぜん》に頼む」と、御状付《でうつけ》られし御かたは、越後《ゑちご》の[一二]幅《はゞ》さまとて、[一三]前《まへ》の吉野《よしの》さまの御客《きやく》、今の世には稀《まれ》なる大《(だい)》じんさま。中《ちう》二階《かい》の普請《ふしん》をおひとりしてあそばし、[一四]よき事は今にわすれず。[一五]それよりの御引合《ひきあはせ》、すこしも[一六]如在《じよさい》は先是《まづ(これ)》へと、馬引掛《むまひきかけ》て様子《やうす》を見るに、[一七]よねぐるひの風義《ふうぎ》にはあらず。都《みやこ》のものに馴《なれ》たる男ども、何《なに》とやら心元《こゝろもと》なく、「おまへさまの傾城《けいせい》ぐるひなされますか」といへば、田舎大臣《ゐなかだいじん》にがい㒵《かほ》をして、[一八]「此《(この)》人が買《かは》れます」と、革袋《かわぶくろ》ひとつなげ出《(いだ)》せば、[一九]梧《きり》のとの角《かく》なる物三升《せう》程うち明《あけ》、[二〇]今くれかぬる一歩《ぶ》を一握《にぎり》づゝまきければ、かたじけなしと[二一]夕暮《ゆふぐれ》の寒空《さむぞら》に

なる質《しち》どもを請《うけ》ける。其後《(その)のち》お盃《さかづき》といへば、「[二二]我國酒《われくにざけ》を呑《のみ》つけて、外《ほか》なるは氣に入《(いら)》ず。[二三]扨《さて》はる〲より樽《たる》二つ、[二四]此酒《(この)さけ》の有切《ありぎり》にあそぶなれば、[二五]始末《しまつ》して我独《われひとり》に呑《のま》せよ」といへば、「京《きやう》の酒《さけ》がお氣にいらずば、女﨟《ぢよらう》さまもやはらかにしてお氣に入《(いる)》まじ。[二六]いかなるお物好《ずき》、大夫さまお目に掛《かけ》よ」といふ。大《(だい)》じん笑《わら》つて、「[二七]床《とこ》もかまはず、[二八]心入《(こゝろいれ)》もしまぬ物。是《(これ)》よりうつくしきは此里《(この)さと》に又なきといふ大夫を、[二九]見る迄もなし、[三〇]取寄《(とり)よせ》よ」といふ。しかしお慰《なぐさみ》にもと、此夕《(この)ゆふ》ざれの[三一]出掛姿《でがけすがた》、[三二]はしゐして見せまいらすに、[三三]金銀《きんぎん》の團《うちわ》にてひとり〲の御名《な》をしへける。大夫とはいはで金の團をかざし、[三四]天職《てんしよく》は銀《ぎん》の團《うちわ》にてしらす。[三五]其道《(その)みち》にかしこき仕業《しわざ》なり。

我《われ》大夫とよばれし時《とき》、[三六]いやしからぬ先祖《せんぞ》を鼻《はな》に掛《かけ》ぬ。公家《くげ》の娘《むすめ》やら紙屑拾《かみくずひろ》ひの子やら、[三七]人はしらぬ昔ぞかし。殊《こと》には姿自慢《すがたじまん》して、[三八]手の見えたる男には言葉《ことば》もかけず、高《たか》ふとまつて、[三九]鷄鳴別《とりなくわか》れにも客《きやく》をくらず。いづれの人もいやな㒵《かほ》してすましければ、[四〇]をのづと此沙汰《(この)さた》あしく、[四一]次第《しだい》に淋《さび》しく、[四二]勤《つと》めかけければ、[四三]親《おや》かた持《もち》こたへず、[四四]一門内談《もんないだん》して天神《てんじん》におろしけるに、はや其日《(その)》より[四五]引舟女郎《ひきふねぢよらう》もなく、[四六]寢道具《ねだうぐ》も替《かは》りてふとんふたつになし、[四七]すゑ〲も腰《こし》をかゞめず、[四八]様付《さまつけ》し人も殿《どの》になり、[四九]座付《ざつき》も上《かみ》へはあげず、口おしき事日に幾度《いくたび》か。大夫の時《とき》は一日も[五〇]宿《やど》にて暮《くら》さず、廿日も前《まへ》より[五一]遣手《やりて》を頼《たの》み、[五二]日に四五軒《けん》からもらはれ、揚屋《あげ》

二二 ふだん地酒を呑みつけて。 二三 そこではるばる遠方から樽二つ持参した。 二四 この酒のある限り遊ぶつもりだから。 二五 この酒を大切にして。 二六 どういう傾城がお好みであるか。 二七 床のもてなしはどうでもよい。 二八 心入は心を用いること、心づかい。初めてのことで、どうせ気持もぴったりしないだろう。 二九 自分が見立てるまでもない。 三〇 お前たちの方でそういう美人を選んで出してもらいたい。 三一 遊女が客に招かれて揚屋へ行く道中姿。 三二 田舎客が端居して。 三三 金の団扇と銀の団扇を使いわけて、遊女一人一人の名を教えた。 三四 天神。太夫の次の位。 三五 その道によって賢いやり方である。 三六 素姓がいやしくないということを自慢した。 三七 この里に落ちてしまえば公卿の娘やら、紙屑買の子やら、誰も知らぬ昔のことなのだが、自分はそれを自慢した。 三八 手のうちの見え透いた浅薄な客。 三九 後朝(きぬぎぬ)の別れ。鶏の鳴く朝の別れ。 四〇 自然と評判が悪くなり。 四一 次第に客が減り。 四二 遊女の役目を果さぬようになったから。 四三 抱え主も持ちこたえられなくなって。 四四 親族一門相談の上で天神に格を下げられた。→補注二〇。 四五 太夫に附き添うて用を勤める女郎。囲の格式をもっていた。 四六 太夫は三つ蒲団、天神は二つ蒲団と定まっていた。 四七 はした女。末々の雇人たち。 四八 何々様と呼んでくれたのも、今は何々殿というようになった。 四九 席順。上座にはしてくれない。 五〇 抱え主の家。 五一 火車。遊女屋で遊女の監督などをする女。 五二 一日に四五軒の揚屋から貰いがかかる。

から人橋《[一]ばし》かけて、[二]そこからそこに行《ゆく》にも、[三]向《むか》ひ人送《をく》り人さゞめき渡《わた》りしに、今はまたちいさき禿《かぶろ》ひとりつれて、足音《あしをと》も靜《しづか》に大勢《おほぜい》の中にまじりてゆきしに、丸屋の見せなる越後《ゑちご》の客は[四]じめて見し戀《こひ》となり、「[五]あの君よ」といひしに、「けふより天職《てんしよく》にさがり給ふ」といふ。「我等は国元《[六]もと》のぜいばかりなれば、大夫でなくば望《のぞ》みなし。あまた見つくせし中《なか》に、あれ程うつくしきはまたもなきに、天神になしけるは[七]内證に惡き事のありや」と、是非《[八]ぜひ》にかなはぬ取沙汰《さた》せられて、[九]きのふ迄嫌《きら》ひし男にあひ、[一〇]座敷もしめて見ても脇《[一一]わき》からくずされ、持馴《もちなれ》し盃《さかづき》を取《(とり)》おとし、する事いふ程の事不《ふ》出來《でき》に、床《[一二]とこ》も客《きやく》をそろしくなつて氣《[一三]き》に入《(いる)》心の仕掛《しかけ》、[一四]身ごしらへもはやく、伽羅《[一五]きやら》も仕末《しまつ》心つきて燒《やき》かね、上《[一六]かみ》する男、「お床《とこ》は二階《かい》へ」と呼立《よびたつ》れば、只《[一七]たゞ》一二度にて尻《しり》がるに立《(たち)》行《ゆく》。宿《[一八]やど》のかゝつゐ戸《と》口までつきて、「[一九]ぎよしんなりましたか」と、

一 追いかけ追いかけ使を出す。
二 つい近くの揚屋から揚屋へ行くにも。
三 迎えの人や送る人がざわめき立ったものだが。
四 初めて私を見て、直ぐ思いをかけ。
五 あの女がよい。
六 「ぜい」は贅沢、おごり、見え。国元への見えばかりで買いに来たのだから。
七 内証は妓楼の主人の居間、転じて主人をいう。抱え主に対して何か悪いことでもあってか。遊女の内証の意にもとれる。
八 どうにも仕方のない悪い評判を立てられて。
九 天神に格をさげられた今は、昨日まで嫌った男にも逢い。
一〇 「しめて」は引き締める意。心を引き締めて座敷を勤めようとしたが。
一一 すぐそばから崩され。
一二 床の中でも今までは無遠慮に振舞っていたが、今では客が恐ろしくなって。
一三 お客の気に入るように心を配り。
一四 身仕度も手っ取り早くし。
一五 伽羅をたくのも倹約するようになって、十分にはたかない。伽羅は香料の一種。沈香《じんこう》に属する木の、土中に埋もれているのを掘り出したもの。
一六 客の座敷近くの用をする男。床をとったり湯茶を運んだりする。
一七 今まではぐずぐずしていたが、今では只一二度で尻軽に立って行く。
一八 揚屋の女房。
一九 御寝。

お客《きやく》に申《(まうし)》、女郎には「[二〇]もお休《やす》みなされませい」と口ばやに云捨《いひすて》て、はしごおりさまに、「[二一]爰《こゝ》は蠟燭《らうそく》けして油火にせよ。[二二]高蒔繪《たかまきゑ》の重肴《ぢうざかな》は[二三]大座敷へ出せといふたに、[二四]誰才覚《たがさいかく》ぞ」と、下女白眼《にらむ》など、[二五]しれたる事ながら聞《きく》をかまはずいはれしは、是《(これ)》[二六]女郎《ぢよらう》の威《い》のなきゆへに萬《よろづ》かくこそかはれ、[二七]むやくしき事此《(この)》外聞《ほかきゝ》寝入《ねいり》にするを、男に起《おこ》され、心まかせの首尾《しゆび》して後《のち》、情《なさけ》らしく親里《おやざと》をたづねけるに、欲《よく》の心から殘《のこ》さず語《かた》りて、をのづとうちとけ、[二八]正月の仕舞《しまひ》も我《われ》とたのみ、大かたに請《うけ》あふをうれしく、[二九]二度《ど》目になれし別《わか》れには、出口の門《もん》迄をくり、面影《おもかげ》見はつる迄立《(たち)》つくし、其跡《(その)あと》より[三〇]便求《たよりもと》めて[三一]三枚《まい》がさねの文遣《ふみつかは》しける。大夫の時《とき》は五七度《ど》も心よく逢馴《あひなれ》し後《のち》も、たよりはせざりき。引舟遣手氣《ひきふねやりてき》を付《つけ》、「[三二]それさまへ御状《でう》ひとつ」と、機嫌《きげん》のよき折ふしを見あはせ、お硯《すゞり》の墨《すみ》すりて、奉書取《はうしよ(とり)》てあてがひけるに、[三三]お定《さだま》りの文章《ぶんしやう》そこ

二〇 「も」は「もはや」の略。
二一 ここは蠟燭をともすのは無駄だから消して油火にせよ。
二二 高蒔絵は模様が地より高く盛り上るように、金銀粉をぬった蒔絵。平蒔絵に対していう。重肴は重箱にもった肴。
二三 広間の座敷。
二四 誰の計らいで、あそこへ出したか。
二五 わかりきった当り前のことだが。
二六 女郎の権威が下ったから。
二七 無益しき事は、むだなこと、つまらぬこと。転じて、残念なこと、口惜しいこと。
二八 正月の身仕舞。→補注二一。
二九 二度目の馴染みを重ねた別れには。
三〇 人に頼むか何かして。
三一 手紙を書いた紙を、礼紙(らいし)で巻き、さらにその上を白紙でつつむ。そして上下の端を捻る。捻じ文といって正式の手紙である。
三二 あの方へお手紙をお出しになったら。
三三 きまりきった文句をざあっと書き散らし。

〳〵に書《かき》ちらし、人に疊《たゝ》ませてむすばせて[一]上書《うはがき》してなげやるさへ、「かたじけなく拝《はい》しまいらす、いよ〳〵今迄に替《(かは)》らずかはゆがられたし」など、返事《へんじ》を[二]ひきふねかた迄遣《つかは》し、やり手迄[三]大判《おほばん》三枚《まい》小袖代《こそでだい》として給《たま》はりし事、[四]其時《(その)とき》は[五]世にほしがる金銀《きんぐ》もめづらしからず、[六]それ〳〵にとらせけるに何惜《なにおし》からじ。[七]大夫の人に物やるも、おもへば博奕《ばくち》の場《ば》にての錢《ぜに》のごとし。ない時《とき》の今は[八]恥捨《はぢすて》て[九]御無心《むしん》申甲斐《(まうす)かひ》なし。[一〇]惣別傾城買《そうべつけいせいかひ》、[一一]その分際《さい》より仕過《しすご》す物なり。[一二]有銀《(あり)ぎん》五百貫《くはん》目より上《うへ》の[一三]ふりまはしの人、[一四]大夫にもあふべし。弐百貫目迄の人、[一五]天職《しよく》くるしからず。五十貫目迄の人、[一六]十五《かこひ》に出合《であひ》てよし。それも[一七]其銀《(その)かね》はたらかずして居喰《ゐぐひ》の人は[一八]思ひもよらぬ事。近年《きんねん》の世上《せじやう》を見るに、[一九]半年《はんとし》つゞかざる人無分別《むふんべつ》に[二〇]さはぎ出し、[二一]二割《わり》三割《わり》の利銀《りぎん》に[二二]出しあげ、主人親類《しゆじんしんるゐ》の難義《なんぎ》となしぬ。[二三]かやうになるを覚《おぼ》へての慰《なぐさ》み、何《なに》かおもしろかるべし。[二四]うき世とてさま〴〵、我《われ》天職《しよく》つとめけるうちに、頼《たの》みに掛《かけ》し客《きやく》三人迄ありしに、ひとりは大坂の人なるが、[二五]檳榔子《びんらうじ》の[二六]買置《かひをき》して家をうしなはれける。又一人は[二七]狂言芝居《きやうげんしばゐ》の銀元《かねもと》にて大分《だいぶん》のそん立《(たて)》、またのひとりは[二八]銀山《かなやま》にかゝる所《ところ》あしく、廿四日のうちに三人ともに[二九]埒明《らちあき》、此里《(この)さと》の音信《をとづれ》も絶《たへ》て、俄《にはか》に淋《さび》しきさへうきに、耳の下に、霜《しも》ふり月の比《ころ》、[三〇]粟粒《あはつぶ》程なる物いつとなくなやまして、其跡《(その)あと》見ぐるしく、是《(これ)》又つらきに、[三一]はやり風にして、我黑髮《わがくろかみ》う

一 上書して投げ出したそういうぞんざいな手紙に対しても。二 引舟女郎。三 大判一枚は金十両で、小判十枚に当る。小判一両は大体銀六十匁、銭四貫文替であった。四 太夫として羽振りのよかった時分は。五 世間の人の欲しがる。六 めいめいにくれてやっても少しも惜しいとは思わなかった。「何惜からじ」は何惜しからんの意。七 太夫が人に物をやるのは博奕場でもうけた金を人にくれてやるようなものだ。八 恥を忍んで。九 お客に御無心するのだが、それもあまり効目はない。一〇 大体。一般的にいって。一一 身分相応以上にやり過すものだ。一二 所持金。財産。一三 金銀の融通のきく人。一四 太夫を買う資格がある。一五 天神を買ってもさしつかえない。一六 十五と書いて「かこひ」というのは、はじめ揚代が十五文であったからである。囲・鹿恋とも書く。天神に次ぐ女郎。一七 その銀が働いていないで。銀を「かね」とよむのは、関西は銀本位であったからである。「はたらく」というのは、商売の資本などにして活用すること。一八 傾城買をするなんてとんでもないことだ。一九 遊女狂いをして半年も続かないような人が。二〇 遊女狂いにのぼせあがって。二一 二割三割というような借金の利息に。二二 入れあげてしまう。全財産を消費してしまう。二三 かようなな結果になるのを承知の上での遊興は、面白いことはないだろうに。二四 浮世はさまざまなもので。二五 檳榔の実。食用にもなるが、健胃・利尿・駆虫薬として輸入された。二六 相場の安い時に仕入れて置いて、一儲けしようとして財産を失った。二七 芝居興行の金主になって大分損をした。二八 鉱山に手を出したが、あてが外れて失敗した。二九 家産を失い。三〇 粟粒ほどの

すくなりて、[三一]人なを見捨《すて》ければ、[三二]うらみて朝夕《あさゆふ》の鏡《かゞみ》も見捨《すて》にける。

[三四]分里《りの》数《す》女《ぢよ》

[三五]町人《まちにん》のすゑ〴〵迄脇指《わきざし》といふ物さしけるによりて、[三六]云分喧嘩《いひぶんけんくわ》もなくておさまりぬ。世に武士《ぶし》の外刄物《ほかはもの》さす事ならずば、[三七]小兵《こひやう》なる者《もの》は大男《おほおとこ》の力《ちから》のつよきにいつとても嬲《なぶら》れものになるべき。[三八]一腰《こし》をそろしく、人に心を置《をく》によりて、いかなる闇《やみ》の夜も独《ひとり》は通《とを》るぞかし。傾城《けいせい》は[三九]うは氣《き》なる男をすけるによりて、[四〇]小尻《こじり》とがめ[四一]出來達《でかしだて》にして[四二]命《いのち》のはつるをも更《さら》に覚《おぼ》へず。我女郎《われぢよらう》なれば迚義理《とてぎり》には身を捨《すつ》る事、[四三]其座《(その)ざ》はさらじと[四四]明暮《あけくれ》思ひ極《きは》めしに、[四五]是《(これ)》程身のかなしきにも相手《あひて》なしには死《しな》れぬ物ぞ。[四六]自《みづから》大夫から天神《じん》におろされけるさへ口惜《くちおし》かりしに、今《いま》又十五《かこひ》になされ勤《つと》めけるに、[四七]むかしの氣立入替《きだて(いれ)かは》り、[四八]萬事其時《ばんじ(その)とき》の心になる物ぞかし。はじめてのお客《きやく》と[四九]呼《よび》にくると、[五〇]ひとつも賣《うる》を仕合《しあはせ》に、其男《(その)おとこ》見にやる迄もなく、[五一]もし又入《(いら)》ぬとてへんがへせられては、[五二]けふの隙日《ひま》のせつなさに取《とり》いそぎゆくさへ、揚《あげ》屋の男《おとこ》目が耳[五三]こすりいふは、「[五四]十五位《かこひぐらゐ》の女郎《ぢよらう》は、[五五]人やるといなや使《つかひ》とつれてくる人をよべ。[五六]惡《わる》女郎のくせに身拵《ごしらへ》、それだけそんじやは。[五七]十八匁の物を九

腫物。悪性の病気であろう。腫物ができてそれに悩まされ。三一 流行の風邪にかかってそのために。三二 なおさら人が私を見捨てるようになり。三三 朝夕見る鏡も恨めしくなって、しまいには鏡を見ないようになった。

三四 分里は、わけ里、遊里。数女は下等の女郎。数は数物(かずもの)などと同じ意味で、数多く下等な意。三五 町人の帯刀は禁ぜられていたが、脇差は許されていた。寛文八年と天和三年に町人帯刀禁止令が出た。三六 言いがかり。三七 身体の小さい者。三八 刀・脇差を数えるに一腰、二腰という。脇差をさしていると、その腰の物が恐ろしいので。三九 陽気なはでな男。四〇 鐺咎め。鞘当て。四一 得意にすること。四二 命を捨てても一向苦にしない。四三 その場を外さず、すぐさま決行しようと。四四 始終思いこんでいたが。四五 これ程悲しい身の上に落ちても。四六 自分は。四七 以前の驕慢な心が入れ替って。四八 何事もその時々の気持になってしまうものだ。四九 揚屋から呼びに来ると。五〇 一人でも客を取るのを仕合せに思って。五一 もしまたいらないといつて変改されては。五二 今日はひまで困っているのに、いよいよ切なくなろうと。五三 あてこすっていうには。五四 囲程度の女郎は。五五 使をやったら、それと連れだって来るようなのを呼ぶがいい。五六 安女郎のくせに、身ごしらえするだけが損だ。五七 いくらおめかしをしても、揚代が十八匁ときまったものを、十九匁出すお客はない。↓補注二二。

匁も人が出すにこそ」と、声高《こゑだか》にわめくもつらし。[一]内義《ないぎ》も見ぬ皃《かほ》して言葉《ことば》をも掛《かけ》られず。[二]手持《てもち》わるく臺所《だいどころ》にあがれば、[三]丹波《たんば》口《(ぐち)》の茶屋《ちや》がそこに居《ゐ》あわせ、其《(その)》二階《かい》へあがれとさしづをする片手《かたて》に、尻《しり》さぐるなど、すこしは腹立《はらたち》ながら座敷《ざしき》に入《(いり)》て見れば、大《(だい)》じんの数程《かずほど》大夫も有《(あり)》、[四]つれ衆《しゆ》には[五]天神《じん》かたづき、お機嫌《きげん》とりの若男《わかおとこ》四五人もありしが、[六]其中《(その)うち》へつきまぜによばれて、[七]どれにあふともさだめもせず、下座《しもざ》になをりて[八]行所《ゆきどころ》のない時《とき》の盃《さかづき》さゝれ、[九]酒《さけ》はかいしき請《うけ》ねども、[一〇]誰氣《たれき》をつけてあいさつする人もなく、つゐ隣《となり》の太鞁女郎《たいこぢよらう》にさして、日の暮《くるゝ》を待兼《まちかね》、[一一]ひとつふとんの床《とこ》に入れば、若《わか》い男《おとこ》の[一二]こいきすぎたる風俗《ふうぞく》、正《まさ》しく[一三]町《てう》の髪結《かみゆひ》らしくおもはれける。此《(この)》男やう〳〵[一四]細奥町《こつぼりてう》・[一五]上《うへ》八軒《けん》の茶屋《ちや》あそびの[一六]諸分《しよわけ》ならではしらずや、床《とこ》のおかしさ[一七]帯《おび》とけひろげになって、鼻紙《はながみ》手元《てもと》へ取《(とり)》まはし、我《われ》への[一八]ぜんせいとおもふか、枕《まくら》のともし火ちかくよせて、前巾着《まへぎんちやく》より一歩《ぶ》ひとつ、ま[一九]めいた三拾目程、幾度《いくたび》か数讀《かずよみ》て見せける。[二〇]是《(これ)》はあまりなる男目、物云《いひ》かくるに俄《にはか》に腹《はら》いたむとて返事《へんじ》もせず、[二一]そむきて寝入《ね(いれ)》ば、此《(この)》男[二二]つめひらきはおもひもよらず、私《わたくし》の[二三]にが手藥《くすり》なりと、夜明《よあけ》がた迄さすりける程に、[二四]あまりいたはしくおもはれ、[二五]引《ひき》よせ心よく首尾《しゆび》せんと、こちらへ寝《ね》かへる時、大《(だい)》じんの声《こゑ》して「夜の明《あく》るに程近《ほどちか》し。[二六]我《われ》は先《さき》へ歸《かへ》れ。髪結人《かみゆふ》も待《まち》かねん」と、何《なに》のゐんりよもなく

[一]揚屋の内儀も見ても知らぬふりをして。[二]手もち無沙汰に。[三]丹波街道口にあった茶屋。島原の引手茶屋。編笠を貸したり、客を揚屋まで送り迎えしたりした。[四]連衆。大尽の取巻連中。[五]天神が相手にきまっている。[六]誰の相手ということもなく、その連衆に共同に呼ばれて。[七]どれが自分の客になるともきまらずに。[八]戸惑いした盃。盃をやりとりしている間に、盃が宙に迷うことがある。その盃をさされたのである。[九]誰も酒をついでくれる人もないが。[一〇]それと気がついて酒をついでやれとか何とか挨拶する人もない。[一一]囲女郎は蒲団を一枚敷いた。[一二]小意気過ぎた。↓補注二三。[一三]町方の髪結職人。↓補注二四。[一四]八坂神社西門前の私娼街。[一五]細奥と同じく四条通から南藪の下辺にあった私娼窟。[一六]風習。しきたり。[一七]帯をすっかり解いて前をひろげて。[一八]全盛。誇り。みえ。自分へ景気のよい所を見せようと思ったのか。[一九]豆板銀。小玉銀。小粒。指頭大の銀貨。[二〇]何ともはやあきれかえった男め。[二一]背中を向けて。[二二]詰開き。談判。かけひき。[二三]苦手。↓補注二五。[二四]あまり気の毒に思われ。[二五]引寄せて気持よく情交しようと。[二六]お前はさきに帰れ、髪を結う人が待ち兼ねるだろう。

起《おこ》されける。是《(これ)》を聞《きく》と又[二七]心ざし替《かは》り、[二八]先《さき》に見立《(みたて)》し職《しょく》の人なれば、かさねて[二九]浮名《うなき》の出る事をうたてく、其通《(その)とをり》に起別《おきわか》れぬる。

大夫・天神迄勤《つと》めしうちは、さのみ此道迚《(この)みちとて》もうきながらうきとも覚《おぼ》へず、[三〇]今の身のかなしき事、かくもまたむかしに替《かは》る物哉。[三一]やぼはいやなり、[三二]中位《ちうぐらゐ》なる客《きやく》はあはず、[三三]帥《すい》なる男目にたま〳〵あへば、床《とこ》に入《(いる)》と[三四]かしらから何《なに》のつやもなく、「女郎帯《ぢよらうおび》とき給へ」といふ。「さてもせはしや。[三五]おふくろさまの腹《はら》に十月《と》よく御入《(いり)》ましました」などいふて、すこしは[三六]子細《しさい》らしく持《もつ》てまいれば、此《(この)》男いひも果《はて》ぬに、「腹《はら》にやどるも是《(これ)》からはじめての事。神代此來《かみよこのかた》、[三七]此《(この)》嫌ひ成《(なる)》女郎《ぢよらう》はわるい物じや」と、はや仕掛《しかけ》て來《く》る。それを[三八]四の五のいへば、「[三九]むつかしい事は御座《さ》らぬ。[四〇]さらりといんでもらひまして、女郎《ぢよらう》かへて見ましよ」といふが、[四一]鼻息《はないき》に見へすき、此《(この)》男こはく、[四二]身揚《みあがり》なをそろしく、[四三]帥《すい》とおもふと、ちやくと言葉《ことば》に色《いろ》を付《つけ》て、「[四四]わけもない事あそばして、[四五]お敵《てき》さまへのもれての御申《(まうし)》分は、こちはぞんじませぬ」などゝいふが、十五女郎《かこひ》の[四六]かならずおとしなり。[四七]それよりしなくだりて、[四八]はしつぼねの事共《(ども)》[四九]いふにかぎりもなく、聞《きい》ておもしろからず。それもそれ〳〵に大かた仕掛《しかけ》さだまつての[五〇]床言葉《とこことば》有《(あり)》。先《まづ》[五一]三匁取《(どり)》はさのみいやしからず。客《きやく》あがればゆたかに内に入《(いり)》、其跡《(その)あと》にても[五二]めんぎる物着《き》たる禿《かぶろ》が床取《とことる》。[五三]中紅《ちうもみ》のふ

二七 気持が変って。気の毒と思った心が変って。 二八 先刻推測した通り、髪結職人であることが、はっきりしたから。 二九 こんな男と浮名の立つのがいやさに、そのまま起き別れてしまった。当時髪結は下賤な職とされており、遊廓では表立って髪結をお客にすることを嫌った。それを相手にしては遊女がすたるのである。 三〇 囲女郎にまでおちぶれた現在の境遇の悲しさというものは。 三一 野暮なお客はもとよりいやである。 三二 野暮でもいきでもないちょうどいい加減のお客にはなかなか出会わない。 三三 粋な男め。 三四 のっけから露骨に。 三五 お袋様。母親。 三六 もったいぶって相手にすると。 三七 情事。 三八 とやかくいうと。 三九 何も面倒なことはない。 四〇 さらりと帰ってもらって。 四一 鼻息の荒い言葉で、そのことがはっきりわかり。 四二 もしそういう事になると、自分で身揚りをしなければならない、それはなお恐ろしい。身揚りは遊女が自分の金で揚代を払うこと。 四三 相手が粋だと思うと、すばやく言葉に色をつけて。 四四 私のようなものを相手につまらない事をなさって。 四五 客の馴染の女郎へ自分とのわけが知れて、いざこざが起っても。御申分は苦情。いざこざ。 四六 話の落ち。きまり文句。 四七 囲女郎よりさらに格がさがって。 四八 端局。端女郎。局女郎。揚代三匁・二匁・一匁・五分と階級がある。 四九 そういう下等な女郎のことを言い出したら際限がない。 五〇 閨に入る前に、客に対してするきまり文句の挨拶。各階級の遊女にあった。「吉原寝物語」「朱雀遠目鏡」「諸分店颪」などに床言葉が見える。 五一 揚代三匁の女郎。 五二 木綿着物。 五三 中等の紅絹(もみ)の蒲団。

とんの脇《わき》に、鼻紙《はながみ》見ぐるしからぬ程折《をり》たるを置捨《をきすて》、油火《あぶらび》ほそくそむきて[一]、さし[二]枕《まくら》ふたつなをして、「是《(これ)》へ御ざりまして、おろくに[三]」と申《(まうし)》て、切戸《きりど》[四]より内《うち》に行《ゆく》。同じ見世の女郎《ぢよらう》[五]ながら、是《(これ)》にたよる男もむしやうなる[六]野人《やじん》にはあらず。遣《つか》[七]ひすごして揚屋《あげ》の門《かど》を闇《くらがり》に通《とを》る男、又は内證《ないしよう》[八]のよき人の手代《てだい》か、武士《ぶし》は中ごしやう[九]の掛《かゝ》るものなり。女郎《ぢよらう》寝《ね》てしばしは帯《おび》をもとかず、手をたゝきて禿《かぶろ》をよび、「其《(その)》着物《きる》お跡《あと》[一〇]へむさくとも着《きせ》ませひ」といふ、しほらしく扇《あふぎ》に心をつけ、「此袖笠《(この)そでがさ》[一一]の公家《くげ》は、さの丶わたり[一二]の雪《ゆき》の夕暮《ゆふぐれ》で御ざんすか」など丶問《(とふ)》より、男寄添《おとこよりそふ》[一三]たよりとなり、いかにも袖《そで》うち拂《はら》ふ雪《ゆき》の肌《はだへ》に、すこしさはりましよかと、それから戀《こひ》となる。かへりさま迄女郎の名《な》をとはざる人は、かならず暦《れき》[一四]々なり。是《(これ)》[一五]に跡《あと》ひかする事、別《わか》れさまに、「かう[一六]しへ御座《(ご)ざ》りまして、おあひなされます時分《じぶん》」と、しば

一　わきに向ける。まともに光が当らぬようにする。
二　箱枕。板を組み合せて作った枕。
三　陸(ろく)に居る。ゆっくりと坐る。狂言「八句連歌」に「ろくに居さしめ」。
四　潜り戸。
五　三匁取以下の端女郎は見世女郎ともいい、二三畳敷の小見世に居る。同じ見世女郎のうちでもこの三匁取の女郎に寄ってくる男は。
六　無茶苦茶な田舎者。ずぶの野暮客。
七　放蕩が過ぎて揚屋の支払いがたまり、その前を暗がりに通る男。
八　ふところ具合のよい人の手代。
九　武士は年齢や職務によって大小姓・中小姓・小小姓の別があった。中小姓は三両一人扶持で、三ぴん侍といわれた。
一〇　蒲団の裾の方へ。
一一　笠代りに袖をかざしている公家。
一二　「駒留めて袖うち払ふ陰もなし佐野のわたりの雪の夕暮」(新古今)とよんだ定家卿であるか。
一三　男が女に寄り添うきっかけとなって。
一四　歴々。身分のある人。
一五　そういう客に続けて来させる方法は。
一六　格子は元来吉原の名目で、見世女郎の上に位する天神・囲などをいう。これからまた格子へおいでになって、馴染のお方にお逢いになる時分。

し見おくる事、いかなる男も[一七]ぜいにて、[一八]作り口舌《くぜつ》して重《かさね》て[一九]咄《はな》しにくる事、[二〇]手にとつたる客《きやく》也。又[二一]親《おや》かた掛《がゝ》りの人と見し時《とき》は、「お供《とも》もつれられず、お独《ひとり》は[二二]道氣遣《みちきづかは》し」などいふに、「拙者《せつしや》は[二三]人持《もち》ませぬ」といふ者《もの》なし。かくの[二四]せ置《をけ》ば、なじみて[二五]挾《はさみ》箱《ばこ》もろふ時、[二六]人がないとはいはせぬためなり。[二七]弐匁取《とり》は手づからともし火細《ほそ》め、[二八]枕《まくら》に敷紙《しきがみ》して、[二九]嘉太夫ぶしの[三〇]なづむ所《ところ》を[三一]語《かた》りけして、[三二]其引《(その)ひき》口に、「おまへさまは、[三三]どれさまにおあひなされます。おかしからぬ是《(これ)》にしばしもおきづまりなるべし。[三四]宿《やど》屋はどれへおこしなされます」といふが、いづれもさし定《さだ》まつてのあいさつなり。[三五]壱匁取《(どり)》は、[三六]其時《(その)とき》のつくり小哥《こうた》うたひながら、屛風《びやうぶ》の陰《かげ》なる[三七]寝莚《ねむしろ》を取出《(とりいだ)》し、ひそかに帯をはじめからときて、客《きやく》のおもはくもかへり見ず、[三八]内《うち》からのいひ付《つけ》の通《とを》り着《きる》物着替《きかへ》て、[三九]ふたのもとき掛《かけ》てくろめ、[四〇]「宵《よひ》かとおもへば今《いま》の鐘《かね》は[四一]四つ

一七 贅。虚栄。みえ。
一八 偽りの痴話口説。逢ったこともない格子女郎に馴染でもあるかのようによそおうこと。
一九 逢いに来る。女郎に逢うことを「咄す」という。
二〇 手に入れたも同然な客。
二一 主人持ち。奉公人。
二二 道中が心配だ。
二三 そういうお供などは持っていない。
二四 おだてて置けば。
二五 身分のよい人は外出に際し、替え衣裳や手廻り道具などを入れて、供にもたせたもの。
二六 挾箱を無心する場合に、人手がないなどといわせない謀りごとになるのだ。
二七 揚代二匁の女郎。
二八 油がつかぬように枕に敷紙して。
二九 宇治嘉太夫からはじまった浄瑠璃。
三〇 世間の人が愛好するところ。聞きどころ。道行などの場面。
三一 ちょっと語りさして。
三二 ひき際。やめ際。語りやめるとすぐに。
三三 どなたにお逢いなさるか。本当のお相手はどなたか。
三四 揚屋。
三五 一匁取の女郎。
三六 新作流行の小唄。
三七 寝ござ。
三八 抱え主の指図の通りに。
三九 腰巻。
四〇 瞞着する。見えないように片づける。
四一 午後十時。

じやげな。おまへさまはどれ迄おかへりなされます」と、[一]せはし男に[二]氣《き》を付《つけ》、[三]やりくりの後《のち》、やり手よびて、「[四]天目《てんもく》二つながらにくんで來て、お茶《ちや》しんぜましや」と口ばやにいふもおかし。[五]五分取《(ごふんどり)》は自《みづから》戸《と》をさして、[六]豐《と》嶋《しま》莚《むしろ》のせまきを片手《かたて》にして敷《しき》、足《あし》にて煙草盆《たばこぼん》をなをし、[七]男引《ひき》こかして、「[八]あの人さまは、ふるうはあれど絹《きぬ》の下帯《したおび》かいてゐさんす。奢《おごつ》たお人さまじや。こなたさまを何《なに》する人じや、違《ちが》へずいふて見せましよ。[九]月夜で風のふかぬ時隙《ひま》じやさかいに、夜番《やばん》さしやりますか」「大商人《だいあきんど》、[一〇]心太《ところてん》の中買《なかがひ》じや」といへば、「よいかげんな事をいはしやれ。ところてん賣《うり》が、此《(この)》暑《あつ》い夜あそんで居《ゐ》てよいもので御座るか。然《しか》も今夜《こんや》は[一一]高津《かうづ》の夏神樂《なつかぐら》、仕合《しあはせ》がわるくとも、[一二]八十もまふけがあらふ物」と、[一三]その道《みち》〳〵に、さてもせちがしこき事を。我《われ》も京より[一四]十五《かこひ》をくだりて、新《しん》町にうられて、二年も[一五]見せを勤《つと》めしうちに、世のさま〴〵見およぴ、[一六]十三の年明《ねんあき》て、頼《たの》む嶋《しま》もなき[一七]淀《よど》の川ぶねに乘《のり》て、二たび古里《ふるさと》にかへる。

[一八]世間寺大黒《せけんでらだいこく》

[一九]脇《わき》ふさぎを又明《あけ》て、[二〇]むかしの姿《すがた》にかへるは、[二一]女鉄拐《てつかい》といはれしは、小作《こづく》りな

一 いそがしい男。ひまのない主人持の男。家の首尾など考えて気のせいている男。 二 その男の気持を察し気を配って。 三 事をすましてから。 四 天目茶碗。底の深い茶碗。 五 五分取の女郎。わけ・北むき・そろり・けんどんなどの異名がある。 六 摂津豊島郡産の藺蓆。 七 男を引きころがして。 八 あのお方は。 九 夜番は月夜で風の吹かぬ時はひまなものだが、今夜ここにおいでの所を見ると、あなたは夜番をなさるか。 一〇 心太の原料石花菜の仲買商人。 一一 六月十八日高津神社の夏祭、神楽を奏す。 一二 八十匁。 一三 遊女の階級が低くなれば、それにつれて客種も変り、世智賢いこまかいことをいうものだ。 一四 囲女郎から格がさがって。 一五 見世女郎を勤めている間に。 一六 十三年の年季。遊女の勤めは十年が普通だが、一代女は十三年勤めたのである。 一七 大坂伏見間の乗合船。

一八 世間寺は浮世寺。生臭坊主の寺。大黒は梵妻。厨のみにいて世間に出ないからという。あるいは「ねまつり」の洒落ともいう。 一九 振袖の脇を塞ぐこと。「女子は縁につくもつかざるも十九の秋塞ぐ」(俗つれ〴〵四)。成年に達すると、振袖の脇をふさいだ。一代女は十三の年に奉公に出て、十三年の年季を勤めたとあるから、二十六歳位。 二〇 もとの娘姿。 二一 鉄拐仙人は容貌は醜かったが、口から昔の自分の姿の小人物を吐き出す術を行った。一代女が再びもとの娘姿にたちもどったので、女鉄拐といわれたのである。 二二 仏法の盛んなことをいう諺。それを白昼人を忍ばすにいいかけた。 二三 住職の雑用を勤める少年。実は男色のために置いた。 二四 前髪を女が寺小姓に扮することもあった。

るうまれつきの徳《とく》なり。折ふし[二二]佛法《ぶつぽう》の昼《ひる》も人を忍《しの》ばす、[二三]お寺小性《てらこしやう》といふ者《もの》こそあれ。我恥《われはづ》かしくも[二四]若衆髪《わかしゆがみ》に中剃《なかぞり》して、男《おとこ》の声遣《こゑつか》ひならひ、[二五]身振《みぶり》も大かたに見て覚へ、[二六]下帯《したおび》かくも似《にる》物かな、[二七]上帯《うはおび》もつねの細《ほそ》きにかへて、[二八]刀脇指腰《かたなわきざしこし》さだめかね、羽織編笠《はをりあみがさ》もこゝろおかしく、[二九]作《つく》り髭《ひげ》の奴《やつこ》に草履《ざうり》もたすなど、[三〇]物に馴《なれ》たる太《たい》鞁持《こもち》をつれ、世間寺《せけんでら》の[三一]うとく成《なる》を聞出《きゝ(いだ)》し、庭桜《にはざくら》見る氣色《けしき》に[三二]塀重門《へいぢうもん》に入《(いり)》ければ、太鞁《たいこ》[三三]方丈《はうじやう》に行《ゆき》て、隙《ひま》なる[三四]長老《ちやうらう》に何《なに》か小語《さゝやき》、[三五]客殿《きやくでん》へよばれて[三六]彼《かの》男引《ひき》あはすは、「こなたは[三七]御牢人衆《らうにんしゆ》なるが、[三八]御奉公済《ほうこうすま》ざるうちは、折ふし[三九]氣慰《きなぐさみ》に御入《(いり)》あるべし。萬《ばん》事頼《じたのみ》あげる」などいへば、住持《ぢうじ》はや[四〇]現《うつゝ》になって、「夜前《やぜん》、あなた方入《がたいら》ひ[四一]で叶《かな》はぬ[四二]子下風薬《こおろしぐすり》を、[四三]去《さる》人に習《なら》ふて参《まい》つた」といふて、[四四]跡《あと》にて口ふさぐもおかし。後《のち》は酒《さけ》に乱《みだ》れ、勝《かつ》手より[四五]醒《なまぐさ》き風もかよひ、一夜《や》づゝの情代金子《なさけだいきんす》弐歩《ぶ》に定《さだ》め置《をき》、[四六]諸《しよ》山《ざん》の[四七]八宗《しう》、[四八]此《(この)》一宗《しう》をすゝめまはりしに、いづれの[四九]出家《しゆつけ》も珠数切《じゆずきら》ざるはなし。

其後《(その)のち》はさる寺《てら》のなづみ[五〇]給《たま》ひ、[五一]三年切《きり》て銀《ぎん》三貫《ぐはん》目にして、お大黒《だいこく》さまになりぬ。[五二]此《(この)》日数《かず》ふるうちに、浮世寺《うきよでら》のおかしさ、むかしは念比《ねんごろ》なる[五三]坊中《ばうぢう》ばかり集《あつま》りて、諸佛《しよぶつ》祖師《そし》[五四]の命《めい》日をよげ[五五]、一月《いちげつ》に[五六]六齊《さい》づゝ、[五七]是《(これ)》より外《ほか》はと誓文《せいもん》のうへ、魚鳥《ぎよてう》も喰《くひ》、女ぐるひも其《(その)》夜にかぎりて三条《でう》の[五八]鯉《こい》屋などにてあそび、[五九]常《つね》は出家《しゆつけ》の身持《もち》なる時《とき》は、佛《ほとけ》も合点《がてん》にてゆるし給ひ、何《なに》のさはりもなかりき。近年《きんねん》[六〇]はんじやうに

残して、中剃した髪。二五 身体のこなしも大体男の様子を見て覚え。二六 下帯は褌。「かく」は下帯をしめる意と、かようにの意とをかけている。よくもまあ、こんなに男に似るものよ。二七 下帯に対して普通の帯をいう。帯も寺小姓風に細帯にしかえて。二八 刀・脇差をさしたが、馴れないのと重いのとで腰がきまらずふらふらする。二九 奴(やっこ)は威勢をよくするために、鍋墨で髭をかいたり、附け髭をしたりした。三〇 世間の事情に馴れた幇間。三一 有徳。金持ち。三二 塀中門とも書く。門の左右が築地になっている中門。土塀にもうけた中門。三三 僧の居間。三四 住職。三五 客座敷。三六 その太鼓持がこういって一代女を住職に紹介する。三七 御浪人。三八 武家奉公の口がきまらぬ間は。三九 気晴らしに。四〇 夢うつつになって。夢中になって。四一 なくてはならぬ。是非必要な。四二 堕胎薬。四三 ある人。四四 うっかり口をすべらせて、あとで口を塞ぐ。四五 生臭い料理も運び出され。四六 諸寺。四七 倶舎・成実・律・法相・三論・華厳・天台・真言。八宗に属するあらゆる寺の意。四八 この色道の一宗。色道宗。四九 戒を破らぬものはなかった。五〇 私に深く思いをかけて。五一 三年の契約で。五二 日数を重ねている間に。五三 同じ坊に住む僧だけが集まって。五四 一宗派を開いた僧。開祖。五五 避け。五六 八日・十四日・十五日・二十三日・二十九日・三十日を六斎という。→補注二六。五七 六斎日は例外として、他の日には必ず謹慎するという誓文をたてた上で。五八 「石垣町の鯉屋の小まん」(一代男四ノ三、一四頁)。三条の賀茂川西石垣町辺にあった茶屋と思われる。五九 ふだんは出家らしく肉食女色を遠ざけている。六〇 寺が繁昌するので。

付《つき》て乱《みだ》りがはしく、晝《ひる》の衣《ころも》を[一]夜《よる》は羽織《はをり》になし、[二]手前《てまへ》に女の置所《をきどころ》、居間《ゐま》のかた隅《すみ》をふかくほりて、明取《あかりとり》の[三]隠《かく》し窓《まど》ほそく、天井《てんじやう》も置土《をきつち》して、壁《かべ》壱尺あまり厚《あつ》く付《つけ》て、物いふ声《こゑ》の外《ほか》へもらさず、奥深《をくぶか》に拵《こしら》へ、昼《ひる》は是《(これ)》に押込《をしこめ》られ、夜は寝間《ねま》迄も出《(いで)》ける。[四]此《(この)》氣《き》のつまる事、戀《こひ》の外《ほか》なる身過《みすぎ》なれば、ひとしほかなしかり。[五]いや風坊主《ふうばうず》に身をまかせて、昼夜間《ちうやま》もなく[六]首尾《しゆび》して、後《のち》にはおもしろさもやみ、おかしさも絶《たへ》て、次第《しだい》にをとろへ姿《すがた》やせけるも、長老《ちやうらう》は更《さら》に[七]用捨《ようしや》もなく、死《しん》だらば[八]手前《てまへ》にて土葬《どそう》と思ふ㒵《かほ》つきをそろし。[九]なるればそれも悪《にく》からず、[一〇]待夜参《たいやまいり》のふけるを待《まち》かね、[一一]灰《はい》よせの曙《あけぼの》も別《わか》れと思へば、しばしもうたてき。なを[一二]白小袖《しろこそで》の[一三]坊《ばう》主《ず》くさきも、[一四]身《み》に添移香《そふうつりが》のしたしくもなりぬ。[一五]末《すゑ》とは淋《さび》しさ忘《わす》れて、寂前《さいぜん》は[一六]耳塞《みゝふさぎ》し[一七]鉦《どら》・女鉢《にょはち》の音《をと》も、聞馴《きゝなれ》て慰《なぐさ》む態《わざ》となれり。[一八]人焼煙《やくけぶり》も鼻《はな》に入《いら》ず、無常《むじやう》の重《かさな》る程お

一　夜は羽織姿の医者に化けて悪所通いをする。
二　自分の寺に女の隠し所をこしらえる。
三　外部からは見えないように作った窓。
四　かような気詰りな生活も、色恋をぬきにした生活の方便であるから。
五　いやみたっぷりな坊主。
六　情交して。
七　容赦しない。
八　自分のところで土葬にしてやる。
九　馴れてみると、こういう生活もそれほどいやでもなく。
一〇　逮夜は、人の死んだ日の次の夜、茶毘の前夜。
一一　骨(こつ)あげ。火葬後灰をよせ集めて骨を拾うこと。そのために和尚が朝早く出て行くのを、それも別れと思うと。
一二　僧侶が下に着る白衣。
一三　抹香くさい。
一四　私の体に移り香となって親しみがもてた。
一五　しまいには。
一六　やかましいので耳をふさいだ。
一七　銅鑼は形が銅盤のごとく、ばちで打ち鳴らす。鐃鉢は二枚すりあわせてならす仏具。
一八　その頃は茶毘所が寺内にあった。人を焼くいやなにおいも鼻につかなくなった。

寺《てら》の仕合《しあはせ》を嬉《うれ》しく、夕暮《ゆふぐれ》の肴賣《さかなうり》、[一九]ほねつきぬきの小鴨《こがも》、鰒汁《ふくじる》、[二〇]椙焼《すぎやき》、外《ほか》へはかほりのせざる火鉢《ひばち》に蓋《おほひ》をかけて、[二一]少《(すこし)》は人を忍ぶ也。[二二]じだらく見習《なら》ひ、小僧《こぞう》等迄も[二三]赤鰯《あかいわし》袖《そで》にかくして、佛名書《ぶつみやうかき》すてし反古《ほんこ》に[二四]包焼《つゝみやき》して、朝夕《てうせき》をくればこそ、[二五]艶《つや》よく身もうるほひ有《(あり)》て、勤《つとむ》る事も達者《たつしや》也。世をはなれ山林《さんりん》に取籠《とりこもり》、[二六]木食《もくじき》又は貧僧《ひんそう》をのづから精進《しやうじん》する人の皃《かほ》つきは、朽木《くちき》のごとく成《(なり)》て[二七]其《(その)》隠《かく》れなし。

我《われ》此《(この)》寺《てら》に春《はる》より秋《あき》の初《はじ》めつかた迄奉公《ほうこう》せしに、[二八]そも〱は深《ふか》く[二九]疑《うたが》ひて、外《ほか》にゆかるゝ時《とき》は戸《と》ざしにも錠《ぢやう》をおろされしに、今《いま》は庫裏《くり》迄も眈《のぞく》程に心をゆるされ、いつとなく[三〇]大短者《だいたんもの》に成《(なり)》て、[三一]諸旦那《しよだんな》の参られしにもはやくに迯《にげ》ず。ある夕暮《ゆふぐれ》に風梢《こずゑ》をならし、ばせを葉乱《ばみだ》れ、物すごき竹縁《たけゑん》に世の移《うつ》り替《かはる》を観《くはん》じて、独手枕《ひとりたまくら》の[三二]夢《ゆめ》もまだ見ず、まぼろしに[三三]かしらは黒《くろ》き筋《すぢ》なく、[三四]皃《かほ》に浪《たみ》をかさね、手足火箸《てあしひばし》のご

一九 骨抜きの小鴨。骨や臓腑を抜いて、中へ玉子や蒲鉾を入れ、それを輪切にした料理。
二〇 杉のへぎ板に魚肉をのせて焼いたもの。杉の移り香を賞する。
二一 多少は人目をはばかる。
二二 自堕落。
二三 塩漬にして赤味のおびた鰯。
二四 反古焼ともいう。魚肉を濡れた反古に包んで、ぬく灰に入れて焼く。
二五 色艶。
二六 木の実を食して修行する人々。
二七 一目でそれとはっきりわかる。
二八 はじめの頃は。
二九 私が逃げやしないかと疑って。
三〇 大胆者。
三一 檀家の衆。
三二 夢を見るほどに睡ったわけではなく、うとうとしている夢幻の中に。
三三 髪の毛は真白で。
三四 顔は皺だらけで。

とく、[一]腰《こし》もかなはず這出《はひ(いで)》、聞《きこ》へ兼《かね》つる声《こゑ》の哀《あはれ》に、「我此寺《われ(この)てら》に年ひさしく住寺《ぢうじ》の母親《はゝおや》ぶんになつて、身もさのみにいやしからぬを、[二]態《わざ》と見ぐるしく持《もち》なし、長《ちやう》老《らう》とは二十年も違《ちが》へば、物事恥《ものごとはづか》しき事ながら、世を渡《わた》る種《たね》ばかりに、人しれず夜《よる》の契《ちぎり》の浅《あさ》からず、[三]かず〳〵の申《(まうし)》かはしもあだになし、[四]かくなればとて、片陰《かげ》に押《をし》やられて、[五]佛《ほとけ》の食《めし》のあげたるをあたへ、死《しに》かねる我《われ》を[六]うらめしそうなる皃《かほ》つき。[七]さりとてはむごくおもへど、[八]それはさもなく、[九]うらみの日をつもるは、そなたは我《われ》をしられぬ事ながら、[一〇]住寺《ぢうじ》と枕物語聞時《まくらものがたりきくとき》は、此年此身《(この)とし(この)》になりても此道《(この)みち》をやめがたく、そなたに喰付《くひつき》、おもひ晴《はら》すべき[一一]胸定《むねさだ》めて、[一二]今宵《こよひ》のうち」といふ事、身にこたへ、兎角《とかく》は無用の居所《ゐどころ》ぞと、[一三]爰《こゝ》を出《(いで)》てゆく手《て》くだもおかし。常《つね》なる着《きる》物の[一四]下がへに綿《わた》をふくませ、[一五]其姿《(その)すがた》おもくれて、「今迄はかくせしが、我《われ》が[一六]身持《みもち》も月のかさなり、[一七]いつを定《さだ》めがたし」といへば、長老《ちやうらう》をどろき、「はやく[一八]里《さと》にゆきて、[一九]無事《ぶじ》なりて又帰《かへ》れ」と、[二〇]布施《ふせ》のたまりを取集《とりあつ》め、[二一]其間《(その)あひだ》の事ども心をつけて、[二二]いかなる少年親《せうねんおや》になげかして、[二三]泪《なみだ》は袖《そで》、残るもつらき迚《とて》、[二四]あがり物の小袖《そで》を産着《うぶぎ》よと、[二五]有《(ある)》程惜《おし》まず。名《な》は[二六]石千代《いしちよ》と、うまれぬ先《さき》から祝《いは》ひける。此寺《(この)てら》もあき果《はて》て、[二七]年《ねん》も明《あか》ぬにかへらず。出家《しゆつけ》のかなしさは、[二八]それとても公事《くじ》にはならず。

一 腰も思うように伸びないで。二 わざわざ見苦しい様子をして。三 あれこれと将来の約束などをしたのに、それをふいにして。四 こんなに老いぼれたからといって。五 仏前に供えた飯。
六 早く死ねばよいと怨めしそうな顔つき。
七 いくら何でも酷い仕打だと思うが。
八 それはさほど恨めしいと思わず。
九 ただ日毎に恨みのつもるのは。一〇 お前さんが和尚と寝物語をするのを聞く時は。
一一 決心して。一二 今晩のうちに実行する。
一三 この寺を出て行く手段を講じたが、それがなかなかふるっている。一四 下まえ。衣服を重ねた下の部分。一五 重苦しそうな恰好になって。
一六 妊娠。一七 いつ生れるかわからない。
一八 実家。一九 身軽になって。二〇 お布施のたまったのを寄せ集め。二一 出産の前後のことなどを注意して。二二 どこの子供か知らないが、早く死んで親に嘆きを見せ。二三 涙が袖にあまるほど嘆いて、子供の形見を見るのも辛いといって。二四 寺に寄附したその形見の小袖を産着にせよといって。二五 あるだけ惜しまずに出し。
二六 身体が丈夫なように縁起を祝ってつけた名。
二七 三年の年季がまだ済まないのに。
二八 詐欺のような事をしても、裁判沙汰にはならない。

[二九]諸礼《しよれい》女祐筆《ゆうひつ》

「[三〇]見事の花菖蒲《しやうぶ》をくり給《たま》はり、かず〳〵御うれしく詠《なが》め入《いり》まいらせ候《さふらふ》」。京《きやう》に女祐筆《ゆうひつ》とて、[三一]上《うへ》づかた萬《よろづ》につけて[三二]年中《ねんぢう》の諸礼覚《しよれいおぼ》へ、[三三]みやづかひつかふまつりて後《のち》、かならず[三四]身のおさめ所《どころ》よき人あまた、是《これ》を見ならへとて少女《せうぢよ》を通《かよ》はせける。

我《われ》むかしは[三五]やごとなき御方《かた》にありし、其《その》ゆかりなればとて、女子《をなご》の手習所《てならひどころ》に取立《とりたて》られける。[三六]我宿《わがやど》として暮《くら》する事のうれしく、門柱《かどばしら》に[三七]女筆指南《によひつしなん》の張紙《はりがみ》して、一間《ま》なる小座敷《こざしき》見よげに住《すみ》なし、[三八]山出《やまだ》しの下女《げぢよ》ひとり遣《つか》ひて、人の息女《そくぢよ》をあづかる事[三九]大かたならずと、毎日《まい》をこたらず清書《きよがき》をあらため、[四〇]女に入《いる》程の所作《しよさ》ををしへ、身の[四一]いたづらふつ〳〵とやめて、何《なに》の氣もなかりしに、戀《こひ》を盛《さかり》の若《わか》男、[四二]やりくりの文章《ぶんしやう》をたのまれ、[四三]むかし勤《つと》めし遊女《ゆうぢよ》の道《みち》は、[四四]さして取《とる》[四五]ひよく連理《れんり》の根《ね》ごゝろをわきまへて、[四六]其壺《そのつぼ》へはまりたる文《ぶん》だらに悩《なづま》せ、または[四七]人の娘《むすめ》なる氣《き》を見すかし、あるひは[四八]物馴《なれ》[四九]手だれのうき世女にも、[五〇]それ〳〵の仕掛《しかけ》ありて、[五一]いづれかなびけざる事なし。

[二九] 諸礼は諸種の礼式作法。江戸時代は小笠原流をいう。女祐筆はここでは女筆指南、手紙の代作代筆などする人。[三〇] 女祐筆のことを書いた章であるから、先ず手紙の文句を冒頭に出した。「かず〳〵」は数々、大そう。[三一] 上流階級の万事万端につけて。[三二] 一年中の礼式作法を覚え。[三三] 宮仕えをやめた後は。[三四] 身の落着きどころ。[三五] 貴いお方。[三六] 自分の家に暮らせるようになったのが嬉しく。[三七] 女文字、仮名文字の筆蹟指南。[三八] ぽっと出の下女。[三九] 並大抵ではないと。いい加減にはできないと。[四〇] 女として必要な程の作法。[四一] 淫奔。不品行。[四二] 情交とかやりくり算段とかの意があるが、これは男女の恋のやりくり。「やりくりの文章」は艶書。[四三] 私は昔勤めた遊女の道を心得ているので、相手の心をつかむことができるというのである。[四四] 比翼の鳥の縁語で「刺してとる」といった。[四五] 男女の道の根本の精神。手に取るように恋の根本をわきまえ。[四六] 壺は三味線のかんどころ。灸点。急所にはまった文面によって相手の心を悩まし。[四七] 靡きやすい娘心を見抜き。「なる」を成就する意に解する説もあるが、これは「娘なる気」と続け、娘心の意であろう。誘いをかけたらすぐに靡きそうな娘心をいう。[四八] 恋に経験の深いこと。[四九] 老練。海山千年。[五〇] 当世風な色好みの女。[五一] 相手次第でそれぞれ口説きようがあって。

一 情を知るに便宜なもの。
二 見ているうちに興味がなくなって。
三 惜しげもなく捨てられてしまう。
四 実意のこもった書振り。
五 まのあたり会うような気持がする。
六 大へん好もしく思う。
七 隠しだてをせずありのままに話した。
八 遊蕩が過ぎて金に窮して。
九 こっそりと通わせることにした。
一〇 男はまのあたり私に会うような気がして。
一一 その手紙が私の姿となって現われ。
一二 物語をするというのは契をかわす意をふくんでいる。
一三 此事の次第。
一四 そのまま男の胸に通じていた。

文程情《ふみほどなさけ》[一]しる便《たより》ほかにあらじ。其國里《(その)くにさと》はるかなるにも、思ふを筆《ふで》に物いはせける。いかに書《か》きつゞけし玉章《たまづさ》も、偽《いつは》り勝《がち》なるは、をのづから見覚《みざめ》[二]のして捨《すた》[三]りて惜《をし》まず。實《じつ》[四]なる筆《ふで》のあゆみには自然《しぜん》と肝《きも》にこたへ、其人《(その)》にまざ〳〵と[五]あへるこゝちせり。我色里《われいろざと》につとめし時《とき》、あまたの客《きやく》の中《なか》にもすぐれて[六]悪《にく》からず、此人《(この)》にあふ時《とき》は更《さら》に身を遊女《ゆうぢよ》とはおもはず、うちまかせて萬《よろつ》[七]しらけて物を語《かた》りけるに、其男《(その)おとこ》も我《われ》を見捨《みす》てざりしに、事[八]つのりてあはれぬ首尾《しゆび》をかなしく、日毎《ごと》に音信《をとつれ》の文《ふみ》[九]しのばせけるに、男[一〇]あひ見る心して、幾度《いくたび》かくり返《かへ》して後《のち》、独寝《ひとりね》の肌《はだ》に抱《だき》て、いつとなく見し夢《ゆめ》に、此文《(この)ふみ》[一一]みづからが面影《おもかげ》となり、夜すがら物語《ものがたり》[一二]せしを、そばちかく寝《ね》たる人ども耳《みゝ》をどろかしぬ。其後《(その)》、彼客《かのきやく》御身の自由《じゆう》になりて、むかしに替《かは》らずあひける時《とき》、此《(この)》[一三]あらましをかたられしに、毎日《まい》思ひやりたる事どもた[一四]

一五「かならず」は「脇へは行ぬ」へかかる。
一六 脇へは行かず、相手の心に通ずるものである。
一七 どんなにつれない相手でも。
一八 あなたの思い通りになる。
一九 心をこめて文を書いているうちに。
二〇 恥をすてて、思いきって。
二一 お前さまに気をもませ。
二二 埒のあかないその女よりも。
二三 私に思い替えてはくれないか。
二四 ここがひとつ御相談だ。
二五 気立のよいことと。
二六 すぐにでも恋のかなうことが。
二七 恋文で口説いている女の意中はわからないし。
二八 手っとり早くこれも悪くはない。
二九 髪の縮れており、足の親指が反り、口元が小さいものは、閨中の情味がこまやかであるという。

がはず通《つう》じける。さもあるべき。[一五]かならず文書《ふみかき》つゞくる時《とき》、外《ほか》なる事をわすれ、一念《ねん》に思ひ籠《こめ》たる事、[一六]脇《わき》へは行《ゆか》ぬはづぞかし。「我《われ》たのまれて文書《ふみかく》からは、[一七]いかに心なき相手《あひて》なりとも、をそらくは此《(この)》戀《こひ》[一八]おもひのまゝに」と請合《うけあひ》て、[一九]文章《ぶんしやう》つくせしうちに、いつとなく乱《みだ》れて、此《(この)》男かはひらしくなれり。有時《(ある)とき》筆持《ふでもち》ながら、しばらく物おもふ㒵《かほ》なるが、[二〇]恥捨《はぢすて》て語《かた》り出《(いだ)》しけるは、「[二一]そなたさまに氣《き》をなやませ、つれなくも御心にしたがはぬは、世にまたもなき情《なさけ》しらずといふ女なり。[二二]はかどらぬそれよりは、[二三]我《われ》に思ひ替《かへ》たまはんか。[二四]爰《こゝ》が談合《だんがう》づく、女のよしあしはともあれかし、[二五]心立《だて》のよきと、[二六]今《いま》の間《ま》に戀《こひ》のかなふと、さしあたつてお徳《とく》」と申せば、此《(この)》男をどろき、物いはざる事しばらくなりしが、[二七]先《さき》はしれぬ事、[二八]近《ちか》道《みち》に是もましぞと思ひ、殊《こと》には此《(この)》女[二九]髪《かみ》のちゞみて、足《あし》の親指《おやゆび》反《そつ》て、口元《もと》のちい

さきに思ひつき、「[一]かくす事にもあらず、[二]仕掛《しかけ》し戀《こひ》も金銀《きんぐ》の入る事には思ひよらず。[三]こなたとても[四]帯《おび》一筋《すぢ》の心付《(づけ)》ならず。[五]中〻なじみて後《のち》、[六]近付《ちかづき》の呉服《ごふく》屋有《(ある)》かなど、御たづねありても、絹《きぬ》一疋紅《びきもみ》[七]半端《だん》、かならず其《(その)》請合《うけあひ》はならず。[八]はじめからいはぬ事は聞《きこ》えぬ」といふ。よき事させながら、あまり成《(なる)》[九]言葉《ことば》がため、[一〇]にくしさもしく、此《(この)》廣《ひろ》き都《みやこ》の町に、[一一]男日照《でり》はせまじ。[一二]又外《ほか》にもと思ふ折ふし、五月雨《さみだれ》のふり出よりいとしめやかに、窓《まど》より[一三]やぶ雀《すゞめ》の飛入《とび(いり)》、ともし火むなし。闇《やみ》となるを幸《さいはひ》に此《(この)》男ひしと取《とり》つき、はや鼻息《はないき》せはしく、枕《まくら》ちかく[一四]小杉原《こすぎはら》を取《(とり)》まはし、我《わが》よは腰《ごし》をしとやかに扣《たゝき》て、[一五]そなた百迄といふ。おかしや命《いのち》しらず目、をのれを九十九迄置《をく》べきか、寂前《さいぜん》の云分《いひぶん》も惡《にく》し、一年立《ねんたゝ》ぬうちに、杖突《つゑつか》せて[一六]腮《おとがい》ほそらせて、[一七]うき世の隙《ひま》を明《あけ》んと、昼夜《ちうや》のわかちもなく[一八]たはぶれ掛《かけ》て、よはれば[一九]鱣《どじやう》汁《じる》・卵《たまご》・山の芋《いも》を仕掛《しかけ》、あんのごとく此《(この)》男次第《しだい》に[二〇]たゝまれて、不便《ふびん》や明年《あくるとし》の卯《う》月《づき》の比《ころ》、[二一]世上《せじやう》の更衣《ころもがへ》にもかまはず、[二二]大布子《おほぬのこ》のかさね着《ぎ》、醫者《いしや》も幾人《いくたり》か[二三]はなちて、髭《ひげ》ばう〳〵と爪《つめ》ながく、[二四]耳《みゝ》に手を當《あて》、きみよき女の咄《はな》しをするをも、うらめしさふに皃《かほ》をふりける。

一　ありていにいうが。
二　恋文をやって口説いている恋も。
三　お前さんの場合も。
四　帯一本つけ届けすることはできない。
五　随分。相応に。よほど。
六　懇意な呉服屋があるかなどと。
七　紅絹(もみ)半反。
八　はじめから断っておかないと、わけがわからなくなるから、念のためにいって置く。
九　誓約。約束。
一〇　憎くもあるし、さもしい感じもする。
一一　男日照はしまい。相手の男に事欠くことはあるまい。
一二　他にも男はいる、他の男に替えよう。
一三　藪雀。
一四　小判の奉書紙。延紙。
一五　「そなた百までわしゃ九十九まで、共に白髪のはゆるまで」という小唄の文句をとる。
一六　あごを細らせて。
一七　この世からひまを出してやろう。
一八　情事をしかけて。
一九　鱣は鯉の一種。ここでは鰌(どじょう)とよませた。鰌・卵・山の芋はいずれも補精の食物。
二〇　畳まる。征服される。衰える。
二一　世間では更衣(ころもがえ)をするというのに。
二二　厚く綿のはいった木綿の着物。
二三　見放して。匙をなげて。
二四　耳が遠くなったのである。

繪入

好色一代女

三

巻三

一 近年に振袖のこしもと
おかぬは

二 りんきの
やむにはあらず
勝手づく

三 形はともあれ
四 物越ひとつでもつた
女房

五 小哥聞て後
只はいなせじ
菅笠姿

六 ひとつは又髪かたち也
七 よく結なれし
此奉公人

一　この頃町家で振袖をきた腰元をおかないのは。
二　妻の悋気のために廃したのではなく、損得の上からそうしたのである。
三　容色は二の次にして。
四　物の言いぶりひとつでもった女房。
五　歌比丘尼の小歌を聞いてそのまま帰さぬ。歌比丘尼は菅笠姿をしていた。
六　女の容色の大切な一つは髪形である。
七　一代女は髪結によく馴れた奉公人であった。

八　町家に奉公する腰元。
九　一生連れ添う夫婦であるのに、気短かに色にふけり、摂生を守らずに命を縮める女がある。
一〇　人にはわからぬことだが、お雪という娘になりすまして腰元奉公に出た一代女は、主人をそそのかして不義をした。
一一　禍の種の伊達女。
一二　大名の表使の女役をした時、お下屋敷で奥様が悋気講(三八〇頁注九)をなされ、その時の奥様の恐ろしい顔つきが忘れがたい。

好色《こうしよく》一代女　巻三

目《もく》録《ろく》

八町《てう》人《にん》腰《こし》元《もと》

〽九養生《やうじやう》しらずの命
一代持《もつ》男を氣の短《みじ》かき女有《(あり)》
一〇人はしれぬ物ぞかし
腰元《こしもと》のおゆきが仕掛《しかけ》

一一妖孽《わざはひの》寛濶《くはんくはつ》女

〽一二表使《おもてづかひ》の女役《やく》をせし時《とき》
おした屋敷の悋氣講《りんきかう》
さても〳〵をそろしや
御前《ごぜん》さまの皃《かほ》つき今に
わすれがたし

調謔《たはぶれの》哥《うた》船《ぶね》

〽一三大坂川口の浮《うか》れ比丘尼《びくに》
　戀はれんりのたばね薪《き》
ひよくのさし鯖《さば》にかゆる
　浪枕《なみまくら》もおかしき有《あり》さま
　　此《この》津に

金紙七髻結《きんがみのはねもとゆひ》一四

〽一五面影《おもかげ》は髪《かみ》かしらなるに
　つれなや
　　猫《ねこ》にそばへられて
かくせし事のあらはるゝも
　　よしなや
御梳《おかん》あげの女の時
　　悪心《あくしん》

一三 大坂の川口には淫をひさぐ歌比丘尼がいて、その花代として薪やさし鯖を与える客もあり、船中の旅寝の有様はなかなか面白い。連理は薪の縁語。比翼はさし鯖が二枚ずつ刺してあるので、その縁語として用いた。

一四 平髻（ひらもとゆい）の両端に針金を入れて、はね上げたもの。

一五 女は髪形が大切なものであるのに、かわいそうに猫にじゃれつかれて、今まで隠していたことが露顕してしまった。一代女が髪結として仕えた時に、悪心をおこして主人と不義を働いた話。

町人腰元《てうにんこしもと》

[一]十九土用《どよう》とて人皆《みな》[二]しのぎかね、夏《なつ》なき國《くに》もがな、汗《あせ》かゝぬ里《さと》もありやと[三]いふて叶《かな》はぬ處《ところ》へ、[四]鉦《どら》・女鉢《にようはち》を打鳴《うちなら》し、[五]添輿《そへごし》したる人、さのみ愁《うれひ》にも沈《しづ》まず、[六]跡取《あととり》らしき者も見えず。[七]町衆《てうしゆ》は[八]ふしやうの袴肩衣《はかまかたぎぬ》を着《き》て、珠数《じゆず》は手に持《もち》ながら[九]掛目安《かけめやす》の談合《だんかう》、あるは又米《こめ》の相場《さうば》、[一〇]三尺坊《ばう》の天狗咄《てんぐばなし》。若《わか》い人は跡《あと》[一一]にさがりて[一二]遊山茶《ゆさんちや》屋の献立《こんだて》、[一三]礼場《れいば》よりすぐに[一四]悪所落《あくしよおち》の内談《ないだん》。それよりする[一五]／＼は[一六]棚借《たながり》の者《もの》と見えて、[一七]うら付《つけ》の上《かみ》に麻《あさ》の袴《はかま》を着《き》るも有《(あり)》、[一八]木綿足袋《もめんたび》はけども、脇指《わきざし》をさゝず、[一九]手織嶋《てをりじま》のかたびらのうへに、綿入《わた(いれ)》羽織《ばをり》きるもおかし。[二〇]とりまぜての高声《たかごゑ》に、[二一]鯨油《くじらあぶら》の光《ひかり》のよしあし、[二二]判事《はんじ》物團《うちは》の沙汰《さた》、すこしは人の哀《あはれ》もしれかし。何国《いづく》にもあれ脇《わき》から聞《きく》にあさましくおもひ侍《はべ》る。[二三]有増良《あらましかは》を見しりて、御幸町通《ごかうまちどをり》誓願寺《せいぐはんじ》上《あが》る町《てう》の人といふ。それならば、此《(この)》死人《しにん》は[二四]西輪《にしかわ》の軒《のき》に橘《たちばな》屋といへる有《(あり)》、そこの亭主《ていしゆ》なるべし。[二五]子細《しさい》は其家《(その)いゑ》の内義《ないぎ》すぐれてうつくしさに、それ見るばかりの便《よすが》に、[二六]入《(いり)》もせぬ唐紙《からかみ》を調《とゝの》へに行《ゆく》などおかし。「[二七]一生《しやう》の詠物《ながめ》ながら、女の[二八]姿過《すがたすぎ》たるはあしからめ」と、[二九]祇園甚太《ぎをんじんた》が申せしを、[三〇]何仲人口《なになかうど》とおもひしに、[三一]男の身にして心が

一　十九日ある土用。↓補注二七。二　暑さを凌ぎかねて。三　言っても仕方のないことを話しているところへ。四　銅鑼・鐃鉢を鳴らして葬の行列が来た。五　町人の棺は輿にのせて舁いだものであるが、棺にのせた輿に連れ添うて行く近親の人たちも。六　跡つぎらしい人も見えない。七　町内の人々。八　不請はいやいやながら念仏などする場合に用いる語。つきあいのためにやむなく袴肩衣の礼服をつけて。九　掛売の訴訟の相談。↓補注二八。一〇　遠江国秋葉山の三尺坊の天狗話。↓補注二九。一一　行列のあとにさがって。一二　物見遊山の茶屋。それが表看板で、実は私娼を抱えている色茶屋。その料理献立の噂をする。一三　葬礼場。一四　遊廓や芝居をいう。そこへしけこむ相談をする。一五　葬列の末の方に連なる人々は。一六　借家住いの人々。一七　裏地をつけた肩衣。これは冬着るもの。一八　この頃町人は一般に足袋をはかない。礼式だからはいたのである。一九　手織縞の帷子。二〇　あちらでもこちらでもごちゃごちゃと高声に話す。二一　鯨油は臭気があるが、安直なので貧家で用いた。二二　判じ絵をかいた団扇。大坂長町で作り、流行した。代は三銭(人倫訓蒙図彙)。その団扇の評判をする。二三　会葬者は大方顔見知りで。二四　その町の西側。二五　というわけは。二六　不用な唐紙。唐紙は舶来紙。二七　女房は一生連れ添うて眺めるものだが。二八　綺麗すぎるのは。二九　当時有名な周旋屋であったものと思われる。三〇　どうせ都合のよい事をいう仲人口だと思っていたが。三一　男の身になると美しい女房はか

えって気がかりなことが多いものだ。三二 それほど顔の選り好みをするには及ばない。三三 始終。いつも。三四 実際経験して見てわかることだ。三五 数々の島も磯臭い感じがした。三六 陸前宮城郡にある歌枕。その場所には諸説あるが、松島に近い砂丘。三七 牡鹿半島の東端にある山。三八 長根。金華山沖の網地島(あじしま)にある暗礁。朝寝を言いかく。三九 雄島。四〇 別に珍らしいと思わないようになった。四一 親馬と子馬六個を用いて、互いに囲み合いをする遊戯。十六むさしの類。四二 熱中する。遊びほうける。四三 海を見て珍らしく思う。四四 男の手前身嗜みをするうちはまだしも。四五 しまいには髪もいい加減に結って。四六 つくろわずに。四七 どれひとつとしてよい事はないのに。四八 世間をわたるにつけては。四九 峯入は大峰入。→補注三〇。五〇 物の哀れを知る人の姿。五一 松を割って灯火に用いる。松の割木の光。 五二 どうしてこんな淋しい所に住むのか。五三 田舎の人。五四 淋しさも嬶を相手に忘れている。

ゝりなる事のみ、只留主《たゞるす》を預《あづ》くるためなれば、[三二]あながち改《あらた》むるにをよばじ。

美女美景《びぢよびけい》なればとて、[三三]不断《ふだん》見るにはかならずあく事[三四]身に覚《おぼえ》て、一年《とせ》松嶋《しま》にゆきて、はじめの程《ほど》は横《よこ》手を打《うち》、見せばや爰《こゝ》、哥人詩人《かじんしじん》にと思ひしに、明暮詠《あけくれなが》めて後《のち》は、[三五]千嶋《ちしま》も磯《いそ》くさく、[三六]末《すゑ》の松山の浪《なみ》も耳《みゝ》にかしましく、塩竈《しほがま》の桜《さくら》も見ずに散《ちら》し、[三七]金花山《きんくはざん》の雪のあけぼのに[三八]長寢《ね》、[三九]小嶋《をじま》の月の夕《ゆふべ》も[四〇]なにとも思はず、入江《いり》なる白黑《しろくろ》の玉《たま》を拾《ひろ》ひて、子ども相手《あひて》に[四一]六つむさし、[四二]氣《き》をつくす事にもなりぬ。たとへば、難波《なには》に住馴《すみなれ》し人都《みやこ》に行《ゆき》て、稀《まれ》に東《ひがし》山を見し心、京の人は又[四三]浦《うら》めづらしく見てこそ萬《よろづ》おもしろからめ、此《(この)》ごとく人の妻《つま》も[四四]男の手前《てまへ》たしなむうちこそまだしもなれ、[四五]後《のち》は髪《かみ》をもそこ〳〵にして、諸肌《もろはだ》をぬぎて脇腹《わきばら》にある痣《あざ》を見出《(いだ)》され、有時《(ある)とき》は[四六]様子《やうす》なしにありきて、左《ひだり》の足《あし》の少長《すこしなが》いしられ、[四七]ひとつ〳〵よろしき事はなきに、子といふ者生《ものうま》れて、なをまたあいそをつかしぬ。是《(これ)》をおもふに、持《もつ》まじきは女なれども、[四八]世をたつるからはなくてもならず。有時《(ある)とき》吉野の奥《おく》山を見しに、そこには花さへなくて、[四九]順《じゆん》の峯《みね》入より外《ほか》に[五〇]哀《あはれ》しる人影《かげ》も見ざりき。はるかなる岨《そば》づたひに、一つ庵片《いほかた》びさしにむすびて、昼《ひる》は杉《すぎ》の嵐《あらし》夜は[五一]割松《わりまつ》のひかり見るより、何《なに》のたのしみもなかりしに、「廣《ひろ》き世界《せかい》なるに、都《みやこ》には住《すま》で、[五二]かゝる所には」と尋《たづね》しに、[五三]野夫《やふ》うち笑《わら》ひて、「[五四]淋《さび》しさも口鼻《かゝ》をたよりにわするゝ」

と語《かた》る、[一]さも有《(ある)》べき。捨《すて》がたく、やめがたきは此《(この)》道[二]ぞかし。

女も[三]独過《ひとりすぎ》のおもしろからず、手習《てならひ》の子どもをやめて、[四]大文字《だいもんじ》屋といへる[五]呉服《ごふく》所《しよ》へ腰元《こしもと》づかひに出《(いで)》ぬ。むかしは十二三四五迄を腰元《こしもと》ざかりといへり。近年《きんねん》は[六]勝手《かつ》づくにて[七]中《ちう》女を置《をけ》ば、[八]寝道具《ねだうぐ》の揚下風《あげおろし》、[九]乗《のり》物の前後《ぜんご》につれても見よげなるとて、十八九より廿四五迄なるをつかへり。[一〇]我後帯《われうしろおび》は嫌《きら》ひなれども、[一一]それ〳〵の風義《ふうぎ》に替《かへ》て、[一二]黄唐茶《きからちや》に[一三]刻稲妻《きざみいなづま》の中形《ちうがた》身せばに仕立《したて》、[一四]平曲《ひらまげ》の[一五]中嶋田《ちうしまだ》に[一六]掛捨《かけずて》の髷《もとゆひ》、よろづ[一七]初心《しよしん》にして、「雪《ゆき》といふ物《もの》には何がなつて、あのごとくにふります」と、[一八]家《いゑ》さばかるゝお姥《うば》さまにとへば、「[一九]もまた其年《(その)とし》も年《とし》なるに、[二〇]あだなや親《おや》の懐《ふところ》そだちぞ」と、其後《(その)のち》は萬《(よろづ)》に心をゆるしてつかはれける。[二一]人手をとれば上氣《じやうき》をし、袖《そで》にさはればをどろき、[二二]座興《ざけう》いふにも態《わざ》と声《こゑ》あぐれば、[二三]する〴〵名《な》を呼《よば》で、うつく

一　いわれて見るとなるほどそうであろう。
二　男女の道。
三　ひとり暮らし。
四　京羽二重巻五(貞享二年刊)に、大文字屋宇右衛門、同五兵衛、同市兵衛などの名が見える。
五　大名の御用達もするような大きな呉服屋。
六　都合次第。経済上の理由から都合がよいので。
七　大女・小女に対して、年輩恰好の中位の女。十八九より二十四五までの女。
八　中女を置くと、寝床のあげおろしをさせることもできる。
九　金持の町人の外出の場合に、輿の前後に女中の供を連れて歩く風習があった。乗物の前後に供につれても、見よげであるからといって、中女を使うのである。
一〇　堅気の女は後帯にしめる。野暮な後帯はきらいだが。
一一　堅気の女らしい、それに相応した風儀に替えて。
一二　藍気をおびた茶色。多少黒味をおびた濃い橙色。
一三　稲妻模様を細かにきざんだようにしたのを中形に染めたもの。中形は染模様の大きさをいう。
一四　高髷に対して低く平たい髷。
一五　中位の大きさの島田。
一六　髷(もとゆい)をその度毎にかけかえる。
一七　うぶな娘のように見せかけて。
一八　一家の切盛りする老女。
一九　「もまた」は、もはや、もうすでに。
二〇　あどけなや。子供らしい。
二一　人に手をとられると、ぼうっと上気するし。
二二　戯談をいわれても。

二三 しまいには。後々は。
二四 美しい容貌はしているが。
二五 飼いなれぬ猿。人に慣れない猿。

二六 主人のおそば近く仕えているうちに。

二七 色好みのはげしいこと。
二八 誰に遠慮会釈もなく。
二九 枕屏風がぎしぎしと鳴り動く。
三〇 台所につづく板の間の片隅に。
三一 この家に長く勤めている親仁。
三二 猫や鼠の番。
三三 うずくまって。
三四 色事を思い出させてやろうと。
三五 知っていながらわざと。
三六 あやまって。
三七 科(とが)はこの足にある。
三八 「若有二衆生一多於二淫欲一常念恭二敬観世音菩薩一便得レ離レ欲」(法華経、普門品)。観世音を信仰すれば淫欲から離れることができるという。
三九 この恋は埒があかないと見て。

しき姿《すがた》[二四]の花は咲《さき》ながら、梢《こずゑ》の生猿《きざる》[二五]とゝといひふれて、まんまと素人女《しろと》になしぬ。おかしや愚《をろか》なる世間《せけん》の人、はや子斗《(ばかり)》八人おろせしにと、心には恥《はづ》かはしく、お[二六]そばちかく勤《つとめ》しうちに、夜《よ》毎《ごと》に奥《おく》さまのたはぶれ、殊《こと》更旦那《さらだんな》は性悪《しやうわる》[二七]、誰《たれ》[二八]しのぶともなくに枕屏風《まくらびやうぶ》[二九]あらけなく、戸障子《としやうじ》のうごくにこらへかねて、用もなき自由《じゆう》に起《おき》て勝手《かつ》見れども、男ぎれのないこそうたてけれ。廣敷《ひろしき》[三〇]の片隅《かたすみ》に、お家久《いゑひさ》[三一]しき親仁《おやじ》肴入《さかないれ》の番《ばん》[三二]の爲《ため》に独《ひとり》うづくまひ[三三]てふしける。是《(これ)》になりとも思ひ出《(いだ)》[三四]させんと、覚《おぼ》[三五]えて胴骨《どうぼね》の中程《なかほど》を踏越《ふみこゆ》れば、南無あみだ〳〵と申《(まうし)》て、「火もともしてあるに、年寄《としより》を迷惑《めいわく》一といふ。「けが[三六]に踏《ふみ》しが、堪忍《かんにん》ならずば、どうなり共《(とも)》しやれ、科《とが》[三七]は此足《(この)あし》」と、親仁《おやじ》がふところへさし込《こめ》ば、是《(これ)》はとびくりして身をすくめ、「南無[三八]観世音《くはんぜおん》、此難《(この)なん》すくはせ給へ」と、口ばやにいふにぞ、此戀埒《(この)こひらち》[三九]はあかずと、横《よこ》づら

をくはして、[一]身をもだへてかへり、夜の明《あく》るを待兼《まちかね》ける。やう〳〵廿八日の空《そら》、[二]星《ほし》まだ残るより、佛壇《ぶつだん》のさうじせよなど仰《おほせ》ける。奥さまは[三]ゆふべけにて、今《いま》に御枕《まくら》もあがらず、旦那《だんな》は[四]つよ蔵《ざう》にて氷《こほり》くだきて皃《かほ》を洗《あら》ひ、[五]かた絹《ぎぬ》ばかり掛《かけ》て、「[六]おぶくはまだか」と、[七]お文さまを持《もち》ながらとひ給ふに近寄《ちかより》、[八]「此《(この)》お文《ふみ》はぬれの一通《とを》りで御入《(いり)》候《(さふらふ)》か」といへば、あるじ興覚《けうさめ》て返事《へんじ》もなし。すこし笑《ゑみ》て、「[九]表《おもて》の嫌《きら》ひはなきもの」と、しどけなく帯《おび》とき掛《かけ》て、[一〇]もや〳〵の風情《ふぜい》見せければ、あるじたまり兼《かね》て、肩衣《かたぎぬ》かけながら[一一]分《わけ》もなき事に仕《し》なして、[一二]あらけなき所作《しよさ》に[一三]御眞《ま》向《むき》様をうごかし、蠟燭立《らうそくたて》の[一四]鶴龜《つるかめ》をころばせ、佛《ほとけ》の事をもわすれさせて、それよりしのび〳〵に旦那《だんな》をなびけて、をのづから[一五]奢《おごり》つきて、[一六]奥さまの用《よう》など尻《しり》に聞《きか》せ、後《のち》には[一七]さらするたくみ、[一八]心ながらをそろしや。去《さる》山伏《ぶし》を頼《たの》みて、[一九]てうぶくすれども其《(その)》甲《か》斐《ひ》なく、[二〇]我《われ》と身を燃《もや》せしが、[二一]なを此《(この)》事つのりて、[二二]齒《は》黒《ぐろ》付《(つけ)》たる口にか[二三]ら竹《たけ》のやうじ遣《つかひ》て祈れども、更《さら》にしるしもなかりき。[二四]かへつて其《(その)》身に當《あた》り、いつとなく[二五]口ばしりて、[二六]そも〳〵よりの僞《いつは》り残らず恥《はぢ》をふるひて申せば、亭主浮《ていしゆうき》名《な》たちて、[二七]年月のいたづら一度《ど》にあらはれける。人たる人嗜《たしな》むべきは[二八]是《(これ)》ぞかし。

それより狂《くる》ひ出《(いで)》て、けふは五条《でう》の橋《はし》に[二九]おもてをさらし、きのふは[三〇]紫野《むらさきの》に[三一]身をやつし、夢《ゆめ》のごとくうかれて、ほしや男、おとこほしやと、[三二]踊小野《おどりこまち》のむかしを

一　身悶えして帰り。
二　十一月二十八日は親鸞忌。報恩講の日。二十八日の空にまだ星の残る頃から。
三　夕べ気。昨夜の疲労気味。
四　精力旺盛な男。
五　肩衣。裃の上のようなもの。浄土真宗の信者の礼服。
六　御仏供(おぶく)。御仏飯。
七　蓮如上人が信者に与えた消息文。
八　このお文は色恋の一通りを書きしるしたものであるか。「御入候か」は、ございますかの意。
九　西本願寺なら表だが、表の嫌いなものはないのに。真宗では西本願寺派を表という。男色に対して女色を表ともいった。女のきらいなものはないものをという意味。
一〇　もだえるような風情。
一一　らちもないことにしてしまって。
一二　乱暴な所作のために。
一三　浄土真宗で本尊をいう。仏像。
一四　鶴亀の彫刻をした蠟燭立。
一五　横着になる。傲慢になる。
一六　奥様のいいつけなどは尻に聞かせ。「尻に聞せ」は後を向いてしまう、正面から聞かない。
一七　離縁させる計略。
一八　我が心ながら。自分ながら。
一九　祈り殺そうとしたが。
二〇　思うようにならぬので、自分から嗔恚をもやす。
二一　奥様を調伏しようとする思いはますますつのって。
二二　女が人を呪う場合に、お歯黒をつけて、鉄釘や楊枝などを口にくわえることがある。
二三　漢竹。
二四　かえって自分に罰が当って。
二五　そのことを自分から口走って。
二六　最初からの偽りを。人目を忍んで関係したことなどを。
二七　この年月の間の不義淫奔。
二八　色の道。
二九　顔をさらし。
三〇　上京区、大徳寺附近。
三一　やつれた姿でさらぼい歩く。
三二　小野小町が狂乱して踊り廻った昔を今に唄い歩く。謡曲、卒都婆小町の小町狂乱の場。

今《いま》にうたひける、[三三]一ふしにもれんぼより外《ほか》はなく、情《なさけ》しりの腰元《こしもと》がなれの果（はて）と、[三四]舞扇《まひあふぎ》の風しんと、[三五]椙村《すぎむら》のこなたは稲荷《いなり》の鳥居《とりゐ》のほとりにて、[三六]裸身《はだかみ》を覚《おぼ》へて、[三七]まこと成（なる）心ざしに替《かは》り、[三八]悪心《あくしん》さつて、扨（さて）も我《われ》あさましく、人をのろひしむくひ[三九]立所《どころ》をさらずと、[四〇]さんげして帰《かへ》りぬ。女程《ほど》はかなきものはなし、是（これ）をそろしの世や。

[四一]妖孽寛濶女《わざはひのくはんくはつ》

蹴鞠《しうきく》のあそびは男の態《わざ》なりしに、さる御かたに[四二]表使《おもてづかひ》の女役《やく》を勤《つと》めし時、浅草《あさくさ》の[四三]御下《した》屋形《かた》へ、[四四]御前（ごぜん）様の御供《とも》つかふまつりてまかりしに、廣庭《ひろには》[四五]きり嶋の躑躅《つゝじ》咲《さき》初《そめ》て、[四六]野も山も紅井（くれなゐ）の袴《はかま》を召《めし》たる女﨟《ぢよらう》あまた、[四七]沓音《くつをと》静《しづか》に[四八]鞠垣《まりがき》に袖をひるがへして、[四九]桜《さくら》がさね、山越《ごし》などいへる[五〇]美曲《びきよく》をあそばしける。女の身ながら女のめづらしく、かゝる事どもはじめて詠《なが》めし。都《みやこ》にて大内《おほうち》の官女《くはんぢよ》、[五一]楊弓《やうきう》もてあそび給へると替《かは》り過《すぎ》たる慰《なぐさみ》のやうにおもひしは、是（これ）はそもそも[五二]楊貴妃《やうきひ》もてあそび給へると傳《つた》へければ、今も女中《ぢよちう》の遊興《ゆうけう》に似《に》あはしき事にぞ。[五三]鞠《まり》は聖徳太子《しやうとくたいし》のあそばしそめての此（この）かた、女の態《わざ》にはためしなき事なるに、国《くに》の守《かみ》の奥《おく》がたこそ自由《じゆう》に花《くは》

三三 その唄の一ふしにも恋慕のなやみ以外にはない。 三四 扇の風もはたはたと、舞い歩いて。「しんしん」は風の形容であるとともに、森々と草木の繁るさまをいう。 三五 杉林のこんもり繁ったこなたにある伏見稲荷。 三六 裸体になった自分の姿にやっと正気づいて。 三七 狂乱から本心に立ちもどって。 三八 邪悪の心が去って。 三九 因果は覿面(てきめん)であると。 四〇 懺悔。

四二 禍の種の伊達女(だておんな)。 四二 大名の家の表向と奥向とを連絡する役目。 四三 お下屋敷。 四四 奥方。 四五 九州霧島山地方に自生する躑躅。 四六 その庭の高い所も低い所も一面に躑躅が紅に咲く。 四七 沓は蹴鞠の沓。革製。 四八 蹴鞠をする場所を囲んだ竹垣。 →補注三一。 四九 桜がさね・山越いずれも蹴鞠の技をいう語であろう。 五〇 優美な曲鞠。 五一 長さ二尺八寸、矢の長さ九寸ほどの小弓で、遊戯の具。坐って射る。古くは官女などがもてあそんだ。 五二 楊弓は楊貴妃にはじまるという俗伝がある。 五三 用明天皇の時に、厩戸皇子の徒然を慰めるために案出したと壒嚢抄に見える。正史には、皇極天皇三年正月、法興寺で中大兄皇子の蹴鞠のことがはじめて見えている。

麗《れい》なれ。

其《(その)》日も一暮深《くれふか》く、諸木《しよぼく》の嵐《あらし》はげしく、二心ならず横切《よこぎれ》して三色《いろ》をうしなひけるに、四裝束《しやうぞく》ぬぎ捨《すて》給ひておはしけるが、何《なに》かおぼしめし出《(いだ)》されける、俄《にはか》に五御前様《ごぜんさま》の御面子《かほばせ》あらけなく變《かは》らせ給ひ、六御機嫌《きげん》取《(とり)》ぐるしく、七つき〴〵の女﨟達《ぢよらうたち》をのづから鳴《なり》をしづめて、起居動止《たちゐふるまひ》も身をひそめしに、御家に年をかさねられし葛井《かさ》の局《つぼね》と申せし人、輕薄《けいはく》なる言葉《ことば》つきして、かしらを振膝《ふりひざ》を震《ゆるが》せ、「こよひも亦長蠟《またながらう》燭《そく》の八立切《(たち)きる》まで、九悋氣講《りんきかう》あれかし」と進《すゝ》め給へば、忽《たちまち》に一〇御貞持《かほもち》よろしく、「それよ一一〳〵」と浮《うか》れ出《(いだ)》させけるに、吉岡《よしをか》の局女﨟《つぼねぢよらう》がしら成《(なり)》けるが、廊下《らうか》に掛《かゝ》りし一二唐房《からふさ》の鈴《すゞ》の緒《を》をひかせ給ふに、一三御末《おすゑ》女、一四渡《わた》し女にいたる迄悍《はゞか》りなく、三十四五人車坐《くるまざ》に見えわたりし中《なか》へ、我《われ》もうちまじりて事の様子《やうす》を見しに、吉岡《よしをか》の御局《つぼね》をの〳〵におほ

一 夕方遅くなって。
二 鞠も思うようにならず横にそれて。
三 蹴上げられた時の鞠の緩やかな回転を色という。ここは鞠が風に吹き流された意。
四 奥方はもう鞠の装束を脱いでおられた。
五 奥方の顔が荒々しく変り。
六 御機嫌をとるのがむずかしくなり。
七 お附きの女﨟たち。
八 もえきってしまうまで。
九 女房たちが集まって、夫やその情婦を大いに罵る会。うさばらしをして悋気をしずめようというのであって、近世初期に流行した。
一〇 奥方のお顔の様子がよくなり。
一一 それぞれ、それに限る。
一二 美しく作った総(ふさ)の鈴の紐。
一三 はした女。水仕女。下女。
一四 主人の食膳を御末女から取次ぐ女。仲働の如きもの。

一五 女の恋を邪魔して。のけものにして憎み。
一六 男をにくらしく誹謗して。
一七 恋が不成功に終った話を申し上げると、大へんお喜びである。
一八 いくら何でもこれは大分風変りなお慰みとは思ったが。

一九 枝垂柳。
二〇 杉または檜の戸。
二一 人の形をそのまま生き写しにした女人形。
二二 謡曲山姥にも「山又山いづれの工か青巌の形を削りなせる」とある。
二三 見ているうちに女でも魂を奪われるほどだ。
二四 思っていること。
二五 葛城の神のように禍をまねく顔形で。↓補注三一。
二六 昼間の情事。
二七 「岩橋の夜の契りも絶えぬべし明くるわびしき葛城の神」(拾遺)。この岩橋は夜の契を絶えて久しくしたことがない。
二八 大和磯城郡耳成村十市。
二九 伊勢物語の冒頭の文に擬す。
三〇 神主。
三一 潜り戸。

せ聞《きけ》られしは、「何《なに》によらず身のうへの事を懺悔《ざんげ》して、一五女を遮《さへぎつ》て悪《にく》み、一六男を妬《ねたま》しく誹《そしり》て、一七戀《こひ》の無首尾《ぶしゆび》を御悦喜《えつき》」とありしは、一八各別《かくべつ》なる御事とは思ひながら、何事も主《しゆ》命《めい》なれば笑《わらは》れもせず。

其後一九しだれ柳《やなぎ》を書《かき》し二〇眞木《まき》の戸《と》を明《あけ》て、二一形《かたち》を生移《いきうつ》しなる女人形《にんぎやう》取出《(とりいだ)》されけるに、二二いづれの工《たくみ》か作《つく》りなせる、姿《すがた》の婀娜《やさしく》も面影《おもかげ》美花《びくは》を欺《あざむ》き、二三見しうちに女さへ是《(これ)》に奪《うば》れける。それよりひとり〳〵二四おもはくを申《(まうし)》き。此人《(この)》其中《(その)》にも岩橋《いははし》どのといへる女臈《ぢよらう》は、二五妖孽《わざはひ》まねく皃形《かほかたち》、さりとは醜《みにく》かりし。二六昼《ひる》の濡事《ぬれごと》はおもひもよらず、二七夜の契《ちぎり》も絶《たへ》てひさしく、男といふ者《もの》見た事もなき女房、人より我勝《われがち》にさし出《(いで)》、「自《みづから》は生国大和の二八十市《とうち》の里《さと》にして、夫婦《ふうふ》のかたらひせしに、二九其男《(そのをとこめ)》奈良《なら》の都《みやこ》に行《(ゆき)》て、春日《かす(が)》の三〇祢宜《ねぎ》の娘《むすめ》にすぐれたる艶女《ゑんぢよ》ありとて通《かよ》ひける程に、僭《ひそか》に胸動《むねとゞろ》かし、行《(ゆき)》て立聞《(たち)ぎゝ》せしに、其《(その)》女三一切戸《きりど》を明《あけ》て引入《(ひきいれ)》、今宵《こよひ》はしきりに[一]眉根痒《まゆねかき》ぬれば、よき事にあふべきためしぞと、[二]恥通風情《はぢかはすふぜい》もなく、細腰《ほそごし》ゆたかに[三]靠《よ》りをる所を、それはをれが男じやといひさま、[四]かねつけたる口をあいて女に喰《くひ》つきし」と、[五]彼姿《かのすがた》人形にしがみ付《つけ》るは、其《その》時を今のやうにおもはれ、恐《をそろし》さかぎりなかりき。是《これ》を悋氣《りんき》の初めとして、[六]我を忘れて如鷺《によろ》〻と進《すゝみ》て、女ごゝろの無墓《はかな》や、[七]いへばいふ事とて、「私は若い時に播磨《はりま》の國明石《あかし》にありしが、[八]姪に入縁《いりゑ》を取《とり》しに、[九]其聟《そのむこ》目なんともならぬ性悪《しやうわる》、すゑ〴〵の女迄只《たゞ》をかねば、[一〇]昼夜《ちうや》わかちなく居眠《ゐねぶり》ける。[一一]それをきれいにさばき、其《その》まゝに置《をき》ける姪《めい》が心底《しんてい》のもどかしさに、夜毎《よごと》に我《われ》行《ゆき》て[一二]吟味《ぎんみ》して、寝間《ねま》の戸ざしを外《そと》から[一三]肱壺《ひぢつぼ》うたせて、姪《めい》と聟《むこ》とを入置《いれをき》て、無理《むり》に宵《よゐ》から寝《ね》よと錠《ぢやう》をおろしてかへりしに、姪程《めいほど》なくやつれて、男の皃を見るもうらめしそふに、兎角《とかく》は命《いのち》がつゞかぬと、身ぶるひしける。[一四]然《しか》もひのえ午《むま》の女なれどもそれにはよらず、男に喰《くは》れてこゝちなやみしに、[一五]其《その》つよ蔵《ざう》目を[一六]此《この》女に掛《かけ》て間《ま》なくころさせたし」と、彼《かの》人形をつきころばし、姦《かしま》しく[一七]立噪《たちさはぎ》てやむ事なし。又袖垣《がき》殿といへる女臈《ぢよらう》は、本国伊勢《ほんごくいせ》の桑名《くはな》の人なるが、縁付《あんづき》せぬ先《さき》から悋氣《りんき》ふかく、下女《げぢよ》どもの[一八]色《いろ》つくるさへ[一九]せかれて、鏡《かゞみ》なしに髪《かみ》をゆはせ、身に白粉《はくふん》をぬらせず、いやしからぬ生付《うまれつき》を[二〇]悪《あし》くなしてめしつかひしを、世間《せけん》に聞及《きゝおよび》て、[二一]人うとみ果《はて》ければ、是非《ぜひ》なく[二二]生女房《きにようばう》にて爰《こゝ》

一　眉根が痒くなって掻いたから、きっとよい事があるだろうと。眉の痒いのは恋人にあう前兆という俗説がある。
二　恥じ合う様子もなく。
三　もたれかかっているところを。
四　鉄漿(おはぐろ)をつけた口を開いて。
五　人の姿を生き写しにした人形。美人の人形。
六　その次の女が我を忘れてにょろにょろと進み出て。
七　よくもこんな事をと思うような事をのめのめといった。
八　入婿。
九　その聟めはどうにも仕方のない色好みで。
一〇　そこの女達が居眠りばかりしていた。
一一　姪はそれを悋気もせず綺麗にさばいて。
一二　よく調べて。
一三　肱は肱金で、かける方、壺は凹形の金具。肱は柱にとりつけ、壺は開き戸につける。
一四　丙午の女は夫を喰い殺すという俗説がある。姪は丙午生れであるが、その甲斐もなく、かえって男にくわれて病気になった。
一五　強蔵。精力者。
一六　この姿人形。
一七　とめどもなく騒ぎたてた。
一八　化粧する。容姿をつくる。
一九　塞かれて。邪魔をして。
二〇　わざわざ醜くして。
二一　人々が爪はじきをしたので嫁にもらい手がなく。
二二　生娘のまま。未婚の女。

にくだりぬ。「こんな姿《すがた》の女[二三]目が氣《き》[二四]を通《とを》し過《すぎ》て、男の夜どまりするをもかまはぬ物じや」と、科《とが》もなき彼人形《かのにんぎやう》をいためける。

銘《めい》〻に云《いひ》[二五]がちなれども、中〻こんな悋氣《りんき》は御前《ごぜん》さまの御氣《き》に入《(いる)》事にあらず。

[二六]それがしが番《ばん》に當《あた》る時《とき》、くだんの人形《にんぎやう》[二七]をあたまから引《ひき》ふせ、其《(その)》うへに乗《のり》かゝつて「をのれ手掛《てかけ》[二八]の分《ぶん》として殿《との》の氣《き》に入《(いり)》、本妻《ほんさい》を脇《わき》になして、おもふまゝ[二九]なる長《なが》枕《まくら》。をのれ只置《をく》やつにあらず」と、白眼《にらみ》つけて歯切《はぎり》[三〇]をして、骨髓通《こつずいとを》[三一]してうらみし有様《ありさま》、御[三二]前さまの不断おぼしめし入の直中《たゞ》へ持《もつ》てまいれば、「それよ〳〵、此《(この)》人形にこそ子細あれ。殿様《とのさま》[三三]我をありなしにあそばし、御[三四]国本より美女取《びぢよ(とり)》よせ給ひ、明暮是《あけくれ(これ)》に悩《なづま》せ給へども、女の身のかなしさは、申《(まうし)》[三五]て甲斐《かひ》なき恨《うら》み、せめてはそれ[三六]目が形《かたち》を作《つく》らせて、此《(この)》[三七]ごとくさいなむ」と、御言葉《ことば》の下《した》より、不思義《ふしぎ》や人形眼《まなこ》をひらき、左右《さう》の手をさしのべ、坐中《ざちう》を見まはし、立《(たち)》あがりぬる氣色《けしき》、[三八]見とめる人もなく、踏所《ふみどころ》[三九]さだめずにげさりしに、御前《ぜん》さまの上《うは》[四〇]がへのつまに取《(とり)》つきしを、やう〳〵に引《(ひき)》わけ、何の事もなかりし。

是《(これ)》ゆへか後《のち》の日なやませ給ひ、凄《すさま》[四一]じく口ばしせらるゝは、人形《ぎやう》の一念にもあるやらんと、いづれも推量《すいりやう》して、「此まゝに置《をか》せ給ひなば、なを此後執心《(この)のちしうしん》[四二]すかぬ事ぞ。兎角《とかく》[四三]は煙《けぶり》になして捨《すて》よ」など内談極《ないだんきは》め、御屋敷の片陰《かたかげ》にて燒拂《やきはら》ひ、其《(その)》

二三 女め。
二四 粋を利かせ過ぎて。
二五 我勝におしゃべりをしたが。
二六 私の番。一代女の番。
二七 いきなり。はじめから。
二八 妾の分際として。
二九 のうのうと二人寝の長枕に寝ている。
三〇 歯ぎしりして。
三一 心魂に徹して。
三二 奥方がふだん思っている図星をさしたので。
三三 私をあれども無きが如く取扱われ。
三四 お国元。
三五 恨みを申しても甲斐がないので。
三六 その女めの姿を作らせて。
三七 このように責めさいなむのだ。
三八 怖いのでそれをはっきり見届ける人もなく。
三九 足の踏み場も定めずに逃げ出した。
四〇 お召物の上前の褄《つま》。
四一 大へんうわごとを口走るようになった。「口ばし」は口走り、うわごとを口走ること。
四二 この執念から今後もなおよろしくないいやな事が起るであろう。
四三 何はさておき焼きすててしまえ。

跡灰《あとはい》も残《のこ》さず土《と》中に埋《うづ》みし。[一]いつとなく其《(その)》塚《つか》の恐《をそ》るゝにしたがひ、夕暮毎《ごと》に[二]喚《わめき》叫《さけぶ》事嫌疑《うたがひ》なく、是《(これ)》を傳《つた》へて世の嘲哢《あざけり》とはなりぬ。此事御[三]中屋敷に洩聞《もれきこ》へて、殿様《さま》をどろかせ給ひ、有増《あらまし》を御たづねなさるべきとて、[四]表使《おもてつかひ》の女をめされけるに、役目《やくめ》なれば是非《ぜひ》もなく御前《ぜん》に出《(いで)》て、今は隠《かく》しがたくて、ありのまゝに人形《ぎやう》の事を申上《(まうしあげ)》しに、[五]皆《みな》ゝ横手《よこで》をうたせ給ひ、「女の所存《しよぞん》程[六]うたてかる物はなし。定《さだ》めて[七]国女も[八]其《(その)》思ひ入《(いれ)》に命を取《とら》るゝ事、程はあらじ。[九]此《(この)》事聞《きか》せて国元《くにもと》へ帰《かへ》せ」と仰《おほ》せける。此《(この)》女嬋娟《たをやか》にして跪《ひざま》づける風情《ふぜい》、寂前《さいぜん》の姿《すがた》人形のおよぶべき事にはあらず。[一〇]それがしもすこしは自慢《じまん》をせしに、[一一]女を女の見るさへ瞬《まばゆ》くなりぬ。是《(これ)》程の美女《びぢよ》なるを、[一二]奥《おく》さま御心入《(こゝろいれ)》ひとつにて、悋氣講《りんきかう》にて[一三]のろひころしける。殿《との》も女はをそろしく[一四]おぼしめし入られて、それよりして[一五]奥《おく》に入《(いら)》せ給はず、[一六]生別《いきわか》れの後家分《ごけぶん》にならせ給ふ。是《(これ)》を見て此《(この)》御奉公《ほうこう》にも[一七]氣《き》を懲《こら》し、御暇《いとま》申《(まうし)》請《うけ》て、出家《しゆつけ》にも成《(なる)》程のおもひして、又上方《かみがた》に帰《かへ》る。さらくせまじき物は悋氣《りんき》、是《(これ)》女のたしなむべきひとつなり。

調謔哥船《たはぶれのうたふね》

一　いつとなく人々がその塚を恐れるようになるにつれて。
二　女の泣き叫ぶ声が正しく聞こえるという噂がたち。
三　上屋敷の控え屋敷。上屋敷の別邸。この殿は別邸にいた。
四　一代女をさす。
五　なるほどと合点して。
六　うたてくある。いとわしい。度し難い。
七　国御前ともいう。これは国元から呼びよせた側室。
八　奥方の執念によって。「思ひ入」は執念、一念。
九　この事情をよく話して。
一〇　私も多少器量自慢であったが。
一一　女の目からもまばゆく思うほどであった。
一二　奥方の執念一つで。
一三　呪い殺そうとしたという意。西鶴の筆癖。
一四　しみじみと思し召されて。
一五　奥方のいる所へはお入りにならず。
一六　生き別れの後家という立場になられた。
一七　いや気をさす。こりごりする。

[一八]多《おほ》くても見ぐるしからぬとは書《かき》つれども、人の住家《すみか》に[一九]塵五木《ちりごもく》の溜《たま》る程、世にうるさき物なし。難波津《なにはづ》や入江も次第《しだい》に[二〇]埋《むも》れて、[二一]水串《みをづくし》も見えずなりにき。[二二]都鳥《みやこどり》は[二三]陸《くが》にまどひ、蜆《しゞみ》とる濱《はま》も[二四]抄菜《つまみな》の畠《はたけ》とはなりぬ。むかしに替《かは》り、[二五]新川《しんがは》の夕詠《ゆふなが》め、[二六]鉄眼《てつげん》の釈迦堂《しやかだう》、是《(これ)》ぞ[二七]佛法《ぶつぽう》の昼《ひる》にすぎ、芝居《しばゐ》の果《はて》より[二八]御座《ござ》ぶねをさしよせ、呑掛《のみかけ》て酒機嫌《さかきげん》、やう〳〵[二九]ゑびす橋《ばし》よりにしに、ゆく水《みづ》につれて半町《はんてう》ばかりさげしに、はや[三〇]此《(この)》舟《ふね》すはりて、さま〴〵うごかせども其《(その)》甲《か》斐《ひ》なく、けふの慰《なぐさ》み[三一]あさなくりておもしろからず、爰《こゝ》に[三二]汐時《しほどき》まつとや、[三三]心當《こゝろあて》なるうりもばらりと[三四]違《ちが》ひ、[三五]三五の十八[三六]焼物《やきもの》のあたま数讀《かずよみ》て、膳《ぜん》出し前《まへ》に[三七]下風鱠《おろしなます》の[三八]子《こ》もなくあへて、[三九]先《さき》のしれぬ[四〇]三軒《げん》屋より、爰《こゝ》でくふて仕舞《しまへ》と、夕日の影《かげ》ほそくなりしに、竿《さほ》さしつれて[四一]棚《たな》なし舟《ぶね》のかぎりもなくいそぐを見しに、是《(これ)》かや今度《こんど》の[四二]芥捨舟《あくたすてぶね》、よき事を仕《し》出し、人の心の深《ふか》く川も埋《むま》らず、末《すゑ》とかゝる遊興《ゆうけう》の爲《ため》ぞと、よろこぶ折ふし、此《(この)》五木《ごもく》の中に[四三]わけらしき文反古《ふみほんこ》ありしに、其舟《そのふね》へ手のとゞくを幸《さいはひ》につゐ取《(とり)》て見しに、京《きやう》から銀借《かねかり》につかはせし文章《ぶんしやう》おかしや。「銀八拾目にさしつまり、[四四]内證借《ないしようがり》にして、其代《そのかはり》には朝夕念《あさゆふねん》ずる弘法大師《こうぼうだいし》の御作《ごさく》の[四五]如來《によらい》を濟《すま》す迄預《あづ》け置《をく》べし。うき世の戀《こひ》はたがひ事、さる女を久しくだました替《かは》りに、[四六]いやといはれぬ首尾《しゆび》になりて、[四七]子を産《うます》うちの入目《(いりめ)》、是非《ぜひ》に頼《たのみ》たてまつる。平野屋傳左衛門様まいる。賀茂《かも》屋八兵

一八「多くて見苦しからぬは文車の文、塵塚の塵」(徒然草七二)。一九「五木」はあて字。埃置(ごみおき)の約か。芥。二〇塵芥のために入江は埋もれて浅くなり。二一澪標(みおつくし)。澪の所在を示す標竿。或は浮標を碇置して澪筋を示すのもある。澪は河海の浅水部中、やや深くて船の通航し得る水路をいう。二二水禽の一種。嘴と脚長く紅い。また鷗の異名ともいう。二三「ただ水鳥の陸にまどへる心地して」(源氏物語、玉葛)。二四間引菜。二五貞享元年二月河村瑞軒の開鑿。元禄十一年に安治(じあ)川と改む。二六難波元町の慈雲山瑞竜寺の俗称。寛文十年鉄眼禅師の建立。二七仏法の隆盛な意から昼過ぎといい続けた。二八屋形の遊山船。二九道頓堀川に架けた橋。道頓堀の夷橋から西へ。三〇その船が浅瀬に乗り上げて。三一「浅くなりて」の誤。三二上げ潮時。三三心当にしていた料理。三四すっかり見当が狂って。三五勘定の合わぬこと。計画や予想の外れること。三六焼物を客の頭数だけ漸くそろえて。三七鯉や鮒を三枚におろし、身を薄く作り、煎った鯉または鮒の子を加えて和(あ)えた膾。三八煎り子もなく和えて。三九いつ着くともわからぬ。四〇大阪市大正区三軒屋町の辺。木津川口にあって茶屋が多かった。四一舟棚のない小舟。四二河村瑞軒が新川開鑿の時に案出して使用した渫船。四三仔細のありそうな文反古。四四保証人をたてない借用。四五如来像。四六のっぴきならぬはめになって。四七子供を産ます間の費用。

一 大坂には魚荷飛脚宿があって、大坂から京都へ魚を運び、また飛脚もした。賃銭は片便一通十文、返事取十五文に定まっていた。
二 よくよく困ったので。
三 訴願状の宛名の下に書くような「様」の字を書いて。原本、様に「やう」と振仮名してあるのは誤で、「さま」とすべきである。様の字の永を楷書で正しく書くいわゆる永様(えいさま)である。相手を尊敬した書法。
四 京坂間の距離。
五 自分とは無関係な人の事ではあるが。
六 これは貸してやればよいのに。
七 町役人。町年寄または名主の下役。今日の遊山の接待掛り。
八 金杓子に吸物椀を持ちそえたまま見やって。
九 皆の身の上の方があぶない。
一〇 家の抵当が流れる人だし。なお、上の晦日の振仮名は「つごもり」の誤。
一一 安い入札で普請を請け負った人だし。
一二 米相場のたつ所。
一三 空売買。現物をもたずに米の売買をする人。
一四 無理。邪(よこ)。
一五 今後。
一六 身分不相応な色遊びはやめることにしようと。「やめぶん」は「止め分」。
一七 筑前船は北浜四丁目沿岸、肥後船は越中橋の左右というように碇泊地が一定していた。

衛より。此《(この)》文《ふみ》の届賃《とゞけちん》此《(この)》方にて[一]十文《もん》魚《うを》荷《に》に相《(あひ)》わたし申《(まうしさふらふ)》ゆ」との斷《ことは》り書《がき》、[二]よく〳〵なればこそ[三]目《め》安《やす》書《かく》やうなる様書《やうかき》て、はる〴〵[四]十三里《り》の所《ところ》を無心《むしん》は申《(まうし)》つかはしけるに、[五]しらぬ事ながら[六]是《(これ)》はかしてもとらさひで、京にもない所《ところ》にはない物は銀《かね》ぞと、をの〳〵腹抱《はらかゝへ》て大笑《わら》ひしばらくやむ事なし。人を笑《わら》ふ人ゝを[七]町代《てうだい》[八]かなじやくし吸物椀《すひものわん》を持《もち》ながら、身体《しんだい》の程をおもひやるに、京のかね借者《かるもの》よりは、[九]いづれも身のうへのあぶなし。ひとりは來月晦日切《らいげつつもごりぎり》に[一〇]家質《いゑじち》の流《なが》るゝ人、又ひとりは[一一]安札《やすふだ》にて普請《ふしん》する人、今独《ひとり》は[一二]北濱《きたばま》の[一三]はた商《あきなひ》する人、年中僞《ねんぢうそ》と[一四]横《よこ》と欲《よく》とを元《もと》手《で》にして世《よ》をわたり、それにも色道《しきだう》のやまぬはよい氣やとつぶやくを聞《きゝ》て、皆《みな》〳〵心のはづかしく、[一五]向後《きやうかう》[一六]身にあまりての色《いろ》をやめぶんと、おもひ定《さだ》めしうちにも、なをやめがたき此道《(この)みち》ぞかし。

そも〳〵川口に[一七]西國船《さいこくぶね》のいかりおろして、我古里《わがふるさと》の

嗅《かゝ》おもひやりて、淋《さび》しき一八枕《まくら》の浪《なみ》を見掛《かけ》て、其《(その)》人に一九ぬれ袖《そで》の二〇哥《うた》びくに迚《とて》、二一此津《(この)つ》に入《(いり)》みだれての二二姿舟《すがたぶね》、艫《とも》に二三年《とし》がまへなる親仁《おやじ》、居《ゐ》ながら梶《かぢ》とりて、比丘尼《びくに》は大かた淺《あさ》黄《ぎ》の木綿布子《もめんぬのこ》に、竜門《りうもん》の中幅《ちうはゞ》帯《おび》まへむすびにして、黒羽《くろは》二重《ぶたへ》の二四あたまがくし、二五深江《ふかゑ》の二六お七ざしの加賀笠《かゞがさ》、二七うねたびはかぬといふ事なし。二八絹《きぬ》のふたの丶すそみじかく、二九とりなりひとつに拵《こしら》へ、三〇文臺《ぶんだい》に入《(いれ)》しは三一熊野《くまの》の牛王《ごわう》、三二酢貝《すがい》、耳《みゝ》がしましき三三四つ竹《だけ》、小比丘尼《こびくに》に定《さだま》りての一三四升《せう》びしゃく、三五勧進《くはんじん》といふ声《こゑ》も引《ひき》きらず、はやり節《ぶし》をうたひ、それに三六氣《き》を取《(とり)》、外《ほか》より見るもかまはず三七元《もと》ぶねに乗移《のりうつ》り、三八分《わけ》立《(たて)》て後《のち》、三九百つなぎの錢《ぜに》を袂《たもと》へなげ入《(いれ)》けるもおかし。あるはまた四〇割木《わりき》を其《(その)》あたひに取《(とり)》、又四一はさし鯖《さば》にも替《かへ》、同じ流《なが》れとはいひながら、是《(これ)》を思へば、すぐれてさもしき業《わざ》なれども、昔日《そのかみ》より此所《(この)ところ》に目馴《なれ》ておかしからず。

一八 波枕。船中の旅寝。一九 浪の縁語で、売色のこと。二〇 流行歌をうたい、淫をひさいだ比丘尼。二一 この港。二二 美女をのせた舟。色舟。二三 相当年をとった親仁。二四 比丘尼は頭を黒い布で巻いていた。二五 大阪市東成区深江町。菅笠が名物であった。二六 お七という笠作りが作った加賀笠。加賀笠は菅笠の上品なもの。二七 畦刺の足袋。木綿糸で刺した足袋。二八 絹の二布(ふたの)。腰巻。二九「とりなり」は衣裳風俗。みんな同じいでたちをして。三〇 比丘尼の持っている文庫をいう。三一 熊野権現から出した護符。この紙の裏に起請を書いた。三二 さざえ科の小螺貝。↓補注三三。三三 両手に二片ずつ持って鳴らす楽器。三四 一升柄杓。勧進比丘尼が金をもらう時にうける柄杓。勧進比丘尼は浄土和讃などをうたいながら、念仏を勧進した尼僧。歌比丘尼ともいう。紀州熊野山から派遣されるものが多かったので熊野比丘尼ともいう。後には淫売婦に堕落した。三五 クワンといってジーンという声を長く引っ張る。「引きらず」はいつまでも引っ張っているという意。三六 男の気を取る。男の心を誘う。三七 碇泊中の親船(本船)。三八 情事をすませてから。三九 銭百文つないだ緡(さし)。四〇 薪を情代金として取り。四一 鯖を背割にして塩漬にしたものを二枚ずつ刺したもの。

人の行《ゆく》するゑは更《さら》にしれぬものぞ。我もいつとなく、いたづらの数《かず》つくして、今惜《おし》き黒髪《くろかみ》を剃《そり》て、[一]高津《たかつ》の宮《みや》の北《きた》にあたり、[二]高原《たかはら》といへる町《まち》に、軒《のき》は笹《さゝ》に葺《ふき》て幽《かすか》なる奥《おく》に、[三]此《(この)》道《みち》に身《み》をふれし[四]おりやうをたのみ、勤《つと》めてかくも浅《あさ》ましくなるものかな、雨《あめ》の日嵐《あらし》のふく日にもゆるさず、[五]かうしたあたま役《やく》に、白米《はくまい》一升《せう》に銭《ぜに》五十、それより[六]しもづかたの子《こ》共にも、定《さだめ》て五合づゝ毎日《まいにち》取られければ、をのづといやしくなりて、むかしはかゝる事にはあらざりしに、近年遊女《きんねんゆうぢよ》のごとくなりぬ。是《(これ)》もうるはしきは大坂の[七]屋形《やかた》町まはり、[八]おもはしからぬは河内《かはち》、津の国里《くにさと》ゝ《(ぐ)》をめぐり、[九]麦秋《むぎあき》[一〇]綿時《わたどき》を戀《こひ》のさかりとはちぎりぬ。我《われ》どこやらに[一一]すぎし時《とき》の様子《やうす》も残《のこ》れば、[一二]彼《かの》ふねよりまねかれ、それをかりそめの縁《ゑん》にして、後《のち》は小宿《こやど》のたはぶれ、一夜《や》を三匁すこしの[一三]露《つゆ》を何《なに》ぞと思へど、[一四]戀草《こひぐさ》のしげくして、間《ま》もなふ三人ながら[一五]たゝきあげさせて、[一六]跡《あと》はしらぬ小哥《こうた》ぶし、[一七]つらやつめたや、そのはづの事、[一八]いかなる諸分《しよわけ》に[一九]もつかへばかさのあがる物、その心得せよ、[二〇]上《うは》氣《き》八助合点《がってん》か。

金紙七髻結《きんがみのはねもとゆひ》[二一]

一 大阪市南区にある。 二 南区瓦屋町の附近。高原焼の産地。 三 比丘尼の稼業に年功を経た。 四 お寮。比丘尼の親分。 五 こうした尼姿の税として一人当り白米一升に銭五十をお寮に納める。 六 下つ方。年少。 七 蔵屋敷。武家屋敷。 八 あまりよろしくないのは。 九 旧暦五月。麦のでき秋。 一〇 旧暦八月。綿の取り入れ時。 一一 昔の色香が残っていたので。 一二 川口の船。 一三 豆板銀。こまがね。恋草の縁語に用いた。「露を何ぞ」は「白玉か何ぞと人のとひしとき露とこたへて消なましものを」(伊勢物語)。三匁位はごく僅かで何程の費用でもないようだが。 一四 それが度重なるに従って。「なほ恋草のこと繁く邪淫の思ひにこがれ行く」(謡曲、船橋)。 一五 身代をつぶさせて。財布をはたかせて。 一六 あとはそしらぬ顔で小歌節をうたっている。 一七 薄情にはちがいないが、それも当然のなりゆきと申すもの。 一八 どんな安直な色事でも。 一九 度重なると莫大な嵩(かさ)にのぼるもの。 二〇 何と浮気男よ、わかったか。上気八助は花見次郎・有明主水のように仮設の人名。

二一 平髻(ひらもとゆい)の両端に針金を入れてはね上げたもの。

[二二]烏羽黑《うばたま》の[二三]髪《かみ》の落《おち》、[二四]みだれ箱《ばこ》、[二五]十寸鏡《ますかゞみ》の二面《ふたおもて》、見しや[二六]假粧《けしやう》べやの風情《ふぜい》、[二七]女は髪《かみ》かしら姿《すがた》のうはもりといへり。我《われ》いつとなく人の形振《なりふり》を見ならひ、當世《たうせい》の[二八]下嶋《さげしま》田《だ》[二九]惣釣《そうづり》といふ事を結出《ゆひ(いだ)》し、去《さる》御かたへ[三〇]御梳《おかんあげ》にみやづかひをつかふまつりける。[三一]其時《(その)とき》にかはり、[三二]兵庫曲《ひやうごまげ》ふるし、[三三]五段曲《ごだんまげ》も見にくし、むかしは律義千万《りちぎせんばん》なるを人の[三四]女房《にようばう》かた氣《ぎ》と申《(まうし)》侍《はべ》りき。近年《きんねん》は人の嫁子《よめご》もおとなしからずして、遊女《ゆうぢよ》[三五]かぶき者《もの》の[三六]なりさまを移《うつ》し、[三七]男のすなる袖口《そでぐち》ひろく、[三八]居腰《すへごし》蹴出《け(だ)》しの道中《だうちう》、[三九]我身《わがみ》を我《わが》まゝにもせず、[四〇]人の見るべくを大事《だいじ》に掛《かけ》、脇良《わきがは》にうまれつきしあざをかくし、足《あし》くびのふときを裾長《すそなが》にして包《つゝ》み、口の大きなるを俄《にはか》にすぼめ、云《いひ》たい物をもいはず、思ひの外《ほか》なる苦勞《くらう》をするは今時《いまどき》の女ぞかし。つれそふ男さへ[四一]堪忍《かんにん》せば、[四二]ゆがみなりに、やれ扨浮世《(さて)うきよ》と思へども、[四三]ふたつ取《どり》には見よきにしかじ。惣《そう》じて[四四]九所《こゝのところ》共《(とも)》に揃《そろ》ふたる女は稀《まれ》なるに、見よく大かたなる娘《むすめ》に敷銀付《しきぎんつけ》ての縁組《えんぐみ》、いつの世にはじめて是程無分別《むふんべつ》はなし。[四五]其《(その)》ようぎ次第《しだい》に、男のかたより金銀《きんぐ》とるはずの事なるべし。

我《われ》[四六]四度《ど》の御仕着《しきせ》に[四七]八拾目に定《さだ》め、一とせ勤《つと》めし初《はつ》の日[四八]二月《きさらぎ》二日に、曙《あけぼの》はやく其《(その)》御屋形《かた》にまかりしに、奥《おく》さまは朝湯殿《あさゆどの》に入らせられ、しばらくあつて自《みづから》を[四九]こぶかき納戸《なんど》にめさせられ、御目見へいたしけるに、其《(その)》御年比はいまだ廿《はたち》にもた

二二「ぬばたまの」の転。射干玉(ぬばたま)は丸くて黒いので、黒・夜・夕・髪などにかかる枕言葉。二三 ぬけ毛。二四 蓋のない箱。梳った乱れ髪を入れる。今は衣裳などを入れるのをみだれ箱という。二五 真澄鏡。澄んで明かな鏡。二六 女の化粧部屋の様子。二七「女は髪頭」という諺がある。女は髪かたちが姿の上で一番大事なもの。「うはもり」は最上のものという意。二八 根を低くした島田髷。二九 両鬢を布巾で包み上げたもの。三〇 御髪上。髪結の御奉公をした。三一 その時々で髪風は変るもので。三二 近世初期の結髪。兵庫の遊女が結いはじめたという。それも今は流行遅れだ。三三 女用訓蒙図彙所載の御所風というのがこれに当るか。結い上げた形状が五段になっているからであろう。三四 女房気質。三五 歌舞伎者。伊達者。三六 なりふり。三七 土佐日記の「男もすといふ日記といふ物を女もして」の口調。当時男物の袖口は伊達を好んで八寸五分もあった。三八 腰を据え裾を蹴出して、遊女の道中姿のような歩き方をして。三九 自分の身体を自分の思うままにせず。不自由な思いまでして。四〇 外見を重んずる。四一 不満足ながらままならぬが浮世とあきらめても。四二 我慢すれば。四三 二つのうちどちらかを選ぶとすれば。四四 書言字考節用集に九容として、足・手・目・口・頭・気・立容・色容・声をあげている。四五 標緻(きりやう)次第では。四六 春夏秋冬四回の仕着せ。普通の奉公人は年二回の仕着せであったが、妾や腰元は四回であった。四七 給銀八十匁の約束で。四八 奉公の出替りの日。寛文九年以後三月五日に一定した。四九 小深き。ちょっと奥まった。

り給ふまじ、さりとてはやさしく、御ものごししほらしく、又世の中にかゝる女﨟《らう》もあるものかと、女ながらうらやましく見とれつるうちに、[一]したしき御事ども仰《おほせ》られて後《のち》、「ちかごろ申《(まうし)》かねつれども、[二]内證《ないしよう》の事ども何《なに》によらず外《ほか》へもらさじと、日本《にっぽん》の諸神《しよじん》を書込《かきこみ》、[三]誓紙《せいし》」との御のぞみ、[四]する〳〵の様子《やうす》はしらぬ事ながら、[五]主人《しゆじん》に頼《たの》み身をまかせつるうへは、[六]それをもるゝにあらず、御心にしたがひ、筆取《ふで(とり)》て書《かき》つるうちにも、我《われ》さだまる男もなければ、いたづらは佛神《ぶつじん》もゆるし給《たま》へと、心中《しんぢう》に觀念《くはんねん》して、[七]おぼしめさるゝまゝに書《かき》あげゝる。「此《(この)》うへは[八]身の程を語《かた》べし。[九]人におとらぬ我《われ》ながら、髮《かみ》のす[一〇]くなくかれ〴〵なる事のなげかし。是《(これ)》見よ」と[一一]引《ひき》ほどき給へば、[一二]かもじいくつか落《おち》て、「[一三]地髮《ぢがみ》は[一四]十筋《とすぢ》右衛門」と、うらめしそふに御泪《なみだ》に袖《そで》くれて、「はや四年も殿《との》とはなじみまいらせ、折ふ

一 うちとけたお話などがあってから。
二 うちうちの秘密のこと。
三 誓紙をもらいたい。
四 将来どうなるかはわからないが。
五 主人と頼み身をまかせた以上は。
六 その仰せにそむくつもりはない。
七 奥様の思し召される通りに。
八 我が身の上を。
九 私は標緻は人に劣らぬつもりだが。
一〇 ほんのぱらぱらに生えているだけで。
一一 髮をほどかれると。
一二 髱(かも)がいくつも落ちて。髱は婦人の添え髮。いれがみ。
一三 生えぬきの髮。
一四 十筋くらいしかないというのを擬人化した。

しは夜《よ》ふけての御かへり、只事《たゞごと》にあらねば、すこし腹《はら》立《たち》て枕遠《まくらとを》のけて空寝入仕《そらね(いり)し》掛《かけ》一五口舌《くぜつ》の種《たね》とはなしけれども、もしや髪《かみ》とかれては戀《こひ》の覚《さめ》ぎはをかなしく、思へば口惜《おし》。年ひさしくかくしぬるせつなさ、かまへて一六沙汰《さた》する事なかれ。女は一七たがひ」

と、打掛給《うちかけたま》ひし地《ぢ》一八なしの御小袖《こそで》をくだし給はりし。よく／＼恥《はぢ》給へばこそと、ひとしほ御いとしさまさりて、影身《かげみ》に添《そひ》て一九萬《よろづ》をくろめ見せざりしに、二〇其《(その)》程すぎて二一筋《すぢ》なきりんきあそばし、我髪《わがかみ》のわざとならず二二長《なが》くうるはしきをそねみ給ひ、二三切《きれ》とはめいわくながら主命是非《しゆめいぜひ》なく、見ぐるしき程になしけれども、「それも亦《また》むかしのごとく頓《やが》てなりやすし。額《ひたい》のうすくなる程抜捨《ぬきすて》よ」とは、二四仰《おほ》せながら情《なさけ》なく、兎角《とかく》は御暇乞《いとまこひ》しに、それも御ひま出《(いだ)》されずして、明暮《あけくれ》二五さいなみ給《たま》へば、身はやつれてうらみ深《ふか》く、二六よからぬ事のみたくみ、いかにしてか奥《おく》さまの髪《かみ》の

一五 痴話口説の種としたが。
一六 決してこの事だけは人にもらしてくれるな。
一七 女は相見互いのものだから。
一八 模様をのぞいた地の部分の全面に金銀箔を置いた小袖。
一九 何事につけても欠点をかくしてやった。「くろめ」は取り繕う意。
二〇 月日が立つにつれて。
二一 理由のない悋気。わけのわからない悋気。
二二 おのずから。生れつき。
二三 切ってしまえというのは。
二四 主命とはいえ、あまりに情ないので。
二五 責め苛(さいな)まれるので。
二六 よろしくない事をたくらみ。

事を殿様《とのさま》にしらせて、[一]あかせましてとおもふより、飼猫《かひねこ》[二]なつけて、夜《よ》もすがら結髪《ゆひがみ》に[三]そばへかしける程に、後《のち》は夜毎《よごと》に肩《かた》へしなだれける。あるとき雨《あめ》の淋《さび》しく、女まじりに殿《との》も宵《よゐ》より御機嫌《きげん》のよろしく、[四]琴《こと》のつれびきあそばしける時《とき》、彼猫《かのねこ》を仕《し》かけけるに、何《なに》の用捨《ようしや》もなく奥《おく》さまの[五]おぐしにかきつき、[六]かんざし[七]こまくらおとせば、五年の戀興覺《こひけうさま》し、うつくしき良《かほ》ばせかはり、絹引《きぬひき》かづきものおもはせける。其後《(その)》は[八]ちぎりもうとくなり給ひ、[九]よの事になして御里《さと》へをくらせける。其跡《(その)あと》を[一〇]我《わが》物にして[一一]首尾《しゆび》を仕掛《しかけ》る。[一二]雨《あめ》おたやみなく人稀《まれ》なる暮《くれ》がたに、旦那《だんな》は物淋《ものさび》し氣《(げ)》に御居間《ゐま》の床縁《とこぶち》を枕《まくら》にし給ひ、心よく夢《ゆめ》を見かゝり給ふ折ふしを、[一三]濡《ぬれ》のはじめのけふこそはとおもはれ、呼《よび》もあそばさぬに、あい〳〵と御返《へん》事《じ》申《(まうし)》て、おそばちかく行《ゆき》て、[一四]申《(まうし)》ゝと起《おこ》したてまつり、「御呼なされましたが、何《なに》の御用《よう》」と申せば、[一五]「をれはよばぬが」と仰《おほ》せける程に、「さては私《わたくし》の聞違《きゝちが》へました」など申《(まうし)》て、其《(その)》まゝはかへらず、しどけなく見せかけ、[一六]おあとへおふとんきせまして、[一七]本《ほん》の御枕《まくら》にしかへさせまいらせければ、「そこらに人ないか」と尋《(たづね)》させらるゝ時、「けふにかぎつて誰《たれ》もおりませぬ」と申せば、我《わが》手を取《(とり)》給ふより[一八]手に入《(いれ)》て、こちの物になしける。

一　愛想をつかさせようと。
二　手なずけて。
三　じゃれつかせる。
四　奥様が琴の連れ弾をしておられたところへ。
五　お髪(ぐし)にとびついてひっかき。
六　簪。
七　小枕。結髪の中に入れる木枕。
八　夫婦の契も遠のいてしまい。
九　ほかの事にかこつけて。
一〇　殿様を我が物顔にして。
一一　機会をねらって、うまく恋をもちかけた。
一二　小止み。
一三　濡れそめるなら今だという気がして。
一四　申し申し。呼びかける言葉。
一五　おれは呼ばないが。
一六　足の方へお蒲団をお着せ申し。
一七　本当の枕。
一八　とうとう男を手に入れて、籠絡してしまった。

繪入

好色一代女

四

巻四

一　同じ女に生れながら、介添女となって、新婚の夫婦の睦言に耳をたてるのは味気ない世の中だ。
二　一代女が物縫女になりながら、恋を求め歩いたこと。
三　武家屋敷の茶の間女になっても、明暮男の事を思って胸をもやしていること。
四　半季の契約で中居になり、六十匁の給銀をもらったが、女隠居の弄びものになるのがいやさに、勤めをやめた話。

五　母親の御自慢の娘が花嫁になっても、ちやほやされるのは一年くらいのもので、あとはあきられてしまう。
六　一代女は介添女をして、そのことがはっきりわかった。
七　針の道筋を知っていたので、お針女になったが、堅気な思いもいつしか綻び、自分の家に男を引き寄せて、濡れ事にふけった。

好色《こうしよく》一代女

目《もく》録《ろく》

巻四

五 それ〳〵に母親《はゝおや》の自慢娘《じまんむすめ》
娌《よめ》入は一年の花
詠《なが》めあく物ぞかし
六 替添《かいぞへ》女をして
是を見およぶ

身替長枕《みがはりのながまくら》

七 お物師《ものし》女となりて
針《はり》の道《みち》すぢより
おもひのほころぶる程
我宿《わがやど》の思ひ出に
ぬれごろも

墨絵浮氣袖《すみゑのうはきそで》

八 武家屋敷の茶の間女になったが、水をむけてくれる男がないので。

九 昔をしのぶ一ちょうらの黄無垢で藪入姿を作り、男珍らしく思う。

一〇 中居になって堺に勤めていた時、女隠居になぶりものにされた。

一一 世の中にはこういう世に知られぬ滑稽もあるものだ。

屋敷琢澁皮《やしきみがきのしぶりかわ》

〽八水のさしてもなき
茶《ちゃ》の間《ま》女
九殿《との》めづらしき家父入姿《やぶいりすがた》
黄無垢《きむく》はむかしを
残《のこ》して是《（これ）》ひとつ

栄耀願男《ゑようのねがひおとこ》

〽一〇戀の中居《なかゐ》女をして堺《さかい》に
ありし時
御隠居《ゐんきょ》のかみさまに
なぶりものとなりぬ
一一世にはおかしき
事こそあれ
沙汰《さた》なし

一　上つ方。上流階級。御所方。武家方。
二　贅沢。はでなさま。
三　銘々の身分以上に。
四　仕立てる意であるが、縁付ける意に用いている。
五　浅はかな智恵。
六　十人並に。
七　おめかしをさせる。
八　身のこなし。挙動。
九　人目につく姿。
一〇　変り目変り目の芝居の噂。
一一　色事の趣向。
一二　人倫に外れた心。道にそむいた心。
一三　芝居のさまを見習って。
一四　以前は幅もせまく長さも短かかったが、延宝頃から一丈二尺位になる。
一五　辛気なこと。

身替長枕《みがはりのながまくら》

今時の縁組《ゑんぐみ》、するゞの町人百姓《しやう》迄、[一]うへづかたの[二]榮花《ゑいぐは》を見および聞傳《きゝつた》へて、[三]それぐの分限《ぶんげん》より奢《おご》て、衣類諸道具美《いるいしよだうぐび》をつくして[四]仕付《しつけ》ける。是《（これ）》當世《たうせい》の風《ふう》俗《ぞく》、身の程をしらぬぞかし。惣《そう》じて母《はゝ》の親《おや》、[五]鼻《はな》の先智恵《さきちゑ》にて、[六]大かたに生付《うまれつき》し娘自慢《むすめじまん》、はや十一二より各別《かくべつ》に[七]色つくりなし、をのづから筋目濃《きめごまか》に[八]爪端《つまはづれ》うるはしく、[九]人の目立采体《めだつとりなり》とぞなりける。[一〇]移變《うつりかは》る芝居《しばゐ》の噂《うはさ》、狂言《きやうげん》の[一一]うまひ仕組《しぐみ》を實《まこと》に見なし、一切《さい》の娌子浮氣《よめごうはき》になりて、[一二]外《ほか》なる心も是《（これ）》よりおこりぬ。なを風俗《ふうぞく》も[一三]それを見習《なら》ひ、[一四]一丈《じやう》弐尺の帶《おび》むすぶも[一五]氣のつきる事ぞ。むかしは女帶六尺五寸にかぎり

しに、近年長《きんねんなが》ふしての物好、[一六]見よげになりぬ。[一七]小袖の紋《もん》がらも[一八]此《(この)》程の仕出しに[一九]縫切《ぬひきり》の桜鹿子《さくらがのこ》、[二〇]脇《わき》よりは[二一]染着物《そめぎるもの》のやうに見せて、中ゝ[二二]百色《しき》の美糸《びし》をつくしける。此《(この)》一表《おもて》金子五兩づゝにして出來ぬ。萬《よろづ》の事此《(この)》ごとく[二三]人しらぬ物入《(ものいり)》、次第《しだい》に[二四]いたりせんさくの世なり。此《(この)》程下寺町《したでらまち》にて[二五]南都東大寺《なんととうだいじ》大佛《ぶつ》の縁起讀《えんぎよみ》給ふに、貴賤《きせん》袖をつらねける中に、[二六]女の盛《さかり》はすぎゆく花も香《か》もなき人、然《しか》も馬良《むまがほ》にして横《よこ》へひろがりし面影《おもかげ》、[二七]ひとつ〳〵見る程に、耳世間《みゝせけん》なみにて、其外《(そのほか)》は皆《みな》いやなり。されども[二八]よろしき所へ出生《しゆつしやう》して、[二九]風流《ふうりう》なる出立《(でたち)》、肌《はだ》に[三〇]りんずの白無垢《しろむく》、[三一]中に紫《むらさき》がのこの兩面《りやうめん》、[三二]うへに菖蒲八丈《あやめはちじやう》に紅《もみ》の[三三]かくし裏《うら》を付《つけ》て、[三四]ならべ島《しま》の大幅帶《おほはゞ》、いづれか女のかざり小道具《こだうぐ》の[三五]こる所もなし。折ふし呉服商賣《ごふくしやうばい》の若《わか》き者《もの》が是《(これ)》を見て沙汰《さた》しけるは、あの身のまはりを[三六]買《かひ》ねうちにして、[三七]壱貫《くはん》三百七十目が物と[三八]其道覺《(その)みちおぼへ》

一六 それも馴れるに従って却って見よいようになった。
一七 小袖の模様も。
一八 近頃の新柄には。
一九 桜の鹿子模様を総刺繡にしたもの。
二〇 ほかからちょっと見ると。外目(よそめ)には。
二一 染めた着物。
二二 実際は沢山の色糸で刺繡してある。
二三 人に見えない費用がかかり。
二四 至り穿鑿。物数寄の限りをつくすこと。
二五 貞享の初め、奈良東大寺の大仏再建のために、公慶上人が大坂の安治川の川口の大仏島に小庵を結んで勧進した。
二六 もう女の盛りは過ぎて花も香もないような人。
二七 顔の道具を一つ一つ穿鑿して見ると。
二八 金持の家に生れて。
二九 風流な扮装(いでたち)。
三〇 綸子。
三一 下着にも裏表ともぎれの紫鹿子。両面は裏表ともに同じきれで作ることをいう。
三二 上着には菖蒲色の八丈絹。
三三 胴裏・袖裏など、外から見えない裏。
三四 横縞のことか。大名縞のごときものか。
三五 何一つ揃わないものはない。
三六 仕入れ値段に見つもって。
三七 金一両を銀六十匁替とすれば、約金二十三両。
三八 その道によって賢く値ぶみをした。

て申《まうし》き。さても奢《おごり》の世の中や、此《この》衣裳《いしやう》の代《だい》銀にては、南脇《みなみわき》にて六七間《けん》口の家屋《いゑ》敷を[一]求《もと》めけるに、[二]したり〳〵、[三]寛濶者《くはんくわつもの》目と、人皆《みな》うち詠《なが》めける。

我《われ》[四]夏季《なつき》より奉公《ほうこう》をやめて、難波津《なにはづ》や[五]横堀《よこぼり》のあたりに小宿《こやど》をたのみて、[六]住《すむ》にはあらず、あなたこなたの御息女《そくじよ》娌《よめ》入の[七]替添《かいぞへ》女にやとはれしに、大坂はおもふより人の[八]心うはかぶきにして、[九]末《すゑ》の算用《さんよう》あふもあはぬも、縁組《ゑんぐみ》[一〇]くはれいを好《この》めり。娘《むすめ》の親《おや》は[一一]相應《さうおう》よりよろしき聟《むこ》をのぞみ、むすこの親《おや》は我より[一二]棟《むね》のたかき縁者《ゑんじや》を好《この》み、[一三]取《とり》むすぶより無用《むよう》の外聞《ぐはいぶん》斗《ばかり》をつくろひ、聟《むこ》のかたには俄普請《にはかぶしん》、娌《よめ》のかたには衣類《いるい》のこしらへ、[一四]一門《もん》の女談合《だんかう》[一五]よろづおもはく違《ちが》ひ、[一六]内證《ないしよう》ふるふて、百貫《くはん》目のしんだいの中より、[一七]敷銀《しきぎん》拾貫目、[一八]入用銀拾五貫目、それのみならず、[一九]末この物入《ものいり》、[二〇]年中《ねんぢう》のとりやり、[二一]鰤《ぶり》も丹後《たんご》の一番《ばん》、[二二]さし鯖《さば》も能登《のと》のすぐれ物を調《とゝの》へ、何角《なにか》に付《つけ》て[二三]氣にやるせなく、又其妹《そのいもと》も[二四]やり時《どき》になり、[二五]はじめの拵《こしら》へ程こそなけれ、[二六]大かたに仕付《しつけ》られしに、其弟《そのをとゝ》に[二七]よびどきになり、はや初産《うゐざん》して[二八]逆音《ぎやつと》いふより、守刀《まもりがたな》産着《うぶぎ》をかさね、親類《しんるい》つきあひ彼是隙《かれこれひま》なく、いつともなしに、目には見えずして金銀《きんぎん》へらして、娘縁《むすめゑん》に付てより[二九]しんしやうつぶす人数《かず》をしらず。聟《むこ》の母親も[三〇]其《その》ごとく[三一]ぶんざいより大《おほ》ていに見せかけ、日比《ひごろ》はそこ〳〵に氣《き》をつけて申せし[三二]始末《しまつ》もいひやみ、油《あぶら》火の所を蠟燭《らうそく》になし、[三三]こたつも綿《もめん》ぶとんをかけ

一 求めることができるのに。二 よくもよくもやったものだ。よくもまあ着飾ったものだ。三 贅沢者め。伊達者め。四 奉公人の傭い期限を一年二季と定めた。明暦の大火以後は三月五日から九月四日までを夏季とし、九月五日から翌年三月四日までを冬季とした。夏の出替り期(交替期)から奉公をやめて。五 今の大阪市東区横堀一丁目から六丁目まで。六 住み込みというわけではなく。七 介添女。新婦の身辺を世話するために、結婚の夜から暫く婚家に滞在した。八 うわついて、はでであること。華美軽薄。九 後で算用が合うも合わないもかまわずに。一〇 華麗。一一 身分相応以上の聟を希望し。一二 自分の家より棟の高い豪家を縁者に求める。一三 縁談が整うと、もうすぐに。一四 親戚の女たちが集まって相談をする。一五 それも内証を知らぬ女達の相談であるから、万事見込み違いになって。一六 ありったけの財産を寄せ集めて。一七 嫁入の持参金十貫目。一八 結婚の入費が十五貫目。一九 結婚後の諸雑費。二〇 節季節季の贈答。二一 丹後は鰤の名産地で、鰤は新年の贈答品であった。その一番大きいのを選び。二二 さし鯖は盆の贈答品。能登産が一等品であった。二三 気苦労の多いことである。二四 嫁入の年頃になり。二五 前ほどの贅沢はできなくても。二六 まあ相当に支度をして片づけたかと思うと。二七 嫁をもらう時期。二八 おぎゃあという。二九 身代をつぶす人は数限りもない。三〇 それと同様に。三一 自分の分際よりも豪勢に見せかけ。「大てい」は豪勢に、大げさに。三二 倹約のこともいわないようになり。三三 炬燵。

ず、それにつれて聟殿《むこどの》も[三四]一生《しやう》つるゝ女を、[三五]遊女《ゆうちよ》などかりそめの契《ちぎり》のやうにおもひなして、[三六]隱《かく》すまじき事を包《つつ》み、[三七]欲德《よくとく》外《(ほか)》になし、[三八]男振《ぶり》見よげに[三九]我《わが》女の手前のぜんせいこそ愚《をろか》なれ。自《みづから》幾《いく》所か[四〇]替添《かいぞへ》して見およびしに、[四一]戀の外《(ほか)》さま〴〵心のはづかしき世間氣《ぎ》、いづれの人も替《かは》る事なし。或《ある》時、[四二]中の嶋何《なに》屋とかやへ替添《かいぞへ》せしが、此《(この)》子息《しそく》ばかり我に近寄《ちかより》たまはず、見掛《かけ》より[四三]諸事《しよじ》をうちばにして、初枕《はつまくら》の夜も[四四]何《なに》のつくろひなしに、[四五]首尾《しゆび》調《とゝの》ひけるを、[四六]さもしくおもひしが、[四七]此《(この)》家今にかはらず、其《(その)》外は皆《みな》其《(その)》時よりは[四八]あさましく、奥《おく》さまも[四九]駕籠《のりもの》なしに見えける。

墨繪浮氣袖《すみゑのうはきそで》

女の衣服《いふく》の縫様《ぬいやう》は、[五〇]仁王《にんわう》四十六代孝謙《かうけん》てんわうの御時、[五一]はじめて是《(これ)》を定《さだ》めさせ給ひ、和國《わこく》の風俗《ふうぞく》見よげにはなりぬ。惣じて貴人の御小袖など仕《し》立《(たて)》あげけるには、そも〳〵鍼刺《はりさし》の[五二]数《かず》を改《あらた》め置《をき》て、仕舞《しまふ》時又針《はり》を讀《よみ》て、[五三]萬《(よろづ)》を大事に掛《かけ》、殊更に身を清《きよ》め、[五四]さはりある女は此《(この)》座敷《ざしき》出《(いづ)》べき事にあらず。

自《みづから》もいつとなく[五五]手のきゝければ、[五六]お物師役《しやく》の勤《つとめ》をせしに、心静《しづか》に身をおさめ、色道《しきだう》は[五七]氣《き》さんじにやみて、南明《みなみあかり》の窓《まど》をたのしみ、[五八]石菖蒲《せきしやう》に目をよろこばし、[五九]中

三四　一生連れそう女房を。　三五　遊女か何かとかりそめの契でもするように思い。遊女に対する場合は妻の場合とは違ってどうしても控え目になる。　三六　隠さずに話すべき事をも秘密にし。　三七　欲得をはなれて。　三八　自分の男ぶりを見よげにする。男ぶりだけを気にする。　三九　女房の手前みえを張る。「ぜんせい」は全盛、豪奢、みえ。　四〇　嫁入の介添をして、わかったことだが。　四一　夫婦の情愛の他に、さまざまな心があって、考えて見たら恥ずかしいはずの、世間体をつくろう心があるのは、誰も変りがない。身替長枕というのは、介添女が嫁に代って男と契ることをいう。嫁に対しては、初会の遊女のように扱って枕を並べず、その代理を介添女が勤めるという風習があったと見える。当時の嫁は年が行かなかったからということもあったであろう。世間気というのは、介添女に手を出すことをいったものと思われる。　四二　蔵屋敷関係の富裕な町人が住んでいた。　四三　諸事控え目にして。　四四　何つくろうでもなく。介添女の私などを問題にせず。　四五　婚儀を済ました。　四六　けちくさいと。　四七　この家だけは今でも繁昌している。　四八　あさましく衰えて。　四九　徒歩で歩いている。

五〇　人皇。　五一　始めてこれをお定めになり。↓補注三四。　五二　針の数を調べておいて。　五三　何かにつけて気をくばり。　五四　月の障りのある女。　五五　縫針の手がきいていたので。　五六　お針女。　五七　気散じに。気ままに。いつの間にか。　五八　水辺に生ずる草で、水盆に植えなどする。目の薬だとされた。　五九　朋輩同志が銭を出しあって買うこと。

間買《がひ》の[一]安部茶《あべちや》、飯田《いひだ》町の[二]鶴屋《つる》がまんぢう、女ばかりの一日暮し、何《なに》の罪《つみ》もなく、[三]心にかゝる[四]山の手の月も曇《くもり》なく、是《(これ)》が[五]佛常樂我淨《ほとけじやうらくがじやう》の身ぞとおもひしに、若殿様《わかとのさま》の御下《した》に召《めす》とて、[六]ねり島《じま》の[七]うら形《かた》に、いかなる繪師《ゑし》か筆をうごかせし、男女のまじはり裸身《はだか(み)》の[八]しゝをき、女は妖淫《うつくし》き肌《はだへ》を[九]白地《あからさま》になし、跟《きびす》を空《そら》に指先《ゆびさき》かゞめ、其《(その)》戯《たはぶ》れ見るに瞬《まばゆ》くなつて、[一〇]さながら人形《ぎやう》とはおもはれず、うごかぬ口から睦語《むつごと》をもいふかと嫌疑《うたがは》れ、もや〳〵と[一一]上氣《じやうき》して、しばし針筥《はりばこ》に寄《よりかゝ》りて、[一二]殿《との》心の發《おこ》り、指貫《ゆびぬき》糸巻《まき》も手につかずして、御小袖縫《ぬふ》事は[一三]外になし、うか〳〵と思ひ暮して、まだ惜夜《あたらよ》を、今から独寝《ひとりね》もさびしく、[一四]ありこしぬるむかしの事ひとつ〳〵おもふに、我《(わが)》心ながら哀《あは》れにかなしく、[一五]潸然《なみだぐみ》しは實《まこと》、笑《わろ》ふは僞《いつは》りなりしが、[一六]虚實《きよじつ》のふたつ共《(とも)》に皆惡《みなにく》からぬ男の事のみ。寂愛《いとしさ》あまりて[一七]契《ちぎり》の程なく、淫酒美食《ゐんしゆびしよく》に身を捨《すて》させ、[一八]ながき浮世《うきよ》を短く見せしを、今おもへばうたてし。[一九]子細ありて思ひ出《(いだ)》す程の男も、[二〇]数折《かぞをる》につきず、世には一生《しやう》の間《あひだ》に男ひとりの外をしらず、[二一]縁《ゑん》なき別《わか》れに後《ご》夫を求《もと》めず、[二二]無常《じやう》の別《わか》れに出家《しゆつけ》となり、かく身をかためて[二三]愛別離苦《あいべつりく》のことはりをしる女も有《ある》に、[二四]我《われ》口惜《おし》きこゝろざし、今迄の事さへ[二五]かぎりのなきに、[二六]是非堪忍《ぜひかんにん》と心中《しんぢう》を極《きは》めしうちに、夜も曙《あけぼの》になりて、[二七]同じ枕《まくら》の女はうばいも目覚《さま》して、手づから寢道具《ねだうぐ》を疊揚《たゝみあげ》て、[二八]一合食《がうめし》を待《まち》かね、宵《よゐ》の[二九]燃杭《もへくい》さがして、莨菪《たばこ》は

一 駿河安倍川産の茶。二 鶴屋の米饅頭は江戸名物。本店は浅草金竜山。三「出づるとも入るとも月を思はねば心にかゝる山の端もなし　夢窓国師」(風雅集)。四 山の手に住むということと、山の端とをかけた。五 常楽は真如界をいう。仏のように真如の理を悟った清浄無垢な身。六 練糸(ねりいと)で織った織物。熨斗目(のしめ)の純白にして光沢あるもの。七 裏模様。八 肉置。肉のつき具合。九 露骨にあらわし。一〇 そのまま絵にかいたものとは思われず。一一 のぼせあがり。一二 男恋しい心。一三 うわの空になって。一四 過ぎ去った昔のこと。一五 涙ぐんだのは実意があってのこと。一六 嘘(うそ)にしろ実(まこと)にしろ、いずれにしても。一七 関係を結ぶと間もなく。一八 寿命を縮めさせたのも。一九 いりくんだわけがあって。二〇 指折り数える。二一 縁なく夫婦別れしてから。二二 夫に死に別れて。二三 愛別離苦の道理を悟る。愛別離苦は愛する者と離別する悲しみ。二四 私は何というあさましい心の持ちようであろう。二五 際限がない程のすさびようであったから。二六 是非とも邪念を払って、淋しさをこらえよう。二七 枕を並べて寝ていた女朋輩。二八 当時の扶持米は女は一日三合の定め。二九 燃え残りの木切れ。

したなく呑《のみ》ちらし、誰《たれ》に見すべき姿《すがた》にもあらぬ黒髪《くろかみ》の乱《みだれ》しを、そこ〳〵に[三〇]取集《（とり）あつめ》て、[三一]古髻《ふるもとゆひ》かけて、[三二]いそがし態《わざ》にゆがむもかまはず、[三三]鬢《びん》水を捨《すつ》る時、窓《まど》のくれ[三四]竹の陰《かげ》より覗《のぞけ》ば、[三五]長《なが》屋住《ずま》ゐの侍《さぶらひ》衆にめしつかはれし[三六]中間《げん》と見えしが、朝《あさ》の買物[三七]芝肴《しばさかな》をかごに入《（いれ）》、片《かた》手に酢《す》徳利《どくり》[三八]付木《つけぎ》を持添《もちそへ》、人の見るをもしらず、立ながら[三九]紺《こん》のだいなしの[四〇]妻《つま》をまくりあげて、逆手《さかて》に持て小便《しと》をする。音羽《をとは》の滝《たき》のごとく、溝石《みぞいし》をこかし、地のほるゝ事[四一]おもひの淵《ふち》となりて、あゝあの[四二]男目、あたら鑓先《やりさき》を[四三]都《みやこ》の嶋原陣《ぢん》の役《やく》にも立《たて》ず、[四四]何《なに》の高名《かうみやう》もなく、其《（その）》まゝに年《とし》の寄《より》なむ事をおしみ悔《くや》みて、忽《たちまち》に[四五]此《（この）》事募《つのつ》て御奉公も成難《なりがた》く、[四六]季中《きなか》に[四七]病《やまひ》つくりて御暇請《いとま（うけ）》て、本郷《ほんがう》六丁目の裏棚《うらだな》へ[四八]宿下《やどおり》をして、露路《ろぢ》口の柱《はしら》に、此奥《おく》に萬《よろづ》物ぬひ仕立《したて》屋と、張札《はりふだ》をして、[四九]それぱかりに身を自由《じゆう》に持《もち》て、いかなる男成《（なり）》とも來るを幸とおもひしに、[五〇]無用《むよう》の女﨟《ぢよらう》衆斗《（ばかり）》たづねよりて、當世衣裳《たうせいいしやう》の縫好《ぬひこの》み、[五一]いやながら請《（うけ）》とりて、[五二]一丁三所《てうみところ》にくけてやりしも[五三]無理《り》なり。明暮《あけくれ》[五四]こゝろだまに[五五]いたづらおこれど、[五六]さながらそれとは云《いひ》がたく、或時《あるとき》思ひ出《（いだ）》して、下女《ぢよ》に[五七]小袋《ぶくろ》もたせて[五八]本町に行《（ゆき）》て、[五九]我《われ》勤《つと》めし時、屋形《かた》へお出入申されし[六〇]越後《ゑちご》屋といへる呉服所《ごふくしよ》に尋《たづ》ねよりて、「自《みづから》[六一]牢《らう》人の身となり、今程は独暮《ひとりくら》せしが、内には猫《ねこ》もなく、東隣《ひがしどなり》は不断留守《ふだんるす》、にし隣《どなり》は七十あまりの姥《ばゞ》、然《しか》も耳遠《みゝとを》し。向《むか》ひは[六二]五加木《うこぎ》の生垣《いけがき》にて人ぎれなし。[六三]あの筋《すぢ》の屋敷《しき》

三〇 よいかげんに束ね。三一 古元結。三二 せわしまぎれに髷のゆがむもかまわず。三三 髪の乱れを直す場合、櫛を浸すに用いた水。伽羅油または南五味子(さねかずら)を刻んで水に浸して用いる。三四 呉竹。淡竹(はちく)の類。三五 諸侯の屋敷の長屋に住む勤番侍。三六 中間男(はしたもの)。武家に仕えた下級の職。三七 芝浦でとれる肴。雑魚。江戸名物の一。三八 附木。硫黄を端に塗った薄片で、火を移すに用いる。三九 紺無地の筒袖。中間の着るもの。四〇 褄。四一 その様子を見て思いが深くなって。四二 男め。四三 京都の島原の遊興と、寛永の島原の乱とをかけた。四四 何の功名手柄もたてずに。四五 情欲。忘れかけていた色事を思い出して、矢も楯もたまらなくなり。四六 出替りをまたず、奉公の途中で。四七 仮病をつかって。四八 奉公人が暇をもらって親または請人の宿に帰ること。四九 情欲を満たしたいと思うだけで。五〇 役にも立たぬ女たちばかり。五一 いやではあるが仕事をひきうけて。五二 縫目の疎なこと。ぞんざいに。五三 随分無茶なことである。五四 心魂。心のうち。五五 淫奔な気もち。五六 あからさまに。そのまま。五七 物を入れて持ち歩く袋。五八 中央区、もとの日本橋の本町通。呉服屋・薬種屋が多かった。五九 私がお屋敷に勤めていた時、そこへ出入された。六〇 後の三越呉服店。延宝元年に本町に開業した。六一 あのお屋敷からお暇をもらって。六二 六七尺の灌木で、生垣に用いる。六三 本郷通りにあるお屋敷へ。

へ商《あきなひ》にお出《(いで)》あらば、かならずお寄《より》なされて、休《やす》みて御座れ」と申《(まうし)》て、[一]兩《もろ》加賀《が》半《はん》疋《ぴき》、[二]紅《もみ》の片袖《かたそで》、竜門《りうもん》のおび一筋《すぢ》取《(とり)》て行《(ゆく)》。[三]棚店《たなあきなひ》に[四]掛《かけ》はかたくせぬ事なれども、此《(この)》女にほだされ、[五]若《わか》い口からいやとは云兼《いひかね》て、[六]代銀のとんじやくなしに遣《つかは》しける。

其《(その)》程なく[七]九月八日になりて、[八]此《(この)》賣掛《かけ》とれなどいひて、十四五人の手代、此《(この)》物縫《ぬひ》屋へ[九]行《(ゆく)》事をあらそひける。其《(その)》中に[一〇]年《とし》がまへなる男、戀《こひ》も情《なさけ》もわきまへず、夢《ゆめ》にも十露盤《そろばん》、現《うつゝ》にも[一一]掛硯《かけすゞり》をわすれず、[一二]京《きやう》の旦那《だんな》の爲《ため》に[一三]白鼠《しろねずみ》といはれて、大黒柱《だいこくばしら》に寄添《よりそひ》て、[一四]人の善惡《ぜんあく》を見て、其《(その)》かしこさ又もなき人なるが、[一五]をの〳〵が沙汰《さた》するを聞《(きゝ)》てもどかしく、「其《(その)》女の掛銀《かけぎん》は我《(われ)》にまかせよ。[一六]濟《すま》さずば首《くび》ひきぬいても取《とつ》て帰《かへ》らん」と、[一七]こらへずたづね行《(ゆき)》て、[一八]あらけなく[一九]言葉《ことば》をあらせば、[二〇]彼女《かの》さはぐけしきもなく、「[二一]すこしの事に遠《とを》く歩《あゆ》ませまして、[二二]近比《ちかごろ》ここ[二三]迷惑《めいわく》なり」といひもあ

一 諸糸(いともろ)で織った極上の加賀絹。
二 紅絹(もみ)を片袖分。
三 店で売る商い。
四 掛売は一切しないことになっていたが。
五 若い手代たちの口からは。
六 代金の事にはふれないで品物を渡してしまった。
七 重陽の前日、節季の勘定時。
八 この掛金を取って来い。
九 行きたがって争うのではなく、行くことを譲り合う意であろう。
一〇 年配の男。
一一 掛子(かけご)のある硯箱。ひき出しに小銭や書付を入れておく。
一二 京都の本店の旦那。
一三 忠実な番頭。鼠は大黒天の使者という。大黒柱の縁語。
一四 人柄の善悪を見定め。
一五 みんながあれこれいうのを聞いて、じれったく思い。
一六 払わないならば。
一七 我慢しきれずに。
一八 荒々しく。
一九 いい罵れば。
二〇 自叙伝であるのに、ここでは書き誤って第三者にしている。
二一 ほんの僅かばかりのことで。
二二 近頃になく。大へん。
二三 お気の毒である。

へず、梅《むめ》[二四]がへしの着物《きる》をぬぎて、「物好《ずき》に染《そめ》まして、き[二五]のふけふ二日ならでは肌《はだ》につけず、帯も是《(これ)》なり」となげ出し、「さし當《あた》りて銀子もなければ、御[二六]ふしやうながら是《(これ)》[二七]を」と泪《なみだ》ぐみて、丸《まる》裸《はだか》になつて、くれなゐの二《ふた》布《の》ばかりになりし。其《(その)》身のうるはしくしろ〴〵と肥《こへ》もせずやせもせず、灸《きう》の跡《あと》さへなくて、脂《あぶら》ぎつたる有様を見て、随《ずい》分物がたき男じた〴〵[二八]とふるひ出し、「そ[二九]もやそも是《(これ)》がとつてかへらるゝ物か。風[三〇]がなひかふとおもふて」と、彼着物《かのきる》をとりて着《き》するを、はや女手に[三一]入《(いれ)》て、「神《しん》[三二]ぞ情《なさけ》[三三]しりさま」と、もたれかゝれば、此親仁《(この)おやじ》颯《そゝり》[三四]出《(いだ)》して、久六[三五]呼《よび》て、挾筥《はさみばこ》を明《あけ》させ、こまがね[三六]五匁四五分抓出《つかみ(いだ)》し、「是《(これ)》を汝《なんぢ》にとらするなり。下谷通《したやどをり》に行《ゆき》て吉原《よしはら》を見てまいれ。しばらくの隙《ひま》を出《(だ)》す」といへば、久六胸動《むねとどろ》[三七]かし、更《さら》に眞言《まこと》とはおもはれず、赤面《せきめん》してお返事《へんじ》も申《(まうし)》かねつるが、やう〴〵合点《がつてん》

二四 紅梅色の染物。

二五 まだ昨日と今日と二日だけしか手を通さない。

二六 御迷惑。お気の毒。

二七 これをお持ちかえり下さい。

二八 たじたじに同じ。引きさがるような場合にいう。たじたじになってふるえ出して。

二九 一体全体。何が何でも。

三〇 風邪を引くだろうに。

三一 まんまと籠絡して。

三二 神かけて。全く。ほんに。

三三 情の深いお方。

三四 そわそわと心浮かれて。

三五 丁稚の名。

三六 小粒の銀。小玉銀、小粒、また豆板銀ともいう。指頭大、重さは約一匁から五匁まであって一定しない。常是の字、宝の字、および大黒像の極印がある。

三七 番頭の態度がいつもと違うのでびっくりした。

ゆきて、扨《(さて)》は此《(この)》人[一]やりくりの間《あひだ》我をじやまとや、[二]日比《(ひごろ)》のこまかさ、ねだる折《をり》を得て、「[三]いかにしても[四]分里《わけざと》へ緜《もめん》ふんどしにてはかゝられず」といふ。さもあるべしとて、[五]ひのぎぬの幅廣《はゞびろ》を[六]中《ちう》づもりにしてとらせければ、[七]はし縫《ぬひ》なしに先《まづ》かきて、[八]心のゆくにまかせてはしり出《(いで)》ける。其跡《(その)あと》は戸に掛《かけ》がね、窓《まど》に菅笠《すげがさ》を蓋《ふた》して、媒《なかだち》もなき戀を取《(とり)》むすびて、其《(その)》後は[九]欲徳《よくとく》外になりて取乱《(とり)みだ》し、[一〇]若《わか》げの至《いた》りとも申されず、[一一]江戸棚《だな》さん〴〵に[一二]しほうけて、[一三]京《きやう》へのぼされける。女も御物師《ものし》と名に寄《よせ》てあなたこなたの[一四]御氣《き》を取《(とり)》、一日一歩《ぶ》に定《さだ》め、針筥《はりばこ》持《もた》せて行《(ゆき)》ながら、つゐに[一五]それはせずして、[一六]手をよく世をわたりけるが、是《(これ)》も[一七]尻《しり》をむすばぬ糸なるべし。

[一八]屋敷琢澁皮《やしきみがきのしぶりがわ》

時花《はやれ》ばとて今時《いまどき》の女、[一九]尻桁《しりげた》に[二〇]掛《かけ》たる[二一]端紫《はしむらさき》の鹿子帶《かのこおび》、[二二]目にしみ渡《わた》りて、さりとてはいや風《ふう》也。自《みづから》もよる年にしたがひ[二三]身を持下《もちさげ》て、[二四]茶《ちや》の間《ま》女となり、[二五]壱年切《(きり)》に勤《つと》めける。不斷《ふだん》は下《した》に[二六]洗《あら》ひ小袖、上《うへ》に緜着物《もめんぎるもの》に成《(なり)》て、[二七]御上臺所《かみだいどころ》の[二八]御次《つぎ》に居《ゐ》て、[二九]見えわたりたる諸道具《しよだうぐ》を取《(とり)》さばきの奉公《ほうこう》也。黒米《くろごめ》に[三〇]走汁《はしらかし》に朝夕《てうせき》をくれば、いつとなく[三一]つやらしき形《かたち》をうしなひ、我《われ》ながら[三二]かくもまた采体《とりなり》いやしくなりぬ。さ

一 情交。二 ふだんはけちな親爺だが、こんな時にねだってやれと。三 いくら何でも。四 遊里。五 近江の日野村の産。普通幅九寸、幅広一尺一寸五分。六 よい加減に見つもって。七 端縫もせずに早速それをかけて。八 いそいそと。九 欲得を忘れてのぼせあがってしまい。一〇 まさか若気のためともいわれず。一一 江戸の出店。一二 しくじって。一三 京へ追いのぼされた。一四 御機嫌を取り。一五 縫物はしないで。一六 上手に立廻って。要領よく。一七 糸の先を結ばないで縫物をするようなもので、どうせしまりのないことであろう。

一八 屋敷は武家屋敷。渋皮は垢じみた汚い皮膚。武家奉公して渋皮をみがく意。一九 お尻の高く見える部分。二〇 帯を低くしめて、お尻に引っ掛けたようにする。二一 端だけを紫鹿子に染めた帯。二二 目につきすぎるほど、世間にはやっていて。二三 身を落して。二四 町家で中居とか中通り女というのを、武家では茶の間女という。二五 一年の年季。二六 水をくぐった小袖。二七 台所に上と下がある。家族の食事をするところが上台所、奉公人の食事をする所が下台所。二八 次の間。二九 ふだん使っている諸道具を処理する。三〇 汁の実をちょっと浮かしたような手軽な汁。三一 皮膚のつやがなくなり。三二 こうも変るものかと思うくらいに姿がいやしくなった。

れども家父入《やぶ》[三三]の春秋をたのしみ、宿下《やどおり》して隠《かく》[三四]し男に逢時《あふとき》は、年[三五]に稀《まれ》なる織姫《をりひめ》のこゝちして、裏《うら》の御門《ごもん》の棚橋《たなはし》[三六]をわたる時の嬉《うれ》しさ。足ばやに出て行《(ゆく)》風俗《ふうぞく》も常《つね》[三七]とは仕替《しかへ》て、黄無垢《きむく》に紋嶋《もんじま》[三八]をひとつ前《まへ》[三九]にかさね、紺地《こんち》の今織後帯《をりうしろおび》[四〇]、それがうへをことりまし[四一]に紫《むらさき》の抱帯《かゝへおび》[四二]して、髪《かみ》は引下《ひきさげ》て匕髻結《はねもとゆひ》を掛《かけ》、額際《ひたいぎは》を火塔《くはたう》[四三]に取《とつ》て置墨《をきずみ》[四四]こく、きどく頭巾《づきん》[四五]より目斗《ばかり》あらはし、年がまへなる中間《ちうげん》につぎ〳〵[四六]の袋《ふくろ》を持《もた》せり。其中《そのうち》に上扶持《うはぶち》[四七]はね三升四五合、塩鶴《しほづる》[四八]の骨《ほね》すこし、菓子杉重《くはしすぎぢう》[四九]のから[五〇]までも取集《(とり)あつめ》て、小宿《こやど》の口鼻《かゝ》が機嫌取《きげん(とり)》に心をつくるもおかし。櫻田《さくらだ》の御門《ごもん》を通《とをる》時、我袖よりはした銭《ぜに》取出し、召《めし》つれし親仁《おやじ》がけふ[五一]の骨折《ほねをり》おもひやられて、「わづかなれども莨菪《たばこ》成《(なり)》とも買《かふ》て呑《のみや》れ」と、さし出しけるに、「いかに[五二]お心付なればとて、おもひもよらず。くだ[五三]されました御同前《どうぜん》。わたくし事は主命《しゆめい》なれば、御供《とも》つかまつりませねば、外《ほか》に水汲役《みづくむやく》[五四]あり。更に御こゝろにかけ給ふな」と、下ゝ《した(〳〵)》[五五]にはきどく成道《(なる)だう》理《り》を申《(まうし)》ける。それより丸《まる》[五六]の内《うち》の屋形《かた》ゝを過《すぎ》て、町筋《すぢ》にかゝり、女の足《あし》のはかどらず、心せはしく縹行《たよりゆく》に、此中間我《ちうげんわが》[五七]こやどの新橋《しんばし》へはつれゆかずして、同じ所《ところ》を四五返《へん》も右行左行《びらりしやらり》[五八]とつれてまはりけれども、町の案内《あんない》はしらず、うか〳〵とありきて、うち仰上《あふのき》て見れば、日影《かげ》も西《にし》[五九]の丸にかたぶくに驚《をどろ》き、氣《き》をつけ見るに、めしつれし親仁《おやじ》、何《なに》[六〇]やら物を云掛《いひかゝり》たき風情《ふぜい》、皺《しは》の寄《より》たる鼻《はな》の先《さき》にあらは

三三 正月と七月の十六日の藪入。三四 密（みそか）男。
三五 年に一度彦星にあう織姫のような心地がして。三六 板で棚のように架けた橋。鵲の橋の縁語。板橋を鵲の橋のような気持で渡るときの嬉しさは何ともいえぬ。三七 ふだんの姿とは違って。三八 紋縞。奥州産の厚手の絹織物。花や唐草の模様がついている。三九 下着と上着を一つに重ねて着て。四〇 西陣産の金襴。四一 取廻しよく。きりりと。四二 しごき。腰帯。四三 火灯(瓦灯)のように上が狭く下が広い形。四四 眉墨を濃く塗り。四五 奇特頭巾。目のあたりだけ明けた覆面の黒頭巾。四六 色々の小切をはいで作った袋。四七 扶持米。武家の女奉公人の扶持米は一日三合であったが、四合扶持の場合もあった。扶持米として主人から賜わる米の上前三升四五合。四八 塩漬にした鶴の肉の骨附のところ。その骨の黒焼は婦人の血暈(ちのみち)の妙薬。四九 杉の薄板で作った重箱。菓子折。五〇 殻。空箱。
五一 今日の骨折に同情して。労をねぎらって。
五二 折角のお志だが、これをもらうことは思いもよらぬ。五三 これは戴いたも同然。五四 お供しなければ水汲む役をしなければならぬ。
五五 下々の者としては感心なことをいった。
五六 屋敷。五七 小宿。五八 ぶらぶらと。
五九 江戸城の西の丸。今の二重橋門内の地。
六〇 何か物をいいかけたいようなそぶり。

一 人足の絶え間を見すまして。
二 「くぎぬき」は町々にある木戸をいう。木戸のこかげ。
三 鞘のわれた脇差。
四 私めの命。
五 図太いやつ。
六 それまでの事。やむをえない。
七 ごまかそうなどとは思わぬ。
八 口髭。あご髭に対して上髭という。
九 長口上。
一〇 意地わるく。
一一 長々と口説かせたのは。
一二 執心。
一三 つい出来心がおこって。

れし。さてはと人[一]の透間《すきま》を見あはせ、[二]釘貫《くぎぬ(き)》木隠《こがくれ》にて彼中間耳《かのちうげんみゝ》ちかく、「我等《われら》に何《なに》ぞ用《よう》があるか」と小語《さゝやき》ければ、中間嬉《うれ》しそふなる皃《かほ》つきして、子細《しさい》は語《かた》らず、[三]破鞘《われさや》の脇指《わきざし》をひねくりまはし、「君《きみ》の御事ならば、[四]それがし目が命惜《いのちおし》からず。国《くに》かたの姥《ばゞ》がうらみもかへり見ず。七十二になつて虚《うそ》は申さぬ。[五]大膽者《だいたんもの》とおぼしめさば、[六]それからそれまで、神佛《かみほとけ》は正直《しやうぢき》、今まで申《(まうし)》た念佛《ねんぶつ》が無《む》になり、人さまの楊枝《やうじ》壱本《ほん》それは〳〵[七]違《ちが》やうともおもはぬ」と、[八]上髭《うはひげ》のある口から、[九]長《なが》こと云《いふ》程こそおかしけれ。「そなた我等《われら》にほれたといふ一言《ごん》にて濟《すむ》事ではないか」といへば、親仁《おやじ》潸然《なみだぐみ》て「それ程人のおもはく推量《すいりやう》なされましてから、[一〇]難面《つれなや》人に[一一]べん〳〵と詢《くどか》せられしは聞《きこ》えませぬ」と、無理《むり》なる恨《うらみ》を申《(まうす)》もはや悪《にく》からず、律義千萬《りちぎせんばん》なる年寄《としより》の[一二]おもひ入《(いれ)》もいたましく、[一三]移氣《うつりぎ》になつて、小《こ》宿《やど》に行《ゆけ》ばしたい事するに、

一四 河岸端。
一五 うどん・そば・一膳飯などの飲食店。
一六 目つき。
一七 段階子。
一八 お頭（むつ）お頭と注意したので。

一九 渋紙で壁裾を張りめぐらしてある。渋紙張の屏風でかこう意ではあるまい。
二〇 日（わい）くがありそうに思われた。ただの煮売屋ではないことがわかった。
二一 気が尽きてしまうほど。いやになるほど。
二二 結び目。
二三 下帯は、ふんどし。下帯を汚いと思うな。
二四 何とも埒があかない。
二五 こうなると残念な気がして。

それを待兼《まちかね》、数寄屋橋《すきやばし》の一四かしばたなる一五煮《に》賣《うり》屋に、恥《はぢ》を捨《すて》てかけ込《こみ》、溫飩《うどん》すこしと云《いひ》さま、亭主《ていしゆ》が一六目遣《めづか》ひ見れば、一七階《はし》の子《こ》をしへける。二階《かい》にあがれば内義《ないぎ》が、「一八おつぶり〳〵」と、氣を付《（つけ）》けるに、何事ぞとおもへば、軒《のき》ひくうして立《たつ》事不自由《ふじゆう》なり。疊《たゝみ》弐枚敷《まいじき》の所を一九澁紙《しぶかみ》にてかこひ、片隅《かたすみ》に明《あか》り窓《まど》を請《うけ》て、木枕《きまくら》ふたつ置《をき》けるは、けふにかぎらず二〇曲物《くせもの》とおもはれける。彼親仁《かのおやじ》に添臥《そひぶし》して、うれしがりぬる事を限《かぎり》もなく二一氣《き》のつきぬる程語《ほどかた》りぬれども、身をすくめて上氣《じやうき》する折ふしを見あはせ、かたい帯《おび》の二二むすびめなりとときかけぬれば、親仁《おやじ》すこしはうかれて、「二三下帯《したおび》むさきとおぼし召すな。四五日跡《あと》に洗《あら》ひミした」と、無月《むよう》の云分《いひわけ》おかし。耳《みゝ》とらへて引《ひき》よせ、腰《こし》の骨《ほね》のいたむ程なでさすりて、もや〳〵仕掛《しかけ》ぬれども、二四さりとは不埒《ふらち》、二五かくなるからは殘多《のこりおほ》く、まだ日が高《たか》いと云《いふ》て聞《き》かして、脇《わき》の下《した》

へ手をさしこめば、親仁《おやじ》むく〳〵と起《おき》あがるを、首尾《しゆび》かと待兼《まちかね》しに、一「昔《むかし》の劔《つるぎ》今の菜刀《ながたな》、寶《たから》の山へ入《いり》ながら、むなしく歸《かへ》る」と、古《ふる》いたとへ事云《いひ》さま帯《おび》するを二引《ひき》こかし、なんのかの言葉《ことば》かさなるうちに、三茶屋《ちや》の阿爺《とゝ》階子《はしこ》四ふたつ目に揚《あが》りて、「申《まうし》〳〵、あたら溫飩《うどん》が延過《のびすぎ》ますが」とせはしくいふにぞ、五なを親仁《おやじ》おもひ切《きり》ける。下を覗《のぞけ》ば六天窓剃下《あたまそりさげ》たる奴《やつこ》が、二十四五なる前髮《まへがみ》の草履取《ざうりとり》をつれ來《き》て、七是もぬれとは見えすきて、八座敷入《ざしきいる》と聞《きこ》えて、さてこそとおもはれ、九ひねりぶくさより一〇こまがね取出《とりいだ》して、丸盆《まるぼん》の片脇《かたわき》に置《をき》て、かたじけなう御座《ざ》ると、そこ〳〵に云立《いひだち》、いまだ門《かど》へも出《いで》ぬに、「今の親仁《おやじ》目は夢《ゆめ》見たやうなる仕合《しあはせ》、廣《ひろ》い江戸じや」と大笑《わら》ひする。一一いたうもない腹《はら》さぐられて口惜《おし》や。何《なに》事も若《わか》い時、年よりてはならぬ物ぞ。一二親仁《おやじ》も科《とが》でないと、一三穴《あな》のはたちかき無常觀《むじやうくはん》じ行《ゆく》に、新橋《しんばし》の小宿《こやど》に入《いり》て、「何《なに》事も御座《ざ》らぬか」といへば、一四「あれさまのかはゆがりやつたこちのお龜《かめ》が、一五冬年《ふゆとし》二三日わづらふて死んだが、一六おばは〳〵とそなたの事を息引《いきひき》取《とる》まで云《いふ》た」と泣《なき》出す。「まだ男心をしつた子ではなし、一七まゝで御座《ざ》る。をれはそんな事はたま〳〵一八の隙《ひま》に聞《きゝ》はきませぬ、先度逢《せんどあふ》た一九歩行《かち》の人より若《わか》い男は御ざらぬか」。

一 昔は剣だったものが、今では菜切り庖丁にしか通用しない。昔のものは役に立たない。
二 ひきころがし。
三 煮売屋の親爺。
四 二段目。
五 親爺はなおのことあきらめてしまった。
六 頭の下部まで剃り下げて、髷を小さくした奴(やっこ)。
七 これも一目で濡れ事とわかる。
八 座敷が入用とわかって。
九 ねじ袱紗(ふくさ)。袱紗をひねって銭入に用いた。
一〇 小粒銀。
一一 実事でないのに疑われて残念。
一二 らちがあかぬもの。
一三 墓穴に近い。女の穴に近い意もある。
一四 われさま。あなた様。
一五 去年の暮。
一六 叔母は叔母は。
一七 どうなろうとかまわない。
一八 たまたまの藪入に。
一九 徒士。身分の低い徒歩の侍。

[二〇]栄耀願男《ゑいようねがひおとこ》

女ながら渡《わた》[二一]り奉公《ほうこう》程おかしきはなし。我《(われ)》ひさ〴〵江戸・京・大坂の勤《つと》めも、[二二]秋の出替《(でかは)》りより泉刕堺《せんしうさかひ》に行て、此所《(この)》にも住《すま》ば又めづらしき事もやとおもひ、錦《にしき》[二三]の町《てう》の中濱《なかばま》といふにしがはに、[二四]人置《をき》の善九郎といへる有《(あり)》しに、此許《(この)もと》に頼《たの》み居《ゐ》て、一日六分づゝの集礼《しゆらい》[二五]せはしく、日数《ひかず》をふるうちに、[二六]大道筋《たいだうすぢ》の何《なに》がし殿の御隠居《ゐんきよ》とかや、[二七]中居分《なかゐぶん》にして、御寝間《ねま》ちかく夜の道具《だうぐ》のあげおろし斗《ばかり》に召《めし》[二八]かゝへられしとて、たづね來《きた》りて、自《みづから》を見しより、「是《(これ)》ぞ年[二九]の程、[三〇]はづれうるはしく、身[三一]の取《(とり)》まはし、ひとつとしてあしき所なく、[三二]御氣《き》に入《(いり)》給ふ女房衆《にようばうしゆ》なり」と、[三三]取替《(とり)かへ》銀《ぎん》もねぎらず、[三四]其《(その)》お家《いゑ》ひさしき姥《うば》らしき人よろこびてつれかへる道《みち》すがら、[三五]はや我《わが》ためになるこゝろへをいふて聞《きか》されける。[三六]其《(その)》皃《かほ》は悪《にく》さげなれども[三七]やさしき心入、[三八]世間《せけん》に鬼《おに》はなしと嬉《うれ》しく耳《みゝ》をすまして聞《きく》に、「第一[三九]内《うち》かたは悋氣《りんき》ふかし。[四〇]面《おも》屋の若《わか》い衆《しゆ》と物云《いふ》事も嫌《きら》ひ給ふなり。それゆへ人の情《なさけ》[四一]らしき噂《うはさ》は申《(まうす)》までもなし、[四二]鶏《にはとり》のわけもなき事も見ぬ良《かほ》をするぞかし。[四三]法花宗《ほつけしう》なれば、かりにも念佛《ねんぶつ》を申さぬがよし。[四四]首玉《くびたま》の入し白猫《しろねこ》[四五]御ひさうなれば、たとへ肴《さかな》を引《ひく》とても追《おは》ぬ事なり。[四六]面《おもて》の奥《おく》の[四七]大《おほ》きに出られて、[四八]横平《わうへい》なる言葉《ことば》は[四九]尻《しり》に聞《きか》したまへ。[五〇]はじめの奥《おく》さ

二〇 来世は男に生れて贅をつくしたいと願う女の話。
二一 転々と主人を替えて歩く。
二二 九月五日の交替期。秋に飽をかけた。
二三 今の堺市錦之町西一丁目。
二四 周旋屋。口入屋。
二五 諸入費。食費や宿代の支払い。
二六 堺の中央通の某殿。
二七 上女中と下女中の中間の女。仲居の資格で。
二八 召しかかえられるということで。
二九 年恰好もよし。 三〇 爪はずれ。手さき。
三一 身のこなしもよく。
三二 きっとお気に召す女だ。
三三 前渡金も値切らず希望通りにくれる。
三四 その家に長く勤めている姥(うば)らしい人。
三五 もう私のためになるような奉公の心得を。
三六 にくたらしい顔はしているが。
三七 気持はやさしそうで。
三八 渡る世間に鬼はないと。
三九 内儀。
四〇 奉公人の女達が面屋(本宅、店)の若い手代などと話をするのを。
四一 色恋の噂。
四二 鶏のつまらぬことをするのも。
四三 法華宗は排他的で、他宗を極度にきらう。
四四 首輪をつけた。
四五 御秘蔵。当時は「ひさう」と澄んでよんだ。
四六 面は本家。奥は奥様。母屋にいる当主の奥様。
四七 大風(おふう)に出て。
四八 横柄な言葉遣いをしても。
四九 よい加減に聞いておくがよい。
五〇 この奥様というのは、初めの奥様が召し連れて来たおしゅんという腰元めであったのを。

まのめしつれられし、しゅんといふ腰元《こしもと》目を、おくさま[一]時花《はやり》風《(かぜ)》にてお果《はて》なされました後《のち》、[二]旦那《だんな》物好《ずき》にて、[三]あれがよい女でもあればなり、今はなりあがり者《もの》のくせに、我《わが》まゝをぬかして、駕籠《のりもの》に[四]かさねぶとん、[五]腰《こし》の骨《ほね》がをれぬが不思議《ふしぎ》」と、さん〴〵に訕行《そしり(ゆく)》、[六]耳《みゝ》の役《やく》に聞程《きくほど》おかしや。「[七]朝夕《てうせき》も余所《よそ》は[八]皆赤米《みなあかごめ》なれども、[九]此方《こち》は播刕《ばんしう》の天守米《てんしゆまい》、[一〇]味噌《みそ》も入《(いり)》次第、[一一]聟殿《むこどの》が酒《さか》屋にてとる。毎《まい》日[一二]湯風呂《ゆふろ》は焼《たく》、[一三]其《(その)》身無詳《ぶしやう》で洗《あらは》ぬそん。[一四]大節季《おほぜつき》に一[一五]門中《もんぢう》から寄餅《よるもち》なら肴物《さかな》なら、それは〳〵堺《さかひ》がひろけれども、[一六]大小路《おほせうぢ》かぎつて南《みなみ》に、此方《こち》の銀《かね》からぬ者《もの》はひとりもなし。是《(これ)》から二町行《ゆき》て[一七]鬼門角《きもんかど》も[一八]内《うち》かたから出た手代衆《てだいしゆ》。こなた[一九]住《すみ》吉《よし》の祭《まつり》を見さしやつた事が有《(ある)》まい。[二〇]長《なが》い事じやが、其《(その)》時はさだまつて[二一]宵宮《よみや》から、[二二]家内《いゑうち》ゆく所がある。それより[二三]追付湊《をつけみなと》の藤《ふぢ》見に、大重箱《おほぢうばこ》に[二四]南天《なんてん》を敷《しき》て、赤飯《せきはん》山のやうにして行《ゆき》ます。[二五]とても奉《ほう》

一　流行性感冒。
二　旦那がものずきに奥様に直されたのだが。
三　それも美しい女ならまだしも、それほどでもないのに。
四　重ね蒲団をしいて出かける。
五　腰の骨が折れないのが不思議。
六　耳があるから聞くようなものの、聞けば聞くほど笑止である。　七　朝夕の御飯も。
八　赤味を帯びたひね米。下等米。
九　当時播州の天守米が極上品とされていた。天守米というのは城米として厳選されたものをいうのであるが、その名が一般的になって播州の天守米といった。
一〇　味噌も入用だけ。
一一　娘の聟が酒屋をしていて、味噌の製造もしたのである。
一二　水をわかした水風呂に対して蒸風呂をいう。
一三　自分の不精から洗わぬのは損だ。
一四　大晦日。
一五　親戚中から集まる餅でも肴でも大へんなもので。
一六　堺の中央部の東西の通。
一七　艮《(うしとら)》の角屋敷。
一八　こちらから暖簾をわけた手代。
一九　六月晦日の祭礼。
二〇　今からまだ大分間があることだが。
二一　祭礼の前夜。
二二　家中そろって行く所がある。
二三　湊は堺東部の地名。名所の藤の所在は明かではないが、堺の金光寺の白藤は有名であった。
二四　南天は毒気を払うものとして、古来祝いものにつけた。
二五　どうせ。どのみち。

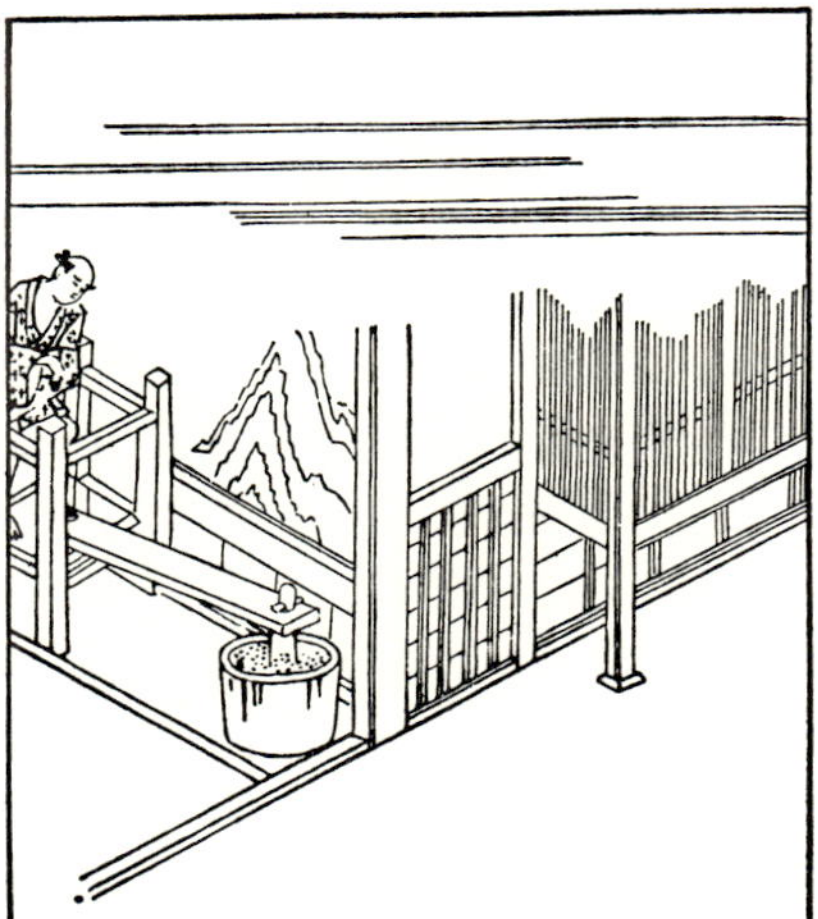

公《こう》をする身も、こんな内かたに居《ゐ》ますが仕合《しあはせ》、[二六]此《(この)》内から世帯持《せたいもつ》て出やうとおもはしやれ。只《たゞ》御隠居《ゐんきょ》さまおひとりの御氣《き》に入《(いり)》て、何事をおほせられますとも、すこしも背《そむ》かず、内證《ないしやう》の事[二七]努々《ゆめゆめ》外《そと》へもらし給ふな。尤《もつとも》お年寄《よら》れたれば、物毎《ごと》氣《き》短《みじ》かなれども、それは[二八]水のでばなのごとく、[二九]跡《あと》もなく御機嫌《ごきげん》なをるなり。随分《ずいぶん》おこゝろに叶《かな》ふやうにしたまへ。人はしらぬ事、[三〇]隠居銀《ゐんきょがね》大ぶん御座《(ご)ざ》れば、明日《あす》でも目をふさぎ給はゞ、[三一]いかなる果報《くはほう》にかなるべし。もはや七十におよび、身は皺《しは》だらけにして、先《さき》のしれたる年寄《としより》、何《なに》をいふても[三二]心斗《ばかり》。なじみはなけれど[三三]そなたをいとしさに」[三四]萬事《よろづ》を底《そこ》たゝいて語《かたり》ける。[三五]ざらりと聞《きい》て合点《がつてん》して、そんな年《とし》寄《より》男は此方のあしらひひとつなり。縁《ゑん》あつて[三六]年をかさねば、透間《すきま》を見て脇《わき》に男を拵《こしら》へ、[三七]腹《はら》がむつかしう成《なり》なば、其《(その)》親仁《おやじ》さまの子に[三八]かづけて、御隠居《ゐんきょ》の跡《あと》を我

二六 お前さんもここから世帯をもたせて貰うようにするがよい。

二七 決して。

二八 水の出ばなのようなもので、一時は盛んだがすぐに衰える。

二九 跡方もなく。

三〇 隠居用の財産。

三一 どういう果報が来ようも知れぬ。

三二 気はせいても何もできはしない。

三三 お前さんがいじらしいので。

三四 何もかもさらけ出して話した。これは会話の文であると同時に、地の文でもある。

三五 ざっと話を聞いて納得が行き。

三六 年季を重ねるようにでもなれば。

三七 お腹(なか)が面倒なことになったら。

三八 押しつけて。おっかぶせて。

物に書置《かきおき》[一]させまして、する〳〵[二]世わたりと、分別《ふんべつ》おちつけて行程《ゆくほど》に、「さあ爰《こゝ》じや。はいり給へ」と、姥先《うばさき》に立《(たち)》て入《(いり)》ける。中戸《なかど》[三]に草履《ざうり》ぬぎて、廣敷《ひろしき》[四]にまはりて腰掛《こしかけ》けるに、年は七十斗《ばかり》にて、成程堅固《けんご》に見えしかみさま[五]出《(いで)》させ給ひ、我姿《すがた》を穴《あな》のあく程見させ給ひ、「どこも尋常《じんじやう》[六]にて嬉《うれ》しや」と仰《おほせ》ける。是《(これ)》[七]はおもふたと各別《かくべつ》の違《ちが》ひ、かみさまへ[八]の奉公《ほうこう》ならば、こまいものと悔《くや》し。されども情《なさけ》らしき御言葉《ことば》に、半季《はんき》の立《(たつ)》は今の事。此浦《(この)うら》[九]の塩《しほ》をも踏《ふん》だがよいと、爰《こゝ》[一〇]に心を留《とめ》ける。面《おもて》[一一]むきは京に變《かは》る事なく、内《うち》はせはしく、下男は臺唐臼《だいがらうす》[一二]、下女はさし足袋《たび》[一三]にいとまなし、惣《そう》[一四]じてしつけがたゞしき所也。

此《(この)》お家《いゑ》に五七人もめしつかひの女ありしが、それ〳〵の役有《やく(あり)》、自《みづから》[一五]ばかり隙《ひま》あり良《がほ》に様子《やうす》を見あはせけるに、夜《よ》に入《(いり)》てお床《とこ》をとれと有《(あり)》ける。是《(これ)》[一六]までは聞《(きこ)》えしが、かみさまと同じ枕《まくら》に寝《ね》よとは心得がたし[一七]。是も主命《しゆめい》なればいやとはいはず、お腰[一八]などさすれかとおもへば、さはなくて我を女にして、おぬしさま[一九]は男になりて、夜もすがらの御調謔《たはぶれ》、さてもきのどくなる[二〇]めにあひぬる事ぞかし。うき世は廣《ひろ》し、さま〴〵の所に勤《つと》めける。此《(この)》かみさまの願《ねが》ひに、一度《たび》は又の世[二一]に男とうまれて、したい事[二二]をとおほせける。

一　遺言状を書かせて。
二　末々は安楽な世渡りをしようと。
三　店の庭から台所の庭に通ずる戸。
四　台所につづく板の間。
五　上様。女の隠居にだけいう。
六　人並にそろっていて。
七　これは思っていた事とは大へんな違い。
八　女隠居に奉公するなら来なければよかった。
九　「塩を踏む」は苦労する意。こんな所で苦労するのもよかろうと。
一〇　ここに留まることに心を決めた。
一一　店さきの様子は京と同じようにゆったりしているが、内部はなかなか忙しく。
一二　踏台付の唐臼。
一三　畦ざしの足袋。田畑のうねを作るように糸をさした足袋。天和頃から革足袋にかわって使用された。
一四　大体躾(しつけ)の厳重な家であった。
一五　自分だけが用事のなさそうな顔をして。
一六　それまでは話がわかったが。
一七　何とも合点がいかない。
一八　お腰でもさすれというのかと思ったら。
一九　御自分は男になって。
二〇　さても迷惑な目にあったものである。
二一　来世で。
二二　したいことをして見たいと。

繪入

好色一代女

五

好色《こうしよく》一代女

巻五

目《もく》録《ろく》

石垣戀崩《いしがけのこひくづれ》

〽[五]京といふ氣色《けしき》爰《(こゝ)》なるべし
[六]大鶴屋海老《ゑび》屋山屋
姫路《ひめぢ》屋くるみや
二階《かい》の色引《(ひき)》てさはぎ踊《おどり》此と
やつこの〳〵此《(この)》女

小哥傳受女《こうたのでんじゆ》

〽にしの板付《いたつき》[七]にきいたお声《こゑ》
ざつと一風呂[八]うきなの
たゝぬうちに
ぬれて見ておかしきもの
一[九]夜切におもひも残らぬ〳〵

一　名前をいえばすぐそれとわかるお歴々が、悪いと知りながら八坂辺の茶屋に来る。
二　あがり湯のぬるいのも困るし、生ぬるい風呂屋女を相手にするのもいやだが、背に腹を替えて、間にあわせに垢をかかせる。
三　丸尽くしの扇など擬い物を客につかませるように、男たらしをする女。
四　問屋の蓮葉女は、客が代金を支払って出発するまでの僅かの間の色女にすぎない。

五　京の風情もここが一番であろう。
六　大鶴屋・海老屋・山屋・姫路屋・胡桃屋などの茶屋がずらりと並んで、二階では茶屋女たちが、客を相手に三味線を弾き、騒ぎ踊る。
七　板の間。板敷。
八　浮名の立たぬほどに、風呂屋女とざっと遊ぶのも面白いもの。
九　一夜の逢瀬であとに思いも残らぬ。

美《び》扇戀《せんのれん》風《ぷう》

〽一〇商口《あきなひくち》のすあひ女
みだれかゝる糸《いと》屋もの
一一あふぎやはうらおもて
ある心
一二かくし絵《ゑ》を男も合点《がてん》

濡問《ぬれのとひ》屋《や》硯《すゞり》

〽一三中宿《なかやど》の樂寝《らくね》
一四はすは女はしらぬ
身のうへ
まぎれものは
異名《いみやう》つけてよぶ

一〇 呉服商いの片手間に色を売る数間女。色に乱れる糸屋の看板娘。

一一 扇屋の女房になった一代女は、扇のように裏表があって、夫がありながら、他の男に思いをかける。

一二 春画の扇のことは男も承知。

一三 蓮葉女は宿下りをすると楽寝をして、食好みをする。

一四 こういう身の上とは世間では知らぬ。当人はそれとは知らないが、区別をつけるために、あだ名をつけて呼ぶ。

一 石垣町は京都の東山区川端通四条下ル宮川町附近。東石垣・西石垣とあって、茶屋が多かった。「くづれ」は石垣の縁語。石垣町で茶屋女となって身をもちくずしたこと。二 どうにも暮らしに困った挙句。三 ふたたび元のつまらないものにもどること。四 石垣町の茶屋であろう。五「ふと腰つきにえもいはれぬ所ありて似木がやりくり合点か」(一代男一ノ七)。二木は一種の茶屋女をいう。「やりくり」は茶屋女としての勤めのいろいろな手段。六 脇を明けた着物。振袖。七 どうやら昔の姿にかえることができた。八「円機活法」に「二八佳人巧様粧、洞房夜夜換二新郎一、一双玉手千人枕、半点朱唇万客嘗」とある。蘇東坡詩集にはこの詩は見えない。九 男女の首尾する床。一〇 色好みの女にとってはこれもまた面白い勤め。一一 気にいらぬ人。一二 ちょうど渡し舟が向うの岸へ着くまでの情のようなものである。一三 一度埒(らち)をあけさせるまでは。一四 天井の棹縁(さおぶち)。一五 ほかの事を考えている。一六 濁った環境にまじって、流れる水のように萍(うきくさ)の生活を続ける。一七 羽振りのよい男。一八 人目を忍ぶ遊興であったが、なかなか風流な一座で。一九 伽羅は賞め言葉としてよく用いる。二〇 事識り。物知り。二一 身分の高い大尽。二二 自分ながら恥かしい思いをした。客の身分に対して、我が身の下賤を恥じた。二三 形は容色、艶は優美。公家などの来たことをいうのであろう。二四 それもいずれ名のあるお方であろう。二五 この石垣町には。二六 衣裳などの凝った客を相手にする。「仕出し」は工夫をこらす意。二七 分里は遊里、ここでは島原をさす。私も島原などの遊廓のさまを聞き覚えていて。二八 盃のやりとり。盃のまわし方。

石垣《いしがけ》[一]の戀《こひ》くづれ

色勤《いろづと》めにふつ〳〵と飽果《あきはて》しが、[二]ならぬ時には元《もと》[三]の木阿弥《もくあみ》、胡桃《くるみ》[四]屋の二木《にぼく》[五]がやりくりを見習《なら》ひ、身《（み）》をそれになして都《みやこ》の茶《ちや》屋者《もの》とはなりぬ。又脇明《わきあけ》[六]きる事もいやながら、小作《こづく》りなる女の徳《とく》は、年はふれども[七]むかしに成《（なり）》かへりぬ。唐土本朝《もろこしほんてう》ともに若《わか》いを好《すく》事替《（かは）》る所《ところ》なし。扨こそ東坡《とうば》も二八《（にはち）の》[八]佳人《かじん》巧様《かうやう》粧《よそほふ》 と作《つく》れり。まことに一双玉臂千人枕《さうぎよくひせんにんのまくら》、昼夜《ちうや》のかぎりもなく[九]首尾床《しゆびとこ》のせはし。されども[一〇]好女《こうぢよ》はおかしき勤《つと》め、或時《あるとき》は人手代《てだい》、職人《しよくにん》、なを出家衆《しゆつけしゆ》又は役者《やくしや》、客《きやく》の品替《しなかは》りてたはぶるゝをも、殊更《ことさら》に嬉《うれ》しき事なく、諸人《しよにん》に逢馴《あひなれ》しばしの間《ま》を思へば、すいたる人も[一一]心に乗《の》らぬ人も[一二]舟渡《ふなわた》しの岸《きし》に着《つく》迄のこゝろざしなり。我氣《わがき》に入れば咄《はな》しを仕掛《しかけ》、それもうちとくるにあらず。いやな男には皃振《かほふつ》て、[一三]ひとつの埒《らち》あけさすまでは、[一四]天井《てんじやう》の縁《ふち》をかぞへて、[一五]外《ほか》なる事に心をなして、[一六]うき世に濁《にご》りて水の流《なが》るゝごとく身を持《もち》、石垣《いしがき》町に在《あり》し時は、色白《いろじろ》にして[一七]全盛《ぜんせい》の男、[一八]しのび慰《なぐさ》みの花《きや》車《しや》座敷《ざしき》、[一九]伽羅《きやら》でかためし御肌《はだへ》豊《ゆたか》なる風情《ふぜい》、跡《あと》にて[二〇]ことしりにたづねしに、あれは都《みやこ》の[二一]分《わけ》ある大臣《だいじん》と聞《きく》に[二二]我《われ》ながら恥《はぢ》ける。折ふしは[二三]形艶《けいゑん》なる風俗《ふうぞく》して見へさせ給ふが、[二四]是《(これ)》もいかなる御方なるべし。茶屋《ちや》とはいへど[二五]此所《(この)ところ》には一軒《けん》に七八人づゝも有《(あり)》て、[二六]衣類《いるい》の仕出しよき人相手《あひて》に、[二七]分里《わけざと》の事も聞覚《きゝおぼ》へて、[二八]盃《さかづき》のまはりもすこしは[二九]さばきて、[三〇]上京《かみぎやう》の歴ゝ《れき》にも[三一]氣《き》のつきぬやつといはれて、[三二]願西《ぐはんさい》にもまれ、神樂《かぐら》に太鞁《たいこ》を見習《なら》ひ、乱酒《らんしゆ》に付ざし、あふむにかる口、[三三]をのづから移《うつ》して[三四]此道《(この)みち》はかしこくはなりぬ。

[三五]是《(これ)》又いつとなく醜《みにく》き姿《すがた》となりて、隙《ひま》出されて、[三六]同じ流《なが》れもかく變《かは》る物ぞ。[三七]祇《ぎ》薗《をん》町八坂《やさか》はせはしく、簾越《すだれごし》に[三八]色声掛《いろこゑかけ》て、「よらしやりませひ」といふもよしなや。[三九]爰《(こゝ)》を又心掛《がけ》て清水《きよみづ》より[四〇]坂《さか》の下《した》迄くだりてあがり、五七度《ど》も[四一]見競《くらべ》て、[四二]草臥足《くたぶるゝあし》の棒《ぼう》組客《くみきやく》は、[四三]白《しろ》かね細工《さいく》の氣晴《きばら》し、屋ね葺《ふき》の[四四]雨日和《あまびより》に申《(まうし)》あはせて、宿《やど》を出《(でる)》より[四五]壱人前《まへ》を弐匁、[四六]千年《せんねん》に一度《ど》の遊山《ゆさん》、岩《いは》に花代《はなだい》ぞかし。弐人あるよねに客《きやく》五人、座《ざ》に着《(つく)》よりはや[四七]前後《ぜんご》の鬮取《くじどり》、酒《(さけ)》より先《さき》に[四八]塩貝喰《しほがいくふ》て仕舞《しまひ》、手元《もと》に[四九]塵籠《ぢんこ》もあるに[五〇]栢《かや》のから莨菪盆《たばこぼん》に捨《すて》、[五一]花生《はないけ》の水に鬢櫛《びんぐし》をひたし、飲《のん》でさせば[五二]正月やうに元《もと》の所《ところ》へもどし、さばけぬ人の長座敷《ながざしき》、あくびも思はず出《(いで)》、[五三]さりとてはうたてかりしに、又次《つぎ》の間《ま》へ客《きやく》をあげて、「奥《おく》の衆《しゆ》は追付立入《をつつけたつ》、先是《まづ(これ)》へ〳〵」と口鼻《かゝ》がもてなし、又一[五四]連茶釜《つれちやがま》のほとりに腰掛《こしかけ》て、「お内義《ないぎ》、是《(これ)》は御はんじやう」と申せば、「あれはく[五五]るしからぬお客《きやく》。さあ是《(これ)》へ」と、中《ちう》二階《かい》へあげ置《をく》。又門《かど》から二三人立よりて、「[五六]炅《れう》

二九　てきぱきとさばいて。　三〇　上京には名家富豪が多かった。　三一　面白いやつ。気のきいたやつ。　三二　その頃京で幇間の四天王といわれた願西弥七・神楽庄左衛門・乱酒与左衛門・鸚鵡吉兵衛。「もまれ」は座敷のとりさばきを仕込まれる。「太鼓を見習ひ」は太鼓持の要領を見習う、客の機嫌の取り方を見習う。「付ざし」は誰に盃をさしたらよいか、その見たて方を習う。「かる口」はおどけた一口咄。　三三　自然と真似て。　三四　客のあしらい方。　三五　この稼業もまた。　三六　同じ色勤めでもこうも変るものか。色里の風儀の変る意と、八坂の茶屋に鞍替したことをかけている。　三七　ともに茶屋女の巣窟であった。　三八　色めかしい声。客を呼びこむ声。　三九　こういう所を目がけて。八坂の茶屋遊びを心がけて。　四〇　清水坂の下。色茶屋のあったところ。　四一　遊び相手の女達を見くらべて。　四二　歩き廻ってくたびれて、足が棒のようになったという意と、数人が棒組、すなわち連れになる意とがかけてある。　四三　銀細工の職人。　四四　雨天の日に相談して。　四五　一人前二匁の割当で遊ぶ。　四六　千年に一度の「岩に花」というような、めったにない遊山であって、花代などはめったに出さない。　四七　順番のくじをひく。　四八　塩漬けにした貝の抜身。　四九　唾を吐いたり、塵などを入れる壺。　五〇　かやをたべた殻。酒の肴にかやの実を出すのが祇園の風習。　五一　鬢櫛を花生の水にぬらして鬢をなでつける。　五二　正月の儀式の盃のように、さした人のところへかえす。　五三　これでは何としてもやりきれないと思っていると。　五四　土間の茶釜。　五五　遠慮のいらないお客。　五六　霊山。京都清閑寺町字霊山にある正法寺。遊山地。

山《ぜん》へまいる程《ほど》に、[一]下向《げかう》に」と、しらせて行《ゆく》。さてもいそがしき遊興《ゆうけう》、角《すみ》に[二]かたつき屛風引廻《びやうぶひきまは》し、[三]さし枕《まくら》二つ、立《たち》ながら帯《おび》とき捨《すて》、つらきながらも勤《つと》めとて、[四]ふし所《どころ》を口ばやに語《かた》り、[五]すこし位《くらゐ》を取《とる》男を耳引《みゝひき》、「銭《ぜに》の入《いる》事でもないに、こゝらを少洗《ちとあら》はんせ。[六]こちらへ御ざんせ。さてもうたてや、つめたい足手《あして》」と、そこ〳〵に身動《うごき》して其《その》男起《おき》出《いづ》れば、「どなた成《なり》とも御ざんせ」といふ言葉《ことば》のしたより半《はん》分寝《ぶんね》入し、鼾《いびき》かくを又こそぐりおこされ、其《その》人の心まかせになりて、やう〳〵手水《てうず》つかへば、すぐに待客《まつきやく》へをし出され、そこを仕舞《しまへ》ば、二階《かい》からせはしく手をたゝきて、「酒が飲《のま》れぬが、せめてひとり成《なり》とも出ぬか。たゞしかへれといふ事か。同じ銀遣《かねつか》ひながら、淋《さび》しきめをいたすは迷惑《めいわく》。をそらく我等《われら》[七]百十九軒《けん》の茶屋いづれへまいつても、[八]蜆《しゞみ》やなどの吸物《すひ》、[九]唐海月《とうくらげ》ばかりで酒飲《のん》だ事はない。[一〇]代《だい》

一 お詣りして帰りに立寄る。
二 形附屛風。模様を板行で摺って彩色した安物屛風。
三 箱枕。
四 文句よりは曲節の鑑賞を主とする部分。節を聞かせる部分。「思ふも思はざりつるも夜毎にかはる憂き枕つらきながらも勤とて朝な夕なの化粧坂」（近松・世継曾我二）。「茶屋諸分調方記」には茶屋女の唄う浄瑠璃の一に数えてある。
五 少し勿体（もったい）をつける。
六 こっちへお寄り。
七 清水坂の下から祇園・八坂辺の茶屋の数であろう。「京都御役所向大概覚書」には合計一二五軒とある。
八 蜆のようなもの。軽蔑していう。
九 肥前水母。和漢三才図会に「肥前水母又名二唐水母一」とあり、明礬に塩をもみあわせて漬けた海月である。もと舶来品なので唐海月という。
一〇 生れてからこのかた。

に[一一]悪銀《わるがね》つかまして[一二]立《(たつ)》た事もなし。傘借《かさかつ》てかへさぬ事もなし。[一三]ゑりつき見立《(たて)》らるゝが口惜《おし》い。綿布子《もめんぬのこ》でこそあれ、継《つぎ》の當《あたつ》たを着《きた》事は御ざらぬ」と、[一四]八寸五分の袖口を[一五]ひけらかして腹立《はら(たつ)》るを、とやかく是《(これ)》をなだめるうちに、「お龜殿《かめどの》、干《ほし》てありし

[一六]きやふが落《おち》た」と[一七]どやく。「猫《ねこ》が今出す[一八]鮒鮨《ふなずし》を引《ひい》た」とわめく。奥《おく》からは㝡前《さいぜん》の客立《きやく(たち)》ながら[一九]一包《つゝみ》置《をき》て出て行《(ゆく)》、[二〇]手ばしかく取内《とるうち》に[二一]大かた銀《かね》目引《(ひき)》て、[二二]いまだ面影《おもかげ》の見ゆるうちに[二三]秤《はかり》の上目《うはめ》に掛《かけ》、[二四]隣《となり》へ見せに行《(ゆく)》など、[二五]独狂言《ひとりきやうげん》よりはいそがし。いかに世をわたる業《わざ》なればとて、是《(これ)》程まで[二六]身をこらし、浅《あさ》ましき勤《つと》め、尤給銀《もつともきうぎん》は三百目・五百目・八百目までも段《だん》ゞ取《(とり)》しが、それ〳〵に[二七]手前拵《てまへこしら》への衣類《いるい》、[二八]うへしたの帯《おび》、[二九]ふたの物、鼻紙《はながみ》、[三〇]さし櫛《ぐし》、楊枝《やうじ》壱本、髪《かみ》の油《あぶら》迄も銘《めい》〳〵に買《かふ》なれば、[三一]身に付る事にはあらず。それのみか親《おや》のかたへ遣《つかは》し、[三二]隙《ひま》の夜の集銭《しゆせん》出し、萬《よろづ》に

一一 質のわるい銀貨。贋造・磨滅などの悪銀。
一二 悪銀を置いて茶屋を出たことはない。
一三 襟附。衣裳の襟つきの具合で貧富を判断する。身なりで安く見られるのは残念だ。
一四 当時流行の広い袖口。
一五 見せびらかして。
一六 脚布。腰巻。
一七 大声をたてる。わめく。
一八 客に今出そうとする鮒鮨。
一九 一包みの銀貨。
二〇 手早くそれを受取るとすぐに。
二一 受け取った銀貨の大体の重さを手で測定して見る。
二二 まだ客の姿が見えるうちに。
二三 秤の棹の上面に盛ってある秤目。少量のものを量る時に用いる。
二四 銀性が少々あやしいと思って、隣に見せに行く。
二五 独芝居。役者一人で数人の役を演ずる。
二六 自分の身を懲らす。苦しめる。もち崩す。
二七 自分が負担して衣類を新調する。
二八 衣類の外部にする普通の帯と、衣服の下にしめる帯。
二九 二布物。腰巻。
三〇 指櫛。
三一 金が身につくことはない。
三二 ひまな晩などは、銭を出し合って飲み食いもする。

物の入《(いる)》事のみ。[一]何《なに》始末《しまつ》して縁《ゑん》につくべき[二]しがくもなく、年月《ねんげつ》酒にくれて、[三]更《さら》に身の程を我《われ》ながら覚《おぼへ》ず、[四]美形《びけい》をとろひて後《のち》、[五]若女房《わかにようばう》の煩《わつら》ひのうち、[六]客《きやく》しげき内へ[七]三十日切《ぎり》にやとはれて、[八]色《いろ》はつくれど[九]すぢ骨《ほね》たつて、[一〇]鳥肌《とりはだ》にさはりて、人の聞《きく》をもかまはず、「[一一]あの女は賃《ちん》でもいや」といはれては、[一二]身にこたへてかなしく、是《(これ)》より外《ほか》に身過《すぎ》はなき事《こと》かと、[一三]愛染明王《あいぜんみやうわう》をうらみ、[一四]次第《しだい》にしほるゝ戀草《こひぐさ》なるに、又[一五]蓼喰《たでくふ》むし有《(あり)》て、ふるき我《われ》におもひつきて、情《なさけ》かさねて、[一六]黑茶苧《くろちやう》の着《きる》物をしてくだされ、[一七]おもはくの外《ほか》なる仕合《しあはせ》、なを見捨《すて》給はずして、此《(この)》勤《つと》めやめさせて、[一八]門前町《もんぜんてう》の御下《しも》屋敷《しき》にをかれ、折ふしの[一九]御通《かよ》ひ女とはなりぬ。

其《(その)》御かたさまは廣《ひろ》い京にもかくれなき[二〇]分《(わけ)》知《しり》大臣《じん》にして、今に[二一]高橋《たかはし》にあひ給ひて、大夫に不断肩骨《ふだんかたぼね》うたせて、したい事しておはせしに、[二二]我縁《ゑん》ありてのうれしさ、どこぞにお氣《き》に入《(いつ)》た所ありしや。[二三]殊《ことに》京都《きやうと》は女自由《じゆう》なるに、[二四]我《われ》又あまらぬ事は、[二五]よき目利《きゝ》のないかとおもはれし。[二六]新茶《あらちや》入・新《しん》筆の繪《ゑ》をかづきながら、[二七]其《(その)》家にてよき物になりぬ。[二八]吟味《ぎんみ》するは賣《うり》物にする女也。

小哥《こうた》の傳受《でんじゆ》女[二九]

一 何を倹約して。二 志学・修学などと書く。工夫・才覚・準備の意。三 自分ながらわが身の成り行きが覚束ない。四 美しい容貌が衰えてから。五 若いお内儀が病気の間。六 お客の多い家に。七 三十日限りに。八 化粧をして勤めて見ても。九 筋骨が立って。一〇 肌は鳥肌のようにざらざらして、それに触れたお客は人の聞くのもおかまいなしに。一一 あの女は賃をもらってもいや。お金をもらってもまっぴらだ。一二 身にしみじみと悲しい。一三 愛欲の神。色事の守護神とされている。色事をお護り下さるはずの愛染明王を恨む。一四 次第に容色の衰えて行く、色を売る女。一五 蓼食う虫もすきずきという諺があるが、物ずきな人もあって。一六 黒い茶宇縞。軽くて薄い絹。印度チャウル原産。和製品もあった。一七 思いのほかに幸福な身となった。一八 知恩院の門前町。妾宅・下屋敷などが多かった。一九 囲女。外妾。別宅において折々通って行く女。二〇 粋な大尽。二一 島原の大坂屋太郎兵衛抱の太夫。二二 そういうお方が縁あって私とこういう嬉しいことになったが。二三 女の自由なところだのに。二四 自分のようなものが残りものにならないのは。二五 よい女の目ききがいないためかと思われた。二六 古物・古筆に似せた新しい茶入や新作の絵をつかまされたようなもので、私を買いかぶったのであるが。二七 私はその家で宝物か何かのようにされ、大へん結構な暮しをした。二八 売物の女はよくよく吟味しないと、とんだことになるものだ。

一夜を銀六匁にて[三〇]呼子鳥《よぶこどり》、是《(これ)》傳受《でんじゅ》女なり。[三一]覚束《おぼつか》なくてたづねけるに、風呂《ふろ》屋者《もの》を[三二]猿《さる》といふなるべし。[三三]此《(この)》女のこゝろざし・風俗《ふうぞく》、諸國《しよこく》ともに大かた變《かは》る事なし。[三四]身持《もち》は手[三五]のものにて日毎《ごと》に洗《あら》ひ、[三六]押《おし》下て大嶋田《しまだ》、[三七]幅疊《はゞだゝみ》の髻《もとゆひ》を菱《ひし》むすびにして、[三八]其《(その)》はしをきり〳〵と曲《まげ》て、[三九]五分櫛《ごぶぐし》の[四〇]眞那板《まないた》程なるをさし、[四一]暮方《くれがた》より人に被《かづ》ける良《(かほ)》なればとて、白粉《はくふん》に[四二]くぼたまりを埋《うづ》み、口紅《べに》用捨《ようしや》なく[四三]ぬりくり、おのづから[四四]薄鼠《うすねずみ》となりし加賀絹《ぎぬ》の下紐《したひも》を、[四五]こどりまはしに裙《すそ》みじかく、柳《やなぎ》に[四六]鞠《まり》五所《ところ》しぼり、あるひは[四七]袖石疊《いしだゝみ》、思ひ〳〵の明衣《ゆかた》、[四八]䟡《きびす》うつてゆきみじかに、[四九]竜門《りうもん》の二つ割《わり》を後《うしろ》にむすび、[五〇]番手《ばんて》に[五一]板《いた》の間《ま》を勤《つと》めける。入《(いり)》に來《くる》人の名を口ばやに御《ご》ざんせと、[五二]ゆふべ〳〵のぬれ氣色《けしき》、座《さ》をとつて[五三]風呂敷《ふろしき》のうへになをれば、[五四]分《わけ》のあるかたへもなき人にも、[五五]揚場《あがりば》の女ちかよりて、「今日は芝居へお越《こし》か。色里《いろざと》のおかへりか」など、外《ほか》の人聞《(きく)》程に御機嫌《きげん》とれば、何《なん》の役《やく》にも立《(たゝ)》ぬ[五六]ぜいに、鼻紙《はながみ》入より女《ぢよ》郎の文出して、[五七]大夫が文章《ぶんしやう》どこやら各別《かくべつ》と見せかくる。[五八]荻野《おぎの》・[五九]よし田・藤《ふぢ》山・井筒《いづゝ》・武藏《むさし》・通路《かよひぢ》・長橋《ながはし》・三舟《さんしう》・小大夫が筆蹟《ひつせき》やら、三笠《かさ》・巴《ともへ》・住江《すみの(え)》・豊等《とよら》・大和《やまと》・歌仙《かせん》・清原《きよはら》・玉かづら・八重霧《えぎり》・清橋《きよはし》・こむらさき・志賀《しが》が[六〇]手をも見しらず、[六一]はしつぼねの吉野《よしの》に書《(かゝ)》せたる文《ふみ》見せらるゝにしてから、[六二]犬《いぬ》に伽羅《きやら》聞《きか》すごとく、ひとつも埒《らち》はあかず。あひもせぬ大夫天神《てんじん》の[六三]紋櫛《もんぐし》など持《もつ》事、心はづかしき事な

二九 風呂屋女。↓補注三五。三〇 女を呼ぶをかけている。古今伝受の呼子鳥は郭公とも閑古鳥とも猿ともいう。三一 どういう意味かはっきりしないので尋ねて見ると。↓補注三六。三二 垢を掻くということから猿という。三三 この風呂屋女の心意気や風俗は。三四 身だしなみは。三五 風呂屋勤めであるからお手のものであって。三六 根をさげた大島田。髷を後にさげて結うのが当世風であった。三七 幅広く畳んだ平髻(ひらもとゆい)を菱形に結び。三八 元結の端をきりりと曲げ。三九 櫛の背の厚さが五分もある。四〇 俎くらい大きな櫛。浴客の髪を解くために大きな櫛をさしていた。四一「被ける」はかぶせる、おしつける、だます意。四二 その頃風呂屋の営業は昼間だけで、湯女は暮方以後色をひさいだ。四三 あばたや吹出物の痕。四三 塗りこくり。塗りまわし。四四 薄鼠色に古びた。四五 きりりと。四六 柳に鞠の模様を五ヵ所に絞りそめにしたもの。四七 袖を市松模様に染めたもの。四八 踵(きびす)を打つほど丈長に着物を着、裄(ゆき)は客の垢をかくために短かくする。四九 竜門の幅は一尺六寸、二つ割はその半分の八寸。それを二つに折ってしめるのであるから、四寸くらいである。五〇 交替に。五一 洗い場。五二 夕々の色っぽい風情。五三 風呂上りに敷き用いる布巾。↓補注三七。五四 馴染の深い浅いもかまわず。五五 脱衣場の女。五六 みえ。五七 太夫の文章というものはどこやら格別だ。五八 新町扇屋抱の太夫。五九 佐渡島町藤屋抱の太夫。六〇 筆蹟を見てもわからない。六一 端女郎。局女郎。下級の女郎である。六二 犬に伽羅をかがせるようなもので、さっぱりわからない。六三 定紋を蒔絵にした櫛。馴染の客に贈ったもの。

れども、若《わか》い時《とき》には遣《つか》ひたき金銀《きんぐ》はまゝならず、[一]せんじやうはしたし、我も人もかならずする事ぞかし。それ〳〵に又供をつれざる若《わか》き者《もの》も、新《あたら》しき下帯を見せかけ、[二]預ゆかたを拵《こしら》へ、[三]おもはく女銘《めい》ゝに[四]出し入をするも相應《さうおう》のたのしみ、是程の事もやさし。

あがれば莨菪《たばこ》盆《(ぼん)》片《かた》手にちらし[五]を汲《くみ》て、ひとしほ水ぎは[六]を立《(たて)》もてなす風《ふ》情《(ぜい)》、似《に》[七]せ幽禪《ゆうぜん》絵の扇《あふぎ》にして涼《すゞ》風をまねき、後《うしろ》にまはりて灸《きう》の蓋《ふた》を仕替《しかへ》、鬢《びん》のそゝけをなでつけ、[八]當座《たうざ》入の人は鼻《はな》であしらふなど、かりなる事ながら是《(これ)》[九]を羨敷《うらやましく》、[一〇]戀の中宿《やど》を求《もとめ》て此君達《(この)きみたち》をよぶに、[一一]仕舞風呂《しまひぶろ》に入《(いり)》て身をあらため、色つくるまに茶《ちや》漬食《つけめし》をこしらへ、箸《はし》したに置《をく》と、[一二]借着物《かしきる》始末《しまつ》にかまはず引《(ひき)》しめ、[一三]久六灯挑《てうちん》ともせば、揚口《あがりくち》よりばた〳〵歩《あゆ》み、[一四]宵は綿帽子《わたぼうし》、更《ふけ》ては[一五]地髮《ぢがみ》、夜ありき足音《あしをと》かるく、其宿《(その)やど》に入《(いり)》て恥《はぢ》ず、座敷《ざしき》になをり、「ゆるさんせ、[一六]着物《きる》三つが過《すぎ》た」と、肌着《はだぎ》は残《のこ》して[一七]ぬぎ掛して、[一八]「是《(これ)》こなた、きれいにして水をひとつ飲《のま》さしやれ。今宵《よひ》程氣《き》のつまる事はない。[一九]屋ねに煙出しのない所はわるい」と、用捨《ようしや》もなく物[二〇]好《このみ》して、身を自《じ》由にくつろぎしは、[二一]さりとはそれと思ひながらあまりなり。[二二]されども[二三]菓子《くはし》には手をかけず、[二四]盃をあさう持《もち》ならひ、肴《さかな》も生貝焼《なまがいやき》玉子はありながら、にしめ大豆《まめ》山椒《さんしやう》の皮《かわ》などはさむは、[二五]色町を見たやうにおもはれてしほらしけれ

一 借上。おごり。みえ。
二 預り浴衣。自分の専用として風呂屋に預けておく浴衣。
三 思いをかけている女。好きな女。
四 浴衣の出し入れをさせること。
五 香煎。糯米・陳皮・山椒などの粉末をふり出した飲物。
六 際立って。特別に。
七 その頃はやった京の画工宮崎友禅の似せ絵をかいた扇。
八 馴染でないその日限りのふりの客。
九 ちやほやされるのが羨しくなり。
一〇 男女密会の出合宿。
一一 風呂屋は初夜を限りとし、最後に貝を吹いて、女召使を入れることになっていた。
一二 借衣裳を頓着なしに平気でまといつけ。
一三 下男の通称。
一四 宵のうちは様子を作って綿帽子をかぶるが。
一五 地髪は入髪に対して生れつきの髪をいうのであるが、ここは頭巾なしで頭髪をあらわすをいう。
一六 着物三枚は着過ぎた。三つ襲を自慢する。
一七 抜き襟にする。
一八 もしあなた。
一九 屋根に煙出しのないところは、風の通りがわるくていけない。風呂屋には煙出しがあるので、風呂屋女だからこういったのである。
二〇 物ねだりして。
二一 どの道風呂屋女とはいえ。
二二 あまりにもはしたない振舞である。
二三 食膳の他に食うもの。おこし米・葛餅・笹餅など。
二四 酒をたくさん注がれないように、盃を傾け

ば、盃《さかづき》のくるたび／＼に二六ちと押《をさ》へましよ、是非《ぜひ》二七さはりますとお二八仕着《しきせ》の通り、二九百座《ざ》の参會《さんくはい》にも三〇すこし色《いろ》の替《かは》りたる事なし。三一ことかけなればこそ堪忍《かんにん》すれ、是《(これ)》を思ふに難波《なには》に住《(すみ)》なれて三二前《まへ》の鯛《たい》を喰《くひ》なれし人の熊野《くまの》に行《(ゆき)》て、三三盆《ぼん》のさし鯖《さば》を九月の比《ころ》も珍《めづら》敷《しき》心に成《(なる)》ごとく、傾城《けいせい》見たる目を爰《こゝ》にはわすれ給へ。三四ぼんなふの垢《あか》をかゝせて水の流《なが》るゝに同じ遊興《ゆうけう》なり。

世間《せけん》にはやる言葉《ことば》を云勝《いひがち》に、夜半の鐘《かね》に氣をつけ、「皆《みな》寝さんせぬか。こちらは毎夜《まいよ》のはたらき。身は三五かねでした物でもなし、夜食《やしよく》も望《のぞ》みなし」とはいへども、三六そば切是《(これ)》よしと三七取居《とりすへ》の膳《ぜん》の音《をと》、其跡《(その)あと》は床入《とこ(いり)》、女三人に嶋《しま》のふとんひとつ、布子《ぬのこ》弐つ、木枕《きまくら》さへたらぬ貧家《ひんか》の寝道具《だうぐ》、戀は外《ほか》に、三八川堀《ほり》の咄《はな》し、身のうへの親里《おやざと》、跡《あと》はいつとても芝居《しばゐ》の役者噂《やくしやうはさ》、肌《はだ》に添《そへ》ばおもひなしか手足《てあし》ひえあがりて、

てもつ。遊女のたしなみとされた。
二五 遊女は客の前では肴には手をつけないことが嗜みの一つであった。色町の風儀を見習ったようでしおらしい。
二六「押へる」というのはさす盃を押えて、もう一ぱい飲ませること。ちとお重ね下さい。
二七「さはる」も、さす盃を押えて重ねて酒を注ぐこと。ぜひお注ぎします。
二八 型通り。きまりきったことをいうだけで。
二九 度々出会う席上。何度席に招いて見ても。
三〇 別に色の変ったしぐさもない。
三一 事欠け。一時の間に合せ。一時の間に合せなればこそ辛抱するようなものだ。
三二 摂津西の宮広田神社の沖でとれる鯛。鳴尾の鯛。住吉神社の沖でとれる魚も前の魚という。
三三 お盆の祝物の刺鯖。
三四 煩悩の垢をかかせて水に流すような軽い遊興と思えばよい。
三五 鉄(かね)でできた身体ではないし。
三六 蕎麦切。
三七 女が手ずから膳を並べる音。
三八 貞享元年開盤の新川(安治川)工事についての話。

鼾《ゐびき》はなはだしく、我身《わが》を人にうちまかせ、[一]男女《なん》の淫樂《いんらく》は互《たがひ》に臭骸《しうがい》を懷《いだく》といへるも、かゝる[二]乱姿《らんし》の風情《ふぜい》なるべし。[三]我《われ》も亦《また》其《(その》身になりて心の水を濁《にご》しぬ。

美《び》[四]扇《せんのれん》戀《ぷう》風

くすし、此《(この)》ごとく看板掛《かんばんかけ》て、四条《(でう)》通り新町下る所に、女ながら醫者《いしや》をして住《すみ》ける。表《おもて》は[五]竹がうしを付《(つけ)》て、奥深《おくぶか》に小闇《ぐら》き[六]家作《やづく》り、[七]盆山《ぼんさん》に[八]那智石《なちいし》を蒔《まき》て、石《せき》[九]菖蒲《しやうぶ》のねがらみ[一〇]青《あを》ことしたる葉末《はずゑ》を詠《なが》め、[一一]淫酒《ゐんしゆ》のふたつをかたくやめさせ、[一二]樂《らく》寝《ね》をさせず、壁《かべ》に寄添《よりそひ》、目の養生《やうじやう》する女爰《(こゝ)》に集《あつま》る。[一三]常《つね》の声《こゑ》にして[一四]角大夫節《ぶし》、佐《さ》[一五]夜《よ》之助が[一六]哥を移《うつ》し、立居《ゐ》もいそがず、腹立《はらたて》ず、[一七]萬事《ばんじ》心ながうと申《(まうし)》渡《わた》しぬ。淋《さび》しき折ふし銘《めい》〻身のうへの事を語りし。独《ひとり》は[一八]室《むろ》町の数間《すあひ》女、是《(これ)》は諸《しよ》國の人遊《ゆ》山[一九]作病《さくびやう》の逗留《とうりう》、借座敷《かりざしき》を心[二〇]がけ、さま〴〵の染衣賣《そめぎぬうり》しが、[二一]男ありなしにかぎらず目にたゝぬ色つくりて、相手次第の御機嫌《きげん》をとりて、[二二]浮氣《き》を見すまし、酒《さけ》の友《とも》にもなりて、其跡《(その)あと》は首尾《しゆび》によりて[二三]分《わけ》もなき事、世をわたる業《わざ》とて胸算用《むねさんよう》して、たとへば九匁五分の抱帶《かゝへおび》一筋《すぢ》十五匁に賣《うる》も、[二四]買人《かふ》も其合点《(その)がってん》づくなり。又ひとりは[二五]糸屋者《いともの》、是《(これ)》も見[二六]せ女に拵《こしら》へ、侍衆《さぶらひしゆ》をあしらはせ、様子《やうす》によりてお宿《やど》まで

一 蘇東坡の九相之詩に「紅粉翠黛唯綵二白皮一、男女淫楽互抱二臭骸一」とある。二 みだらな姿。三 私もまたこういう境遇になって、心の水を濁してしまった。

四 美貌の女が扇屋の店に出て客を招いたという意。五 竹格子。六 家の構え。七 盆石。雅致のある石を盆の上に立てて賞翫すること。八 紀州那智地方から出る石。純黒で光があり、碁石・盆石などに用いる。九 根が錯綜してのびること。一〇 石菖の青々とした葉は目の薬とされている。一一 色と酒。一二 楽々と横に寝かせない。一三 普通の声で。一四 山本角太夫の語り出した浄瑠璃節。一五 中山小夜之助。天和・貞享頃の若衆方の名手。小唄と舞を得意とし、後に長唄の歌手になった。一六 その歌い口を真似る。一七 万事気永に養生するように。一八 室町には呉服屋が多かった。数間女は呉服の取次ぎ販売のようなことをしながら、傍ら色を売った女。好色貝合に詳しい。一九 仮病。二〇 目がけて。二一 亭主のある者も無い者も。二二 浮気な相手だと見ると酒の相手もし。二三 埒もないことになってしまう。二四 買う人は承知の上で買うのである。二五 糸屋の売子。これも売色するものが多かった。好色貝合に出ている。二六 看板女。店先に坐って客に応待する女。

も持《もた》せて遣《つかは》しける。時《とき》の首尾《しゆび》によりて二七名古《なご》屋打《うち》の帯《おび》、二八重《しげ》打《(うち)》の下緒《さげを》、おもひの外なる商《あきなひ》事をするぞかし。二九鹿子《かのこ》屋の仕手殿《してどの》も見へける。是《(これ)》はさのみをし出して三〇のいたづらにはあらず。三一紅《べに》むらさきに色を移《うつ》して、物やはらかに人のおかため三二きたる仕掛《しかけ》、是を珍重《ちんてう》がりて好《すく》人ありて、三三仕着合力《しきせがうりよく》にてしのび逢《あひ》の男絶《たへ》ず。此《(この)》外かやうのたぐひの女、身をぞんざいに持《もち》なし、むかしの三四悪病山帰來《あくびやうさんきらい》などにして三五隠《かく》し置《をき》しが、三六土《ど》用八専《せん》つらく、寄年《よるとし》にしたがひて三七上《かみ》へとりあげて、三八しつけ目を煩《わづら》ひ、いづれもすぎにし身の恥《はぢ》を語り慰《なぐさみ》ぬ。

我《われ》も亦《また》同じ病難《びやうなん》を請《うけ》て三九此《(この)》宿に來《き》て、髪《かみ》は四〇つゐ四一角《つの》ぐり、皃《かほ》に白粉《はくふん》絶《たへ》て、四二早《はや》川織《をり》に四三そぎ衣裏《あり》をかけて、さのみ見ぐるしからぬ目の中《うち》の雫《しづく》を、黄《き》色なる絹《きぬ》の切《(きれ)》にてすこしうつぶき拭《ぬぐふ》たる風情《ふぜい》、何とやら四四おもはくらしきものぞかし。折から五条《(でう)》橋筋《はしすぢ》に、かくれもなき四五大扇《あふぎ》屋有《(あり)》ける。此《(この)》亭主《ていしゆ》四六子細者《しさいもの》にて、四七敷《しき》銀付《(つき)》女房《にようばう》もよばず、京の事なればうるはしき娘《むすめ》も有《(ある)》に、是《(これ)》を皃《かほ》ふつて四八金銀《きんぐ》は涌《わき》物と四九色好《このむ》うちに、五十余歳《よさい》になりぬ。自《みづから》を見るより身をもだへ、葛籠《つゞら》片荷《かたに》、櫛笥《くしばこ》ひとつなくとも、丸裸《(まる)はだか》で我女房《わがにようばう》にほしきとしきりにこだれ、五〇色ゝと氣《き》をつくして媒《なかだち》を入《(いれ)》て、五一頼樽《たのみたる》をしかけて五二をくられける。五三女はしれぬ仕合《しあはせ》のある物にて、扇屋《あふぎ》のお内義《ないぎ》さまとよばれて、あまたの五四折《をり》手まじりに見世に出《(いで)》、目に立程《(たつ)》の姿自慢《すがたじまん》、五五諸人爰《しよにんこゝ》に

二七 真田の袋打ちの帯。両端に総をつけたものを名古屋帯という。幅四寸くらい。二八 繁打。沢山の糸で編んだ紐の打ち方。その糸の数によって、四ツ打・八ツ打・十六打などという。二九 鹿子絞屋の女工。仕手は鹿子を結ぶ女。三〇 公然と。おおっぴらに。三一 紅紫の着物に色里の風を真似て。三二 人妻。町家の主婦。人の女房めいた手管でしかける。三三 お仕着(しきせ)をしてやって。三四 百合科に属する植物。梅毒の薬に用いられた。三五 悪病をおさえておいたが。三六 土用は年に四回あるが、おもに夏季の土用をいう。八専は年に六回ある。壬子の日から癸亥の日に至る十二日間、但しその中から間日(まび)(癸丑・丙辰・戊午・壬戌の四日)を除くから八日になる。八専のあいだは気圧が低くて病人に不快な日とされている。三七 病気が身体の上部に上って。三八 湿気目。梅毒による眼病。三九 この眼科医。四〇 ちょっと。ぞんざいに。四一 角ぐり髷。ぐるぐると巻き上げて結う。四二 未詳。四三 半襟。四四 魅力的である。色気がある。四五 寺町通を西へ行った御影堂前の町に有名な御影堂扇の店舗があった。四六 一癖ある者。変り者。四七 持参金附の女房。四八 金銀は湧いて出るものだといって惜し気もなく散財する。四九 色をあさって歩いているうちに。色遊びをする意であって、容色を詮議する意味ではあるまい。五〇 色々と気をもんで。五一 人を頼みを、頼樽にかけた。頼樽は縁組申込みの時におくる柳樽。→二六六頁注八。五二 扇屋に嫁入りさせられた。五三 思わぬ幸福。五四 扇の地紙を折る女達。五五 私を目当にお客が集まり。

たよりて、[一]五本地《ほんぢ》三本といふまゝにねぎらず、出家《しゆつけ》は[二]礼扇《れいあふぎ》あつらへ、此女房《(この)にようばう》見に[三]ざんじも人絶《だへ》なくている栄《さか》へ、[四]御影堂《みゑいだう》も物さび、[五]幽禅絵《ゆうぜんゑ》もふるされ、[六]當流《たうりう》の仕出しもやう、[七]隠《かく》し絵《ゑ》の独《ひと》わらひ、[八]うつくしき所見えすきて、[九]此《(この)》家の風をふかしける。はじめの程はつれあひも合点《がつてん》にして、人の手にさはり、腰《こし》を扣《たゝ》く程の事は、[一〇]余所《よそ》見して置《をき》しが、色ある男、毎日壱本一歩《ぶ》の扇調《あふぎとゝの》へにくる人有《(あり)》。心[一一]にはなきたはぶれ、後にはいつとなく眞言《まこと》になつて、[一二]夫婦《ふうふ》の中をうたてく、身が自由《じゆう》にならぬを明暮悔《あけくれくやむ》を見かねて追出《おひ(ださ)》れ、彼《かの》男たづねてもしれずして、い[一三]たづらの身かなしかりき。

それより是非《ぜひ》もなく御池《おいけ》通《どをり》に牢《らう》人して、[一四]有《(ある)》程の身のかわを日[一五]算用《さんよう》すまして、[一六]よき事を願《ねが》へど、[一七]京に多《おほ》きものは寺《てら》と女にて、おもはしき奉公《ほうこう》もあらず、當分《たうぶん》の世わたりに、西陣《にしぢん》に[一八]糸《いと》くりにやとはれ、月に[一九]六さいの夜《よん》

一　五本骨の扇の地紙を三本分。
二　盆正月に檀家へ贈る粗末な扇。
三　暫時。しばらくも。
四　京五条通寺町の新善光寺(御影堂)の尼がはじめて作り出した扇で、最上の扇とされていた。
五　友禅絵も流行遅れといわれ。
六　この店の今風な新工夫の模様。
七　「独わらひ」は春画。ちょっと見ると何でもない絵の中に、春画をかくしてかいたさがし絵。扇をひろげれば何でもないが、畳みようによっては春画になるような扇。
八　女の美しい肌があらわに見えて。
九　「風をふかす」は扇の縁語。家の名をひろめる。世間の評判になる。
一〇　見て見ないふりをしていたが。
一一　初めは心にもない戯談から。
一二　夫婦の中を辛く思い。
一三　いたずら(淫奔)をした自分は悲しい身の上になった。
一四　持っているだけの衣類を売って。
一五　日々の生活費に当てて。
一六　何かよい事があればよいと願っていたが。
一七　「見た京物語」に「多きもの、寺、女、雪駄直し」。
一八　糸繰。
一九　六斎。→三六三頁注五六。夜間男は夜間に忍びあう男。情夫。

二〇 それもあまり興味がない。
二一 禅門様。法体した俗人。
二二 一年中の経費に割り当てて予算通りの生活をする。
二三 二瀬女。下女と妾の二役をする女。
二四 何も面倒な仕事はないし。
二五 もやもや。くよくよ。
二六 綿帽子。
二七 炮烙頭巾。炮烙のように丸い形の頭巾。
二八 ふびんに思いながら。
二九 自分の出替り日。

間《ま》男、[二〇]是《(これ)》もおかしからず、上《かみ》長者《じや》町にさる御隠居《ゐんきよ》のぜ[二一]んもん様、七八軒《けん》の借屋賃《かし(や)ちん》とりて、酢《す》にも味噌《みそ》にも慰《なぐさ》みにも、[二二]是《(これ)》を年《ねん》中にもりつけて、明暮干肴《あけくれひざかな》より外《ほか》なく、遊《あそ》ぶを仕事《しごと》に女壱人猫《ねこ》一疋《ぴき》、是《(これ)》へ[二三]二瀬《ふたせ》の約束《やくそく》して、昼《ひる》は水汲茶《みづくみちや》をわかし、夜は親仁《おやじ》さまの足《あし》でもさするはずに極《きは》めし。[二四]何《なに》も手いたき事はなし、外《ほか》に機嫌《きげん》とるかたもなし。此《(この)》うへの仕合《しあはせ》にあのぼんさま四十斗年若《ばかりとしわか》にして、夜の淋《さび》しさをわするゝ事ならばと、女ごゝろに[二五]くや／＼といふても叶《かなは》ぬ罪《つみ》をつくりし。此《(この)》親仁《おやじ》衣《ゐ》裏《り》に[二六]わたぼうしをまき、夏冬《なつふゆ》なしの[二七]ほうらくづきん、揚口《あがりくち》より下《した》へおりるに一時《とき》もかゝり、立居不自由《たちゐふじゆう》さ、年《とし》は寄《よる》まじきものと、[二八]いとしきおもひながら、そこ／＼にあしらひ、「風ひかぬやうにして寝《ね》さしやれませひ。若《もし》も目《(め)》がまはゞ起《おこ》し給へ。是《(これ)》に寝《ね》ます」と、戀慕《れんぼ》の道《みち》おもひ切《(きり)》て、[二九]九月五日までの事をおもひ

しに、此《(この)》親仁《おやじ》[一]つよ藏《ざう》にして、夜もすがらすこしもまどろむ事もなく、今時《いまどき》の若《わか》いやつらが[二]うまれつきおかしやと、明暮《あけくれ》こそぐられ、色〻侘《わび》てかまはず、いまだ廿日も立《(たゝ)》ぬに、[三]明《あけ》ても枕《まくら》あがらず、鉢巻《はちまき》して色青《いろあを》く、やう〱[四]御斷《ことはり》を申《(まうし)》て、せめては死《しな》ぬうちにとおそろしく、[五]中宿《なかやど》へ人におはれて歸《かへ》りぬ。[六]地黄丸呑若《ぢわうぐはんのむわか》き人に語《かた》れば、歯切《はぎり》をして口惜《をし》がりぬ。

[七]濡問屋硯《ぬれのとひやすゞり》

[八]萬賣帳《よろづうりちやう》なにはの浦《うら》は日本第一の大湊《おほみなと》にして、諸國《しよこく》の商《あき》人爰《こゝ》に集《あつま》りぬ。[九]上問屋《かみどひ》[一〇]下問屋《しもどひ》数《かず》をしらず、客馳走《ちそう》のために[一一]蓮葉女《はすは》といふ者《もの》を拵《こしら》へ置《をき》ぬ。是《(これ)》は食炊女《めしたき》の見よげなるが、下に薄綿《うすわた》の小袖、上に紺染《こんぞめ》の[一二]無紋《むもん》に、黒《くろ》き大幅《おほはゞ》おび、[一三]あかまへだれ、[一四]吹鬢《ふきびん》の[一五]京《きやう》かうがい、伽羅《きやら》の油《あぶら》にかためて、細緒《ほそを》の雪踏《せつた》、[一六]延《のべ》の鼻紙《はながみ》を見せ掛《かけ》、[一七]其《(その)》身持《もち》それとはかくれなく、隨分《ずいぶん》つらのかわあつうして、人中ををそれず、[一八]尻《しり》居《すへ》てのちよこ〱ありき、[一九]びらしやらするがゆへに[二〇]此名《(この)な》を付《つけ》ぬ。物のよろしからぬを蓮《はす》の葉《は》物といふ心也。[二一]遊女《ゆうぢよ》になを身をぞんざいに持《もち》なし、[二二]旦那《だんな》の内《うち》にしては[二三]朱唇万客嘗《しゆしんばんかくになめ》させ、[二四]浮世小路《うきよせうぢ》の小宿《こやど》に出ては閨中無量《けいちうむりやう》の枕《まくら》をかはし、正月《しやうぐはち》

一 強藏。精力旺盛な者。
二 生れつき弱いのがおかしい。
三 疲労のため夜があけても枕があがらない。
四 お暇を乞うて。
五 奉公人宿。請人の宿。
六 強精剤を飲んでいる若い男。
七 問屋の硯はいつも濡れているので濡といい、また問屋には客接待のために蓮葉女を抱えているので情事にかけている。
八 万売帳は売上げを記入する帳簿。諸物貨を売りさばく難波の浦は。
九 京都・伏見に米穀を送る問屋。
一〇 西国・北国などの地方を相手とする問屋。
一一 問屋で客の伽をするために抱えておく女。
一二 模様のない着物。
一三 赤前垂。
一四 鬢を大きく張り出した髪。
一五 京笄。
一六 延紙。小杉原。
一七 ちょっと見てもすぐその素姓がわかる。
一八 尻を落してちょこちょこ歩きをし。
一九 しなやかに、びらりしゃらりとする。
二〇 蓮葉女という名がついたのである。
二一 遊女に比べてなお一層自堕落にふるまい。
二二 奉公先の問屋の家では。

着物《ぎる》してもらふ男有《(あり)》、[二五]盆帷《ぼんかた》子《びら》の約束《やくそく》もあり、小遣銭《こづかひぜに》くるゝ人有《(あり)》、一年中《ねんぢう》の髻白《もとゆひおし》[二六]粉《ろい》つゞける[二七]ちいん有《(あり)》、[二八]はうばいの若《わか》い者《もの》に絹《きぬ》の[二九]きやふ[三〇]かきつき、[三一]久三郎にあふても只《たゞ》は通《とを》さず、[三二]継煙管《つぎきせる》を無《む》理《り》取《(どり)》に、[三三]合羽《かつぱ》の切《きれ》の莨菪入《たばこ(いれ)》をしてやり、弐分が物もとらぬがそんと欲《よく》ばかりにたはぶれ、されどもすゑ〳〵身のために金銀《きんぐ》ほしがるにもあらず、[三四]出替《でかはり》の中宿《やど》あそび、女ながら美食好《びしよくごの》み、[三五]鶴《つる》屋のまんぢう、川口屋のむしそば、小濱《こばま》屋の藥《くすり》酒、天滿《てんま》の大佛餅《ぶつもち》、日本橋《ばし》の釣瓶鮨《つるべずし》、椀《わん》屋の蒲鉾《かまぼこ》、樗木《せんだのき》筋《すぢ》の仕出し弁當《べんたう》、横堀《よこぼり》の[三六]かし御座《ござ》、芝居《しばゐ》行にも駕籠《かご》でやらせ、[三七]當座拂《たうざばら》ひのかり桟敷《さじき》、見てかへりての[三八]役者《やくしや》なづみ、[三九]角《かく》のうちに小《こ》の字《じ》[四〇]舞鶴《まひづる》、[四一]香《かう》の圖《づ》、[四二]無用《むよう》の紋《もん》所を移《うつ》し、姿《すがた》つくるに一生夢《しやうゆめ》の暮《くら》し、人に浮《うか》されて[四三]親《おや》の日をかまはず、[四四]兄弟《きやうだい》の死目《しにめ》にもあそびかゝつてはゆかず、不義《ふぎ》したい程する女ぞかし。春めきて人[四五]

二三 蘇東坡の詩に「一双玉手千人枕、半点朱唇万客嘗」(円機活法)とある。
二四 大阪市東区、南は高麗橋筋、北は今橋筋にある小路。密会の宿の多い所。
二五 盆には帷子を作ってくれる約束もある。
二六 仕送りする。
二七 知音。馴染客。
二八 朋輩。
二九 脚布。ゆもじ。腰巻。
三〇 せがんでありつく。
三一 下男の通称。久三ともいう。久参と書いて久しく居る意となる。老僕のこと。
三二 継ぎ羅宇の煙管。
三三 煙草の湿気をふせぐために防水布で作った煙草入。
三四 出替りに宿下りをした時に、遊ぶための用意。
三五 鶴屋の米饅頭。↓補注三八。
三六 貸御座船。
三七 始終芝居を見る人は、あとで茶屋からの勘定で支払うのだが、これは現金払いで桟敷見物をするのである。
三八 役者に夢中になること。
三九 嵐三右衛門の紋。
四〇 荒木与次兵衛の紋。
四一 大和屋甚兵衛の紋。
四二 役にもたたない紋を自分の着物につけて見る。
四三 親の命日もかまわない。
四四 遊びにかかっては兄弟の死に目にも会いに行かない。
四五 「はるかなる大江の橋は造りけん人の心ぞ見えわたりける」(夫木抄)。

一土佐堀川に架けた橋。二土佐堀川と堂島川との中の島。三蜆川が上福島・下福島辺を流れる際に福島川という。四誂え向の日和。五元禄十年以前の大坂の米市場は北浜の淀屋橋南詰にあった。六西鶴序、宇治加賀掾の浄瑠璃段物集、貞享二年八月刊。七つやっぽい段ほど面白いものはない。八奥向の用を勤める女。下女に対して腰元・中居などをいう。ここでは蓮葉女を指している。九弐つ紋は比翼紋。類似なものを対照的に並べて批評するのである。一〇蓮葉女のあだ名。以下くだり玉・金平のはつなどすべてそうである。一一道頓堀や天満の河岸にかけた小芝居。一二能楽の千歳の舞の翁だという説がある。一三京から下って来た玉という女。一四東本願寺難波御堂。その庭の海棠は難波十観の一。「海棠睡り未だ足らず」などといって、海棠には睡い風情がある。一五閨中のしたたか者の意で、このあだ名があるか。一六閨中でよく見えるというあだ名。一七縮れ毛であったから、このあだ名が生じたか。一八六月二十二日、座摩神社の夏祓の行列に出る飾り物。一九床で泣く癖があったのであろう。その頃の徳利は今の燗徳利とは違う。二〇浪速区広田町にある今宮神社の松原の鳥。二一越後生れの蓮葉女。二二道久は太平記読の名前であろう。二三優美らしく見せて切売するのは。二四谷町玉木町の観音堂に藤の花があって、土産に切って売った。二五客からものをもらいたがるしゅんという蓮葉女。古裏は着物の古い裏で、この女はそれを見せる癖があったのであろう。二六松囃は正月六日に行われる謡初め。触状は廻状。廻状は廻さなければならないから。二七何としても臭いものは。二八口の大きいおよしの息遣い。二九

の心も見えわたる一淀屋橋《よどばし》を越《こへ》て、二中の嶋《しま》の氣色《けしき》雲静《くもしづか》にして風絶《たへ》、三福嶋川《ふくしま》の蛙声《かはず》ゆたかに、雨《あめ》は傘《からかさ》のしめりもやらぬ程ふりて、四願《ねが》ふ所の日和《ひより》、萬《よろづ》の相場《さうば》定《さだ》まりて、五米市《こめいち》の人立《(ひとだち)》もなくて、若《わか》い者《もの》けふの淋《さび》しさ、掛硯《かけすゞり》に寄添《よりそひ》て十露盤《そろばん》を枕《まくら》として、六小竹集《こだけしう》をひらきて、尻扣《しりたゝき》て拍子《ひやうし》を取《(とり)》、七ぬれの段《だん》程おもしろきはなしと語《かた》るに付《つけ》て、家〻に勤《つと》めし八上女《かみ》の品定《しなさだ》め、九いづれもならべて弐つ紋《もん》といへる悪口《わるくち》、見るにおかしげなる良《かほ》つき、一〇八橋《やつはし》の吉《きち》と一一濱芝居《はましばゐ》の一二千歳老《せんざいらう》、不斷眠《ふだんねぶ》れど見よきもの、一三くだり玉《たま》が風俗《ふうぞく》、一四お裏《うら》の御堂《みだう》の海棠《かいだう》、とうから出來《でき》いでかなはぬ物、一五金平《きんぴら》のはつが唐瘡《とうがさ》、高津《かうづ》の涼《すゞ》み茶屋《ちゃや》、夜光《よるひかつ》て世に重寶《てうほう》、一六猫《ねこ》のりんが眼《まなこ》ざし、杖《つえ》に仕《し》込灯挑《こみてうちん》、にぎやかに見へて跡《あと》の淋《さび》しき女、一七釈迦がしらの久米《くめ》、一八座摩《ざま》のねり物、泣《ない》てからおもしろうないもの、一九徳利《とくり》のこまんが床《とこ》、二〇今宮《いまみや》の松《まつ》の烏《からす》、長《なが》けれど只《たゞ》なら聞《きゝ》物、二一越後《ゑちご》なべが寝物語《ねものがたり》、二二道久《だうきう》が太平記《たいへいき》、二三花車《きやしや》に見せて切賣《きりうり》、にせむらさきのさつが無心《むしん》、二四谷町《たにまち》の藤《ふぢ》の花、明《(あけ)》て見て其《(その)》まゝにをかれぬ物、二五合力《がうりよく》のしゆんが古裏《ふるうら》、二六松《まつ》はやしの觸狀《ふれじやう》、二七是非《ぜひ》ともにくさひ物、二八鰐口《わにぐち》の小《こ》よしが息《いき》づかひ、二九長《なが》町《まち》の西かわ。ひがし北南《きたみなみ》その方角《はうがく》に奉公《ほうこう》せし蓮葉《はすは》女数《す》百人か三〇ぞをるにくどし。年よれば三一其《(その)》身は三二梧《きり》の引下駄《ひきげた》の踏捨《はきすて》のごとく、行《ゆき》がたしれずなりて朽果《くちはつ》るならひぞかし。

我《われ》又京《きやう》の扇《あふぎ》屋を出てひとりの閨《ねや》も戀《こひ》しく、此津《(この)つ》に來《きた》りて[三三]此道《(この)みち》に身をなし、[三四]人をよく燒《やく》とて[三五]野墓《のばか》のるりと名によばれて、はじめの程は主《しゆ》を大事《だいじ》に酒《さけ》さへ洒《こぼ》さず通《かよ》[三六]ひせしに、[三七]じだらく見ならひて後《のち》には、燭臺《そくだい》夜着《よぎ》のうへにこけかゝるをもかまはず、[三八]菓子《くはし》の胡桃《くるみ》を床《とこ》のぬり縁《ぶち》にて割《わり》くらひ、椀折敷《わんをしき》の[三九]めげるをかまはず、[四〇]いそがし業《わざ》に[四一]ふすましやうじ引さきて[四二]こよりにし、ぬれたる所を蚊屋《かや》にて拭《ぬぐ》ひ、家《いゑ》に費《つゐへ》をかまはず、なげやりにする事なれば、惣《そう》じての[四三]問《とひ》屋長者《ちやうじや》に似《に》たり。中〻あやうき世わたり、[四四]ふたつどりには聟《むこ》にはいやなものなり。自《みづから》一二年同じ家《いゑ》につかはれしうちに、[四五]秋田の一客《きやく》を[四六]見すまして、昼夜御機嫌《ちうやごきげん》をとりて、[四七]おぼしめしの正中《たゞなか》へ諸分《しよわけ》を持《もつ》てまいる程に、衣類寢道具《いるいねだうぐ》かず〱[四八]のはづみ、酒のまぎれどさくさに硯紙《すゞりかみ》とりよせて、墨《すみ》すりてあてがひ、[四九]一代見すてじとの誓《せい》紙《し》をにぎり、をろかなる田舎《ゐなか》人をおどし、[五〇]ちんともかんともいはせず、お歸りにお国《くに》へつれられ、たがひに[五一]北国《ほつこく》の土《つち》にと申《(まうす)》程に、[五二]國元《くにもと》の首尾迷惑《しゆびめいわく》して、いろ〱詑《わび》ても堪忍《かんにん》せず、[五三]けもない事を、お中にお子さまがやどり給ふなどいひてよろこび、「てつきりと[五四]男子《なんし》には覚《おぼ》へあり、お名《な》はこなたさまのかしら字新《じしん》左衛門さまをかたどり新《しん》太郎さま。追付《をつつけ》五月の節句《せつく》、幟出《のぼり(いだ)》して[五五]菖蒲刀《しやうぶがたな》をさゝせまして」といふをうたてく、ひそかに重手代《[五六]おもてだい》の[五七]あたまにばかり智恵《ちゑ》の有男《(ある)》を頼《たの》み、

長町には貧民窟があった。三〇 数えるのもわずらわしい。三一 こういう女たちは。三二 桐の木の挽割下駄。三三 蓮葉女の中に身を沈めて。三四 人の心をよく動かす。口舌(くぜ)がうまい。色道大鏡に「やく」という語を解して「人のよろこぶやうにいひきかする言語の事なり」とある。三五 人の機嫌をうまくとることを「やく」というので、私がそうだったから「野墓のるり」と呼ばれた。昔は焼場がそのまま墓所であった。三六 配膳・給仕すること。三七 自堕落。三八 食膳外の食物をすべて菓子といった。三九 破損する。四〇 忙しいままに。四一 襖障子。今の唐紙。四二 紙縒。四三 問屋というものは、表面は裕福に見えるが、なかなかあぶない世渡りをしている。四四 二つの中の一つを選ぶとすれば。どちらかといえば。四五 秋田から来た一番のお得意客。四六 目星をつけて。四七 先方の思う壺へうまく話をもちこんだところ。四八 奮発し。四九 一生見捨てないという誓紙を書かせた。五〇 うんともすんともいわせず。五一 北国の土になろう。北国で一生を送ろう。五二 男は国元の不首尾を心配して。五三 何の徴候もないのに。五四 男の子に相違ない、そのことが自分でわかる。五五 柳の木で作った刀に箔を置いたもの。端午の節句の男の子の玩具。五六 支配人。五七 頭にばかり智恵のある者。腹芸のない男。

一跡腹《あとばら》やまずに二仕切銀《しきりがね》のうち弐貫《くはん》目出して三つくばはれける。

一お産の縁語。あとに面倒が残らないように。
二買主が荷主に払う金。取引決算の支払金。その中から二貫目出して。
三蹲ばる。あやまる。

繪入

好色一代女

六

卷六

好色《こうしょく》一代女　巻六

目録

一暗女昼化物《あんぢよはひるのばけもの》

〽二上町は藤《ふぢ》の花に行《(ゆく)》女
お敵《てき》次第にもつてまいる
色姿衣類《すがたいるい》も
そのまゝ替《かは》つた事の

三旅泊人詐《りよはくのひとたらし》

〽四小遣帳《こづかひちやう》にも付《(つけ)》られぬ
中間算用《まざんよう》
五三五の十八ふり袖に
留《とめ》られて
馬じや〳〵春はござれの

一暗物女は呼べばすぐさまやって来て、帰る時の姿を見ると木綿着物を着ている。そして藤の花の咲く時分にまたお出でと挨拶して行く。

二宿屋の飯盛女はとまらんせ〳〵といってお客を呼びとめ、木枕も二つあるがという。

三年を取った惣嫁が深夜のくらがりに若い女の作り声をして「君が寝まき」と歌いながら、男を呼んで歩く。

四尼になった一代女が、訪ねて来た都の若者に、よしなき懺悔話をする。


一くらもの女。淫売婦の一種。

二上町藤の棚の附近には淫売宿が多く、そこに呼ばれて行く暗物女は、客に相応した姿を作り、衣類も客次第品を替えてもって来る。

三出女と称した飯盛の類。旅人に一夜の情を売った。

四飯盛女にやった金銀のことは小遣帳にもつけられないので、連れの間で融通したことにしておく。

五三五の十八は勘定の合わぬこと。年増女が振袖姿をして客を呼びとめる。女に呼びとめられて、馬方が「馬じゃ〳〵、そこ退け」と、お客を乗せたまま通り過ぎようとする、留女は「春にはまたござれ」といって客を見送る。

六 夜発は夜鷹・辻君・惣嫁に同じ。附声は作り声。
七 惣嫁は街頭で色を売るもので、恋の忍び路ではないのだが、夜中であるから犬に吠えたてられる。そこで牛(ぎう)が割竹をもってついて歩く。
八 「八つ声」は午前二時頃の声。夜中の寝ぼけ声で、「君が寝巻」と歌いながら、馬方の七蔵というような男を相手に色を売る。
九 昔馴染の男に似ている五百羅漢。
一〇 一代女はあちこちを巡った末に尼になって京に帰り、後世の願いをもつようになる。そして五百羅漢を見て、すでに故人となった昔の馴染客のことを思い出す。
一一 今までに関係した誰彼を頭にうかべ一代の情事を告白する。

六 夜《や》發附声《はつのつけごゑ》

〽七しのびぢにはあらねど犬《いぬ》に
とがめられて
割竹《わりたけ》の音《をと》夜《よ》は
八八つ声《ごゑ》して君が寝巻《ねまき》
七蔵合点《がつてん》か
〽一〇むかしにかへる都《みやこ》の浄土《じやうど》
死皃《しにがほ》を又今見る
やうに

九 皆思謂《みなおもはくの》五百羅漢《らかん》

一一それよこれよ諸《もろ》袖に
ぬれのおはりを
語《かた》る

[一]暗女《あんぢよ》は昼《ひる》の化物《ばけもの》

秋の彼岸《ひがん》に[二]入日《(いりひ)》も西《にし》の海原《うなばら》、[三]くれなゐの立浪《たつなみ》を目の下《した》に、[四]上《うへ》町よりの詠《なが》め、[五]花見し藤《ふぢ》もうら枯《がれ》て、物の哀《あは》れも折ふしの氣色《けしき》、[六]をのづから無常《むじやう》にもとづくかねの声《こゑ》、[七]太鞁念佛《たいこねんぶつ》とて、[八]其《(その)》曉《あかつき》の雲晴《はれ》ねども西《にし》へ行《(ゆく)》極樂淨土《ごくらくじやうど》、ありがたくも殊《しゆ》勝《せう》さも、[九]入拍子《びやうし》の撥撞木《ばちしゆもく》、聞《(きく)》人山をなして立《(たち)》かさなりしに、此《(この)》あたりの[一〇]うら借《がし》屋に住《すめ》る女の[一一]物見強《たけ》くて、細露路《ほそろぢ》より立出《(たちいで)》しを、さのみいやしからざる形《かたち》を、人の目だゝぬやうにはしけれど、皃《かほ》に白粉眉《はくふんまゆ》の置墨《すみ》、[一二]尺長《たけなが》のひら鬠《もとゆひ》を廣疊《ひろだゝみ》に掛《かけ》て、[一三]梅花香《ばいくはかう》の雫《しづく》をふくませ、象牙《ざうげ》のさし櫛《ぐし》大きに[一四]萬氣《よろづき》をつけて拵《こしら》へ、[一五]衣類《いるい》とかしらは各別《かくべつ》に違《ちが》ひ、[一六]合点頸《がつてんくび》のごとし。是《(これ)》いかなる女房《にようばう》やらんと子細《しさい》を尋《(たづね)》しに、いづれも世間《せけん》をしのぶ暗《くら》物女といへり。[一七]名を聞《きく》さへうるさかりしに、我《(われ)》また身の置所なくて、[一八]居《すへ》物宿《やど》に行《(ゆき)》て[一九]分《わけ》の勤《つと》めも恥《はづ》かし。すへものは其《(その)》内へ客《きやく》を取込《こみ》、[二〇]外《ほか》の出合《(であひ)》にゆかず。分《わけ》とは其《(その)》花代宿《だいやど》とふたつに分《わく》るなるべし。[二一]月掛《がゝ》りの男、[二二]万《まん》金丹《きんたん》一角《かく》づゝに定《さだ》めて、當座《たうざ》の男は[二三]相對《あひたい》づくにて、[二四]じだらく沙汰《さた》なしにする事ぞかし。又暗《くら》物といふは、戀の中宿によばれて、[二五]かりそめの慰《なぐさ》みを銀弐匁、中

一「くらもの」と称した淫売婦の一種。
二 太陽が西の海原に沈んで。
三 紅に染まる立つ浪を。
四 大阪市東部の高台。
五 花を楽しんだ藤も末枯れて。
六 それを聞くと自然と無常を感じさせる鐘の音。
七 一遍上人がはじめた踊念仏。大勢が太鼓をたたき囲繞して念仏を唱える。
八「弥陀たのむ人は雨夜の月なれや雲晴れねども西にこそ行け」(玉葉集)。暁の雲のように胸の曇はまだ晴れぬにしても、末は極楽浄土に行くような思いがして。
九 念仏の間《(あい)》の手に入れる太鼓や鉦の音。
一〇 裏貸家。
一一 物見高くて。
一二 尺長は奉書の一種。尺長の平鬠の幅を広く掛けて。
一三 梅花香の匂を油にふくませたものであろう。頭髪用の水油。
一四 顔や髪形を丹念に作っている。
一五 衣類は甚だお粗末で頭とは大へんな違い。
一六 木または竹串に人形の首ばかりさした子供の玩具。
一七 暗物女などと名を聞くさえ厭らしかったが。
一八 客をその家に取り込んで淫を売るところ。
一九 売淫の収入を女と宿とで分けてとる。
二〇 外では出逢いをしない。
二一 花代を月極めにして通って来る男は。
二二 一角は金一分。万金丹は薬の名。長方形で金箔を押した万金丹の形が一歩金に似ている。
二三 花代を相談ずくできめる。
二四 取極めに従わず、勝手にきめて、その事は外へは内緒ということにしている。
二五 当座の慰みは銀二匁になっている。

にも形《かたち》の見よきに衣類《いるい》のうつくしげなるをきせて、[二六]銀壱両とすこし[二七]位《くらゐ》を付置《(つけおき)》ぬ。[二八]爰《(こゝ)》にたよる男は[二九]面《おも》屋渡《わた》せし親仁《おやじ》の寺参《てらまいり》にことよせ、養子《やうし》にきたる人の萬《(よろづ)》に氣《き》かねて忍《しの》び行《(ゆく)》など、[三〇]世間《せけん》恐《をそ》れぬ人のたよるべき[三一]所《ところ》にはあらず、[三二]此《(この)》自由《じゆう》なる大坂にして、[三三]詑《わび》てもかゝる物好《ずき》、是《(これ)》をおもふに[三四]始末《しまつ》よりおこれり。此《(この)》宿《やど》の[三五]仕掛《しかけ》、[三六]面住《おもてずま》ゐなれ、[三七]壱間《けん》見せに弐枚障子《まいしやうじ》を入《(いれ)》て、竹簾《すだれ》に[三八]中古《ちうこ》の鐵鍔《てつつば》、[三九]鑄振《いさらへ》の目貫《ぬき》、羽織《はをり》の胸紐《むなひも》、[四〇]むかし扇《あふぎ》の地紙《ちがみ》、又は唐獅子《からしゝ》の[四一]根付《ねつけ》、取集《(とり)あつめ》て銭《ぜに》二百 斗《(ばかり)》が物を見せ[四二]掛《かけ》て、夫婦《ふうふ》ながら繼《つぎ》のあたらぬ物着《き》て、以上五六人口ゆるりと暮《くら》し、[四三]五月の比まで冬の寝道具《ねだうぐ》を長持《ながもち》のうへにつみかさね、[四四]節句前《せつくまへ》をも朔日《ついたち》二日にしやんと仕舞《しまふ》て、[四五]二三連《れん》の粽巻《ちまきまく》など、幟《のぼり》は紙《かみ》をつぎて、素人絵《しろとゑ》を頼《たの》み、[四六]千人斬《ぎり》の所《ところ》を書《かき》けるに、[四七]弁慶《べんけい》は目をほそく、牛若丸《うしわかまる》はをそろしく、あちらこちらへ取違《(とり)ちが》へて、[四八]萬事《ばんじ》にわけはなかりき。されども手の届棚《とゞくたな》のはしに[四九]臺盃《とさん》[五〇]間鍋《かんなべ》をならべ、[五一]堀江焼《ほりゑやき》の砵《はち》に飛《とび》魚《うを》の干《ひ》物、蓋茶碗《ふたぢやわん》ににしめ大豆《まめ》、絕《たへ》ず[五二]取肴《ざかな》のある事、[五三]ひとつなる客《きやく》は[五四]是《(これ)》も喜悦《きえつ》也。爰《(こゝ)》にたよる人の言葉《ことば》十人ともに變《かは》る事なし。「何《なに》とお内義《ないぎ》、[五五]めづらしいものはないか」と、[五六]庭《には》に立《(たち)》ながらいへば、「[五七]京の石垣《いしがき》くづれなりと、さる御牢人《ろうにん》衆《しゆ》の娘御《むすめご》なりと、新《しん》町で天神《てんじん》して居《い》た女郎《ぢよらう》の果《はて》なりと、おまへさまも見しらしやつて御ざんす事も」と、跡形《あとかた》もなき作《つく》り物。[五八]それとは思ひながら[五九]このもしく

二六 銀四匁二分。 二七 多少格をつけたものである。 二八 この暗物を買う男は。 二九 本宅を後継者に譲った隠居。 三〇 世間をはばからず遊里通いをする人。 三一 通って来る所ではない。 三二 どこへ行っても自由に女の買える大阪で。 三三 不自由を承知の上でこんな物好(ものずき)をするのも。 三四 これも倹約から起ることだ。 三五 機構。店構え。 三六 表通りに面した住いではあるが。 三七 店前は僅かに一間。 三八 中古(ちゅうぶる)の意であろう。あるいは当時鎌倉・室町時代を中古(ちゅうこ)といったのかも知れない。 三九 鋳型で鋳て造り、それをきれいに磨いて、彫金のように見せかけた安物の目貫。目貫は刀の柄のとめ釘。 四〇 古風な扇。以前流行した扇。 四一 巾着や印籠などの緒の端につけるもの。 四二 古道具屋の見せかけばかりに、これらの道具を置いて。 四三 暑くなる頃まで冬の寝道具を長持の上に積んでおいて。 四四 節句前の支払いも朔日か二日にはちゃんと済ませて。 四五 一連は粽十箇を一束にしたもの。 四六 弁慶が千本の刀を奪おうとして千本目に牛若丸に出逢い、ついに負ける、その場面の絵。 四七 弁慶の目を細く書き、牛若丸を恐ろしげに書くというようにあべこべにしてしまう。 四八 何かにつけ、たわいのないさまであった。 四九 杯台。 五〇 燗鍋。 五一 粗悪な焼物であろう。堀江は大阪附近の地名。 五二 酒席の中央に盛って出したつまみもの。 五三 一ぱいいける客。「なる」は酒がのめる意。 五四 ここを目がけて遊びに来る客。 五五 珍らしい掘出しもの。 五六 茶屋入口の土間。 五七 京の石垣町に勤めていた茶屋女の果なりと。 五八 客の方でも、どうせでたらめをいうのだとは知りながら。 五九 ついふらふらと興味がわいて。

なつて、「其《その》牢人《ろうにん》娘《むすめ》年比《としごろ》一は。首筋《くびすぢ》は白いか。女房すぐれたといふは二無理《むり》じや。
三只きれいにさへあらばよふでおじやれ」といふ。「是《これ》がお氣《き》に入《いら》ずば、壱兩の四
銀子《ぎんす》は私《わたくし》がまどひ五ます」と、慥《たしか》に請合《うけあひ》て、十一二なる我娘《わがむすめ》に小語《さゝやく》を聞《きけ》ば、「お
花どのに見よい六やうにして今來《き》てくだされいといふてこひ。余所《よそ》の人があらば、
帷子《かたびら》をたちます程に、ちつと七の間やとひましよといへば合点《がつてん》八じやぞ。是《これ》ゝ其《その》戻《もと》
りに酢買《すかふ》てこよ」と、口ばやにいふもおかし。阿爺《とゝ》九は泣子《なくこ》を抱《だい》て隣《となり》へ一〇四文八文
の雙六《すごろく》うちに行《ゆき》、口鼻《かゝ》は奥《おく》の一間《ま》をかたよせて、一一暦張《こよみばり》の一二勝手《かつて》屛風《びやうぶ》を引立《ひきたて》、一三小倉《こくら》

立《だち》のふとん、木枕《まくら》も新《あたら》しき
ふたつ、一四別《べつ》してもてなしけ
るは、銀壱兩の内壱匁五分
一五目振間《ふるま》のまふけぞかし。し
ばしありて裏口《うら》より雪踏《せつた》の
音《をと》の聞へしが、かゝ一六目彈《めはじき》し
て一七立向《たちむか》ひ、揚《あが》り口にて色つ一八
くるもせはし。其《その》女木綿《もめん》浅《あさ》
黄《ぎ》のひとへなる一九脇《わき》ふさぎを

一 年頃はどのくらいだ。
二 女房ぶりのよい、標緻のすぐれた女を呼べと注文するのは無理な話だ。
三 水のしたたるような女はむりだが、ただきれいでさえあればよいから呼んでこい。「きれい」はこざっぱりしているというほどの意。
四 銀四匁二分。前に「中にも形の見よきに衣類のうつくしげなるをきせて、銀壱両とすこし位を付置ぬ」とある。
五 「円(ま)どふ」は、まどかにする、つぐなう、支払うの意。
六 きれいに身ごしらえをして。
七 ちょっとの間手を借りたい。
八 先方でよくわかるぞ。
九 宿の亭主。
一〇 四文八文の小銭を賭ける双六。
一一 古暦を張った。
一二 丈低く横に広い二曲屛風。粗末な勝手用の屛風。
一三 小倉木綿で仕立てた蒲団。
一四 特別にもてなしをするのは。
一五 よそ目する間。またたく間。「四文八文の双六うちに行」とあるから、その縁語で賽の目をふる間という意味もふくめたのであろう。
一六 目くばせして。目でそれと知らせて。
一七 自分の方からたってそちらへ行って。
一八 上り口で身づくろいをする。着がえなどをする。
一九 脇をふさいだ着物。留袖。十九頃になると、振袖の脇をふさいで大人風の着物にした。

二〇 肌帷子。
二一 紅色の地に御所車の刺繡のある振袖。
二二 牡丹唐草の金襴の帯。
二三 前結にしようとしたのを、堅気らしく後帯にしかえさせた。
二四 中綿を入れ絹布で作った紐。京四条河原の野郎の工夫になるものという。「紅うらの絹たびに河原の野郎紐をつけ」(俗つれ〳〵四)とある。
二五 畦(ねう)ざしの足袋。
二六 延紙を二つ折にしたもの。
二七 真鍮箔をおいた黒塗りの骨の扇。
二八 物をいうにも浪人の娘らしく少し訛って。
二九 武家方の女のように褄をそとに開いた坐り方をする。
三〇 二布。腰巻。
三一 少し身をよけるように遠慮して。初心らしくするのである。
三二 何の曲節もなく、あっさりとして。
三三 請太刀は武士の縁語。男のなすままに身をまかせて。
三四 藍染の地に白い小さな桜の花形を出した小桜革で縅(おど)した具足。それを京へ染直しにやったの何のといって、具足に関して無知な事を暴露する。

着《き》て、手づから風呂敷づゝみを抱《だかへ》しが、それを明《（あく）》れば、しろき[二〇]肌《はだ》かたびら、[二一]地紅《ぢべに》に御所車の縫《ぬひ》ある振袖《ふりそで》、[二二]牡丹《ぼたん》がら草《くさ》の金《きん》入の帯《おび》前結《むすび》にせしを、「牢人衆《ろうにんしゅ》の娘《むすめ》といふて置た」と、[二三]後《うしろ》帯に仕替《しかへ》さすも氣《き》が付過《（つきすぎ）》ておかし。[二四]野《や》郎紐《らうひも》の[二五]うねたびはくなど、[二六]延《のべ》の二[二七]折似金《をりにせきん》の黒骨《くつぼね》を持《もち》て、忽《たちまち》に姿《すがた》なをし、立出《（たちいづ）》るよりすこし[二八]物云《いひ》なまりて、いつ見ならひけるつま[二九]なげ出《だ》しの居《い》ずまひ、白羽二重《しろはぶたへ》の[三〇]下紐《したひも》を態《わざ》と見せるはさもし。酒《さけ》も[三一]身をよけて初心《しよしん》に飲《のみ》て床《とこ》も[三二]子細《しさい》なく、[三三]男の請太刀《うけたち》ばかりして、侍《さぶらひ》の子といふをわすれず、[三四]小桜《こざくら》おどしといふ具足《ぐそく》を京へ染《そめ》なをしにやらしやつたとの問《とは》ず物語《がたり》、聞《きく》に腹《はら》いたし。聞《きか》ぬ良《かほ》もならず、「そちの名字《みやうじ》は」とたづねければ、「浄土宗《じやうどしう》」といふ。振袖《ふりそで》は着《きれ》ども年は二十四五ならめ。是《（これ）》程の事はしるべき物をとふびんなり。きどくに座敷《さしき》をいそがぬは、四匁が所と思ふにやしほらし。

又[一]かりそめを弐匁の女はそれ程に、嶋曝《しまさらし》のかたびらに[二]薄玉子《うすたまご》の帯《おび》やはらかにむすび、[三]宿へあがるより身をもだへ、「けふの暑《あつさ》はひの。行《ぎやう》水せふとおもふて、兩肌《もろはだ》ぬぐなど興覚《けうさめ》ぬ。小釜《がま》の下へ焼付《たきつけ》る所へ人が來て。まづゆるさんせ、汗《あせ》を入《(いれ)》て座敷《ざしき》へ」と、兩肌ぬぐなど興覚ぬ。

是は弐匁の内八分宿《やど》へとらるゝとかや。又[四]當座《たうざ》百の女は此《(この)》内四分とらるゝぞかし。[五]正味《しやうみ》八分の女身持いやしく、[六]きやふのつぎを[七]くろめるも尤《もつとも》ぞかし。[八]是《(これ)》はかしらからしらけて、「[九]奈良苧《ならそ》も[一〇]氣がつきます。客《きやく》はなし、喰《くは》ねばひだるし」と、摺砵《すりばち》あたり見渡《わた》して、「今の[一一]蕹《かりぎ》まいるな。お中《(なか)》にあたります。はあ[一二]淺瓜《しろふり》ゝゝ見るもことしの初《はつ》物。まだひとつ五文程」といふ、聞《(きく)》もいやなり。此女も客《きやく》を勤《つと》めてかなしうない事をないて、[一三]跡《あと》取置《(とりおい)》て、男は下帯《おび》もかゝぬうちに立出《(たちいで)》、「御縁《ゑん》が御ざらば又も」と、歸りさまに花代《だい》といふもせはしや。

旅泊《りよはく》の[一四]人詐《たらし》

旅《たび》はうき物ながら、泊《とま》り定《さだ》めて[一五]一夜妻《づま》の情《なさけ》、是《(これ)》をおもふに[一六]夢《ゆめ》もむすばぬたはぶれなれど、昼《ひる》の草臥《くたびれ》を取《(とり)》かへし、[一七]古里《ふるさと》の事をも忘《わす》るゝは是《(これ)》ぞかし。我《われ》また[一八]流《なが》れの道《みち》有《(ある)》程は立《たて》つくして、諸佛《しよぶつ》にも見かぎられ、[一九]神風《かぜ》や伊勢《いせ》の[二〇]古市《ふるいち》、中の地藏《ぢざう》

一 かりそめの契りの花代が。二 薄い玉子色。縞のさらし布の帷子に、薄玉子色の帯を柔かに結び。三 中宿へあがるとすぐに。四 当座の契り代が銭百文。銀十二匁が銭一貫文替えとすれば、銭百文は銀一匁二分の勘定になる。百を「ころり」とよませ、安価な私娼をいう。五 一匁二分のうち四分は宿に取られ、正味は八分となる。六 二布(腰巻)の継いであるのを。七 客の目につかぬようにごまかす。八 最初からしゃあしゃあとして。「しらけて」は本性をあらわす、すっかりうちあける。九 奈良晒の原料となる麻苧。一〇 気がつまる。退屈する。一一 葱の異名。一二 白瓜。一三 跡仕末をして。

一四 出女と称した飯盛の類であって、旅人に一夜の情を売る。一五 一夜の情を売る女。一六 夢さえも結びかねるあわただしい情交。一七 故郷の妻のことなどを忘れる。一八 さまざまの遊女稼業を勤め上げて。一九 諸仏の縁語。伊勢の枕言葉。二〇 宇治山田、内外両神宮の中間にあって、遊女屋・茶屋・劇場があった。中の地蔵も同じ。

[二二]宿泊させるだけではなく、遊興もさせたところ。遊女を置いた。[二三]世間体は。[二三]土地の客を相手に勤めた。[二四]昔の島原。寛永以前、遊廓が六条にあった頃の太夫が着捨てたような古風な着物。[二五]間の山でうたわれた歌の節。↓補注三九。[二六]間の山節の一節。「あさましや心一つといふ一節、いつ聞きても替らず」(永代蔵四)。織留四にも見える。[二七]芸者などのお座附の芸も。[二八]役者。[二九]酒興を助けることにもなった。寝間の相手だけではなく、酒の相手にもなった。[三〇]昔覚えた手練手管を出して。[三一]粋でもないものを粋とおだてあげて、人の機嫌を取ろうとしたが。[三二]お客が減り、次第に不仕合せな悲しい境遇になった。[三三]片田舎も今は恋の道に賢くて。[三四]年をとった女が、暗がりに若く見せて男をだまそうとしても、今の人はだまされない。[三五]伊勢度会郡小俣町の北方の原。↓補注四〇。[三六]さまざまの色を交えて染め出したもの。[三七]茜染(あかねぞめ)の半襟。[三八]はたの見る目も恥かしい姿であったが。[三九]脇をあけて娘らしい姿をしていたので。[四〇]諸国から集まる参宮の道者。

といふ所の遊《ゆ》[二二]山宿に身をなして、[二三]世《せ》間《けん》は娘《むすめ》といはれて、内證《ないしやう》は地《ち》[二三]の御客《きやく》を勤《つと》めける。衣類《いるい》は都[二四]上《じやう》代の嶋原《しまばら》大夫職《しよく》の着《き》捨《すて》し物にかはらず、所がらとて間《(あひ)》[二五]の山節《ぶし》「[二六]あさましや往來《ゆきゝ》の人に名《な》をながす」と、いづれがうたふも同音《おん》にしておかしかりき。

[二七]座《ざ》つきも春中は芝居《しばゐ》ありて、上《(かみ)》がたの藝子《げいこ》[二八]に見ならひ、さのみいやしからず、[二九]酒の友《とも》ともなしける。自《みづから》爰に勤《つと》めて、[三〇]すぎにし上手《じやうず》を出《(いだ)》して、[三一]帥《すい》こかし颯《そゝり》、人の氣を取《(とり)》けれど、脇良《わきがほ》の小皺《こじは》見出《いださ》れ、若きを花と好《すけ》る世なれば、後には問《と》ふ人稀《まれ》に、[三二]無首尾《ぶしゆび》次第にかなし。[三三]片《かた》里も今は戀にかしこく、[三四]年寄《としより》女は闇《やみ》にかづかず、[三五]明野《あけの》が原《はら》の茶《ちや》屋風俗《ふうぞく》、さりとてはおかしげに、似《に》せ紫《むらさき》のしつこく[三六]さま〳〵の染《そめ》入、[三七]赤根《あかね》の衣《え》裏《り》付《(つけ)》て、表《おもて》のかたへ見せ掛《かけ》、[三八]そばからさへ目《め》に恥《はづ》かはしきに、[三九]脇明《わきあけ》の徳《とく》には[四〇]諸国《しよこく》の道者《だうじや》をまねきよせぬ。

我古市《われふる》を立《たち》のき、流《なが》[一]れは同じ道筋《みちすぢ》、松坂《まつざか》に行《ゆき》て旅籠屋《はたご》の人[二]待《まつ》女となりて、昼《ひる》は心まかせの樂寝《らくね》して、[三]八つさがりより身を拵《こしら》へ、[四]所がらの[五]伊勢白粉《いせおしろい》、[六]髪《かみ》は正《しやう》直《ちき》のかうべに油《あぶら》を付《つけ》、[七]天《あま》の岩《いは》戸の小闇《くらがり》より出女の面《おも》しろ〱と見せて、[八]講参《かうまいり》の[九]通《とを》し馬《むま》を引込《ひきこみ》、「是播广《これはりま》の旦那《だんな》。それは備後《びんご》のおつれさま」と、[一〇]其国里《そのくに》をひとりも見違《ちが》へる事なく、其《その》所言葉《ことば》をつかひ、うれしがる[一一]濡掛《ぬれかけ》、はや[一二]宵朝《よゐあした》の極《きは》めもなく、爰《こゝ》に腰《こし》をぬかし、誠《まこと》はなきたはぶれ、[一三]女はすけるやうにむつれ、荷物《にもつ》を取込《とりこみ》、[一四]旅人《りよじん》おちつくと[一五]松吹《まつふく》風にあしらひ、大かたの事は返事《へんじ》もせず、「莨菪《たばこ》の火ひとつ」といふも、「行燈《あんどう》が鼻《はな》の先《さき》に御ざる」といふ。「水風呂《すいふろ》がをそい」といそげば、「[一六]腹《はら》に十月《と》はよう御ざつた事」と笑《わら》ふ。「すこし頼《たの》む用《よう》がある」と、座敷《ざしき》によびよせ、「[一七]むつかしながら痃癖《けんぺけ》の[一八]盖《ふた》を仕替《しかへ》て」と肩《かた》をぬげば、「此《この》二三日は[一九]そら手《で》が發《おこり》ました」と、見ぬ良《かほ》をする。明衣《ゆかた》の袖のほころびを出して、「針《はり》糸《いと》をかせ」といへば、肝《きも》のつぶれし良《かほ》つきして、「いかに我《われ》ゝいやしき奉公《ほうこう》すればとて、[二〇]よもや物縫針《ぬひばり》もちさふなる女とおぼしめすか」と、座《ざ》を立《たち》て行《ゆく》をとらへて、「せめて[二一]宵《よゐ》の程是《これ》にて酒まいれ」などすゝめて、我《わが》国かたの名物《めいぶつ》、それ〱の塩肴《しほざかな》取出《とりいだ》し、かりそめのたのしみ。酔《ゑひ》のまぎれに懐《ふところ》までは手を入《いれ》させ、[二二]「旅《たび》やつられでさへいとしらしき男」と、笠《かさ》の緒《を》のあたりし[二三]ほうげたをさすり、

一 同じ売色の道という意と、神宮参拝の同じ道筋の両意をかけた。二 旅人を待って呼びこむ女。宿引き女。三 午後二時過ぎから。四 場所柄。五 伊勢の射和村産の白粉。「はらや」ともいう。六「神は正直の頭に宿る」という諺をかけた。髪に油をつけて。七 外宮の南の高倉山に天の岩戸がある。夕闇の中に出て旅人を引留める出女と、岩戸神話の天鈿女命とを結びつけ、天の岩戸からでも出るように、うす暗い所から客引女が面(おもて)を白々と見せて現れるといったのである。八 伊勢神宮の信者の集まりを伊勢講といった。伊勢講の連中の参宮。九 出発点から到着点まで一つの馬で通すこと。一〇 その国の言葉を使って嬉しがらせ。一一 しなだれかかる。媚態を示す。一二 宿賃のことなどはどうでもよくなって。一三 好きでたまらぬようにまつわりついて。「むつれ」はまつわりつく。一四 その客がいよいよ宿に落着くと。一五 松吹く風といったように無愛想にあしらう。一六 そんなにせっかちで、よくもまあお腹(なか)に十月も辛抱なすった。一七 お気の毒だが。一八 灸の蓋。一九 そら腕。神経痛などで手の痛むこと。二〇 まさか物縫う針はもたぬ、そういう女と思し召すか。お針女は卑しい職業と考えられていた。二一 宵の間だけでも。二二 旅やつれをしても可愛い男。「旅やつられ」は「旅やつれ」に同じ。二三 頬桁。

わらんぢ摺《ずれ》の跟《きびす》をもんでやれば、いかなる人も昼遣《ひるつか》ひし胸算用《むなざんよう》を忘《わす》れ、[二四]貫《くはん》ざしを[二五]取《とり》まはし、百紙《かみ》に包《つゝみ》て女の袂《たもと》に入《いれ》けるもおかし。三文ねぎつて戻《もど》り馬《むま》に乗《の》らぬ身さへ、此《この》道は各別《かくべつ》也。惣《そう》じて客のために抱《かゝへ》し女、[二六]親《おや》方の手前より[二七]きうぶん取《とる》にもあらず、[二八]口ばかり養《やしな》はれて其《その》替《かは》りに[二九]泊《とま》り留《とめ》てやる事なり。[三〇]一夜切《ぎり》に身を賣《うれ》ば、[三一]外《ほか》に抱《かゝ》への主《しゆ》人あつて[三二]其《その》もとへ遣《つかは》しける。身のまはりは仕着《しきせ》の外、それ〳〵に[三三]ちゐんを持《もつ》て、其《その》人にもろふ事世間晴《せけんはれ》ての[三四]諸分《しよわけ》なり。食焼《めしたく》下女《ちよ》も見るを見まねに色つくりて、[三五]大客《おほぎやく》の折ふしは次《つぎ》の間《ま》に行《ゆき》て、御機嫌《きげん》を取《とる》。是《これ》を[三六]二瀬《ふたせ》女とはいふなり。流《なが》れてはやき月日を勤《つと》め、是《これ》も[三七]夕暮《ぐれ》に見る形《かたち》のいやしきとて隙《ひま》を出されて、同《どう》国桑名《くわな》といへる濱邊《はまべ》に行《ゆき》て、[三八]舟のあがり場《ば》に[三九]立《たち》まぎれ、[四〇]紅《べに》や針《はり》賣《うり》するもおかし。旅《たび》女の見ゆるかたにはゆかずして、苫葺《とまふき》たる[四一]かゝり舟の中《うち》に入《いり》て、風呂敷包《ふろしきづゝ》み小袋《ぶくろ》は明ずして商《あきな》ひ事をしてくるとは、[四二]戀《こひ》草の種《たね》なるべし。

[四三]夜發《やほつ》の[四四]付声《つけごゑ》

今ははや身に引請《ひきうけ》し[四五]世に有《ある》程の勤《つと》めつきて、[四六]老《おゐ》の浪立《なみたつ》戀の海《うみ》、[四七]津《つ》の国の色所《いろどころ》新《しん》町にへめぐりて、[四八]昔《むかし》此《この》身に覚《おぼ》へし道筋《みちすぢ》なれば、よしみある人に情《なさけ》を頼《たの》み、[四九]遣《やり》

二四 銭一貫文をさした緡(さし)。実際は九百六十文さしてあった。二五 ひねくり廻し。二六 抱え主のふところから。二七 給銀。給料。二八 食べる事だけはしてもらって。二九 旅の客を引き留めて。三〇 一夜切に身を売る場合には。三一 旅人宿の主人以外に抱え主というものがあって。旅宿引は宿引だけの勤務で、売淫に関しては別の主人がある。三二 他の抱え主の方へ花代の一部をやることになっている。三三 知音。馴染。三四 売色の利得。三五 大勢お客のたてこむ時は。三六 下女と売色をかねる女。三七 夕暮に見る姿にしても、あまり醜くなったというわけで。三八 舟の上り場。船着場。三九 どさくさに紛れて。四〇 男相手に色をひさぐものが、女相手の針売するのを、自分ながらおかしな気がしたのである。四一 繫(かか)りの舟。四二 世間に色道の種は尽きないのであろう。

四三 惣嫁。夜鷹。辻君。四四 作り声。四五 浮世のあらゆる勤めをしつくして。四六 顔に皺のよる老境に入ったことと、一生色の世界に送ったこととをかけた。四七 顔に皺をきざむほどの老年になってから、恋の海ともいうべき摂津の色里、新町の廓に舞い戻った。四八 ここは昔いた所で、道筋もわかっており、身覚えのある色里だから。四九 遊女の監督などする女。花車。

手奉公《てぼうこう》をする事、[一]以前《いぜん》に引替《かへ》て恥《はづ》かし。[二]風俗《ふうぞく》そなはつて隠《かく》れなし。[三]薄色《うすいろ》のまへだれ、中幅《ちうはゞ》の帶《おび》を左《ひだり》の脇《わき》にむすび、萬《よろづ》の鎰《かぎ》をさげ、内懐《うちぶところ》より手を入《いれ》、[四]後《うしろ》をすこし引《ひき》あげて、大かたは[五]置手拭《をきてぬぐひ》、[六]足音《あしをと》なしの忍《しの》びありき、[七]不斷作《ふだんつく》り良《がほ》して[八]心の外《はか》にをそろしがられ、大夫引《ひき》まはす事、[九]よはきうまれつきをも、間《ま》もなくかしこくなして、客《きやく》の好《すく》やうにもつてまいり、[一〇][一一]隙日《ひま》なく、[一二]親《おや》かたのためによきものとなりぬ。[一三]女郎《ぢよらう》の子細《しさい》をしりすぎて、後《のち》には[一四]やりくりを見とがめ、大夫も是《これ》にをそれ、客《きやく》も[一五]きのどくさに、[一六]節季《せつき》をまたず弐角《かく》づゝ、[一七]鬼《おに》に六道銭《だうせん》をとらるゝごとく思ひぬ。

人にあしき事の末《すゑ》のつゞきしはなし。惣《そう》じて悪《にく》み出し、[一八]此里《このさと》の住憂《すみうく》、[一九]玉造《たまつくり》といふ町はずれ、見せなしの小家《こいゑ》がちなる、物の淋《さび》しく、昼《ひる》さへ蝙蝠《かうもり》の飛《とぶ》[二〇]うらがし屋を隠《かく》れ住《ずみ》に、世をわたる[二一]かくまへもなくて、[二二]ひとつもある衣《ゐ》類《るい》を賣絶《うりたへ》て、明日《あす》の薪《たきゞ》に棚《たな》

一 以前の身分に引替えたこの有様は恥かしい。
二 遣手の扮装(いでたち)はきまっていて、一目でそれとわかる。
三 「好色貝合」に遣手の前垂は赤色とあるから、赤い薄い色であろう。薄柿色か薄紫色。
四 着物の後を少しひきあげて。
五 手拭を畳んで頭にのせ、頭巾代用にしたもの。
六 足音を忍ばせて、そうっと歩く。遊女たちの様子をうかがうのである。
七 いつも気むずかしい顔つきをして。
八 意外に。思いのほかに。
九 気の弱い生れつきの女も間もなく巧者に躾け。
一〇 仕向ける。育て上げる。
一一 暇な日がないように勤めさせ。
一二 抱え主にとって為になる者になるようにしてやった。
一三 私は女郎の内情を知り過ぎているものだから。
一四 女郎が間夫(まぶ)と忍びあうこと。「やりくり」は女郎と客との秘密な関係。
一五 「気の毒」は、心に苦痛を感ずること。客も心を痛めて。
一六 節季節季には物を与える習慣になっていたが、秘密を守ってもらうために、節季の来ないうちに、金二歩ずつ与えた。
一七 六道銭は、三途川の渡銭として、死人の棺に入れる六文の銭。三途川の鬼に六道銭をとられるような思いで、臨時に金をくれてやった。
一八 この廓。
一九 大坂城の南附近の一帯の総称。
二〇 裏貸屋。
二一 貯え。
二二 ひとつしかないという意味を強めていった。

板《いた》をくだき、ゆふべは[二三]素湯《さゆ》に煎大豆《いりまめ》、歯《は》にのせるより外《ほか》なし。夜《よる》の雨《あめ》に人はをそるゝ神鳴《かみなり》を、哀《あは》れをしらば爰《こゝ》に落《おち》て我《われ》を摑《つかめ》よかし。惜《おし》からぬは命《いのち》、今といふ今浮《うき》世《よ》にふつ〳〵とあきぬ。

[二四]ゆく年もはや六十五なるに、うち見には四十余《あま》りと人のいふは、[二五]皮薄《かわうす》にして小作《こづく》りなる女の徳《とく》なり。[二六]それも嬉《うれ》しからず、一生《しやう》の間《あひだ》さま〴〵のたはぶれせしをおもひ出《(いだ)》して、[二七]観念《くはんねん》の窓《まど》より覗《のぞけ》ば、[二八]蓮《はす》の葉笠《はがさ》を着《きた》るやうなる子共の面影《おもかげ》、腰《こし》より下《しも》は血《ち》に染《そみ》て、九十五六程も立《(たち)》ならび、[二九]声《こゑ》のあやぎれもなく、「[三〇]おはりよ〳〵」と泣《なき》ぬ。是《(これ)》かや聞傳《きゝつた》へし[三一]孕女《うぶめ》なるべしと、氣を留《(とめ)》て見しうちに、「[三二]むごいかゝさま」と、銘ゝ《めい〳〵》に恨《うらみ》申《(まうす)》にぞ、扨はむかし[三三]血荒《ちおろし》をせし親《おや》なし子かとかなし。無事《ぶじ》にそだて見ば、[三四]和田《わだ》の一門《もん》より多《おほ》くて、めでたかるべき物をと、過《すぎ》し事どもなつかし。[三五]暫《しばらく》有《あつ》て消《きへ》て跡《あと》はなかりき。是《(これ)》を見るにも[三六]いよ

二三 白湯。
二四 行年。取る年。
二五 きめ細かく滑かなこと。
二六 そう見られても、もう嬉しいとは思わない。
二七 目を閉じて静かに来し方をのぞいて見ると。
二八 蓮の葉笠のように、胞衣(えな)をかぶった子供の面影が。
二九 語尾も不明瞭に。片言で。
三〇 負はりよ。負われたい意。
三一 難産で死んだ女の亡霊。「産のうへにて見まかりし女、其執心此ものとなれり、其かたち腰より下は血にそみて、其声おはれう〳〵となくと申しならはせり」(仮名草子、百物語評判二ノ五)。
三二 酷い母様。
三三 昔堕胎した親なし子。
三四 三浦大介より血を引いた和田義盛の一門は九十三家あったという。
三五 暫くたつとその幻(まぼろし)も消えて跡形もなくなった。
三六 いよいよ浮世もこれ限りと思いあきらめたが。

〳〵世をかぎりと思ひしに、其夜《(その)》明《あく》れば、[一]つれなや命の捨《すて》がたくおもはれし。

壁隣《かべどなり》を聞《きく》に、[二]合住《あひずみ》の鼻口《かゝ》三人、年の程は皆《みな》五十ばかりと見えしが、昼前《ひるまへ》まで長寝《ながね》をして、何を身過《すぎ》ともしれず。不思議さに様子《やうす》心懸《がけ》て見しに、朝夕《てうせき》[三]をのれが相應《さうおう》より美食《びしよく》を好《この》み、堺より賣《(うり)》くる[四]磯《いそ》の小肴《こざかな》を調《とゝの》へ、[五]小半酒《こなからさけ》も[六]なんともおもはず、[七]世のせはしき物語をやめて、「[八]行向《ゆくさき》の正月着《ぎる》物は[九]薄玉子《うすたまご》にして、[一〇]隠《かく》し紋《もん》に帆掛舟《ほかけぶね》と唐團《とううちわ》と染込《そめこめ》に、帯は夜《よる》目に立《(たつ)》やうに[一一]鼠色《ねずみいろ》に左巻《ひだりまき》を五色《ごしき》に」と、[一二]まだ間《(ま)》の有事《(ある)》を今からいふは、[一三]内證《ないしよう》のよき所あれば也。夕食過《ゆふめしすぎ》より姿《すがた》を作《つく》りなし、[一四]土白《つちおし》粉《ろい》なんべんかぬりくり、[一五]硯《すゞり》の墨《すみ》に[一六]額《ひたい》のきはをつけ、口紅《(くち)べに》をひからせ、[一七]首筋《くびすぢ》をたしなみ、胸《むね》より乳房《ちぶさ》のあたり皺《しは》のよれるを、随分《ずいぶん》しろくなして、髪《かみ》はわづかなるを、いくつか[一八]添《そへ》入《(いれ)》て、[一九]引《(ひき)》しめしまだに[二〇]忍《しの》び髻《もとゆひ》三筋まはし、そのうへに[二一]長平紙《ながひらがみ》を[二二]幅廣《はゞひろ》を掛《(かけ)》、紺《こん》の大振《ぶり》袖に白棉《もめん》の帯うしろむすび、[二三]ふとさし足袋《たび》にわら草履《ざうり》、[二四]すきかへしの鼻紙を入《(いれ)》、[二五]きやふの紐《ひも》がてらに腹帯《はらおび》をしめて、人皃《がほ》のうす〳〵と見へし夕暮《ぐれ》を待《まち》あはせけるに、達者《たつしや》なる若男三人、羽織《はをり》に鉢巻《はちまき》又は[二六]ほうかぶり、あるひは長頭巾《ながづきん》を[二七]引込《こみ》、ふとき竹杖《づゑ》に、股《もゝ》引、[二八]きやはん、わらんぢをはきて、[二九]御座莚《ござむしろ》の細《ほそ》長き巻持《(まきもち)》て、時分《じぶん》は今ぞとつれて行《(ゆく)》。南隣《みなみどなり》は合羽《かつぱ》の[三〇]こはぜけづりて世渡《よわたり》をせし夫婦《ふうふ》なるが、是《(これ)》も内義《ないぎ》を色《いろ》つくりて、五つ斗《(ばかり)》の娘《むすめ》の子に餅《もち》など買《かふ》て

一 あいにくに。無情にも。 二 同居。 三 身分不相応の美食。 四 海岸近くでとれる小魚。磯物ともいう。 五 小半合すなわち二合五勺の酒。 六 小半酒を買うのも何とも思わない様子で、平気でのんでいる。 七 世智辛い世間話などはしないで。 八 今度の正月の晴着は。 九 染色の名。薄玉子色。 一〇 裏につけて表に透けて見えるようにしたもの。 一一 鼠色の帯に、五色で左巻の輪模様を染め出すこと。 一二 正月にはまだ間のあることを。 一三 きっと金廻りがよいからであろう。 一四 唐の土ともいう。粗製の安価な白粉。 一五 塗りこくり。 一六 額の生え際に際墨をつける。額の生え際を描くのである。 一七 首筋に気をつける。後れ毛をかきあげたり、首に白粉を塗ったりしてきれいにする。 一八 添は添え髪。添え髪を入れて。 一九 しめつけ島田に同じ。「しめ付島田は、髪先も跡も長み同じ程にして中程より元結を二筋かく」(浮世草子、元禄曾我物語)。 二〇 かくし元結。外に見えぬように結んだ元結。 二一 丈長(たけなが)。四三六頁注一二参照。 二二 幅広に。 二三 太糸で刺した足袋。 二四 反古などをすきかえした紙。粗末な漉きかえしの鼻紙。 二五 脚布は二布(ふたの)。脚布の紐と兼用に。 二六 頬冠り。 二七 目深に冠り。 二八 脚半・草鞋。 二九 莫蓙莚。 三〇 小鉤(こはぜ)。多くは竹で作る。

あてがひ、「阿爺《とゝ》[三一]も鼻口《かゝ》も余所《よそ》へいてくるぞ。留守《るす》をせよ」と合点《がってん》[三二]させて、二つばかりの子をとゝが懐《ふところ》に抱《だけ》ば、かゝは古帷子《ふるかたびら》[三三]うはばりにして、少《(すこし)》は近所《きんじよ》をし[三四]のぶふりにてはしり行《(ゆく)》。何の事ともわきまへがたし。夜の明《あけ》がたに宿《やど》にかへる風情、宵《よゐ》[三五]とは各別《かくべつ》につかみさがされ[三六]、ふな〳〵[三七]と腰《こし》も定《さだ》めかね息《いき》[三八]つぎせはしく、素湯《さゆ》[三九]に塩入《しほ(いれ)》て飲《のむ》など、白粥《しらかゆ》[四〇]をいそぎ、行水《ずい》しばらくして胸《むね》[四一]を押下《をしさげ》、其後《(その)》彼《かの》[四二]男の袖より見[四三]だけ銭《ぜに》を取出し、十文で五文づゝの間銭《あひせん》[四四]めのこ[四五]算用《さんよう》してとつてかへる。其跡《(その)あと》にしてうちよりてさんげばなし[四六]、「すぎし夜は不仕合《ふしあはせ》にて、鼻紙持《はなかみもち》たる男にひとりもあはざる」といふ。「我《われ》は又けつき[四七]さかんの若《わか》い者《もの》に斗《ばかり》出合《であひ》、四十六人目の男の時《とき》は命もたへ〴〵に、是《(これ)》ではつゞかぬと身をこらし[四八]けるが、欲《よく》にはかぎりなし。それからも相手《て》のあるを幸《さいはひ》に、また七八人も勤《つと》めてかへる」と語る。又ひとりの女、われながらくつ〳〵笑《わら》ひ出して、物をもいはざるを「何事《なに》[四九]か」と、をの〳〵尋《たづ》ねけるに、「我等《われら》は昨夜《さくや》程迷惑《めいわく》したる事はなし。出がけにいつもの道筋《すぢ》[五〇]天満《ま》の市に立《(たち)》、河内《かはち》[五一]の百姓《しやう》舟を心掛《がけ》てゆきしに、庄屋[五二]の三番《ばん》子ぐらゐならめ、いまだ年比は十六七なるが、角《(すみ)》[五三]さへ入《(いれ)》ぬ前髪《まへがみ》、在郷《ざいがう》[五四]人にはつやある若衆《わかしゆ》、然《しか》もかはゆらしき風俗《ふうぞく》して、女房《にようばう》[五五]めづらしそふに、同じ里の野夫《やふ》[五六]とつれて出しが、彼《かの》[五七]男あれ是《(これ)》目利《きゝ》をして、「定《さだま》[五八]りの十文にて各別《かくべつ》のほり[五九]出《た》

三一 父(とと)も母(かか)も。 三二 納得させて。 三三 古帷子を上張にして。上にひっかけて着るさま。 三四 憚かる様子で走り出して行く。 三五 宵とはひどく違って。 三六 もみくちゃになって。みなりが崩れて。 三七 へなへなと腰もきまらぬさまで。 三八 息づかいが忙しく。 三九 気力をつけるために素湯に塩を入れて飲む。 四〇 白粥は普通の米粥である。元気を増し、五臓を養う効があるという。白粥をいそいでたべる。 四一 胸のつかえをおろす。 四二 ついて行った男。牛(ぎゅう)という。 四三 乱け銭。緡(さし)にささぬばら銭。 四四 口銭。手数料。 四五 目の子算。算盤など用いずに、目で数えること。 四六 寄り集まって懺悔話をする。 四七 血気盛んな若い男。 四八 身を懲らす。自分のからだを責めさいなむ。くたくたになる。 四九 一体どうした事か。 五〇 天満の青物市。近郊野菜の集散地。 五一 河内の農村から野菜物を積んで来た舟。 五二 領主の命によって、庶民の中から選ばれ、その土地の雑務に当ったもの。 五三 前髪の額際の両隅を角型に剃り込むことを「角を入れる」という。これは元服をして前髪をおとす前に行ったもので、半元服ともいう。それさえもまだしない少年。角前髪にもなっていない若僧。 五四 田舎者にしては小ぎれいな若衆。 五五 女珍らしそうに。 五六 田舎者。百姓。 五七 百姓男があれこれと女を物色して。 五八 惣嫁の花代は貞享・元禄頃、大坂で十文。(好色訓蒙図彙) 五九 掘出し物。

しあり」といふを、其間《(その)ま》を待兼《まちかね》て、「それがしは此子《(この)》を好《すい》た」と、我《われ》に[一]むつれて、[二]棚《たな》なし舟に引《(ひき)》こまれ、をのづからの波枕《なみまくら》、かず〳〵の首尾《しゆび》のうへに、やはらかなる手して脇腹《わきばら》を心よくさすりて、「そなたはいくつぞ」と年とはれし時、身にこたへて恥《はづか》しく、物しづかに作《つく》り声《ごゑ》をして、「十七になります」といへば、「さては我等《われら》と同年《どう》」とうれしがりぬ。闇《やみ》の夜なればこそ此形《(この)かたち》をかくしもすれ、もはや五十九になりて、十七といふ事は、四十二の大僞《だいうそ》、[三]世の後に[四]鬼《おに》がとがめて舌《した》をぬくべし。是《(これ)》も[五]身をすぐる種《たね》なればゆるしたまへ。それより[六]長町《なが》に浮《うか》れまはりて、[七]順礼宿《じゆんれいやど》に呼込《よびこま》れて、四五人も[八]念仏講《ねんぶつかう》のごとくならび居《ゐ》て、燈《ともしび》かゝやかせし中へ、[九]白《かほ》はそむけて出《(いで)》けれども、皆《みな》〻[一〇]興《けう》を覚《さま》して言葉《ことば》もかけず。田舎者《いなかもの》の目にも[一一]是《(これ)》は合点《がつてん》のゆかぬはずなり。此《(この)》時のせつなさ、是非《ぜひ》もなく、「どれさまぞお慰《なぐさ》みなされませぬか。[一二]泊《とま》りは各別《かくべつ》、さきへいそぎます」といへば、此声《(この)こゑ》を聞《きゝ》て、なを〳〵をそれて身をちゞめける。其《(その)》中に[一三]子細《しさい》らしき親仁《おやじ》[一四]三指《みつゆび》を突《つき》て、「女郎《ぢよらう》、若《わか》い者《もの》どもかくをそるゝを、[一五]努《ゆめ》〻おこゝろに掛《かけ》給ひそ。宵《よゐ》に[一六]猫《ねこ》またの姥に化《ばけ》たる咄《はな》しをせしが、此《(この)》事をおもひ出してをそろしがるなり。いづれも[一七]後世《ごせ》の道《みち》をいそぎ、[一八]三十三所《しよ》をまはるものが、わかげにて女ぐるひに氣《き》をなすがゆへに、こなたをよふでまいつた。是《(これ)》観音《くはんおん》の御ばちぞかし。こなたに戀《こひ》も恨《うらみ》

一　睦れて。まつわりついて。
二　ふな棚のない小さな舟。
三　来世。あの世に行って。
四　虚言をいうと、鬼に舌を抜かれるという俗説がある。
五　身過の種。生活の方便。
六　日本橋の南の町。
七　順礼などの宿泊する下等の宿。多くは木賃宿。
八　念仏宗の信徒が集まって称名念仏する会。
九　顔を背けるようにしてそこへ出たが。
一〇　呆然とした顔つきをして。
一一　こんな年をしてこんな姿をして客を取ろうとするのだから納得のいかぬはずである。
一二　泊りなら格別だが、先を急ぐから、早くしてもらいたい。
一三　もっともらしい顔つきをした親爺。
一四　うやうやしくかしこまったさま。畳の上に指を三本ついて礼をすること。
一五　決して気にかけるな。
一六　猫又は劫(こう)を経た古猫。尾が二つにわかれ、化けるものと古くからいわれている。
一七　後の世の安楽を願って。
一八　西国三十三所の観音。那智如意輪堂を一番の札所とし、谷汲山を卅三番とする。

も御ざらぬ。只《たゞ》[19]はやうかへつてくだされひ」といふ。腹《はら》は立《（たち）》ながら、此《（この）》まゝかへるもそんと思ひ、庭《には》を見まはし手元《てもと》にある物、[20]十文に加賀笠《かゞがさ》一かい取《とつ》てかへつた」と語《かた》りぬ。「兎角《とかく》は若[21]いが花もせゝしよき娘《むすめ》もあり。[22]風義天職《ふうぎてんしよく》に見かはすもありける。[23]此《（この）》女になるこそつたなけれ。上中下なしに十文に極《きは》まりしものなれば、[24]よい程がそれ〳〵の身のそんなり。此勤《（この）つと》めに願《ねが》はくは[25]月夜のない國もがな」といふこそおかしけれ。

其《（その）》物語《がたり》をこまかに聞《（きく）》にぞ、さては人の申せし[26]惣嫁《そうか》といへる女なるべし。いかに世をわたる業《わざ》なればとて、あの年をして天《そら》をそろしき事ぞと、[27]其《（その）》身を笑《わら》ひ、死《しね》ば濟《すむ》事ぞと思ひしが、扨《（さて）》も惜《おし》からぬ命さへ捨《すて》がたくてつらし。同じ借《かし》屋の奥《おく》住《ずま》ゐして、七十あまりの姥《ばゞ》、[28]かなしき煙《けぶり》を立《（たて）》かね、明暮《あけくれ》足の立《たゝ》ぬをなげき、[29]我《われ》にいさめられしは、[30]「そなたの姿《すがた》ながら、うか〳〵と暮《くら》し給ふは愚《をろ》かなり。[31]ひらさら人なみに夜《よる》出給へ」と進《すゝ》めける。「此《（この）》年になりて誰《たれ》が[32]請取者《うけ（とる）もの》のあるべき」といへば、彼姥赤面《かのばゞせきめん》して、「我等さへ足《あし》の立《（たつ）》事ならば、白髪《しらが》に添髪《そへがみ》して、後家《ごけ》らしく作りなして、[33]いつぱい摑《つかま》す事なれども、身が不自由《ふじゆう》なれば口惜《おし》や。こなた是非《ぜひ》ゝゝ」と申《（まうし）》けるにぞ、又こゝろひかされて、喰《くは》で死《しす》るかなしさよりはと、[34]「それに身をなすべし。されども此姿《（この）すがた》にてなりがたし」といへば、「それ

一九 ただ早く帰っていただきたい。
二〇「百貫のかたに編笠一蓋」という諺があるが、自分は十文の商売の代りに、手もとにあった加賀笠一つ取って帰った。
二一「若いが花」は諺。「せゝしよき」は未詳。「せゝし」は「をゝし」の誤刻で、「多し」であろうという説がある。
二二 天神と見違えるような風儀の女もいる。
二三 どの道こういう女になるのは不運なものだ。
二四 顔がよくても悪くても、いずれも十文の相場だから、結局顔のよいだけが損になる。
二五 月夜のない国があればよい。
二六 夜、路傍で人の袖を引いて売淫する私娼。その頃価十文であった。大坂では惣嫁、京で辻君、江戸で夜鷹といった。
二七 その女たちを笑い。
二八 貧乏な生活を営みかね。
二九 我を諫めていうには。我に忠告するには。
三〇 お前さんほどの美しい姿をしながら。
三一 ひらに。ぜひとも。
三二 承知する者。相手にしてくれる者。
三三 一ぱいくわす。あざむいて見せる。
三四 勤めに出て見よう。

は[一]今の間調《まとゝの》へる子細《しさい》あり」といふ言葉《ことば》の下《した》より、[二]仁躰《じんたい》らしき人をつれきて、我《われ》を見せけるに、此親仁《(この)おやじ》よく〳〵のみ込《こみ》て、「なる程 闇《くらがり》には銭《ぜに》になるべし」と宿《やど》に帰《かへ》りてから、風呂敷包《ふろしきづゝ》みを遣《つかは》しける。此《(この)》中に大振袖《おほぶり(そで)》のきるもの、帯《おび》一筋《すぢ》、二布《ふたの》物壱つ、木綿足袋一そく、是皆《(これ)みな》[三]かし物に拵《こしら》へ置《(おき)》て、それ〳〵の[四]そんれう、布《ぬの》子《こ》ひとつを一夜を三分、帯一つを[五]壱分五リ、きやふ壱分、足袋《たび》壱分、雨《あま》夜になれば傘《からかさ》一本《ぽん》拾二文、[六]ぬりぼくり一そく五文に極《きは》め、何にても[七]此道《(この)みち》にことのかけざるかり道具《だうぐ》ありて、[八]ざんじが程に品形《しなかたち》を[九]それ仕替《しかへ》て、此勤《(この)つと》めを見覚《おぼ》へ聞《(きゝ)》ならひ、[一〇]君が寝巻《ねまき》の一ふしうたふて見しに、声《こゑ》おかしげなれば[一一]牛《ぎ》夫《ふ》に[一二]付声《つけごゑ》させ、霜夜《しもよ》の橋《はし》ゝを[一三]わたりかねたる世なればとて、いと口惜《おし》がりぬ。今時は人もかしこくなりて、[一四]是《(これ)》程の事ながら、[一五]大臣《じん》の大夫をかりて見るより念《ねん》を入《(いれ)》、往來《ゆきゝ》の灯《ちやう》挑《ちん》を待《まち》あはせ、又は[一六]番屋《ばんや》の行燈《あんどう》の影《かげ》につれ行《(ゆき)》、[一七]かりなる事にも吟味《ぎんみ》つよく、むかしと替《かは》り、是《(これ)》も[一八]悪女《あくぢよ》年寄《より》はつかまず、[一九]目明《あき》千人めくらはなかりき。やう〳〵東雲《しのゝめ》の天《そら》、鐘《かね》かぞふるに[二〇]八つ七つにせはしく、馬《むま》かたの出掛《かく》る音《をと》、鍛冶《かち》屋[二一]とうふやに[二二]見せ明《あく》る比《ころ》迄、せつかくありきしに、[二三]是《(これ)》にそなはらぬ風《ふう》のあしきにや、[二四]ひとりもとふ男なくて、これを浮《うき》世の[二五]色勤《づと》めのおさめに思ひ切《きつ》てぞやめける。

一 直ぐにでも調える工夫がある。 二 人品いやしからぬ人。 三 貸物。 四 損料。 五 一分五厘。 六 塗木履。漆塗りの下駄。 七 この商売に出るのに不自由しない借道具がそろっている。 八 暫時が程に。 九 それに仕替えて。惣嫁らしく作り替えて。 一〇 惣嫁の歌って歩いた小歌。「よな〳〵君がねまきはよしなか染のつき者となつて」(浮世草子、日本新永代蔵二)。 一一 惣嫁のつき添いの男。 一二 牛夫に女の作り声をさせて。しわがれた声だったので、若々しい声をさせて客を呼んだのである。 一三 「わたり」は橋々を渡ると上を受け、わたりかねたる世と下に続く。 一四 僅か十文の惣嫁を買うにも。 一五 大尽が揚屋に太夫を借りて呼んで、一々吟味して選択するよりも、一そう念入りに惣嫁を吟味する。 一六 番屋は自身番の番小屋。番屋の行灯の影へ惣嫁を連れて行って吟味をする。 一七 惣嫁を買うというような、かりそめな慰みにも穿鑿がきびしく。 一八 醜い女。 一九 目明千人盲千人というが、今の世には目明ばかりで盲はいない。 二〇 八つは午前二時。七つは午前四時。 二一 豆腐屋。 二二 店。 二三 自分はこの商売に似合わぬ、風の悪いところがあったと見えて。 二四 ひとりも相手にしてくれる男がなくて。 二五 色勤めの仕納めにして。

皆思謂《みなおもはく》[二六]の五百羅漢《らかん》

[二七]萬木《ばんぼく》眠《ねぶ》れる山となつて桜《さくら》の梢《こずゑ》も雪《ゆき》の夕暮《ゆふぐれ》とはなりぬ。[二八]是は明ぼのゝ春待時節《はるまつじせつ》もあるぞかし。[二九]人斗《(ばかり)》年をかさねて何の樂《たの》しみなかりき。殊更我《ことさらわが》身のうへ、さりとてはむ[三〇]かしを思ふに恥《はづ》かし。せめては[三一]後の世の願《ねが》ひこそ眞言《まこと》なれと、又もや都にかへり、[三二]爰《(こゝ)》ぞ目前《もくぜん》の淨土《じやうど》大雲寺《うんじ》に參詣《まふで》、[三三]殊勝《しゆせう》さも今、[三四]佛名《ぶつみやう》の折ふし、我もとなへて[三五]本堂《だう》を下向《かう》して、[三六]見わたしに五百羅漢《らかん》の堂ありしに、是《(これ)》を立覗《(たち)のぞけ》ば、諸《もろ〳〵》の佛達《たち》[三七]いづれの細工《さいく》のけづりなせる、さま〴〵に其形《(その)かたち》の替《かは》りける。是程《(これ)》多《おほ》き中なれば、必《かならず》おもひ當《あた》る人の貞《かほ》ある物ぞと語り傳《つた》へし。さもあるべきと氣《き》をつけて見しに、すぎにしころ我《われ》女ざかりに枕《まくら》ならべし男に、まざ〳〵と生移《いきうつ》しなる面影《おもかげ》あり。氣《き》を留《とめ》て見しに、あれは遊女《ゆうぢよ》の時、又もなく申《(まうし)》かはし、[三八]手首《てくび》に隱《かく》し[三九]瘊子《ぼくろ》せし長者町《ちやうじや》の吉《よし》さまに似《に》て、すぎにし事を思ひやれば、又岩《いは》の片陰《かたかげ》に座《ざ》して居《ゐ》給ふ人は、上京《かみきやう》に腰元奉公《こしもとぼうこう》せし時の旦那《だんな》殿にそのまゝ。是《(これ)》には色ゝの[四〇]情《なさけ》あつて忘《わす》れがたし。あちらを見れば、一たび世帯持《せたいもち》し男、五兵衞殿に鼻高《はなたか》い所《ところ》迄違《ちが》はず。是は眞言《まこと》のありし年月の契《ちぎり》一しほなつかし。こちらを詠《なが》めけるに、横太《よこぶとり》たる男、片肌《かたはだ》ぬぎして[四一]淺黄《あさぎ》の衣裳姿《いしやうすがた》、誰やらさまにとおもひ出せば、それ

二六 思謂はおもわくのあった男。昔馴染みの男。昔馴染んだ男に似た五百羅漢。 二七 冬期に入ってよろずの草木が活動をやめること。 二八 季節は循環してまた春の曙を迎えることもできる。 二九 人間だけは一度年をとると、若がえることはできず、もう何の楽しみもない。 三〇 さまざまの事をして来たので、ふりかえって昔を思うとまことに恥かしい。 三一 後世の願いだけは真実でありたいと。 三二 これこそ現世の極楽浄土ともいうべき大雲寺。大雲寺は京都市左京区岩倉にある天台宗の寺院。↓補注四一。 三三 今こそ殊勝な気持になって。「今」は今ちょうど仏名の折ふしと下にもかかる。 三四 仏名会。陰暦十二月十九日より三日間、仏名経を誦し、三世諸仏の名号を唱えて懺悔する法会。 三五 仏名を唱えて。 三六 本堂を降りながら前を見渡すと五百羅漢の堂があった。その堂は大雲寺にはなかった。 三七 「いづれの工か青巌の形を削りなせる」(謡曲、山姥)。この原典は和漢朗詠集。細工は細工人。 三八 隠し瘊子は入墨。手首のように人に見られる所に入墨をするのは、特に深い真心をあらわす。 三九 京都市上京区にある町。 四〇 情のいきさつがあって。 四一 彩色した羅漢であったと見える。

よく\江戸に勤《つと》めし時、一月に六さいの忍《しの》び男、糀《かうじ》町の團平《だんへい》にまがふ所なし。なを奥《おく》の岩組《いはぐみ》の上に色のしろい佛皃《ほとけがほ》、その美男《びなん》是《(これ)》もおもひ當《あた》りしは、二四条《でう》の川原もの、さる藝子《げいこ》三あがりの人なりしが、茶屋《ちや》に勤《つと》めし折から女房《にようばう》四はじめに我に掛《かゝ》り、五さまぐ\所作《しよさ》をつくされ、間《ま》もなくた丶六まれ、七灯挑《てうちん》の消《きゆ》るがごとく、廿四にて鳥邊野《とりべの》八にをくりしが、九おとがいほそり、目は落入《おち(いり)》、それにうたがふべくはなし。又上髭《うはひげ》ありて赤みはしり、天窓《あたま》はきんかなる一〇人有《(あり)》。是《(これ)》は大黒《だいこく》になりてさいなまれし寺《てら》の長老《ちやうらう》さまに、あの髭《ひげ》なくば取違《(とり)ちが》ゆべし。なんぼの一一調謔《たはぶれ》にも身をなれしが、此《(この)》御坊《ばう》に昼夜《ちうや》畀《おひや》かされて、一二らうさいかたぎに成《(なり)》けるが、人間《にんげん》にはかぎりあり、其《(その)》一三つよ藏《ざう》さまも煙《けぶり》とはなり給ひし。又枯木《かれき》の下に一四小才覺《こざいかく》らしき皃《かほ》つきをして、出額《でびたい》のかしらを一五自剃《じぞり》して居《ゐる》所、物いはぬ斗《ばかり》、足《あし》手《て》もさながら動《うご》くがごとし。

一　月に六度日をきめて密会する男。八日・十四日・十五日・二十三日・二十九日・三十日を六斎といい、謹慎の日とされていたが、江戸時代では、かえってこの日を放蕩の日としている。
二　京の四条河原の役者。
三　年の若い俳優。
四　女狂いの最初に。私によってはじめて女を知り。
五　閨房のさまざまの秘術。所作は所作事の略で、踊の仕組んである狂言をいう。相手が役者だからこういった。
六　畳まれる。のびてしまう。
七　畳まるの縁。
八　京の清水の南方にある火葬場。
九　頤(あご)は細り。
一〇　禿頭。
一一　私はどれほどの淫戯にも馴れていたが。
一二　労瘵は肺病その他衰弱気鬱の病をいう。「かたぎ」は風《(ふう)》または気質の意。肺病みたいな状態。
一三　精力者。
一四　小利口。
一五　自分で剃ること。自分で剃っているような恰好をしている羅漢がいる。

是も見[一六]る程思ひし御かたに似てこそあれ。我哥比丘尼《われうたびくに》せし時《とき》、日毎《ごと》に逢《あふ》人替《かは》りし中《なか》に、ある西国《さいごく》の[一七]藏屋敷衆《くらやしきしゆ》、身も[一八]捨《すて》給ふ程御なづみ深《ふか》かりき。何事もかなしき事嬉《うれ》しき事わすれじ。[一九]人の惜《おし》む物を給はりて、[二〇]お寮《りよう》の手前《まへ》を勤《つと》めける。

惣《そう》じて五百の佛《ほとけ》を心静《しづか》に見とめしに、皆〻《みな〳〵》逢馴《あひなれ》し人の姿《すがた》に思ひ當《あた》らぬは独《ひとり》もなし。すぎし年月、[二一]浮流《うきなが》れの事ども、ひとつ〳〵おもひめぐらし、さても勤《つと》めの女程、我《わが》身ながらをそろしきものはなし。[二二]一生《しやう》の男数万人《かずまんにん》にあまり、身はひとつを今に、[二三]世に長生《ながいき》の恥《はぢ》なれや浅ましやと、[二四]胸《むね》に火《ひ》の車《くるま》をとゞろかし、泪《なみだ》は湯玉散《ゆだまちる》ごとく、忽《たちまち》に[二五]夢中《むちう》の心になりて、御寺《てら》にあるとも覚へずして、ふしまろびしを、法師《ほうし》のあまた立寄《(たち)より》、「日も暮《くれ》におよびけるは」と、撞鐘《つきがね》にをどろかされ、[二六]やう〳〵魂《たまし》ゐたしかなる時、「[二七]是《(これ)》なる老女《らうによ》は何《なに》をかなげきぬ。此羅漢《(この)らかん》の中《うち》に、

一六 見れば見るほど。
一七 諸藩の物産、主として米穀を売りさばくために大坂におかれた屋敷。衆はその役人。
一八 命をかけて私にうちこんで来た。
一九 金銀。
二〇 お寮は比丘尼の元締。お寮に対する課役を勤める。お寮に納めるものまでも、よく面倒を見てくれた。
二一 悲しい色勤めの事など。
二二 一生の間に会った男の数は。
二三 今までこうして生き永らえていることは。
二四 胸は火の車の轟くように燃え。
二五 夢路をたどるように茫然自失して。
二六 ようやく正気にもどった時。
二七 この老女は何をそんなに歎くのだ。

其身《(その)》より先立《さきだち》し一子又は[一]契夫《けいふ》に似《に》たる形《かたち》もありて、落涙《らくるい》か」と、いとやさしく問《とは》れて、殊更《ことさら》に恥《はづ》かはし。それに言葉《ことば》もかへさず、足《あし》ばやに門外《もんぐはい》に出《(いで)》、此時《(この)》[二]身の一大事を覚《おぼ》へて、誠《まこと》なるかな[三]名《な》は留《とゞ》まつて貞《かたち》なし、骨《ほね》は灰《はい》となる草沢邊《さうたくほとり》、[四]鳴《なる》瀧《たき》の梺《ふもと》に來《き》て菩提《ぼだい》の山に入道《(いる)みち》の[五]ほだしもなければ、煩悩《ぼんなふ》の海をわたる[六]艫綱《ともづな》をとき捨《すて》て、[七]彼岸《かのきし》に願《ねか》ひ、[八]是《(これ)》なる池《いけ》に[九]入水《じすい》せんと一筋《すぢ》にかけ出るを、むかしのよしみある人引留《ひきとゞめ》て、[一〇]かくまた笹葺《さゝぶき》をしつらひ、[一一]死《し》は時節《じせつ》にまかせ、[一二]今迄の虚僞《こぎ》本《ほん》心《しん》にかへつて、仏《ほとけ》の道《みち》に入《いれ》とすゝめ、殊勝《しゆせう》におもひ込《こみ》、[一三]外《ほか》なく[一四]念佛三昧《ねんぶつざんまい》に明暮《あけくれ》の板戸《いたど》を、[一五]稀《まれ》なる人音《をと》づれにひかされて、酒《さけ》は氣《き》を乱《みだ》すのひとつなり。[一六]みじかき世とは覚へて[一七]長《なが》物語のよしなや。よし〳〵[一八]是《(これ)》も懺悔《ざんげ》に身の曇晴《くもりはれ》て、[一九]心の月の清《きよ》く、春の夜の慰《なぐさ》み人、我《われ》は[二〇]一代女なれば何《なに》をか隠《かく》して益《あき》なしと、[二一]胸《むね》の蓮華《れんげ》ひらけてしぼむまでの身の事、[二二]たとへ流《なが》れを立《たて》たればとて、心は濁《にご》りぬべきや。

貞享三丙寅歳
[二三]林鐘[二四]中浣日

大坂真齋橋筋呉服町角
書林　[二五]岡田三郎右衞門版

一 夫。二 身の一大事に思い及んだ。翻然と悟を開いた。三「名留無レ貌松丘下、骨化為レ灰草沢中」(蘇東坡、九相詩)。四 山城葛野郡梅畑村の辺。五 羈絆。悟の山に入るべき道の係累とてもないので。六 法の舟のともづな。七 彼岸(ひがん)。涅槃の境界をいう。生死の境を此岸とし、煩悩を中流とし、それをわたって悟道に入ることをいう。八 鳴滝山麓の広沢の池。九 投身。一〇 かように笹葺の家を造ってくれて。一一 寿命が来るのを待って死ぬがよい。一二 今までの虚偽の世渡りをやめて、本心に立ちかえって。一三 余念なく。一四 一心に念仏を唱えて日々を送っている。一五 珍らしくお訪ね下さった貴方がたに引かされて。一六 短い現世とは悟りながら。一七 役にもたたぬ長物語をしてしまった。一八 これも犯した罪の懺悔と思えば、かえって妄執の曇も晴れ。一九 心の月も清らかに澄み、春の一夜を心慰めることができた。「春の夜の慰み」というのは、訪ねて来た人たちのために、春の夜のお慰みにもと、すっかり身の上話をするという意をふくむ。二〇 一生独身で通した女。一生涯定まる夫のない女。二一 胸の蓮華が開けて萎むまでの身の上を話した。二二 たとえ浮気話に流れを立てたからといって、もう澄みきった私の心は濁ることはない。二三 十二律の一。六月に配す。二四 中旬。二五 一代女のほかに本朝二十不孝・武道伝来記・新可笑記を出している。

好色一代女 補注

一　唐花菱は戦国時代、周防の大内氏の家紋であったから、世間で大内菱というようになった。

二　黄熟香の異名。細川家で初音という。「きくたびに珍らしければ時鳥いつも初音の心地こそすれ」(金葉二・夏)に因って名づけた。

三　髱(つと)を出さずに、髷を後へ倒れるように結った島田髷。当時流行の髪風で、遊女などが好んで結った。

四　寛永の頃、東福門院の御所あたりから流行し出し、民間にも影響を及ぼした。地は白で、檜垣に菊・竜田川などを入れて染めたのである。

五　誓文(誓紙起請)には神々の名を書く風習があった。方々から来た恋文にも、神に誓って真心を表白するということが書いてあったのである。手紙は灰になっても、神々の名を書込んだ箇所は消えないで、近くの吉田神社に帰って行った。吉田神社には日本諸国の神々が祭ってあり、吉田の卜部家は日本全国の神職の任命権があって神道の長とされていた。

六　ある身分の高い人に仕えている青侍。「青侍」の「青」というのは六位の位袍の染色が深緑であるからいう。公卿に仕える六位の侍をいうのであって、青は未熟の意ではない。しかしこれは布衣(ほい)以下の侍をいう。布衣は狩衣の無文のもので、六位以下の人が着用する。すなわち身分の低い侍というほどの意。

七　「朝ぼらけ宇治の川霧たえだえにあらはれわたる瀬々の網代木　中納言定頼」(千載六)。ある朝とうとうその事が露顕して、宇治橋の辺に追放されたのである。

八　笹竹にまたがって走る遊びであって、今の竹馬とは違う。今の竹馬は「たかあし」といった。女が十八九まで竹馬に乗るとか、男が二十五で元服するというのは西鶴の誇張であろう。

九　宇治川の「山吹の瀬々」は昔から歌枕になっている。「秋風の山吹の瀬の岩波にぬる夜よそなる宇治の橋姫　鳥羽院」(夫木抄)、「山吹の瀬に影見えて、雪さし下す嶋小舟」(謡曲、頼政)。宇治の名所であるが、所在は明らかではない。「山州名跡志」にも不詳とある。「気を濁して」は、山吹の花が瀬に垂れて色を濁す意と、好色のいろいろな経験をして身を汚す意をかけている。

一〇　一代男五に「女郎は浴衣染の帷子に」とあって、浴衣のように大形模様に染めたものをいう。多くは花色(縹色、薄い藍色)に染めた。「ゆかた」は湯帷子(ゆかたびら)の略。ゆあみした後に着る単衣で、明衣または浴衣と書く。「花の色も移りて」は、「花の色は移りにけりないたづらに我が身世にふるながめせし間に　小町」(古今)による。「明衣染の花の色も移りて」は季節の推移をいう。七夕は秋季、旧暦の七月も下旬になると涼風が立ってくる。

一一　還魂紙料(すきがえし)巻下七夕踊の条「小歌一つ〱の間に太鼓の拍子あり、太鼓テン、テン、テ、テ、テ、コ、テン、テ、かくの如く拍子を八ツ打て、又歌をうたひ出す、歌のうちは地拍子、但道を行には太鼓の打様数を五ツうつなり」。

一二　嬉遊笑覧に「寛永以前の画には、小袖にも羽織にもこれをかけたるが多し」とある。当時は小袖にも半襟をかけた。

一三　青・黄・赤などの三色を編んだ帯。「左縄」は左撚(よ)りの縄。古い絵を見ると、総(ふさ)のついた縄のような組帯を、幾重にもまいている。遊女や少女が好んでその帯をしめた。それを後結びにしめたのは、屋敷方に出るからであろう。遊女その他の色女は多くは前結びであったが、武家方の女や堅気の町家の女は後結びであった。

一四　丁銀(挺銀)は海鼠(なまこ)の形をなし、鋳造者の名や宝の字の極印がある。重さ四十三匁内外。経済録に「銀丁は十両を一挺とす。重さ四十三銭也。俗に丁銀と云ふ」とある。金一両を銀六十匁替として計算すると、一角(一分金)は銀十五匁に当る。銀一枚は約四十三匁であるから一角の約三倍になるわけである。

一五　「宿や」は揚屋。色道大鏡、家屋門「宿屋同じく挙屋の事也」。揚屋は娼家から遊女を呼んで遊興する所。太夫が客に招かれて揚屋に行くのを揚屋入りという。「飛足」は飛ぶように急ぐ足。

一六　「身あがり」は揚屋へ行くこと。お客が無く、揚代を自弁して揚屋に行くことをいう。今日はお客がないが、何かの時にいりあわせをするからといって揚屋に頼みこむのである。

一七　難平(なんぴん)。米相場の通言で、難を平均する意。損をした場合に、売り増しまたは買い増しをして、値の平均をはかり、損を回復しようとすること。それを難平売・難平買という。転じて愚かなことをいう。

一八　荷物の送り状。発送人から受取人に送る荷物の明細書。これは紹介状のようなもの。

一九　太夫職は代々襲名した。これは吉原へ移ってからの上の町柏屋八左衛門抱の遊女であろう。

二〇　太夫の格を下げる場合には、主人の独断ではせず、一家一族と相談してきめるということが色道大鏡などに見えている。太夫はそれほど重要に考えられていたのである。

二一　正月は女郎の大紋日(書き入れ時)で、お客から晴着をつくって貰うとか、禿や遣手へ心附をしてもらう。全盛の遊女ならば、客の方から進んでやってくれるのだが、それを自分の方から客に無心するのである。

二二　「十八匁」は囲の揚代。「十五」と書いて「かこひ」とよませたのは、その揚代がはじめ十五匁であったからで、人倫訓蒙図彙には「かこひ十六匁」とあり、その後十八匁にあがった。十八匁になっても十五と書いたのである。ちなみに天神の揚代は二十五匁で、二十五日が天神様の祭日だから、天神といったのだが、二十五匁以上になってもやはり天神といった。

二三　小意気は、少し意気なこと。孕常盤に「小意気すぎた前髪奴、摘み出してくれふ」とある。こましゃくれた、小生意気な。

二四　相当な身分の人の廓通いのお供は、能役者で、町人の女郎買のお供は町髪結であった。

二五 諺草(元禄十四年刊)に苦手の説明がある。爪が苦く、手に毒のあるを苦手という。苦手の者が芋の茎を折ると、その味が苦くなり、蛇を捕えると蛇が蟠って動かなくなる。腹の痛みをおさえると効能があるという。その若者は「私の手は苦手だから、癪にききめがある」といったのである。

二六 六斎日は諸事を慎しむ日であるが、江戸時代ではそれを逆に取って、男女密会の日とした。ここも六斎日だけは五戒を破って放蕩するのである。

二七 土用は十八日を一期とするが、その中に没日(ぼつにち)があると、十九日が期間となる。没日は陰陽道で諸事凶の日、五月の戌、六・七・八・九月の寅、十月の丑・午というように月によってきまっている。土用は「土旺」の語から出たもので、十干と十二支の土気が重なり、その働きの旺盛になる時期をいう。したがって土を犯すを慎む。一年に四回あるが、特に夏の土用をいう。十九土用は特に暑いといわれている。

二八 「目安」は見易いように箇条書にすること。江戸時代では原告の訴状をいう。「掛目安」は掛売代金の支払いを請求する訴状。

二九 信州戸隠に求法坊という真言宗の僧があり、神通を得て、地面から三尺はなれて飛行した。そこで三尺坊といい、その弟子もまた三尺坊といった。その弟子の三尺坊を遠州秋葉山の神として祭り、三尺坊大天狗といった。そして愚夫愚婦を迷わせたので、貞享二年の夏、その主謀者が処刑された事件があった。

三〇 修験道の行者が役(えん)の行者の跡をしたい、毎年四月から九月までの間に、大和の大峰山に登攀参詣するをいう。順の峰入は、春紀州熊野山の方面より大峰に入り吉野に出るをいい、逆の峰入は、秋吉野から逆の行程を取るをいう。

三一 蹴鞠の場には砂利を敷き、四隅に松・柳・桜・楓などを植える。方六間、そのうち一方は網を張り、他の面には貴人入口・平人入口・掃除口などがあけてある。

三二 美貌な女は玉の輿に乗るが、醜い女は不幸を招く。岩橋という女は、不幸を招く原因となるような醜貌であった。葛城の神は容貌が醜く、役の行者に使役されて、葛城山から金峰山に石橋をかけたが、醜いのを恥じて昼間は仕事をしなかったので、役の行者の怒を買い、呪縛されたと伝えられている。

三三 酢貝を酢にうかべると、石灰質が溶解し回転する。この貝を箱に入れておくと、箱がこわれないといい、難産の時にこれを手に握ると安産ができるという。一つの不思議を見せるために、歌比丘尼が所持したのであろう。また占などをしたものであろうともいう。

三四 婦人の服装が制定されたのは、元正帝の養老三年で、聖武帝の天平二年にこれを改められた(続日本紀)。孝謙帝とあるのは誤。こういう俗説が生れたのは、孝謙帝は聖武帝の皇女であるし、女帝でもあったからであろう。

三五 風呂屋女は垢を掻くということから猿ともいった。古今伝授の呼子鳥を猿のことだという解釈があるので、伝受女ともいうのである。

三六 「をちこちのたづきも知らぬ山中に覚束なくも呼子鳥かな」(古今、春)。

三七 風呂に入った時は衣類などを包んで置き、風呂から上ると、それを敷いて坐り、足のしめりなどを拭うのである。巻六「暗女は昼の化物」の中に「風呂敷づゝみを抱し」(四三九頁)とあるから、その頃もすでに現在の用例があったと思われる。

三八　鶴屋の饅頭は江戸の名物であったが、大坂にも支店があったらしく、難波丸綱目、菓子屋の条に、「平野町二丁目、鶴屋織部」とある。「川口屋のむしそば」は、国花万葉記にウドン屋川口屋清兵衛の名が見え、心斎橋筋道修町にあった。「小浜屋の薬酒」は難波丸綱目に「薬酒並漬物、折屋町、林和泉大掾、小浜屋」とあり、「薬酒」は忍冬酒・屠蘇酒・竜眼酒・葡萄酒などをいう。「天満の大仏餅」は摂陽群談によると天満難波橋筋にあった。「日本橋の釣瓶鮨」は摂陽奇観に道頓堀宗右衛門町福島屋長兵衛の釣瓶鮨が出ている。「釣瓶鮨」は鮎鮨の一種で、容器が釣瓶の形をしているのでいう。「日本橋」は宗右衛門町にかかっている橋である。「椀屋の蒲鉾」については、「わんや」という書店の三代以前は大坂備後町で有名な蒲鉾屋「椀屋」であったという(一代女輪講による)。「樗木筋」は堺筋より三丁西の通、栴檀の木橋が中之島にかかる通。

三九　内宮外宮の中間、尾上坂と浦田坂の間の山を「間の山」という。ここで袖乞の者が三味線・簓(ささら)にのせて人生の無常を歌った俗曲の一。寛文頃より始まる。その歌詞は「松の落葉」にも二つ出ている。お杉・お玉はここへ出た女の有名なものであった。

四〇　織留四ノ三に「明野が原明星が茶屋こそおかしけれ、いつとても振袖の女赤根染のうら付たる襟着物を、黒茶にちらし形付ぬはひとりもなし」とある。「明野が原」は度会郡小俣町の北方の原であり、「明星が茶屋」は多気郡明星村(今、斎明村)の茶屋をいうのであるが、小俣と明星は隣接した部落で、小俣の北方の明野が原は、明星村に接しているので、両方の茶屋は殆んど続いていたと見てよいであろう。いずれも参宮の道筋に当り、宇治山田(今、伊勢市)に近いところである。

四一　日野中納言文範の草創、真覚上人造営。本尊は行基菩薩作の観音。日野文範が岩倉山に紫雲のたなびくのを見て、山中に分け入ると、石上に一人の老尼が坐して、この山に観音浄土のあることを告げ、寺を建立すべきことを勧めたということが大雲寺縁起にあるという。

日本古典文学大系 47
西鶴集 上

1957年11月5日　第1刷発行
1989年6月5日　第31刷発行
1991年12月17日　新装版第1刷発行
2016年10月12日　オンデマンド版発行

校注者　麻《あ》生《そう》磯《いそ》次《じ》　板《いた》坂《さか》　元《げん》　堤《つつみ》　精《せい》二《じ》

発行者　岡本　厚

発行所　株式会社　岩波書店
〒101-8002 東京都千代田区一ツ橋2-5-5
電話案内 03-5210-4000
http://www.iwanami.co.jp/

印刷／製本・法令印刷

ISBN 978-4-00-730510-8　Printed in Japan